Harald Braem
Hem-On, der Ägypter

Serie Piper
Band 1581

Zu diesem Buch

Dieser historische Fantasy-Roman führt weit zurück in das Ägypten der Pharaonen, in die Zeit des Pyramidenbaus und des sagenumwobenen Arztes und Architekten Imhotep. Der junge Hem-On, ein Priesterschüler von geheimnisvoller Herkunft, erlebt als Vertrauter Imhoteps faszinierende Abenteuer: Er nimmt am Feldzug gegen die Nubier zu den »Schlafstätten des Nil« teil, erlebt den Bau der großen Pyramide mit und wird schließlich ins Reich der geheimnisumwitterten Königin von Saba geschickt, die er mit ihrem Amazonenheer um Beistand gegen die Assyrer bitten soll. Nach vielen Irrfahrten, nach Gefangenschaft und Sklaverei, gelingt es ihm, seinen Auftrag zu erfüllen.

Zuletzt bricht er wieder auf, um das Geheimnis seiner Herkunft zu ergründen, auf der Insel Malta, die einst von Überlebenden des großen Reiches Atlantis besiedelt wurde ...

Harald Braem, geboren 1944 in Berlin, Professor für Kommunikation und Design an der Fachhochschule Wiesbaden und Leiter des KULT-UR-INSTITUTS in Lollschied/Rheinland-Pfalz. Im Herbst 1991 erschien bei Piper sein Roman »Tanausu – der letzte König der Kanaren«.

Harald Braem

Hem-On, der Ägypter

Roman

Piper
München Zürich

Von Harald Braem liegt
in der Serie Piper außerdem vor:
Der Löwe von Uruk (1282)

ISBN 3-492-11581-0
Neuausgabe 1992
3. Auflage, 31.–42. Tausend März 1993
(2. Auflage, 16.–27. Tausend dieser Ausgabe)

Umschlag: Federico Luci
Umschlagmotiv: Königin Nefertari-mi-en-Mut,
Gattin Ramses II. (Grabmalerei
im Tal der Königinnen bei Theben)
Foto Umschlagrückseite: Monika Werneke
Satz: May & Co., Darmstadt
Druck und Bindung: Clausen & Bosse, Leck
Printed in Germany

Drei Bücher gibt es, die schon geschrieben sind: das Buch der Vergangenheit, das Buch der Gegenwart und das Buch der Zukunft. Ihr Inhalt steht fest in der heiligen Ordnung und an uns ist es, ihr verborgenes Wesen zu ergründen.

Das vierte aber, das Buch der Wandlung, liegt noch mit leeren Seiten vor uns, denn auf sie schreibt der Mensch seine eigene Geschichte, die von Irrtümern und Umwegen gekennzeichnet ist. Die wenigen Augenblicke von Harmonie und reiner Erkenntnis leuchten darin auf wie die Tränen des Skarabäus, des regenbogenen Sinnbilds der ewigen Schöpfung. Dies ist die Stunde, in der Phönix sich selbst in seinem Horst verbrennt und wiedergeboren aufsteigt zum Himmel, um dort ein neues Leben zu beginnen . . .

Nach einer alten
ägyptischen Handschrift

DAS BUCH IBIS

»Mit Mazdanuzi beginnt unser Geheimnis«, sagte meine Mutter. »Dein Großvater kam über das Meer nach Ägypten, von der Insel, die sie *Nabel der Welt* nennen. Er hat dort große Tempel gebaut, die völlig anders aussehen als unsere hier. Rund sollen sie sein, nach einer Pflanze gebildet, die an den Ufern des Nil nicht wächst. Und statt des Pharao regieren die Frauen dort, was mir so seltsam vorkommt wie alles, was ich aus dem Munde deines Großvaters über die Insel hörte: Daß dort die Menschen barfuß gehen und sich nicht vorsehen müssen, wo sie hintreten, weil es weder Schlangen noch Skorpione noch Disteln gibt. Und jetzt hilf mir beim Kornmahlen und Brotbacken. Wir haben noch viel zu tun, wenn wir morgen aufbrechen wollen.«

So fing sie immer an, wenn ich ihr helfen sollte, Echnefer, meine Mutter, denn sie wußte, daß ich meine Ohren spitzte, sobald es um Mazdanuzi ging, meinen Urahn, und die Legenden, die sich um sein Leben rankten. Ich habe sie oft gehört, diese unglaublichen Geschichten, die jedesmal anders und sich doch auf geheimnisvolle Weise immer wieder ähnlich waren, wie unterschiedliche Falten des gleichen Gewandes. Warum habe ich damals zugehört, warum schreibe ich sie heute aus der Erinnerung nieder? Berühren sie mich so stark, weil sie meine eigene, ureigenste Geschichte erzählen? Kann es sein, daß ich, Hem-On, der Schreiber, der Sekretär Imhoteps, der Gesandte des Pharao, der in die geheimen Kulte der Isis Eingeweihte, der Gelehrte und der Abenteurer, der Spieler und Zweifler, in einem früheren Leben vielleicht jener sagenhafte Mazdanuzi gewesen bin? Das Spiel des Schicksals wiederholt sich ja unendlich oft und bedient sich dabei lediglich anderer Körper und Formen, die wenig von ihren früheren Existenzen wissen und nichts vom wahren Sinn ihres Lebens erahnen.

Ich erinnere die genauen Worte meiner Mutter nicht mehr, die vielen tausend Worte, die mich wie Fliegen umsummten, wie der Gesang der Zikaden, wie die vielfältigen Stimmen des Nil in den Strudeln der Katarakte, wenn ich bei ihr war und ihr zur Hand ging. Aber die Bilder, die diese Worte erzeugten, sehe ich noch heute so klar und deutlich vor mir, daß ich sie traumwandlerisch sicher niederschreiben kann, als sei ich im Bildersaal der großen Göttin Isis zu Philae auf der Elefanteninsel, wo in ihrem Heiligtum das verborgene Wissen der Welt aufgezeichnet ist.

Und jetzt, da ich alt bin und manches besser verstehe, da mir die Zusammenhänge weitaus wichtiger als die Einzelheiten sind, kommt es mir vor, als hätte sie mir damals schon alles gesagt, was es für mich zu verstehen gibt und ich hätte nur besser zuhören sollen, um es zu begreifen.

Meine Mutter war eine wunderbare Erzählerin, obgleich ich glaube, daß sie manchmal ihre Geschichten auch einfach erfand. Nicht, um bewußt die Unwahrheit zu sagen, sondern vielmehr, um all dem, was wirklich geschah, etwas Besonderes zu verleihen, etwas, das annähernd dem Zauber entsprach, den sie selbst bei den einfachsten Dingen empfand. Ihr Bedürfnis, alles auszuschmücken, war groß, und dafür liebte ich sie. Einen kostbaren Umhang legte sie über den erbärmlichsten Strauch, ließ aus dürren Papyrusstengeln mächtige Säulen erwachsen, die aus dem Ursumpf ragend das Weltendach trugen, und wer ihr zuhörte, glaubte am Ende gar, daß ihre Worte die Kraft besaßen, die trockenen Sandkörner der Wüste aufquellen zu lassen wie Kornsamen. Aber wer weiß, vielleicht ist die Welt immer nur so, wie wir sie sehen wollen – für jeden anders zwar, aber deshalb nicht weniger wahr und wichtig. Ich jedenfalls hing an ihren Lippen, wenn sie erzählte, und ließ mich von ihren Geschichten entführen in Zeiten, die längst schon vergangen und voller Wunder waren.

»Mazdanuzi kam übers Meer nach Ägypten wie jenes Volk, das einst ins Delta eindrang, die Dynastien der großen Pharaonen mit ihrer strahlenden Macht begründete und sich die *Gefolgschaft des Horus* nannte. Von ihrem Blut war er und ähnelte ihnen auch im Aussehen, obgleich er kein Herrscher war und nicht zur königlichen Familie zählte. Aber er war ein kluger und angesehener Mann, einer dessen Wort bei vielen galt, ein Baumeister wie dein Vater und wie du einst einer werden sollst«, sagte Echnefer.

»Ob die alte Xemcha damals noch dabei war und wie lange sie noch lebte, weiß niemand genau. Auch die Zeit hat keine Bedeutung. Kann nicht manchmal ein Augenblick so lang wie eine Ewigkeit sein? Jedes Ding lebt seine eigene Zeit, und ungeduldig werden nur die Menschen. Was bedeutet es schon, ob Mazdanuzi vorgestern kam oder vor vielen Jahren? Was bedeutet es schon, ob es vorgestern war und ob dein Vater, der, den sie Nasar nannten, weil sie seinen echten Namen nicht aussprechen konnten, gestern erst ging? Unüberschaubar ist das Schicksal der Menschen und groß allein die heilige Ordnung der Maat . . .«

Ich saß am Boden und zerstampfte mit einem hölzernen Stößel das Korn, siebte es sorgfältig aus, während meine Mutter am kniehohen Reibstein hockte und das Getreide mahlte. Das Mehl sammelte sich in einer Vertiefung am unteren Ende des Reibsteins. Auch feiner Staub von den Steinen war dazwischen, aber das machte wenig aus, später im Brot würde man davon nichts mehr spüren. Alle Arbeitsgänge des Brotbackens führten wir selber aus, wie es hier üblich war. Unser Dorf war klein, ein paar Lehmhütten am Rand der unendlichen Sümpfe. Es gab keinen Bäcker, und so buk jeder sein Brot selbst. Aus dem durchgekneteten Teig formte meine Mutter große runde Fladen, die in einer Backform auf den niedrigen Ofen gestellt wurden. Danach galt es, das Feuer kräftig zu schüren. Man mußte dabei das Gesicht mit der Hand schützen und sich oft zum Feuerloch beugen, um die Glut anzublasen. Es war schon eine Kunst, die Hitze gleichmäßig zu halten, und ich war stolz darauf, daß es mir immer besser gelang, die Brotfladen gleichmäßig knusprig zu backen und an keiner Stelle anbrennen zu lassen.

Diesmal allerdings machte mir das Glutblasen und Fladenwenden weniger Freude als sonst. Was meine Mutter da über die Maat sagte, zudem noch in diesem Zusammenhang, empörte mich und machte mich regelrecht zornig. Ich liebte meine Mutter, aber wenn sie von der heiligen Maat sprach, begann ich sie jedesmal zu hassen. Was war sie denn eigentlich, die Maat, die allmächtige heilige Ordnung? Das Gesetz, das uns vorschrieb, fernab vom Regierungssitz des Pharao und den märchenhaft großen Städten in diesem armseligen Dorf zu leben, als seien wir vom Aussatz befallen. Das Gesetz, das meinen Vater gezwungen hatte, einen fremden Namen zu führen und Nasar zu heißen, bis die Beamten kamen, um ihn zum Heer zu holen, weil er nun doch schon ein echter Ägypter sei. War mein Vater nicht Baumeister gewesen, hatte er nicht verdient, bessere Aufgaben zugeteilt zu bekommen, zum Beispiel Tempel zu bauen, wie mein Großvater Mazdanuzi? Ich haßte die Maat, diese schrankenlos aufdringliche Macht in den Köpfen der anderen, die stark genug war, Beamte auszusenden und Heere marschieren zu lassen. Ich haßte meine Mutter, aller Liebe zum Trotz, dafür, daß sie sich dieser fremden Macht unterworfen und vergessen hatte, woher wir einmal gekommen waren.

»Dein Vater ist wie die anderen alle auf Befehl des Pharao in den Krieg um die südlichen Landesteile gezogen. Er hat dort tapfer gekämpft, und eine Übermacht an gemeinen Rebellen war es, die ihn in den Hinterhalt lockte und mit Keulen erschlug«, sagte meine Mutter und reichte mir einen frisch ausgewalkten Brotteig, als sei es die natürlichste Sache der Welt, daß man Brot backt, während man solche Worte ausspricht, die einem das Herz im Leibe erfrieren lassen.

»Das hat die heilige Maat bestimmt, die durch das hohe Haus des Horus auf Erden vertreten wird. Der Pharao ist ein Horus, das Auge, der Falke, der, der über uns alle am Himmelszelt wacht. Was du auch tun magst, er sieht und hört dich, selbst die geheimsten Gedanken liegen offen vor ihm. Darum schmiege dich in den Mantel der schützenden Maat und mache dich am besten unsichtbar, damit das Schicksal dir gnädig gestimmt bleibt und dich verschont. Wer aufrecht geht, wird schnell im ebenen Feld von den Falken erspäht und leicht ihre Beute. Wer stolz ist, erweckt die Mißgunst der anderen. Am liebsten wünsche ich mir, daß du klein bleibst, Hem-On, mein Sohn, immer so klein wie jetzt. Dann könnte ich dich ein Leben lang beschützen, und dir bliebe vieles erspart.«

»Ich will aber nicht klein bleiben!« rief ich wütend. »Ich will groß werden und aufrecht gehen, und mit stolzem Gang dazu, wie Mazdanuzi, mein Urahn, gleichgültig wie viele Falken über den Feldern schweben. Sind es nicht die Vögel, die man bändigen und abrichten kann? Waka, der Fischer, der mit seinem Schilfboot weit in den Sümpfen herumkommt, hat mir erzählt, daß Jäger und Fallensteller sie mit Netzen und Leimruten fangen und an den Pharao liefern, der mit ihnen zur Jagd ausreitet. Warum soll ich mich also fürchten?«

»Versündige dich nicht mit Worten!« antwortete meine Mutter heftig und wenn sie so sprach, wurde sie noch schöner als sonst. Wie eines der göttlichen Bildwerke sah sie dann aus, die vom Vorlesepriester des benachbarten Tempels einmal im Jahr durch unser kleines Dorf getragen wurden, wie Hathor, die kuhhörnige Schicksalsgöttin und Isis, die große Herrin der Liebe, wie beide in einer Person, und ich erschrak.

»Und schlimmer noch als Worte sind unerlaubte Gedanken! Du bist Hem-On, Sohn des Nasar, des Ägypters. Auch du unterliegst der heiligen Ordnung. Sie gilt für uns alle. Wer mutwillig gegen sie verstößt, den sucht grausame Rache heim. Und nicht nur ihn, sondern alles und jeden in seiner Umgebung. Was er anfaßt, das verdorrt, was er liebt, das verbrennt und verwelkt zu Asche. Willst du solchen Fluch über uns bringen? Denk an das Dorf, an deine Zukunft und denk auch ein wenig an mich...«

»Die Leute im Dorf und dich sehe ich ständig«, sagte ich, »ich teile täglich das Leben mit euch. Von meinem Vater aber habe ich fast schon vergessen, wie er aussieht, also denke ich an ihn. Wo ist er, wo ist Nasar, den du einen Ägypter nennst, was beinahe schon wie ein Schimpfwort klingt. Warum mußte er kämpfen und wurde erschlagen? Warum lebt er nicht mehr in Frieden hier bei uns und lehrt mich das Handwerk des Bauens, wie er versprach?« Meine Mutter schlug ihre Hände vor das Gesicht und schluchzte laut auf. In letzter Zeit tat sie das oft. Selbst aus geringem Anlaß heraus weinte sie, und oft auch, wenn es keinen ersichtlichen Grund dafür gab.

Vielleicht klammerte sie sich an die heilige Maat nur aus der Hoffnung heraus, alles würde sich doch noch zum Guten wenden, wenn sie alle Zweifel vermied, als würde die böse Nachricht vom Tod meines Vaters sich im nachhinein als ein schlechter Traum erweisen, ein Spuk, der mit den letzten Schattenstreifen der Nacht verweht... Aber gerade der Zweifel war es, der an ihr nagte. Hätte sie Angst und Trauer überwinden können, so fühlte ich damals, wäre sie vielleicht gerettet gewesen. So aber fraß ihr der Kummer die Seele auf. Unsere Seele ist Ka, eine Kraft, die uns leben läßt. Der Ka meiner Mutter wurde mit jedem angstvollen Weinen schwächer, mit den Tränen schwemmte ihre Stärke davon. Wenn ich mich ihrer Qualen erinnere, preßt sich mir das Herz zusammen, und im nachhinein kommt es mir vor, als wußte sie damals schon alles und fing an, Abschied zu nehmen.

Ich war aufgesprungen und hatte die Arme um die Schultern meiner Mutter gelegt. Ich wollte sie trösten und war doch hilflos und schwach. Liebste Echnefer, liebe Mutter, in diesem Moment, ich weiß es, gehörte dir all meine Liebe. Aber weil ich so klein und ohnmächtig war, blieben auch mir nur die Tränen, von denen es heißt, sie seien die Tropfen des Skarabäus, der bei der Weltschöpfung aus dem Kelch einer Lotosblüte kroch und aus ihnen die Menschen formte, weshalb wir alle Kinder seiner Tränen sind.

Meine Mutter faßte sich rasch und begann mich zu beruhigen wie ein ganz kleines Kind. Sie sang jenes alte Lied, das die Mütter überall am Nil ihren Kindern ins Ohr flüstern, und ich nahm es ihr nicht übel, sondern ließ sie gewähren und spürte die Wohltat ihrer Stimme: »Oh, ihr Ammen, ihr himmlischen Helferinnen, wacht über dieses Kind und behütet seinen Pfad unter den Menschen und lenkt die Wege der Feinde ab von ihm, bis er sein Ziel sicher erreicht hat. Re im Himmel tritt für ihn ein, der Ka seines Vaters wacht über ihn, und sein Schutz ist die Zauberkraft seiner Mutter, die seine Beliebtheit verbreitet. Freu dich, Nasar, dein Sohn Hem-On ist dem Leben gegeben . . .«

Ich bin wohl in den Armen meiner Mutter eingeschlafen, zunächst noch dem Klang ihres Liedes lauschend, den Versen nachsinnend, um dann langsam vom Traum dahingetrieben zu werden über die Gewässer, die weder Gut noch Böse kennen.

Ich sah ein gewaltiges Meer, sanfter Wind bewegte es gleichmäßig und legte ein kräuselndes Muster auf die Wellen. Hoch stand die Sonne am Himmel, keine Wolke störte sein tiefes Blau. Dort aber, wo sich Himmel und Meer trafen, tauchte plötzlich ein weißes Segel auf. Es war das Schiff meines Großvaters, denn »Mazdanuzi kam übers Meer nach Ägypten«. Ich sah es herangekommen, größer und größer werdend wie ein Tier, das seinen langen, hochaufgerichteten Hals aus dem Wasser reckt, denn sein Bugsteven war reich mit Schnitzwerk verziert.

Unter den Menschen an Bord, die von jener Insel kamen, die man *Nabel der Welt* nennt, erkannte ich sofort vorn beim Kapitän meinen Großvater Mazdanuzi, einen großen Mann mit kräftigen Schultern. Hellbraun, fast blond war sein Haar, hell und scharfblickend seine Augen. Neben ihm, nicht ganz so deutlich zu erkennen, ganz so, als verhülle ein feiner Schleier ihren Körper, stand meine Großmutter Xemcha. Auch sie spähte über das Wasser hinweg, gespannt und voll Hoffnung war ihr Blick, begierig, die neue Heimat Ägypten, über die so viel auf ihrer Insel gesprochen worden war, endlich zu sehen. Es war eigentümlich, daß sich meine und ihre Augen plötzlich trafen, da wir doch räumlich und zeitlich so weit voneinander getrennt waren. Ein Lächeln flog über ihr Gesicht, und dieses Lächeln berührte mich. Ich spürte eine große Liebe zu jener Frau und eine große Nähe zu den Menschen auf dem Schiff.

Dann war ich plötzlich unsichtbar bei ihnen an Bord, spürte das Schwanken der Wellen, hörte das Rauschen des Meeres und die Stimmen der Leute, fühlte den Wind in meinem Haar. Zugleich wurde mir bewußt, daß das gar nicht ich war, sondern mein Vater Nasar. Ein kleiner Junge war er, und ich merkte, daß er vor Aufregung und Neugier zappelte.

»Wie wird es sein in Ägypten?« hörte ich ihn fragen. »Wie sind die Menschen dort? Sehen sie aus wie wir? Sprechen sie unsere Sprache, sind sie uns freundlich gesinnt?«

»Das glaube ich schon«, sagte mein Großvater Mazdanuzi. »Die meisten von ihnen gehören zwar zu einem anderen Volk, stammen aus der Wüste oder von den fruchtbaren Ufern des Nil und glauben an Dinge, die uns fremd sind und die uns vielleicht unverständlich erscheinen werden. Doch du wirst sehen, daß es dort auch viele von uns gibt, denn schon seit frühester Zeit sind Menschen von Melite nach Ägypten gefahren, um dort ein neues Leben zu beginnen. Einige von ihnen werden wir treffen. Sie bilden nur eine Minderheit in Ägypten, aber eine, die großes Ansehen genießt. Auch der König ist einer von uns. Dort herrschen nämlich die Männer und nicht die Frauen, und es gibt viele Beamte und Meister in den verschiedensten Handwerken, die in seinen Diensten stehen.«

Nasar war wirklich aufgeregt und bestürmte seinen Vater mit

weiteren Fragen, die jener geschickt und mit großer Geduld zu beantworten verstand. Schließlich wurde ich müde und suchte die Nähe von Xemcha, die auf einer Art Ruhekissen auf den Planken saß. In ihren Armen schlief ich ein.

Ich erwachte und merkte sofort, daß viele Jahre seitdem vergangen sein mußten, denn ich war nun bedeutend größer, fast schon erwachsen. Ich lag im Halbdunkel einer Hütte und hörte nebenan meinen Großvater mit mehreren Leuten reden. Obgleich mir ihre Stimmen unbekannt waren und mir vieles von dem, was sie sagten, unverständlich blieb, spürte ich dennoch, daß die Rede von mir war.

»Dein Sohn Nasar macht mir große Sorgen«, sagte soeben ein Mann. »Er treibt sich zu sehr mit den Einheimischen herum und zeigt wenig Interesse für unsere Belange. Das, was uns zusammenhält, scheint er vergessen zu haben. Der *Bund* zählt für ihn nicht, er kommt auch nicht mehr zu den Treffen. Du solltest ein Auge auf ihn haben, besonders jetzt, da Xemcha nicht mehr lebt.«

»Ich weiß selbst, was ich zu tun habe«, entgegnete mein Großvater Mazdanuzi, »und Nasar ist alt genug, für sich selbst zu entscheiden. Außerdem sind die Menschen nun einmal so. Sie vergessen schnell und lieben die Dinge und Menschen, die ihnen tatsächlich nahe sind. Du solltest ihm nicht zürnen, wenn er den Treffen fernbleibt. Im *Bund* sitzen überwiegend alte Männer, für die die Vergangenheit wichtiger als die Zukunft zu sein scheint. Meinst du, so etwas interessiert einen Heranwachsenden? Nein, ich mache mir eigentlich wenig Sorgen um meinen Sohn. Er geht den Weg, der für ihn vorbestimmt ist, und ich habe kein Recht, hier einzugreifen. Ich kann nur behutsam zu steuern versuchen. Du wirst schon sehen, daß es so gut ist. Wir kommen von der Insel und denken noch oft an sie, das ist verständlich. Unsere Kinder aber planen anders. Sie bauen sich ein eigenes Leben auf, und auch das verstehe ich wohl. Wir leben in Ägypten, und das ist für sie die einzige Wirklichkeit.«

Die andere Stimme brummte noch etwas Unverständliches, aber ich hörte ohnehin nicht mehr zu. Der Schmerz um den Verlust der Mutter schüttelte mich. Ich preßte mein Gesicht schluchzend gegen die Matte.

Ein neues Bild steigt aus den Träumen hoch. Ich sehe mich aufbrechen und die Familie verlassen. Neben mir geht Echnefer, wir wandern zusammen durch die Wüste, erreichen den grünen Streifen des Fayums, suchen einen Weg, irren tagelang im Dickicht der Sümpfe umher. Jung und schön ist Echnefer, viel jünger, als ich sie kenne. Sie ist meine Frau, und ich bin glücklich darüber. Doch ich habe auch noch gehässige Stimmen im Ohr. Wie lästige Fliegen umsummen sie mein Bewußtsein. Es gelingt mir nicht, sie zum Schweigen zu bringen und fortzuscheuchen.

»Eine Ägypterin ist sie, muß es ausgerechnet eine Ägypterin sein? Gibt es nicht genug Mädchen von unserer Abstammung, die zu ihm passen würden? Warum ist er nur so starrköpfig und schlägt alle Warnungen in den Wind?«

»Sie trägt ein Kind von ihm unter dem Herzen.«

»Um so schlimmer! Heißt es nicht, daß die unterschiedlichen Kasten rein bleiben sollen? Gilt das nicht um so mehr für die *Gefolgschaft des Horus*? Der Pharao, der uns allen ein Vorbild ist, hält sich daran – warum nicht Nasar?«

»Die Liebe hat ihn blind gemacht und raubt ihm den Verstand. Jetzt muß er sich und die Seinen in den Sümpfen verstecken. Es ist schade um ihn, er hätte ein großer Baumeister werden können, wie es Mazdanuzi, sein Vater, wollte. Die beste Ausbildung hat er genossen, sich in vornehmen Kreisen bewegt und die Zukunft stand ihm offen... Undankbar ist Nasar, schlecht hat er es seinem alten Vater gedankt, der nun voll Trauer um den Verlust des Sohnes dahinsiecht. Er hat sich nach keinem Gesetz gerichtet, weder nach dem unseres *Bundes* noch nach der heiligen Maat der Ägypter. Weit außerhalb der Ordnung ist er gefallen, nun flieht er...«

»Vielleicht reicht die Kraft meines Kas nicht aus, vielleicht muß noch sein Kind für die Vergehen des Vaters büßen...«

»Wir müssen aufstehen, Hem-On. Schau, die Brote sind fertig und die Glut im Ofen ist niedergebrannt. Und es gibt noch einiges zu tun, bevor die Abenddämmerung einbricht. Morgen in aller Frühe werden wir aufbrechen und den langen Weg durch die Sümpfe wagen, denn in Memphis erwartet man uns.«

Ich rieb mir schlaftrunken die Augen und sah das Dorf nur verschwommen. Die Lehmhütten ringsum, die Nachbarn bei ihren Arbeiten, Kinder, die zum Ufer liefen, um die heimkehrenden Fischer mit ihren fangvollen Netzen zu begrüßen. Ich sah im Buschwerk zum Trocknen und Ausbessern aufgehängte Reusen und die plumpen Leiber der Papyrusnachen, die von den Männern aus dem Wasser auf die glitschige Böschung vor unserem Dorf gezogen wurden, und dahinter das braune Schlammwasser des Sumpfes mit den vielen tausend Inseln. Ich sah Gänse und Enten, denen man die Flügel gestutzt hatte, schwerfällig durch die Gurkenfelder watscheln, Tauben in ihren Käfigen im Schatten der Bäume gurren, wiegende Sykomoren mit einladend reifen Feigen – all dies erblickte ich im warmen Nachmittagslicht wie durch einen Schleier. Das Dorf, das mir so lange Zeit, mein ganzes Leben bisher, Spielplatz, Abenteuer und Heimat gewesen war, war mir plötzlich so nahe und zugleich so neu, als sähe ich es in dieser Dichte das allererste Mal. Es stand vor mir mit all seinen Gerüchen, Geräuschen und Bildern, als wisse es genau, daß dies ein letzter Gruß war, zum Einprägen und nie mehr Vergessen. Morgen würden wir gehen und das Dorf zurücklassen und niemand vermochte zu sagen, ob wir es jemals wiedersehen sollten. »Nach Memphis?« fragte ich und sog, mich aufrichtend, tief den Duft des Helva-Krauts ein, nach dem alles hier roch – das Land, die Häuser, die Menschen. »Kommen wir nie mehr zurück? Warum gerade nach Memphis?«

»Dein Vater hat es so gewollt«, antwortete Echnefer, »es war sein letzter Wille, und wir handeln danach. In Memphis erwartet uns mein Bruder, dein Onkel, mit seiner Familie. Du wirst dich dort wohlfühlen und sehen, daß alles noch gut wird. Die Hauptstadt ist groß und bietet viele Möglichkeiten für uns, mehr, als dieses Dorf uns jemals geben kann. Vor allem für dich, für deine Ausbildung und dein späteres Leben. Aber nun spute dich und hilf mir beim

Packen. Morgen wird keine Zeit mehr dafür sein, wir müssen sehr früh los und ausgeschlafen sein, denn der Weg durch die Sümpfe ist nicht ohne Gefahr.«

Also tat ich wie mir geheißen, war fleißig und bei Sonnenuntergang rechtschaffen müde. Erschöpft, erregt, gespannt und zugleich mit einem seltsamen Gefühl der Wehmut fiel ich schließlich auf meine Bastmatte. Es war die letzte Nacht in unserem Dorf, und der monotone Gesang der Fischer, das rhythmische Klatschen ihrer Hände und das verhaltene Flüstern und Kichern der Frauen und Mädchen vor den Nachbarhütten begleiteten mich in einen tiefen, traumlosen Schlaf hinüber.

In aller Frühe, zur Stunde des ersten Vogelgesangs, weckte mich meine Mutter. Wir machten uns auf den Weg, unten an der Uferböschung würden wir Waka mit seinem Boot treffen. Ich blieb noch einmal stehen und blickte zum Dorf zurück. Die Lehmhäuser lagen ins Halbdunkel eingebettet, als würden sie sich an die Nachtkühle klammern. Bald würde über den Baumkronen im Osten die Sonnenscheibe aufsteigen und ihre Glutpfeile aussenden, heißer und heißer gegen Mittag hin, bis die Luft über den Sümpfen zu wabern und zu kochen begann. Bald würde das Dorf sich lautstark zu räkeln beginnen, die Fischer würden ihre Netze und Reusen in den Papyrusnachen verstauen, begleitet von schreienden Kindern, und die Frauen mit den Tonkrügen würden sich aufmachen, um morgenkühles Wasser aus dem Brunnen zu schöpfen. Das Wasser des Flusses war nicht gut, es hieß, Sobeks Geist schwebe über den Sümpfen, er habe das Wasser nur für Pflanzen und Tiere gemacht und für die ganz kleinen Fliegen, Mücken, Libellen, die ihre Brut überall ablegten, wo Feuchtigkeit war. Deshalb brauchten die Menschen eigene Trinkstellen –

tief ins Erdreich gegrabene Brunnen, die man mit Holz und Matten abdecken konnte. Unser Dorf war klein, eine unbedeutende Ansiedlung inmitten des Fayums, eine von vielen – und doch war gerade sie mir viele Jahre lang Heimat gewesen. Wo ich geboren bin, weiß ich nicht genau, meine Mutter sagte ausweichend, es sei irgendwo im Nildelta gewesen, aber der Name des Ortes sei unwichtig, weil wir schon damals unterwegs zum Fayum waren, wie es mein Vater bestimmt hatte. Warum nicht nach Memphis, warum durften wir nicht in der Nähe des großen Pharao leben wie mein Onkel und die anderen Verwandten von Echnefer, meiner Mutter? Warum dieses Versteck in den Sümpfen, warum konnten wir erst jetzt in die Hauptstadt reisen? Fragen über Fragen, die mich damals bestürmten und auf die meine Mutter seither nur unbestimmte und umschreibende Antwort gegeben hatte.

Mir ging vieles an jenem Morgen im Kopf herum, ein bißchen Abschiedsschmerz auch, denn schließlich verlor ich auf einen Schlag sämtliche Freunde. Nicht einmal richtig verabschiedet hatten wir uns von den Nachbarn, wie es doch eigentlich vor einer solchen Reise üblich gewesen wäre. Meine Mutter hatte aus unserem Aufbruch ein richtiges Geheimnis gemacht, mich erst im allerletzten Moment in das Vorhaben eingeweiht, und mir war es schwer, äußerst schwer gefallen, es vor den anderen zu verbergen. Mit Mazdanuzi beginnt unser Geheimnis, hatte meine Mutter gesagt, damals, vor vielen Monaten und Jahren, zu Zeiten, als mein Urahn noch lebte. Ich spürte deutlich, daß dieses Geheimnis mich wohl noch lange begleiten würde.

Reste der Bilder meines verworrenen Traumes, der sich in der vergangenen Nacht fortgesetzt hatte, fielen mir wieder ein. Bruchstücke, die keinen rechten Sinn ergaben. Mal war ich Nasar, mein Vater, mal mein Großvater Mazdanuzi, dann wieder ein körperloser und unsichtbarer Beobachter gewesen. Raum und Zeit waren mir durcheinander geraten. War ich nicht gestern erst an Bord eines stolzen Schiffes über das Meer gefahren? Ich sah es genau vor mir mit seinem hochstehenden, geschnitzten Steven, mit dem im Wind geblähten Segel und dem Bug, der kraftvoll die Wellen durchschnitt... Wenn ich die Augen zusammenkniff, glaubte ich es durch die Wolken über den Kronen der Sykomoren segeln zu sehen und die Menschen auf dem Schiff winkten mir zu...

Und was hatten die Stimmen Böses über meinen Vater geflüstert? Waren wir auf der Flucht gewesen, hatten wir uns wirklich im Dorf in den Sümpfen verstecken müssen, um Schimpf und Schande zu entgehen? Galt meine Mutter nichts, weil sie von einer anderen Kaste, von einem anderen Stamm oder Volk war? Mochte dies alles der Grund dafür sein, daß uns Vater verlassen hatte, um sich in der weiten Ferne ins Abenteuer zu stürzen? Hatte er am Ende gar darum sein Leben aufs Spiel gesetzt und verloren?

Dies alles schwirrte mir durch den Kopf, als wir Wakas Schilfhütte erreichten, wo der Alte uns entgegenkam und uns stumm anwies, die Körbe und Essensvorräte in seiner Barke zu verstauen. Waka war ein kahlköpfiger, schweigsamer Mann, von dem ich viel gelernt hatte, wenn ich ihn auf seinen Fangfahrten begleiten durfte. Von ihm hatte ich meine erste geschnitzte Schilfrohrflöte und auch die einfachen Tonfolgen und Melodien, die ich darauf übte. Er hatte mich das Netz auswerfen und die größeren Fische speeren gelehrt, ich wußte, wie man sie abschuppt und ausnimmt und wie sie auf Holzstangen im Feuer geräuchert werden. Von ihm hatte ich gelernt, die Vögel an ihrem Ruf und ihrem Flug zu unterscheiden, und fast ahnte ich schon im voraus wie er, wann ein Krokodil auftauchen würde oder es galt, einer Herde badender Flußpferde auszuweichen. Oh ja, in Wakas Nähe fühlte ich mich bereits wie ein Mann, viel ernster und wichtiger als in der Obhut meiner Mutter oder beim Spiel mit den Nachbarkindern. Ich war froh, daß Echnefer gerade ihn ausgewählt hatte, uns das erste Stück der Reise zu begleiten. Er würde uns sicher den Flußlauf hinauf und durch das Wirrwarr der Sumpfarme zum Strom bringen, an den Inseln ohne Namen vorbei bis zu einer Stelle, von der meine Mutter behauptete, sie würde sie wiedererkennen, denn dort begänne ein fester Weg nach Memphis.

Meine Mutter und ich hockten zwischen den Körben, während Waka hochaufgerichtet im Boot stand und mit kräftigen Armen die Stange gebrauchte. So glitten wir beinahe geräuschlos in der Morgenstunde dahin, die bereits angefüllt war mit einer Vielzahl von

Lauten: dem Platschen und mitunter unheimlichen Glucksen des Wassers, Vogelgezwitscher und Rascheln im dichten Gesträuch zu beiden Seiten des Flusses, dem Flüstern des Windes im Schilf, dem schrillen Gesang der Zikaden.

Waka sprach nicht, Eschnefer schwieg, und so saß auch ich stumm im Boot, allein mit mir und meinen Gedanken. Ich habe noch genau das Bild meiner Mutter vor mir, als uns die ersten Strahlen der Sonne trafen. Schön sah sie aus, wie sie damals im Boot saß und aufmerksam in das undurchdringliche Dickicht der Sumpfinseln starrte, schwarz ihre Augen und schwarz das Haar, das im Nacken zu zahlreichen dünnen Zöpfen geflochten war. Im Unterschied zu mir, dessen Haare eher braun und dessen Haut von ungewöhnlicher Blässe war, wirkte sie wie eine Fellachin, war den Frauen des Dorfes ähnlich, nur mit der Besonderheit, daß ihre Nase und die Wangenknochen feiner geschnitten waren. Sie trug ein weißes, plissiertes Leinenkleid, das eigentlich viel zu gut für eine solche mühsame Reise war, und sah darin, obgleich sie keinerlei Schmuck angelegt hatte, wie eine Königin aus.

Ich betrachtete sie, und wieder einmal war ich verblüfft über den Unterschied zwischen ihrem und meinem Aussehen. Es war kaum zu glauben, daß ich ihr Kind sein, ja wir beide zur gleichen Familie gehören sollten. Nicht die geringste Ähnlichkeit hätte ein Fremder bei uns festzustellen vermocht. Ich schrieb dies vor allem dem Einfluß meines Vaters zu, und in der Erinnerung verschmilzt sein Bild allmählich immer stärker mit meinem.

Waka dagegen wirkte wie ein Baum. Runzlig und knorrig war sein Gesicht, grobschlächtig sein Körper und die Haut war von der Sonne verblichen wie Leder. Wie ich trug er ein einfaches Lendentuch, ansonsten war er nackt, und obgleich er uralt war, verliehen die vielen Muskeln und Sehnen seinem Körper etwas von der Kraft eines jungen Mannes.

Meine Gedanken kreisten erneut um das Ziel unserer Reise. »Werden wir überhaupt in Memphis willkommen sein?« fragte ich. »Ich meine, niemand kennt uns da, der Onkel, von dem du erzählt hast und seine Familie – sie haben uns nie gesehen . . .«

»Mich schon«, lachte meine Mutter auf und strich mir rasch mit der Hand über den Kopf. »Mach dir keine unnützen Gedanken, Hem-On. Glaub mir, wir werden dort äußerst willkommen sein und bestimmt schon erwartet.«

»Trotzdem...«, murrte ich. Mir begann unser Dorf langsam zu fehlen, je weiter wir mit dem Boot vorankamen, desto unbehaglicher fühlte ich mich.

»Onkel Chonsemheps Familie ist groß«, sagte Eschnefer, »in seinem Haus leben mehr als zehn oder zwölf Menschen, und ein paar der Kinder müßten ungefähr in deinem Alter sein. Sein Sohn Hamet ist zehn Jahre alt, genau wie du. Ich glaube, ihr werdet euch gut verstehen.«

»Saka war auch nett und Semba, Nasu, Memet und all die anderen Freunde im Dorf!«

»Ich weiß«, sagte meine Mutter nachdenklich und lachte nach einer Pause erneut auf. »Aber gib doch zu: ist es nicht herrlich aufregend, eine so weite Reise zu machen?«

Waka hob plötzlich die Hand und bedeutete uns zu schweigen. Wir blickten uns um, konnten aber nichts Ungewöhnliches entdekken. Die Sonne war höher am Himmel geklettert und beleuchtete einen grünen Irrgarten aus Papyrusdickicht, Schilfbinsen und üppig von Buschwerk überwucherten Inseln. Das Wasser floß nun so träge dahin, daß es beinahe stand. Schlammbraun war es, modrig, und es roch süßlich. Bisher waren wir keinem einzigen Krokodil begegnet, obgleich es in der Umgebung nur so von diesen Ungeheuern wimmeln mußte.

»Stimmt etwas nicht?« flüsterte Eschnefer. Waka gab keine Antwort und wiegte statt dessen seinen Schädel auf den Schultern. Jetzt stiegen dicht vor uns mehrere Reiher aus dem Schilf, zogen mit klatschenden Flügeln und angezogenen Beinen schwerfällig über unsere Köpfe hinweg. Das Gebrüll der Frösche und der Gesang der Zikaden, die einen Herzschlag lang aufgehört zu haben schienen, setzten unmittelbar danach wieder ein. Unwillkürlich waren wir zusammengezuckt und hatten den Nachen zum Schwanken gebracht. Waka warf uns einen verärgerten Blick zu und starrte wieder ins Dickicht. Ich versuchte, etwas in unserer Umgebung wiederzuerkennen, stellte aber fest, daß mir alles ringsum unbekannt war. Wir waren schon viel zu weit in die Sümpfe vorgestoßen, waren bereits einige Stunden unterwegs. So weit hatte ich mich bei den Fangfahrten mit Waka niemals vom Dorf entfernt.

»Haben wir uns verirrt?« fragte meine Mutter ängstlich. Ihre Frage war durchaus berechtigt, es erschien mir ohnehin ein Rätsel, wie sich der Alte in diesem Labyrinth aus stets gleich aussehenden Wasserarmen zurechtfinden konnte.

»Nein«, brummte Waka, »die Richtung stimmt noch, ich habe auch nichts gesehen oder gehört, aber ich fühle etwas kommen.«

»Hathor stehe uns bei und beschütze unsere Kas«, flüsterte meine Mutter, die oft zu solch übertriebenen Reaktionen neigte und nie die Anwesenheit von bösen Geistern und Dämonen, von Schreckgespenstern und anderen unbekannten Kräften in Frage stellte. Und so hob sie auch gleich beide Arme, verneigte sich vor dem Ufer und sandte ihm einen Wasserzauber: »Mein Sinn jubelt, ihr Fischer, Bewohner des Sumpfes. Es gibt keinen, der mich vertreiben könnte von dieser Flur, auch nicht im Jahr der höchsten Überschwemmung, die die Buckel des Landes so weit überspült, daß man den Fluß nicht mehr erkennen kann und der Karun-See einem Meer gleicht. Hier sind wir und werden bleiben. Du aber, Krokodil, der du als Diener dem Sobek gehorchst, geh heim in deine Behausung und laß uns in Frieden ziehen. Das Vieh bleibt an seinem Platz, denn die Furcht vor dir ist vergangen, die Scheu vor dir verflogen, bis die Wut der mächtigen Seuchengöttin gewichen ist und die Furcht vor der Herrin der beiden Länder, große, barmherzige Isis!«

Waka sagte nichts, aber es war ihm anzumerken, wie gut es ihm tat, daß Eschnefer in dieser Situation die richtigen Worte gefunden hatte. Er stand aufrecht im Nachen und hielt mit der Stange das Boot in der Mitte des Wassers. Wie gebannt starrte ich zum Ufer, wo sich jetzt krachende Geräusche vernehmen ließen, ein Schnaufen und Rascheln im Schilf, das so heftig wurde, als brauste unvermittelt ein Sturmwind hindurch. Vom Schrecken gelähmt, ahnte ich das Unheil mehr als ich es sah.

Als der Lärm seinen Höhepunkt erreichte, brachen mit einem Mal mehrere unförmige graue Leiber durchs Schilf und klatschten unmittelbar vor unserem Boot ins Wasser.

Es war eine Herde von Nilpferden, vier, fünf gewaltige Tiere, darunter ein Bulle mit schrecklichen Stoßzähnen. Sie klatschten so heftig und so nah vor uns ins Wasser, daß der Schlamm hoch aufspritzte und unser Boot heftig ins Schwanken geriet. Blitzschnell hatte sich Waka über uns geworfen, um uns mit seinem Körper zu schützen. Mit beiden Armen klammerte er sich an den Rändern des Nachens fest, dennoch wurden wir von dem übelriechenden Brackwasser überspült. Einen Moment lang glaubte ich uns verloren. Gleich würden die Ungeheuer über uns herfallen und mit ihren riesigen Mäulern verschlingen. Ich preßte Mund und Augen zusammen und wimmerte leise vor mich hin.

Eine Weile noch wogte das Wasser um uns her, als würde es kochen, das Boot tanzte darauf, und dicht an meinen Ohren ertönte ein entsetzliches Gebrüll. Naß bis auf die Haut waren wir und krallten uns wie betäubt am Boden des Nachens fest, als das Brüllen, Klatschen und Schnauben langsam verebbte. Unendlich langsam richteten wir uns auf – Waka zuerst – und blickten uns ängstlich um. Die Herde war am jenseitigen Ufer verschwunden, war badend und sich suhlend an uns vorübergezogen, ohne uns wahrzunehmen. Sollte Echnefers Spruch uns wirklich beschützt und gerettet haben? Schnell sprach sie ein Dankgebet. Und unmittelbar danach begann sie heftig zu jammern und klagen: nicht nur, daß ihr schönes Kleid nun lehmüberkrustet war – wir hatten bei dem Zusammenprall auch einige Körbe mit Geschenken für den Onkel in Memphis verloren. Die trieben nun im Morastwasser dahin, und ihr Inhalt war sicher verdorben. Aber all dies war ersetzbar und nicht so schlimm. Viel größer war das Wunder, daß wir noch lebten. Ja, das Erlebnis schien uns auf seltsame Weise sogar gestärkt zu haben, denn als wir im Laufe des Tages auf Krokodile stießen, allesamt zackenschwänzige Boten des Sobek, passierten wir sie ungehindert und ohne Furcht.

»Ein guter Geist scheint mit auf der Reise zu sein und unser Boot zu beschützen«, sagte Waka und kratzte sich nachdenklich den kahlen Schädel. Sein Gesicht dabei drückte Verwunderung aus und die Betonung seiner Worte wird mir immer in Erinnerung bleiben.

Am späten Nachmittag erreichten wir schließlich eine größere Insel mit einem Dorf, ähnlich dem unsrigen. Dies war unser heutiges

Ziel, und dort setzte uns Waka ab, denn weiter wußte er nicht durch die Sümpfe. Er kannte ein paar Leute, Fischer wie er, denen er uns vorstellte, und sie wiesen uns eine Schilfhütte an für die Nacht und teilten ihre Speise mit uns. Meine Mutter konnte sogar ihr Kleid wechseln und das verschmutzte auswaschen – so wollte sie keinesfalls in Memphis ankommen. In dieser Nacht träumte ich von den vielen Gesichtern des Sobek, der einmal als Nilpferd, dann wieder krokodilgestaltig oder noch schlimmer daherkam. Und jedesmal preßte ich mich ins Boot, bis ich schweißnaß aufwachte und merkte, daß ich in einer fremden Hütte auf einer Bastmatte lag. Durch die schmale Türöffnung blakte der Mond, und die Sterne zwinkerten am Himmelsdach, als würden sie zu den tausend mal tausend Stimmen der Zikaden aberwitzig tanzen.

Am nächsten Morgen verabschiedete sich Waka von uns. Er nahm mich beiseite, blickte mir fest in die Augen und sagte: »Lebe wohl, Hem-On, mögen dich die Mächte des Himmels beschützen und stets für dich sorgen. Ich habe Nasar, deinen Vater, der nun bei Osiris im Reich der ewigen Dunkelheit wohnt, recht gut gekannt. Er war ein kluger und tapferer Mann, und du bist ihm ähnlich. Ich weiß, daß er vorhatte, dich bald nach seiner Rückkehr in die Lehre zu nehmen, um einen Baumeister aus dir zu machen, obgleich es mir lieber gewesen wäre, du wärest bei uns im Dorf geblieben und mit mir auf Fischfang gefahren. Ich habe ja keine Familie, und einen so tüchtigen Jungen wie dich, den weder Nilpferdgebrüll noch Krokodile schrecken, hätte ich gut in den Sümpfen gebrauchen können. Daß es nun so kommt, und ihr in Memphis erwartet werdet, betrübt mein Herz. Aber wer hört schon auf einen dummen, alten, einfältigen Mann?« Waka stand da und sah verlegen zu Boden. Es war die längste Rede, die ich je aus seinem Munde gehört hatte, und seine Worte machten mich traurig.

»Du bist weder dumm noch einfältig«, widersprach ich, »und wenn du auch alt sein magst, so bist du doch unter allen Fischern der klügste und stärkste.«

Da umarmte mich Waka und küßte mich auf die Stirn. Gleich danach, als würde er diesen für ihn ungewohnten Gefühlsausbruch bereuen, schob er mich von sich, wandte sich um und ging schleppenden Schrittes zum Boot. Ich blickte ihm nach, wie er den Papyrusnachen ins Wasser schob, sich hineinschwang und, ohne sich noch einmal nach uns umzudrehen, mit der Stange vom Ufer abstieß.

Ich ging zu meiner Mutter zurück, wir verschnürten die Körbe mit einem Seil, banden sie uns auf den Rücken und machten uns auf den Weg. Die Dorfbewohner hatten uns den Weg am Ufer entlang beschrieben, er würde zu einer seichten Furt führen, und jenseits sollten wir dem Pfad in nördlicher Richtung bis zum Karun-See folgen. Ab dort kannte sich Echnefer aus.

War es das Gewicht der Körbe, lag es daran, daß meine Mutter kleinere Schritte machte oder das Gepäck sie drückte – wir kamen, meiner Meinung nach, nur langsam voran. Gegen Mittag begannen wir zu zweifeln, ob wir noch auf dem richtigen Weg waren. So groß konnte die Insel doch eigentlich nicht sein – oder liefen wir im Kreis? Wir mußten die Furt übersehen haben. Echnefer ließ die Körbe vom Rücken gleiten und suchte im Schatten eines Gebüschs Schutz vor der Sonne. »Ruh dich aus«, sagte sie, »iß etwas Brot und nimm dir vom getrockneten Fleisch.«

Ich aß hastig und war schnell wieder auf den Beinen. Daß wir die Furt nicht fanden, ließ mir keine Ruhe. Immer wieder suchte ich das Ufer nach einer Möglichkeit ab, die breite Schlammrinne zu überqueren. Schließlich brach ich einen Zweig ab und stocherte damit im Wasser herum. Tief war es nicht und nach ein paar vorsichtigen Schritten stellte sich heraus, daß man die Rinne passieren konnte. Ich markierte die Stelle und lief zu Echnefer zurück. Meine Mutter schlief tief und fest. Ich wollte sie nicht wecken, setzte mich ihr gegenüber auf den Boden und betrachtete sie. Wie schön sie war! Obgleich sich um die Augen herum einige Falten eingegraben hatten und ihr Mund ein wenig traurig wirkte, war sie noch immer jung. Ich stellte mir vor, sie sei eine Priesterin des Isis-Tempels oder eine gute Wassernixe, die sich in die Sümpfe verirrt hatte. Fliegen summten heran und ich scheuchte sie weg, damit sie ihren Schlaf nicht störten.

Im Papyrusdickicht brüllten die Frösche, als wollten sie mit den Zikaden wetteifern, ein weißer Marabu landete ganz in unserer Nähe, um sich auszuruhen und sein Gefieder zu putzen. Er bog seinen Hals zurück und löffelte mit dem Hornschnabel seine Schwingen ab. Ich rührte mich nicht, beobachtete ihn nur, und als er die Lider schloß, um im Stehen einzuschlafen, fielen auch mir die Augen zu.

Ich muß lange geschlummert haben, denn als ich aufwachte, war es bereits später Nachmittag. Echnefer war schon marschbereit und in Sorge wegen der versäumten Zeit.

»Ich glaube, ich habe die Furt gefunden«, sagte ich. »Nicht weit von hier, ich habe die Stelle mit einem Zweig am Boden markiert.«

Wir gingen in Hast. Wir erreichten bald die Furt und begannen, vorsichtig durch das Schlammwasser zu waten. Kurz vor dem jenseitigen Ufer wurde es tiefer, als ich gedacht hatte, es war glitschig und schwierig zu gehen. Dennoch erreichten wir unbeschadet die andere Seite. Meine Enttäuschung war groß, als wir dort trotz eifrigen Suchens nicht auf den erwarteten Pfad stießen. Gewiß, man kam voran, aber der richtige Weg war es nicht.

Nach etwa zwei Stunden ergriff uns große Unruhe. Wir hielten uns nördlich – das konnten wir am Stand der Sonne deutlich erkennen –, aber wie weit würde es noch bis zum Karun-See und der nächsten Ortschaft sein? Und wie, wenn wir wieder einmal unverhofft auf eine Herde Flußpferde stoßen würden? Meine Mutter schalt nicht, aber es war ihr anzumerken, daß sie besorgt war. Trotz des Gewichts der Körbe auf unseren Schultern drängte sie zur Eile. Kein Mensch geht nachts durch Sümpfe. Zu groß sind die Gefahren der Wildnis – ganz zu schweigen von der Stunde des ersten Dunkels, die dem Kommen der Geister gehört.

Die Sonne sank unaufhaltsam, und wir liefen noch schneller. Mittlerweile war uns bewußt, daß wir uns verirrt hatten. Aber wir mußten weiter, mußten einen sicheren Fleck zum Ausruhen finden. Als das Licht des Mondes das der Sonne ablöste, die Sterne am Himmel aufflammten und tausend Zeichen setzten, eine geheimnisvolle Schrift formten, schwand unsere Zuversicht.

»Laufe, Hem-On, mein Sohn, laufe!« rief Echnefer. Und ich lief, spürte den Ernst der Stunde und die Sorge in ihrer Stimme, lief, stolperte über Wurzeln und Zweige, war froh, daß keine Krokodile da waren oder Schlimmeres, lief. Es galt, unser Leben zu retten. Einmal hielt ich erschöpft inne, ließ das Seil mit den Körben von der Schulter rutschen, sank in die Knie, keuchte, weinte, wimmerte. Schnell war Echnefer bei mir. Obgleich es ihr keineswegs besser als mir ging, tröstete sie mich.

»Wir sind verloren«, jammerte ich, »wir werden von Krokodilen gefressen, wir ertrinken im Sumpf, niemals werden wir Memphis erreichen.«

»Doch, wir werden es schaffen, ich weiß es«, sagte Echnefer, »sieh nur: dort funkelt ein Licht!«

Verzagt blickte ich hoch zum Mond. Aber dieses große, unendlich weit entfernte, trügerische Licht meinte meine Mutter nicht, sondern ein kleines, helles Flackern in der Ferne dicht über dem Boden. Kein Zweifel, dies war ein Feuer, und wo Feuer brannte, konnten Menschen nicht fern sein. Wir schöpften neuen Mut. Kaum noch auf den Weg vor uns achtend, torkelten wir weiter, strebten dem Licht zu. Das war leichtsinnig, äußerst unbedacht sogar, wie wir sogleich feststellen sollten, denn plötzlich gab der Boden unter uns nach. Mit einem Aufschrei stürzte Echnefer in ein Wasserloch. Ich hatte meine liebe Mühe, sie herauszuziehen. Als wir wieder halbwegs trockenen Boden unter uns spürten, stellten wir fest, daß ihr Seil mit den Körben verschwunden war. Wir gaben es auf, in der Dunkelheit danach zu suchen. Jetzt galt es nur noch, das rettende Licht zu erreichen. Immer trügerischer wurde der Grund, wir waren mitten im Sumpf.

Ich weiß nicht, wie wir es dennoch schafften, endlich zum Feuer zu kommen, und ich bin mir auch nicht sicher, ob es gut war, dort anzugelangen. Es handelte sich um eine kleine Sumpfinsel, auf der ein Reisighaufen brannte. Dahinter lag geduckt eine kleine Schilfhütte. Menschen waren zunächst nicht zu erkennen, allerdings streiften mehrere Schatten ums Feuer, in denen wir auf den zweiten Blick Katzen ausmachten. Es waren vier oder fünf Katzen, vielleicht lauerten noch mehr in der Dunkelheit. »Sechmet«, flüsterte meine Mutter, immer wieder dieses eine unheimliche Wort. Ich wußte, was es bedeutete. Sechmet, so hieß die löwengestaltige Göttin aus der Gegend von Memphis, die Gemahlin des Ptah und die Mutter von Nefertem, das zornige Auge des Re, das jeden Feind der Sonne zu vernichten trachtet.

Als Botin des Todes galt sie, brachte Unheil und Seuchen in die Welt, und sie war es, die einmal in grauer Vorzeit bei der Vernichtung des Menschengeschlechts blutrünstig alles Leben töten wollte. Nur weil Re sie mit rotem Wein trunken machte, ließ sie von ihrem Vorhaben ab, und ein Rest der Menschheit wurde aus der großen Flut gerettet.

Ein Schauer überlief mich. Obgleich ich sah, daß es nur Katzen waren, kleine Tiere mit rötlich gestromten Fell, deren Schatten erst durch den flackernden Feuerschein zu gespenstig übergroßen Zerrbildern wurden, wagte ich nicht, ihr zu widersprechen. Nicht einen einzigen Schritt rührte ich mich vom Fleck, während meine Mutter in magischer Abwehrhaltung die Arme ausstreckte. Niemand nahte sich Sechmet ohne Angst und aus freien Stücken. Da sprang so plötzlich eine Gestalt in den Lichtkreis des Feuers, daß wir zusammenzuckten. Es war eine alte, in Lumpen gehüllte Frau. Sie schien ebenso überrascht zu sein wie wir. Nach einer Weile des Schweigens, in der wir uns gegenüberstanden und mit angehaltenem Atem anstarrten, begann sie zu sprechen.

»Beim Bes und dem krokodilköpfigen Sobek«, sagte sie mit schnarrender Stimme, »Besuch mitten in der Nacht und auf meiner Insel, um die selbst die Dämonen einen weiten Bogen machen – was sucht ihr hier, habt ihr euch verlaufen?«

Ich nickte mit trockener Kehle, meine Mutter aber fiel vor der Alten auf die Knie. »Laß das!« befahl die unheimliche Frau. Mit barscher Geste wies sie uns an, näherzutreten. »Ich habe zwar selbst kaum etwas zu essen, aber wenn ihr verirrte Wanderer seid, so kommt, trinkt etwas Bier und teilt das Brot mit mir. Ich bin Uba-

Sanit, die Heilfrau, die sich von den Menschen zurückgezogen hat, weil sie mehr sieht und hört und wahrnimmt, als gewöhnliche Sterbliche sonst. Setzt euch und habt keine Scheu.«

Diese Worte beruhigten uns, wir wagten wieder, uns zu bewegen und ließen uns zögernd am Feuer nieder. Die Nacht war warm, und warum die Alte ihr Reisig so sinnlos vertat, da sie doch nichts kochte, war uns unklar. Vielleicht war sie von der heiligen Krankheit befallen und ihre Sinne verwirrt.

Ich weiß nicht mehr, ob die Alte oder meine Mutter das Gespräch begann, und kann mich auch nicht mehr erinnern, worum es zunächst ging. Wahrscheinlich döste ich etwas und wurde erst aufmerksam, als die Sprache auf mich kam.

»Ich werde die Hand dieses Knaben betrachten und sein Schicksal aus den Linien deuten, die dort eingekerbt sind«, sagte die alte Frau. »wie der Himmel das, was auf die Welt zukommt, mit der geheimen Schrift seiner Sterne ankündigt, so liegt die kleine Zukunft des Menschen für den, der es lesen kann, deutlich in den Kerben seiner Handfläche verborgen. Reich mir deine linke Hand, Hem-On.«

Ich war mir nicht sicher, ob Echnefer zuvor meinen Namen erwähnt hatte und ich der Aufforderung Folge leisten sollte. Irgend etwas am Wesen der Alten flößte mir jedenfalls Respekt ein. Zögernd streckte ich meine Hand aus.

Sie nahm sie, drehte sie ins Licht und betrachtete sie lange. Dann begann sie, zunächst stockend, später immer rascher, zuletzt kaum noch verständlich, zu brabbeln. »Oh, was sehe ich da? Eine ungewöhnliche Hand für ein Kind ist das, Linien, die nicht alltäglich sind... Von fern her kommst du, obgleich du erst kurz unterwegs bist, dein Blut, dein Blut... der Anfang von allem ist weiter, als man im Lande Kemet denken kann... Eine Insel sehe ich, in einem fernen Wasser, nicht der Karun-See, nicht der Nil, seine Schlafstätten in den Bergen jenseits der Katarakte... Und weiter noch ist der Weg, der vor dir liegt, Knabe. Große, bedeutende Männer wirst du sehen, und viele Frauen kreuzen deine Lebensbahn. Vier sind es, und alle vier werden sie dich mit ihrer Anmut verwirren. Doch hüte dich! Ein getrübter Blick vermag nicht die Schleier zu durchdringen, die Hathor zwischen uns und der Wirklichkeit gewoben hat... Unerklärlich ist der Wille der Götter und noch unverständlicher oft sind die Handlungen der Menschen. Aber was nützen gute Ratschläge angesichts ihrer Blindheit ... Nein, sorge dich nicht. Was immer auch geschieht, es kommt so, wie dein Ka es bestimmt. Du hast einen starken Ka, er wird dich beschützen und leiten, und schmerzhafte Irrtümer gehören zum Wesen des Menschen. Die große Isis, sie naht sich in vierfacher Gestalt: als keimende Ahnung, als knospender Trieb, als duftende Blüte. Alles vergeht, weil es Gesetz ist, und schließlich erscheint die Frucht. Dort angelangt, lab dich und genieße bei jedem Atemzug den Duft ihrer Reife ... Heere marschieren, Freunde vergehen und Schiffe ziehen weit über das Meer, viel Fremdes, viel Bedrängnis und Ruhm, der nicht satt macht. Dann endlich die Insel, die das Geheimnis der Herkunft birgt. Wo die Wege sich treffen, schließt sich der Kreis, und aus dem Kreis wird die Acht, die Unendlichkeit, von der nur der Phönix weiß ... Ibis, Horus, Skarabäus und Phönix, die geflügelten Boten des Himmels, ein jeder mit seinem Zeichen, seiner eigenen Wesenheit ... Ich bin müde, lange schon lese ich in der Hand dieses Kindes, das ohne Wissen zu mir kam und ohne Wissen gehen wird ... Aber Uba-Sanit, umgeben von Fröschen, Katzen und Schlangen, sie hat in das Rad des Schicksals geblickt, gesehen, verstanden, gesprochen. Und was sie sah, berührte ihr Herz ... Leg Reisig ins Feuer, Hem-On, deine Mutter, sie friert und braucht Wärme, obgleich ich glaube, daß keiner etwas gegen diese Kälte ausrichten kann ...«

Besonders ihre letzten Worte fand ich ganz und gar sinnlos, denn die Nacht war nun wirklich warm – wie sollte meine Mutter da frieren? So erschreckte es mich, als ich wahrnahm, daß es tatsächlich so war. Echnefer saß da, hatte die Arme um die Knie geschlungen und zitterte am ganzen Körper. Ich wollte aufstehen, sie ansprechen und aus diesem Zustand reißen, aber die Alte befahl mir mit scharfer Stimme sitzenzubleiben.

»Rühr sie nicht an«, schnarrte sie, »blick lieber nach oben, Hem-On. Siehst du das Sternbild der Sothis? Die Hundemeute der Göttin ist auf der Jagd, ihr Heulen ruft das große Wasser herbei, das in den Schlafstätten des Nils schlummert. Bald wird die Flut kommen und das Land Kemet mit fruchtbarem Schlamm überdecken ... Und dort rast außerhalb der Meute ein Fremder vorbei! Schau, wie die Hunde ihre Hälse recken und mit den Zähnen fletschen. Aber wie sie auch zerren, sie erreichen den Fremden nicht, denn Sothis hält sie mit Leinen gebunden. Er ist wie du, dieser Fremde; ein Sternenkomet auf seiner Bahn, schneller als die anderen und sich selbst genug. Er streift an der gefügten Ordnung vorbei, ohne sie anzunehmen; sie streckt die Arme nach ihm aus wie nach einem unartigen Kind, will ihn fassen, an einen Platz stellen, doch er entwischt, weil er weiter muß, er gehorcht nur der eigenen Stimme. So bist du, Hem-On: ein eiliger Stern, stets auf der Suche, nirgends findet du Heimat, denn diese ist bereits tief drinnen in dir. Nimm das Leben als Spiel, bestaune seine Regeln und Rätsel, aber laß dich nicht fangen ... Der Phönix ist frei, doch bis er das Geheimnis seines Seins selber erkennt, muß er alle Wandlungen durchlaufen. Erst dadurch wird er wirklich und stark ...«

Der Rauch des Feuers vernebelte mir die Sinne, ich spürte die Wirkung des starken Bieres und die Stimme der Alten versetzte mich in eine Art Halbschlaf. Dennoch sah ich den Stern, folgte gebannt mit den Augen seiner Bahn, bis er am Horizont auftraf und verlosch. Nein, das stimmte nicht – er fiel nicht zur Erde, sondern schien an ihr vorbeizugleiten. Wenn er aber nicht in die Unterwelt stürzte, wohin flog er dann? Mir wurde schwindelig bei dieser Vorstellung, und ich schloß rasch die Lider. Da flammten die Geräusche rings um mich mit großer Heftigkeit auf – es waren plötzlich nicht mehr die Frösche und Zikaden, die tosten, sondern die Sterne. Die Nacht sang vom Himmel herab, das dunkle Zeltdach hallte von tausend mal tausend Stimmen wider. Unter meinen Lidern aber, vor den geschlossenen Augen, tanzten die Sterne.

Der Rest unserer Reise verlief ohne weitere Abenteuer und ist schnell berichtet. Am nächsten Morgen, nach kargem Frühstück, führte uns Uba-Sanit, die Alte vom Sumpf, durch eine Furt von ihrer Insel auf den Pfad, der nach wenigen Stunden auf einen breiteren entlang des Karun-Sees einmündete. Das Ufer war dicht besiedelt, wir kamen durch mehrere Dörfer, und je weiter wir in östlicher Richtung gingen, desto größer wurden die Häuser und Ansiedlungen. Schließlich, am äußersten Ostrand des Sees, führte ein breiter Weg durch fruchtbares Land und knickte alsbald nach Norden ab. Wir begegneten großen Viehherden mit ihren Treibern, einem Trupp nackter, braunhäutiger Soldaten und holten eine Schar Händler und Handwerker ein, die ihre Waren auf dem Markt von Memphis feilbieten wollten. Ihnen schlossen wir uns an. Da wir nach dem Verlust der Körbe nur noch wenig Gepäck mit uns führten, ging die Reise leicht voran. Zwar beklagte Echnefer noch immer, daß wir nun keine Geschenke mehr für die Familie des Onkels besaßen, aber die fröhliche Stimmung der anderen Reisenden griff bald auf uns über. Ihr Gesang steckte an, und da der Rhythmus ihrer Lieder gut zum Marschtempo paßte, verging die Zeit wie im Flug.

Und dann tauchten ganz unerwartet die ersten Häuser von Memphis auf. Ich hatte nicht im Traum vermutet, daß die Hauptstadt des Reiches so groß und gewaltig sein würde. Je näher wir kamen, desto mehr wuchs die Stadt in die Breite.

»Siehst du die weißen, kalkgeschlämmten Mauern, die sich wie ein breites Band am Westufer des Nil entlangziehen?« fragte mich ein Mann, der neben mir ging. »Davon hat die Stadt ihren Namen. Der große Pharao Menes, von dem es heißt, er habe die Sümpfe trockengelegt, hat sie auf der Grenze zwischen Ober- und Unterägypten errichtet, indem er die weißen Mauern um seinen Palast und den Tempel des Ptah herum erbaut. Menes, der ruhmreiche Einer der beiden Reiche – sein Name sei gepriesen in Ewigkeit – hat die *Waage der beiden Länder* zum Ausgleich gebracht, und König Djoser führt sein Werk mit Geschick und Gerechtigkeit fort. Du mußt dir unbedingt den Hafen ansehen, der seinesgleichen im Erdenkreis sucht. Ich sage dir: Memphis ist wahrhaftig die Hauptstadt der Welt!«

Die anderen stimmten in seine Lobpreisungen ein und wir schritten noch rascher aus, um die Wunder endlich aus der Nähe bestaunen zu können.

Am Markt trennten wir uns von den Mitreisenden und tauchten in ein Gewirr enger Gassen. Hier waren die Häuser größer als jedes Bauwerk sonst, das ich kannte, manchmal zwei Stockwerke hoch, und überall lebten Menschen. Mir wurde schwindelig von der Enge und den vielen fremden Geräuschen. Endlich erreichten wir das Anwesen meines Onkels.

Ich erinnere mich noch genau an das Haus: die hölzerne Tür in der Mauer aus luftgetrockneten Schlammziegeln drehte sich knarrend in den Angelsteinen, sie war mit einem Rahmen aus Stein eingefaßt, in dem der Name und der Titel meines Onkels eingraviert waren. *Chonsemhep, Verwalter der Waffenschmiede des Gaufürsten Apophis von Memphis, Diener des allmächtigen Pharao* stand dort, und die Inschrift flößte Respekt ein. Mein Onkel war ein höherer Beamter am Hof, und entsprechend groß und prunkvoll ausgestattet war sein Haus. Der Eingang führte in einen quadratischen Innenhof, an dessen Rückseite sich der säulengeschmückte Wohnraum befand. Zu beiden Seiten des Hofes lagen weitere Wohngemache und Magazine, über eine Treppe stieg man zu den Kammern des zweiten Geschosses hinauf und, noch weiter der Treppe folgend, erreichte man schließlich das Dach. Dies war – neben dem Garten – der schönste Aufenthaltsort im Haus. Man konnte im Schatten von aufgespannten Bastmatten ruhen und weit über die Stadt bis hin zum Ufer des mächtigen Nil blicken. Luftfänge in der Mauer führten dem Dach den kühlen Nordwind zu, und die Laute aus den Straßen drangen nur noch so gedämpft herauf, daß man mitunter den Eindruck hatte, als würde man weit über dem geschäftigen Leben auf einem fliegenden Teppich schweben.

Der ummauerte Garten aber war ein anderes Paradies. Ein Brunnen sorgte für die Bewässerung der rechteckig angelegten Beete, wo Zwiebeln, Lauch, Rettich, Bohnen, Gurken und Salat wuchsen. Daneben gab es Bäume und duftende Blumen, in langen Rebengängen wuchs der Wein. In einem schattigen Gehege am Rande des Gartens wurden zwei Gazellen und ein Steinbock gehalten. Außer den üblichen Haustieren wie Katzen und Hunden, Enten und Gänsen gab es noch eine Reihe von Affen, die sich in den Sykomorenbäumen balgten und gegenseitig die Früchte abjagten. Den ganzen Tag lang trieben sie dieses tolle Spiel, wurden nie müde davon, außer wenn sie bei der Ernte helfen sollten. Dann stellten sie sich plötzlich lahm und taub, rissen Possen, ahmten die Bewegungen der Menschen nach und ließen sich die unmöglichsten Dinge einfallen, nur nicht das, was man von ihnen verlangte. Am frühen Morgen wurden wir von ihrem Kreischen geweckt, sie schrien, als ob sie den Sieg des Lichtes über die Finsternis begrüßen würden. Erst gegen Abend wurden sie zutraulich und handzahm und suchten die Nähe der Menschen.

Wie meine Mutter beschrieben hatte, war Chonsemhep das Oberhaupt einer großen, vielköpfigen Familie, zu der außer den nächsten Verwandten auch eine Anzahl von Dienern und braunen Sklaven zählte. Mein Onkel weilte selten im Haus, denn seine Tätigkeit zwang ihn, zwischen Schmiede, Waffenkammer, der Residenz des Großfürsten Apophis und dem Palast des Pharao hin und her zu eilen. Wenn er aber anwesend war, so hielt er sich meist im säulengeschmückten Hauptraum auf oder in einer schattigen Sitzecke im Garten neben dem Brunnen, dort empfing er seine Gäste und ließ für sie so viele Speisen, Wein und Bier auftragen, als gelte es, täglich ein rauschendes Fest zu feiern.

Mein Onkel besaß eine Nebenfrau, die er als Sklavin aus dem Süden freigekauft hatte. Wie mit meiner Tante, der Schwägerin meiner Mutter, hatte er mehrere Kinder mit ihr, deren Namen ich zunächst nicht auseinanderzuhalten vermochte. Die weiblichen Familienmitglieder, selbst die kleinen Mädchen, wohnten im Harim, einem Seitentrakt, der für Besucher – und vor allem für Männer – unzugänglich war. Dies war ein Ort, der für mich von vielen Rätseln umgeben war, und da er so abgeschirmt lag, glaubte ich in der ersten Zeit, daß er eine Art von Versteck oder Gefängnis darstellte. Dennoch hatte ich nicht den Eindruck, daß meine Tante und Chonsemheps jüngere Nebenfrau in irgendeiner Form eingeschränkt lebten. Im Gegenteil: sie gaben den Ton an, bestimmten den Tagesablauf, gingen zu Einkäufen aus und standen in ihrer Würde meinem Onkel in nichts nach. Die beiden Frauen verstanden sich prächtig, gemeinsam verließen sie das Haus, um stundenlang lachend und schwatzend über den Markt zu streifen, gemeinsam trafen sie alle Entscheidungen, und meine Mutter wurde begeistert in ihren Bund aufgenommen.

Besonders die letzte Tatsache betrübte mich am Anfang. Ich sah Echnefer immer seltener, und wenn, dann herrschte nicht mehr das stille Einverständnis, die ungeteilte Zuwendung zwischen uns, wie früher im Dorf. Immer war die Familie dabei und forderte Aufmerksamkeit für sich. Ich schlief im zweiten Stock in einer Kammer, die ich mit Hamet und seinem jüngeren Bruder Sofet teilte. Hamet war so alt wie ich und mir an Größe gleich. Wenn nicht sein Haar gekräuselt und seine Hautfarbe gelblich gewesen wäre, hätte man uns leicht für ein Bruderpaar halten können. Vom ersten Augenblick an mochte ich ihn, wir verstanden uns ohne ein Wort. Er betrachtete mich eine Weile schweigend, nahm mich dann an die Hand und führte mich die Treppe hinauf zum Dach, um mir die Größe der Stadt vorzuführen. Viele Einzelheiten wußte er zu berichten und wurde nicht müde, mir alles genau zu beschreiben. So begann meine Zeit im Hause des Onkels.

Im nachhinein kommt mir alles wie eine Phase der Ruhe vor. Außer Spielen und Entdeckungsreisen in die Nachbarschaft hatten wir nichts zu tun, kein Mensch gängelte uns, und wenn meine Tante oder eine der Dienerinnen einmal schalt, weil wir irgend etwas Verbotenes angestellt hatten, so eher mit einer sachten, augenzwinkernd vorgetragenen Mahnung. Eine Strafe folgte so gut wie nie. Dennoch gab es Stunden, da langweilte mich die Stadt, und eine unbestimmte Trauer überfiel mich, mit der ich am liebsten allein sein wollte. Dann vermißte ich die Kinder in unserem Dorf am Rande der Sümpfe, die Spiele, die so anders und weniger ausgeklügelt waren, das Schlammwasser mit den Schilfnachen der Fischer, Waka, meinen erfahrenen Freund, die Zeiten des Kornmahlens und Brotbackens am niedrigen Lehmofen und die Tiere, die geheimnisvollen Stimmen und auch die Stille der Wildnis.

Tagträume voll von vagen Ahnungen überfielen mich. Sie drehten sich zumeist um Mazdanuzi und meinen Vater Nasar, um die geheimnisvolle Insel, von der sie gekommen waren, und ich ertappte mich dabei, daß mein Blick den Himmel nach jenem Schiff absuchte, das mir so oft schon im Traum erschienen war. Manchmal glaubte ich, es würde mich jemand rufen, und ich hob den Kopf, um herauszufinden, woher die Stimme wohl kam. Aber es war jedesmal nur der Wind, der durch die Bäume des Gartens strich, oder ein Laut aus der großen Stadt, der bis hierher heraufdrang und mir nicht galt.

Ich fühlte mich einsam und traurig, wenn ich daran dachte, daß ich doch eigentlich nirgends, auch hier nicht, richtig zuhause war. Dann war die Erinnerung an das Dorf in den Sümpfen noch immer das beste, was mir einfiel. Warum hatten wir dort nicht bleiben können, war ich nicht fast schon, trotz meines anderen Aussehens, einer der ihren gewesen? Hätte ich nicht wie Waka werden können – ein stiller, zurückgezogen lebender Fischer und Jäger, ein Fährtensucher im schillernden Dickicht der Sümpfe?

Einmal stöberte mich in diesem Zustand unbestimmter Sehnsucht mein Freund Hamet in einem abgelegenen Winkel des Gartens auf, wo ich mich im Blumendickicht unter den Sykomoren versteckt hatte und regungslos dem Herumtollen der Affen zusah. Er hatte mich wohl gesucht und war überrascht, mich hier zu finden. Da ich traurig war und weiterhin schwieg, drang er auf mich ein, ihm vom Dorf und von unserer gefahrvollen Reise durch das Fayum zu berichten. Ich erzählte ihm alles, von Wakas Boot und der Begegnung mit der Nilpferdherde, von den dösenden Krokodilen, die wir angetroffen hatten und schließlich auch von Uba-Sanit, der alten Heilfrau auf der Insel.

Hamet hörte aufmerksam zu, er unterbrach mich nur, um nähere Einzelheiten zu erfahren, die ich womöglich in meinem Bericht ausgelassen hatte. Schließlich sah er mich mit seinen braunen Augen ernst an und sagte: »Diese alte Frau war eindeutig verrückt.«

»Wie kann man das wissen?« entgegnete ich. »Gewiß, sie mag an der heiligen Krankheit gelitten haben oder sie hatte das Zweite Gesicht. Es soll ja Menschen geben, die so etwas können – in die Zukunft sehen, meine ich, durch alles hindurch, was andere für die Wirklichkeit halten. Ist es nicht manchmal so, daß die Sonne uns so stark blendet, daß wir kaum noch das erkennen, was dicht vor uns liegt? Wie, wenn das Licht der Sonne nur dazu da ist, uns zu narren, wie ein Spiegel, der alles verkehrt herum zeigt, das Linke rechts und das Rechte links, obwohl alles zu stimmen scheint?«

Hamet starrte mich verblüfft an, als habe ich etwas auszusprechen gewagt, das ganz und gar unerlaubt war. Zumindest fanden meine Worte in seinem Denken kein Echo. »Re ist der Gott, der aus sich selbst entstanden ist und als sichtbare Sonnenscheibe über allem thront – wie kannst du an seiner Allmacht zweifeln?« sagte er. »Täglich segelt er in seiner goldenen Barke über den Himmel, um Leben zu spenden, das Gute zu schützen und das Schlechte zu strafen. Es gibt niemanden auf der Welt, der seine Gerechtigkeit in Frage stellen darf, denn er ist das Licht, die Kraft, die Herrlichkeit über allem. Früh am Morgen rückt er als junger Chepri aus, als göttlicher Skarabäus. Am Mittag ist er der kraftvolle Mann Re, und gegen Abend verwandelt er sich in den erschöpften Greis Atum, der milde ist und den Menschen Kühlung schenkt. Die nächsten zwölf Stunden fährt er in seiner Nachtbarke durch die Unterwelt bis zum Erscheinen am nächsten Morgen. Dort unten besucht er Osiris, den Herrscher der Dunkelwelt, der über die Toten wacht. Nur er und der, der wie er wird, darf die Dunkelwelt unversehrt wieder verlassen, weshalb Re die Unsterblichkeit in Person ist... Oder hast du schon einmal erlebt, daß morgens die Sonne nicht aufging und das Land dunkel blieb? Ohne Licht gibt es kein Leben!«

Das war richtig, und ich mußte ihm zustimmen. Dennoch klangen Hamets Worte wie auswendig gelernt, sie überzeugten mich nicht restlos. Auch mußte ich plötzlich an Nasar, meinen Vater, denken, der nun bei Osiris weilte. Wenn er ein gerechter Mann gewesen war – und daran bestand nach allem, was ich von ihm wußte, kein Zweifel – und Re ein so kraftvoll wandelnder Gott, warum besaß er dann nicht die Macht, meinen Vater aus der Dunkelheit wieder heraus ans Licht und zu uns zu führen? Hamet und die Erwachsenen sagten doch selbst, »der, der wie er wird, darf die Dunkelwelt unversehrt wieder verlassen...«

»Hast du schon einmal einen getroffen, der aus dem Reich der ewigen Finsternis wieder zu den Menschen zurückkam?«

Hamet blieb der Mund offen stehen, es war deutlich zu merken: er zweifelte an meinem Verstand.

»Ihr Sumpffellachen seid allesamt ungläubig und glaubt eher an Gespenster und verrückte alte Frauen als an die Götter im Tempel!« schrie er und deutete anklagend mit dem Zeigefinger auf meine Brust.

»Ich bin kein Fellache!« rief ich wütend, »und ungläubig schon gar nicht. Meine Familie stammt von der *Gefolgschaft des Horus* ab, und mein Großvater Mazdanuzi war . . .«

»War ein Barbar!« fiel mir Hamet heftig ins Wort.

Da schlug ich zu. Ich prügelte blindlings auf meinen Freund ein, als könnte ich so seine verletzenden Worte wieder auslöschen. Hamet war zunächst von meinem Angriff überrascht und hatte einige Schläge eingesteckt. Aber er war kräftig und wendig, und nun, da es zum offenen Kampf zwischen uns gekommen war, wich er nicht mehr aus, sondern warf sich mir mit geballten Fäusten entgegen. Wir schlugen uns, bis aus unseren Nasen und aufgeplatzten Lippen Blut rann, und nur der Einmischung Noris, des Aufsehers, war es zu verdanken, daß nicht noch Schlimmeres passierte.

Von jenem Tag an wichen wir uns aus, und wenn wir uns zum Schlafen in die Kammern schlichen, wandte jeder auf seiner Matte dem anderen den Rücken zu.

So ging es eine volle Woche lang, bis ein Ereignis eintrat, das unser beider Aufmerksamkeit erregte und uns im gemeinsamen Staunen erneut zusammenführte.

Wir Kinder befanden uns gerade im hinteren Teil des Gartens, als von jenem schattigen Laubenplatz am Brunnen, wo Onkel Chonsemhep mit Vorliebe seine Gäste empfing, heftiges Stimmengewirr zu uns drang, wie von einem Streit. Ich hatte zwar bemerkt, daß dort mein Onkel drei wohlgekleidete Herren, offenbar Beamte des Gaufürsten, mit Bier und gebratenem Hammelfleisch bewirten ließ, aber normalerweise kümmerten wir uns wenig um solche Besuche. Unsere Anwesenheit wurde als störend empfunden, es galt als unschicklich für Kinder, sich in die Dinge der Erwachsenen einzumischen. Heute aber schlichen wir uns im Schutz der blühenden Sträucher näher, um etwas von dem Wortwechsel mitzubekommen.

»In meiner Schmiede herrscht Ordnung«, rief Chonsemhep aufgebracht und hieb sich mit der flachen Hand klatschend aufs Knie.

Sein sonst so freundliches Gesicht war gerötet, der stets gelassene Gesichtsausdruck einer erregten Miene gewichen. »Meine Leute sind zuverlässig, die Kammern verschlossen und es gibt nur drei Menschen, die einen Schlüssel dazu besitzen: Apophis, mein Aufseher Uni und ich.«

»Der Gaufürst ist über jeden Zweifel erhaben«, sagte einer der Besucher, ein Mann mit leicht schielendem Blick.

»Hüte deine Zunge, Hafenmeister!« brüllte mein Onkel so erbost, daß die Adern an seiner Stirn hervortraten. »Wie du dich ausdrückst, stehen Uni oder sogar ich selbst im Verdacht, mit den Rebellen aus den südlichen Provinzen gemeinsame Sache zu machen!«

Ein älterer Herr, der auf seiner nackten Brust die Siegelkette des Pharao trug, hob beschwichtigend die Hände. »Beruhigt euch, Freunde. Niemand erhebt Anklage zu diesem Zeitpunkt. Doch ist es leider so, daß die Zeiten äußerst unruhig sind, Sorge und Zweifel sich in die Herzen der Menschen fressen. Fassen wir einmal zusammen, was tatsächlich geschehen ist: Man hat in Sakkara, also ganz in der Nähe der Hauptstadt, Gräber geplündert und eine Stele beschädigt, die dem Ka des verstorbenen Pharao Chasechem gewidmet war. Diese Schändung eines heiligen Platzes ist beispiellos in der Geschichte unseres Volkes, und daß dies alles sozusagen vor unseren Augen geschah, gibt Zeugnis davon, wie schlimm die Sitten verkommen sind. Unsere Feinde, die Verbündeten der südlichen Rebellen, operieren offen vor den Toren der Hauptstadt. Denn daß es Verräter waren und keine gewöhnlichen Verbrecher, beweist die Tatsache, daß sie Waffen aus der Kammer benutzen, über die der ehrenwerte Chonsemhep wacht. Man hat zwei Lanzen gefunden, die das Siegel der königlichen Schmiede tragen.«

»Das besagt überhaupt nichts«, warf mein Onkel ein, »es können auch Lanzen von Soldaten der Garnison sein.«

»Umso schlimmer«, äußerte sich der dritte der Herren, der bisher schweigend dabeigesessen hatte. »Dann müssen wir die Schuldigen in den Reihen der Leibwache suchen. So dicht also steht schon der Feind vor unserer Tür. Ich werde sofort den Befehl geben, daß jeder morgen bei Dienstantritt seine Lanze vorzuweisen hat. Fehlt eine, so wird der Mann auf der Stelle geköpft.«

»Das ist gut, es wird für die anderen ein abschreckendes Beispiel sein, General Nebka«, sagte der Siegelträger des Königs. »Es ist leider so – unser junger Pharao Djoser, der neue Horus mit dem großen Namen Neter-er-chet, geht viel zu milde mit seinen Untertanen um. Es wird Zeit, daß Imhotep, der Arzt aus Schmunu, über den man sich Wunderdinge erzählt, zurückkommt und unserem König mit Rat und Tat beisteht in diesen elenden Zeiten. Es heißt, Djoser würde auf seine Worte hören, und Imhotep hat schon mehrfach geäußert, nur ein großer Krieg, der mehr als die Strafexpedition einiger hundert schlecht bewaffneter Fellachen ist, könne dem Spuk in den südlichen Provinzen ein Ende bereiten.«

»Er kommt gewiß«, sagte General Nebka, »die Priester des Ptah-Tempels in Sakkara haben Imhotep gerufen, er soll Vorsteher und oberster Vorlesepriester des Ibis-Heiligtums werden. Hoffen wir nur, daß diese Aufgaben ihm noch genug Zeit lassen, sich um die Politik zu kümmern. Der Pharao hat einen guten Berater am Hof bitter nötig, auf mich hört er leider nicht, so sehr ich auch auf einen Feldzug dränge.«

»Das liegt weniger am Pharao als am Wankelmut und an der Unzuverlässigkeit der Gaufürsten – mit Ausnahme von Apophis, sein Name sei gepriesen! Ständen diese hohen Herren zu ihrem Wort, so würden sie Truppen schicken statt salbungsvoller Schmeicheleien auf schönem Papyrus, und das Reich würde endlich zur Geschlossenheit finden«, brummte grimmig mein Onkel. Er hatte sich inzwischen sichtlich beruhigt, nur die Sorgenfalten auf seiner Stirn waren noch nicht geglättet.

»Von Pharao Djoser ist die Rede«, flüsterte mir Hamet zu, »von Imhotep, dem größten Arzt aller Zeiten, der Schädel aufbohren kann und Tote zum Leben erweckt!« Wir zogen uns vorsichtig durch die Büsche in den hinteren Teil des Gartens zurück, wo Hamets große Stunde begann, denn er hatte viel von Imhotep gehört – die Leute in Memphis erzählten sich die absonderlichsten Dinge über ihn – und konnte uns nun wortreich und mit vielen Ausschmückungen darüber berichten. Wir saßen im Kreis um ihn geschart und lauschten bis zum Einbruch der Dämmerung seinen Berichten. Daß Hamet dabei mit keiner Silbe mein Abenteuer mit Uba-Sanit auf der

Sumpfinsel erwähnte, etwa um ihre Kunst mit der des großen Arztes zu vergleichen, rechnete ich ihm hoch an. Allmählich faßte ich wieder Vertrauen zu ihm. Noch vor dem Einschlafen tuschelten wir aufgeregt in unserer Kammer auf den Matten. Es war klar: die Rückkehr des großen Mannes bedeutete viel für Memphis. Wie sehr sie auch unser beider Leben verändern würde, ahnten wir damals noch nicht.

Zunächst aber muß ich unbedingt noch von Mari erzählen, der Tochter des Bäckers in unserem Viertel, einem stillen, hübschen Mädchen, etwas kleiner und jünger als ich. Sie stand vor dem Eingang der Backstube, als ich süßes Brot und in heißem Fett gesottene Kuchen für einen Feiertagsschmaus einkaufen sollte, regungslos mit dem Rücken an die Mauer aus getrockneten Schlammziegeln gelehnt und ließ eine weiße Schneckenhauskette durch ihre Finger gleiten. Die Bewegung ihrer schlanken Finger verzauberte mich, die Anmut dieser selbstvergessenen und doch so sicheren Bewegung, ihre Augen, die mich anzulächeln schienen, obgleich ihr Blick viel tiefer ging, durch mich hindurch in Weiten hinein, in die ich schwer folgen konnte.

Ich brachte damals meine Bestellung durcheinander, vergaß die ungesäuerten Fladen, die meine Tante bestellt hatte, um frisches Bier anzusetzen. Ich sah nur Mari, starrte sie an und wußte sofort, daß sie meine allererste große Liebe war. Wir sprachen nicht miteinander, auch an den folgenden Tagen nicht, als ich beharrlich wieder und wieder unter irgendwelchen Vorwänden die Backstube aufsuchte. Aber unsere Augen verstanden sich.

Es war nicht leicht, die Ausflüge und heimlichen Treffen vor Hamet und den anderen Kindern geheimzuhalten. Ich erfand Ausreden, log immer ideenreicher. Mein Herz hüpfte, wenn ich in ihre Straße einbog und sie an die Mauer gelehnt auf mich warten sah. Meist faßte ich sie stumm bei der Hand und zog sie mit. Wir unternahmen ausgedehnte Streifzüge über den Markt bis hinunter zum Hafen, wo die Segelbarkassen des Königs anlegten und die sonderbarsten Waren ausgeladen, sortiert, versiegelt und in die Kontore gebracht wurden: Bauhölzer aus dem fernen Purpurland, Krüge mit Öl und unterschiedlichen Harzen für die Balsamierer im Haus des Todes, Weihrauch, Tierfelle, Giraffenschwänze, Myrrhenbäume, Elfenbein, Ebenholz und Gold aus dem Lande Punt. Manchmal trafen auch in Holzkäfigen Tiere ein, wie wir sie niemals zuvor gesehen hatten. All diese Kostbarkeiten waren für den Palast des Pharao bestimmt, für seinen Harim und die hinter weißen Mauern verborgenen königlichen Gärten. Schon allein von den heimlichen Beobachtungen wurden wir trunken – um wieviel größer mußte erst die Lust sein, diese herrlichen Dinge tagtäglich im Palast um sich zu sehen? Djoser mußte ein glücklicher Gott sein, und nur für Götter schienen diese Schätze bestimmt.

Dennoch beneidete ich den Pharao nicht, ich hatte ja Mari! Mari, meine Geliebte, deren Berührungen zart wie der Luftzug vorbeisegelnder Schwalben waren, deren Lippen beim Küssen wie Schmetterlingsflügel bebten. Mutig kam ich mir an ihrer Seite vor, und die Zeit in unseren heimlichen Verstecken wurde zu Stunden sehnsuchtsvoller Versprechen, in denen wir aneinandergeschmiegt lagen, die schönsten Worte der Welt flüsternd.

Natürlich besaßen wir beide die Scheu, den deutlichsten Schritt der Liebe zu wagen, auch waren wir viel zu unerfahren darin, es den Erwachsenen gleichzutun, alles blieb zärtliche Andeutung, Erwartung, mehr Ahnung und Traum als gelebte Realität. Aber es war uns klar, daß wir zusammenbleiben würden, das ganze, noch vor uns liegende Leben lang. Ich liebte meine Mari mit reinen, ins Unendliche reichenden Gefühlen, die sich manchmal ins Rauschhafte steigerten.

»Wenn wir groß sind, ziehen wir beide in ein eigenes Haus, werden Kinder haben und im Garten sitzen, wo Gazellen, Antilopen und Steinböcke in schönen hölzernen Käfigen weiden.«

»Und Enten und Gänse?« fragte Mari.

»Natürlich. Und zahme Affen. Vielleicht sogar so fremdartige Vögel, wie wir sie neulich im Hafen gesehen haben.«

»Ach, das wäre wunderbar«, seufzte Mari und schmiegte sich an meine Schulter.

»Ich werde mit deinem Vater sprechen.«

Mari fuhr erschrocken auf. »Das wirst du nicht tun!«

»Warum, was sorgt dich bei dem Gedanken? Komme ich nicht aus dem Haus des obersten Verwalters der Waffenkammer des Fürsten, ist dein Vater nicht ein begnadeter Bäcker, der mehr als sechzehn Brotsorten zu backen versteht, dazu noch Kuchen und Schmalzgebäck, Süßigkeiten und Leckereien aus Honig?«

»Das ist es ja gerade«, sagte Mari und starrte traurig zu Boden. »Wir beide stammen aus verschiedenen Kasten. Handwerker und Beamte dürfen sich niemals verbinden.«

»Wer sagt das?«

»Alle sagen das. Es ist Gesetz, die heilige Maat!«

»Die Maat kann nicht richtig sein«, entgegnete ich heftig, »nicht, wenn wir uns lieben!«

Mari rückte weiter von mir ab. Es war ihr anzusehen, daß sie entsetzt über meine Worte war. Sie zitterte am ganzen Körper und hielt die Augen gesenkt. Ich versuchte, den Arm um sie zu legen, aber sie schüttelte ihn ab.

»Du zweifelst also an der heiligen Maat?« fragte sie tonlos.

»Ja«, antwortete ich, selbst überrascht über die Festigkeit meiner Stimme. »Ich glaube, daß sie von den Menschen gemacht ist und nicht von den Göttern.«

Mari starrte mich mit vom Schrecken geweiteten Augen an, sprang plötzlich auf und rannte davon. Über diese Reaktion verblüfft und enttäuscht, blieb ich sitzen. Ich war wie betäubt. Warum handelte sie so, schenkte sie den Worten ihrer Eltern mehr Glauben als den meinen? War denn alles, unsere heimlichen Treffen, unsere Liebe sinnlos und von vornherein zum Scheitern verurteilt? Wenn sie so dachte, warum hatte sie sich dann auf mich eingelassen, unsere zärtlichsten Versprechen genossen, unsere Träume, diese ganze wunderbare Zeit?

Ich überwand mich und fragte Hamet um Rat. »Stimmt es, daß

Handwerker und Beamte nicht untereinander heiraten dürfen? Hat solches wirklich der Pharao bestimmt?«

»Das weißt du nicht?« lachte mich Hamet aus. »So war es immer schon: Kinder von Bauern heiraten andere Bauernkinder, Handwerker nur Handwerker, Beamte Beamte. So ist die große, von den Göttern bestimmte Ordnung. Selbst die Gaufürsten und der König müssen sich daran halten. Der Pharao hat, wie du weißt, kürzlich seine Schwester zur Frau genommen.«

»Und warum, warum nur ist das so?«

»Damit das Blut in den einzelnen Kasten rein bleibt. Lebt man nicht auch in den Dörfern des Sumpfes nach diesem Gesetz?«

Ich dachte nach, mußte ihm zustimmen und spürte, wie mich eine hoffnungslose Trauer überfiel. Da war sie wieder, diese Maat, die ich als tyrannisch empfand, eine Mauer um die Herzen und Köpfe der Menschen. Und noch mehr begann ich diese gewaltsame Ordnung zu hassen. Zugleich nagten Zweifel an mir. Warum mußte ich in solchen Konflikten leben, war etwas falsch mit mir, lag es vielleicht am Blut meiner Vorfahren, am Geist meines Urahns Mazdanuzi?

Als ich das Brot holen ging, stand Mari nicht mehr an der Mauer, sondern half ihrem Vater in der Backstube am Ofen. Es gelang mir nicht, ein Wort mit ihr zu wechseln, und ihr Blick wich mir aus. Kälte stieg in mein Herz, ich rannte allein zum Hafen, setzte mich auf die Kaimauer, starrte ins braune Wasser des Nil, warf wütend Kiesel nach den Fröschen am Ufer. Zwischendurch weinte ich und wischte die Tränen erst fort, als ich merkte, daß andere Kinder mich bei meinem Tun beobachteten.

Immer wieder unternahm ich Anläufe, Mari heimlich zu treffen und es wieder so werden zu lassen wie zuvor. Aber meine krampfhaften Versuche scheiterten an ihrer Hartnäckigkeit. Auch merkte ich, daß ihr Vater mich nicht mehr mit der gewohnten Freundlichkeit bediente. Er wurde wortkarg mir gegenüber, regelrecht barsch. Hatte sie mit ihm über alles gesprochen und mich verraten? So gemein konnte sie doch einfach nicht sein, nach allem, was zwischen uns gewesen war! Meine Träume wurden immer widersprüchlicher und erregter. Nein, das konnte nie und nimmer an meiner Mari liegen. Die Maat war es, die schreckliche, heilige Maat, die zwischen uns stand. Sie war stärker als unser Gefühl, eine Macht, die selbst die Liebe auszulöschen vermochte. Dabei liebte ich Mari noch immer, vielleicht brennender und stärker noch als zuvor. Ich schalt mich, daß ich so lange gezögert hatte, den deutlichsten Schritt der Liebe zu vollziehen, sie einfach zu nehmen und mit ihr zu gehen, weit weg, in einen anderen Gau womöglich, nach Theben oder ins Delta, irgendwohin, wo uns niemand kannte ...

Dann wieder schmolz ich in zärtlicher Erinnerung dahin, spürte Sehnsucht nach ihrer Wärme, ihren Händen, ihrem Blick, der mich so verzaubert hatte und in meiner Vorstellung noch an magischer Schönheit gewann.

Es war eine schlimme Zeit für mich, eine Zeit auch, die mich wieder stärker an Hamet band, der von meinen Qualen und inneren Seelenkämpfen nichts mitzubekommen schien. Wir tollten wie besessen herum, verausgabten unsere Kräfte bis zur Atemlosigkeit, um dann irgendwann körperlich erschöpft, aber hellwach im Kopf, in endlose Diskussionen über die Welt der Götter und die der Menschen zu verfallen. Hamets Verstand stieß manchmal an Grenzen, aber es reizte ihn, auf meine wagemutigen Überlegungen und Gedankengänge einzugehen, vielleicht schon deshalb, weil er als Sohn eines hohen Beamten auf keinen Fall jemand unterlegen sein wollte, der aus einem Dorf in den Sümpfen stammte.

Chonsemhep sah es mit Wohlwollen, daß wir uns auf diese Weise auseinandersetzten. Er fand unser Verhalten angemessen für Sohn und Neffen, wahrscheinlich plante er insgeheim große Dinge, obgleich er darüber nie mit uns sprach. Meiner Mutter gefiel mein Wandel zum streitbaren Denker nicht in gleichem Maße. Sie betrachtete mich mitunter mit einer Mischung aus scheuer Ehrfurcht und offener Ablehnung. Einmal meinte sie: »Du erinnerst mich immer mehr an deinen Großvater, und was mich dabei erschreckt, ist die Tatsache, daß er damals ein alter Mann war, und du bist ein Kind. Mußt du solche schrecklichen Probleme wälzen, kannst du nicht einfach spielen und fröhlich sein wie andere Kinder?«

»Erzähl mir von Mazdanuzi«, drängte ich, »was hat er gesagt, was hat er getan?«

»Auf keinen Fall tue ich das«, wimmelte mich Echnefer entschieden ab, »ich fürchte, das habe ich bereits viel zu oft getan, und es war für dich nicht gut.«

Ich schüttelte den Kopf und verließ sie mit zwiespältigen Gefühlen. Wie konnte sie so etwas nur denken? Was war denn schlecht daran, daß ich nach meinem Großvater geriet? Wenn mein Vater noch leben würde, dachte ich, wäre bestimmt alles anders. Ich könnte ihn fragen, er hätte mir bestimmt die Antworten auf das gegeben, was in mir nach Aufklärung drängte.

Eines Tages wurde in unserem Viertel ein Fest gefeiert. Ich wußte zunächst nicht, worum es dabei ging, aber als ich den Grund erfuhr, traf es mich wie ein Schlag: Der Bäcker hatte dem Sohn des Bierbrauers seine Tochter übergeben, weil er sich aus der Verbindung beider Familien geschäftliche Vorteile versprach – meine Mari! Es kam gelegentlich vor, daß Kinder bereits in sehr frühem Alter verheiratet wurden, und die Tatsache, ob sie sich liebten oder nicht, zählte dabei nicht. Heiraten ist eine Sache des Verstandes, hatte Chonsemhep einmal gesagt, das hat mit Gefühlen wenig zu tun. Wenn man in dieser Hinsicht etwas will, nimmt man sich eben eine Nebenfrau. So einfach war das, und mein Onkel hatte es ja auch so geregelt. Bei mir aber stürzte eine Welt zusammen, als ich Mari im Kreise der Bierbrauerfamilie sah. Man hatte sie wie eine Prinzessin herausgeputzt, einen feinen, durchschimmernden Überwurf trug sie über dem Leinenkleid und hatte Schmuck von ihrer Mutter angelegt. Ich sah deutlich: alle waren zufrieden und in fröhlicher Stimmung, Mari scheinbar auch, nur ihre Augen glänzten traurig, glitten unruhig herum, als suche sie etwas in der Menge. Natürlich suchte sie mich – oder vielmehr: sie hatte Angst, mir zu begegnen, vielleicht, weil ich in ihrer Vorstellung unberechenbar war. Ich vermied es jedenfalls, mit ihr zusammenzutreffen, drückte mich in einen Winkel, von dem aus ich alles beobachten konnte, und als es zuviel für mich wurde, lief ich unbemerkt weg. An jenem Tag saß ich lange am Hafen und kostete meinen großen Schmerz aus. Meine Gedanken brannten wie Feuer. Ich sah Lanzenträger des Pharao eine abfahrtsbereite Barke besteigen, eine Abteilung nubischer Bogenschützen und allerlei Kriegsgerät, wie es in jener unruhigen Zeit oft vorkam. Hoch über mir, dicht bei den Wolken, zogen Ibisse dahin.

Sie folgten ein Stück weit dem Nillauf und schwenkten dann wie auf Kommando einem unbekannten Ziel im Westen zu.

Am liebsten wäre ich mit ihnen geflogen.

Als ich spät am Abend heimkehrte und mich müde und traurig die Treppe zur Kammer hochschleichen wollte, wurde ich von Echnefer abgefangen.

»Wo hast du die ganze Zeit über gesteckt? Weißt du nicht, daß wir dich überall schon gesucht haben und in großer Sorge waren?« sagte meine Mutter. Ich spürte am Klang ihrer Stimme, daß es hier nicht um die übliche Schelte ging, es mußte etwas besonders Wichtiges vorgefallen sein.

»Ich . . . war am Hafen«, stotterte ich. »Warum, was ist los, ist etwas geschehen?«

»Dein Onkel will dich sprechen. Es betrifft Hamet und dich. Eigentlich wollte er euch beiden zusammen auf dem Fest etwas mitteilen. Aber du warst plötzlich verschwunden. Nun ist er zornig.«

»Wo ist er, im Garten?«

»Nein, in der Halle. Lauf rasch hin und entschuldige dich!«

Ich überquerte den Hof und ging in die Halle, die ich bisher erst ein einziges Mal, am Tag unserer Ankunft, betreten hatte. Wie die übrigen Gebäude war sie aus luftgetrockneten Lehmziegeln aufgemauert, aber in mehreren Lagen, so daß die Hitze des Tages besser abgehalten wurde. Vier hölzerne Säulen stützten die Decke, im oberen Drittel der Stirnwand waren zahlreiche Fenster eingelassen, und die Wände waren mit prachtvollen Malereien geschmückt. Als ich eintrat, war der Raum durch viele Öllampen taghell erleuchtet.

Mein Onkel thronte inmitten seiner Gäste auf seinem Lieblingssessel, dem breiten Stuhl mit einem aus Lederstreifen geflochtenen

Sitz und kunstvoll geschnitzten Rücken- und Seitenlehnen. Die Besucher waren wohl Beamte mit ihren Familien, jedenfalls trugen sie lange, hemdartige, feingefältelte Leinenkleider und Perücken, die Frauen hatten ihren besten Schmuck, Halsketten, Armreifen und Ohrringe angelegt. Dienerinnen hatten ihnen Lotosblüten gereicht und Salbkegel aufs Haupt gelegt, um angenehme Düfte zu verbreiten. Man war gerade beim Mahl. Die Festgesellschaft saß auf Matten und aufgeklappten Hockern und aß bei fröhlicher Unterhaltung. Etwas abseits standen die Weinkrüge und die Tische mit der reichen Auswahl an Speisen.

Gerade als ich eintrat, setzte Musik ein. Zur Melodie von Harfe, Laute und Sistrum tanzten drei wunderschöne, bis auf einen schmalen Hüftgürtel nackte Mädchen, wiegten sich im Rhythmus der Trommel. Eine von ihnen vollführte mit unglaublicher Geschicklichkeit akrobatische Sprünge. Es war erstaunlich, wie geschmeidig sie ihren Körper bewegte und wie sicher ihre Füße nach jedem Sprung wieder auf den Boden kamen.

Neben Chonsemhep saßen meine Tante und die Nebenfrau meines Onkels auf einer hölzernen Sitzbank, umringt von ihren Kindern, mit Ausnahme von Hamet, der zu Füßen seines Vaters auf einer Bastmatte hockte. Dorthin schlich ich und verbeugte mich demutsvoll vor dem Onkel. Der stellte seine halbvolle Weinschale ab, musterte mich streng und wies mir dann einen Platz auf der Matte neben Hamet an. Ich warf einen raschen Seitenblick auf Echnefer und sah, daß sie sich erleichtert aufatmend zu den anderen Frauen des Hauses gesellte.

»Höre, was ich dir mitzuteilen habe, Hem-On, Sohn meiner Schwester«, sagte Chonsemhep. »Ich wollte es vorhin schon tun, aber du hast es ja vorgezogen, dich wie eine Katze in der Dunkelheit herumzutreiben. So konnte Hamet die Ehre allein genießen, in meine Beschlüsse eingeweiht zu werden. Nimm einen Schluck Wein und achte auf meine Worte.«

Unsicher nahm ich die Schale entgegen, die mir eine Dienerin füllte und darbot, trank und wandte mich gespannt dem Onkel zu.

»Ihr beide, Hamet und du, ihr seid nun alt genug, einen Beruf zu erlernen. Dies soll im Ptah-Tempel zu Memphis geschehen. Hamet geht in die Schmiede, um das Handwerk von Grund auf zu lernen, er soll einmal als Verwalter der Waffenkammer des Gaufürsten mein Nachfolger werden. Du wirst eine Schreiberlehre beginnen.«

»Aber das geht nicht, dann werden wir ja getrennt!« wagte ich, Einspruch zu erheben.

Mein Onkel winkte unwirsch ab. »Schweig still, ich habe mir das Beste für dich überlegt, denn Echnefer, deine Mutter, behauptet, du seist ein besonders kluger, nachdenklicher Junge. Werde Schreiber, erlerne das Schreiben der Hieroglyphen und das Lesen der heiligen Bücher. Dann respektieren dich alle Leute und du hast für dein weiteres Leben ausgesorgt.« Und er begann, in leuchtenden Farben meinen zukünftigen Beruf auszumalen: »Wer schreiben kann, ist von der Arbeitspflicht befreit und vor jeder körperlichen Anstrengung geschützt. Er muß nicht den Boden mit der Hacke umgraben und braucht keine schweren Körbe zu tragen. Er hat es leicht gegenüber dem Bauern, dem Schädlinge die Ernte vernichten, dem Fischer, der von Krokodilen gefressen wird, besser als der Bäcker, der der Hitze des Ofens ständig ausgesetzt ist...«

Ich unterdrückte die Tränen, als mein Onkel ausgerechnet den Beruf des Bäckers erwähnte, weil ich an Mari denken mußte. Zugleich spürte ich aber auch, daß gar keine Tränen mehr kommen konnten – ich hatte meinen Vorrat unten am Hafen ausgeweint, sie waren mit dem Nil ins Delta geflossen, mein Schmerz hatte sich an die Schwingen der Ibisse geheftet und war von ihnen zu einem fernen, unbekannten Ziel davongetragen worden. So nickte ich nur, hörte das beifällige Gemurmel der Gäste, ihr Klatschen und die Aufmunterungen, die sie mir zuriefen.

Hamet aber faßte mich an den Händen und sagte: »Freue dich, mein Freund. Wenn wir auch bald schon das Haus verlassen müssen, so werden wir im Tempel nicht für immer getrennt sein, ich habe gehört, daß die Schlafräume der Schüler dort dicht beieinanderliegen. Und stolz kannst du obendrein sein, ein Schreiber zu werden. Vielleicht werde ich dich eines Tages, wenn mir die Waffenkammer untersteht, zu mir in den Dienst holen. Es ist immer besser, von Verwandten als von völlig Fremden umgeben zu sein.«

»Und all die anderen, und Echnefer?« fragte ich beklommen.

»So oft es geht, werde ich dich im Tempel besuchen«, sagte meine Mutter.

Mein Onkel klatschte mehrmals in die Hände, und die Tänzerinnen stoben auseinander, als nun ein affenartiges, häßliches Wesen mit kurzen Beinen in die Mitte des Raumes sprang. Sein Kopf war viel zu groß für den Körper, sein Gesicht abstoßend verzerrt. Es trug drei Fackeln in der Hand, die es nun nacheinander hochwarf und geschickt wieder auffing. Es war ein Zwerg aus dem fernen Lande Punt. Die Gäste brüllten vor Begeisterung und feuerten den kleinen Akrobaten zu immer neuen Leistungen an. Jetzt löschte er die Fakkeln, indem er sie in ein Wasserbecken stieß, sprang auf die Hände und lief mit dem Kopf nach unten, als ob dies die natürlichste Sache der Welt sei. Als er wieder bei Atem war, holte er Skorpione aus einer Schachtel und ließ sie ein Wettrennen veranstalten.

Lange vor Hamet, meinem Onkel und den Gästen wurde ich trunken vom Wein. Die Lichter der Öllämpchen tanzten um mich herum, die Wandmalereien begannen zu leben und das Dröhnen der Trommel wurde zum Klopfen meines eigenen Herzens.

»Die Kindheit ist zu Ende«, rief Hamet mir lachend zu, »bald sind wir lernende Schüler. Oh, wir werden viel Spaß im Tempel haben!«

Ich starrte ihn an, nahm seine Gestalt aber nur noch verschwommen wahr. Was hatte er gesagt? Ich war schon lange kein Kind mehr. In den Armen meiner Mari waren mir andere Gedanken zugewachsen, als ich sie in den unschuldigen Zeiten im Dorf gehabt hatte. Und spätestens unten am Hafen hatte ich zum erstenmal gespürt, daß etwas in mir zerbrochen war, um Neuem, Unbekanntem zu weichen. Waren die Ibisse nicht nach Westen, nach Sakkara geflogen?

»Ich fühle, daß du etwas verschweigst. Nicht so sehr vor mir, eher vor dir selbst. Etwas, was du tief in einer dunklen Kammer deines Herzens versteckt hast. Vielleicht, weil es sehr wichtig war, weil es besonders wehtat, weil du nicht weißt, ob du damals richtig gehandelt hast. Ist es nicht so?«

Tief aus dem Labyrinth meiner Gedanken tauche ich auf und finde meine Gegenwart in Xelida wieder. Ihre Augen sind mir so nah, diese schwarz schimmernden Seen, ihre Lippen, die Sanftheit ihrer Stimme ...

»Erinnere dich an die Weissagung von Uba-Sanit, der Alten auf der Insel im Sumpf ... Kündigte sie nicht deine erste Liebe als etwas Großes an, und war sie nicht wirklich mächtiger und umfassender als es deine nüchternen Worte heute ahnen lassen?«

Xelida, meine kluge, alles durchschauende Xelida. Wie habe ich annehmen können, daß ein Geheimnis, und sei es noch so klein, vor ihr verborgen bleiben würde?

»Du hast recht, da gibt es ein Ereignis, von dem ich noch nicht erzählt habe, jetzt, da du danach fragst, merke ich auch, daß ich zum erstenmal seit langer Zeit wieder daran denke. Es war eine schmerzhafte Entscheidung damals, und über viele Jahre hinweg habe ich das, was damals geschah, aus meinem Bewußtsein verdrängt und schließlich vergessen, als ob es niemals geschehen wäre. Und heute merke ich, daß jener alte Schmerz restlos verflogen ist. Anstelle der wehmütigen Erinnerung entsteht vor mir ein Bild in schönen, kraftvollen Farben ...«

Xelida lächelt mich an mit jenem Lächeln, das Himmel und Erde verbindet und die Welt ringsum zum Mitschwingen veranlaßt. Wie schön sie ist, meine einzige, meine endgültige Geliebte! In ihrem weißen Kleid sitzt sie mir auf den Stufen des Tempels gegenüber, hat die Arme um ihre Knie geschlungen und den Kopf geneigt, und ihr schwarzes Haar fließt in geschmeidigen Bahnen, den Glanz der Abendsonne einfangend, über ihre Schultern herab.

»Dann erzähle doch, laß das Bild aus dem Käfig deiner Erinnerung frei«, sagt sie. »Es ist ein Mosaikstein deines Selbst. Wir können nur heil werden, indem wir die Ganzheit anstreben, die aus vielen unterschiedlichen Bildern, Erinnerungen und Möglichkeiten

besteht. Versenke dich in dieses Detail, als ob es der wichtigste Moment in deinem Leben gewesen wäre, der Schlüssel zum Glück.«

Mein Blick streichelt Xelidas Gestalt. Ich wage nicht, meine Hand auszustrecken, um sie zu berühren. Ich spüre: das Körperliche würde den Zauber zwischen uns augenblicklich zerstören. Wie damals beim ersten Schlaf im Hypogäum versinke ich in Xelidas Augen. Tiefer und tiefer gleite ich, ihrem unwiderstehlichen Sog folgend, schwebe dahin wie ein Vogel, werde zum Phönix, dem aus dem Nichts der Asche geborenen strahlenden Wesen.

»Hör zu, Xelida«, flüstern meine Lippen, »höre, Hem-On, Mazdanuzi . . .« Ich weiß nicht mehr, welche Namen ich noch nenne. Aus der Gegenwart entrücke ich mich und fließe ein in den großen Strom, der Ewigkeit heißt. Jahre um Jahre gleiten dahin, ich bin wieder Kind, heiße Hem-On, lebe in Memphis und bereite mich darauf vor, Schüler im Ptah-Tempel zu werden. Es sind aufregende Tage voller Vorfreuden und Zweifel und kribbelnder Erregung. Da begegnet mir plötzlich Mari noch einmal . . .

Ich traf sie völlig überraschend, Mari, die ich bereits für immer verloren geglaubt hatte. Am Rande unseres Viertels, dort, wo nach Westen unter den wiegenden Palmenhainen die großen Gärten und Landsitze der Reichen begannen, stand sie, und es schien, als würde sie auf mich warten. Hier waren wir oft umhergestrichen wie liebestolle Katzen, wenn uns nicht der Hafen angelockt hatte, waren über Bewässerungsgräben gesprungen und hatten den Sklaven bei der Feldarbeit zugesehen. Manchmal waren wir von strengen Aufsehern gestört und vertrieben worden, wenn wir umschlungen dasaßen und die Welt ringsum in unseren Küssen versank.

Es war kein Zufall, daß Mari mich hier abpaßte, das sah ich sofort an ihren Augen, die stärker als sonst schimmerten, voller Sehnsucht nach Zärtlichkeit. Ich blieb unschlüssig stehen, war wie gelähmt, konnte keinen Schritt mehr vor den anderen setzen, mein Herz klopfte.

»Mari«, fragte ich schließlich, »was ist los, warum bist du hier und nicht dort, wohin du nun gehörst?«

Mari blickte mich unverwandt an, und erst jetzt bemerkte ich, daß etwas Neues in ihren Augen war, ein Ausdruck, den ich noch nicht an ihr kannte, etwas wie Trauer.

»Man darf uns nicht mehr zusammen sehen, Mari. Weißt du das nicht?«

Statt einer Antwort schüttelte sie den Kopf. Da verlor ich all meine Scheu, warf die inzwischen gefaßten Vorsätze über Bord, ergriff ihre Hand und lief mit ihr los. Wir rannten, als seien Verfolger hinter uns her, hielten nicht bei den Palmenhainen an, nicht bei den anderen uns bekannten Plätzen, sondern liefen immer weiter nach Westen. Schließlich konnten wir nicht mehr. Keuchend blieben wir stehen und hielten uns die Seiten. Es war Mittag, die Sonne stand hoch und brannte gnadenlos. »Wohin willst du?« fragte sie, als sie wieder bei Atem war.

»Irgendwohin, wo wir nie zuvor waren«, antwortete ich, »wo uns niemand kennt und keiner sieht.« Mari deutete aufgeregt mit dem Finger auf einen sattgrünen Streifen aus Nilakazien, Palmen und Grasland vor uns. »Weißt du nicht, daß dies die Grenze des *Bewohnbaren* ist? Bis hierhin reicht Kemet, die gute, schwarze, fruchtbare Erde. Danach beginnt das rote Land, der tödliche Staub.«

»Dann gehen wir eben nach dort«, sagte ich entschlossen, »ich habe keine Angst vor der Wüste. Vielleicht, daß wir dort einen Platz finden, der ganz allein uns gehört.«

Mari begann zu zittern. »Du weißt nicht, was du redest. Dort drüben liegt Sakkara, der Ort, der den Toten geweiht ist. Einmal war ich da, dreißig Tage nachdem der Bruder meines Onkels von einem Skorpion gebissen wurde. Man hat seinen Leichnam für die Ewigkeit haltbar gemacht und tief in der Erde versenkt. Das war furchtbar, sage ich dir, und nur mit Schaudern denke ich an diesen Ort.«

»Komm«, sagte ich, »wenn dort nur Gräber sind und keine Menschen, die uns beide beobachten können, dann ist es gut. Mehr als die Toten fürchte ich im Moment die Lebenden. Wenn man uns sieht und darüber redet, ist alles verloren.«

Mari jammerte, ich mußte sie mit Gewalt weiterziehen. Schließlich, als sie spürte, wie ernst es mir war, gab sie den Widerstand auf und verstummte. Aber sie blieb stets einen Schritt hinter mir. Es war merkwürdig, wie rasch das schwarze ins rote Land überging: ein Schritt nur, und man betrat Wüste, eine weite, hügelig-öde Landschaft, in der nichts mehr wuchs. Überall Sand, der im leichten Wind aufwirbelte und in dünnen Wolken tanzte, Sand, der stellenweise zu abgerundeten Bergen anwuchs und dann wieder wie Wasser oder ein trockener Sumpf war – die Füße rutschten weg, sanken ein; wir stapften durch ein staubiges, gelbrötliches Meer.

»Bitte nicht weiter«, sagte Mari, »laß uns hierbleiben, der Ort macht mir Angst.«

»Wenn ich dabei bin, brauchst du keine Angst zu haben«, verkündete ich großtuerisch, »ich beschütze dich vor allen Gefahren.«

Wir hatten einen Hügel erklommen und blickten auf eine weite Fläche, die von zahllosen kleinen Steinhaufen bedeckt war.

»Unter diesen Steinen liegen die Toten«, flüsterte Mari und zitterte noch stärker. »Auch die alten Könige liegen da. Es heißt, es führen Gänge in tiefe Schächte hinab, die man später zugeschüttet hat. Je angesehener die Menschen im Leben waren, desto tiefer ruhen sie in der Erde.«

Noch weiter westlich ragten weiße Mauern aus den Sandhügeln, ein flaches, von hohen Palmen umringtes Gebäude, der einzige grüne Punkt in der Wüste.

»Dort liegt der Ibis-Tempel«, sagte Mari, »die Mauer umschließt den See, in dem die heiligen Vögel baden. Neben dem Tempel sind die Häuser der Einbalsamierer.«

»Und was ist das?« fragte ich und deutete auf eine Anzahl kleinerer Erdhügel, von denen einige mit Steinen eingefaßt waren, so daß sie aussahen wie richtige Häuser.

»Die Kammern der Geschenke. Dort legt man die Gegenstände ab, die nicht mit den Toten in der Erde versenkt werden, Dinge, die für die Götter bestimmt sind.«

»Dann sind das also keine Gräber, siehst du, es gibt auch Plätze hier, die weniger gruselig sind.«

»Ich fürchte mich aber dennoch«, sagte Mari. Ich zog sie mit, und sie ließ sich widerstandslos in den Schatten eines solchen Hügels führen. Der Schatten war allerdings äußerst schmal, denn die Sonne stand nahezu senkrecht über uns. Zudem blies der Wind aus Norden jetzt stärker und wirbelte viel Sand auf. Wie von tausend Nadelstichen getroffen brannte die Haut, man mußte die Augen schließen und blinzeln, um überhaupt noch etwas zu erkennen.

»Der Eingang ist offen, laß uns hineingehen«, schlug ich vor, und Mari war viel zu erschöpft, um dagegen zu protestieren. Wir krochen in die Öffnung des Hügels und fanden uns in einem kleinen, aber bequemen Vorraum mit Wänden aus Kalkstein. Draußen heulte der Sturm und blies den Sand in riesigen Wolken vor sich her. So waren wir froh, sicher im Schutz des Eingangs zu liegen und uns ganz nah zu spüren. Ja, dies wurde mir mit einem Mal überdeutlich bewußt: wie sehr ich sie spürte, und heute auf eine ganz andere Weise als sonst. Ihre Nähe erregte mich auf eine neue Art, obgleich ich sie schon so oft in meinen Armen gehalten hatte. Deutlich wurden mir ihre weiblichen Formen unter dem dünnen Tuch bewußt. Ich begann sie zu streicheln, mehr und mehr, da sie es zuließ, meine Hände fingen Entdeckungsreisen an, die immer fordernder wurden.

»Es ist heiß«, hörte ich meine Stimme seltsam belegt sagen, »komm, streif dein Kleid ab.«

Zuerst sträubte sich Mari, wollte meine Hände festhalten, mich zur Ruhe bringen. Aber da sich inzwischen unsere Lippen gefunden hatten und die Zungen ihr tolles Spiel begannen, gelang ihre Abwehr nicht recht, sie schlug alsbald in das Gegenteil um – es waren nun ihre Hände, die mich suchten, ihre Arme umschlangen mich, zogen mich näher, preßten mich an sie. Bald lagen wir nackt aufeinander. Es war unschicklich und in diesem besonderen Falle nach Maris Verlobung zudem noch verboten, aber wir taten es dennoch. Ohne Scham entdeckten wir uns in der Berührung, ich spürte mein Glied schwellen und drang in sie ein, und obgleich ich ihr wehtat, stöhnte sie auf vor Entzücken, zog mich an sich, krallte ihre Fingernägel in meinen Rücken. Als sie aufschrie, schien auch ich zu explodieren, etwas nie zuvor Gekanntes zerriß meinen Verstand und warf mich in die tiefsten Abgründe des Glücks. Schweißnaß und zitternd lagen wir da, fühlten unsere Körper nachbeben und die Haut brennen.

Draußen war der Sandsturm abgeklungen, es wehten aber noch immer Staubschleier vor dem Eingang vorbei. In der Ferne heulte irgendwo ein Schakal, aber Mari hatte alle ihre Angst verloren. Als wir uns lösten, entdeckten wir das Blut zwischen uns und waren entsetzt. Es sah aus, als hätten wir etwas Lebendiges zwischen unseren Körpern zerquetscht, etwas, das nun unwiederbringlich tot war. Zunächst begriff ich das volle Ausmaß des Geschehenen nicht und nicht die Konsequenzen, die es unweigerlich nach sich ziehen würde. Wir waren nur damit beschäftigt, das Blut mit Sand abzuwischen. Zum Glück waren unsere Kleider unbefleckt. Mari wirkte seltsamerweise traurig, sie vermied es, mich anzusehen, und als sie sprach, glaubte ich zuerst, sie falsch verstanden zu haben.

»Das darf nicht mehr sein, nie mehr«, sagte sie, »wir haben Böses getan, uns gegen die Gesetze versündigt, denn ich bin einem anderen Mann versprochen.«

Statt zu widersprechen und sie zur Flucht zu überreden, tat ich nun etwas, das ich später mehr als einmal bereute: ich spürte einen Zorn aufkommen, der aus meiner Ohnmacht entsprang gegenüber diesen unmenschlichen Gesetzen und steigerte mich mehr und mehr hinein.

Wieder, aber niemals zuvor so deutlich wie in diesem Moment, war sie da, die übermächtige, alles bestimmende Maat, sie schwebte über uns und hielt uns in ihrem Würgegriff.

Ich hätte heulen können vor Wut und Verzweiflung, aber mir war klar, daß es keinen Ausweg gab. Mari war nach den Regeln verlobt und Chonsemhep, mein Onkel, hatte mich dem Tempel als Schreiberlehrling versprochen. Und Mari? Die eben noch das Verbotene leidenschaftlich genossen hatte, fügte sich, viel zu schnell und völlig kampflos. Enttäuschung war in mir, eine große, brennende Leere, ein dumpfes, alles betäubendes Gefühl der Sinnlosigkeit. Immer eines nur mußte ich dabei denken: das Blut ist zwischen uns gekommen als ein Zeichen, und es hat uns geschreckt. Hatte nicht der Priester in unserem Dorf in den Sümpfen einmal dunkel verkündet – wer Schuld auf sich lädt, über den wird das Blut kommen? Und war es nicht gekommen, so viel, so dunkel...

Ich wollte nur noch weggehen, die Höhle, die Wüste, die Zone des Todes und der Verstrickung verlassen.

»Es wird nicht mehr sein, denn wir werden uns nicht mehr sehen«, sagte ich mit fester Stimme. »Ein paar Tage noch, und ich werde in den Tempel gehen, um eine Lehre als Schreiber anzufangen. Damit ist alles zu Ende.«

Mari stand auf und zog sich wortlos das Kleid über. Ich band mein Lendentuch um. Wir verließen den Hügel und gingen langsam zu jenem Streifen zurück, der Grün und Leben bedeutete, schweigend und ohne uns anzuschauen. Und wir haben uns nicht mehr, nie mehr geküßt...

»Bereust du noch immer, was geschehen ist?«

Ich schüttele den Kopf. Nein, es kam so, wie alles kommen mußte. Trotz der wundersamen Berichte meiner Mutter über Mazdanuzi, trotz ihrer ständig wiederholten dunklen Andeutungen »mit ihm beginnt unser Geheimnis«, war mein Leben bis zu jenem Nachmittag in der Wüste einfach und klar gewesen, eine Kindheit ohne Probleme. Mit Mari und der Entdeckung meiner Männlichkeit hatte sich alles gewandelt, war die Spanne zwischen Gut und Böse, zwischen Glück und Verzweiflung größer und weiter geworden.

Einen blinden Rausch, dann Angst, Erschrecken, Wut und schließlich eine neue, ernsthafte Sehnsucht hatte ich erfahren. Nein, es war gut so, niemand konnte sich dem Sog des Schicksals entziehen.

»Ich glaubte zuerst, ich hätte alles vergessen, was mit Mari zusammenhängt, mit meiner Liebe zu ihr. Jetzt weiß ich, daß es nicht stimmt. So deutlich spüre ich es, als wäre es nicht vor langer Zeit, sondern erst gestern geschehen.«

Xelida, die mir gegenüber auf den weißen Stufen des Tempels sitzt, blickt in die Abendsonne. Hinter ihr werden die Schatten länger, die Konturen der Insel verschwimmen im sanften Licht. Bald wird es kühler werden, und wir werden aufbrechen, um die Steilküste entlang zu unserer Wohnung zu wandern, die am Hang liegt, windgeschützt zwischen Steinmauern gebettet. Und wir werden langsam gehen, jeden Schritt die Frische des Meeres genießen, das bis zu uns hinaufatmet, wir werden auf seine Stimme hören und denken, es sei das gleichmäßige Rauschen unseres eigenen Blutes.

»Und am nächsten Tag bist du in den Ptah-Tempel gegangen?« fragt Xelida, den Faden meiner Erinnerung aufgreifend und vorsichtig weiterspinnend.

»Nein, nicht gleich am nächsten Tag, aber bald darauf. Was mir dort begegnete, war so überwältigend für mich, daß ich alles vorher Erlebte vergaß. Willst du es hören?«

»Natürlich«, lacht Xelida, meine einzige Ewiggeliebte. »Erzähl nur, ich will alles von dir erfahren.«

Ich richte mich auf und strecke die steif gewordenen Glieder. Ergreife Xelidas Hände und ziehe sie hoch. Wie leicht mir das noch gelingt, und wie zärtlich sie sich in meine Umarmung schmiegt ... ich glaube, sie wird keinen Tag älter, so wie ihr Haar schwarz bleibt und sich dem Ergrauen verweigert. Ihr Anblick läßt auch mich wieder jung werden, fast ist es, als hörte ich noch die Stimmen und Laute von Memphis an jenem Tag auf dem Weg in den Tempel.

Hamet und ich wurden von der gesamten Familie begleitet, als wir vor die Tore des Tempels zogen. Es war eine große Anlage, wie der Palast des Pharao und Teile der Stadt eingefaßt von einer hohen, weißen Kalksteinmauer. Am Haupteingang nahmen wir Abschied, Echnefer, meine Mutter, umarmte und küßte mich ein letztes Mal, dann nahm uns ein alter Priester, der wie alle heiligen Leute des Tempels zum Zeichen seiner Würde ein Leopardenfell und ein breites blaues Halsgehänge trug, in Empfang. Noch im Vorhof hinter dem Portal wurden zu meiner Verwirrung Hamet und ich voneinander getrennt. Hamet folgte einem anderen Priester nach links, wo eine baumbestandene Straße zu den Werkstätten führte, während der Alte mit mir durch einen schmalen Nebeneingang zum Hof ging. Wir kamen an der Kammer des Torwächters vorbei, der stolz und aufrecht auf einem hölzernen Schemel saß und die Peitsche zur Abschreckung ungebetener Gäste in der Hand hielt. In den Ecken des großen, baumumsäumten Hofes lagen die Vorratskammern. Der Beamte des Schatzhauses überwachte gerade die Annahme von Lieferungen. Auch er hockte auf einem Schemel, und vor seinen Augen wurden gerade Krüge, Säcke und Stoffballen gezählt, abgewogen und notiert. Sobald die eingelieferten Güter verzeichnet waren, wurden sie von Dienern, alles Knaben in meinem Alter, in die Vorratskammern des zweiten Hofes geschafft.

Im dritten Hof, durch den mich der alte Priester führte, lagen sechs gewaltige hölzerne Steuerruder für die Prozessionsbarke. Die Vorratsräume hier waren mit Amphoren bis an die Decke gefüllt. Im vierten und kleinsten Hof stapelten sich zahlreiche Truhen, in denen wahrscheinlich kostbarere Gegenstände aufbewahrt wurden.

Auf der linken Seite, dort, wo Hamet in Richtung der Werkstätten verschwunden war, lag, von mehreren hohen Mauern umschlossen, die Schatzkammer. Sie erblickte ich allerdings nie, solange ich mich in der Ausbildung befand. Ich habe ihr Geheimnis nie ergründen können, den unermeßlichen Reichtum, von dem man sich erzählte, nie mit eigenen Augen gesehen. Dafür allerdings die Werkstätten, wo die unterschiedlichsten Handwerker tätig waren, unter anderem auch die Schmiede, in der Hamet zunächst seine Ausbildung erhalten sollte. Es wurden aber auch Holzarbeiten ausgeführt, Ton- und

Keramikwaren hergestellt, Statuen, kostbare Gefäße und dergleichen mehr. Einen wichtigen Platz im Tempelkomplex nahm die Speicherung von Getreide ein, das in großen Silos aufbewahrt wurde. Zu den Wirtschaftsgebäuden gehörten noch die Ställe und die reichbevölkerten Geflügelhöfe in der Nähe des heiligen Sees. Außerdem gab es eine riesige Küche, eine Bäckerei und eine Bierbrauerei – unzählige Menschen arbeiteten hier. Nach und nach entdeckte ich, daß es noch weitere kleinere Werkstätten für spezielle Dinge gab, wie zum Beispiel eine Goldschmiede, eine Webstube und nicht zuletzt die Kammer, in der nach speziellen Verfahren das für uns Schreiber so wichtige Papyrus hergestellt wurde.

Der Raum, der mir zugewiesen wurde, diente vielen jungen Dienern und Schreiberlehrlingen, die schon länger im Tempel waren und nicht mehr wie ich die Kinderlocke trugen, als Schlafstatt. Es war eine längliche, aus Nilschlammziegeln gemauerte Halle, in der Schilfmatte neben Schilfmatte lag. Sie grenzte direkt an einen Seitentrakt des eigentlichen Tempels, den wir allerdings nicht betreten durften. Das war das Haus des Geistes des Ptah, in dem nachts der große Gott ruhte, während am Tag seine Verehrung stattfand. Wie ein lebendes Wesen wurde Ptah am Morgen geweckt, gesalbt und mit Speisen versorgt, am späten Nachmittag ließ er Audienzen zu und am Abend begab er sich zum Schlaf. Der Dienst dort war ausschließlich dem Hohepriester und einigen Eingeweihten höherer Ränge vorbehalten. An gewissen Tagen öffneten die Priester für das Volk den vorderen Bereich, wo die Gebetsräume lagen, aber selbst dann wurde uns Jungen der Zutritt verwehrt. Wir waren noch nicht reif genug für die Zeremonien und mußten uns mit kleinen Handreichungen begnügen – zum Beispiel mit Körben am Eingang warten, um die Tempelgaben, vor allem Obst, Gemüse, Eier, Hühner, Gänse und andere Geschenke in Empfang zu nehmen.

Es ist wahr – zunächst wirkten die Größe und Weiträumigkeit des Tempels und die unglaublich große Zahl an Handwerkern, Dienern, Schülern und Priestern verwirrend auf mich. Der Tempel des Ptah war eine eigene Stadt inmitten der großen Stadt Memphis, und es brauchte lange, bis ich halbwegs alle Gesichter in diesem abgeschlossenen Bezirk wiedererkannte und die Wege zu den einzelnen Nutzbereichen fand. Ich hatte gedacht, daß meine Lehre als Schreiber gleich am ersten Tag beginnen würde, aber ich wurde in dieser Annahme enttäuscht, denn die ersten beiden Wochen geschah nichts, außer daß man mich zu kleineren Handreichungen anwies. Was ich damals nämlich noch nicht wußte, war, daß man sorgfältig auf die Schreibertätigkeit vorbereitet wurde, obgleich die ersten Arbeiten davon noch nichts ahnen ließen. Denn was mir noch fehlte, war die Einweihung in das wahre Wesen des Gottes Ptah, ohne die niemand im Tempel zum Schreiber werden konnte. Papyrus herstellen, Tinte und Schreibfedern – das war eine Sache, ebenso die zuvor praktizierten Übungen mit dem Ritzstengel auf den Tafeln aus Ton. Etwas völlig anderes war das Schreiben selbst, das im Grunde ein Dienst an Ptah war. Es hing mit dem Erscheinungsraum, mit der verdeckten Kammer und dem Wasser des Sees zusammen, und davon will ich jetzt erzählen.

Der alte Priester, der mich am Tor abgeholt hatte und der mir für meine Ausbildung als Lehrer zugeteilt worden war, hieß Peti, ein strenger, aber gerechter Mann, auf dessen Wort unbedingt Verlaß war. Eines Tages weckte er mich auf ungewöhnliche Weise. Als ich seine feste Hand an der Schulter spürte und die Augen erschrocken aufriß, weil er mich so früh am Morgen aus dem besten Schlaf aufschreckte, stand er in Festgewandung vor mir – das heißt: außer dem Leopardenfellumhang und dem blauen Halsgehänge trug er eine schreckliche Haube aus Fell und Federn über der Glatze, die ihn wie ein Mischwesen aus Mensch und Tier erscheinen ließ. Seine Miene war undeutbar, und ich glaubte, einen lauernden Ausdruck in seinen Augen wahrnehmen zu können. »Komm«, befahl er knapp, »steh auf, der letzte Tag deines Lebens ist angebrochen.«

Der letzte Tag meines Lebens? Die Art, wie er diese Worte betonte, jagte mir einen Schauer über den Rücken. Ich hatte mir angewöhnt, auf alle Fragen zu verzichten, wenn einer der Priester zu mir sprach und besonders Petis Anweisungen schnell und ohne nachzudenken zu befolgen. Als er mich jetzt aber derart anstarrte, schoß mir ein entsetzlicher Gedanke durch den Kopf. Wie, wenn ich zum Opfer auserkoren worden war und auf den Stufen vor dem Erscheinungsraum oder in der verdeckten Kammer hingeschlachtet werden sollte? War mein Verhältnis zu Mari entdeckt worden?

Ich verwarf diese Gedanken zwar sofort wieder, entsann mich aber plötzlich gewisser zweideutiger Anspielungen, die ich in der letzten Zeit aufgeschnappt hatte. Beunruhigt stand ich auf und folgte Peti auf seinem Rundgang durch den Tempelbezirk. Wenn wir irgendwo Leute trafen, passierte stets das gleiche: Peti deutete im Vorbeigehen auf mich, und die Angesprochenen starrten mich an, manche von ihnen winkten mir sogar zu, aber mit einer Miene, als würden sie mich begrüßen oder Abschied von mir nehmen wollen. Ihr Verhalten beunruhigte mich noch mehr, mein Herz klopfte bis zum Hals hinauf.

Peti stürmte mit eiligen Schritten voran. Er hielt erst inne, als wir an der Tür zum verdeckten Raum angelangt waren. Diese öffnete er und stieß mich hinein. Nach seinem Eintreten verriegelte er sorgfältig hinter uns. Die Kammer besaß lediglich ein kleines Fenster oben in der rechten Wand, durch die spärliches Licht fiel, so daß diffuses Halbdunkel herrschte. Als sich meine Augen daran gewöhnt hatten, sah ich, daß der Raum bis auf eine Truhe und einen Schemel vollständig leer war. Peti ließ sich auf dem Schemel nieder und wies mich an, die Truhe zu öffnen. Ich konnte kaum sehen, was sich darin befand, als ich den schweren Deckel anhob, entdeckte aber nach einigem Tasten dennoch das kleine Kästchen, das ich suchen sollte. Ich nahm es heraus und reichte es ihm. Er wog es, murmelte einen für mich unverständlichen Vers und klappte es schließlich auf. Mit spitzen Fingern entnahm er dem Kasten etwas, daß wie ein kleiner, steinerner Skarabäus aussah, sich aber bei näherem Betrachten als eine geformte Dungkugel herausstellte. Er hielt mir die Kugel in Höhe meines Mundes direkt vors Gesicht.

»Iß das«, sagte er streng, »dies ist die Kugel, die der heilige Pillendreher als Abbild der Welt formte. Zerkaue sie ganz, speichele sie ein und schlucke sie in kleinen Portionen.« Dabei sah er mir so streng in die Augen, daß ich ohne jedes Zögern gehorchte. Es schmeckte eigenartig streng und besaß einen bitteren Nachgeschmack.

Peti legte mir die rechte Hand auf die Schulter und sagte mit Nachdruck: »Bedenke, wie angenehm und leicht dein Leben bisher war. Nun aber betrittst du die Schwelle zu einem anderen Sein. Erfasse die Bedeutung des Augenblicks, Hem-On, denn nun mußt du sterben.«

Ich starrte den Priester entsetzt an und wollte seine Worte nicht glauben. Trieb er einen bösen Schabernack mit mir oder war dies alles wahr? Mein Blut pulste stärker als sonst, Schweiß trat auf meine Stirn, und der Schlag meines Herzens dröhnte mir dumpf in den Ohren. Als er mich anstieß, zu gehen, packte mich leichter Schwindel. Peti löste den Riegel von der Tür, öffnete sie und schob mich nach draußen ins Freie. Blendend grell traf mich das Sonnenlicht, ich mußte die Augen zusammenkneifen und taumelte hilflos voran, meinem sicheren Tode entgegen. Hätte mich Peti nicht gestützt, so wäre ich sicherlich gestrauchelt und hätte mich in den Staub fallengelassen, so weich waren meine Knie und so unsicher war mein Schritt. Seltsamerweise überkam mich trotz der Todesangst eine lähmende Ruhe, die mehr und mehr Besitz von mir ergriff.

Wir überquerten den Hof und erreichten ein Seitenportal des Tempels. Schlagartig verlosch die Sonne im Vorraum, dessen Wände aus großen, sauber gefugten Rosengranitquadern bestanden. Im Halbdunkel des nachfolgenden Gangs nahm ich hohe, schmucklose Vierecksäulen wahr, die das Sternendach trugen. Selten nur fiel ein schmaler Streifen Licht durch verborgene Ritzen in der Decke. Ein Gang führte um eine Ecke und dann schräg in die Erde hinein. Wir gingen endlos hinab, immer dumpfer und abgestandener wurde die Luft, und der Schweiß rann mir in dünnen Bahnen die Schultern hinab. Ich wurde mehr von Peti geschoben, als daß ich aus eigenen Stücken ging. Das Denken fiel mir mittlerweile so schwer, als würde ich im Schlaf wandeln, und der lähmende Druck auf meinen Schläfen nahm zu. Am Ende des Ganges lag nach einer weiteren Biegung eine geräumige Kammer, die bis auf einen Steinsarkophag vollständig leer war. An diesen Steinsarg an der Stirnwand des Raumes traten wir, und Peti wies mich an, in die Ausmuldung zu steigen. Ich weiß nicht, warum ich gehorchte, ich tat es einfach und legte mich in das offene Grab. Mir war alles, alles gleichgültig geworden, ich schloß die Augen und bemerkte nur noch, wie Petis Hand mir über die Stirn strich und spürte dicht an meinem Gesicht seinen Atem. Seine Stimme, die von weit her zu kommen schien, erreichte mich kaum noch. Ich hörte leiser werdenden Singsang, bis er gänzlich verschwand. Dann gab es nur noch die Stille ringsum, eine alles umfassende, machtvolle, beeindruckende Stille.

Jetzt sterbe ich also, dachte ich noch, weit entfernt von den Freunden, von Hamet, der jetzt sicherlich gerade seine Arbeit in der Schmiede begann, weit weg von Memphis, ohne noch einmal meine Mutter gesehen zu haben, einsam und sinnlos. Vielleicht war alles nur ein Versehen. So kurz war mein Leben doch erst, und nun sollte es schon zu Ende sein. Ich hätte heulen können vor Verzweiflung und war zu müde dazu. Ich kuschelte mich enger an den Stein, der allmählich meine Körpertemperatur anzunehmen schien, und schlief mit dem Bewußtsein ein, niemals mehr zu erwachen.

Um so verwirrter war ich, als ich nach endlosen Zeiten einen Summton vernahm, der aus der Stille zu wachsen schien, mehr und mehr anschwoll und schließlich meine ganze Umgebung ausfüllte. Als ich mühsam die Augenlider hob, sah ich, daß der Sarkophag über mir nicht geschlossen war. Statt dessen erblickte ich einen seltsam regelmäßigen Himmel: tiefblau war er, und die weißen Sterne bildeten darin ein gleichmäßiges Muster. Es brauchte lange, bis ich erkannte, daß dies nicht der gewohnte Himmel, sondern die bemalte Decke der Grabkammer war, die ich beim Eintreten nicht beachtet hatte. Am Rande des Himmels prangte als größter der Nordstern, und von ihm schien der anschwellende Summton zu stammen. Mit diesem Geräusch aber wandelte sich alles ringsum: ich schwamm auf einem riesigen Wasser, dem Urozean gleich, aus dem alles Leben stammt, und der Himmel mit seinen Sternen war Deckel und Abbild des Wassers. Wenn ich die Sterne anstarrte, so schienen sie nicht mehr stillzustehen, sondern zu vibrieren und ständig ihre Gestalt zu wechseln. Tierfratzen tauchten auf, mehr als Ahnung denn leibhaftig – ein Hase, ein langsam dahinfliegender Ibis, ein Pavian, ein Skarabäus, ein Falke.

Das Meer, in dem ich schwamm, war warm und wiegte mich in sanfter Bewegung. Mein Gefühl war nicht in mir, sondern wie eine Haut, eine Schale um mich herum. Ich kam mir vor wie ein Ei, das auf dem Wasser trieb. Dann wieder glaubte ich, eine Bewegung in mir und unter mir zu verspüren – etwas formte und bewegte sich aus der Tiefe, wurde heiß wie eine Insel aus Flammen, fest wie ein Hügel, rund und aufstrebend wie eine emporwachsende Lotosblüte. Was war ich – der Samen, der Stempel im Kelch, ein Ei, aus dem sich die Sonne entfalten will?

Von Vogelschwingen glaubte ich gestreift zu werden ... umgaben mich Ibisse und Falken? War ich ein Vogeljunges, das von seiner Mutter ausgebrütet wurde?

Aus dem Summton wurde Gezwitscher, Gesang, schließlich eine verständliche Stimme. Ich verstand den Sinn ihrer Worte: »Der sehr Große aber ist Ptah, der das Leben verliehen hat allen Göttern, nämlich ihren Kas, durch dieses Herz, aus dem Horus hervorkam ... es ist so, daß Herz und Zunge über alle Glieder Macht haben, indem das Herz alles denkt, was es will, und die Zunge alles befiehlt, was sie will, Horus, der Falke, das Herz und Thot, der Ibis, die Zunge ... So wurden alle Götter geschaffen, und es entstand jedes Gotteswort aus dem, was das Herz erdachte und die Zunge befahl, denn am Anfang stand das Wort, Sia und Hu und löwengestaltige Sechmet und das wohlriechende Lotuskind Nefertem sind seine Kinder ... Es ruhte aber Ptah, nachdem er alle Dinge, alle Gottesworte geschaffen hatte ...«

Seltsam vertraut kam mir diese Stimme vor, und der Inhalt der Worte noch mehr. Woher kam das, wie kamen solche Träume über mich – oder war alles Realität?

Ich schloß die Augen und ließ mich erneut in die Urwasser fallen. Ewigkeiten trieb ich dahin, ohne zu denken, nur Sein, nur der Entwurf einer Möglichkeit, mit viel Zeit, sich zu entfalten. Dann sah ich Ptah, den sehr Großen, den mit Binden umwickelten Maurer und Zimmermann der Welt, der allen Dingen den Atem verlieh, den Beschützer der Handwerker und Künstler, den Baumeister des Himmels und der Erde, sah ihn sinnend vor dem Weltenei sitzen, das er geschaffen hatte, und danach die Neunheit der Götter, sah ihn würdevoll aufrecht stehen mit seiner enganliegenden Lederkappe, mit Bart und Wickelrock, in den Händen den Papyrusstengel, auf dessen Blüte ein das Ei ausbrütendes Falkenweibchen saß, Schöpfer und Bewahrer des ewigen Kreislaufs des Lebens. Ich sah, daß er kein sterblicher Mensch, sondern ein Baum war, das aufstrebende Sein, bald Holztrieb, Stange, Fetisch, heiliger Pfahl. Als grobklobige Schnitzfigur ragte er in der Mitte der Dorfplätze aus Steinreihen und Geröllhaufen, richtete sich aus Sumpfinseln auf, reckte sich aus staubiger Ödnis empor, und wo er stand, hielt er als Zepter den Papyrusstengel empor und war der Geist des großen Gottes Ptah. Ihn sah ich und seine Frau, die löwenköpfige Sechmet mit Nefertem, dem Kind.

Sah ich dies alles, oder gab mir die Stimme die Bilder ein? Erwachte ich vielleicht aus einem ungewöhnlich langen und tiefen Traum? Jedenfalls spürte ich plötzlich wieder eine Hand an meiner Schulter, Petis Hand, die mich sachte rüttelte und zog. Ein ins Leben zurückgerufener Leichnam – so kam ich langsam hoch, blickte in das Gesicht des alten Priesters und sah, daß ich mich noch immer im Steinsarkophag befand.

»Du hast geträumt«, sagte Peti lächelnd, »aber dieser Traum war sehr wichtig für dich, denn du hast viel darin gesehen und erkannt. Ptah, der Herr der Weisheit, der mit Herz und Zunge die Welt erschafft, indem er sie denkt und benennt, ist dir erschienen, und du weißt nun, was das Wesen eines Schreibers ausmacht – Ptahs Schöpfung in jedem Augenblick zu gedenken, ihm nachzufolgen und ihm zu dienen. Niemand wird Schreiber aus eigenen Stücken, sondern nur durch ihn und für ihn, indem er sich einreiht in die nie abreißende Kette seiner Gedanken, die die von Ptah geschenkten Worte behütet und die Schrift zu einem Bild seiner Anbetung macht. Komm jetzt, da du im Wissen wiedergeboren bist, folge mir zum See und mach dich von allem Vergangenen rein.«

An Petis Hand tappte ich durch die Gänge. Wir erreichten eine Tür und kamen wieder ins Freie, wo uns mildes Licht empfing, denn die Sonne schickte sich gerade an, aus dem Urgrund zu steigen. Wie war das möglich, da es doch soeben schon Morgen gewesen war, hatte ich einen ganzen Tag und eine Nacht lang geschlafen? Peti führte mich zum See und hieß mich, das Lendentuch abzulegen. Nackt stieg ich ins Wasser, spürte beglückt die Kühle, schritt bis zur Mitte des Teichs und tauchte ganz unter. Prustend kam ich hoch, mehr Schwimmvogel als Mensch, und sah durch tausend glitzernde Wassertropfen die Farben des Lichts. Ich war tot gewesen und jetzt zum wirklichen Leben erwacht . . .

An diesem Tag wurde meine Kinderlocke abgetrennt und ich trug nun den kurzen Haarschnitt der Diener und Schreiberanwärter. Der alte Peti leitete meine Ausbildung. In den ersten Wochen und Monaten ließ er mich flache Stücke von zerschlagenem Kalk aus dem nahen Steinbruch holen, die für erste Übungen dienten. In dieses Material ritzte ich zunächst unter seiner geduldigen Anleitung Zahlzeichen und die wichtigsten Bildsymbole. Manchmal, wenn die Zeit zu kurz und der Weg zum Steinbruch zu weit war, ging ich zum Abfallhaufen des Tempels, um mir dort noch brauchbare Scherben aufzulesen. Aber ich suchte sorgfältig aus und fand dabei oft Bruchstücke von Schreibtafeln der älteren Schüler, auf die herrliche Schriften und nicht selten sogar richtige kleine Kunstwerke mit verschiedenen Farben gemalt waren. Peti hatte nichts dagegen, daß ich mir eine kleine Sammlung anlegte und einige der Tafeln für meine Übungen als Vorbild nahm. Nur wenn die Darstellungen darauf allzu freizügig und gewagt waren, etwa Tiere bei menschlichen Handlungen, ein Mausekönig, der ein Heer von Katzen dirigierte, Affen, die die Sonne anbeteten oder erotische Motive, erhob er zürnend Einspruch und hieß mich, die verbotenen Objekte augenblicklich zu vernichten. Ich habe natürlich nicht alles beseitigt, was ihm mißfiel. Am Fußende meiner Schilfmatte, unter den persönlichen Habseligkeiten versteckt, bewahrte ich drei Täfelchen auf, die ich mir immer wieder ansah, weil mich ihre Darstellungen außerordentlich erregten. Eine zeigte den Fruchtbarkeits- und Erntegott Min, der die doppelte Federkrone trug, die königliche Geißel über dem angewinkelt erhobenen Arm, und der mit der anderen Hand unter engem Gewand sein aufgerichtetes Glied hielt. Die beiden anderen zeigten Mann und Frau in lustvoller Umarmung, und zwar in einer Weise, daß es sich überhaupt nicht mit irgendwelchen religiösen Absichten in Einklang bringen ließ. Solche Zeichnungen waren bei den älteren Schülern sehr beliebt und wurden immer wieder heimlich angefertigt, was Peti und die anderen Priesterlehrer zu regelrechten Zornesausbrüchen veranlaßte.

»Lerne dich zunächst einmal beherrschen«, sagte Peti oft, »und mit Sorgfalt die Hieroglyphen, die heiligen Zeichen, aufzuzeichnen. Thot, der Gott des Wissens, der einen Ibiskopf trägt, hat sie entdeckt, als er noch ein Vogel war und seinen Schnabel im Ufersand des Nil wetzte. Mit der Spitze des Schnabels ritzte er die ersten Zeichen, die ihm Ptahs Falkenherz eingab, denn es ist die Zunge, die allen Dingen auf Erden den richtigen Namen verleiht. Zu Ehren Ptahs wurden die Hieroglyphen erfunden und nicht dazu, daß unwissende Schüler ihren Spaß damit treiben!«

Tafel um Tafel ritzte ich, malte Übung um Übung, strengte mich an, es schön und genau zu machen, bis ich endlich die Zustimmung meines Meisters fand.

»Die einfachen Tafeln beherrschst du gut«, sagte er eines Morgens zu mir. »Es ist nun an der Zeit, daß du das, was du gelernt hast, auch auf Papyrus bringst. Geh zur Werkstatt und hole in meinem Auftrag etwas von diesem edleren Material.«

Mit vor Aufregung hochrotem Kopf stürzte ich davon und rannte zunächst zur Schmiede, um Hamet die Neuigkeit mitzuteilen. Dort stand wie stets die Tür offen, um Luft in den heißen, rauchigen Raum zu bekommen. Schweißnaß waren die Männer, die nahe der Feuerstelle arbeiteten. Als ich ankam, war Hamet gerade damit beschäftigt, eine dünne Kupferplatte zu hämmern.

»Schau nur, dies ist eine Arbeit im Auftrag des Gaufürsten«, sagte er. »Diese Platte muß abgerundet und danach mit feinen Mustern verziert werden, denn sie soll eine Statue schmücken. Hoffentlich gelingt mir das – Sophtet, mein Lehrer, ist äußerst streng, das weißt du ja.«

»Meiner auch«, rief ich, »aber er ist zufrieden mit mir. Ab heute darf ich auf Papyrus schreiben!«

»Wenn du so weitermachst, wirst du bald ein richtiger Gelehrter, einer, der mit verschränkten Beinen im Schatten sitzt und mit Tinte um sich spritzt«, lachte Hamet. »Streng dich an, eine schöne Schrift zu erlernen, damit ich dich später auch gebrauchen kann. Du sollst, wenn ich in Amt und Würden bin, oberster Schreiber meiner Waffenkammer werden.«

Die letzten Worte sprach Hamet mit so großem Ernst, als habe er wirklich und wahrhaftig vor, mich als seine rechte Hand – die nämlich, die schreiben kann, und in diesem Falle besser als er – zu benutzen. Ich betrachtete nachdenklich meinen Freund, der mir mit einem Mal älter und erwachsener als sonst vorkam. Auch seine Kinderlocke war gefallen und dem Kurzhaarschnitt der jungen Diener gewichen. Aber im Unterschied zu ihnen wirkte sein Gesicht bereits streng, und sein Mund besaß einen energischen Zug. Es ist das Gesicht eines Menschen, der genau weiß und stets bekommt, was er will, dachte ich. Er wird kein nachgiebiger Beamter werden, er schlägt seinem Vater nach. Auch der war ein Mann von fester Überzeugung. Mochten auch viele Beamte in Ägypten nachlässig und bestechlich sein – auf Onkel Chonsemhep traf das nicht zu, soviel wußte ich, und man sah es ihm auch an. Es war deutlich zu merken, daß mein Freund in seine Fußstapfen treten würde.

»Ich muß mich beeilen, Peti wartet!« rief ich und rannte weiter. An der Papyruswerkstatt angekommen, hielt ich atemlos inne. Schon oft hatte ich gesehen, wie kräftige Arbeiter dort mit schweren zusammengeflochtenen Bündeln angekommen waren. Jedoch war nur ein Teil der Papyrusernte zum Schreibmaterial bestimmt. Die Papyruspflanze ließ sich vielseitig verwenden: aus den zusammengebündelten Stengeln konnte man Fischerboote machen, das kannte ich aus den Sümpfen. Aus dem Bast wurden Seile, Matten, Körbe,

Sandalen, Lendenschurze und sogar die Segelbespannung gemacht. Der untere Teil der Stengel blieb meist für die Kinder, denn in ihm befand sich eine süßliche Flüssigkeit, die ein beliebtes Naschwerk abgab. Die ganze Pflanze war ein Geschenk des Himmels, sie war heilig, weil sie noch aus der Vorzeit stammte, in der die ganze Welt mit Wasser bedeckt war und nur ihre Stengel aus dem Urschlamm ragten. Die Papyrusdolde stellte das magische Zepter der Göttinnen dar, weshalb die Säulen im Tempel auch diese Form nachahmten – sie stützten das Dach des Tempels, in dem täglich aufs neue die Welt entstand, und grün war ihre Farbe, grün wie die Freude und Jugend. Die Hieroglyphe dafür – so hatte ich bereits bei Peti gelernt – war ein einziger Papyrusstengel.

Das wichtigste aber an der Pflanze war ohne Zweifel ihr faseriges Mark, denn aus ihm entstand das feine weiße Schreibmaterial, das biegsam war, die Tinte aufnahm und mit der Zeit nur wenig vergilbte.

Als ich in die Werkstatt trat, waren Diener gerade dabei, die Stengel in handliche Stücke zu schneiden. Mit dem Messer wurden sie sodann abgeschält, der Länge nach gespalten und mit einem Hammer platt geklopft. Die daraus entstandenen Streifen wurden in zwei Lagen kreuzweise übereinander gelegt, so daß die obere Schicht quer über die untere führte. Ein Junge benetzte das ganze mit Wasser und hieb längere Zeit mit einem flachen Stein darauf. Sein Nachbar klebte die fertigen Blätter mit ihren Längsseiten etwas überlappend aneinander. Der nächste stellte bereits eine Rolle her, indem er zwanzig solcher Blätter aneinanderfügte.

Gern hätte ich eine Rolle von beträchtlicher Länge genommen, aber daran hatte mein Lehrer sicherlich nicht gedacht, und so begnügte ich mich mit einigen Reststücken und einer kleinen Rolle, die nicht ganz exakt gelungen und seitlich stark ausgefranst war. Immerhin – mein erster Papyrus! Stolz eilte ich damit zu Peti zurück. Ich erinnere mich noch genau, was er mir als erste Aufgabe zuteilte: ich mußte von einer alten, verwitterten Rolle eine Liste der glück- und unglückbringenden Kalendertage abschreiben. Weil ich mir große Mühe gab, alles richtig zu machen und mit dem angespitzten Lotusblütenstengel ja keine Tinte zu verklecksen, dauerte die Arbeit mehr als drei volle Wochen. Peti war mit meiner Leistung zufrieden.

Immer und immer wieder sah ich mir jedes einzelne Zeichen an, las unzählige Male den Inhalt, um sicherzugehen, daß ich keine Hieroglyphe ausgelassen hatte. Schließlich hätte ich, wenn mich jemand gefragt hätte, den ganzen Text auswendig hersagen können. Die Auflistung umfaßte 365 Tage, die in 12 Monate zu je 30 Tagen eingeteilt waren. Zum Schluß blieben 5 Tage übrig, denen besondere Bedeutung zukam. Die Monate wiederum waren in drei Dekaden zu jeweils zehn Tagen gegliedert. Vier Monate bildeten eine Jahreszeit. Echet brachte die große Flut mit der Überschwemmung des Landes rings um den Nil, Projet, der Winter, die Zeit der Landvermessung der Felder und Aussaat im fruchtbaren schwarzen Schlamm, Schomu, der Sommer, die Ernte, das Einsammeln des Korns und die Hauptarbeit für die Schreiber, die alles, was die Aufseher dabei kontrollierten, auf Papyrus zu notieren und zu bestätigen hatten.

Der 23. Juli war ein besonders wichtiger Tag, der über Glück und Unglück des ganzen Jahres entschied, denn mit ihm begann nicht nur der Kalender, sondern auch das Anschwellen des Stroms. Mit jedem folgenden Tag nahmen die Berechnungen und Vorhersagen der Priester zu, und auch dies bedeutete Arbeit für die Schreiber, denn jede Äußerung mußte festgehalten werden, um sie mit früheren Jahren zu vergleichen. So wurde jede Papyrusrolle zugleich zum Maßstab für das kommende Jahr.

Dieser Tag war dem Sothis im Sternbild des Großen Hundes geweiht, und es berührte mich ungemein, daß ich nach Echnefers Aussage genau an diesem Tag geboren worden war.

Eine zufällige Übereinstimmung nur, oder mehr? Die Papyrusabschrift gewann dadurch an zusätzlicher Bedeutung für mich, es ging dabei nicht mehr nur allein um den Kalender, sondern alle Tagesdaten und ihr geheimer Sinn standen plötzlich in einem Bezug zu mir, der von Wichtigkeit sein konnte.

Als ich mit der Abschrift fertig war, bat ich Peti daher, sie noch einmal für mich kopieren zu dürfen. Der alte Priester blickte mich prüfend an, zog die Stirn in Falten, ließ mich aber schließlich, da er mein Geburtsdatum kannte und seine Freude an meinem Fleiß nicht unterdrücken konnte, gewähren. Die Augen in Petis ansonsten so strengem Antlitz blitzten vor Lachen, als er ging und ich bereits wieder eifrig über die Papyrusrolle gebeugt war.

Am ersten der fünf zusätzlichen Tage des Jahres wurde Osiris geboren, schrieb ich, *und er wurde sogleich König der Welt, denn sein zweiter Name war Wennenofer, das heißt: das Wesen, das ewig gut ist. Osiris war der älteste Sohn des Erdgottes Geb und der Himmelsgöttin Nut, seine Schwester und Gemahlin hieß Isis, die andere Schwester Nephthys und sein böser, neidischer Bruder hieß Seth ...*

Diese Hieroglyphen kopierte ich von dem uralten Papyrus ab, das mir als Vorlage diente, und malte sorgfältig die Götterfiguren aus, um ihnen Überzeugungskraft und magische Stärke zu verleihen: Osiris, fest eingepackt in ein bis zum Hals reichendes Wickelgewand, die Arme angewinkelt vor der Brust gekreuzt, in den Händen Zepter und Geißel und auf dem Kopf die weiße Haubenkrone mit den beiden Federn. Neben ihm stand der Djed-Pfeiler, das Symbol für Fruchtbarkeit, Dauer und Ewigkeit. Dann malte ich den sich von der Erde aufrichtenden Geb, der mit der ausgestreckten Rechten die Felder segnete, und die nackte Himmelsgöttin Nut, die große Kuh über der Welt, an deren Leib alle Gestirne in ihren Barken entlanggeselten. Von ihr hieß es, daß sie am Abend die Sonne verschluckte und sie am nächsten Morgen wieder gebar. Bei der schönen, menschengestaltigen Isis in ihrem durchsichtigen Gewand, die zwischen den Kuhhörnern auf dem Kopf die Sonnenscheibe als Krone trug, gab ich mir besondere Mühe, um jedes Detail richtig abzubilden. Bei Nephthys schon weniger; flüchtig tuschte ich die Hieroglyphe *Herrin des Hauses* über ihren Kopf, gab ihr einen Papyrusstengel mit Dolde und das Ankh-Zeichen in die Hände. Am unsympathischsten aber war mir der böse Seth. War er auf dem alten Papyrus bereits als häßlicher Dämon abgebildet, so übertrieb ich seine schlechten Charakterzüge in der Darstellung noch mehr, malte ihn abgemagert und knochig und ließ seinen Kopf zu einer Mischung aus Esel, Antilope, Schwein, Okapi und Nilpferd werden – die gespaltenen Ohren ließ ich abstehen, malte seine Schnauze krumm, so daß alles in einem seltsamen Kontrast zu seiner Doppelkrone stand.

Kaum war Osiris auf den irdischen Thron gelangt, da befreite er alsbald das Volk von Ägypten von seinem entbehrungsreichen Leben und von den wilden Tieren. Er zeigte ihnen die Früchte der Erde, gab ihnen Gesetze und lehrte sie, die Götter zu achten. Später durchzog er den ganzen Erdkreis, um ihm seine Künste zu schenken. Wahrlich groß waren die Taten des Osiris und wahrlich groß auch die Liebe, die ihm das Volk von Ägypten entgegenbrachte.

Nur einer neidete ihm diese Achtung, und das war sein mißgünstiger Bruder Seth. Seth suchte sich zweiundsiebzig Komplizen und ersann einen Plan, Osiris zu verderben. Heimlich nahm er das Maß vom Körper des Osiris und ließ danach einen prächtig verzierten Sarkophag anfertigen. Am Tag des Erntefestes wurde der Sarkophag während des Mahles in die Halle getragen. Bei seinem Anblick waren alle Gäste erstaunt und entzückt, denn solch eine feine Arbeit hatte noch niemand gesehen. Seth aber lachte und versprach, den Sarkophag jenem zu schenken, der ihn genau ausfüllen könne. Da beeilten sich die Gäste, ihn auszuprobieren, und einer nach dem anderen legte sich hinein, jedoch paßte er keinem.

Schließlich war Osiris an der Reihe und legte sich in den Sarkophag, und siehe da: er füllte ihn in ganzer Länge und Breite aus. Als Osiris so lag, stürzten die zweiundsiebzig Komplizen des Seth herbei und schlossen den Deckel. Sie umwanden ihn mit Stricken und versiegelten ihn mit flüssigem Blei. Als sie mit dieser Schandtat fertig waren, warfen sie ihn in den Nil und ließen ihn zum Meer hinuntertreiben ...

An dieser Stelle des Berichts angekommen, sträubte sich mir die Feder, ich mochte nicht weiterschreiben, zu entsetzlich war die Geschichte, abscheulich und voll gemeinem Unrecht. Ich sann nach und überlegte mir, ob ich den Körper des Seth nicht noch mehr entstellen sollte, damit sofort jeder die Häßlichkeit seiner Seele sogleich an seiner Gestalt erkennen konnte, unterdrückte mein Vorhaben aber schließlich doch, weil ich wußte, wie getreulich Peti an den alten Schriften hing – eine allzu große Abweichung hätte er gewiß nicht geduldet. Änderungen am Bildtext durften höchstens die weisen, alten Priester vornehmen, keinesfalls aber ein junger Schüler wie ich.

Isis und Nephthys aber begannen, den Leichnam des Gatten und Bruders zu suchen. Im Hafen des fernen Byblos fanden sie ihn und brachten ihn unter Gefahren nach Ägypten zurück. Weil aber Isis dem Seth mißtraute, versteckte sie die Leiche und glaubte sie sicher. Doch der böse Seth spürte das Versteck auf, zerstückelte die Leiche und verstreute die einzelnen Teile über das ganze Land. Da begann die Suche von neuem, und an jedem Ort, an dem Isis ein Körperteil des Osiris fand, begrub sie es und erklärte den Platz zum heiligen Ort. Als sie alle Teile gefunden hatten, versuchten Isis und Nephthys durch ihre Klage die Götter dazu zu bewegen, dem Ka des Osiris neues Leben einzuhauchen, damit er wieder auferstehe von den Toten und auf Erden wandele wie zuvor. Über dem Haupt des Toten bewegten sie ihre Flügel hin und her, um den Hauch des Lebens zu erzeugen, doch es mißlang. Osiris wurde zum Gott des Totenreichs im Westen, wo er über alle wacht, die zu ihm einkehren. Nachts leuchtet sein Licht als finstere Sonne, als Mond, und zeigt uns den Weg, auf daß wir den Tod nicht zu fürchten brauchen, denn an seinem Ende steht mit dem Aufgang der Sonne der neue Tag, der uns Leben schenkt.

Isis aber empfing von ihrem toten Gemahl einen Sohn, den Knaben Horus, den sie lange Zeit heimlich in den Sümpfen von Chemmis im Delta aufzog, um so den Nachforschungen des rastlosen Seth zu entgehen. Als Horus groß war, kam er zurück, um seinen Vater zu rächen, bekämpfte mutig den Seth und zwang ihn zum Rückzug. Horus erhielt auf Ratschluß der Götter die Herrschaft über das Delta, während Seth König von Oberägypten blieb. So wurden die Reiche geteilt und erst Pharao Menes – dessen Name gepriesen sei in alle Ewigkeit – konnte die Reiche vereinen, weshalb er als erster die Doppelkrone beider Länder auf seinem Haupte trug.

Wir Menschen aber sollen im Gedenken an Osiris kleine Figuren aus Nilschlamm formen, der mit Getreidekörnern vermengt ist, und sie auf Lehmbetten legen, damit die Körner sprießen können. Denn wie Osiris, so stirbt auch die Erde Ägyptens alljährlich unter der Sommerhitze, entsteht wieder neu, wenn die Wasser zurückweichen und öffnet sich für ein neues Leben ...

Am Ende meiner Abschrift, für die ich viele Tage gebraucht hatte, angelangt, hielt ich erschöpft inne, ließ die Papyrusrolle von meinen Knien sinken, legte das Schreibwerkzeug beiseite und massierte meine steif gewordenen Finger. Benommen sah ich mich um. Wie immer saß ich in einer schattigen Ecke des Hofes und kam erst allmählich ins Leben zurück. Wenn ich schrieb, versank die Welt mit all ihren bewegten Bildern, Klängen und Gerüchen um mich herum. Ich hatte mir angewöhnt, konzentriert zu arbeiten und mich von nichts ablenken zu lassen. Wenn ich aber fertig war, rückte mir ganz langsam die Welt wieder nahe, so behutsam, als würde sie gerade erst neu erschaffen werden.

Ich sah die Sonne tief über der Tempelmauer stehen und lange Schatten in den Hof werfen, sah Handwerker ihre Arbeit beiseitelegen, hörte sie über die Erlebnisse des Tages schwatzen, sah Priester zum Abendgebet in den Tempel eilen mit ihren ernsten, in sich gekehrten Gesichtern. Gleich würde der heilige Schrein geschlossen werden, wenn sich Ptah zur Ruhe begab, würden die Tore verriegelt, um die Ungestörtheit des heiligen Schlafs zu sichern. Den Duft von gebratenem Hammelfleisch roch ich von den Herdfeuern her, der sich mit dem Wohlgeruch des Weihrauchs aus dem Tempel vermischte. Schwalben schossen pfeilschnell an den Säulen des Seitentempels vorbei, das Heer von Spatzen, das auf den Mauervorsprüngen nistete, tschilpte lautstark von dort herunter. Neben mir lag die Papyrusrolle, die mir als Vorbild gedient und die Abschrift, die ich vollendet hatte. Die Farbe der letzten Zeichen war bereits trocken, doch ich wagte noch nicht, den Papyrus einzurollen, ich wollte ganz sicher sein. Ich saß da und dachte noch einmal über alles nach, was ich da abgeschrieben hatte. Unglaublich war die Geschichte des Osiris, beinahe zu phantastisch, um wahr zu sein, und doch mußte sie stimmen, denn der Papyrus stammte von einem Weisen, der sie seinerseits von früheren Rollen abgeschrieben hatte. So war die Geschichte über Jahrhunderte aus der Vorzeit zu uns überliefert worden, vom Anbeginn aller Tage ... Aber wenn sich nun doch ein Schreiber geirrt, beim Kopieren etwas weggelassen, hinzugefügt oder verändert hatte? Vielleicht waren nicht alle Lehrer so streng und genau wie Peti ...

Außerdem kamen mir einige Passagen der Osiris-Legende gar nicht vor, als würden sie von einer Gottheit berichten. Klang da vieles nicht, als sei es ein Bericht über die Familie eines Königshauses – die Schwester als Gemahlin, der neidische Bruder, der Kompromiß, das Reich zwischen Seth und Horus zu teilen? Vielleicht war das alles gar keine Legende, sondern die Nacherzählung von Ereignissen, die einmal in grauer Vorzeit wirklich geschehen waren, und man hatte die dabei beteiligten Personen, weil alles so lange zurücklag, nach und nach zu Göttern erklärt?

War nicht etwas Ähnliches bereits, wenn auch in kleinerem Umfang, mit meiner eigenen Familie geschehen? Umgab nicht auch meinen Vater und Großvater, meine Großmutter ein Geheimnis? Um wieviel mehr, was deren Eltern und Großeltern betraf ... das Volk von der Insel, die man *Nabel der Welt* nannte? Vielleicht würde man meinen sagenhaften Ahnherrn Mazdanuzi eines Tages als mystischen Helden, als Halbgott oder sogar Gottheit verehren, vielleicht sogar mich selbst, in weit entfernten Jahrhunderten?

Gedanken wie diese flogen mir manchmal zu und verwirrten mich. Sie waren ohne Zweifel verboten ... Aber hatte ich nicht bereits genug Verbotenes getan, damals mit Mari im Gräberfeld von Sakkara?

Ein Schatten streifte mich und ich schrak zusammen, weil ich Peti vermutet hatte. Aber es war nur Hamet, der grinsend vor mir stand.

»Na«, sagte er, »nichts zu tun? Du sitzt faul herum und träumst dem Abend entgegen, während andere ihre Knochen einzeln im Leib spüren und viel Schweiß auf der Haut. Schreiber müßte man sein, dann hat man es gut.«

»Mach dich nicht lustig über mich«, gab ich zur Antwort, »auch meine Finger sind wund und mein Rücken schmerzt vom langen Sitzen in gebückter Haltung. Ich bin gerade mit einem Text fertiggeworden, der lang ist und der seltsamste bisher, den ich je zu kopieren hatte. Willst du seinen Inhalt wissen?«

»Nein, danke«, sagte Hamet, »lieber ein anderes Mal. Ich habe nämlich auch eine Geschichte zu berichten, und zwar eine, die dich mehr interessieren wird. Onga war vorhin da, du weißt schon: der nubische Diener meines Vaters, und er hat mir den neuesten Klatsch aus der Familie erzählt.«

»Wie geht es Echnefer? Sie war lange nicht mehr im Tempel.«

»Leider keine gute Nachricht, Hem-On. Eine Krankheit hält sie ans Lager gefesselt.«

»Ist es sehr schlimm?«

»Man weiß es nicht. Der Arzt war da und hat ihr Medizin verordnet. Sorge dich nicht, es wird ihr bald wieder besser gehen.«

Ich sorgte mich aber doch. Ein unbestimmtes Gefühl sagte mir, daß es ernster war, als Hamets Worte vermuten ließen. Eine Sehnsucht nach meiner Mutter, wie lange nicht mehr, überfiel mich. Am liebsten hätte ich den Tempel verlassen und sie am Krankenlager besucht. Aber das war gegen die Regel und strengstens verboten. So quälten mich die sorgenvollen Gedanken. Dem Rest von Hamets Geplauder hörte ich nur noch mit halbem Ohr zu. Maris Namen erwähnte er gar nicht. Der Essensruf unterbrach unser Gespräch, wir mußten uns trennen, denn Hamet aß mit den Leuten aus den Werkstätten.

Gnädige Isis, dachte ich vor dem Einschlafen, hilf meiner Mutter bald zur Gesundung, damit sie das Erntefest miterlebt und sehen kann, welche Fortschritte ihr Sohn in der Schreibkunst gemacht hat. Warte noch, Osiris, hole sie noch nicht zu dir ins dunkle Reich. Beschütze sie, allmächtiger Ptah, der du alles weißt und alles benennen kannst, blättere noch nicht das große Buch auf, in dem das Schicksal der Menschen geschrieben steht, und vielleicht auch die Seite mit ihrem Namen . . .

Die Flut war in diesem Jahr beträchtlich gewesen, viel fruchtbaren schwarzen Schlamm hatte der Nil uns geschenkt, und entsprechend gut konnte ausgesät werden. Allerdings waren die Nilpferde über einige Pflanzungen hereingebrochen, und als ihr Wüten vorüber war, kam die Heuschreckenplage. Wie dunkle Wolken fielen sie eines Tages über die Felder her und ließen erst ab, als ein Gutteil der Ernte abgefressen war. Dennoch gab es immer noch ausreichend Getreide und Flachs. Mit Booten wurden von den Sandbänken Kürbisse, Linsen, Kichererbsen, Puffbohnen, Bockshorn, Gurken, Zwiebeln und Lattich geholt. Am Rand der Wüste wurde Sellerie eingesammelt und allerlei eßbares und wohlriechendes Wurzelwerk. Hinzu kamen noch die Erträge an Feigen, Datteln, Sykomorenfrüchte und Wein. Alles in allem konnten wir durchaus zufrieden sein.

Ich war mit den Aufsehern auf den Feldern gewesen, als die Fellachen ihre mit zwei Kühen bespannten Pflüge und ihre hölzernen Hacken durch die Erde gezogen hatten, und ich hatte gesehen, wie Herden von Schafen und Schweinen über die Felder getrieben wurden, damit die Saat in den Boden getreten wurde. Darüber mußten Berichte angefertigt werden, denn es war wichtig, wann, wo und wie oft diese Prozedur geschah. Ich war dabei, als die Bauern mit Gesang und Musikbegleitung zur ersten Ernte zogen und das Korn mit der Holzsichel, in deren Biegung Silexklingen steckten, bündelweise schnitten.

»Bier her für die, die Gerste schneiden!« riefen sie. Und die Diener des Tempels mußten dafür sorgen, daß das köstliche Gebräu ihnen niemals ausging. Ich sah, wie die Garben dann in Netzen von Eseln oder auch von den Leuten selbst zur Tenne gezogen wurden, wo sie von Huftieren ausgestampft wurden, um die Körner von den Ähren zu trennen. Dann wurden die Körner zusammengekehrt, mit Holzschaufeln geworfelt und durch Siebe geschüttet. Das Stroh hingegen wurde zerhackt, denn es wanderte in die Futterschütten der Tiere; ein Teil davon fand auch für die Herstellung von Ziegeln Verwendung – der Schlamm erhielt dadurch beim Trocknen mehr Haltbarkeit. Diesen Arbeiten wohnte ich bei, ohne selbst mitanzupacken, denn als Helfer der Tempelschreiber oblag mir die Aufgabe, nach ihrer Anweisung Berichte zu schreiben. Das war recht einfach und angenehm, und obendrein übte ich meine Handschrift.

Richtig spannend aber wurde es erst, als die königlichen Steuerbeamten eintrafen, um die Getreidekörner in Scheffeln zu messen, bevor sie in Säcke gefüllt und abtransportiert wurden, um in die großen Speicher zu wandern. Dabei galt es nun nicht nur aufzuschreiben, sondern auch richtig zu rechnen. Darüber hinaus wurde nicht allein die Menge des Korns erfaßt, sondern es wurden auch die übrigen Feldfrüchte gezählt, und die Bauern führten das Vieh und Geflügel vor. Dabei spielten sich regelmäßig kleine Dramen ab, denn in den seltensten Fällen waren die Fellachen mit der Höhe der Steuer zufrieden. Bei der Aussaat hatte eine Kommission die bebaute Landfläche vermessen und danach die zukünftige Ernte und die zu erwartenden Steuereinnahmen berechnet und festgelegt. Zur Ernte nun erschien ein Heer von Beamten, um alles zu kontrollieren – ein Gerichtsschreiber, zwei oder drei Schreiber des Grundstückamtes, ein Verwaltungsvertreter des Gaufürsten, ein Strickhalter und ein Strickspanner zum Vermessen der Grenzsteine. Selten herrschte zwischen diesen Herren Einigkeit, und ich wußte oft nicht, was ich im Namen des Tempels eigentlich aufschreiben sollte. Wie sollten da erst die armen, ungebildeten Bauern verstehen, um was es eigentlich ging? So lamentierten sie und fühlten sich ungerecht behandelt, was nicht selten in heftige Wortwechsel mündete, die in der Regel dadurch beendet wurden, daß die Polizei einschritt und einige Fellachen stellvertretend für die anderen verprügelte. Dieses System fand meine Billigung nicht, doch ich hatte als Außenstehender gut reden, eine Lösung für das Problem hätte auch ich nicht anbieten können.

Wesentlich lieber dagegen sah ich der Landarbeit zu, denn die einfachen Leute standen mir nahe, ihre Gewohnheiten erinnerten mich an das Leben auf meinem Dorf in den Sümpfen. Wenn die Halme knapp unter der Ähre geschnitten und das Feld abgeerntet war, liefen Frauen und Mädchen durch die Stoppeln, um den Rest für den eigenen Bedarf in Beuteln zu sammeln. Die Schnitter, die ihnen vorausgezogen waren, legten dann eine Pause ein, um einen

Schluck frisches Bier zu trinken. Oft klatschten sie den Takt der Trommler und Flötenbläser mit, die am Feldrand saßen und musizierten. Oder es ging für eine Weile zum kurzen Schlaf in den Schatten der Bäume neben dem Feld. Junge Mütter stillten dort ihre Kinder, Mädchen versorgten kleine Verletzungen mit Verbänden aus Heilkräutern. Später ging es mit Gesang zur Tenne, immer wurde bei der Arbeit gesungen, selbst wenn sie noch so schwer war, zum Beispiel beim Transport der Netze mit den geschnittenen Ähren.

Manchmal saß ich auf einem hohen Kornhaufen bei den Tempelsilos und sah zu, wie die Bauern nach dem Worfeln die vollen Kornbehälter auf ihren Schultern über Treppen und Leitern zur Öffnung in der Silokuppel schleppten, um sie dort auszuleeren. Auch dabei wurde noch musiziert und gesungen. Wenn die rechteckigen Silos mit den überwölbten Dächern mit Getreide bis zum Rand gefüllt waren, kam das Korn in den offenen Hof, der von einer hohen Mauer umschlossen war. Vor Dieben war es dort relativ gut geschützt, nicht aber vor Ratten und Mäusen. In jenem Jahr, von dem ich berichte, geschah das allerdings nicht, dafür reichte die Ernte nicht aus. Und es gab noch einen anderen Grund, sich zu erinnern: meine Mutter erschien nicht wie erwartet zum Erntefest. Zu krank war sie, und das verdarb mir jede Freude an den Feierlichkeiten. Voller Sorge dachte ich an sie und sehnte mich zurück nach den Zeiten, da ich im Dorf vom Spiel in die Hütte zurückkehren konnte, wann ich wollte, und sicher war, sie dort anzutreffen. Auch ihre Geschichten vermißte ich, vor allem die, die meinen sagenumwobenen Urahn Mazdanuzi und seine geheimnisvolle Insel im großen Meer weit nördlich von uns betrafen. Würde ich jemals darüber die Wahrheit erfahren?

Die Zeit näherte sich, in der der Nil anzuschwellen begann, und alle erschraken über die sehr geringe Wassermenge. Ganz Ägypten geriet in Sorge, als sich nach Tagen und Wochen immer noch keine Wende abzeichnete – der große Nil schien uns ernsthaft zu grollen. Er würde wenig Schlamm bringen in diesem Jahr, wenig Getreide und Brot, und ein Rückgriff auf die Vorräte des Tempels war unausweichlich.

Echnefers Gesundheitszustand besserte sich etwas, sie konnte sich zeitweise von ihrem Lager erheben und kam, als sie wieder gehen konnte, um mich zu besuchen. Ich erschrak über ihren Anblick, so ausgezehrt und hinfällig wirkte sie. Ihre schönen Augen lagen glanzlos in tiefen Höhlen, und die Krankheit hatte Falten in ihr Gesicht gegraben. Aber ich gab mir Mühe, nichts von meiner Sorge merken zu lassen, umarmte sie glücklich und machte ihr Komplimente, die sie mit zweifelndem Lächeln quittierte.

»Wie groß du geworden bist, fast schon ein richtiger Mann«, wiederholte sie immer wieder und bewunderte gebührend meine Fortschritte im Schreiben. Wie die meisten Menschen des Landes war sie der Schrift unkundig und bestaunte lediglich die ausgemalten Bilder, ohne ihren tieferen Sinn zu verstehen. Ich versuchte, ihr alles zu erklären, und sie hörte geduldig zu, aber schließlich wurde sie müde.

Ich umarmte sie noch einmal zum Abschied am Tor und blickte ihr nach, wie sie gebeugt und schleppenden Schrittes den Rückweg antrat, und mein Herz krampfte sich bei diesem Anblick zusammen. Als sie bereits weit entfernt war, drehte sie sich noch einmal um und winkte mir zu. Dieses Bild verfolgte mich bis in die Träume hinein – ihr kleiner werdendes Winken, so hilflos und zerbrechlich wie das Flattern einer flügellahmen Krähe . . .

Eines Tages in der Überschwemmungsperiode, die für uns Schreiber wenig Arbeit bedeutete – und in diesem mageren Jahr ganz besonders –, kam Peti zu mir, und ich merkte sogleich, daß sein Gesichtsausdruck anders als sonst war. Er ließ sich die letzten von mir verfertigten Übungsarbeiten zeigen und musterte aufmerksam meine Papyrusrollen, die ich eine nach der anderen vor ihm ausbreiten mußte.

»Du hast viel hinzugelernt in der letzten Zeit«, sagte er anerkennend, »groß ist dein Vorrat an Hieroglyphen geworden, und sauber hast du sie gemalt. Ich bin stolz darauf, einen so begabten Schüler zu haben.«

Ich senkte beschämt den Kopf, aber auch, weil mir eine Welle des Stolzes durchs Gesicht brannte.

»Höre, Hem-On«, sagte Peti, »ich habe zwei neue Schüler bekommen und will mich voll und ganz ihrer Ausbildung widmen. Eigentlich hatte ich vor, dich als Hilfskraft einzusetzen, damit du ihre ersten Übungen überwachen und korrigieren kannst, aber ...«, er machte eine Pause, die mir endlos vorkam, denn ich hätte mir in diesem Moment nichts Schöneres vorstellen können, als nach seinem Geheiß andere in der Schreibkunst zu unterweisen.

»Aber«, fuhr er fort, »das Buch, in dem das Schicksal der Menschen vorgezeichnet ist, schlägt manchmal Seiten auf, die voller Überraschungen sind. Eine große Veränderung bahnt sich für dein Leben an!«

Ich hob den Kopf, starrte auf Peti, hing erwartungsvoll an seinen Lippen.

»Hast du schon einmal von Imhotep gehört, dem Arzt aus Schmunu, der nun Hohepriester des Ibistempels von Sakkara wurde?«

»Ja, natürlich«, rief ich aus, »von ihm erzählt man sich Wunderdinge. Im Haus meines Onkels hörte ich von ihm reden und daß er bald käme, um sich der Kranken von Memphis anzunehmen.«

»Ganz recht. Dieser Imhotep ist ein bedeutender Arzt. Aber nicht nur das: sein Vater, Kenefer, der Oberbaumeister von Ägypten war, hat ihn gründlich in seiner Kunst ausgebildet, bevor er die Gabe des Heilens an seinem Sohn entdeckte. Der Name Imhotep bedeutet *Gekommen in Frieden,* und ein großes Glück ist es für das Reich, daß er nun in der Nähe der Hauptstadt und des Pharao weilt. Schon in Schmunu war er Vorlesepriester des Ibisheiligtums und hat dem Tempel dort viel Ruhm eingebracht, weshalb Pharao Djoser ihn auch kommen ließ ... zu ihm sollst du als Schreiber gehen.«

Ich erschrak. »Nach Sakkara, in das Reich der Toten am Westufer des Nils?« rief ich aus. »In die Wüste, warum in die Wüste?«

»Imhotep hat den Ibistempel von Sakkara von einem Haus des Todes in ein Haus des Lebens umgestaltet. Er liegt zwar mitten im Begräbnisfeld, wo man die Toten einbalsamiert und im Erdreich begräbt, aber nun hat sich das Bild geändert: täglich strömen die Kranken über den Nil, um bei ihm Heilung zu finden. Er wird einen so tüchtigen Helfer wie dich gut zu verwenden wissen.«

Mir wurde schwindelig bei Petis Worten, ich mußte an Mari denken, an unseren Fluchtversuch und daran, wie wir dort unserer verbotenen Lust nachgegangen waren.

»Warum ich, warum ausgerechnet ich?« jammerte ich.

»Weil du seit langem der beste Schreibschüler des Tempels bist und wir keinen schlechteren schicken dürfen«, sagte Peti und schränkte sein Lob sofort ein: »Glaube aber nicht, daß du deswegen überheblich werden und dir in Sakkara alles erlauben darfst! Du mußt wissen, daß die Ibispriesterschaft die Hüter uralter Geheimnisse sind. Man sagt, daß sie direkt von Thot abstammen, der als Zunge des Ptah die Schreibkunst erfand. Außerdem ist Imhotep ein kundiger Mann, bei dem du noch außerordentlich viel lernen kannst. Mach mir keine Schande, wenn du dort eintriffst. Ich habe dich persönlich dem Hohepriester vorgeschlagen, als Imhotep um einen guten Lehrling bei uns nachfragte. Unser aller Ruf steht dabei auf dem Spiel!«

Unser aller Ruf... stets ein gefügiger Diener des Tempels zu sein... und wer dachte an mich? War ich bloß ein Spielball von Mächtigeren?

»Wann soll es sein?« fragte ich zaghaft, mich allmählich meinem vorbestimmten Schicksal beugend.

»Schon morgen«, antwortete Peti. »Nimm als Referenz deine letzte größere Arbeit mit, du weißt schon, den Papyrus, der das segensreiche Wirken der Göttin Isis beschreibt: *Sie übertrifft Tausende von Göttern, es gibt nichts, das sie nicht weiß im Himmel und auf Erden. Die Mutter der ganzen Natur ist sie, die Herrin aller Elemente, Anfang und Ursprung der Zeiten, die oberste Gottheit, die Königin der Toten, Beschützerin aller Kinder, die von Osiris den Horus empfing, die Erste und Edelste der Bewohner des Himmels...*

Und so wandelte sich schlagartig mein Leben. Am Abend noch nahm ich Abschied von Hamet und den übrigen Freunden im Tempel, schlief eine unruhige, traumreiche Nacht und machte mich in der Frühe des nächsten Morgens ein zweites Mal, jetzt aber unter völlig anderen Voraussetzungen, auf den Weg nach Sakkara.

Wie Peti gesagt hatte, war Sakkara völlig verändert. Bereits am Eingang des Tempels stieß ich auf Menschen, die darauf warteten, vom Pförtner eingelassen zu werden. Es waren Lahme und Sieche, Blinde, Taube und mit anderen Gebrechen Behaftete. Sie alle versprachen sich Heilung, zumindest aber Linderung ihrer Leiden, denn der Ruf, ein hervorragender Arzt zu sein, war Imhotep vorausgeeilt. Nahe der Begräbnishügel wurde die Veränderung unübersehbar: Zelte und schnell errichtete Schilfhütten standen dort im Schutz sandiger Hänge, rund um den Ibistempel und die Einbalsamierungshäuser war eine richtige kleine Stadt aus dem Boden gewachsen. Der Tempel des Ibisheiligtums selbst wirkte schlicht und im Vergleich zum Ptah-Tempel regelrecht ärmlich. Am Toreingang saßen zwei Wächter, um die Flut der Bittsteller zu ordnen.

»Für heute kommst du zu spät«, wies mich einer der Wächter zurecht, »weißt du nicht, daß die Kammern mit den Krankenlagern überfüllt sind und die Priester im Haus des Lebens alle Hände voll zu tun haben? Zudem empfängt Imhotep nur am Vormittag neue Patienten.«

»Ich komme im Auftrag von Peti, der Schriftgelehrter im Hause des Geistes des Ptah ist. Hier ist meine Empfehlung.«

Mit diesen Worten rollte ich ein Blatt Papyrus auf, das mein Lehrer von eigener Hand mit Hieroglyphen bedeckt hatte. Der Wächter prüfte skeptisch das Schreiben und tat so, als könne er lesen, doch ich mußte mein Lachen unterdrücken, denn er hielt es verkehrt herum in der Hand.

»Das ist etwas anderes«, brummte er schließlich und wies mir den Weg an, den ich zu gehen hatte. Im Inneren des Tempels hörte ich Stöhnen, roch die Ausdünstung vieler Menschen und sah, daß die Kammern tatsächlich mit Patienten überfüllt waren. Unterwegs kamen mir einige Ibispriester entgegen, die seltsame Gerätschaften trugen, Körbe mit Heilpflanzen und Krüge zur Waschung. Aber alle hatten sie es eilig, keiner vermochte mir Auskunft darüber zu geben, wo sich Imhotep befand. Endlich traf ich einen alten Tempeldiener, der Bescheid wußte.

»Der Hohepriester weilt bei der Andacht am heiligen See«, sagte er, »um diese Zeit will er nicht gestört werden. Ich weiß nicht, ob ich es dennoch wagen soll ...«

Zuvor hatte ich ihm Petis Papyrusschreiben unter die Nase gehalten und erklärt, daß es ein Empfehlungsbrief des Ptah-Tempels sei.

»Imhotep erwartet mich. Mir wurde gesagt, ich solle mich sofort nach meiner Ankunft bei ihm melden.«

»Dann folge mir.« Der alte Diener führte mich einen finsteren Seitengang entlang und öffnete schließlich eine Tür, durch die er mich wortlos ins Freie schob. Ich befand mich in einem von Mauern umfaßten weiten Bezirk, in dessen Zentrum ein wunderschöner Teich lag. Seerosen und Lotosblüten schwammen auf dem Wasser, und zwischen der duftenden Pracht standen in völliger Ruhe mehr als zwanzig Ibisse. Der friedliche Anblick war so überraschend und völlig unerwartet inmitten der ansonsten trostlosen Wüste, daß ich minutenlang regungslos stehenblieb und mich von dem Bild verzaubern ließ. Erst viel später entdeckte ich die menschliche Gestalt am Ufer. Ein Mann saß dort, von dem, obgleich er nur einen einfachen Lendenrock trug, eine ungewöhnliche Ausstrahlung ausging. Sein Schädel mit dem ausgeprägten Hinterkopf war kahl, seine Ohren standen etwas ab, und seine Augenlider waren geschlossen, als würde er schlafen. Als ich aber zögernd ein paar Schritte nähertrat, öffnete er sie, und sein Blick ließ mich sofort stocken. Diese Augen waren gütig und zwingend, wissend und forschend, uralt und doch jung wie die eines staunenden Kindes zugleich. Es war unmöglich zu sagen, wie alt Imhotep eigentlich war, und dieser erste Eindruck hat sich in all den Jahren, in denen ich mit ihm zusammen war, nicht geändert. Ich spürte unmittelbar: dieser Mann ist ein Weiser, ein Heiliger, und später sollte sich dieser Eindruck durch seine Handlungsweise noch verstärken.

Als Imhotep sah, daß ich gerne näherkommen wollte, aus meiner Befangenheit heraus aber keinen Schritt mehr wagte, winkte er mich heran. Ich ging um den Teich herum und ließ mich wie selbstverständlich zu seinen Füßen nieder. Wir sprachen beide nicht, er betrachtete mich aufmerksam, und ich senkte den Blick. Nach einer Weile des Schweigens, die keinesfalls unangenehm, sondern eher wohltuend beruhigend wirkte, wagte ich, ihm wortlos Petis Empfehlungsschreiben und meine Papyrusrolle zu überreichen. Er las beides aufmerksam, verglich dann Petis und meine Schriftprobe und wandte sich endlich wieder mir zu. Was er dann sagte, kam so überraschend für mich, daß ich zunächst glaubte, mich verhört zu haben.

»Was meinst du, ist wichtiger: Denken, Reden oder Schreiben, Hem-On?«

Ich begann zu grübeln, so wenig war ich auf diese Frage gefaßt gewesen, und je mehr ich nachdachte, desto unklarer wurde mir die Antwort. Ich sah hilflos hoch, und mein Blick traf Imhoteps lachende Augen.

»Es ist gut, daß du nichts sagst. Denke über meine Frage nach und versuche, die richtige Antwort zu finden. Aber laß dir Zeit dabei, denn alles ist nur eine Frage der Zeit.«

Mir schwirrte es im Kopf herum, als habe jemand versucht, meine Gedanken wie eine Honigwabe zu stehlen, und nun war der ganze Bienenschwarm aufgescheucht.

»Vielleicht schreibst du die Antwort auch erst auf, bevor du sie mir oder jemandem anderen sagst«, fuhr Imhotep fort. »Es ist mir gleich, ob das nächste Woche, in einem Jahr oder auch erst in zehn Jahren sein wird. Die Hauptsache ist, daß die Antwort gut ist.«

Ich starrte ihn an und begriff erst ganz allmählich, daß diese Worte über den scheinbaren Inhalt hinaus noch etwas ganz anderes bedeuteten – er hatte mich als Schüler aufgenommen.

»Schau dir diese Schopfibisse im Teich an«, sagte Imhotep, »sind es nicht ganz und gar vollkommene Tiere? Allesamt besitzen sie Weisheit, und obgleich einer von ihnen einst die heiligen Schriftzeichen erfand, mit denen sich alles Wissen dieser Welt ausdrücken läßt, redet keiner von ihnen darüber. Wir Menschen sind im Vergleich zu ihnen unvollkommen – auch wir wissen die Wahrheit, aber sie liegt tief in unserem Innern verborgen, und wir müssen ständig nachfragen, um ihr nahezukommen.«

Mit einem Mal wußte ich, daß der Nutzen unseres Zusammentreffens beiderseitig war: er hatte einen wißbegierigen Schüler, ich einen vollkommenen Meister gefunden. Und als ob Imhotep in meinen Gedanken lesen könnte, sagte er noch: »Du bist jung, Hem-On, und die Ungeduld ist die Stärke der Jugend. Scheue dich also nicht, alle Fragen, die dir einfallen, offen zu äußern. Ich habe dir von mir aus wenig zu sagen, um so mehr will ich mich bemühen, stets gute Antworten für dich aufzuspüren. So lernen wir beide, jeder für sich, auf verschiedene Weise... Was aber deine Fertigkeit anbelangt, Hieroglyphen zu malen, so bin ich mit deiner bisherigen Leistung zufrieden. Ich glaube, daß ich in dir den richtigen Schreiber gefunden habe, den ich suchte. Von nun an werden wir uns genau mit diesen drei Dingen befassen, von denen ich vorhin sprach: Denken, Schreiben und Reden. Woraus noch ein Viertes resultiert – Handeln, aber alles zu seiner Zeit und nicht durcheinander. Bist du damit einverstanden?«

Ich nickte, und ein warmes Glücksgefühl durchströmte mich. Mir war, als wäre ich endlich in einer Heimat angekommen, von der mir schon lange träumte.

»Die erste Lektion deiner Ausbildung bei mir beginnen wir am besten hier an diesem See. Sie heißt: Sieh immer genau hin und versuche zu ergründen, warum es so ist. Nur wenn dir das Betrachten allein keine Antwort gibt, darf man mit dem Fragen beginnen. Schau auf die Ibisse und versuche herauszufinden, warum sie so ruhig und besonnen dort im Teich zwischen den Blüten stehen. Am besten gelingt dir das, wenn du dich in sie hineinversetzt und selbst dabei zum Ibis wirst...«

Ich starrte die Vögel an und begann, mit offenen Augen zu träumen... Ich sah sie das Standbein wechseln und sich räkeln, sie bogen den Hals in den Nacken, um das Gefieder zu putzen, sie streckten die Flügel aus und verhielten eine Zeitlang in der Haltung von Sonnenanbetern. Dann duckte sich einer von ihnen und schnellte vom Boden ab. Kraftvoll trieb er hoch, schwebte kurz danach, sichere Kreise ziehend, am Himmel. Auch die anderen Ibisse stoben nun auf und folgten seinem Vorbild, im Pulk glitten sie hoch über uns hin... In Gedanken folgte ich ihnen, schwebte lange in der Nähe der Sonne. Unter uns war zunächst Wüste, dann ein fruchtbares Ufer und schließlich ein sich bis zum Horizont hin ausbreitendes Meer. Irgendwann ließen sich alle wie auf ein geheimes Kommando zur Erde hin fallen, die aus einer winzigen, wellenumspülten Insel bestand. Ich sah ihre Brutkolonie, ein einsamer, von Menschenhand unberührter Felsen, an dessen Ufern Schilfdickicht wuchs. Vogelkot sah ich in weißen Schlieren auf dem Stein wie ein Muster, hörte das Gekreisch der Jungvögel und das Klatschen ihrer Flügel bei den ersten Versuchen, sich vom Boden zu erheben. Flaumig war ihr Gefieder, so aufgeplustert, daß sie viel größer wirkten, als sie eigentlich waren. Aber ich, wo war ich?

Ich wanderte unterhalb des Felsens am steinigen Ufer entlang und sammelte Muscheln, allerlei Strandgut, das vom Meer angespült worden war. Es gab weißlich ausgebleichtes Holz, rund abgeschliffen und vom Salz des Meeres wie von einer Kruste umgeben, Teile von Seetieren, Schalenpanzer von Krebsen und Krabben, wundersame Wurzeln und Steine in allen denkbaren Farben. Glatt lagen sie in der Hand, besaßen Maserungen der feinsten Art, und manche von ihnen hätten mit dem kostbarsten Schmuck, den ich kannte, wetteifern können...

Dann wieder war ich im Dickicht der Sümpfe weitab vom Nil, und auch hier hielten sich Kolonien von Ibissen auf, lärmten in den von Nestern übersäten Ästen der Bäume. Es war erstaunlich, wie lebhaft sie sich hier unter ihresgleichen gaben, da man sonst ihre regungslose Starre gewohnt war, ihre abwartende Ruhe. Immer mal wieder erhob sich eines der größeren Tiere und schwebte mit schleppendem Flügelschlag davon, flog eine weite Strecke und ließ sich schließlich im Tempelkomplex von Sakkara nieder. Der kleine heilige See war ihr Ziel, und es störte sie wenig, daß an seinem Ufer ein erwachsener Mann und ein Junge saßen. Solange die beiden reglos verharrten, nahmen sie wenig Notiz von den menschlichen Wesen. Und wenn diese sich rührten oder miteinander sprachen, so bedeutete auch dies keine Bedrohung... Aber lernen ließ sich viel von den Vögeln, denn niemals schienen sie eine Bewegung zu machen, die sinnlos und überflüssig war, und in allem bewahrten sie große Ernsthaftigkeit und Würde...

So begann mein erster Unterrichtstag bei Imhotep in Sakkara, und es sollten noch viele weitere folgen, jeder von ihnen unglaublich aufregend und für sich betrachtet so funkelnd wie ein kostbares Juwel.

Im Haus des Lebens von Sakkara begann für mich nun ein intensives Studium, das weit über das hinausging, was ich im Ptah-Tempel gelernt hatte. Das lag vor allem an der Person Imhoteps, dem ich täglich drei Stunden am Nachmittag als Sekretär zu dienen hatte. Wir saßen dann am Rande des Ibisteichs, er sprach leise und wohlüberlegt, während ich zu seinen Füßen hockte und seine Gedanken notierte. Manchmal verstand ich nicht alles und mußte nachfragen. Unsere Sitzungen uferten dann regelmäßig zu Diskussionen aus, die sich bis spät in die Abendstunden hineinzogen. Am nächsten Morgen fertigte ich Abschriften davon auf Papyrus und gab mir Mühe, sie besonders sauber und leserlich zu machen. Rolle um Rolle entstand so, ich bewahrte sie in einer Ecke meines Schlafraums auf, denn Imhotep meinte, das Werk sei noch unvollständig und solle erst, wenn es abgeschlossen sei, komplett in die Schriftenkammer des Tempels gebracht werden.

Oft kam es auch vor, daß er mich außerhalb der normalen Zeit rufen ließ, um ein Rezept zu diktieren. Dann mußte ich in den Teil des Tempels kommen, der als Krankensaal diente. Von Ibispriestern umringt saß Imhotep dort auf einem Holzschemel und ließ sich die Patienten zur Behandlung vorführen. Mit jedem sprach er freundlich, untersuchte ihn gründlich und brauchte oft lange, bevor er zu einem Urteil fand. Die Priester, die bereits viel von seiner Heilkunst gelernt hatten, tuschelten dann leise miteinander, hinter vorgehaltener Hand wagten sie erste Vermutungen abzugeben. Stand der Befund dann fest, indem Imhotep sie bestätigt oder korrigiert und eine entsprechend der jeweiligen Krankheit angebrachte Medizin genannt hatte, begann mit der Niederschrift der Rezeptur meine Tätigkeit. Auf kleine Papyrusschnipsel malte ich zuoberst die Hieroglyphe des Horusauges mit den weitauslaufenden Wimpern, was soviel bedeutete wie *Horus hat es gesehen und verordnet.* Danach folgte die Auflistung der Arzneimittel mit genauen Angaben ihrer Zubereitung, Menge und Verwendung, damit der Kranke sie besorgen und richtig dosiert einnehmen konnte.

Besonders erstaunte mich, daß Imhotep mitunter zur Behandlung das Ankh-Zeichen einsetzte. Den Göttern auf den Hieroglyphen gleich trug er das gehenkelte Lebenskreuz an einer Kette bei sich. Aber was bei diesem nur wie ein Symbol aussah, kam bei ihm machtvoll und mehr als einmal äußerst eindrucksvoll zur Anwendung. Ich muß diesen Vorgang näher beschreiben, sonst wird man nicht verstehen, was ich meine:

Mir war aufgefallen, daß stets ein Diener mit einem Gefäß in der Nähe bereitstand. In dem Krug befand sich eine sonderbare Flüssigkeit, wohl eine Art Essig, in der ein Kupferstab schwamm. Der Diener verriet mir einmal, daß die Flüssigkeit durch den Stab aufgeladen würde, so daß sich im Krug eine unbekannte Kraft entfalten konnte, die Heilkräfte enthielt. War es bei einem Patienten angebracht, so tauchte Imhotep das Ankh-Zeichen in diesen Krug ein und führte das Henkelkreuz zum Körper des Kranken. An der Stelle, wo es den Menschen berührte, sprang jedesmal ein winziger Funken über, der so stark zu sein schien, daß die Menschen heftig zusammenzuckten, als hätten sie einen Schlag erhalten.

Auf dieses Phänomen angesprochen, antwortete mein weiser Lehrer mir mit einem kleinen medizinischen Vortrag: »Der Ka eines

Menschen ist eine Kraft, die durch den ganzen Körper fließt und an vielen Stellen dort Aus- und Eingänge besitzt«, sagte er. »Beim Gesunden breitet sich der Ka gleichmäßig aus, fließt harmonisch dahin, wodurch alle Körperteile und Organe mit dem notwendigen Lebenswillen versorgt sind. Beim Kranken aber sind die Wege des Kas verstopft, die Kraftbahnen unterbrochen, sei es durch ein angeborenes oder erworbenes Leiden, durch falsche Körperhaltung oder unausgewogene Ernährung. Darüber hinaus kann der Zustand auch durch eine in sich verworrene Kette von Fehlhandlungen entstehen: ungenaues Hinsehen erzeugt falsche Gedanken, falsche Gedanken schlechte Gefühle, schlechte Gefühle krampfen sich im Körper zu Inseln des Übels zusammen. Erst die Energie, die das Ankh-Zeichen von außen hinzufügt, hat die Macht, diese Kette des Unglücks zu durchbrechen. Indem sie die Krampfknoten löst, befreit sie den Ka und läßt ihn wieder auf den richtigen Bahnen reisen.«

»Ich habe gesehen, daß du oft die Stirn eines Kranken mit dem Ankh-Kreuz berührst. Ist dort das Zentrum des Kas?«

»Das Zentrum nicht, aber ein Ort der größten Verwirrung. Sieh: Viele Menschen verstehen nicht, mit dem Herzen zu denken, dem Ausgangspunkt unseres Seins und auch des Kas. Sie haben sich angewöhnt, dafür den Kopf zu benutzen, der zwar Nützliches birgt, aber doch nur ein dienendes Instrument ist. Darum entstehen bei ihnen Schmerzen, die ihren Grund darin finden, daß sich unter dem Schädeldach alles verkrampft hat. Die Kraft des Kreuzes löst ihren Knoten, und der Ka, der nun wieder ungehindert strömen kann, schenkt dem Körper aus Dankbarkeit die Gesundheit zurück. Wirkt das Ankh-Zeichen nicht, so hilft nur noch Trepanation.«

»Ich habe davon gehört, aber was bedeutet das eigentlich?«

»Man betäubt den Kranken mit einem Rauschmittel und bohrt seinen Schädel an«, sagte Imhotep. »Dieses Loch, über dem die Haut wieder zusammenwächst, dient nun dem Ka als neue Öffnung zur Welt, denn die Eigenart des Kas ist es, daß er sich nicht in ein Gefängnis einschließen lassen mag. Er muß aus- und einfliegen können und will mit den anderen Kas seiner Umgebung Kontakt aufnehmen.«

»Hast du schon einmal einen Schädel aufgebohrt?«

»Nein, dies ist eine Tätigkeit, für die es einer besonderen Ausbildung bedarf. Jeder Arzt besitzt seine besonderen Fähigkeiten, die er nützlich anwenden soll. Bei mir sind es mein Blick, das Ankh-Zeichen und das Wissen um die Wirkung von Kräutern. Es gibt spezielle Schädelbohrer in Ägypten, wovon der Oberste Schädelbohrer des Pharao wohl der berühmteste ist.«

»Dann wurde König Djoser also auch schon trepaniert?«

»Nein«, lachte Imhotep, »und wir wollen hoffen, daß dies niemals nötig sein wird. Es beruhigt ihn nur für den Fall aller Fälle, einen so guten Spezialisten in seiner Nähe zu wissen.«

Dieser Art waren die Belehrungen, die ich von meinem Dienstherrn und Meister erhielt, und mein Wissen wuchs, da ich alles Neue begierig wie ein trockener Schwamm aufsog, Tag um Tag.

Im dritten Jahr der niedrigen Flut und mageren Ernte ging es Echnefer, meiner Mutter, so schlecht, daß man einen Boten mit der Nachricht schickte, ich möge mich beeilen, wenn ich sie noch einmal unter den Lebenden sehen wollte. Bangigkeit befiel mich und eine dumpfe Vorahnung, die mein Herz zusammenpreßte. Zugleich glomm aber auch ein Funke Hoffnung in mir auf. War nicht Imhotep, der beste Arzt Ägyptens, in meiner Nähe? Wenn nicht er, wer sollte dann helfen? Aber durfte ich den Meister, der für die Versorgung so vieler Menschen verantwortlich war, bitten, das Haus des Lebens zu verlassen, um sich um das Wohl eines einzelnen Patienten zu kümmern? Ich raffte all meinen Mut zusammen und sprach Imhotep schließlich an.

Er blickte erstaunt auf, und ich dachte schon, er würde zornig werden, doch nichts dergleichen geschah. Im Gegenteil – er hörte aufmerksam zu und stellte gezielte Fragen nach dem Krankheitsverlauf bei meiner Mutter, die ich ihm, so gut es ging, beantwortete, und am Ende stand er abrupt auf.

»Hol meinen Korb mit den Instrumenten und Arzneien«, sagte er, »und laß den Diener zwei Esel satteln, wir müssen uns beeilen, wenn wir noch vor Anbruch der Nacht dort sein wollen.«

Erst jetzt fiel mir auf, daß die Sonne sich bereits anschickte, hinter den Sandhügeln der westlichen Wüste zu versinken.

»Verzeih mir, daß ich ein solches Ansinnen an dich gestellt habe«, sagte ich, »ich muß verrückt vor Angst geworden sein, daß ich dich so belästige. Ich weiß, wie kostbar dein Schlaf ist, Meister, und es handelt sich bloß um eine gewöhnliche Frau.«

»Keine Frau ist gewöhnlich«, antwortete Imhotep, »und diese schon gar nicht, es handelt sich schließlich um deine Mutter. Schweig jetzt still, ich muß nachdenken.«

So machten wir, der berühmte Arzt und Hohepriester des Ibistempels, und ich, der unbekannteste aller Schreiber, uns auf den Weg nach Memphis. Es dunkelte bereits, als wir das Viertel meiner Jugend erreichten, und der Mond stand schon über dem Haus meines Onkels. Je näher wir kamen, desto unruhiger wurde ich. Mein schlechtes Gefühl wurde bestätigt, als uns am Eingang des Hauses eine Dienerin klagend entgegenkam. Als sie mich erkannte, begann sie zu schluchzen und verhüllte das Gesicht.

»Du kommst zu spät, Hem-On«, rief sie, »Echnefer, deine Mutter, ist vor einer Stunde ins Reich der Finsternis eingegangen.«

Weinend lief ich durch den Hof, sah, daß die Lampen abgedunkelt waren, in der Halle aber die Familie versammelt saß, umringt von weiß gekleideten Klageweibern, die ihre Gesichter mit Schlamm geschwärzt hatten und zum Klang von Sistrum und Tamburin sangen: »Die Leiber vergehen, andere treten an ihre Stelle, seit der Urzeit ist das so. Keiner kommt von dort, daß er sagen kann, was sie brauchen, daß er unser Herz beruhige über sie, bis daß wir auch dahin kommen, wohin sie gegangen sind ... Die Sonne entsteht am Morgen und geht im Westen unter. Die Männer zeugen, die Frauen empfangen, und jede Nase atmet die gleiche Luft. Sie geben das Leben an ihre Kinder weiter, dann gehen sie zum Grab ... Keiner kann sein Leben auf Erden verlängern, es ist keiner, der nicht zum Jenseits gehen muß. Die Dauer des irdischen Lebens ist nicht länger als ein Traum, bis der Tag kommt, wo man ins Land zieht, das die Stille liebt ...«

Echnefer lag in weiße Tücher gehüllt auf einer Matte, ihre Augen waren geschlossen, und die Farbe ihres Gesichts wirkte heller als Kalk. Neben der Matte warf ich mich nieder, ergriff ihre kalten Hände. Wie durch einen Schleier nahm ich wahr, daß Imhotep ans Lager trat und die Verstorbene kurz untersuchte.

»Wir sind zu spät gekommen«, sagte er, »hier ist ärztliche Kunst machtlos, wir können nur noch darauf vertrauen, daß ihr die Götter gnädig sind in jenem Reich, wo eine höhere Ordnung gilt.«

Der Schmerz übermannte mich, ich weinte den Vorrat meiner Tränen leer, bis meine Augen trocken waren und nur noch brannten.

Imhotep ließ mich gewähren. Schließlich zog er mich sachte hoch. »Komm jetzt, wir können ihr nicht mehr helfen, aber in wenigen Stunden treffen die ersten Patienten im Haus des Lebens ein, die versorgt werden müssen. Ich weiß, was in dir jetzt vorgeht. Glaub mir: der Ritt zurück durch die Nacht wird deine Seele von der schweren Last befreien.«

Ich nickte benommen und folgte ihm zur Tür. Kurz bevor wir aufsaßen, griff Imhotep unter seinen Umhang und nestelte eine Kette mit einem Anhänger hervor. Die reichte er mir. »Nimm das«, sagte er. »es ist ein Skarabäus, den ich selbst einmal vor langer Zeit aus schwarzem Stein geschnitten habe. Er soll dich beschützen und dir Glück bringen.«

Ich nahm die Kette und betrachtete im Mondschein den Skarabäus. Er sah lebensecht aus, fühlte sich warm und glatt an, und auf seiner Unterseite waren drei Hieroglyphen geritzt: ein Ibis, ein Horus und ein Phönix. Ich wußte damals noch nicht, was ich heute weiß – wie sehr sie Bedeutung für mein Leben gewinnen sollten.

»Mach dir keine Sorgen um das Begräbnis deiner Mutter, ich habe alles mit Chonsemhep, deinem Onkel, geregelt. Sie wird nach Sakkara zu den Einbalsamierern überführt werden, wo sie siebzig Tage lang gesalbt und auf ihre Reise ins Jenseits vorbereitet wird. Dann werden wir sie am Fuße des großen Steinhügels bestatten, in dem auch die Könige der Vorzeit ruhen.«

Imhotep sprach beruhigend auf mich ein, als wir zusammen durch die Nacht ritten. Ich habe Echnefer verloren, mußte ich immerfort denken, der liebste Mensch, den ich kannte, wurde mir für immer geraubt...

Imhotep, der wieder einmal meine Gedanken zu lesen schien, sagte: »Nichts ist verloren, Hem-On. Wir Menschen denken zuallererst stets nur an den eigenen Verlust, den wir erleiden, darum trauern wir. In Wahrheit geht aber nichts, das Teil der Natur ist, verloren, es wandelt sich nur. Aus sechs Anteilen, so sagen die alten Lehren, besteht ein Mensch: aus seinem Namen, seinem Körper, seinem Schatten, seinem Ka, seinem Ba und der göttlichen Ach. Beim Tod geht der Schatten ins Reich des Osiris ein, sein Körper wird mumifiziert, damit er für ein neues Leben erhalten bleibt, und der Name wird am Eingang des Grabes in einer Kartusche eingeritzt. Der Ka, der die Lebenskraft darstellt, fliegt nach dem Totengericht – vorausgesetzt, er hält der Prüfung des Osiris stand – wieder in die Hülle des Körpers zurück und belebt ihn neu. Der Ba ist der geistige Anteil des Menschen, der nach dem Tod in den Himmel aufsteigt und sich dort frei bewegt. Du kannst jederzeit mit dem Ba deiner Mutter Kontakt aufnehmen, sofern du nur an sie mit guter Erinnerung denkst, denn die Bas sitzen oft als Vögel verkleidet im Baumschatten eines Teichs. Wenn du solche Vögel siehst, so denke nur ihren Namen, und einer von ihnen wird mit Echnefers Stimme zu dir sprechen und dir Rat geben, falls es erforderlich ist.«

»Und was bedeutet die Ach?«

»Die Ach ist der göttliche Teil im Menschen, die unsterbliche Kraft, die wir als Hieroglyphe in Form eines Schopfibis darstellen. Was meinst du, wer unsere Freunde sind, die uns jeden Nachmittag Gesellschaft leisten, wenn wir am Tempelsee sitzen? Schau sie dir einmal genauer an!«

Das nahm ich mir fest vor, und Imhotep hatte genau das erreicht, was er vorrangig mit seiner Belehrung bezweckte – mich neugierig zu machen, abzulenken und den Schmerz von meiner Seele zu nehmen.

Der Mond beschien unseren Weg nach Sakkara, und als wir am Grenzstreifen zwischen Fruchtland und Wüste ankamen, glitzerte der Sand so hell, als würden sich die Sterne darin spiegeln. Unwirklich sahen die Erdhügel und Steinhaufen aus und am sonderbarsten unser Ziel – der kleine, palmenumstandene Ibistempel.

Imhotep ließ seinen Esel halten und wies mit der Hand über die Wüste. »Dies alles wird bald nicht mehr so aussehen wie heute«, sagte er, »denn ich habe vor, mit Pharao Djosers Hilfe viel zu verändern. Den Tempel will ich vergrößern und vor allem das Haus des Lebens, damit wir noch mehr Kranke aufnehmen können. Dem Pharao aber will ich ein Abbild seines Palastes in Memphis und ein Denkmal bauen, wie es bisher keines im gesamten Erdenkreis gibt. Nicht aus vergänglichen Nilschlammziegeln und Holz soll es sein, sondern ganz und gar aus behauenem Stein. Auf einem soliden Fundament aus Steinplatten soll es stehen und weit in den Himmel ragen, so wie Djoser die anderen Pharaonen vor ihm an Verstand, Mut und Stärke überragt. Diese dachten und handelten rückwärtsgewandt, darum sind ihre Gräber auch als Schächte angelegt, die tief ins Innere des Felsens führen. Djoser aber strebt mit seinem Denken nach vorn. Noch steht er am Beginn seiner Amtszeit, aber du wirst sehen, daß er Ruhm und Wohlstand über Ägypten bringen wird. Ein Denkmal wie dieses, das aufstrebt und ein weithin sichtbares Zeichen in die Lande setzt, erscheint mir seinem Geist zu entsprechen und die angemessene Form für seine letzte Ruhestätte zu sein. Es wird eine Bauweise haben, wie sie nie zuvor ein Menschenauge erblickte: quadratisch im Grundriß, plane ich mehrere Mastaben übereinander zu errichten, die von allen vier Seiten mit einem geböschten Mauermantel umkleidet werden. Pyramide oder *Das vollendete Haus* nenne ich diese neue Form und werde es so einrichten, daß jede Stufe des Außenmantels um zwei Meter hinter der anderen zurückbleibt, was eine gewaltige Treppe ergibt – die große Treppe, auf der der tote König eines Tages zu den Sternen emporsteigen wird. Kannst du mir folgen?«

»Schwer«, antwortete ich der Wahrheit gemäß. »Woher willst du so viele Steine nehmen, und wer soll ein solch riesiges Bauwerk errichten?«

»Gute Fragen«, sagte Imhotep, »ich habe schon oft darüber nachgedacht und mit dem Pharao den Plan besprochen. »Ich kenne Kalksteinbrüche, die in der Nähe des Ortes liegen, an dem ich geboren wurde und wo mein Vater Kenefer Oberbaumeister war. Bei ihm habe ich auch gelernt, Säulen aus solchem Material zu fertigen, die aussehen wie riesige Pflanzenbündel, wie man überhaupt vieles aus Stein nachformen kann, das sonst nur aus Holz gemacht wurde. Und der Aufbau? Hast du einmal daran gedacht, wie lange die Zeit der Nilüberschwemmung währt und wie wenig es in dieser Zeit für die Menschen zu tun gibt? Mehr als vier Monate im Jahr ruht die Arbeit, und doch wollen alle essen. Holt man die Bauern und Handwerker, Beamten und Künstler aber zu einem großen Gemeinschaftswerk zusammen, so könnten sie aus den Vorratskammern des Königs versorgt werden und lebten zudem noch im Schutze des Hauses des Lebens, was ihrer Gesundheit dienlich ist.«

»Aber seit drei Jahren schon bleibt die erwartete Flut aus, das Korn wird knapp, die Vorräte neigen sich überall ihrem Ende zu, Meister!«

»Das stimmt.« Imhotep kratzte sich nachdenklich am Kopf. »Dies ist der einzige Punkt in meinem Plan, der unklar ist, und ich denke viel über eine Lösung nach.«

»Haben die Priester recht, wenn sie behaupten, die Flut bleibe noch drei weitere Jahre lang aus?«

»Die Berechnungen der Sterne weisen in der Tat in diese Richtung...«

»So haben die Götter uns alle verdammt!« rief ich, »wir werden verhungern, wir sind verloren. Und schließlich wird niemand mehr da sein, das gewaltige Bauwerk, von dem du sprachst, zu errichten!«

»Nicht so voreilig, mein Sohn. Ich glaube nicht, daß die Götter uns strafen, denn was hätten wir Böses getan? Nein, sie prüfen uns nur... sie prüfen vor allem, wie weit es um unseren Verstand bestellt ist, ein solch großes Problem zu lösen.«

»Dann besteht also noch Hoffnung für uns?«

»Es besteht immer Hoffnung. Denk daran, was ich dir einst riet: Richtig hinsehen, richtig denken, schreiben, reden und handeln, ein jedes zu seiner Zeit. Jetzt zum Beispiel erscheint es mir angeraten, zum Tempel zu eilen und anstelle des versäumten Schlafes ein erfrischendes Bad zu nehmen, bevor unser neues Tagwerk beginnt. Wer weiß, wieviele Menschen heute kommen, die unserer Pflege bedürfen.«

Mit diesen Worten trieb er seinen Esel an, und ich beeilte mich, ihm zu folgen.

Im vierten Jahr der niedrigen Flut und mageren Ernte litten wir unter unvorstellbarer Hitze. Alle Wadis waren ausgetrocknet, und der grüne Gürtel beiderseits des Nils war so zusammengeschrumpft, daß stellenweise die Wüste bis ans Wasser reichte. Heiß wehte uns Seths Atem aus dem roten Land entgegen, Staub war die Luft, die dürren Bäume warfen längst keinen Schatten mehr, und in den Brüsten der Frauen versiegte die Milch. Die Vorratskammern der Tempel waren erschöpft, immer kleiner fielen die Rationen aus, die täglich ausgegeben werden konnten. In dieser, von vielen als göttliches Strafgericht empfundenen Zeit begannen die Hungergeister zu herrschen. Wer nichts zu essen hatte, fiel ein, welkte dahin, wurde rascher zu Staub, als ein Blatt vom Baum fällt. Bisher nie gekannte Krankheiten breiteten sich aus, füllten die Kammern im Haus des Lebens und mehr noch die im Haus des Todes, wo Anubis Diener, die Einbalsamierer, schneller arbeiten mußten, als es für ein würdiges Begräbnis angemessen war. In jenen Tagen setzte in Ägypten das große Sterben ein. Mehrmals schickte mich Imhotep als Bote nach Memphis aus, wo ich im Palast des Pharao bei König Djosers Mutter Nimaathap vorsprechen mußte, um Hilfe für den Ibistempel zu erbitten. Ich trat die Ausritte mit Vorliebe nachts an, da es am Tag kaum auszuhalten war. Aber auch dann noch blies heißer Wind aus der westlichen Wüste statt aus Norden wie sonst, trieb Sandschleier vor sich her, Millionen glasscharfer Körner, die die Haut aufrieben und mit glühenden Nadeln zerstachen. Nur durch ein Tuch vor dem Mund konnte ich atmen, und für meinen Esel wurde die Reise zur Qual.

Wenn wir dann Memphis und die weißen Mauern des großen Palastes endlich erreicht hatten, strebten wir zuallererst den Schatten des Haupttores an, um uns auszuruhen. Die Wache kannte mich schon, sie gab mir zu trinken und ließ mich ungehindert passieren. Innerhalb der Palmenmauern war es angenehm kühl, man konnte in hohen, überdachten Säulengängen wandeln und in schattigen Innenhöfen verweilen. Nach den vielen Vorhöfen, Gebäuden und Hallen, die den offiziellen Teil des Palastes bildeten, begann das private Palais mit dem Harim und den Gemächern der königlichen Verwandten. Hier waren auch die Tiergehege und die Zwinger mit den zahmen Löwen, die niemand anderem gehorchten als Pharao. Ich selbst habe ihn einmal gesehen, wie er mit drei Löwen auf Jagd ging – sie folgten ihm wie Hunde, und wenn er sie rief, so kamen sie und legten sich zu seinen Füßen nieder.

Nimaathap war eine schöne, würdevolle Frau, die mich ein wenig an Echnefer erinnerte. Im Gegensatz zu ihr aber war das Gesicht der Königinmutter länglich geschnitten, auch war ihr Schädel rasiert, weshalb sie stets eine weitausladende Perücke trug. Lange Zeit hatte sie im Schatten ihres Sohnes die Regierungsgeschäfte geführt; in Kreisen des Hofes nannte man sie daher immer noch Königin, obgleich Pharao Djoser inzwischen verheiratet war und seine Gattin jetzt eigentlich als Herrin von Ägypten galt. Nimaathap verstand viel von Diplomatie, im Diskutieren und Verhandeln war sie oft geschickter als die meisten Minister. Djoser konnte sehr froh sein, in ihr eine so starke Verbündete zu wissen, denn nicht alle Menschen in seinem Umkreis waren ihm und seiner Politik – vor allem in so schlechten Zeiten wie diesen – wohlgesonnen. Nimaathap war es auch, die immer wieder darauf drängte, Imhotep als Berater an den Hof zu holen. Sie schätzte die Gelehrsamkeit meines Meisters, sein bescheidenes Auftreten und vor allem seine Gedanken, von denen sie sich einen guten Einfluß auf Pharao Djoser versprach. Alle Pläne Imhoteps, auch sein Vorhaben, das Gebiet von Sakkara zu einer großen Anlage auszubauen, fanden ihre ungeteilte Aufmerksamkeit und Unterstützung. Einmal war ich mit dem Meister bei ihr gewesen, und Imhotep hatte einen ganzen Nachmittag lang seine Ideen vor ihr ausgebreitet. Zu dritt hatten wir im Garten ihres Wohntraktes über den Papyrusrollen mit den Grundrissen und Konstruktionszeichnungen gehockt und jedes erdenkliche Detail besprochen. Am Ende des Tages hatte sie Imhotep anstelle einer Antwort stumm umarmt, und dem Meister hatte diese gefühlvolle Zustimmung die Tränen in die Augen getrieben.

»Dieser Bau wird Ägypten ein bedeutendes Stück in seiner Geschichte vorwärtsbringen«, hatte er gesagt, und Nimaathap antwortete ihm: »Davon bin ich überzeugt, Imhotep, und ich sage dir hier an dieser Stelle und für alle Zeit die Unterstützung zu, die du dafür brauchst.«

Jetzt, da die Hungersnot immer größer wurde und die Sicherstellung der Versorgung der Bevölkerung unser vordringlichstes Problem geworden war, hatten wir die Pläne natürlich zurückgestellt. Es ging nun darum, Korn aufzutreiben, um genug Brot für die vielen Kranken im Haus des Lebens backen zu können, ganz zu schweigen davon, daß auch wir, die Priesterschaft, die Diener, Imhotep und ich täglich den Hunger zu spüren bekamen. Aber die Vorratskammern des Palastes neigten sich ihrem Ende zu.

»Ich kann euch nicht mehr allzuviel zusagen, der Ministerrat hat Einspruch erhoben, denn selbst hier im Palast werden nur noch halbe Rationen ausgeteilt«, sagte Nimaathap. »Wie hier und bei euch im Tempel ist es inzwischen wohl überall im Land. Ochsen werden geschlachtet, die eigentlich zum Pflügen bestimmt sind, in den südlichen Gauen sind Unruhen ausgebrochen, an zwei Orten hat man die Tempel gestürmt und die letzten Vorräte in den Getreidesilos geplündert, selbst – was das abscheulichste ist – Menschenfresserei soll wieder vorgekommen sein. Der Hunger macht dumm und gemein, im Hunger verläßt der Mensch leicht die lichten Wege der Götter und wird wieder zum Tier.«

»Auch wir haben davon gehört«, sagte ich, »es treffen Menschen bei uns ein, die zu uns geflohen sind, weil sie die Überfälle der Rebellen fürchten.«

Nimaathap strich sich sorgenvoll über die Stirn. »Dies alles bereitet dem Pharao großen Kummer. Er grübelt und schläft nicht mehr richtig. Nachts wandelt er wie ein Geist durch den Hof und spricht mit sich selbst. Auch ist es mit den Beratern in seiner Umgebung nicht zum besten bestellt. Ganz zu schweigen von der Zuverlässigkeit einzelner Gaufürsten, deren Reden man nicht mehr trauen darf. Es gibt nur eines: Imhotep muß kommen. Und zwar so schnell wie möglich!«

»Ich werde es ihm ausrichten, Herrin«, antwortete ich und bedauerte insgeheim, daß sie mit keinem Wort mehr die Kornlieferung ansprach.

»Aber verzeiht meinen Einwand: Wird es nicht besser sein, der Pharao selbst befiehlt ihn an den Hof? Ich weiß, daß Imhotep sich für das Haus des Lebens und seine Patienten aufopfert und so leicht im Augenblick aus Sakkara nicht abkömmlich ist. Ruft aber der Pharao, so hat alles andere zurückzustehen. Imhotep wird kommen.«

Nimmathap sah mich lächelnd und ein wenig abschätzend an. »Du bist ein kluger Bursche, Hem-On«, sagte sie. »Das scheint auch mir der richtige Weg zu sein. Und wenn der Pharao auf diesen Gedanken nicht von selbst kommt, so muß man wohl etwas nachhelfen.«

Nimaathap löste ihr Versprechen ein. Es war keine Woche vergangen, da traf im Haus des Lebens ein Bote des Pharao ein mit der Anordnung, Imhotep möge sich so schnell wie möglich in den Palast nach Memphis begeben.

»Du kommst mit«, entschied der Meister, »erstens habe ich mich daran gewöhnt, dich stets in der Nähe zu haben, zweitens kann es sein, daß du an Ort und Stelle Aufzeichnungen machen mußt.«

Ich war aufgeregt. Der Palast war mir zuvor durch die verschiedenen Besuche bei der Königinmutter vertraut, doch den Pharao, den Herrn beider Länder persönlich zu treffen, war eine andere Sache, eine Auszeichnung, die ich wohl zu schätzen wußte. Wir warteten die Kühle der Nacht ab und machten uns so auf den Weg, daß wir zusammen mit der aufgehenden Sonne an den weißen Mauern des großen Palastes ankamen. Dort empfing uns der Hofzeremonienmeister mit einer Delegation Federfächer tragender nubischer Diener. Der Trupp führte uns durch die verschiedenen Vorhöfe am offiziellen Ratssaal vorbei zu einer Pforte, hinter der die Wohnstatt des Pharao begann. Nachdem die Palastwache uns ungehindert hatte passieren lassen, betraten wir allein einen von schattigen Säulen umrahmten Innenhof, in dem ein kleiner See lag. Bäume und duftende Blumen wuchsen hier und die Wege waren mit farbigen Mosaiken ausgelegt. In einer kühlen Ecke des Hofes saß Pharao Djoser unter weinumrankten Arkaden, und das erste, was ich von ihm wahrnahm war, daß auf der Rückenlehne seines hölzernen Sessels ein zahmer Falke hockte. Djoser selbst war viel jünger, als ich gedacht hatte, jünger als Imhotep und wie dieser überraschend schlicht gekleidet. Er trug Sandalen und einen langen, weißen Hüftrock, auf der nackten Brust ein schmales, goldenes Kettengehänge – ansonsten keinerlei Insignien seiner Macht, weder Peitsche und Zepter, noch Krone, Perücke oder Königsbart wie sonst auf den Darstellungen, die man von ihm kannte. Sein Schädel war wie bei einem Priester rasiert, seine Gesichtszüge wirkten schmal und von edlem Schnitt, seine Augen und sein Mund waren fast ein wenig zu träumerisch für einen Herrscher, von dem man zuallererst Energie und Durchsetzungskraft erwartete. Er lud uns lächelnd ein, näherzutreten und auf den Stühlen Platz zu nehmen.

»Du kommst nicht allein?« fragte er, und der Klang seiner Stimme löste sofort Sympathie in mir aus. »Wer ist der junge Mann, den du da mitbringst? Ist das der junge Schreiber, von dem mir Nimaathap berichtete?«

»So ist es«, sagte Imhotep mit einer knappen Verbeugung. »Hem-On ist nicht nur mein Schreiber und Sekretär, sondern mir auch sonst ans Herz gewachsen wie ein Freund. Kannst du dich noch an Meri-Anch erinnern?«

»Deine Frau? Ja, sie starb bei der Geburt deines Kindes, ist es nicht so?«

Imhotep nickte, und es war seiner beherrschten Miene nicht anzusehen, was er dabei empfand, als er sagte: »Auch mein Sohn starb an jenem schrecklichen Tag. Er müßte heute ungefähr in dem Alter sein, in dem Hem-On jetzt ist.«

Pharao Djoser musterte mich einen Moment lang aufmerksam, dann glitt sein Blick wieder zu Imhotep zurück. Es war deutlich zu spüren, daß die beiden Männer eine tiefe Freundschaft verband. Was mich bei aller Sympathie am Gesicht des jungen Herrschers erschreckte, war, daß es nicht würdevoll heiter und erhaben wirkte, sondern wie das eines Menschen, der sich mehr als andere Gedanken und Sorgen machte. Falten waren in seine Stirn gegraben, und tiefe Schatten unter seinen Augen zeigten, daß der Herrscher wohl auch diese Nacht unruhig oder vielleicht gar nicht geschlafen hatte.

»Ein Freund, sagst du?« seufzte Djoser, »ja, wir alle brauchen verläßliche Freunde in dieser Zeit, die voller Not ist, voller Mißgunst und falscher Reden ... Das ist auch der Grund, warum ich dich rufen ließ, Imhotep. Von klein auf kennen wir uns, und ich hoffe, dich einen wirklichen Freund nennen zu dürfen ...«

»Daran wird sich nie etwas ändern, großer Pharao, der Ruhm deines Namens möge weiterhin alle Länder überstrahlen!«

»Laß die Förmlichkeiten, Imhotep, ich glaube, wir können auf Schmeicheleien verzichten und mit offenen Herzen zueinander sprechen. Man reibt mir genug Weihrauch unter die Nase, aber vieles soll nur darüber hinwegtäuschen, daß es in verborgenen Winkeln stinkt. Was ich brauche, sind Freunde und echte Berater. Ich möchte, daß du als mein Wesir und Siegelbewahrer an den Hof kommst.«

»Du meinst, ich soll Sakkara und das Haus des Lebens verlassen, wo man mich Tag für Tag mehr braucht? Ich habe eine große Aufgabe dort zu erfüllen!«

»Dein Pharao braucht dich mehr, und die Aufgabe am Hof wird größer sein, als du ahnst.«

Imhotep kratzte sich nachdenklich am Kopf. Es war ihm anzumerken, daß er zwar dieses Anliegen erwartet hatte, aber immer noch innerlich mit sich rang.

»Man hat mir von deiner Arbeit im Haus des Lebens berichtet«, sprach Djoser weiter, »wahre Wunderdinge geschehen dort durch dich und die Dienerschaft des Thot, die Priester des Ibistempels.«

»Wir versuchen nur, den kranken Menschen zu helfen.«

»Man sagt auch, du hättest viele der Priester inzwischen zu Ärzten ausgebildet. Ist deine Anwesenheit immer noch unentbehrlich? Gibt es keinen im Tempel, den du mit gutem Gewissen als Stellvertreter einsetzen kannst?«

»Doch. Esna-Ankh wäre ein solcher, ein guter Arzt und noch besserer Organisator. Er ist meine rechte Hand in allen medizinischen Dingen.«

»Du hast also bereits darüber nachgedacht«, lächelte Djoser. »Wie gut, das erleichtert es mir ungemein, zum Kern meines Anliegens zu kommen... Wir alle wissen: es gab lange Zeit keine solche Dürre mehr in Ägypten wie diese. Das Volk hungert ebenso wie die Reichen im Land, die Kornkammern der Tempel sind leer, die Beamten murren, die Soldaten sind unzuverlässig geworden, im Süden des Landes haben sich viele von ihnen den Rebellen angeschlossen. Auf die Zuverlässigkeit der Gaufürsten kann ich auch nicht mehr rechnen. Die im Delta, die etwas weniger als wir von der Hungersnot betroffen sind, halten sich an den Vorräten schadlos und glauben, die Hauptstadt liege zu weit im Süden, obgleich Memphis doch die Waage beider Länder ist. Und die am Nil sind ständig den Angriffen der Aufständischen ausgesetzt, die Unterstützung aus dem Lande Kusch erhalten. Solche Zeiten sind gefährlich, Imhotep! Die Einheit des Reiches ist bedroht, ja, Ägyptens Zukunft überhaupt. Die Probleme, die auf mir lasten, scheinen übermächtig geworden zu sein, ich weiß nicht mehr, wie ich sie lösen soll. Noch ein weiteres Jahr dieser Art, und wir werden alle miteinander die Reise ins Reich der Finsternis antreten. Mehrmals schon habe ich in letzter Zeit davon geträumt...«

»Erzähl mir von deinen Träumen«, bat Imhotep, »mag sein, daß ich sie dir deuten kann.«

Pharao Djoser schloß die Augen und lehnte sich im Sessel zurück. Seine übernächtigten Lider zuckten, und an den Schläfen pochten hervortretende Adern.

»Schlecht schlafe ich, Freund, und dunkle Vorahnung bedrückt mein Herz. Wenn der Wind von Westen her weht, dann treibt der Geruch der Gräber über die Stadt, und mich erfüllt eine Bitterkeit wie von zerstoßenem Myrrhenharz. Dann wandle ich ruhelos im Palast umher auf der schmalen Grenze zwischen Wachsein und Schlaf und weiß nicht, ob ich nicht unter den Lebenden oder schon unter den Toten bin . . .

Einmal habe ich von Osiris und Horus geträumt, und es war nicht wie in den frommen Berichten des Tempels, sondern sie beide und die Göttin Isis, sie waren wie wir – Halbgott von Geburt und zugleich wirkliche Menschen. Osiris aus dem Norden kämpfte mit Seth, der über die rote Wüste des Südens herrschte, und als Osiris unterlag, triumphierte das Böse, das keine Gesetze und keine Achtung vor unserem Glauben kennt. Die treue Isis, die von Osiris ein Kind in sich trug, half Horus, ihrem Sohn auf den Thron. Horus, der mit dem Falken kam, rächte seinen ermordeten Vater und drang weit nach Süden vor, um das Land unter der Doppelkrone zu einen. Wo er hinkam, Gesetze erließ und in das Leben seiner Untertanen eingriff, wurde die rote Wüste fruchtbar und schwarz vom Schlamm des Nil, weshalb wir das lebensspendende Ufer des Nil *Kemet, das Schwarze* nennen. In meinem Traum nun wiederholte sich das alles, nur mit dem Unterschied, daß ich selbst dabei zum Horus wurde . . .«

»Ein bemerkenswerter Traum«, sagte Imhotep, nachdem der Pharao eine Weile nachdenklich geschwiegen hatte. »Er weist auf die großen, beinahe übermenschlichen Aufgaben hin, die vor dir stehen und deren Lösung du dir vorgenommen hast.«

»Das ist aber noch nicht alles. Ein anderer Traum zeigte mir, warum die große Dürre so bedrohlich über uns gekommen ist, und ich versuche, die Bilder zu ordnen, obgleich es mir schwerfällt . . . Jahr für Jahr kommt Hapi, der Geist des großen Vaters Nil, mit dem Anschwellen der Flut. Wasser zuerst, wie einst zu Zeiten der großen Überschwemmung, die den meisten Teil der Menschen vernichtete, weil es Wille der Götter war. Deshalb ist Hapi bedrohlich – weil in seinem Geist die Erinnerung an das Menschheitsgericht liegt. Dann tauchen aber die ersten Inseln aus dem Wasser empor und die

Schöpfung erneuert sich. Zuerst spärliche Grünpflanzen, dann Knospen von Lotus, Schilf und Papyrus, und schließlich wird die Erde zu unsern Füßen gut, spendet uns Nahrung und Leben.

In meinem Traum nun erfuhr ich, daß für all das der uralte Schöpfergott Chnum, der Widdergehörnte, der auf seiner Töpferscheibe den ersten Menschen geformt haben soll, verantwortlich ist. Von ihm heißt es, daß der gestirnte Himmel sein Mantel ist, der Windhauch sein Atem und der Nil unter seinen Sandalen nur ein kleines Rinnsal, obgleich er uns so gewaltig vorkommt. In Vergessenheit geriet der große Gott Chnum und wacht doch immer noch über die Schlafstätten des Nil wie zuvor. Wundert es also, daß er uns zürnt und den Nil so tief ruhen läßt, daß kein Wasser mehr zu uns kommt, da wir ihm seine Schöpfung so schlecht belohnen? Keine Gebete klingen zu Chnum, keine Opfergaben werden bereitgestellt, kein Tempel verkündet seine Macht und verehrt seinen Geist.

Oh, Imhotep, im Traum sah ich Chnum einsam und traurig in den südlichen Bergen sitzen, einsamer und trauriger als ich es bin oder sonst ein Mensch in Ägypten. Und doch weiß ich nicht, wie wir ihn wieder versöhnen können, vor allem in so kurzer Zeit. Denn die Zeit drängt, der Hunger wird immer größer, und das Ende erscheint mir nahe zu sein. Gott Chnum sitzt im Süden und weist auf ein schwarzes Loch in der Erde . . .«

»Du malst düstere Bilder«, sagte mein Meister, »vor allem solche, die ich nicht sofort zu deuten vermag. Laß mir Zeit, darüber nachzudenken.«

»So nimmst du also den Auftrag an, an den Hof zu kommen und mein engster Berater zu sein?« Ein schwaches Lächeln huschte über das Gesicht des Pharao.

Imhotep nickte. »Es sind viele Probleme zugleich zu lösen. Ich will mich in die Archive des Tempels zurückziehen, um die alten Schriftrollen zu studieren. Hem-On, mein treuer Sekretär, wird mir dabei helfen.«

»Und wann kommst du zurück, wie lange, glaubst du, wirst du dafür brauchen?«

»Ich weiß es nicht. An deinen Träumen war einiges, das mich berührt hat und mir eine Botschaft zu sein scheint, die erst noch entschlüsselt werden muß. Versprich mir, jetzt, da du mich beauftragt hast, nicht weiter nachzugrübeln und dein Gehirn zu zermartern. Iß und trink etwas, ruhe dich aus und pflege deinen Körper, denn es kann sein, daß du ausgeruht sein mußte, um große Taten zu vollbringen.«

Pharao Djoser nickte. »Ich will es versuchen, Freund. Und ich danke dir für dein Kommen. Schon jetzt, da ich vor dir darüber sprechen konnte, fühle ich mich erleichtert. Versprich mir, bald wieder zu kommen.«

»Ich verspreche es«, sagte Imhotep. Und auch ich versprach es, obgleich es niemand ausdrücklich von mir verlangt hatte, versprach lautlos in meinem Herzen, diesem König, der wahrhaftig ein großer Herrscher, ein Halbgott und ein liebenswerter Mensch zugleich war, mit allen Kräften zu dienen. Dazu bedurfte es weder einer Anweisung noch eines Befehls.

Für uns in Sakkara setzte nun eine Zeit angespanntester Studien ein. Tagelang zog sich Imhotep mit Papyrusrollen zurück, um die ältesten Berichte, die aufzutreiben waren, zu studieren, während ich überall in den Urkunden nach der Erwähnung des Gottesnamens Chnum suchte. Die Ergebnisse blieben – jedenfalls was meine Forschung anbelangte – mager. Natürlich wurde Chnum in den Schriften genannt, aber stets in blumiger Umschreibung, in Lobgesängen und Priestersprüchen. Berichte über die Schlafstätten des Nil, um die es ja vorrangig ging, fand ich nicht.

Oft, nach wieder einem Tag vergeblicher Suche und so langem Lesen, daß mir die Augen brannten und die Hieroglyphen vor den Augen zu tanzen begannen, war ich enttäuscht und traurig. Imhotep tröstete mich: »Geh schlafen, Hem-On, und versuche nicht mehr zu denken, sondern zu träumen. Man kann die Geheimnisse der Wirklichkeit nur verstehen, wenn man träumt.«

Aber ich träumte nie von Chnum und den Schlafstätten des Nil, sondern von dahinziehenden Vögeln: Ibisse mit lautlosem Flügelschlag, Kolonien brütender Reiher in den Bäumen am Rande großer Wasserflächen, von Störchen und Schwalben, Marabus und Pelikanen, ich sah Kuhreiher in den Sümpfen waten und manchmal den Schatten eines großen Horus-Falken am Himmel, und wenn ich den Kopf hob, sah ich ihn nach Beute spähend über mir rütteln. Ein eisiger Schreck durchfuhr mich, als ich gewahr wurde, nach welcher Art Beute er Ausschau hielt – es war mein Herz, und das Auge des Horus schien alles zu sehen und tief in mich hinein zu blicken, als wäre ich ein Teil von ihm, von seinem Wissen, das abgespalten und verlorengegangen sei. Der Horus suchte mich, und er fand mich überall unter dem Himmel.

Einmal, als ich wieder seinen Schatten über mir spürte, hob ich den Kopf und blickte ihn an. Da sah ich, daß er rostbraun war, mit schwarzen Sprenkeln im Gefieder, und er trug eine Krone wie ein König.

»Was willst du von mir?« rief ich verzweifelt zum Himmel.

»Weißt du nicht, daß auch du zur *Gefolgschaft des Horus* gehörst?« antwortete er. »Kannst du dich nicht mehr erinnern, wie wir gemeinsam aufgebrochen sind von jener Insel, von der auch dein Großvater Mazdanuzi stammt? Vor langen Zeiten war das, als Ägypten noch keine Kultur besaß und kein Reich war, sondern ein Flußlauf nur, an dessen Ufern primitive Nomaden lebten. Ich, der Horus habe euch geführt und zu Würden gebracht, indem ich eure Könige zu Pharaonen machte. Zunächst an der Küste des Deltas, dann in Thinis bei jenem Ort, der heute Abydos heißt und das Grabmal des Osiris birgt. Menes und Aha, Djer, Wadji, Dewen, Adjib, Semerchet und Ka'a, Hetep-Sechemui, Neb-nefer, Nineter, Senedj, Peribsen, Chasechem und Chasechemui, so hießen die großen Herrscher, deren Namen auf den Kartuschenrollen aufgezeichnet sind. Osiris hat man zum Gott gemacht, aber die vor ihm waren, haben die Menschen vergessen. Ich aber vergesse nie, denn ich bin Horus, das Auge, das alles sieht, und das große, uralte Herz, das alles weiß . . .«

So sprach der Falke zu mir, und in jedem meiner Träume tauchte er auf. Die Ibisse am heiligen See des Tempels von Sakkara schwiegen, der Horus aber sprach, und ich fühlte, daß dies eine Wende bedeutete, der Aufbruch in eine neue Zeit. In anderen Träumen hörte ich Waffen klirren, und die Luft war angefüllt vom Geschrei des Krieges. Kämpfende Leiber sah ich, Blut floß, und der Nil wurde rot davon. Und auch hier schwebte der Horus am Himmel, ruhte horizontumspannend mit Schwingen, die den Osten mit dem Westen verbanden, nahe der Sonne, Horus, der große Kriegsherr des Tages, vor dessen Auge der Mensch sich klein wie ein Sandkorn ausnimmt.

Eines Tages trat der Meister aus seiner Kammer und wirkte seltsam gefaßt. Seine Gestalt schien mir größer geworden zu sein, sein Blick bestimmter als sonst, und ein Leuchten ging von ihm aus, als er zu mir sagte: »Ich habe gefunden, was wir suchten, und einen Boten zu Djoser geschickt. Morgen werden wir dem Palast einen Besuch abstatten und ich hoffe, daß die Ohren, die wir dort vorfinden, offen für meine Worte sind.«

Man erwartete uns in der Audienzhalle des Königs. Neben Djoser, der die Kleider seiner Würde angelegt hatte – einen Schurz aus plissiertem Leinen, die schwere Perücke, über der das blaugestreifte Königstuch lag und ein großes Halsgehänge aus Gold, Lapislazuli und Karneol –, saß seine Gattin Nefer mit dem Kopfschmuck aus Geierfedern, der sie als rechtmäßige Herrin Ägyptens auswies. Ihr zur Seite thronte Nimaathep in einem schweren Holzsessel. Prinzen, Prinzessinnen und andere Mitglieder der königlichen Familie hatten sich eingefunden, dazu mehrere Minister, Priester und hohe Verwaltungsbeamte. Neben dem ehrwürdigen Gaufürsten Apophis saß General Nebka, den ich von jenem denkwürdigen Gespräch im Garten meines Onkels her kannte, und ihm zur Seite stand ein junger, kräftiger Krieger mit kühnem Blick und energischem Kinn, der als General Schu und neuer Befehlshaber der königlichen Flotte vorgestellt wurde. Die Namen der vielen anderen Anwesenden weiß ich nicht mehr, und ich denke, daß das für meinen Bericht heute keine allzu große Rolle mehr spielt.

Djoser eröffnete die Ratsversammlung.

»Als ich den Thron der Pharaonen bestieg, war mein größter

Wunsch, den Wohlstand Ägyptens zu mehren, die Einheit der beiden Reiche zu sichern, Bündnisse mit den Nachbarn zu knüpfen und Gesandte in alle Welt mit der Botschaft des Friedens zu schicken. Nun aber, im fünften Jahr der geringen Flut und des großen Hungers, bin ich fest entschlossen, der Not gehorchend auch andere Maßnahmen zu ergreifen, die geeignet sind, uns aus dem Elend zu führen. Über dies alles und die erforderlichen Einzelheiten wird euch der weise Imhotep berichten, der von nun an mein Großwesir, Berater und Siegelbewahrer sein wird. Ich bitte dich, Imhotep, trage vor, was du herausgefunden und vorzuschlagen hast.«
Imhotep erhob sich von seinem Stuhl und trat in die Mitte des Raumes. Jede seiner Bewegungen schien konzentriert und auf Wirkung bedacht, und seine Stimme war es noch mehr, als er nun vom großen Gott Chnum zu sprechen bekann.

»Djoser, unser geliebter Pharao und Horus, Sohn der Sonne und Nachfahre der Götter, den man auch Nefer-er-chet nennt, sein Name möge mit goldenen Zeichen ins Buch des Schicksals eingehen, König Djoser hat einen Traum gehabt und mich gebeten, ihn zu deuten. Dies will ich tun und hoffe, ihr versteht mich alle, denn wichtig ist das, was ich euch zu sagen habe und bedeutend für uns alle. Ich spreche nicht von Ägypten allein, nicht nur von Pharao Djosers Traum, sondern vom Anfang der Zeit. Am Beginn nämlich stand, wie ihr wißt, Ptah, der alles durch Herz und Zunge erschuf. Ein anderer, inzwischen fast vergessener Name für Ptah aber ist Chnum, und von ihm will ich euch reden . . .«

Imhotep sprach. Er sprach so, daß die Priester besänftigt waren und die Beamten aufhorchten. Er ließ die Generäle und Soldaten unruhig auf ihren Stühlen werden und den Gaufürsten Apophis vor Erregung mehrmals von seinem Sitz aufspringen.

»Und so werdet ihr verstehen, wie alles zusammengehört, und wie keine Maßnahme allein, sondern nur als Teilstück eines großen Plans wirksam werden kann. Sechs Gründe vor allem sprechen dafür, diese Expedition durchzuführen: Erstens gilt es, die Schlafstätten des Nil aufzusuchen und den Gott Chnum, der uns zürnt, zu besänftigen, indem wir ihm dort einen Tempel errichten und den Glauben an ihn bei der Bevölkerung wieder einführen. Eine Höhle ist die besagte Schlafstatt, sie liegt in einer Insel mittem im Strom, die man wegen ihrer Gestalt die *Elefanteninsel* nennt. Weit im Süden ist das, dort wo der große Katarakt mit seinen Stromschnellen beginnt, im Zwölfmeilenland oberhalb von Syene, das an der Grenze zu Nubien liegt. Dies verlangt der Gott Chnum, und sein Wunsch ist uns heilige Pflicht... Zweitens werden wir ein starkes Heer aufstellen, denn unterwegs lauern Horden von Rebellen. Erst wenn wir sie bestraft haben, wird wieder Frieden in den nördlichen Gauen eintreten...«

»Bis nach Syene ist es ein sehr weiter Weg«, unterbrach General Schu, »über Land würde das Heer Monate brauchen. Denkst du daran, die Flotte einzusetzen?«

Ich merkte sofort, daß Imhotep auf diese Zwischenfrage gewartet hatte und die Gelegenheit nutzte, gleich mehrere Bündnispartner für sein Vorhaben zu werben.

»Natürlich die Flotte«, sagte er. »Mit den Schiffen sind wir schnell, können überraschend auftauchen und genügend Soldaten transportieren, um jederzeit an Land zu gehen und die Aufständischen zu vertreiben. Aber ich denke nicht nur an Schiffe. Zu gleicher Zeit müßte ein Heer unter Führung des ruhmreichen Generals Nebka über Land in Marsch gesetzt werden, das nachstößt und überall in den Uferstädten die Garnisonen übernimmt.«

»Dafür fehlen mir Soldaten«, klagte Nebka, »stets habe ich um Verstärkung bei den Gaufürsten ersucht, aber immer nur wenige brauchbare Männer bekommen. Es scheint, als würden die Befehle des Pharao mancherorten nur zögernd gelesen oder kämen dort überhaupt nicht an. Wie soll ich unter diesen Bedingungen einen Krieg führen?«

»Mit Gold«, sagte Imhotep, »mit schönen Geschenken und königlichen Erlassen, die so deutlich sind, daß sie keinen Zweifel lassen. Und wenn doch, so soll der Zorn des Pharao über jene Gaufürsten kommen, die feige sind oder Verräter. Schließlich kämpfen wir für eine gerechte Sache: entweder siegen wir – oder Ägypten geht unter.«

»Das ist Musik in meinen Ohren!« rief Nebka. »Endlich spricht jemand das aus, was ich schon lange denke!«

»Hört, hört«, tuschelten einige der Beamten und steckten die

Köpfe zusammen, »das sind sehr deutliche Worte, die Imhotep da benutzt.«

»Sie bleiben ohne Wirkung, wenn sie nicht in Taten umgesetzt werden«, sagte Nimaathap. »Die Not ist groß, noch größer die Sehnsucht nach besseren Zeiten. Pflanzt diese Sehnsucht in alle Herzen Ägyptens, und der Sieg ist uns sicher!«

Nimaathaps Zwischenruf war so laut gewesen, daß ihn jeder im Saal verstehen konnte. Unerhört waren ihre Worte. Sie war eine Frau – und dann diese Worte! Aber sie trafen zu, und das beeindruckte die Leute. Unruhe entstand in der Menge. Imhotep hob beschwörend die Arme, um sich erneut Gehör zu verschaffen.

»Wir sind erst beim Punkt Zwei angelangt, und sechs versprach ich euch, liebe Freunde. So hört also, was ich noch zu sagen habe. Als dritte und wichtigste Aufgabe gilt es, die Südgrenze des Reiches zu sichern, von der wir wissen, daß die nubischen Fürsten sie nicht mehr achten, weil sie die Macht des Pharao nicht fürchten. Wir werden also ins Land Kusch einmarschieren, um uns Respekt zu verschaffen! Damit komme ich zu Punkt Vier meines Vorschlags. Ich habe aus den alten Schriften erfahren, daß im Land Kusch Gold, Elfenbein, Ebenholz und viele Edelhölzer vorkommen, außerdem Silber, Kupfer und Blei sowie seltene Tiere und Pflanzen, ganz zu schweigen von Edelsteinen wie Malachit, Lapislazuli, Topas, Rubin, von Salz, schwarzer und grüner Schminke und Quarz. Ich spreche bewußt nicht von Beute, sondern von gerechter Bestrafung für die Übergriffe, die wir seitens der nubischen Fürsten erfahren mußten, wenn ich sage: laßt uns Nubien unterwerfen und tributpflichtig machen. Die Äcker an der Westseite des Ma-nun-Gebirges und an der Ostflanke des Bh-Gebirges sind fruchtbar. Ein Zehnt der Erträge dort reicht aus, um die hungrigen Mäuler unseres Volkes zu stopfen. Ein Zehnt auch aller Erträge der Fischer, Vogelfänger und Löwenjäger soll uns gehören, ebenso ein Zehnt vom Gewinn der Künstler und Handwerker, die mit Gold, Silber, Kupfer, Blei, Kleidern, Holz und Federn arbeiten.«

Wieder brach Unruhe, ja ein Tumult in der Menge aus. Imhoteps Worte und die bloße Aufzählung der zu erwartenden Schätze beflügelten die Phantasie der Anwesenden.

»Auf nach Süden, nach Nubien, ins Land Kusch!« brüllten viele, während andere erregt zu diskutieren begannen.

Ni-Seton-Ptah, der Hohepriester des Ptah-Tempels von Memphis, erhob sich, und seine würdevolle Handbewegung ließ wieder Ruhe einkehren.

»Du hast viel von jenem Gott Chnum gesprochen, Imhotep, und wir alle gehen davon aus, daß Chnum nur ein anderer, ein alter Name für Ptah ist, denn Ptah ist der Anfang. Indem er die Dinge aussprach, schenkte er Leben. Errichten wir diesem Chnum, der über die Schlafstätten des Nil wacht, einen Tempel, so dienen wir Ptah, und Ptah wird es uns lohnen ... Soweit unterstütze ich deine Gedanken. Aber etwas anderes an deinen Ausführungen beunruhigt mich. Bedeutet dein Name, Imhotep, nicht *Gekommen in Frieden*, leitest du nicht das Haus des Lebens in Sakkara, fühlst du dich nicht dem Fortbestand des Lebens verpflichtet? Nun aber – und das überrascht mich – redest du von Kriegszug und Strafe. Wie vereinbart sich das?«

Imhotep verneigte sich vor dem Hohepriester und sagte: »Ich bewundere deinen Scharfsinn, ehrwürdiger Ni-Seton-Ptah, und ich gebe zu, daß genau dieser Teil meines Plans mir lange Kopfschmerzen bereitet hat, denn ich verabscheue wie du den Krieg um des Krieges willen. Jeder Krieg bringt Leid, Elend und Verzweiflung, und es wäre eine Sünde, ihn leichtfertig und um des bloßen Ruhmes willen zu beginnen. Noch leichtfertiger aber wäre es, den Kopf in den Sand zu stecken und die Realität zu ignorieren. Ist es denn nicht so, daß wir uns bereits mitten in einem Krieg befinden? Einige der südlichen Gaue meutern und zwingen die Bevölkerung zum Kampf des Bruders gegen den Bruder, Rebellenhorden plündern das Land, nubische Fürsten trachten begehrlich danach, den Thron der Pharaonen zu besteigen. Dies alles ist Wirklichkeit, und ein Stillhalten angesichts dieser Tatsachen wäre ein Verbrechen gegen das Volk von Ägypten. Zeigt der Pharao aber deutlich seine Macht, bestraft er die, die vom Gesetz abgefallen sind, und läßt er seine Feinde erzittern, so wird die Bestrafung kurz, aber eindrucksvoll sein, und Ägypten erhält wieder Frieden.«

»Nur so kann der Punkt Fünf meines Vorschlags Realität werden«, fuhr Imhotep nach einer Pause fort. »Ich meine die endgültige Einigung und Befriedung beider Reiche, wie sie Menes, jener berühmte Vorgänger unseres Pharao, einst eingeleitet hat. Menes' Name leuchtet noch immer, Djosers Name aber wird in Ewigkeit strahlen!«

»Und Punkt Sechs?« fragte Gaufürst Apophis mit gespannter Aufmerksamkeit. Eine weitere Steigerung konnte er sich kaum noch vorstellen.

»Punkt Sechs wird euch zunächst etwas verrückt, zumindest wenig erstrebenswert vorkommen, wenn ich ihn ausspreche. Es handelt sich nämlich um Steine: Sandstein und Alabaster, schwarzer und roter Granit und der kostbare Diorit, der dunkelgrün ist. Ich weiß, daß bei Syene in der Nähe der Elefanteninsel solches Gestein vorkommt, das man brechen kann. Und ich sage euch – ich brauche riesige Mengen davon, um ein gewaltiges Werk zu Ehren des Pharao zu schaffen, wie es keines bisher in Ägypten gab. Doch davon möchte ich lieber berichten, wenn die Zeit dafür reif ist. Momentan mögen euch meine ersten fünf Ratschläge Anlaß zum Nachdenken bieten. Aber ich warne euch: leicht wird das Vorhaben nicht sein, denn kein Pharao vorher, kein ägyptisches Heer wagte eine Expedition solchen Ausmaßes ...«

»Da gibt es nicht mehr viel zu überlegen!« rief General Schu, dem die Begeisterung im Gesicht stand.

»Die Frage ist nur noch: wann brechen wir auf?«

»Nach Nubien, nach Süden!« brüllten die Beamten und Priester. Nimaathap lächelte zufrieden vor sich hin. Es war ihr, ebensowenig wie mir, nicht entgangen, welch starke Wirkung Imhoteps Worte auf den jungen Pharao gehabt hatten.

Auch mein Herz klopfte plötzlich wild. Nach Nubien, ins Land Kusch, nach Süden! dachte ich und stellte keine Sekunde in Frage, daß Imhotep mich mitnehmen würde. Töricht, wie ich damals noch war, grübelte ich dem bevorstehenden Kriegszug entgegen.

Das Buch Horus

Trotz größter Anstrengungen sollten noch Monate ins Land gehen, bis Imhoteps Plan endlich verwirklicht werden konnte. Es waren Monate des Hungers, der Unruhe und der Hoffnung. In alle Gaue hatte Pharao Djoser Boten zu den Fürsten entsandt, um sie zur Aufstellung von Truppen zu veranlassen. Aber nur zögernd kamen die Herren dem Befehl ihres Königs nach. Die Ostprovinzen des Deltas waren angeblich in heftige Abwehrkämpfe gegen Beduinen und Sandläufer fremder Sprache verwickelt, die über die Grenze ins Reich eindrangen. Von den Gaufürsten des südlichen Oberägyptens kamen entweder überhaupt keine Antworten oder nur ausweichende Zusagen, denen keinerlei Taten folgten. Aus dem Hundsgau und dem Gazellengau trafen nach langem Warten lediglich kleine Gruppen halbverhungerter Fellachen ein, die so schlecht ausgebildet und bewaffnet waren, daß ihr Einsatz sinnlos erschien. Nur Apophis hatte es geschafft, einige Hundertschaften Bogenschützen und Schildkämpfer auszuheben, die nun den Kern des Heeres von Memphis darstellten. Zusammen mit den Einheiten aus dem nördlichen und westlichen Delta verfügte Pharao Djoser über rund viertausend Mann. Er übertrug den Oberbefehl über diese Streitmacht an General Nebka und ließ sie am westlichen Nilufer nach Süden marschieren. Es waren nämlich besorgniserregende Nachrichten zu uns gedrungen, die besagten, daß sich im Hasengau, wo sich der Nil teilt und mit einem breiten Seitenarm in Richtung Fayum weiterfließt, Rebelleneinheiten sammelten. General Nebka sollte den Feind in den Sümpfen der Nilgabelung stellen, während die Flotte nachfolgen und vom Ufer aus eingreifen sollte.

An einem strahlenden Morgen liefen wir aus dem Hafen von Memphis aus. Drei große Schiffe bildeten die Vorhut: die *Glanz von Memphis*, die *Wildstier* und die *Siegreicher Amun*, danach folgten vierzig weitere Schiffe sowie eine Vielzahl kleinerer Segelboote. Imhotep und ich befanden uns an Bord der *Glanz von Memphis*. Sie war ein kühn konstruiertes, sechzig Meter langes Schiff mit hochausladendem Bug, der beinahe bis zur Spitze des Mastes reichte, mit breitem Segel und zwölf zusätzlichen Rudern sowie einem großen Kajütenaufbau im mittleren und einem kleineren im vorderen Teil. Zu meiner Überraschung und Freude war auch Hamet mit einer

Gruppe von Dienern und Priestern des Ptah-Tempels mit uns auf dem Schiff. Lange hatte ich den Freund nicht mehr gesehen, und wir verbrachten einen großen Teil der Reise damit, uns gegenseitig unsere Erlebnisse seit der Trennung zu erzählen.

Im Gegensatz zu unserem schnellen, elegant geschnittenen Schiff wirkte die *Wildstier* regelrecht plump, galt aber als das Aushängeschild der ägyptischen Flotte, weil sie vierzig zusätzliche Ruder besaß. Außerdem führte sie eine Eliteeinheit von einhundert der besten Bogenschützen unter dem Kommando von General Schu mit sich. Die *Siegreicher Amun* war das prächtigste Schiff, das ich je im Hafen von Memphis gesehen hatte: hoch ragten Bug und Steven in Form einer aus Holz geschnitzten Papyrusblüte auf, die Seitenplanken waren prunkvoll und farbenprächtig bemalt, und auf dem Segel der königlichen Kajüte prangte leuchtend die Sonnenscheibe über einer Lotusblüte, die von Abbildungen des Horusfalken, des Djedpfeilers und anderen Insignien der göttlichen Macht des Pharao umrahmt war. Auf einem Prunksitz unter dem Kajütenaufbau thronte Djoser. Er trug einen Umhang aus Löwenfell und den blauen Kriegshelm. Zu seinen Füßen lagen die drei Löwen, die nur seiner Stimme gehorchten, und auf der Rückenlehne des Throns hockte der Falke. Dies alles, die Form des Schiffes, seine Bemalung, das weithin sichtbare Segel mit den kostbaren Bildern darauf, der einem himmlichen Thron gleiche Kajütaufbau und die Leibwache mit ihren Lanzen, Palmwedeln und Fächern aus Straußenfedern ließen das Schiff zu einer überirdischen Erscheinung werden, es schien, als wäre Amuns Sonnenbarke herabgestiegen und würde nun, statt zum Zenit zu gleiten, mitten unter uns Menschen auf dem Nil fahren.

Um den Namen des Schiffes hatte es noch bis kurz vor dem Auslaufen Diskussionen unter der Priesterschaft des Ptah-Tempels gegeben. Warum bestand König Djoser unbedingt darauf, es *Siegreicher Amun* zu nennen und nicht zum Beispiel *Geist des Ptah* oder *Stolz der Sechmet*, warum hatte er ausgerechnet den Namen einer Gottheit gewählt, die vor allem im Süden des Landes verehrt wurde? Djoser hatte sich schließlich gegen alle Bedenken durchgesetzt und seine Entscheidung damit begründet, daß sie ja schließlich nach Süden führen, zu Menschen, bei denen Amun viel gelten würde. Aber als kleines diplomatisches Zugeständnis an die Priester hatte er eingewilligt, eine hölzerne Ptah-Figur unter das Schutzdach der Vorkajüte zu stellen.

So liefen wir also aus, und der beständig aus Norden wehende Wind war uns günstig, er griff in die Segel, während die Kunst der Steuermänner dafür sorgte, daß wir in der Mitte des Stromes blieben, weil nur dort bei dem Niedrigstand des Wassers eine Fahrrinne war, die uns sicher durch die Sandbänke brachte. Wo wir auch auftauchten, wir erregten großes Aufsehen. Die Menschen liefen am Ufer zusammen, winkten, schrien zu uns herüber und brachen in Jubelrufe aus, als sie das Segel der *Siegreicher Amun* entdeckten und gewahr wurden, daß sich der Pharao an Bord des Schiffes befand.

»Wenn man die Leute so sieht, sollte man nicht glauben, daß Krieg und Hunger im Lande herrschen«, sagte Hamet. »Alle scheinen fröhlich, sie jubeln uns zu, als würde es sich um eine friedliche Prozession und nicht um einen Kriegszug handeln.«

»Es ist in der Tat auch beides zugleich«, meinte Imhotep, der plötzlich neben uns an der Reling stand. »Die Menschen schöpfen viel Hoffnung aus unserem Kommen. Zum ersten Mal seit langer Zeit taucht wieder die Sonnenbarke auf, und der Pharao erscheint persönlich vor seinem Volk. Nach all dem, was die Leute durchgemacht haben, muß ihnen das wie ein göttliches Zeichen vorkommen, ein Wink des Schicksals, ein Signal dafür, daß nun eine bessere Zeit beginnt.«

»Ich sehe aber nicht nur Kinder, Frauen und Greise am Ufer«, sagte Hamet, »es sind auch Männer darunter, die durchaus eine Waffe tragen könnten... Warum hat General Nebka sie nicht in sein Heer aufgenommen, als er hier durchzog? Können wir nicht jeden Kämpfer gebrauchen auf unserem Zug?«

»So ist es«, sagte Imhotep schmunzelnd, »aber es ist auch so, daß alle Angst vor dem Unbekannten haben. Ich kann mir vorstellen, daß die Männer sich versteckt hielten, als Nebka vorbeizog. Sie hielten ihre Köpfe im Schilf verborgen und hofften, daß das Schicksal sie verschonen möge. Jetzt aber, da die Flotte naht und einen nicht alltäglichen Anblick bietet, wagen sie sich wieder hervor, und ihre

Herzen werden mutig, denn sie sehen den Pharao, und der Pharao zieht nach Süden. Begreifst du nun, daß die *Siegreicher Amun* unser aller Hoffnungsträger ist, ein Symbol der Rettung aus größter Not?«

Hamet nickte. »Aber warum legen wir dann nicht am Ufer an und nehmen die Männer mit?« fragte er nach einer Weile. »Ich habe gehört, daß Chonsemhep, mein Vater, genug Waffen hat schmieden lassen, mehr, als wir Arme besitzen, sie zu tragen, und ganze Schiffe voll davon sind, um sie zu verteilen.«

»Das ist die Aufgabe derer, die uns nachfolgen. Wir sind nur die Vorhut, das Signal zum Aufbruch, die erste Strophe des Liedes. Wir pflanzen Hoffnung in aller Herzen. Laßt uns nur weiterhin stromabwärts fahren, unbeirrt dem Ziel entgegen, und ich garantiere euch, daß unser Heer bei der Ankunft dreimal so groß sein wird wie heute.«

Ich sah die winkenden Menschen am Ufer, sah sie die Arme hochreißen und Jubelchöre anstimmen, und ich blinzelte Hamet zu. Ja, mein Meister war außerordentlich klug und unseren Gedanken stets eine Nasenlänge voraus. Er dachte mehr als er sagte, und wenn er etwas aussprach, so konnte man sicher sein, daß sein Denken und Fühlen bereits seinen Worten weit voraus waren. Er folgte dem großen Plan, einem, dessen grobe Umrisse wir ahnten, ohne die Details schon zu kennen. Ich war stolz, Schüler dieses bedeutenden Mannes zu sein, Helfer bei seinem Plan. Wieviel Neues würde ich erfahren und lernen!

»Vergiß vor lauter Begeisterung deine Aufgabe nicht«, mahnte Imhotep mich, »du weißt, was du mir versprochen hast.«

Ich senkte den Kopf, riß mich aus meinen Träumen und dem Geplauder mit Hamet los und machte mich sofort an die Arbeit. Sorgfältig sollte ich über die Ereignisse der Reise Buch führen, die Geschehnisse notieren, Tag für Tag und mit genauen Angaben über Zeit und Ort, wie der Kapitän und der Steuermann sie mir angaben. Mit einer Papyrusrolle, Schilffeder und Tinte zog ich mich in den Schatten des Kajütdachs zurück, wo Planen gegen die Sonne gespannt waren, verschränkte die Beine in bequemer Sitzhaltung und begann zu notieren. Ein Schwarm auffliegender Kuhreiher lenkte meine Aufmerksamkeit ab. Ich beobachtete dicht am Schilf winzige Inselchen aus vorbeitreibenden Wasserpflanzen, auf denen Enten saßen, sah die Fische und manchmal träge wie Baumstämme im Uferschlamm liegende Krokodile. Ich staunte über die Vielfalt des Ufergrüns, das in diesem Dürrejahr nur noch ganz schmale Streifen bildete, hinter denen sofort das rötliche Sandgelb der Wüste begann. Hatte Imhotep das gemeint – die Landschaft zu beschreiben oder vielmehr die Zahl der im Dickicht versteckten Dörfer zu erfassen, die Menge der uns zujubelnden Menschen? Je mehr ich hinsah, desto deutlicher wurde mir bewußt, daß Ägypten noch viel mehr und etwas anderes war, als ich von den Sümpfen, von Memphis und Sakkara her kannte: Ägypten, das war der Nil. Nur der Nil und seine Wasser schufen das Land und bildeten uns Heimat.

Die Wüste – das war die grenzenlose Unerfahrbarkeit des Todes, die unfaßbare Weite des Nichts, die Wüste war eine Vorstellung, die wie Sandkörner zwischen unseren Fingern zerrann. Der Nil aber war alles, das Leben, das Reich, das faßbare Sein – Kemet, das Schwarze. Von seinem Wasser hing alles ab, seine Unlust, sich zu verströmen, bedrohte unsere Existenz. Darum war diese Expedition so wichtig, Imhoteps Plan, unser Weg nach Süden zu den Schlafstätten des Gottes Chnum . . .

Durch Boten erfuhren wir, daß sich Nebkas Heer in unmittelbarer Nähe von uns am Ufer befinden mußte, wo es im Schutz eines befestigten Platzes lagerte. Südlich begann das Gebiet des Hasengaus, dessen Fürst Ka-aper dem Pharao keine Soldaten entsandt hatte, mit der Begründung, er brauche sie selbst dringend zum Schutz seines Palastes. In der Tat war bekannt geworden, daß ein starkes Rebellenheer im Anmarsch auf sein Gebiet war. Wer diese Leute waren, ob es sich um Aufständische handelte oder um jene nubischen Söldner unter dem Befehl eines gewissen Meru, die seit Jahren die Südgrenzen des Reiches unsicher machten, wußten wir nicht. Andere Gerüchte besagten, der Nubierfürst Ipuki sei mit mehreren hundert Schiffen aufgebrochen und fahre uns stromab entgegen. Sein Ziel sei es, Memphis einzunehmen und sich dort mit den Männern des Meru zu verbünden. Diesen Plänen, mochten sie nun stimmen oder bloße Gerüchte sein, war Imhoteps Vorgehen zuvorgekommen. Überall war uns zugejubelt worden, und es war anzunehmen, daß das Heer hinter uns entsprechend angewachsen war. Nirgends waren wir bisher auf Feinde gestoßen und jetzt, da wir die Hauptstreitmacht unter General Nebkas Führung in der Nähe wußten, tauschten wir Botschaften aus, die das weitere Vorgehen festlegen sollten.

»Wir segeln weiter Richtung Süden und greifen die Rebellen vom Nil aus an«, entschied General Schu. »Das Landheer möge augenblicklich aufbrechen und uns folgen.« Pharao Djoser stimmte dem Vorschlag zu, und so geschah es.

Ich erinnere mich noch genau an die Nacht vor dem entscheidenden Morgen, als wir nahe dem Ufer ankerten. Der Himmel war sternenübersät und die Luft kühl vom frischen Wind. Jede Nacht lagen die Schiffe an einer solchen sicheren Stelle, von kleinen Vorposten am Ufer geschützt, denn kein Ägypter segelt nach Sonnenuntergang. Die Dunkelheit der Nacht gehört Osiris und seinen Geistern, die vom Westen her über den Nil schweben; man versteht ihre Stimmen, wenn man schweigend dem Wind lauscht, sie erzählen dann von jenem anderen Reich, das wir zu betreten fürchten und irgendwann doch einmal aufsuchen müssen, wenn wir die lange Reise in die Finsterwelt antreten.

Ich konnte nicht schlafen und saß neben Hamet auf den Planken, an die Holzwand der Kajüte gelehnt, in der Imhotep ruhte. Im Uferschilf quakten die Frösche, Nachtvögel riefen – oder waren es die Stimmen der Geister? Manchmal gluckste es dicht vor uns im Wasser. Es war eine unheimliche Nacht, und wir befanden uns in jener Halbschläfrigkit, die die Sterne schwanken und springen läßt und den Sinnen so mancherlei Streiche spielt.

»Dieser Meru ist ein elender Verräter«, sagte Hamet, »man erzählt sich, daß er den roten Gott Seth verehrt und alles schmäht, was uns heilig ist. Der Zorn des Pharao soll über ihn und seine Banditen kommen. Ich brenne darauf, ihn mit eigener Hand erschlagen zu dürfen und als Siegeszeichen seine Hand abzuschneiden.«

»Hast du denn überhaupt eine Waffe?«

»Ja, sie liegt unter dem Vordach bei meinen Sachen versteckt.«

»Und weiß Chonsemhep, daß du wie ein Soldat kämpfen willst? Ich meine, du bist als Schmied ausgebildet und nicht als Krieger ...«

»Ich habe geübt. In der Schmiede des Tempels gab es einen Priester, der die Qualität der Lanzen und Pfeilspitzen prüft. Er versteht sich auch in der Technik des Schwertkampfes und des Keulenschwingens. Und du ... besitzt du keine Waffe, um dich zu verteidigen? Willst du mit deiner Rohrfeder fechten?«

»Ich habe noch nie darüber nachgedacht«, antwortete ich der Wahrheit gemäß.

»So willst du die ganze Zeit auf dem Schiff bleiben und zusehen, wie wir uns furchtlos auf den Feind stürzen?«

»Natürlich nicht, obwohl mich der Meister angewiesen hat, alles genau zu beobachten und niederzuschreiben. Ich glaube aber nicht, daß er gemeint hat, dies vom Schiff aus zu tun. Wenn es soweit ist, gehe ich mit euch an Land.«

»Still! Hast du nicht eben etwas gehört?« Hamet packte mich am Arm und wies unbestimmt mit der Hand in die Dunkelheit.

»Das werden die Wachen am Ufer sein.«

Hamet schüttelte den Kopf. »Es klang eher wie ein unheimlicher Ruf, wie ein Dämon.«

Ich drehte den Kopf in den Wind, lauschte angestrengt, der seltsame Laut wiederholte sich allerdings nicht.

Irgendwann müssen wir doch eingeschlafen sein. Wir erwachten davon, daß Männer über unsere ausgestreckten Beine stiegen. In Sekundenschnelle waren wir hoch und machten uns nützlich. Die ganze Schiffsbesatzung war auf, Imhotep stand neben dem Kapitän am Bug und spähte in das diffuse Grau des jungen Tages. Im Osten ging langsam die Sonne auf, warf ihre weichen Strahlen flach über das Wasser und färbte die Flanken der westlichen Berge rosa und violett. Hinter uns hörten wir halblaute Kommandos von der *Wildstier*, und auch die *Siegreicher Amun* begann Segel zu setzen. Nachdem die Ufervorposten an Bord gekommen waren und die Haltetaue und Anker eingeholt worden waren, setzten wir uns in Bewegung.

Wir fuhren nicht weit, etwa zwei Stunden nur, als wir am Ufer etwas wahrnahmen, das unsere Aufmerksamkeit erregte: ein kleines Boot mit eingerolltem Segel lag dort in einer Bucht, und als wir näherkamen, sprangen mehrere Gestalten auf und liefen durch die Uferböschung ins Schilf. Kurz darauf schwirrten uns Pfeile entgegen.

Der Kapitän ließ sofort das Segel einholen und befahl die Ruderer an ihre Plätze. Wir trieben noch ein kurzes Stück weiter, wurden dann von der Strömung erfaßt, das Schiff legte sich quer, und die Männer begannen, es mit den langen Stechrudern näher ans Ufer zu treiben. Dicht hinter uns machte die *Wildstier* das gleiche Manöver, und auch das Schiff des Pharao tauchte nun auf. Hin und her gellten die Rufe.

»Es sind wohl nur wenige, aber die Hauptmacht der Rebellen muß ganz in der Nähe sein«, sagte der Kapitän. »Wenn ich mich nicht irre, liegt dort irgendwo in dem Palmenwald versteckt der Palast des Ka-aper, jedenfalls sind wir jetzt in dem Gebiet, das man Hasengau nennt.«

»Dann gehen wir hier an Land«, entschied Imhotep.

Gleiches mußte wohl auch General Schu beschlossen haben, denn auch sein Schiff drehte bei.

In diesem Moment ertönte vom Ufer ein vielstimmiges Geschrei. Männer tauchten aus dem Dickicht auf, die ihre Waffen über den Köpfen schwangen und ein erneuter Pfeilhagel schwirrte in unsere Richtung. Von der *Wildstier* aus wurde es gebührend beantwortet. Schus Eliteschützen waren angetreten und schossen eine Wolke aus Pfeilen ab, von denen viele ihr Ziel erreichten, jedenfalls ertönten Schmerzensschreie am Ufer.

»Wir greifen an!« brüllte General Schu und sprang als erster ins Wasser. Die Bogenschützen folgten ihm nach, und auch wir, überrascht darüber, wie seicht der Fluß an dieser Stelle war, kletterten über die Reling und strebten dem Ufer zu. Neben mir stürmte Hamet, die hölzerne Keule in der Hand. Angesteckt vom Gebrüll der Männer schrie auch er, daß es mir in den Ohren gellte.

Als ich die Uferböschung hochkletterte, merkte ich erst, daß meine Hände leer und ich völlig wehrlos war. Dennoch rannte ich mit den anderen mit, blindlings in den Palmenwald hinein. Bevor ich merkte, was mir geschah, fand ich mich in einem wilden Getümmel wieder. Mann kämpfte gegen Mann mit Keulen, Holzlanzen und Messern, für die Bogenschützen war das Gelände viel zu unübersichtlich, um eingreifen zu können. Ich sah mich plötzlich einem baumlangen Kerl gegenüber, der mit einem hölzernen Schwert, in dessen Längsseite scharfe Feuersteinklingen eingelassen waren, wild um sich schlug. Einem Matrosen unseres Schiffes hatte er damit Schulter und Hals aufgerissen. Der Mann schrie vor Schmerz und Entsetzen auf, preßte die Hände auf die Wunde, versuchte mit den Fingern das Blut aufzufangen, das in zuckendem Strahl aus seinem Hals schoß. Der Mann taumelte seitlich, drehte sich um sich selbst, wobei mich ein Blick seiner weit aufgerissenen Augen traf, und fiel dann mit dem Gesicht zuerst der Länge nach auf den Boden. Diesen Blick, das sinnlose Drehen seines Körpers, die Hände, die krampfhaft die Wunde zupressen wollten und den dumpfen Aufschlag auf den Boden werde ich niemals vergessen.

Der andere, den ich einen Blick lang nicht beobachtet hatte, der wohl abwartend und wie berauscht von dem Schlag dastand, wandte sich nun mir zu. Er kam mir so nahe, daß ich seinen Atem spüren konnte. Sein Gesicht war schweißnaß und vor Wut verzerrt, er schrie wieder, aber ich konnte sein Gebrüll nicht verstehen. Ich stand wie gelähmt, rührte keinen Muskel, wich auch nicht aus, als er das Schwert zum Streich gegen mich hob und über der Schulter schwang. Ich hätte die Augen schließen wollen, aber selbst das gelang mir nicht. Ich starrte den Mann an, sah die Bewegung auf mich zu und erwartete den Tod.

In diesem Moment schwirrte etwas dicht an mir vorbei, fraß sich mit einem schmatzenden Geräusch in die nackte Brust des Mannes, blieb dort stecken. Der Mann stand noch immer mit zum Schlag erhobenem Schwert vor mir, aber seine Bewegung erschien plötzlich seltsam erstarrt. Sein Gebrüll brach nicht ab, ging aber in ein Gurgeln über, in das sich Blut mischte. Blut quoll aus seinem Mund, seine Augen quollen auf zu weißen Kugeln, in deren Mitte der Blick irre wurde. Ein Dämon, ein Bild des Wahnsinns und des Sterbens zugleich.

Der Mann machte noch einen einzelnen, taumeligen Schritt auf mich zu und stürzte dann auf mich. Das Schwert entglitt seinen Händen, die Masse des Körpers aber prallte auf mich und riß mich zu Boden.

Ich muß eine kurze Sekunde bewußtlos gewesen sein. Als ich wieder zu mir kam, merkte ich, daß ich auf dem toten Matrosen lag und über mir der Mann, der mich erschlagen wollte. Zwischen uns aber, meinen ganzen Körper benetzend, klebte Blut. Ich rappelte mich auf, schob das Gesicht des Mannes von mir und machte mich von den ekligen Leibern frei. Als ich endlich auf den Füßen stand, mußte ich mich erbrechen. Ich klammerte mich an den Stamm einer Palme und fühlte sie schwanken, als wäre ich noch immer an Bord des Schiffes.

Allmählich kam die Welt wieder zu mir zurück. Ringsum hörte ich Schreie, Flüche und Stöhnen, ich vernahm das Klatschen vieler nackter Füße, das Schwirren von Pfeilen, die hart die Luft durchschnitten, den Aufprall von Holz auf Schilden, das Brechen und Aufplatzen von Schädeln. In der Umgebung lagen Körper herum, manche zusammengekrümmt und zuckend, andere erschreckend starr. Und immer noch stürmten Männer vorbei, gellte mir ihr Kriegsgeschrei in den Ohren.

Hamet, wo war Hamet? Ich lief sinnlos umher, Leuten nach, die ich auf Grund ihrer Kleidung als Unsrige erkannte. Und dann traf ich Hamet. Er hockte auf dem Boden und hielt sich den Kopf. Von seiner Stirn rann aus einer schmalen Platzwunde Blut.

»Was ist, bist du schlimm verletzt?« rief ich und beugte mich über ihn.

Er lachte mir ins Gesicht. »Nicht der Rede wert, nur eine Schramme. Einen Moment lang war ich benommen, jetzt geht es wieder. Aber du siehst aus, als hättest du in einem See aus Blut gebadet.«

Ich half dem Freund auf.

»Was ist nur, was ist geschehen?« stammelte ich.

Jetzt tauchten Bogenschützen zwischen den Bäumen auf und sammelten sich. »Wir haben gesiegt, die Rebellen sind in die Flucht geschlagen!« rief einer.

»Freu dich nicht zu früh«, mahnte ein anderer, »das war nur die Vorhut. Die kommen zurück und schließen uns ein. Hier im Wald ist ein schlechter Platz zum Siegen, aber ein guter zum Sterben.«

Weitere Soldaten kamen zu uns, unter ihnen auch General Schu. Schweißüberströmt war sein muskulöser Körper, seine Augen flakkerten wie im Fieber.

»Wir haben den Belagerungsring durchbrochen«, rief er, »vorwärts, laßt uns Ka-aper und seinen Leuten zu Hilfe eilen!«

»Und die Schiffe? Wollen wir nicht lieber zum Nil zurück auf die Schiffe?« fragte einer.

»Es sind genug Bogenschützen dort und die Leibgarde des Pharao. Die Schiffe sind sicher. Wir aber haben viele Feinde erschlagen, sind wie ein Sandsturm über die Rebellen gekommen. Heute noch werden wir den Hasengau befreien und den Sieg an uns reißen!«

»Aber die Übermacht ist viel zu groß und General Nebka mit dem Heer viel zu weit weg!« schrie ein Soldat angsterfüllt.

»Wer feige ist und wie ein Klageweib heult, wird eigenhändig von mir den Krokodilen zum Fraß vorgeworfen!« brüllte General Schu wütend. »Los jetzt, Leute, mir nach!«

So rannten wir durch den Palmenwald, nicht wissend, wo sich Freund oder Feind befanden. Aber wir erreichten das Dorf.

Es wies schwere Verwüstungen auf, denn die Rebellen hatten mehrmals versucht, den Palast des Gaufürsten Ka-aper zu erobern, waren aber von den Soldaten hinter den Schlammziegelmauern abgewehrt worden. Die Dorfbewohner waren in den Innenhof des Palastes oder in die Umgegend geflüchtet, was sie damit bezahlen mußten, daß die Angreifer blindwütig ihre Hütten zerstörten und niederbrannten. So bot das einstmals wohlhabende Dorf nun ein Bild des Grauens.

Als wir das große Tor zum Palast passierten, schwoll uns Jubel aus vielen hundert Kehlen entgegen. Ka-aper selbst, im Kampfgewand und schwertumgürtet, befand sich mit seiner Leibgarde, seinen Beamten und Dienern im Hof, der alles andere als einen fürstlichen Eindruck machte: Habseligkeiten der Dörfler lagen verstreut, Vieh lief umher, hungrige Kinder schrien, und es gab eine Menge Verletzter. Ihr Stöhnen, Wimmern und Klagen mischte sich mit dem Jubel der anderen, die in uns ihre Rettung erkannten.

Todmüde und erschöpft vom Kampf stolperte ich in eine Ecke und ließ mich zwischen Körbe und Kisten fallen. Hamet lag keuchend neben mir. Wir beobachteten das Tor, durch das immer noch Soldaten hereinströmten. Manche von ihnen schleppten Verwundete mit sich oder konnten sich selbst kaum noch auf den Beinen halten. Immer größer wurde das Gedränge im Hof, das Elend nahm zu. Kaaper wies seine Leute nach einiger Zeit an, das Tor zu schließen, denn man konnte nicht wissen, wann sich die Aufständischen vom Schreck unserer Landung und des für sie überraschenden Angriffs erholen und eine neue Belagerung beginnen würden. Auf dem Palastdach wurden Bogenschützen aus General Schus Truppe postiert, man bereitete sich auf weitere Kampfhandlungen vor.

In der Aufregung und dem allgemeinen Durcheinander fiel mir erst jetzt auf, daß ich Imhotep seit meinem Sprung ins Wasser nicht mehr gesehen hatte. Befand er sich noch auf dem Schiff? Besprach er sich mit Pharao Djoser? Es war wie eine Befreiung, plötzlich seine Stimme meinen Namen rufen zu hören. Ich schnellte hoch und erblickte den Meister dort, wo sich die Verletzten befanden. Ich schämte mich – wie hatte ich das vergessen können?

»Hem-On«, rief er, »komm herüber und geh mir zur Hand, diese Menschen hier brauchen unsere Hilfe!«

Ich eilte zu ihm und fühlte mich trotz der Müdigkeit in mir mit einem Mal wieder frisch. Imhotep ließ mir keine Zeit für die Begrüßung. »Los, hol Wasser und laß dir von Ka-apers Leuten soviel Leintücher geben, wie du bekommen kannst. Reiße sie in Streifen, wir machen Verbände daraus.«

Ich lief los, eilig bemüht, alles so zu machen, wie ich es bei den Ärzten im Haus des Lebens von Sakkara gesehen hatte. Ich wusch Wunden aus und stillte das Blut, legte Verbände an und sprach Männern, die wimmernd am Boden lagen und so schwer verletzt waren, daß sie den nächsten Sonnenaufgang wohl kaum noch erleben würden, Mut zu. Stunde um Stunde ging das, bis zum Einbruch der Dunkelheit und weiter noch, als die Fackeln entzündet waren. Ich sah Matrosen unseres Schiffes, Soldaten der *Wildstier*, aber auch Leute mit fremden Gesichtern, die offenbar zu den Rebellen gehörten. Wie mein Meister machte ich zwischen Freund und Feind keinen Unterschied. Der Kampf war eine Sache, Menschen zu helfen, die in Not waren, eine andere, denn vor den Göttern sind wir alle gleich.

»Die Nacht kommt uns zu Hilfe«, sagte Imhotep, »denn in der Dunkelheit greifen sie bestimmt nicht an. Gefährlich wird es erst gegen Morgen. Ich spüre es deutlich: Morgen früh steht uns Schlimmes bevor.«

»Noch Schlimmeres als das, was heute geschah?« fragte ich zaghaft und dachte an das Gemetzel im Wald. Noch einmal sah ich den Riesen vor mir, sah ihn das Schwert mit den beißenden Zungen schwingen, das sich so furchtbar in den Hals des Matrosen gefressen hatte, sah erst den einen, dann den anderen stürzen und fühlte noch einmal den massigen Leib auf mich fallen, spürte das viele Blut auf meiner Haut. Aber ich war so erschöpft, daß mir all dies nur noch wie ein ferner, böser Traum vorkam.

»Rede nicht so viel und hol neue Tüchter!« befahl Imhotep, »wir müssen die Verbände bei dem da wechseln ... bei dem da nicht mehr, er hat bereits die Reise ins Schattenreich angetreten ...«

Mir schauderte. So viele Menschen wie heute hatte ich niemals zuvor sterben sehen. War dieses ganze Gemetzel wirklich nötig gewesen?

Ich lief, ohne zu denken, handelte wie im Schlaf. Irgendwann sank ich nieder und verlor das Bewußtsein.

Ein schrilles Signal riß mich aus der Dunkelwelt hoch. Schreie und Kommandos gellten im Hof. Es war Morgen, fahlgraues Licht kroch über die Mauern, und ich mußte sofort an die Ahnung meines Meisters denken.

»Sie kommen, sie kommen, und es sind dreimal mehr als gestern!« schrie der Bogenschütze vom Dach des Palastes herab. Soldaten liefen vorbei, machten sich bereit, den Angriff gegen die Mauern abzuwehren. Schlagartig wurde mir bewußt, daß wir in einer

Falle saßen. Warum nur hatte General Schu uns hierher geführt? Wären wir nicht auf den Schiffen viel sicherer gewesen? Dann aber mußte ich an den tapferen Ka-aper und seine Männer denken, an die Leute vom Dorf, die Frauen, Kinder, Greise, an die Verletzten, die wir in den letzten Stunden versorgt hatten. Sie alle brauchten unsere Hilfe, für sie waren wir die einzige Hoffnung. Ich sah Imhotep neben General Schu und Fürst Ka-aper in seiner Gruppe stehen und sich beraten.

»Ich fürchte, die Mauern halten nicht lange stand«, sagte Ka-aper, »zudem sind meine Leute geschwächt und beim Kampf innerhalb des Palastes im Nachteil. Gewiß, die Bogenschützen auf dem Dach geben uns eine Weile Schutz. Aber wie, wenn das Tor bricht und der Feind von mehreren Seiten zugleich angreift?«

»Dann werden wir sie gebührend empfangen«, antwortete General Schu, »notfalls wagen wir einen Ausfall und schlagen uns zum Nilufer durch.«

»Mit all den hilflosen Menschen hier? Sollen wir nach dem Dorf auch noch den Palast als letzten Stützpunkt aufgeben? Was rätst du uns, weiser Imhotep?«

Mein Meister sah blaß und übernächtigt aus, seine Gestalt war gebeugt, seine Augen dunkel umrandet und halb geschlossen, als horche er in sich hinein.

»Wir bleiben«, sagte er, »ich weiß, daß es richtig ist.«

In diesem Moment erhob sich außerhalb der Mauern ein wildes Geheul. Zugleich prasselte ein solcher Pfeilhagel auf uns herein, daß die Soldaten auf dem Dach des Palastes sich zurückziehen mußten. Der Angriff begann.

Das muß der Verräter Meru sein, dachte ich, die Hauptmacht seines Heeres ist eingetroffen. Sie werden die Mauern erstürmen und uns alle erschlagen, daß unser Fleisch die Beute von Geiern wird und unsere Gebeine unter fremder Sonne verbleichen. Panik erfaßte mich. Wenn ich nur eine Waffe hätte, eine Keule wie Hamet ... jetzt würde auch ich mich zum Kampfe stellen, wo alles verloren schien. Aber die Verwundeten brauchten mich, ihr Klagen rief mich an ihre Lager, die Verbände zu wechseln und die Wunden zu versorgen, damit kein Brand darin aufkam.

Wenn ich hier jemals herauskomme, wenn ich den Wahnsinn überlebe, werde ich mich hinsetzen und über alles berichten. Ich werde es genauso aufschreiben, wie es geschah und keine Einzelheit, und sei sie auch noch so unbedeutend, weglassen, dachte ich.

Und dann sah ich Hamet, wie er mit anderen Männern zum Tor lief, um es mit Stämmen zu verstärken, denn etwas rammte von außen so heftig dagegen, daß sein Holz ächzte und die Riegel und Angeln bedrohlich zu knarren begannen.

Ich wandte mich meiner Arbeit zu. Als ich nach einer Weile erneut aufblickte, sah ich, daß General Schu die Männer vom Tor abgezogen hatte und die Bogenschützen sich in weitem Abstand in drei Reihen aufstellten, um den Feind bei seinem Eindringen gebührend zu empfangen.

»Sie geben das Tor auf!« rief ein alter Mann, der zwei kleine Kinder hinter sich herzog, und sich wie viele andere in den hinteren Teil des Hofes zurückzog.

Ich sah aber auch, daß dies nicht der Fall war, sondern nur eine taktische List General Schus: vier Soldaten hatten den Riegel gelöst und öffneten auf sein Zeichen hin die hölzernen Flügel. Wie ein Heuschreckenschwarm quoll die feindliche Streitmacht herein, dicht an dicht drängten sich die Leiber, und furchtbar war die Wirkung der Bogenschützen. Ein Pfeilhagel schwirrte den Angreifern entgegen und streckte sie reihenweise nieder. Die vorderen fielen, die folgenden schwankten, und dahinter kam alles zum Stocken.

»Vorwärts!« brüllte nun General Schu und stürmte ihnen entgegen. Noch bevor es zum Zusammenprall der beiden Truppen kam, setzte beim Feind die Flucht ein.

»Das Tor schließen!« hörte ich Rufe und sah, daß die Kriegslist gelungen war: fürs erste konnte man aufatmen, der Angriff war abgeschlagen. Aber für wie lange?

Hamet war plötzlich neben mir. Sein Gesicht war zorngerötet. »Warum folgen wir ihnen nicht nach und vernichten Sie?« schrie er.

Weil das der sichere Untergang wäre«, entgegnete ihm Imhotep ruhig. »Weißt du nicht, welche Übermacht uns draußen erwartet?«

Hamet warf ihm einen wütenden Blick zu. Er biß sich auf die Lippen und rannte dann weg.

»Wie lange wird es noch dauern, Meister?« fragte ich.

»Bis uns die Götter ein Zeichen geben«, antwortete Imhotep. Ich blickte ihn an und verstand nicht. Woher nahm er nur die Gewißheit und Ruhe?

In diesem Moment erscholl vom Dach des Palastes ein einzelner Schrei. Ein Soldat stand dort und wies mit dem Arm nach Norden. Imhotep blickte hoch, dann zu mir und blinzelte mich an.

»Nebka«, sagte er, »Nebka und das Heer . . . ich habe es gewußt, das sie endlich kommen!«

Ich habe den weiteren Verlauf der Schlacht nicht mitbekommen, zu sehr war ich mit der Versorgung der Verletzten und – ich gebe es zu – dabei auch mit meinen eigenen Gedanken beschäftigt. Ich weiß nur, daß der Kampf den ganzen Tag andauerte und uns am Abend der Sieg gehörte. Am folgenden Morgen zog Pharao Djoser im Palast ein, um Gericht über die besiegten Feinde zu halten. Zu meinem Erstaunen ließ er aber keine Hände abhacken, sondern verschonte die Leute bis auf ihre Anführer, die in Fesseln zu den Schiffen gebracht wurden. Den einfachen Leuten aber schenkte er das Leben, weil – das waren seine Worte – sie lediglich Opfer und Verführte seien. Der Hunger habe ihre Seelen verwirrt und sie falsch handeln lassen. Nun aber, da er als König beider Länder und göttlicher Sohn des Horus zu ihnen gekommen sei, leuchte Amuns und Res Sonne auch über ihnen und würde sie auf den rechten Weg zurückführen. So sprach er vom Thron aus, der im Hof auf einem Podest aufgestellt war, während ihm der Falke auf der Schulter saß und die Löwen träge zu seinen Füßen ruhten. Die Rebellen lauschten beschämt seinen Worten und waren tief beeindruckt.

General Nebka nahm die meisten von ihnen als Söldner in sein Heer auf und versprach ihnen Verpflegung und Lohn, wenn sie sich bereit erklärten, mit ihm weiter nach Süden zu marschieren. Die übrigen aber wurden verpflichtet, im Dienste des Fürsten Ka-aper sofort mit dem Wiederaufbau des zerstörten Dorfes zu beginnen. Von ihrem Anführer Meru fehlte jegliche Spur. Es hieß, er sei während des Kampfes entkommen und mit einem kleinen Boot weiter nach Süden geflohen, um Schutz bei den Nubiern zu suchen.

So endete für mich mein erstes Abenteuer in diesem Krieg, den ich als Schreiber begann und unverhofft als Heilgehilfe fortsetzte. Wir kehrten zurück auf die *Glanz von Memphis*. Der Nordwind griff in unsere Segel und trieb uns weiter nilab dem Unbekannten entgegen.

»Ob mir keine Zweifel an der Richtigkeit unseres Handelns kamen? O doch, Xelida: damals in jenem Palmenwald, als ich vom Kampf überrascht wurde und wehrlos zwischen Freund und Feind fiel und sich beider Blut auf meinem Körper mischte, als sei es mein eigenes, und mehr noch, als die Verletzten in Ka-apers Hof vor Schmerzen schrien, als die Sterbenden Gesichter wie Kinder bekamen, still wurden mit staunenden Augen und in meinen Armen ihr Lebensatem verlosch, da habe ich am Sinn unseres Unternehmens gezweifelt. Und auf gewisse Weise auch an den Worten meines Meisters... Aber die Verehrung für ihn war größer – erhaben kam er mir vor, wie ein Halbgott, der unter den Menschen wandelt, und dabei war er doch nur ein Mensch wie wir...

Vergiß nicht meine Jugend damals, Xelida, meine Begeisterung für das große Unternehmen, meinen Leichtsinn, der mir später teuer zu stehen kommen sollte. Ich war jung und wußte noch wenig vom Leben. Die wenigen Strahlen, die bis dahin in Memphis und Sakkara auf mich gefallen waren, kamen mir wie die Summe aller Weisheit vor, und mein Leben schien mir bunt wie ein Teppich ohne erkennbares Muster. Im Sarg hatte ich zum Sterben bereitgelegen und war durch Ptahs Kraft wiedergeboren worden. Dies kam mir damals wie die letzte Erleuchtung vor und war doch nur die allererste Stufe von dem, was ich noch erfahren sollte. Du bist eine Priesterin und kennst die Tore, die zum Wissen führen, besser als ich. Und ich, der ich nur ein einfacher Schreiber war und, wenn man es genau nimmt, immer geblieben bin, kann mich in der Faszination der Worte und Bilder verlieren ...

Ja, ich will nach meiner Art, naiv wie ein Kind, beeindruckt und staunend und nichts vom großen Sinn vorwegnehmend, weitererzählen. Sage du, meine kluge Xelida, ob ich es heute richtig mache und es damals recht war ...«

»Nein, ich kann und will nicht über dich richten. Aber ich höre dir gerne zu, denn ich liebe deine Stimme, die so sanft ist wie deine Hände. Flechte weiter an deinem Kranz aus Bildern. Deine Erinnerungen und du – ihr seid eins, sie sind die Bestandteile des Ganzen, aus dem ein Mensch besteht, der sagen kann: seht, ich war da! Berichte mir von Ägypten, jenem ehrwürdigen Land, das einst, in der Blüte unseres Volkes, eine Perle in der Kette des großen, versunkenen Reiches war. Erzähle mir vom Nil, jenem gewaltigen Strom mit den tausend Gesichtern, laß seine Wasser rauschen und ihn anschwellen, daß man bis hierher zu uns seine Stimme vernimmt wie den Wind, der durch die Zweige der Sykomoren streicht. Laß deine Worte fließen und gib den alten Göttern etwas von ihrem einstigen Glanz zurück. Sind sie auch allesamt nur Symbole für das eine erhabene, unbenennbare Ganze, so zeigen sie doch dem Menschen seine Grenzen und Möglichkeiten auf und helfen uns, die Klippen des Lebens zu meistern ... Sprich weiter, Geliebter, und laß mich die Nähe zu den Dingen spüren, die längst schon Vergangenheit sind, aber durch dich neu entstehen. Die Nacht deckt uns zu, aber deine Stimme ist wie ein wärmendes Licht ...«

Die Weiterfahrt auf dem Nil vollzog sich ohne Zwischenfälle. Wie Imhotep angenommen hatte, waren wir bei der Schlacht im Hasengau auf die Hauptmacht der Rebellen gestoßen und hatten sie aufgerieben. Falls dennoch Feinde entkommen waren, so befanden sie sich nun auf der Flucht nach Süden, um bei einem der nubischen Fürsten Beistand zu suchen. In den Dörfern am Fluß aber, die wir auf unserer Weiterfahrt aufsuchten, löste unser Eintreffen Erleichterung aus. Die Menschen hier hatten noch nie in ihrem Leben den Pharao zu Gesicht bekommen. Die Ankunft unserer prächtigen Schiffe machte einen tiefen Eindruck auf sie. Gewiß, es herrschten Hunger und Not, aber die Leute vergaßen beim Anblick des Pharao ihre Sorgen. Gottgleich war der König für sie, ein großer, himmlischer Herrscher, der aus unvorstellbaren Sphären herabgestiegen war und ihnen die Hoffnung auf ein besseres Leben brachte. So waren wir überall willkommen, und nicht nur das: viele der Männer schlossen sich spontan unserem Heer an. Da wir nicht alle auf den Schiffen aufnehmen konnten, gab Pharao Djoser ihnen den Befehl, sich Waffen zu besorgen, den Umgang mit Pfeil und Bogen zu üben und auf das Eintreffen des Landheeres unter General Nebka zu warten, das uns zu Fuß am westlichen Ufer des Nil nachfolgte.

Die Schiffe fuhren langsam, einerseits, da wir bei dem Niedrigwasser sorgsam auf die Fahrrinne achten mußten, andererseits, weil unser Vorsprung vor dem Heer nicht allzu groß werden sollte. Es wurden Tage der beschaulichen Beobachtung für mich, Tage, die ich zumeist damit verbrachte, am Bug des Schiffes zu sitzen und die Landschaft zu betrachten, und es wurde mir keinen Augenblick langweilig dabei. Der Nil, dieser wunderschöne, erstaunliche Strom, dessen Kraft nie nachließ, selbst wenn seine Wasser jetzt weniger reichlich flossen als sonst, war ein gewaltiger Zauberer. Die Ufer, die er mit seinem Schlamm fruchtbar gemacht hatte, waren eine grüne Wildnis von unglaublicher Vielfalt. Keine Biegung des Stromes glich der vorigen, jede Bucht, jede Sandbank, jeder Seitenarm war anders und bot zahlreichen Tieren Unterschlupf, und natürlich auch den Menschen. Meist lagen die Dörfer so versteckt im Ufergrün, daß man die niedrigen Schlammziegelhäuser und Schilfhütten erst erkannte, wenn das Schiff ganz nahe vorbeifuhr.

Ich sah Kolonien von Reihern und anderen Sumpfvögeln im Dikkicht, das Schilf und die Sandbänke waren ihr Revier und ihr Schutz.

Eines Morgens erreichten wir das Dorf Thinis, in dessen Nähe die Totenstadt Abydos liegt – ein geheimnisumwobener Ort, von dem mir mein Meister schon viel erzählt hatte. In Thinis hatten die Könige der Frühzeit geherrscht, deren Macht so spurlos verflogen war, als seien es in den Wind gerufene Namen gewesen. Nur ihre Gräber, die versteckt in den sandigen Bergen des Westufers lagen, kündeten noch von ihrem vergangenem Ruhm. Unter allen Grabkammern war die von Osiris wohl die bekannteste. Hier sollte der Überlieferung nach die treue Gattin Osiris' das Herz ihres geliebten Mannes in einem versiegelten Krug bestattet haben. Alte Männer, die als heilig und unberührbar galten, bewachten den Eingang zur Kammer, die tief im Felsen verborgen lag. Eine Umfassungsmauer aus Schlammziegeln friedete den Bezirk ein und hielt zugleich unbefugte Blicke von der Eingangspforte fern. Auf der Mauerkrone waren zahlreiche weißblakende Stierschädel aufgerichtet. Ihre schwarzen Augenhöhlen starrten uns an, als wir uns dem Bezirk des Totengottes näherten. Wir, das waren Pharao Djoser mit den Priestern verschiedener Tempel, General Schu nebst einigen Offizieren, mein Meister und ich. Imhotep bildete mit mir den Schluß der kleinen Prozession. Langsam und bedächtig schritten wir durch den Sand, der Morgen war frisch und die soeben aufgehende Sonne färbte die Berge in ein zartes Rotviolett. Wir trugen frisch geschnittene Sykomorenzweige in den Händen, die wir dem Herrn des Finsterreiches als Geschenk darbieten wollten. Er, der von uns gegangen ist, um sich der Schatten der Verstorbenen anzunehmen, er, der sie in der lang andauernden Dunkelheit seiner Wohnstatt unterscheiden kann und dafür sorgt, daß sie eines Tages den Weg zu ihren Kas und Körpern zurückfinden und sich mit dem Namen des Bas und Achs zu neuer lebendiger Einheit zusammenfügen, er sorgt auch dafür, daß nach der Überschwemmungszeit das frische, kraftvolle Grün, das uns Nahrung spendet, aus dem Boden bricht, er sorgt für das ewige, sich unaufhörlich wandelnde Leben, Jahr für Jahr, Tag für Tag, Stunde um Stunde. Allerdings benötigt er, um seinen Samen Gestalt annehmen zu lassen, die Mithilfe des großen, gütigen Nil, der uns nun schon so lange das Anschwellen des Wassers verweigert hatte. Vertrocknet lagen die Osirisleiber aus Lehm, die kleinen, von

Bauernhänden gläubig und voll Hoffnung geformten Samenbehälter für das Korn am Ufer von Thinis, vor der Mauer von Abydos. Die Kraft, die das Leben gestaltet, schlief, sie schlummerte fern von den Menschen und weigerte sich, zu jener großen Macht zu werden, die die Saat zum Wachstum ermuntert, und die Gebete der Menschen verstummten. Stumm waren auch die weisen alten Männer am Tor, grau und voller Kummer ihre Gesichter, ihr Blick richtete sich nach innen, um dort die Lösung des Rätsels zu suchen.

Bei ihnen blieben wir, als Pharao Djoser mit wenigen Auserwählten das Grab Osiris besuchte. Und als mein Meister und ich etwas abseits der anderen saßen, begann er leise zu sprechen.

»In der Vorstellung der Menschen wird jeder König nach seinem Tode zum Gott. So war es auch bei dem, dessen Grab wir heute aufsuchen und dessen wir mit Andacht gedenken. Osiris war ein großer Führer unseres Volkes, bevor ihn Seth durch Heimtücke besiegte. Von diesem Ort aus, der heute nur ein unbedeutendes Dorf mit dem Namen Thinis ist, strahlte einst der ganze Glanz Ägyptens aus, und es war daher nur folgerichtig, daß Isis sein Herz an dieser Stelle begrub. Nach hierher kehrte auch sein Sohn Horus zurück, um die Schmach des Vaters zu rächen, Seth im Kampfe zu schlagen und das Reich zu vereinen, weshalb man diesen Gau auch den *Ort der Horus-Erhebung* nennt. Du mußt dazu wissen, daß dieser Horus nicht der erste war, sondern sein Name ein Titel, ähnlich dem Pharao. Vor dem Horus, den wir als Sohn des Osiris verehren, gab es schon andere, die dem uralten Horusadel angehörten. Auch Djoser, der aus Memphis stammt, trägt als Zeichen seiner adligen Abkunft den Horusfalken auf seiner Schulter. Der Falke beschützt ihn, wie der Horus früher das Volk von Ägypten beschützt hat und ihm Wissen und Wohlstand gab. Denn zuvor waren die Menschen dieses Landes noch ähnlich den Tieren, ohne verfeinerte Sinne und ohne alle Kenntnisse. Versprich mir, wach zu sein, Hem-On. Versuche deine Sinne zu schulen, dann wirst du ganz ohne mein Zutun auf die Merkwürdigkeiten stoßen, von denen ich spreche. Wenn du unterwegs auf ein solches Zeichen stößt, so sieh genau hin, beobachte, laß es auf deine Seele wirken und sage mir, was du dabei fühlst. Nur so kann ich dir helfen, mühelos deine Bestimmung zu erfüllen.«

Lange klangen diese Worte des Meisters noch in meinen Ohren nach, lange saßen wir schweigend da und hingen unseren Gedanken nach, bis Pharao Djoser, der die ganze Zeit über im Zwiegespräch mit dem Gott in der Grabkammer verbracht hatte, mit seiner Gefolgschaft zu uns hinaus in die Sonne trat. Dicht an mir ging er vorbei, und es gelang mir, trotz der angemessenen Demutshaltung, die ich instinktiv eingenommen hatte, einen Blick auf sein Gesicht zu erhaschen. Ich sah, daß er besorgt wirkte, voller Kummer und sehr viel älter, als er eigentlich war. Hatte der Aufenthalt im Schattenreich ihn so belastet, war ein Hauch des Todes, jener Kraft, über die Osiris Herr war, auf ihn gefallen? In jenem Moment spürte ich eine scheue Zuneigung zu meinem König, der nur ein Mensch war, aber dennoch zugleich ein Gott, und dieses Gefühl verwirrte mich sehr. Der Pharao ist allein in all seiner Würde, die Kraft seines Atems lastet schwer auf seinen Schultern und schirmt ihn ab von all jenen Dingen, die für uns einfache Menschen von Wichtigkeit sind, dachte ich. Er braucht Freunde und Helfer wie meinen Meister Imhotep, er braucht uns alle, er braucht vielleicht sogar mich, obgleich ich noch so jung und der unbedeutendste unter seinen Dienern bin . . .

Kurz vor Vollendung des Mondes erreichten wir das Abo-Land mit den Katarakten. Es war schwierig geworden, das Schiff durch die flache Fahrrinne zu steuern, überall ragten Sandbänke heraus, und der Wind stand fast still. So trieben die Matrosen das Schiff durch Rudern voran, während sich am Ufer eine Gruppe von Männern in die Zugseile stemmte, um uns voranzuschleppen. Lautlos glitt die *Glanz vom Memphis* stromauf den Schlafstätten des Nil entgegen. Gegen Abend gelangten wir zu den Inseln und zurrten das Schiff fest. Im bleichen Mondschein ragten die rundgeschliffenen Felsen wie die Rücken seltsamer Ungeheuer aus dem schwarzen Wasser. Der größte von ihnen glich einem Elefanten, der dieser Insel auch ihren Namen gegeben hatte. Nie zuvor, selbst im Hafen von Memphis nicht, wo doch die sonderbarsten Geschöpfe für die Gärten des Pharao eintrafen, hatte ich ein solches Tier bisher zu Gesicht bekommen.

Die Gegend war ein bedeutender Umschlagplatz für den Elfenbeinhandel, besonders der Markt des Dorfes Syene, wo mit den kostbarsten Stoßzähnen und Schnitzereien gehandelt wurde.

Unheimlich war der Liegeplatz unseres Schiffes, verwirrend die Vielzahl der kleinen Inseln ringsum. Nachtvögel strichen mit heiseren Schreien über uns hinweg.

»Wir werden die Stunde des Sonnenaufgangs abwarten«, entschied Imhotep, »und erst zu Tagesbeginn an I and gehen, um dem Fürsten Hapu einen Besuch abzustatten.«

»Ich traue ihm nicht«, sagte der Kapitän, »ich bin vor vielen Jahren einmal hier gewesen, damals war alles noch ganz anders, aber seit langer Zeit sind keine Schiffe mehr von hier zu uns gekommen. Wer kann sagen, ob Hapu nicht inzwischen vom Reich abgefallen ist und mit den Rebellen paktiert?«

»Der Markt von Syene gilt seit altersher als bedeutender Handelsplatz mit dem Süden, mehrere Karawanenwege treffen dort zusammen, einer aus Kusch und der, der aus dem Lande Punt kommt. Natürlich wird Hapu sich neutral gegenüber seinen Nachbarn verhalten, selbst gegenüber den Nubiern, die unsere Feinde sind. Aber kann man ihn deshalb gleich einen Verräter nennen? Ein Händler ist er, und als solcher muß er sich mit allen Mächten gut stellen, um seine Geschäfte nicht zu gefährden. Du wirst sehen, daß er uns einen herzlichen Empfang bereiten wird.«

»Hoffentlich hast du recht«, antwortete der Kapitän. »Vorsichtshalber werde ich meine Leute in Waffen an Land gehen lassen, um bei Auseinandersetzungen nicht unvorbereitet zu sein. Noch besser wäre es, das Eintreffen der anderen Schiffe abzuwarten.«

»Die *Wildstier* und die *Siegreicher Amun* sind dicht hinter uns. Ich schätze, sie werden, da sie nachts nicht fahren, morgen gegen Mittag hier eintreffen.«

»Aber wir gehen vorher an Land?«

»Ja, vor allem auch deshalb, weil wir Hapus Mithilfe brauchen. Er muß uns kleinere Boote zur Verfügung stellen, mit denen wir uns leichter zwischen den Inseln bewegen können.«

»Das ist richtig«, stimmte der Kapitän zu. »Ohnehin ist hier unsere Reise vorläufig zu Ende. Kein großes Schiff, zumal nicht bei solchem Niedrigwasser wie jetzt, kommt heil durch die Katarakte.«

So geschah es. Fürst Hapu, dem unsere Ankunft nicht verborgen geblieben war, kam uns am nächsten Morgen mit einer Schar würdig gekleideter Gefolgsleute am Ufer entgegen. Die Begrüßung verlief ausgesucht höflich, obgleich mir nicht entging, daß er die Ankündigung, Pharao Djoser würde noch am gleichen Tag in Syene eintreffen, mit erstaunter Zurückhaltung, ja, beinahe mit Skepsis aufnahm.

»Ein neues Zeitalter ist angebrochen«, sagte Imhotep, der in seiner Eigenschaft als königlicher Siegelbewahrer sprach, »Djoser, der Herr beider Länder, hat sich persönlich aufgemacht, um alle Orte seines Reiches zu besuchen und zu überprüfen, ob seinen Befehlen überall gefolgt wird und um gegebenenfalls Recht zu sprechen. Du dienst einem großen Herrn, dem der Titel *Göttlicher Horus* wohl ansteht, und darfst stolz sein, Gaufürst eines so bedeutenden Pharao zu sein. Und nach allem, was ich bisher hier im Abo-Land gesehen habe, erfüllst du deine Pflichten gut. Der Pharao wird zufrieden mit dir sein und dich belohnen.«

Ich stand bei der Unterhaltung dicht neben meinem Meister und sah, daß es im Gesicht des Fürsten zuckte. Imhotep hatte bewußt seine Worte so gewählt, um das Eintreffen des Pharao angemessen vorzubereiten. Dennoch lag in Hapus Augen ein Ausdruck, der mir nicht gefiel. Es war, als bemühte sich der Fürst krampfhaft, höflich zu bleiben, obgleich er wenig von der Macht Djosers hielt. In Syene galt sein Wort, hier war er Herr, und das große Haus in Memphis lag fern, was bedeutete der Pharao also für ihn? Ein kraftloser Herrscher, der genug damit zu tun hatte, den Hunger und die Rebellen unter Kontrolle zu bekommen...

»Im übrigen werden in den nächsten Tagen einige Tausend Soldaten eintreffen«, sprach Imhotep unberührt weiter. »Es handelt sich um die Vorhut des großen Heeres aus allen Teilen des Landes. Ich rechne damit, daß auch du ein angemessen großes Aufgebot an waffenfähigen Männern bereitstellen kannst, denn für das Unternehmen, das vor uns liegt, brauchen wir jede Hand. Ich denke an fünfhundert Mann, fünfzig Boote, Reit- und Zugtiere, Waffen und entsprechende Verpflegung.«

Hapu erbleichte. »Habe ich dich richtig verstanden? ... Ist das dein Ernst, oder treibst du Späße mit mir? ...«, stotterte er. »Fünfhundert Mann, Boote, was soll das bedeuten?«

»Es ist mein voller Ernst«, antwortete Imhotep, ohne sein Gegenüber aus dem Blick zu lassen. »Sobald die Flotte des Pharao und das Landheer unter General Nebkas Oberbefehl hier eingetroffen sind und die Leute sich ein wenig ausgeruht haben, marschieren wir nach Nubien ein.«

»Nach Nubien? Das wäre Wahnsinn. Weißt du nicht, daß Fürst Ipuki von Anibe Tausende von Kriegern um sich schart und unlängst verkündet hat, er werde nach Norden aufbrechen, um den Thron des Königs von Ägypten zu besteigen?«

»Es steht uns nicht zu, die Entscheidung des Pharao zu bewerten«, sagte Imhotep kalt. »Als Siegelbewahrer König Djosers habe ich dir seine Befehle übermittelt und hoffe in deinem eigenen Interesse, daß du sie auf der Stelle und in vollem Umfang befolgst. Was aber den Fürsten Ipuki anbelangt, so denke ich, daß man diesem Größenwahnsinnigen sehr bald die Nase abschneiden wird.«

Nie zuvor hatte ich meinen Meister solche Worte und vor allem mit solcher Betonung sprechen gehört. Ich muß zugeben, daß ich erschrak, und Hapu erging es nicht anders.

In diesem Moment wurden unten an der Uferböschung Stimmen laut, aufgeregte Rufe gellten zu uns herauf. Wir drehten die Köpfe und sahen die *Wildstier* und dicht hinter ihr die *Siegreicher Amun* herankommen. Stolz und schön sahen die Schiffe aus, wie eine Erscheinung aus einer anderen Welt wirkte die göttliche Barke mit dem bemalten Segel und den paarweise hochgestellten Rudern. Hier nahte kein gewöhnlicher König, sondern der zum Leben erwachte Horus selbst. Faszination und Befangenheit mischten sich in Hapus Gesicht, und zum ersten Mal seit unserer Ankunft kam ein warmes

Lächeln in seinen Augen auf. Ohne daß darüber ein Wort verloren werden mußte, spürte ich, daß er in diesem Augenblick des staunenden Schauens zum Reich und zur Krone zurückfand.

Überraschenderweise erfüllte Hapu alle Forderungen, die Imhotep gestellt hatte, schneller und umfassender als erwartet. Während Beamte unterwegs zu den umliegenden Dörfern waren, um waffenfähige Männer anzuwerben, sammelten sich am Ufer von Syene immer mehr Falukas, wie man hier die Segelboote nannte. Mit einer kleinen Flotte setzten wir zur Elefanteninsel über. Wie schon in Abydos bestand die Gruppe, die an Land ging, aus dem Pharao mit seiner engsten Gefolgschaft und den Vertretern der Tempel; mein Meister und ich bildeten wieder den Schluß. Ich war aufgeregt – würde ich doch hier zum erstenmal dem geheimnisvollen Isiskult begegnen, zudem gehörte der Tempel auf der Elefanteninsel zu den ältesten des Landes. Zunächst staunte ich sehr über den schlechten Zustand der Anlagen, die sich weitverstreut über die Insel erstreckten. Viele der Gebäude waren zerfallen, von Gestrüpp überwachsen, die Mauern von Flechten zerfressen, und Ziegen weideten unbekümmert an Plätzen, die eigentlich als heilig gelten mußten.

»Laß dich nicht von dem ersten Eindruck täuschen«, flüsterte mir Imhotep zu. »Sieh, man hat uns bereits erwartet. Schweig still und beobachte alles genau, was du hier siehst.«

Vor dem am besten erhaltenen Tempel, der der Göttin Isis geweiht war, kam uns eine Delegation entgegen, die aus jungen, ganz in weiße Gewänder gehüllten Priesterinnen bestand. Sie trugen hölzerne Statuen der Nilgeister Mophi und Krophi mit sich, die sie vor uns auf den Boden stellten. Eine der Priesterinnen öffnete einen Kasten und entnahm ihm eine weibliche Holzfigur, um sie mit den angespitzten Füßen in den Sand zu stecken. Die Figur war grob geschnitzt und die Farben der Bemalung verblaßt, sie war wohl sehr alt und von einer Art, die mir noch nie begegnet war.

»Das ist Satet, die in der Vorzeit als Herrin der Insel galt und das Kommen von Isis ankündigte, weshalb sie als ihre Mutter verehrt wird«, flüsterte mir Imhotep zu. Mein Meister verneigte sich tief vor der Statue, und ich tat es ihm gleich, obwohl ich nicht recht einsehen konnte, warum er dieser unbekannten Gottheit solche Verehrung entgegenbrachte. Seit ich bei ihm in der Lehre war, hatte ich es aufgegeben, mich über Imhoteps Verhalten zu wundern. Einesteils äußerte er sich mir gegenüber als ein freier Geist, der mit seinen Gedanken kühn voranstürmte und dabei Überlegungen wagte, vor denen sich jeder andere Mensch gescheut hätte. Ein Reformer war er in vielerlei Hinsicht, ja, ein Rebell. Und dann war er in anderen Situationen wieder von einer solchen Frömmigkeit erfüllt, daß er darin sogar die Priester im Tempel übertraf. Mein Meister ging wesentlich weiter als sie, indem er die Götter der Frühzeit, die unbekannten Idole und selbst die Vorstellungen anderer Völker mit in seine Verehrung einschloß.

»Achte auf den Weg und auf alles, was du nun siehst«, riß mich Imhoteps Stimme aus meinen Gedanken. Die Prozession hatte sich, angeführt von den Isis-Priesterinnen, in Bewegung gesetzt. Wir folgten einem schmalen Trampelpfad durch niedriges Buschwerk, gingen in einem weitausholenden Bogen bis zum Ufer und schritten dabei, wie ich feststellte, eine unsichtbare Spirale ab. Links und rechts des Weges trafen wir auf Steinaltäre und verfallene Bauwerke, einmal hielt die Gruppe auf einem steinbefliesten, offenen Platz an, auf dessen Umgrenzungsmauer seltsam geformte Stein-Sarkophage standen.

»Darin befinden sich mumifizierte Widder«, flüsterte Imhotep. »Der Widder war das heilige Tier des Gottes Chnum, weshalb er selbst auch mit dem gehörnten Tierkopf dargestellt wird, meist vor einer Töpferscheibe sitzend, auf der er Menschen formt. Das Gehörn als Werkzeug und Waffe, woraus die Kultur entstanden ist, die Töpferscheibe als Symbol für den Umgang mit Lehm, aus dem man alles formen kann, das Leben und alle Gegenstände, die seinem täglichen Gebrauch dienen. Er selbst aber ist der Hüter des Nil, der große Herr von Mophi und Krophi. Dieser Platz hier und die Mauern mit den Sarkophagen, die seine Helfertiere bergen – mehr ist wohl nicht übriggeblieben von seiner einstigen Macht...«

Er sprach leise zu mir, und seine Worte schienen sich tief in die Vergangenheit einzufühlen, als habe er all dies schon einmal gesehen und wolle nun die Veränderungen festhalten. Aber ich wußte genau, daß sein Wissen nur aus den alten Schriften stammte, und er wie ich und die anderen alles zum ersten Mal sah. Warum tat er das, warum waren seine Augen halb geschlossen und sein Gesichtsausdruck, als würde er träumen? Hatte er sich in eine andere Zeit versetzt, war sein Geist dort, während sein Körper neben mir ging, sah er etwas in dieser vergangenen Zeit, das meinen normalen Sinnen verborgen blieb?

Die Prozession hatte sich erneut in Bewegung gesetzt, der großen, unsichtbaren Spirale folgend, mehrmals in immer enger werdenden Kreisen die Insel umrundend, und strebte nun dem Isistempel zu, der – wie sich auf wunderbare Weise bestätigte – sich nun im Zentrum unserer Annäherung befand. Am Eingang des Gebäudes erwartete uns die Hohepriesterin mit einer Schar weißgekleideter Dienerinnen. Während wir unsere Füße in einem wassergefüllten Becken reinigten, reichten uns die Priesterinnen den Begrüßungstrunk. Die Schale mit Milch wanderte von Mund zu Mund, jeder nahm nur einen winzigen Schluck, und als sie bei mir ankam, war sie bis auf einen einzigen Tropfen leer. Ich setzte an und kostet mit der Zunge. Es war nur Milch, aber die Art der Zeremonie, die nur von Zikadenstimmen erfüllte Stille ringsum, der azurblaue Himmel mit seiner Hitzeglocke über uns, der uns jeden einzelnen Sonnenstrahl deutlich spüren ließ, verwandelte das Getränk in etwas, das nicht von dieser Erde zu stammen schien.

Wir traten ein und schritten langsam im wohltuend kühlen Halbdunkel voran. Die Wände und die Decke des Tempels waren sorgsam ausgemalt. Oben herrschte ein tiefes Blau mit goldenen Sternen vor, zwischen denen Geier mit ausgebreiteten Schwingen schwebten. Ich sah geflügelte Skarabäen, die wie Horusfalken aufstiegen und dann, auf einem Fries im verborgensten Teil des Tempels, die Geschichte von Isis und Osiris, Horus, Nephthys und Seth und dem Elternpaar Geb und Nut, wie ich sie kannte und selbst von jenem alten Papyrus in Memphis abgezeichnet hatte.

Als Imhotep und ich als letzte Besucher eintraten, saßen die anderen bereits, Pharao Djoser an der Steinwand gegenüber der Hohepriesterin. Wie ließen uns nieder, und nach einer Weile der Besinnung begann die oberste Priesterin des Tempels mit dem Gebet. Ihre Stimme und vieles von dem, was sie sagte, erinnerten mich an meine Mutter. Unwillkürlich schloß ich meine Augen und folgte der Stimme auf ihrem Weg durch die Dunkelheit. Wärme und Sehnsucht durchströmten mich, als ich an meine Mutter dachte, auch Trauer, aber vor allem ein tiefes Gefühl der Hoffnung, denn mit den Worten der Hohepriesterin schien Licht in unsere Dunkelheit zu strömen. Ihre Bilder entfalteten sich und füllten bald den ganzen Raum, und je länger sie in ihrem leisen, monotonen Singsang sprach, desto leichter fühlte ich mich, bis ich den geflügelten Skarabäen gleich aufzusteigen und zu schweben schien.

Nun erklang ein Glockensignal und der Klang von Zimbeln und einem Sistrum setzte ein. Als ich die Augen öffnete, sah ich, daß Dienerinnen ein kupfernes Becken hereingetragen und in unserer Mitte abgestellt hatten, in dem über glühender Holzkohle Pflanzenstengel rösteten. Ihr köstliches Aroma breitete sich aus und berauschte die Sinne. Saß ich noch immer hockend am Boden, schwankte ich oder flog ich bereits mit den Skarabäen und Geiern zum blau-goldenen Himmelsdach auf? Neue Kräuter wurden aufgelegt, und immer betörender wurde der Duft. Die Hohepriesterin stand am Becken und beugte ihr Gesicht in den Rauch. Ihre Stimme war nun deutlich und klar.

»Reisende des oberen Ägypten«, sagte sie, »ihr, die ihr unterwegs seid zu den Schlafstätten des Nil, um die Gunst der Götter zu erflehen, auf daß euch und uns allen der große Strom wieder Wasser und neues Leben schenkt – ihr seid angekommen. Eure Reise ist hier zu Ende, ihr seid angelangt am Anfang der Zeit. Wisset, daß Zeit nicht wirklich existiert, sondern nur eine Illusion ist, die das Handeln und Denken der Menschen ordnet, während die Welt selbst immer gleich bleibt vom Anbeginn an bis in die Zukunft. Keine Ursache, die vor der Wirkung ist, kein Tun vor dem Denken, denn Wirken und Denken sind eine Einheit, die einzige alles umfassende Wirk-lichkeit, die alles Sein in einer einzigen Sekunde hervorbringt, so schnell, daß uns der Augenblick wie ein vibrierendes Pulsen vorkommt. Dies ist die Wahrheit des Jetzt: wir sind in Gott und Gott ist in uns und Isis ist unsere große Helferin, die zum Heil, zum Ganzwerden führt . . .

Ich sehe die Schlafstätten des Nil, sie liegen in einer Höhle dicht bei der Insel, und ein Schlaf ist dort, der auf Erlösung wartet. Zu lange schläft unser großer Strom schon, und er wartet darauf, daß jemand ihn aufsucht und ihn weckt. Aber es muß der richtige Mensch sein, der zu ihm kommt, und der richtige Zeitpunkt. Du, Djoser, göttlicher Pharao, bist dieser Mensch, und der Zeitpunkt ist nahe. Empfange nun die Kraft der großen Heilerin Isis, laß ihren Atem in dich eingehen, damit du rein wirst und voll von ihrem lebensspendenden Hauch.«

Mit diesen Worten griff sie in die Glut und holte geschickt einen verkohlten Pflanzenstengel heraus. Zwischen ihren Händen zerrieb sie die Asche und reichte ihre offenen Handflächen dem Pharao dar. Ich sah die Gestalt Pharao Djosers sich schlafwandlerisch aufrichten. Er beugte den Kopf vor, öffnete den Mund und nahm mit seiner Zungenspitze die Asche entgegen.

»Feuer verbrennt alles Sein«, sprach die Hohepriesterin, »Schwarz ist der Tod aller Farben. Doch die große Hitze, sie wandelt alles, und es gibt ein Feuer, das mehr noch als bis zum Schwarz hin verbrennt. Darum wird aus Schwarz schließlich Weiß, und die weiße Asche ist das Ende aller Dinge und ihr Anfang zugleich.«

Wieder griff sie in die Glut, um zwischen ihren Händen die Reste der Pflanzenstengel zu weißer Asche zu zerreiben. Einem um den anderen bot sie ihre Handflächen dar, und wir nahmen ihre Gabe dankbar entgegen. Ganz deutlich spürten wir dabei, wie groß die Aufgabe war, die vor Djoser lag, und daß wir alle, die wir hier versammelt waren, seine Diener, die Kraft der Isis aufnehmen mußten, um seinen Plan unterstützen zu können.

»Geht nun solchermaßen gestärkt hinaus in den Tag und nehmt ein Bad«, sprach die Hohepriesterin, »ihr alle müßt innerlich und äußerlich rein werden, wenn ihr zu der Höhle geht, in der die Schlafstätten des Nil liegen. Aber der Pharao darf als einziger hinein, während ihr draußen auf ihn wartet und sein Gebet mit guten Gedanken begleitet. Einen Kreis müßte ihr um die Höhle schließen und euer Ich ablegen, um zur gesammelten Kraft zu finden. Leer sollt ihr sein und von jedem störenden Ehrgeiz frei, also ohne Gedanken. Nur so seid ihr in der Lage, mit Chnum zu reden und ihn aus seinem Tiefschlaf zu reißen. Geht nun, der Segen Isis' begleite auch künftig euer Tun!«

Ich entsinne mich noch genau jenes denkwürdigen Nachmittags, als wir mit Pharao Djoser auszogen, um die Schlafstätten des Nil aufzusuchen. Der Himmel war rein, von goldenen Sonnenfäden durchwirkt, und ein leichter Wind kam von Norden, der unsere Haut kühlte. Wir waren alle nackt bis auf den Schurz nach dem reinigenden Bade, und unsere Sinne waren wach wie selten. In den Augen aller sah ich einen übernatürlichen Glanz, und es gab keinen Unterschied mehr zwischen Priester und Schreiber, zwischen königlichem Berater und dem Soldaten der Leibwache. Von drei Isispriesterinnen begleitet zogen wir über die Insel und erreichten am westlichen Ufer eine Fläche, auf der eine Herde Ziegen träge und träumerisch lagerte. Zwischen ihnen auf einem Stein saß ein junger Hirte und spielte auf seiner Flöte. Wir hielten den Atem an bei seinem Spiel, denn es war, als würden ihm selbst die Götter lauschen, so einfach und klar war seine Melodie, so einschmeichelnd die Folge der Töne und der Klang des Instruments. Ein Bild des Friedens, wohltuend nach all dem Erlebten, bei dem der Klang der Waffen unser Sein bestimmt hatte.

Der Hirte legte nun seine Flöte in den Schoß und sang, und schöner noch als das verklungene Spiel war seine Stimme. Mit weit offenen Augen blickte er uns an und sah uns doch nicht – er war blind. Wir nahmen das als Omen auf und lauschten gebannt auf das Lied des Sängers, das aus einfachsten Versen bestand. Wichtig wurden diese Worte, wichtiger als alles andere ringsum. Wir lauschten und verstanden mit einem Mal das Geheimnis der Welt.

Um wieviel Jahre jünger sahen Djoser und Imhotep aus, als das Lied verklungen war und der Hirte langsam zum Ufer ging, um Wasser zu schöpfen. Die Sorgenfalten waren von seiner Stirn gewichen, sicher und elastisch war Djosers Gang, als er der Höhle entgegenschritt. Er wartete, bis wir uns im Kreis niedergelassen hatten und erst, als der letzte saß, trat er durch den schmalen Eingang in das Innere der Erde. Ein kurzer Augenblick des Zögerns noch, dann war er verschwunden. Ich weiß nicht, ob es an der Milch, der Asche, dem Geruch der Kräuter, der Stimme der Hohepriesterin oder sonst etwas lag, ich fiel jedenfalls unmittelbar danach in eine Art Halbschlaf, obwohl ich doch mit überkreuzten Beinen und auf die Schenkel gestützten Armen wach dasaß. Ich träumte und sah mich mit dem Pharao die Höhle betreten. Es war dunkel dort und angenehm kühl. Tiefer und tiefer stiegen wir über die ausgewaschenen Felsen hinab bis zur untersten Stelle, wo eine dunkle, mit grünen Flechten überwachsene Mulde davon kündete, daß hier einst Wasser gewesen war, das Wasser des großen Vaters Nil. Gleich dem Pharao fühlte ich eine unendliche Müdigkeit in mir aufsteigen, die Glieder wurden mir schwer, und ich legte mich nahe der Mulde auf glatten Stein. Träumte ich es oder der Pharao, daß die Erde aufseufzte, als läge auch sie im Schlaf? Leise Stimmen hörte ich, ganz deutlich jetzt, als mein Denken aufhörte und ich leer wurde wie ein Instrument, das dazu bereit ist, daß ein Gott auf ihm spielt.

Mophi und Kophi sah ich, mehr als fließende Schatten denn als Gestalt, und schließlich spürte ich die Nähe eines Wesens, das so gewaltig groß sein mußte, daß es für unser Bewußtsein unsichtbar blieb. Die Mulde, wurde mir plötzlich bewußt, sie ist wie der Abdruck einer Sandale oder des Zehs eines Riesen. Staubkörner sind wir angesichts der wahren Gestalt Chnums ...

Dann hörte ich den Pharao stöhnen und blickte mit seinen Augen durch die Oberfläche allen Seins hindurch, und was ich sah, erschreckte mich sehr. Ich erkannte die Forderung Chnums, sah, daß Friede und einfaches Abwarten nicht mehr möglich waren, sondern daß die Zeit energisches Handeln von uns verlangte. Ich sah, daß Meru sich mit den Leuten im Süden verbündet hatte und zu einem erneuten Kriegszug rüstete, sah den schrecklichen Nubier Ipuki sich an seinem Fürstensitz Anibe rüsten, um mordend und brennend über Ägypten herzufallen, sah, daß wir ihm entgegenzogen in einem Kampf auf Leben und Tod. Die Klänge, die der blinde Hirte uns auf der Flöte gespielt und gesungen hatte, verwandelten sich in Klänge des Schreckens, in Schreie und Fluchen, ich sah herabsausende Keulen, einen Hagel aus Lanzen und Pfeilspitzen, sah Wunden klaffen und Blut in Strömen fließen und hörte das schreckliche Lachen des zürnenden Gottes Chnum. Blut verlangte er, Blut aus tausend Wunden, Tränen und Blut, bevor er bereit war, uns das Wasser des Lebens zu geben. Dies alles sah ich und erkannte, wie unausweichlich es war. So plötzlich und übermächtig kam die Gewißheit, daß ich bis ins Mark erschrak und mich abwenden wollte. Aber die sich in rasender Folge jagenden Visionen ließen mich nicht los, ich hing an den Bildern fest, war Opfer und Täter zugleich.

»Warum verlangst du solches von mir, großer Gott Chnum?« hörte ich Pharao Djoser schreien und wußte nicht mehr, ob es nicht auch zugleich meine Stimme war, die da schrie.

»Hilf mir, hilf uns, gnädige Isis, errette uns vor dem Schicksal, gib der Maat, der heiligen Ordnung, eine andere Wende!«

Doch Isis blieb stumm und Chnum lachte sein grollendes Lachen, das wie ein Beben der Erde klang, wie der Schritt tausender bewaffneter Männer, wie das Schlagen der hölzernen Keulen gegen die Schilde, das vor der Schlacht ertönt.

»Verloren sind wir!« rief ich, und die Verzweiflung schnitt mir mit glühenden Dolchen ins Herz.

»Ihr werdet siegen!« sagten Mophi und Krophi, nun wieder zu Holzfiguren verwandelt, mit Wurzelgesichtern und Wasserstrudeln als Augen.

Dann wachte ich auf und sah Djoser aus dem dunklen Eingang der Höhle taumeln. Einige wenige unsichere Schritte ging er auf den sich aufrichtenden Imhotep zu und brach in den Armen des Meisters zusammen. Von dem Erlebten völlig überwältigt, fiel ich nach hinten über und wimmerte leise vor mich hin. Ein Kind war ich, ausgespien in eine Welt voller Gewalt und hilflos den Mächten der Finsternis ausgeliefert, die mein Leben bestimmten, als sei ich ein Schilfrohr im Wind . . .

Mit der Ankunft der Flotte und dem Eintreffen des Landheeres eine Woche später veränderte sich die Situation in und um Syene beträchtlich. Nie zuvor hatte man hier eine solche Ansammlung von Bewaffneten gesehen. Und auch wir staunten darüber, wie sehr General Nebkas Heer inzwischen angewachsen war. Gemäß Djosers Befehl hatte er überall unterwegs in den Dörfern Männer angeworben, und wo keine Freiwilligen für den Feldzug zu begeistern waren, da hatte er mit den Waffen seinem Anliegen Nachdruck verliehen. So trafen Hunderte von Bauern ein, die nie in ihrem Leben eine Keule, eine Lanze oder einen Bogen in der Hand gehalten hatten. Zerlumpt und halb verhungert waren sie mitmarschiert, und wenn die Versorgung unterwegs auch miserabel war, so wuchs in ihnen doch die Hoffnung, wenigstens im reichen, wohlhabenden Syene etwas zu essen zu bekommen. All diesen Leuten nun Nahrung zu verschaffen, stellte Fürst Hapu vor eine schier unlösbare Aufgabe. Bestimmt verfluchte er insgeheim den Pharao und sehnte den Tag herbei, an dem wir endlich verschwinden würden. Pharao Djoser aber blieb hart. Er wies die Generäle an, zwei weitere Wochen mit den Soldaten in Syene zu lagern. Zum einen hatten die Leute nach den Strapazen des langen Marsches wirklich eine Ruhepause verdient, zum anderen wollte Djoser den Gaufürsten auf die Probe stellen. Und dann gab es noch einen dritten Grund, den ich von Imhotep erfuhr: »Die ersten Tage und Nächte des Rastens sind ein Segen für alle. Aber warte nur ab – zuletzt kommt Langeweile und Unruhe auf. Mehr und mehr werden sie sich wünschen, endlich etwas unternehmen zu dürfen, und der Tag des Aufbruchs wird eine Erlösung für sie sein. Und dann die Verpflegung ... die Lebensmittel werden von Tag zu Tag knapper. In Nubien aber, wo die Dürre in diesem Jahr nicht so schlimm sein soll, gibt es reichlich zu essen. Die Berichte darüber kursieren bereits im Heer. Der Pharao ist ein kluger Mann. Würde er jetzt den Befehl zum Aufbruch geben, würde er Murren und Widerstand hervorrufen. Wartet er damit noch eine Weile, genügt ein einziger Wink mit dem Finger von ihm, und die Männer brechen begeistert auf. Du siehst also, es ist alles nur eine Frage der Taktik.«

Wie so oft sollte Imhotep auch diesmal recht behalten.

Ich war jetzt oft mit Kurieraufträgen unterwegs und suchte die verschiedenen Truppenteile in ihren Quartieren auf. Mein Freund Hamet, der nichts Besonderes zu tun hatte und sich zu langweilen schien, begleitete mich dabei. So kamen wir auf die Schiffe, setzten mit Falukas zu den Inseln über, wo einzelne Heereseinheiten lagerten, ritten auf Eseln das Nilufer entlang, um Nachrichten von Rastplatz zu Rastplatz zu bringen und wurden als Boten des Pharao überall vorgelassen und gut behandelt. Die Waffendepots hatten wir zu kontrollieren und den Zustand der Schiffe zu überprüfen. Manche von ihnen hatten auf der Reise Schäden davongetragen und mußten an Land repariert werden. Da lagen die schlanken Holzleiber am Ufer hochgezogen, weithin klang das Hämmern, Sägen und Bohren, Holzzapfen mußten ausgewechselt und Seile neu geknüpft werden. Abends flackerten tausend Feuer an den Ufern des Nil auf, wenn mit der Dämmerung kühle Winde aufkamen. Dann erwachten die Trommeln, und ihrem Ruf folgten die Stimmen der Männer, rauhe, aufpeitschende Gesänge, die miteinander wetteiferten und die Nacht belebten, als sei sie ein unruhiges Tier, als bebe der große Strom im Rhythmus mit. Oft stiegen verlockende Düfte von den Feuern auf, denn Pharao Djoser hatte Anweisung gegeben, alle vier Tage eine bestimmte Anzahl von Tieren zu schlachten und an die Männer zu verteilen. Obgleich die Rationen schmal bemessen waren, lösten solche Tage wahre Freudenstürme aus und wurden entsprechend gefeiert. In der Zeit dazwischen gab es wenig, gerade eine Handvoll Korn für jeden und Wasser aus dem Fluß. Ohnehin gingen Hapus Vorräte zur Neige, und das größte Problem für uns alle stellte die gerechte Verteilung der wenigen Nahrungsmittel dar.

Bei einem Empfang im Fürstenhof in Syene sagte mir Hapu: »Die nächste Schlachtung muß um ein paar Tage verschoben werden. Ich kann beim besten Willen keine Tiere mehr in den umliegenden Dörfern auftreiben. Die Menschen hungern und beginnen zu murren, zwei Beamte sind verschwunden, man hat sie vermutlich ermordet und verscharrt. Wie lange wollt ihr eigentlich noch bleiben? Ich weiß nicht, was passiert, wenn ich die Versorgung des Heeres ganz einstellen muß.«

»Es wird dir kein Schaden erwachsen«, antwortete ich, »der Pharao belohnt dich reichlich mit Gold und Silber für dein Bemühen und er wird deine Bereitschaft zu helfen nicht vergessen. Er hat in dir, Fürst Hapu, einen zuverlässigen Freund erkannt.« Mir flossen diese Worte leicht von den Lippen, ich hatte mir eine klare, entschlossene Sprache angewöhnt und der Tonfall meiner Stimme war fester geworden. Ich glaube, daß diese Sicherheit vor allem daher stammte, daß ich inzwischen von allen als Diener des Imhotep und Kurier des Königs anerkannt wurde. Die Kraft dazu verlieh mir der Skarabäus auf der Brust, das Geschenk meines Meisters, das ich gleichsam als Siegel trug.

»Das glaube ich gern«, sagte Hapu, »und die Gunst des Königs erwärmt mein Herz. Aber mein Volk hungert. Gold und Silber kann niemand essen, und was nützt es, wenn wir alle in Elend stürzen?«

»Nach dem Mondwechsel brechen wir auf. Diese Botschaft soll ich euch bestellen und zugleich darauf dringen, daß sie vorerst geheim bleibt und niemand außer euch sie erfährt.«

Der Fürst atmete spürbar erleichtert auf. »Das ist gut«, sagte er, »und es ist gut, daß ihr außer Landes geht, denn Ägypten, so scheint mir, gleicht einer welken Amme, deren Brüste ausgetrocknet sind. Die Kinder schreien und sterben in den Armen der Mutter. Wenn es noch eine Rettung gibt, so liegt sie im Süden . . .« Er deutete mit der Hand über die Katarakte hin. »Vergeßt aber nicht, daß es nicht leicht sein wird, denn Nubien wird euch feindlich empfangen. Meru und Ipuki haben starke Heere zusammengezogen. Wie Kundschafter berichten, sollen es tausend mal tausend Mann sein, und sie sind gestern von Anibe aufgebrochen, um uns anzugreifen.«

»Erzähle mehr darüber«, bat ich, »ich will gleich von hier aus zu Djoser gehen und ihm alles berichten.«

»Man weiß natürlich längst, daß der König mit dem Heer hier lagert, die Nachricht hat sich herumgesprochen. Wie ich erfahren konnte, marschieren Meru und Ipuki getrennt auf uns zu. Jenseits der Katarakte, wo die Landschaft hügeliger wird und die Berge und Täler viel Deckung bieten, will man eine Falle stellen und das ägyptische Heer vernichten. Du weißt, daß Ipuki auf den Thron der beiden Länder spekuliert. Er ist ein ehrgeiziger, von der Macht besessener Mann und wird nicht ruhen, bis er sein Ziel erreicht hat.«

»Und Meru?«

»Meru ist ein hinterhältiger Verräter, er spricht mit gespaltener Zunge. Aber auch er träumt davon, Pharao von Ägypten zu werden. Darin liegt unsere Chance.«

»Was meinst zu damit?«

»Ich denke, daß es irgendwann zum Konflikt zwischen ihm und dem Nubier kommen wird. Noch halten sie notgedrungen zusammen, aber nach einem Sieg würde es mit Gewißheit Streit zwischen ihnen geben. Ich hoffe nur, daß dieser Fall nie eintreten wird oder wenn, dann weit genug von uns entfernt, damit uns die Gewalt der zwangsläufig folgenden Wirren nicht trifft.«

»So hältst du es also für möglich, daß wir den Krieg verlieren und Tausende unserer Leute in der nubischen Wüste verbluten werden?«

»Das meine ich auf keinen Fall!« erwiderte Hapu schnell und fuhr zum Zeichen seiner ehrlichen Ergriffenheit mit der Hand zum Herzen. »Nein, niemals darf das geschehen. Es wäre das Ende Ägyptens und auch der Untergang von Syene. Alle Götter mögen dem Pharao und seinem Heer beistehen in der Stunde der Not und ihm zum Sieg verhelfen. Ihr werdet, ihr müßt gewinnen, sonst sind wir alle verloren!«

Diese Aussage und die Warnung, die Fürst Hapu von seinen

Kundschaftern erhalten hatte, überbrachte ich eiligst dem Pharao. Djoser residierte in einem fahnengeschmückten Feldlager südlich von Syene. Als wir dort eintrafen, war er gerade dabei, sich im Bogenschießen zu üben. Neben seinem Zelt ruhten im Schatten eines palmwedelüberdachten Vorbaus seine drei Löwen. Sie hoben die Köpfe, witterten kurz zu uns herüber und ließen sich wieder in ihre behagliche Ruhestellung fallen. Hamet blieb in gebührendem Abstand, als ich näher zum König trat und meine Meldung machte. Djoser stand mit halbgeschlossenen Augen vor mir, stützte sich auf den Bogen und fragte, wenn ihm meine Auskünfte nicht reichten, nach.

»Und was sagt der weise Imhotep dazu?« sagte er nach einer Weile des Nachdenkens.

»Der Meister rät, noch ein paar Tage lang gekürzte Essensrationen an die Soldaten auszuteilen: am ersten die Hälfte, am zweiten die Hälfte davon und am dritten fast nichts.«

König Djoser nickte. »Sehr gut, dein Meister ist wirklich ein kluger Mann«, sagte er. »Er will den Ärger der Krieger anstacheln und sie in Wut und Kampfbereitschaft versetzen. So soll es geschehen. Am Morgen des vierten Tages aber wollen wir aufbrechen und die Entscheidung erzwingen. Geh nun zurück zu ihm und sage ihm, er soll den Trank der Stärke vorbereiten – er weiß schon, was das bedeutet. Die Isispriesterinnen auf der Elefanteninsel werden ihm dabei helfen.«

So kam es, daß wir am darauffolgenden Tag eine spezielle Sorte von Kräutern pflückten, die in Massen auf der Insel wuchsen, und aus ihnen einen Sud aufkochten. Die mit diesem Getränk gefüllten Krüge wurden in alle Lager geschickt, und jeder der Soldaten bekam davon zu trinken. Ich habe nie herausgefunden, was für Kräuter es waren, wie sie heißen und wie genau ihre Wirkung war. Ich merkte nur, da auch ich einen Schluck davon zu mir nahm, daß das Getränk brannte und seltsam berauschend in alle Glieder fuhr. Danach spürte ich Zorn aufsteigen, der sich am folgenden Tag noch steigerte, als wir die kleinste Essensration unseres Lebens bekamen. Ich sah die Gesichter der Männer hart werden und hörte, wie ihre Stimmen an Entschlossenheit gewannen. In der Nacht träumte ich schlecht und wünschte mir, ich hätte statt des Führens der Schreibfeder das des Bogens oder des Schwertes gelernt. Auch der Rhythmus der Trommeln an den Feuern war härter und herausfordernder geworden. Wir alle spürten: es lag etwas in der Luft, das nach Entscheidung verlangte, etwas Unheimliches, das nach Gewalt schmeckte und nach Blut roch. Und Wut kam in mir auf, eine grenzenlose, kaum stillbare, übermenschliche Wut . . .

Am letzten Abend vor unserem Aufbruch nach Süden saßen Hamet und ich mit einer Gruppe junger Männer aus Memphis am Lagerfeuer. Nur wir beide, Hamet und ich, wußten, daß bei Sonnenaufgang das Signal zum Sammeln ertönen würde, das die Soldaten zu ihren Waffen rief. Die riesige Menschenansammlung würde sich räkeln wie ein schlaftrunkenes Tier, auseinanderstreben, wieder neu formieren und sich schließlich in Bewegung setzen. Unaufhaltsam würden wir unserem Ziel entgegenmarschieren.

Wir waren nervös. Halblaut verliefen die Gespräche im Kreis, immer wieder von rauhem Auflachen unterbrochen, und manchmal hob ich den Kopf, weil ich glaubte, Rufe von besonderer Bedeutung vernommen zu haben, Stimmen, die nicht in diese Nacht paßten und Produkte meiner wild durcheinandertreibenden Gedanken waren. Aber es war nur der Wind, der die Wasser des Nil aufwühlte, Wortfetzen heranwehte, unruhige Tierschreie. Mein Herz klopfte so laut wie eine große Trommel. Ich hatte gerade wieder einmal den Kopf in die Richtung des Windes gedreht, als ich dicht neben unserer Gruppe eine eigentümliche Bewegung wahrnahm. Es war weder ein Tier noch ein Mensch und besaß doch von beiden etwas. Schließlich sprang es mitten unter uns in den Kreis. Wir fuhren erschrokken zusammen, denn dieses Wesen war von überaus abstoßender

Gestalt. Klein wie ein Zwerg war es, bucklig und von dunkler Hautfarbe. Sein Gesicht war zur Fratze verzerrt, breit und plump die Nase, die viel zu großen Ohren standen seitlich ab. Als es nun auch noch bocksbeinig zu tanzen anfing und einen schrillen Singsang anstimmte, packte uns blankes Entsetzen. »Das ist Bes«, flüsterte Hamet mir zu, während er mit weit aufgerissenen Augen auf den fürchterlich deformierten Körper starrte, der nackt und in wilden Zuckungen vor uns tanzte. Nichts an dem Wesen schien zu stimmen, kein Körperteil paßte zu dem anderen, alles an ihm befand sich in einem schrecklichen Zustand der Disharmonie.

»Ein Dämon ist Bes, ein Schutzgeist gegen Krokodile, Schlangen und Gespenster. Die Frauen soll er beschützen, vor allem die Gebärenden und Wöchnerinnen. Aber was will er bei uns?«

»Unsinn, es ist bloß ein Narr, ein äthiopischer Zwerg«, sagte ein junger Mann aus der Runde. »Ein ähnliches Wesen habe ich einmal bei uns zum Erntefest im Hause meines Vaters gesehen. Wenn er auch abstoßend häßlich ist, so ist er wohl doch ein Mensch.«

»Das glaube ich nicht«, wiederholte Hamet mit starrem Blick und zitternden Lippen. »Es ist ein Dämon, es ist Bes.«

»Wie heißt du?« fragte ein anderer mutig.

»Ich habe keinen Namen«, krächzte das Wesen und hörte nicht auf, seinen tollen Schabernack in der Runde aufzuführen. »Man nennt mich immer so, wie man will. Jeder, der mich besitzt, gibt mir einen anderen Namen. Aber es sind bereits so viele, daß ich mir keinen davon gemerkt habe.«

Jetzt vollführte der Zwerg einen tollkühnen Sprung, der allerdings mißlang, so daß er der Länge nach auf den Boden fiel und vor mir liegen blieb. Schwerfällig hob sich sein übergroßer Kopf. Ich sah, daß er keinen Hals besaß – der Kopf kam unmittelbar aus den Schultern heraus und erinnerte mich an die Schildkröten in den Sümpfen. Seine kleinen, böse glitzernden Augen musterten mich.

»Und wer bist du?«

»Hem-On, der Schreiber«, antwortete ich und ärgerte mich, bereits so viel verraten zu haben. Ich merkte, daß ich ihm nur noch mit Vorsicht und klarem Verstand beikommen konnte.

»Wenn du so viele Namen und auch Besitzer hattest, dann bist du wohl ein Sklave. Sag mir: wie kommst du als Sklave ins Heer, warum kannst du dich frei unter uns bewegen, und warum habe ich dich nie vorher gesehen?«

»Viele Fragen auf einmal«, seufzte der Zwerg, »viele Fragen für meinen kleinen Kopf.« Er verdrehte schielend die Augen nach innen und streckte die Zunge heraus. Ein paar aus unserer Runde lachten.

»Kannst du nicht einmal ruhig und ernsthaft sein und meine Fragen beantworten?« sagte ich.

»Ich will es versuchen«, antwortete der Zwerg. Er rollte sich auf die Seite, stemmte sich mit den kurzen Ärmchen hoch und kam auf mich zu gekrabbelt. Unwillkürlich wich ich zurück. Der Zwerg hockte sich hin, indem er mit übereinandergeschlagenen Beinen den Sitz der Beamten nachahmte, und fixierte mich ernsthaft. »So viele tapfere Männer hier«, brabbelte er los, »und so schön und sicher an diesem Feuer... Also du hast recht: ich bin ein Sklave. Jedenfalls war ich es so lange, wie man mich gut behandelte und mir Essen gab. Als aber die Dürre kam und kein Krümel Brot mehr für mich abfiel, lief ich davon. Ich bin lange gelaufen und das war, kannst du mir glauben, ziemlich anstrengend für mich. Und dann habe ich eines Nachts die vielen Lichter gesehen und habe mich angeschlichen. Hier gibt es jedenfalls etwas zu essen, wenn auch nicht viel. Und das wichtigste: Hier bin ich ein freier Mann!«

»Ein Sklave bleibt immer ein Sklave«, brummte Hamet, der sich inzwischen beruhigt hatte.

»Willst du mich kaufen?« fragte der Zwerg mit einem lauernden Seitenblick. »Ich bin nicht teuer. Ich brauche täglich nur etwas Brot und falle dir bestimmt nicht zur Last.«

»Ich besitze kein Gold«, sagte Hamet. »Außerdem befinden wir uns auf einem Kriegszug, und da störst du nur.«

»Kriegszug?« lachte der Zwerg widerlich schrill auf. »Ich höre immer Kriegszug... Dabei lungert ihr seit Wochen hier untätig herum. Ich glaube, ihr kämpft eher gegen die Langeweile an.«

»Das wird sich sehr bald ändern«, erwiderte Hamet. Ich warf ihm rasch einen warnenden Blick zu, nur nicht zuviel verraten, und Hamet verstand.

»Also, was ist nun?« bohrte der Zwerg hartnäckig weiter.

»Nehmt ihr mich mit oder nicht? Ich verstehe mich auf allerlei und bin sehr unterhaltsam. Ihr werdet diesen Entschluß nicht bereuen.« Er rückte wieder ein Stück näher und senkte seine Stimme zum Raunen. »Außerdem kann ich in die Zukunft blicken und zaubern. Wollt ihr eine Kostprobe meiner Kunst?«

»Verrate uns, was uns in den nächsten Tagen bevorsteht«, sagte Hamet. »Wenn es etwas Gutes ist, kannst du bleiben, falls nicht, so steh auf und verschwinde.«

»Pah, die Menschen sind alle gleich«, zischelte der Zwerg, »begierig sind sie, das zu erfahren, was morgen geschieht, aber sie nehmen nur das an, was ihren Wünschen entspricht... Also gut, ich will den Vorhang vor euren Augen einen kurzen Moment beiseiteziehen. Seit ihr bereit?«

Hamet nickte. Der Zwerg sprach jetzt leise, seine Stimme erstarb zum Wispern. Ich beugte mich vor, um ihn besser zu verstehen.

»Ihr seid in großer Gefahr, alle beide... Darum ist es besser, ihr bleibt zusammen, was auch geschieht. Vor allem du...« – er deutete auf mich – »mußt dich vorsehen und stets darauf achten, wer hinter dir steht. Am besten, wir drei trennen uns nicht mehr in der nächsten Zeit, sechs Augen sehen bekanntlich mehr als nur zwei...«

Er lachte so überraschend und widerlich los, daß ich zusammenschrak. Die gräßliche Grimasse, der ganze verwachsene Körper, der das Zerrbild eines Menschen war, hüpfte vor mir. Am liebsten hätte ich den Spuk beendet und das ungewollte Bild beiseite geschoben. Aber etwas tief in mir drinnen warnte mich davor, übereilte Schritte zu tun. Wer weiß, vielleicht hatte der Zwerg recht und konnte uns nützlich sein. Widersprüchliche Empfindungen schossen mir durch den Kopf. Es wurde Zeit für die Nachtruhe, ich rollte mich näher ans Feuer. Mitten aus einem wirren Traum riß mich ein schrilles Signal. Der Aufbruch begann.

Das Heer war in Bewegung, Tausende von Füßen stampften im Takt der Trommeln den Sand. Die ersten Dörfer, die wir südlich der Grenze erreichten, waren menschenleer, ihre Bewohner vor uns auf der Flucht. Jetzt waren wir im Reich der Nubier, stießen Tag für Tag weiter vor, ohne auf Menschen zu treffen. Aber die Kundschafter berichteten uns, daß sich westlich in der Wüste eine Oase befinden sollte, zu der viele der Eingeborenen ihr Vieh getrieben hatten. Auf Befehl Nebkas schwenkte eine Einheit nach dorthin ab und kam mit reicher Beute zurück. Endlich gab es wieder etwas zu essen für uns. Und der Feind? Er lauerte irgendwo in den Wadis südlich von uns.

Pharao Djoser hatte das Heer in zwei etwa gleich starke Marschsäulen aufgeteilt, die in Sichtverbindung auf dem rechten und linken Nilufer vorstießen. Auf dem Wasser begleiteten uns zahlreiche Falukas, die im Falle eines Angriffs eingreifen und die Truppen zum Kampfplatz übersetzen sollten.

Hamet und ich marschierten in einer Gruppe mit Imhotep und den Beratern des Königs. Unser Zwerg folgte uns überall hin und sorgte bei jeder Rast für allerlei kurzweilige Ablenkung. Urchu hatten wir ihn genannt, und er hörte willig auf diesen neuen Namen.

Am Mittag des fünften Tages erreichten wir ein nubisches Dorf, das wie alle anderen zuvor von Menschen verlassen zu sein schien. Dort wollten wir Rast halten und weitere Befehle abwarten, denn die Kundschafter hatten gemeldet, daß sich ganz in der Nähe feindliche Krieger aufhalten sollten. Vielleicht eine Vorauseinheit Merus oder Ipukis, wir rechneten jedenfalls mit allem. Vorsichtig näherten wir uns der Ansiedlung. Die uns begleitenden Soldaten faßten ihre Lanzen fester, Hamet trug wieder die Keule, nur ich besaß noch immer keine Waffe.

Ich ging davon aus, daß der Skarabäus auf meiner Brust ein starker Talisman war. Er würde mich beschützen.

Etwas in diesem Dorf, das spürte ich sofort, war anders als sonst. Wir durchstöberten Hütte um Hütte und stießen tatsächlich auf ein Haus, in dem Menschen versammelt waren. Es waren alte Leute und Kinder, die sich in der Mitte des Raums ängstlich zusammenscharten, allesamt hochgewachsen und so dunkelhäutig, als seien sie eingefärbt. Der Dorfälteste trat vor und warf sich vor uns in den Staub. Es war befohlen und darüber hinaus auch selbstverständlich für uns, daß wir das Leben der Leute schonten. Allerdings brauchten wir Nahrung und forderten die Dorfältesten auf, uns zu den Vorratskammern zu führen.

»Wir haben nichts mehr«, jammerte er demutsvoll, »Meru hat uns alles genommen.«

»Dann war er also hier. Wann war das?« fragte unser Hauptmann streng.

»Vor zwei Nächten.«

»Wie viele Krieger hatte er bei sich? Er kann noch nicht weit sein. Wo hält er sich auf?«

»Gnade, tut uns nichts an ... wir sind einfache Bauern und wollen diesen Krieg nicht ... Ich weiß nichts, ich kann euch nicht helfen ...«

»Aber du wirst doch wenigstens wissen, wo eure Kornspeicher sind und sich euer Vieh aufhält. Führe mich hin und zeige sie mir, ich kann nicht glauben, daß alles geraubt ist.«

Zitternd kam der Dorfälteste dem Befehl nach und führte uns zu einem Silo aus Schlammziegeln, in dem sich tatsächlich kein einziges Körnchen mehr befand.

»Und das Vieh?«

»Erbarmen! Meru besitzt alles. Wir durften kein Huhn, keine Ziege mehr behalten ...«

»Dann weise uns wenigsten den Weg, den der Verräter genommen hat, damit wir ihm folgen und ihn richten können. Wenn ich ihn treffe, so schneide ich ihm höchstpersönlich die rechte Hand und die Nase ab.«

Ich hatte, einer unbestimmten Ahnung folgend, den Getreidespeicher umschlichen und war in der Nähe auf eine Reihe von Erdlöchern gestoßen, die als Backofen und unterirdische Vorratskammern dienten. Plötzlich nahm ich ein Geräusch wahr, und als ich nacheinander in die Erdstollen blickte, entdeckte ich in der Dunkelheit des Ganges eine Bewegung.

»Es hat keinen Zweck, sich zu verstecken«, rief ich, »komm heraus, ich habe dich gesehen.«

Ein leises Wimmern war die Antwort. Auf allen Vieren kroch ich in den Gang und stieß auf einen Körper. Ich griff zu. Hände und Füße wehrten sich, versuchten mich wegzustoßen, aber ich griff hart zu und zog das widerstrebende Etwas ans Licht. Es war ein kleines Mädchen, und als es draußen war, folgten ihm zu meiner Überraschung zwei weitere Kinder, die nun zitternd vor mir auf dem Boden kauerten und mich aus angstvollen Augen anstarrten.

»Ich tue euch nichts«, sagte ich, »ihr braucht mir nur zu sagen, wo ihr die Nahrungsmittel versteckt habt, ich weiß, daß ihr etwas verbergt.«

Das kleine Mädchen stieß wimmernde Laute aus und versuchte wieder in den Stollen zu kriechen. An der Ferse hielt ich es zurück. Das Mädchen kreischte laut und schrie einen Namen: »Umbala, Umbala, hilf mir, er bringt mich um!«

»Unsinn«, rief ich, »niemand will etwas von dir. Sei endlich still und höre auf zu treten.« In der Tat hatte ich bei der Balgerei mehrmals ihren nackten Fuß ins Gesicht bekommen, meine Lippe war aufgesprungen und blutete.

In diesem Moment kam noch jemand aus dem Versteck herausgekrochen, und als er draußen war und vor mir im Sand kauerte, staunte ich nicht schlecht. Es war ein wunderschönes, dunkelhäutiges Mädchen mit breiten Hüften und üppigen Brüsten. Ihr Gesicht war das eines verängstigten Wildtieres, ihr Mund bebte und die Augen flackerten. Wie schön sie war! Mein Puls begann bei ihrem Anblick zu rasen. Sie besaß etwas von der Anmut Maris, aber ihr aufblühender Körper übertraf meine erste Geliebte an Grazie und Liebreiz.

Unwillkürlich war ich einen Schritt zurückgewichen, um das Mädchen besser betrachten zu können. Mir war seltsam zumute. Mein Herz klopfte, im Kopf wurde mir schwindlig. Hamet und der Zwerg waren nirgends zu sehen, wahrscheinlich durchsuchten sie mit den anderen noch die übrigen Hütten. Ich war allein mit den Kindern und diesem Mädchen, das mir von einem Augenblick zum anderen meinen Verstand geraubt hatte.

»Du heißt also Umbala«, sagte ich. Ich fühlte mich plötzlich nicht mehr wie ein Held, wie ein Kurier und Schreiber, ein Teilnehmer von Djosers berühmten Feldzug. Ich war ein kleiner Junge, der staunend und verlegen vor einem schönen Mädchen steht und nicht mehr weiß, was er tun soll.

Sie nickte, und ihr angsterfülltes Gesicht verzog sich überraschend zu einem Lächeln. In diesem Moment verwandelten sich, als seien Wolken am Himmel verzogen, ihre dunklen Augen in glitzernde Edelsteine. Was war mit mir los, warum veränderte dieses Lächeln alles für mich, was tat ich hier? Ich wußte nicht, wie mir geschah, doch ich sank auf die Knie und näherte mich so dem unbekannten Mädchen. Vorsichtig, um sie nicht zu erschrecken, streckte ich die Hände aus und berührte sie leicht an den Schultern. Wie zart sich ihre Haut anfühlte ... so warm und weich wie Samt.

»Hab keine Angst, Umbala«, flüsterte ich.

Sie starrte mich unverwandt an, staunend und lächelnd, und antwortete nicht. Ich kam mit meinem Kopf näher, bis ich ihren Atem spürte. Meine Stirn berührte die ihre, und meine Hand, die auf ihre Brust geglitten war, begann zu zittern. Meine Lippen küßten ihren Mund. Er öffnete sich und erwiderte meinen Kuß. Ihre Zunge kroch zwischen meine Zähne und ließ mich etwas schmecken, das mich maßlos erregte. Erregt, nicht mehr auf die Kinder und die Umgebung achtend, fielen wir uns in die Arme. Überall waren jetzt plötzlich die Hände, streichelten Haut, liebkosten den Körper des anderen.

»Umbala«, flüsterte ich heiser, »Umbala, Umbala ...«

Wir küßten uns wild, und diese Küsse forderten mehr, wurden zum leidenschaftlichen Spiel, trieben mir den letzten Rest von Verstand aus. Ich fiel und wollte nur noch fallen.

Rauhe Stimmen und Gelächter rissen mich aus meinem Rausch. Ich kam benommen hoch, blickte halb blind um mich und erkannte mehrere Männer, darunter Hamet und den Zwerg Urchu, der auf seinen kurzen Beinen umherhüpfte und anzügliche Gebärden machte.

»Ich glaube, er hat etwas anderes gefunden als Getreide«, rief ein Soldat, »etwas überaus Leckeres zudem. Aber ob ihn das satt machen wird, wage ich zu bezweifeln!«

Ich war aufgestanden und hatte wie selbstverständlich dabei das schöne Nubiermädchen mit mir hochgezogen. Hand in Hand standen wir nebeneinander.

»Du hast also eine Gefangene gemacht«, lachte Hamet, »ist sie nun deine Sklavin? Ich muß sagen, du beweist einen Geschmack, den ich dir niemals zugetraut hätte.«

»Es ist Krieg. Jeder in diesem Lande, den wir treffen, wird sofort zum Sklaven«, mischte sich der Soldat von vorhin erneut ein. »Frauen besonders. Es heißt, ein jeder könne sich Sklavinnen nehmen.«

Ich stand da wie vom Donner gerührt und verstand plötzlich. Er hatte recht, es stimmte wirklich, so war es bei unserem Aufbruch verkündet worden, und so war es Gesetz.

»Komm mit mir, Umbala«, sagte ich und zog sie fester und fordernder an der Hand, als ich jemals Mari berührt hatte. Und sie, die schöne Umbala, lächelte mich an und folgte tatsächlich.

Ich war zugleich verwirrt und selbstsicher wie nie. Mit einem Schlag hatte sich alles, hatte die ganze Welt sich zum Guten gewandelt. Umbala, dachte ich nur, Umbala. Ich mußte verrückt sein, ja das war es: ich war verrückt nach Umbala.

In der Nacht lagen wir eng umschlungen abseits der Feuer unter dem offenen Himmel, und nur die tausend mal tausend Augen der Sterne beobachteten uns. Ich wußte nicht, woher Umbala die Spiele der Liebe kannte, und ich fragte auch nicht, denn auch ich hätte nicht sagen können, woher mein Wissen um diese Geheimnisse stammte – ich besaß es einfach, und es war wunderbar schön. Trunken vor Glück ertrank ich in der Flut ihrer Küsse. Dann wieder lagen wir still, nur dem gleichmäßigen Schlag unserer Herzen lauschend und darauf hoffend, daß dieser Zustand nie enden würde.

»Deine Liebe ist in meinem Herzen wie ein Schilfrohr in den Armen des Windes«, flüsterte ich, und Umbala antwortete: »Wie schön deine Augen sind, so anders als bei den Leuten deines Volkes. Bist du keiner von ihnen?«

»Ja und nein, ich weiß das nicht so genau. Und du? Sind alle Mädchen in Nubien so zärtlich wie du?«

»Das weiß ich nicht«, lachte Umbala und neigte ihre Lippen meiner Brust zu. »Wie gut deine Hände sind . . .«

Wir schliefen erst gegen Morgen ein. Plötzlich fuhr Umbala mit einem Schreckensschrei hoch. Ich wußte nicht sofort, wo ich war, tastete nach ihr, erkannte ihren inzwischen so vertraut gewordenen Körper.

»Was ist?«

»Ich habe einen furchtbaren Traum gehabt. Ein häßlicher Unhold schlich um unser Lager herum.«

»Der Zwerg.«

»Aus widerlichen Augen hat er mich angestarrt und seine Hand nach mir ausgestreckt. Aber sie war behaart wie bei einem Tier und krallenbewehrt. Ich mag ihn nicht, ich fürchte mich.«

»Ich bin doch bei dir, Geliebte«, beruhigte ich sie, »ich beschütze dich, nichts kann uns trennen. Sieh, das Morgenrot leuchtet, es wird ein guter Tag werden.«

»Ich wollte, es bliebe immer Nacht und ich läge in deinen Armen.«

Wir verschmolzen erneut, aber es war anders diesmal: wie Ertrinkende klammerten wir uns aneinander und hielten uns fest, als gelte es, das Glück für immer zu greifen und nicht mehr loszulassen.

In diesem Moment ertönte in der Nähe ein einzelner, furchtbarer Schrei, dem eine langwährende, bange Stille nachfolgte.

»Was war das?«

Wir hielten uns noch immer, aber die Wärme war plötzlich von uns gewichen, aus der Wüste wehte ein kalter, fremder Atem heran. Dann klang Donner auf, langgezogen, der sich aus vielen einzelnen Schlägen zusammensetzte. Holz schlug auf Holz. Ich sprang auf. Das war das Geräusch, wenn viele hundert Keulen auf die Holzschilde klatschten, das Signal zum Angriff.

Die Männer im Dorf rappelten sich hoch und griffen zu den Waffen. Noch war es nicht hell genug, um etwas zu sehen. Aber wir spürten es alle: das war der Krieg, über Nacht hatte er uns erreicht. Hamet und der Zwerg kamen zu uns, und die Soldaten sammelten sich im Schutz der großen Hütte.

»Wir sind hier zuwenig, um das Dorf zu halten«, rief der Hauptmann. »Ich weiß zwar nicht, wo der Feind steht, aber eines ist klar: im Dorf sind wir nicht sicher. Wir sollten uns an dem Rand des Hügels dort formieren.« Wir hasteten los und erreichten zugleich mit der aufgehenden Sonne die Flanke des Hügels.

»Los, weiter«, brüllte der Hauptmann, »links von uns, zwischen dem Dorf und dem Nilufer, muß sich das Heer befinden. Wenn wir vorsichtig auf den Hügel kriechen, sehen wir vielleicht mehr.«

Seinem Beispiel folgend hasteten wir weiter. Das Donnern, das Klatschen von Waffen und das Geschrei aus Tausenden von Kehlen war lauter geworden. Der Lärm des Kampfes umtoste uns wie ein wütender Sturm.

Und dann überblickten wir von der Kuppe des Hügels aus die Lage. Die zum Nilufer führende Ebene war von Menschen übersät.

Meru – oder wer immer es sein mochte – hatte den Schutz der Dunkelheit genutzt, um ganz dicht heranzukommen. Nun prallten die Heere mit furchtbarer Wucht aufeinander. Schmerzensschreie zerrissen den Morgen. Ich sah Leiber rennen und stürzen, sah, mit welcher maßlosen Wut die Menschen dort unten aufeinander einschlugen und erkannte sofort, daß es ein Tag des Blutes, der Wunden und des Todes werden würde, denn die Heere waren fast gleich groß und bereits unentwirrbar ineinander verkeilt. Dort unten kämpfte Pharao Djoser, dort war Imhotep . . .

»Was machen wir?« fragte einer der Männer. »Laufen wir runter, um einzugreifen?«

»Nein, unser Befehl lautet, in der Nähe des Dorfes zu bleiben«, antwortete der Hauptmann.

»Kannst du von hier aus Freund von Feind unterscheiden?« flüsterte Hamet.

»Ich sehe nur eine einzige wogende Masse. Wenn wir hinuntergehen, laufen wir vielleicht Meru in die Arme.«

»Wenn es Meru ist«, antwortete Hamet. »Es sind so viele, daß ich glaube, es ist das riesige Nubierheer, von dem immer die Rede war.«

»Und unsere Schiffe, die Leute am jenseiten Ufer?«

»Hoffentlich können sie rechtzeitig eingreifen.«

Umbala lag wimmernd neben mir und preßte ihr Gesicht fest auf den Boden. Ihre Hände krallten sich in den Sand.

»Still«, sagte ich und legte ihr beruhigend meinen Arm um die Schultern. Sie zuckte.

»Schaut mal da hinüber!« rief einer der Soldaten und deutete mit dem Arm auf die Ebene rechts unseres Hügels. Ich richtete mich auf, und mir stockte der Atem: da quoll wie eine Flutwelle eine unübersehbare Masse dunkelhäutiger Menschen heran.

»Wir sind umzingelt, wir sitzen in der Falle! Zurück zum Dorf!« schrie der Hauptmann.

Ich zog Umbala hoch und rannte los. Hamet und der Zwerg folgten uns keuchend. Völlig unerwartet stießen wir aber am Fuß des Hügels auf eine Einheit feindlicher Krieger. Zunächst waren sie genauso überrascht wie wir, dann aber griffen sie an. Ich sah, daß immer mehr Nubier im Dorf auftauchten, als würde der Erdboden sie ausspeien. Neben mir brach einer der Unsrigen im Lauf lautlos zusammen. Ein Pfeil war ihm quer durch den Hals gedrungen, die Spitze ragte am Nacken heraus.

Unsere Leute waren schon in den Kampf Mann gegen Mann verwickelt. Hamet hieb mit der Keule um sich und erschlug einen riesigen Nubier. Jetzt war es Umbala, die mich an der Hand faßte und in eine bestimmte Richtung zog.

»Schnell, in dem Stollen sind wir sicher!«

Ich begriff sofort, was sie meinte. Es war das Versteck, in dem ich sie am Vortag aufgespürt hatte. Wir liefen um den Kornspeicher herum und erreichten kurz darauf die Schlupflöcher im Boden. Ich spürte mehr als ich es sah, daß uns Hamet und der Zwerg dicht auf den Fersen waren.

Umbala kroch als erste in das Versteck. Gerade als ich ihr nachfolgen wollte, hörte ich Hamet eine Warnung rufen. Ich schnellte herum und sah mich zwei lanzenbewehrten Nubiern gegenüber. Einer holte gerade zum Stoß aus, und wenn ich nicht zur Seite gesprungen wäre, hätte mich die gehärtete Spitze durchbohrt. So aber fuhr die Lanze in den Boden und blieb dort zitternd stecken. Ich war bei dem Sprung hart aufgekommen und fühlte einen stechenden Schmerz im Knöchel. Der zweite Nubier griff mich an, während der andere noch damit beschäftigt war, die Lanze aus dem Boden zu ziehen. Ich hörte Hamet wild aufbrüllen und sah ihn herankommen. Die Keule hoch über dem Kopf schwingend, schlug er zu und streckte den Mann nieder. Urchu, der Zwerg, wieselte blitzschnell an uns vorbei und warf sich mit seiner ganzen Kraft auf die Füße des anderen. Der Mann kam zu Fall. Während Hamets Keule ein zweites Mal klatschend niedersauste, schloß ich die Augen. Ich hörte nur noch das häßliche Krachen, mit dem der Schädel des am Boden liegenden Nubiers brach. Ekel kam in mir hoch, mein Magen stülpte sich um. Hamet riß mich hoch und zog mich in den Stollen, in dem vor ihm Urchu verschwunden war. Es war keine Frage, daß mir Hamet das Leben gerettet hatte. Dennoch fühlte ich nur noch Abscheu, auch vor ihm. Wir krochen in dem dunklen Erdschlauch weiter und erreichten endlich die Mulde, in der sich Umbala und der Zwerg befanden. Ich erreichte Umbalas Arme, bevor mir der Schmerz im Knöchel die Besinnung raubte.

Wir lagen eng in die dunkle Mulde gedrückt, Umbala, Hamet, Urchu, der Zwerg, und ich. Schwaches Licht drang durch den Eingang des Stollens und nur gedämpfte Geräusche. Wir lauschten angespannt und stellten fest, daß der Kampflärm langsam verebbte. Was war geschehen? Waren wir in eine Falle des Gegners gelaufen, waren die Bewohner des Dorfes, zu denen ja auch meine Umbala gehörte, über Nacht zurückgekommen und hatten sich mit den Rebellen vereinigt? War das königliche Heer unten am Ufer des Stroms in arger Bedrängnis? Ich dachte an Pharao Djoser und vor allem an Imhotep. Warum hatte ich nur die schützende Nähe meines Meisters verlassen?

Hamet, der noch immer die Keule umklammert hielt, rückte unruhig auf seinem Platz hin und her. Schließlich wandte er uns den Kopf zu und begann flüsternd zu sprechen.

»Ich hasse es, so untätig abwarten zu müssen«, sagte er, »es ist unwürdig, wie ein verängstigter Hase im Bau auszuharren. Draußen tobt die Schlacht, es geht um Leben und Tod, es wird jede Hand für die gerechte Sache gebraucht ... und wir hocken hier mit klopfendem Herzen und hoffen darauf, nicht entdeckt zu werden ... Es ist falsch, was wir tun. Ich bin ein elender Feigling.«

»Das bist du nicht«, widersprach ich. »Nie und nimmer bist du ein Feigling, und ich werde jedem vor die Füße spucken, der es wagen sollte, so etwas zu behaupten. Ein Held bist du, Hamet, ein mutiger Mann, wie ich noch keinen bisher traf. Drei übermächtige Feinde hast du mit der Keule erschlagen und mir das Leben gerettet. Was auch passiert, das werde ich dir nie vergessen.«

»Aber das Heer, aber die anderen ...«, quälte sich Hamet weiter. »Ist es nicht feige, zu fliehen, sich zu verstecken und die, die einen brauchen, im Stich zu lassen?«

»Manchmal ist Nichthandeln klüger als Handeln«, ließ sich der Zwerg vernehmen. »Es waren zu viele, was hätten wir tun sollen?«

»Auch du bist ein Held«, sagte ich, »diesen Sprung vor die Füße des Riesen hätte ich dir niemals zugetraut.«

»Ich bin zwar nur ein Krüppel, ein verwachsener Wicht, aber ihr werdet noch merken, wie nützlich ich euch sein kann«, antwortete Urchu nicht ohne Stolz.

»Still«, zischte Hamet und hielt dem Zwerg warnend den Mund zu. »Ich höre Geräusche, es klingt wie Schritte ...«

Wir hielten den Atem an und starrten in das Halbdunkel des Stollens. Dort, wo es heller wurde, tanzte der Staub in der Luft. Würde man unsere Spuren am Eingang entdecken, so wären wir mit Gewißheit verloren. Wie, wenn die Nubier zurückkamen und die Leichen der erschlagenen Krieger fanden? Umbala war inzwischen ruhiger geworden. Noch immer lag sie zusammengekauert wie ein

Tier am Boden, aber ich spürte, daß sie hellwach war und bereit sich zu wehren. Wie schnell sie Vertrauen zu mir und zu uns gefaßt hatte, obgleich sie doch zum Dorf des Feindes gehörte! Eigentlich war es völlig verrückt, in dieser Situation, zu dieser Sekunde, Liebe für sie zu empfinden. Aber das Gefühl war einfach da, war stärker als mein Denken, es schob alle Vernunft beiseite. Meine Hand tastete sich im Dunkeln zu ihr und fand die ihre. Unsere Finger berührten sich, umspielten sich kosend und ich spürte eine sehr große Nähe zu ihr. Plötzlich war die Erinnerung an die vergangene Nacht wieder da. Was ist das nur, dachte ich. Es geschieht ohne mein Zutun, dieses Gefühl ist wesentlich stärker als mein Wille. Und Mari? Mari hatte ich längst vergessen . . .

Die Geräusche draußen gingen vorbei, es wurde wieder so still, daß wir das leise Rauschen des Windes vernahmen. Einen Vogel hörte ich trällern, und es kam mir eigenartig vor, daß er unberührt von allem so hingebungsvoll sang, als wäre draußen der schönste Frieden, als tobe keine Schlacht unten am Strom. Und dann sah ich den Käfer im Sand des Ganges. Ein schwarzer Skarabäus, gleich dem Talisman, den ich am Hals trug, war es, ein schönes Tier mit glattem Rückenpanzer, der wie frische dunkle Tinte glänzte. Er krabbelte auf uns zu und zog mit seinen Beinen eine Spur in den Sand. Vor sich her aber rollte er eine Kugel aus Dung, die weitaus größer als sein gesamter Körper war. Ich wußte von Imhotep, daß er dies nicht aus Spaß machte oder um die Welt im Abbild zu erschaffen, wie die einfachen Leute aus dem Volke glaubten. Der Meister hatte an einem jener nachdenklichen Nachmittage am heiligen See des Ibistempels von Sakkara mir vieles über den Skarabäus erzählt und gesagt, daß der Käfer die Dungkugel nur formte, um darin seine Eier abzulegen. Der Dung schützte die Brut vor der Sonne und bildete zugleich Nahrung für die Nachkommenschaft, die eines Tages aus der Kugel schlüpfen würde. Die Skarabäen rollten sie in den Schatten, verbargen sie in Felsspalten und Höhlen, wo der Sand sie nicht erreichen und der Wind sie nicht forttragen konnte. Ich dachte an die Kugel, die ich von meinem Lehrer Peti im Haus des Geistes des Ptah zu Memphis entgegengenommen und die mir die Träume und Visionen gebracht hatte. Ich starrte den Käfer an, verfolgte jede seiner Bewegungen bis ins Detail. Ich versetzte mich in sein Wesen hinein, wurde ihm gleich, klein, hilflos und doch gepanzert und mutig. Wider meinen Willen schlief ich ein . . .

Als ich erwachte, war es dunkel, es mußte Nacht draußen sein. Bei der ersten Bewegung spürte ich sofort Umbalas Körper. Das beruhigte mich und ließ mich erleichtert aufatmen.

»Habt ihr etwas gehört?« fragte ich.

»Keinen Laut«, antwortete Hamet, »seit Stunden ist es still draußen, als gäbe es keinen Menschen ringsum.«

»Was meinst du: sollen wir es wagen, im Schutze der Nacht hinauszugehen und auszukundschaften, wie es steht?«

»Ich habe auch schon daran gedacht und wollte dich wecken. Laßt es uns wagen.«

Ich rieb meine steifgewordenen Glieder und besonders den Knöchel, der angeschwollen war und immer noch schmerzte. Umbala gähnte herzhaft, als habe sie gut und erholsam geschlafen.

Wir krochen auf allen Vieren durch den Stollen nach draußen. Die Nacht war tiefschwarz, das Licht der auf dem Rücken liegenden Mondsichel viel zu schwach, um die Umgebung zu erhellen. Schemenhaft hoben sich die Konturen der Hügel vom dunklen Nachthimmel ab, nirgends der Schein eines Feuers, es war still, beängstigend still nach den lärmerfüllten Stunden des Tages. Ich stolperte über ein Hindernis und erschrak, als ich darin den reglosen Körper des einen erschlagenen Nubiers erkannte. Als ich mich über ihn beugte, sah ich direkt in seine weit aufgerissenen, erloschenen Augen. Ich schauderte vor diesem Blick zurück, zugleich bemerkte ich, daß die Luft anders als sonst roch. Dies war nicht der Atem der Wüste, der kühle Hauch des Nil, sondern etwas Unbekanntes, etwas Widerwärtiges: Es war der Geruch der Verwesung, süßlich und bitter zugleich, betäubend und ekelerregend.

Wir gingen weiter in Richtung zum Dorf und stießen unterwegs auf Dutzende von Leichen. Furchtbar hatte der Kampf Mann gegen Mann getobt, und die Boten Osiris' hatten reichlich Ernte gesammelt. Noch unfaßbarer aber erschien es uns, als wir die ersten Häuser erreichten und feststellten, daß sich hier keine lebendige Seele mehr aufhielt. Unschlüssig blieb Hamet stehen, packte seine Keule fester und wartete, bis ich herangehumpelt war. Als ich vor ihm stand, wandte er den Kopf und deutete mit dem Kinn nach Osten. Ich verstand: er wollte zum Nil, dorthin, von wo wir aufgebrochen waren, er wollte Gewißheit. So gingen wir los, schleppten uns müde und kraftlos über die sandigen Hügel. Als wir den letzten Hang überwunden hatten, brach Helligkeit in die Nacht: weit im Osten, jenseits der Berge am anderen Ufer stieg der erste Sonnenschimmer empor. Zugleich, als sei ein Schleier vor unseren Augen weggezogen worden, erblickten wir die Ebene mit dem Schauplatz der Schlacht. Was ich zuerst sah, war ein einziges graues Meer aus menschlichen Leibern, und ich dachte zunächst, sie wären allesamt tot. Mein Herzschlag stockte einen Moment, mir war, als würde mein Kopf zerspringen und mein Bewußtsein für immer verlöschen. Gelähmt vor Entsetzen stand ich da und schaute über die Uferebene. Tausende lagen dort im Sand, dicht an dicht die Körper, als wäre ein Sturmwind ins Korn gefahren und hätte die Halme geknickt. Unfaßbar war dieses Bild, ich wischte mir mehrmals über die Augen, kniff mir in den Arm, um festzustellen, daß ich nicht träumte. Dann, allmählich, mit dem Zurückfließen meines Blutes, mit dem erneuten Einsetzen meines Herzschlags, bemerkte ich eine leichte Bewegung. Einige derer, die ich für tot gehalten hatte, begannen sich zu rühren. Das Meer des Todes war eine Sinnestäuschung gewesen, die schreckliche, zum Bild gewordene Verdichtung meiner Angst. Sie waren nicht tot, so unfaßbar es war: Das Heer lag auf dem Schlachtfeld in tiefem Schlaf.

Nicht wissend, ob es sich um unsere Leute oder die Gegner handelte, liefen wir los, hasteten keuchend auf die Ebene zu. Zusammen mit dem Sonnenaufgang kamen wir an. Jubelnd schrie Hamet auf, als er unsere Feldzeichen erkannte.

Den ersten Menschen, den wir erreichten, sprachen wir an. Es war ein Mann mit erschöpftem Gesicht und unausgeschlafenen Augen, dem die Strapazen der vergangenen Stunden noch anzusehen waren, ein Bauer aus dem Delta.

»Sieg«, sagte er, »wir haben gesiegt. Djoser hat Meru mit eigenen Händen erschlagen. Nubien gehört uns.«

»Und Ipuki?« fragte ich. »Was ist mit Ipuki?«

»Es war fürchterlich«, stöhnte der Mann, »bis spät in die Nacht hinein wogte der Kampf, und viele der Unsrigen kamen dabei um, ich selbst habe eine Reihe von Freunden sterben gesehen. Aber mit jedem, der fiel, steigerte sich unsere Wut. Zwanzigfach haben wir die Feinde dahingestreckt, rasend wurde ich, dämonenhaft groß war mein Haß. Schließlich brach der Widerstand der Rebellen und Nubier zusammen. Ipuki ist auf der Flucht, und Pharao Djoser, dessen Ruhm weit über den Erdkreis strahlt, hat verkündet, er werde nicht ruhen, bis er den Haarschopf des Nubiers in der Hand halte, um seinen Kopf vom Halse zu trennen. Heute noch brechen wir auf nach Anibe.«

»Sieg«, flüsterte Hamet. »Wir haben gesiegt.«

Um uns herum erhoben sich die Krieger von ihren Lagern, die Waffen wurden aufgenommen und die Feldzeichen der Morgensonne entgegengereckt.

Tod, dachte ich. Ist ein Sieg, und sei er auch noch so groß, so viele Tode und Opfer wert? Dann sah ich Imhotep in der Menge und lief, mit Umbala an der Hand, auf ihn zu.

Die schöne Umbala wich mir keinen Schritt von der Seite, obgleich mich dies manchmal verlegen machte – besonders vor meinem Meister. Doch Imhotep nahm die Sache gelassen auf. Er lächelte über unsere Verliebtheit, doch nicht hämisch, wie die Soldaten, eher wohlwollend wie ein um das Glück seiner Kinder besorgter Vater.

»Du hast dir eine Sklavin erobert«, sagte er, »und das steht dir zu, so ist es Gesetz in Ägypten in Zeiten des Krieges. Doch höre, was ich dir zu sagen habe: behandle sie nicht, wie normale Männer es tun, die sich über ihren Zugewinn freuen und sich weiter keine Gedanken darüber machen. Du bist kein gewöhnlicher Mensch, Hem-On, sondern ein Schreiber, und zudem fließt das Blut der *Gefolgschaft des Horus* in dir, die weiter in die Vergangenheit hineinreicht, als wir uns in Ägypten erinnern können. Du bist ein Mensch, der auf Zeichen von außen und Eingebungen von innen zu achten hat, dies und nur dies entspricht deinem Wesen. Ziehe also mit Umbala weiter nach Süden, nimm sie als Sklavin, aber behandle sie wie eine Frau, das heißt, mit Respekt und Achtung. Höre auf das, was dir

Umbala zu sagen hat, und achte darauf, was mit euch beiden noch geschehen wird. Es kann sein, daß ein Ereignis sich für euch beide zu großer Tragweite auswächst.«

»Welches Ereignis meinst du, und wieso soll ich mit ihr weiter nach Süden ziehen? Kommst du nicht mit nach Anibe?«

»Nein«, lachte Imhotep, »hier am Ort der großen Schlacht trennen sich unsere Wege für eine Zeitlang. Es hat viele Verwundete gegeben, die meiner Pflege bedürfen.«

»Aber soll ich nicht bleiben und dir dabei helfen? Ich verstehe, da du mich angelernt hast, schon etwas von der Heilkunst. Warum schickst du mich fort?«

»Weil es der König will, und du ab sofort als Bote seinem Befehl unterstellt bist. Umbala aber, die eine Nubierin ist und die Sprache des Landes versteht, kann dir als Übersetzerin helfen.«

Ich war über die Worte meines Meisters verwirrt und suchte nach Gründen, dennoch bei ihm zu bleiben.

»Wird sie das tun? Du sagst selber, daß sie eine Nubierin ist, warum soll sie also uns helfen und gegen ihr eigenes Volk handeln?«

»Weil sie dich liebt und die Liebe stärker ist als alle Grenzen. Ein Glück ist dir zugefallen, Hem-On. Ich weiß nicht, ob du das wirklich verstehst. Aber genieße dieses Glück und zerrede nicht alles. Außerdem ...«, sein Gesichtsausdruck und der Tonfall seiner Stimme wandelten sich zur Strenge, »... außerdem hast du den Befehl des Königs vernommen. Es steht dir nicht zu, dich dagegen aufzulehnen, als Schriftkundiger wirst du gebraucht, als Bote hast du zu gehorchen. Gehe also hin und wirf dich vor dem Pharao in den Staub, um seine Anweisungen zu empfangen. Wir beide ...«, ein Anflug von Lächeln kehrte in sein Auge zurück, »... sehen uns bald wieder, hoffentlich gesund und bei Kräften, denn ich habe noch einiges mit dir vor. Erinnerst du dich der Pläne, die ich mit Nimaathap, der Königsmutter, diskutierte? Nachdem ich meine Arbeit hier erledigt habe, werde ich zurück nach Syene ziehen und die Steinbrüche aufsuchen. Wenn du aus Anibe zurück bist, werde ich dich dort brauchen, denn es wird viel zu berechnen geben und noch mehr zu schreiben, wenn die Pläne für den großen Bau in Sakkara richtig durchdacht sein sollen. Bis dahin leb wohl, Hem-On. Ich denke an dich … erinnere auch du dich, wenn es an der Zeit ist, meiner Worte.«

Der Meister zog mich an sich und umarmte mich. Danach wandte er sich zu Umbala und gab auch ihr den Segen. Obgleich sich mir das Herz in dumpfer Beklemmung zusammenzog, freute ich mich über die so deutlich geäußerte Herzlichkeit Imhoteps. Er sah uns an wie ein Vater, drehte sich um wie ein würdiger Herrscher und tauchte, plötzlich unsichtbar werdend, in der Menge unter.

Wir aber, Umbala und ich, dazu Hamet und der Zwerg, die sich uns wie selbstverständlich angeschlossen hatten, bemühten uns, möglichst rasch in die Nähe des Pharao zu kommen. Das Heer hatte sich inzwischen in Bewegung gesetzt. Die Generäle und Hauptleute gönnten ihren Männern keine Rast, sie trieben sie sogar noch zur Eile an. Es galt, den fliehenden Nubiern nachzusetzen und sie sobald als möglich zu stellen.

Ich besaß zwar von der Kunst der Kriegsführung nicht die geringste Ahnung, die Vorgehensweise Pharao Djosers aber leuchtete mir ein. Die Botschaft, die er mir dem Fürsten Ipuki zu überbringen auftrug, lautete so: Wenn er nicht bereit wäre, augenblicklich die Waffen zu strecken, alle mit ihm geflohenen Rebellen auszuliefern und sich mit seinem Land dem Schutz Ägyptens zu unterstellen, würde Djoser weder sein Leben noch das seiner engsten Gefolgschaft schonen. Nubien aber würde mit Krieg überzogen, geplündert und das Volk in Knechtschaft geführt.

Mir war klar, daß dies kein Verhandlungsangebot war, sondern ein Ultimatum, und daß man den Überbringer dieser Botschaft nicht gerade mit offenen Armen in Anibe empfangen würde. Die Chance, als Kurier, der unter dem Schutz der Götter stand, behandelt zu werden, war äußerst gering. Viel eher erwarteten uns Gefangenschaft oder Tod. Auch meine Begleitung, Umbala, Hamet, der Zwerg und zwei Lanzenträger, stellte nicht gerade einen besonders eindrucksvollen Schutz dar. Bange Gedanken befielen mich: würden wir unbehelligt durch die feindlichen Linien kommen und überhaupt Anibe erreichen, um unseren Auftrag auszuführen? Man hatte uns Esel zur Verfügung gestellt, damit wir schneller als das schwerfällige Heer waren. Wir ritten dicht am Westufer des Nil entlang und blickten oft auf den Strom, der uns als einziger Vertrauter in der fremden Wildnis erschien. War es nicht das gleiche Wasser, das in stetiger Bewegung nach Norden floß und unsere Felder erreichte? War es nicht der gleiche große Geist, der auf seiner kühlen, glitzernden Oberfläche dahintrieb? Mit ihm konnten wir reden, im Wind den Klang seiner Stimme erahnen. Die Wüste aber war fremd und feindlich.

Großer, gütiger Nil, dachten wir, beschütze uns, hilf uns, den Weg zu finden und unser Ziel zu erreichen, lenke die tückischen Pfeile versteckter Bogenschützen ab, gib uns Kraft, dieses Abenteuer heil zu überstehen, hilf uns, gütiger Gott Chnum ...

Unbehaglich war mir zumute, als wir in die Nähe der ersten Dörfer am Ufer gelangten und sie im weiten Bogen umritten. Jederzeit konnten wir in die Hände der Feinde fallen – entweder der einheimischen Bevölkerung, die unser Auftauchen nicht gerade freundlich begrüßen würde, oder dem Heer Ipukis, das irgendwo in der Nähe sein mußte. Die beiden Lanzenträger spähten unruhig umher, auch Hamet hielt seine Keule griffbereit umklammert. Aber es blieb ruhig, viel zu ruhig für unseren Geschmack.

Die Landschaft längs des Nil war fruchtbar, Anbauflächen und schattige Palmenhaine wechselten sich ab und reichten bis dicht an die Hügel, hinter denen die Wüste begann. Hin und wieder sahen wir Menschen, die kleinere Viehherden in Richtung Anibe trieben. Also hatte sich die Nachricht von Pharao Djosers Sieg über Meru bereits herumgesprochen. Jedesmal hielten wir gebührenden Abstand, aber die Leute waren so mit ihrer Flucht beschäftigt, daß sie keine Notiz von uns nahmen. Wahrscheinlich hielten sie unsere kleine Gruppe ebenfalls für Flüchtlinge.

»Ich freue mich darauf, den Fürsten der Nubier an seinem Hof zu besuchen«, plapperte unser Zwerg munter drauflos, als spüre er nichts von der Anspannung, die auf uns lastete. »Wißt ihr, ich bin nämlich viel älter, als ich aussehe, und in meiner Jugend weit herumgekommen, bis mich ein ägyptischer Händler als Sklaven erwarb. Anibe kenne ich gut, am Hof bin ich zur Belustigung der Gäste aufgetreten, habe brennende Fackeln geworfen und sie wieder aufgefangen und Sprünge über gespannte Seile gemacht. Alles in allem war es keine Zeit, an die ich mich gerne entsinne. Man hat mich gequält und verhöhnt, und dafür werde ich mich rächen. Ich überlege schon die ganze Zeit, was ich tun werde, um die Herren dort zum Zittern zu bringen.«

»Schweig still«, sagte Hamet, »dein Gerede ist wie das Gesumm von Stechfliegen in meinem Ohr. Wenn du nicht augenblicklich den Mund hältst, werfe ich dich vom Esel und lasse dich zu Fuß durch die Wüste laufen.«

»Das glaube ich nicht«, antwortete Urchu keck. »Und selbst wenn, so fürchte ich die Wüste nicht und werde wohl kaum verhungern. Seht ihr die Bäume dort, macht euch ihr Anblick keinen Appetit?«

In der Tat spürten wir plötzlich einen entsetzlichen Hunger und strebten einer Gruppe von Feigenbäumen zu, die prall von Früchten hingen. Wir ließen die Reittiere im Schatten grasen und aßen uns an den saftigen Köstlichkeiten satt. Wie gern hätten wir jetzt unserer Müdigkeit nachgegeben und ein wenig geruht, aber ein unbestimmtes Gefühl warnte uns davor und trieb uns voran. Bis spät in den Abend hinein ritten wir und hielten über Nacht dicht bei einem Hügel am Rande der Wüste, der uns einigermaßen Deckung bot.

Der zweite Tag verlief ähnlich, und wir kamen wegen der vielen Umwege nur langsam voran. Wieder ernährten wir uns von Früchten, die uns aber diesmal nicht bekamen, da sie noch unreif waren und uns Magenschmerzen verursachten. In dieser Nacht schliefen wir denkbar schlecht.

Am Morgen des dritten Tages erreichten wir eine Anhöhe, von der wir Anibe sehen konnten. Der Ort bestand aus zahlreichen Hütten und zog sich weit in einem flachen Talbecken zwischen fruchtbaren Feldern hin. Er strahlte Wohlstand aus, selbst jetzt, da in Ägypten eine so verheerende Dürre herrschte, war das Land noch grün. Die Leute hier hatten genug zu essen und litten gewiß keinen Mangel. Wir sahen aber auch, daß Mauern und Befestigungen den Ort umgaben, dazu eine große Anzahl von Soldaten. War Ipuki bereits zurück, bereitete er sich auf den Ansturm des Pharao vor? Uns blieb nicht viel Zeit, die nächsten Schritte abzuwägen, denn ganz offensichtlich hatte man unsere Ankunft bemerkt: eine Schar bewaffneter Männer, die wir zuvor nicht wahrgenommen hatten, weil sie sich im Schutz des Hügels befunden hatte, stürmte schreiend auf uns los. Wir stießen den Eseln die Hacken in die Seiten und flohen hügelabwärts in ein ausgetrocknetes Flußbett hinein. Das Tal wurde bald enger, man konnte nicht erkennen, wohin es führte. Nach einer Biegung ereilte uns dann das Unvermeidliche. Hinter riesigen Felsbrocken stürzten nubische Krieger hervor, ihr Kriegsgeschrei erfüllte die Luft, zugleich schwirrten Pfeile und Wurfsteine auf uns herab. Einer der beiden Lanzenträger stürzte, von einem Pfeil getroffen, vom Esel. Der andere sprang ab und kämpfte mutig gegen die Übermacht an, bis auch er von einer Holzkeule am Kopf getroffen wurde und blutüberströmt zusammenbrach.

»Halt«, brüllte ich und schrie Umbala zu: »Sag ihnen etwas, sag, daß sie aufhören sollen ... Wir sind keine Krieger, wir sind Boten des Pharao Djoser mit einer wichtigen Nachricht für Fürst Ipuki!«

Umbala begriff sofort und wiederholte meine Worte in nubischer Sprache. Die schwarzen, grimmigen Männer hielten zögernd inne, senkten aber keineswegs ihre Waffen. Ihr Anführer deutete auf uns und fuhr Umbala barsch an.

»Was sagt er?« fragte ich.

»Er sagt, es ist Krieg, und alle Ägypter auf nubischem Boden sind Feinde. Wir sind seine Gefangenen, und er überlegt sich, ob er uns nun zum Zeichen des Sieges die Nasen abschneiden soll.«

»Sag ihm, daß er reich belohnt wird, wenn er uns zu Fürst Ipuki nach Anibe bringt. Die Nachricht des Pharao ist von großer Bedeutung, und wenn er uns die Nasen abschneidet, so wird ihn entweder Ipuki oder König Djoser, wahrscheinlich aber alle beide auspeitschen und danach den Löwen zum Fraß vorwerfen lassen.«

»Deine Worte sind außerordentlich mutig«, zischte Hamet warnend, »reize den Kerl nicht noch mehr, sonst erleben wir den Abend dieses Tages nicht.«

»Wir sind so oder so verloren, wenn nicht ein Wunder geschieht«, antwortete ich und faßte instinktiv an meine Kette mit dem Skarabäus. Und das Wunder geschah: Auf einen Wink des Anführers hin wurden uns die Hände auf dem Rücken gefesselt, aber sonst geschah uns nichts. Wir durften sogar auf den Reittieren sitzenbleiben. Im Triumphzug wurden wir von den Nubiern nach Anibe geführt. Kurz bevor wir den Ort erreichten, banden uns die Soldaten Tücher um die Augen. Ich fand diese Vorsichtsmaßnahme reichlich übertrieben, beugte mich aber, ohne zu murren. Es zählte allein, daß wir noch lebten, daß man uns als Kuriere akzeptiert hatte und zu Ipuki führte.

Ich sah also nichts von jenem sagenhaften Anibe, von seinen Befestigungsanlagen und konnte auch nicht schätzen, wieviel Krieger sich im Ort befanden. Nach den Stimmen und Geräuschen zu urteilen, konnten es unmöglich so viele sein, wie ich vorher angenommen hatte. Die Augenbinden wurden erst gelöst, als wir mehrere Tore passiert und im Innern des Fürstenhofes angelangt waren. Man stieß uns grob von den Eseln, die augenblicklich weggeführt wurden, und hieß uns warten.

Ich sah mich um. Der Hof war weder prunkvoll noch geräumig, überall lagen Gerätschaften herum, die offensichtlich in großer Eile zusammengehäuft worden waren. Ein paar verwundete Soldaten mit frischen, notdürftig verbundenen Wunden hielten Wache, und ihr Anblick beruhigte mich ungemein. Offenbar war der Kampf an den Nubiern nicht spurlos vorbeigegangen. Vielleicht befand sich der Rest von Ipukis Heer inzwischen hier, war stark geschwächt und bereitete sich entmutigt auf die Verteidigung des Fürstensitzes vor? Aber die Anzahl der Krieger innerhalb der Mauern erschien mir einfach zu gering. Ipukis Heer konnte nicht derart dezimiert sein. Bereitete er etwa draußen in der Wüste erneut eine Falle für Pharao Djoser vor?

Meine Überlegungen wurden durch die Ankunft mehrerer besser gekleideter Männer unterbrochen, unter denen einer durch seine stolze Haltung und den Goldschmuck um Hals und Oberarme deutlich hervorstach. Es war ein junger Mann von tiefschwarzer Hautfarbe, sein Körper war aufrecht und muskulös. Man hätte ihn für schön halten können, wenn nicht jener leicht schielende, irrlichternde Blick seiner Augen gewesen wäre, der ihm etwas Lauerndes, Verschlagenes verlieh. Ich spürte sofort: diesem Mann war nicht zu trauen.

»Ich bin Ombo, ein naher Blutsverwandter von Fürst Ipuki«,

sagte er auf Ägyptisch. Die Art, wie er die einzelnen Worte betonte, die er schnell und mit harten Schnalzlauten aussprach, machten seine Rede allerdings schwer verständlich. »Wer ist es, der mir etwas mitzuteilen hat?«

Ich trat einen Schritt vor. »Sei gegrüßt«, sagte ich, »ich bin Hem-On, Bote des ruhmreichen Pharao Djoser, des Königs der beiden Länder und Beherrscher des Weltkreises. Es stimmt, ich habe eine Nachricht, aber sie ist einzig und allein für Fürst Ipuki bestimmt. Ist er nicht da?«

»Der einzige, der hier Fragen zu stellen hat, bin ich. Ich bin Herr über Anibe, solange der Fürst fort ist«, zischte Ombo aufgebracht. Seine heftige Reaktion bewies, daß er eitel war und sich obendrein in seiner Rolle nicht sonderlich sicher fühlte.

»Dann werde ich schweigen«, sagte ich und wandte mich ab.

»Du bist verdammt vorlaut, Ägypter«, brüllte Ombo, und die Adern an seinem Hals traten deutlich hervor. »Es gibt Mittel und Wege, dich zum Reden zu bringen, verlasse dich darauf!«

Mit einer Handbewegung wies er auf Umbala, Hamet und den Zwerg. »Schafft sie fort!« Dienstbeflissen traten seine Leute vor, doch ich stellte mich schützend vor Umbala.

»Ich rate dir in deinem eigenen Interesse, ihnen kein Haar zu krümmen, andernfalls werden die Folgen für dich fürchterlich sein!« Schon einmal hatte ich hoch gespielt und ähnlich gedroht, und es war gutgegangen, aber diesmal bewirkte es nichts.

»Nehmt den da gleich mit!« schrie Ombo. Wenn sein Gesicht nicht bereits von Natur aus Schwarz gewesen wäre, hätte ich geschworen, daß es nun vor Wut dunkel anlief. Mit einem unerwartet schnellen Schritt trat er auf mich zu, packte meine Kette mit dem Skarabäus und riß mir den Talisman vom Hals. Ich war vor Entsetzen wie gelähmt. Was mich bisher sicher durch alle Gefahren geführt hatte, mein kostbarster Besitz, war nun in seinen Händen, und ich war schutzlos allen bösen Mächten preisgegeben . . .

Die Männer packten uns grob, stießen uns unter Stockschlägen voran und trieben uns durch ein kleines Tor in eine Art Seitenhof, wo Stallungen und einige hölzerne Käfige waren. In einen, in dem sich außer zertretenem, stinkendem Stroh nichts befand, wurden wir getrieben, der Riegel sorgfältig hinter uns geschlossen. Wir waren gefangen. Im weiteren Verlauf des Tages geschah nichts mehr, außer daß immer wieder hastig vorbeieilende Soldaten auftauchten, die Kisten, Waffen und andere Gegenstände trugen und sich lautstark dabei unterhielten. Wenn sie vorüberkamen, hielten wir lauschend den Atem an, und Umbala übersetzte uns die Gespräche.

»Die Hauptmacht des Heeres befindet sich tatsächlich draußen vor der Stadt, wo Ipuki einen Hinterhalt für die Ägypter vorbereitet. Ich kenne den Platz nicht und kann auch nicht sagen, wo er sich genau befindet, aber offenbar ist es ein gefährlicher Ort, der zur tödlichen Falle werden kann.«

»Dann müssen wir so schnell wie möglich fliehen und Pharao Djoser warnen«, sagte Hamet erregt.

»Heute Nacht«, ließ sich Urchu, der Zerg, mit einer Stimme vernehmen, die wichtigtuerisch klang. Ich sah ihn voller Zweifel an. Der Riegel war stark, die Gitter des Käfigs besonders dick – wie wollte er eine Flucht bewerkstelligen?

»Laßt mich nur machen«, wisperte Urchu. »Ich habe zwar noch keine Ahnung, wie es gelingen soll, aber wenn ich länger darüber nachdenke, fällt mir bestimmt etwas ein.«

Mit diesen Worten rollte er sich auf die Seite und schlief schnarchend ein. Verärgert schüttelte ich den Kopf. Ohne den Skarabäus fühlte ich mich verlassen und schwach. Wir waren einem ungewissen Schicksal ausgeliefert . . .

Voll brennender Ungeduld erwartete ich das Kommen der Nacht. Unzählige Male hatte ich meine Kräfte an den Gitterstäben erprobt, hatte verzweifelt gerüttelt, um irgendwo eine Stange zu lösen, allein vergeblich. Hamet brütete dumpf vor sich hin, Umbala lag schweigend im hintersten Winkel des Käfigs auf dem Stroh, der Zwerg saß mit übereinandergeschlagenen Beinen da und schien nachzudenken. Unsere Lage war hoffnungslos.

Ich wollte ihn gerade verärgert auf sein voreiliges Versprechen hinweisen, als er überraschend aufsprang und sich mit der Hand an die Stirn schlug.

»Ich hab es!« rief er, »warum bin ich nicht gleich darauf gekommen?«

»Was meinst du, Urchu? Ist dir eine Lösung eingefallen?« riefen Hamet und ich wie aus einem Munde.

»Und ob!« strahlte der Zwerg. »Seid ihr bereit, mir zu helfen?«

Wir sprangen sofort auf. Urchu machte sich in einer Ecke unseres Gefängnisses zu schaffen, schob das Stroh beiseite und begann im Boden zu wühlen. Tatsächlich stand der Käfig direkt auf dem festgestampften Sand. Der Zwerg lag ausgestreckt auf dem Bauch und grub mit bloßen Händen. Wir verstanden sofort: er wollte einen Tunnel aus dem Käfig graben. Die Sache gestaltete sich indes schwieriger als gedacht, denn der Untergrund war sehr fest. Wir arbeiteten mit den bloßen Nägeln, so daß bald unsere Finger bluteten. Aber allmählich entstand ein enger Schacht, viel zu schmal für einen normalen Menschen, jedoch für den Zwerg schien er zu genügen. Schon kroch er hinein und arbeitete sich ächzend vorwärts.

»Schaffst du es? Nicht aufgeben, mach weiter, du kommst voran!« ermunterten wir ihn. Urchu stöhnte.

Die letzten Stunden über waren wir unbeaufsichtigt gewesen, es kamen keine Soldaten mehr vorbei, auch die Wächter waren abgezogen worden und lagen wahrscheinlich schlafend im Hof nebenan. Aber jetzt drangen von außen Geräusche herein, erregte Stimmen ertönten, wir hörten das Klatschen nackter Füße und das Klirren von Waffen.

»Beeil dich, Urchu«, flüsterte Hamet. »Kommst du durch?«

Der Zwerg machte sich in dem Schacht noch kleiner und schmaler, als er ohnehin schon war. Wir hörten ihn schwer atmen und stöhnen. Aber er schaffte es. Plötzlich stand er draußen, schnaufte erschöpft auf und machte sich gleich am Riegel zu schaffen.

»Es geht nicht, der Riegel ist viel zu schwer, soviel Kraft besitze ich nicht«, jammerte er.

»Hol irgendein Werkzeug aus dem Hof, eine Lanze oder Keule, irgendwas!« rief Hamet.

Urchu tappte los, stöberte im Dunkeln herum und kam kurz darauf mit einem Holzprügel zurück.

»Setze ihn im Winkel an und drücke mit aller Gewalt«, sagte Hamet.

»Es geht nicht, es klappt nicht«, wehklagte der Zwerg.

Hamet und ich streckten unsere Arme durch das Gitter, bekamen das Ende des Prügels zu fassen und stemmten uns mit aller Kraft dagegen. Es gab ein Knarren, dann einen Ruck – und die Käfigtür stand offen. Wir drängten hinaus und suchten hastig ein paar Dinge zusammen, die man notfalls als Waffen benutzen konnte.

Der Krach draußen hatte inzwischen mehr und mehr zugenommen. Gebrüllte Kommandos zerrissen die Nacht.

»Was hat das zu bedeuten? Das klingt nach Kampf, aber niemand kämpft in der Nacht!«

»Ich sehe nach«, rief Urchu, »laß mich an dir hochklettern und über die Mauer sehen.« Ich lehnte mich breitbeinig gegen die Mauer und bot ihm meine Hände als Trittleiter an. Gewandt kletterte der Zwerg an mir hoch und streckte die kurzen Ärmchen aus, um sich an der Mauer hochzuziehen. Es reichte gerade für ihn.

»Was siehst du?«

»Fackeln, viele Fackeln ... und Männer, die mit Waffen nach draußen laufen.«

»Was noch?«

»Nicht mehr. Nur, daß alle aufgeregt sind. Vielleicht greift der Pharao an.«

Pharao Djoser ... Wie konnte das möglich sein? Hatten wir mit den Eseln nicht einen beträchtlichen Vorsprung zum Heer gewonnen. Und überhaupt: Ägypter kämpften nicht in der Dunkelheit ...

»Wir sitzen immer noch in der Falle, denn durch dieses Tor können wir nicht. Im nächsten Hof wimmelt es nur so von Nubiern«, sagte Urchu. Sein Gewicht war für mich inzwischen zu schwer geworden, ich mußte ihn absetzen.

»Aber wir müssen den König warnen«, rief Hamet. Er schien zu allem entschlossen zu sein, und seit ich gesehen hatte, wie er die drei Gegner erschlug, traute ich ihm ohne weiteres zu, daß er bereit war, durch das Tor zu stürmen und zu kämpfen. War das wirklich noch Hamet, mein heiterer, stets zu Späßen bereiter Spielkamerad Hamet, wie ich ihn kannte? Ernst und angespannt war sein Gesichtsausdruck geworden, der Krieg hatte ihn gezeichnet und bis dahin unbekannte Züge bei ihm zutage gefördert: Er war jetzt ein Krieger, ein kampfes- und rauflustiger Held, ein Soldat des Pharao. In Syene hatte ich Muße gehabt, die Gesichter solcher Männer genau zu studieren, und immer wieder hatte ich jenen gewissen Ausdruck darin entdeckt, der mich anzog und zugleich erschreckte. Die Bereitschaft zu töten, etwas Wildes, Unbändiges, Grausames, das ich in den Mienen der einfachen Fellachen, die man gewaltsam ins Heer gepreßt hatte, nicht finden konnte. Und das schien anzustecken – nun blickte auch Hamet so, seine Augen flackerten voll Unrast und Mordgier. Mir schauderte vor ihm, urplötzlich glaubte ich sogar, das Blut an seinen Händen zu riechen. Aber wahrscheinlich spielten mir meine überreizten Sinne wieder einmal einen Streich...

»Das ist Irrsinn«, sagte ich, »der reine Selbstmord wäre das. Besser, wir warten hier in der Dunkelheit ab und verbergen uns hinter dem Tor, wo uns niemand vermutet. Kommt dann jemand, so können wir überraschend zuschlagen.« Widerstrebend stimmte Hamet meinem Vorschlag zu.

Die Unruhe draußen in der Stadt nahm immer noch zu. Einmal glaubte ich sogar, den vertrauten ägyptischen Kriegsruf zu hören. Die Entscheidungsschlacht hatte begonnen, Anibe wurde von unseren Leuten bestürmt.

In diesem Moment sprang das Tor auf.

»Jetzt oder nie!« rief Hamet und hieb zu. Der erste Nubier sank zu Boden.

Ich hatte Umbalas Hand ergriffen und lief, die allgemeine Verwirrung nutzend, los. Dicht hinter mir hörte ich den Zwerg keuchen. Wir rannten ein paar verdutzten Soldaten direkt in die Arme, aber da war auch schon Hamet heran und hieb mit seinem Holzknüppel eine Gasse für uns. Wir liefen quer über den Hof, durch eine offenstehende Tür und einen spärlich von Fackeln beleuchteten Gang entlang. Mir war klar, daß unser Plan eigentlich sinnlos war. Weit würden wir nicht kommen, außerdem wußte niemand von uns, wo wir uns eigentlich befanden. An einer Abzweigung des Ganges lief ich nach rechts und erreichte einen weiteren Innenhof, den größere Gebäude umschlossen, wahrscheinlich Wohnräume des Fürsten. Kurz bevor wir einen dieser Räume erreichten, öffnete sich dort eine Tür, und zu meinem Entsetzen stürmte der Blutsverwandte Ipukis, dieser schreckliche Ombo, mit mehreren Männern der Leibwache direkt auf uns zu. Ich schlug vor ihm einen Haken und riß Umbala mit. Mit knapper Not erreichten wir die nächste Tür, stießen sie auf, schlüpften hindurch und sahen uns nach einem Versteck um. Der Raum war nicht, wie ich erwartet hatte, ein Wohngebäude, sondern ein halbdunkler Tempel mit vielen Holzsäulen und Seitennischen. In eine davon sprangen wir und verbargen uns, so gut es ging, in der Dunkelheit. Seltsamerweise folgte uns Ombo mit seinen Leuten nicht. Mit klopfenden Herzen erwarteten wir das Eintreffen seiner Krieger und damit den letzten Augenblick unseres Lebens. Es geschah jedoch nichts. Beklommen betrachtete ich die seltsam verzerrten, fremdartigen Götterbilder in der Nische. Wie gern wäre ich jetzt im vertrauten Tempel von Memphis oder im Haus des Lebens zu Sakkara gewesen!

Nach einiger Zeit, die uns wie eine Ewigkeit vorkam, sprang die Tür heftig auf. Der Windstoß ließ die Fackeln an den Säulen aufflakkern und löschte zwei von ihnen aus, so daß es noch dunkler im Raum wurde. Dennoch reichte das restliche Licht aus, die gräßliche Szene zu beleuchten, die sich im Eingang des Tempels abspielte: Ombo taumelte blutüberströmt herein, wandte sich suchend um, ohne uns jedoch in der Nische zu entdecken. Seine Augen waren unnatürlich geweitet, und das Weiß darin bildete einen seltsamen Kontrast zu seinem schwarzen Gesicht. Dann stürzte er auf die Knie, während sein Schwert aus den kraftlosen Händen fiel. Wie ein gefällter Baum sank er um und blieb reglos liegen. Durch die offene Tür drang ein furchtbarer Lärm zu uns herein, wahrscheinlich tobten die Kämpfe jetzt bereits in den Innenhöfen des Fürstensitzes.

Was danach geschah und sich unmittelbar vor unseren Augen abspielte, werde ich nie mehr vergessen: Kurz nachdem Ombo hereingekommen und tödlich getroffen zusammengebrochen war, tauchten mehrere Männer auf, Nubier wie er, unter ihnen auch ein älterer Mann mit goldenem Stirnband und Geierhaube, der kein anderer als der Fürst Ipuki von Anibe sein konnte. Rückwärts gehend versuchten sie sich der ägyptischen Soldaten zu erwehren, die sie immer weiter in den hintersten Teil des Tempels zurückdrängten, bis die Nubier mit dem Rücken zur Wand standen. Ipuki führte ein metallenes Schwert mit seiner Rechten, das fürchterliche Hiebe austeilte. Bald war der Boden mit Toten und Verletzten bedeckt. Die Ägypter wichen plötzlich zur Seite und bildeten eine Gasse für einen Mann, der zu den Kämpfern gestoßen war: Sie machten Platz für den Pharao, den mutigen verehrungswürdigen König Djoser. Er war bis auf einen Lendenschurz nackt, nur der blinkende Goldschmuck auf seiner schweißglänzenden Brust und die blaue Kriegshaube auf dem Kopf wiesen ihn als den Beherrscher des Weltenkreises aus. Es wurde plötzlich still, als er mitten unter den Kämpfenden im Raume stand, alle Blicke richteten sich auf ihn, auch die Ipukis, der instinktiv sein Schwert hochriß und einen Schritt vortrat. Sofort packte der Pharao seine Streitaxt und stürmte vorwärts. Aus kurzer Distanz schleuderte er seine Waffe. Die Axt kreiste in der Luft und traf den Nubierfürsten. Die Klinge fraß sich in die schwarze Brust, die sich rasend schnell rot färbte. Djoser trat rasch hinzu, ergriff den Holzstiel und riß die Waffe wieder aus dem Körper des Feindes. Erneut holte er aus und trennte Ipuki mit diesem Schlag den Schädel vom Körper. Blut spritzte auf, der Kopf des Fürsten rollte quer durch den Raum, bis er dicht vor der Nische, in der wir uns verbargen, liegenblieb. Noch immer sehe ich den aufgerissenen, verzerrten Mund vor mir, die starren, riesigen Augen, dazu den kopflosen Rumpf auf den Fliesen des Tempels, und es ist, als wolle dieses entsetzliche Bild niemals von mir weichen. Kein Jubel brach aus danach, lähmendes Schweigen herrschte, eine Stille des Grauens und der Benommenheit, in die nur langsam, ganz langsam die Gewißheit drang, daß dieser Axthieb mehr als nur einen Kopf vom Leibe getrennt hatte – es war der letzte fürchterliche Hieb des ganzen Krieges.

Fast bewußtlos taumelten wir aus der Nische auf unsere Befreier zu, warfen uns König Djoser zu Füßen. Draußen im Hof, in der Stadt, wahrscheinlich im ganzen Land Nubien begannen zu dieser Stunde die Plünderungen. Und sie dauerten mehrere Tage an . . .

Ich schäme mich, darüber zu reden, was in den nächsten Tagen geschah. Zu grausam waren die Ereignisse, ekelerregend und abstoßend. Die Männer des ägyptischen Heeres, die so lange gehungert und entbehrungsreiche Märsche hinter sich gebracht hatten, die mit dem Mut der Verzweiflung gegen einen vielfach überlegenen Gegner angerannt waren, die gekämpft hatten wie die Löwen und nun hier im Palast des verhaßten Nubierfürsten Ipuki angelangt waren, plünderten und brandschatzten die Hauptstadt des Feindes. Sie schonten weder die Einwohner noch deren Eigentum und machten sich viele zu Sklaven. Nach der letzten blutigen Schlacht um Anibe war der Sieg endgültig – das Reich der Nubier hatte zu existieren aufgehört und galt von nun an als eine Südprovinz Ägyptens unter der Verwaltung eines Stadthalters, den Pharao Djoser einsetzte. Die Dörfer und Äcker fielen unter die Oberhoheit des wiederbelebten Chnum-Kultes, die Bauern wurden Leibeigene und unterlagen fortan der Verpflichtung, Jahr für Jahr ein Kontingent an wehrpflichtigen jungen Männern zu stellen, die in besonderen Armeeinheiten zusammengefaßt wurden. Von allen Erträgen Nubiens, von den Erzen des Bodens, von den Früchten der Felder, von den wilden und gezüchteten Tieren, vom Fischfang, vom Handel und vom Kunsthandwerk, mußte ein Zehntel als Tribut an die ägyptischen Beamten abgeliefert werden.

Besonders schlimm wüteten die Soldaten in Anibe, wo nahezu sämtliche Häuser niedergebrannt wurden und keine Ziegelmauer mehr stehenblieb. Tage- und nächtelang hallte der Ort von ihren wilden Siegesgesängen wider. Da es reichlich zu essen gab und man hier eine besonders anregende Art des Rauschtranks zu brauen verstand, arteten die Feiern regelmäßig zu Exzessen aus, über deren Verlauf ich lieber nicht berichten möchte.

Ich will mein eigenes Verhalten dabei auch keineswegs beschönigen. Ja, ich ließ mich von der Wildheit der Männer anstecken und mitreißen und tat so manches, was mich später reute. Am übelsten aber spielte ich Umbala mit, und noch heute fällt es mir schwer, meine damalige Handlungsweise zu begreifen. Hatte ich sie nicht geliebt und mir vorgenommen, sie nicht als eine Sklavin zu behandeln? Waren nicht die Worte Imhoteps in mein Ohr gedrungen und hatten meine Seele berührt? Wie konnte ich dies alles so schnell vergessen? Mein Herz schmerzt noch immer, wenn ich an die schöne Umbala denke, an jene Orgien, die mein wahres Gefühl unter sinnloser Wollust begruben, an jene verhängnisvolle Nacht in Anibe mit Hamet und Urchu, dem Zwerg, und den anderen ...

Es gab reichlich zu essen, und es wurde Rauschtrank ausgeteilt. Nach all den Strapazen und Kämpfen der letzten Zeit befanden wir uns in einem nicht mehr endenwollenden Taumel. Dieses Land war besiegt, in einem grandiosen Sieg niedergerungen, und wir waren nun unbestreitbar die Herren. Viele Sklaven und Sklavinnen hatte das Heer gemacht, und das war nicht allen unserer Leute gut bekommen. Viele wollten nicht mehr zurück nach Ägypten und beschlossen, den Rest ihres Lebens in Nubien zu verbringen, wogegen die Generäle nichts einzuwenden hatten, denn das eroberte Land galt jetzt als eine Südprovinz des Reiches und es war gut, eine gewisse Anzahl von Soldaten hier ständig in Bereitschaft zu wissen.

Eines Nachts fanden sich Hamet, der Zwerg, einige Krieger und ich zum Würfelspiel zusammen. Umbala hockte dicht neben mir. Sie war schlecht gelaunt und wortkarg, weil ich sie in den letzten Tagen nicht mehr im gleichen Maße wie sonst beachtet hatte. Beim Spiel stellte sich bald heraus, daß sich Hamet und ich in einer Glückssträhne befanden. Die Soldaten hatten bereits einiges von ihrem Sold und der Beute an uns verloren und zogen sich nach und nach murrend zurück. Zuletzt blieben nur noch Hamet und ich, da auch der Zwerg sich beharrlich weigerte, weiter mit uns zu spielen. Allerdings stachelte er uns an, den Wettkampf fortzusetzen und herauszufinden, wen von uns beiden das Glück mehr begünstigte.

»Das Würfeln reizt mich nicht mehr«, sagte Hamet. »Wir sind gleich gut darin, die Hölzer zu werfen. Lieber wäre mir ein Wettstreit, der mehr den Verstand als das Glück herausfordert. Wie wäre es mit dem königlichen Brettspiel?«

Ich wußte, daß Hamet eine kleine selbstgeschnitzte Kopie des Pharaonenspiels besaß. Er hatte sie in den Werkstätten des Ptah-Tempels gefertigt und war so stolz darauf, daß er das Spiel ständig in seinem Gepäckbeutel mit sich trug. Ich wußte auch, daß Hamet, der ansonsten kein schneller Denker war, sich gerade in diesem Spiel fortwährend geübt und schon in Memphis auch einen sehr guten Lehrer gefunden hatte. Ich hingegen kannte zwar die Regeln, besaß ansonsten aber wenig Übung darin. Dennoch traute ich mir zu, mich auf diesem Feld mit Hamet zu messen.

Der Freund, der mein Zögern bemerkt hatte, forderte mich mit frechen Worten heraus: »Wie ist es – traut sich ein Sumpffellache zu, die Steine im königlichen Spiel zu bewegen?«

»Jederzeit«, antwortete ich trotzig und spürte die Hitze des Rauschtranks in mir aufsteigen, »glaube bloß nicht, daß du unbesiegbar bist, nur weil du ein bißchen geübt hast. Was du kannst, kann ich schon lange!«

»Das werden wir sehen!« rief Hamet und baute das hölzerne Brett mit den Figurensteinen vor mir auf. Urchu, der Zwerg, kicherte vor sich hin und rieb sich voller Vorfreude auf das zu erwartende Schauspiel die Hände.

»Weiß oder Schwarz?« fragte Hamet. Er hatte von jeder Farbe eine Figur genommen und verbarg sie nun hinter seinem Rücken.

»Die rechte Hand«, sagte ich.

»Das ist Weiß«, sagte Hamet, »aber das bedeutet noch lange keinen Vorteil. Du wirst schon sehen: Ich werde dir sehr schnell vorschreiben, wie du zu spielen hast.«

Ich betrachtete die kleinen Figuren auf dem Brett genau: Da gab es eine, die eine grob angedeutete Krone besaß und den Pharao symbolisierte, daneben eine Rundform mit aufgerichteter Uräusschlange – das war die Königin, mächtig und unberechenbar in ihrer Bewegung. Zur Rechten und zur Linken folgten jeweils schlanke Läuferfiguren mit Federn, daneben zwei Esel und an den Ecken des

Spielfeldes zwei Mastaben, die für Kraft und Ausdauer standen. Die Reihe davor bestand aus einfachen Steinen, die bewaffnete Bauern darstellten. Meinem weißen Heer gegenüber standen die gleichen Figuren in Schwarz – die Streitmacht der Dunkelheit, die gegen mein Sonnenheer anzukämpfen hatte.

Ich überlegte mir lange den ersten Zug, der das königliche Spiel eröffnen sollte. Er mußte stimmen und weitere Kombinationen nach sich ziehen, sonst war bereits im Anfang alles verloren.

Schon streckte ich die Hand aus, um einen Bauern auf dem Brett vorwärtszuschieben, da fuhr mich Hamet an: »Und der Preis? Glaubst du, ich spiele gegen dich aus reinem Vergnügen? Was soll dem Sieger gehören?«

»Dieser Goldbecher hier.« Hamet betrachtete ihn abschätzend und schüttelte dann den Kopf.

»Zu wenig.«

Ich nahm alle Gegenstände, die ich zuvor beim Würfeln den Soldaten abgenommen hatte und legte sie vor mich in den Sand. Hamets Augen funkelten, aber er schüttelte wiederum den Kopf.

»Was willst du noch mehr?« fragte ich überrascht. »Es ist alles, was ich besitze.«

»Das stimmt nicht«, sagte Hamet, »du hast noch Umbala«.

Zuerst glaubte ich, mich verhört zu haben, es konnte doch unmöglich sein, daß er das von mir verlangte. Aber Hamet blieb beharrlich bei seiner Forderung.

»Ist es nun ein königliches Spiel oder nicht?« sagte er. »Erfordert ein so besonderer Kampf nicht auch einen besonderen Preis? Was bedeutet dir Umbala schon – sie ist doch bloß eine Sklavin, oder willst du behaupten, daß du sie liebst?«

Der Zwerg schlug sich bei seinen Worten auf die Schenkel und sprang auf. »Ja, ja, ein besonderer Preis«, schrie er, »die schöne Nubierin, das ist ein wirklich beachtlicher Einsatz!«

»Das kann nicht dein Ernst sein«, sagte ich, merkte aber sogleich, daß es Hamet wirklich so meinte. »So etwas soll ich tun? Und du – was hast du dagegen zu bieten?«

Hamet lehnte sich zurück und machte ein geheimnisvolles Gesicht. »Eine ganze Menge . . . mehr als du glaubst . . .«

Langsam wurde ich wütend wegen seines überheblichen Gebarens. Ich spürte Zorn in mir aufsteigen, und das Gehüpfe und Gekreische und die aufstachelnden Reden des trunkenen Zwerges regten mich auf.

»Nun sag schon endlich, was du meinst. Glaubst du, deine Tonkrüge da und der billige Goldschmuck beeindrucken mich?«

»Das nicht, aber etwas anderes... vergiß nicht: ich habe dir das Leben gerettet!«

Zornesröte und Scham zugleich schossen mir ins Gesicht. »Das stimmt, und ich werde das niemals vergessen, daß ich in deiner Schuld stehe. Aber meinst du, daß heute, an diesem Ort und mit diesem Spiel, der richtige Zeitpunkt ist, diese Rechnung zu begleichen? Willst du mir noch einmal das Leben schenken?«

Hamet lachte breit, und ich, der ich sein Gesicht im flackernden Schein des Lagerfeuers genau sehen und die Häme darin erkennen konnte, begann, meinen Freund zu hassen.

»Nein, auch das meine ich nicht, sondern etwas anderes, das dir noch viel mehr wert sein dürfte...«, sagte er.

»Ich verstehe nicht.«

»Das da.« Er griff nach seinem Beutel und entnahm ihm einen Gegenstand, den er sorgfältig vor mir in den Sand legte. Es war die Kette mit dem schwarzen Skarabäus, den mir Ombo, der Blutsverwandte des schrecklichen Fürsten Ipuki, vom Hals gerissen hatte.

»Wo hast du das her?« stotterte ich tonlos. Ich konnte den Blick nicht mehr von meinem Talisman abwenden. Mir war unbegreiflich, wie er in Hamets Besitz gelangt war.

»Ich habe es vorhin in jenem Hof gefunden, in dem wir gefangengenommen wurden, und ich denke mir, es ist dir einiges wert...«

Der schwarze Skarabäus, Hamets Gesicht, der häßliche tanzende Zwerg, das Spielbrett, das knisternde Feuer – alles verschwamm vor meinen Augen und begann sich in einem irrsinnigen Wirbel zu drehen. Lag es am übermäßigen Genuß des Rauschtranks, an meiner Erregung oder an beidem, daß ich plötzlich nicht mehr klar denken konnte? Ich spürte nur noch, wie ich Hamet, den ich stets für einen Freund gehalten hatte, haßte. Ich haßte ihn mehr, als ich fühlen, denken oder mit Worten ausdrücken konnte...

»Was ist nun?« schlug Hamet in die gleiche Kerbe nach. »Die Kette gegen Umbala... gilt der Einsatz für dieses Spiel?«

»Es gilt«, antwortete ich mit trockener Kehle. Wütend schob ich die erste Figur vor und eröffnete damit das Spiel. Ich war fest entschlossen, zu gewinnen. Danach würde ich nie mehr mit Hamet reden.

»Soll ich erneut den Krug füllen und euch etwas zu trinken bringen?« fragte Urchu. Unwirsch winkte ich ab. Jetzt galt es, sich zu konzentrieren. Alle Sinne spannte ich an, um die Züge, die Hamet vorhaben konnte, vorauszuberechnen. Verkrampft saß ich da und starrte auf das Brett mit den Figuren.

Anfangs ging es gut voran, ich griff an und schlug einige gegnerische Steine. Doch dann merkte ich plötzlich, daß Hamet diese Verluste in Kauf genommen hatte, um mich in Sicherheit zu wiegen. Allmählich wurde mir seine Taktik deutlich: er wollte mich in eine Falle locken. Die ganze Welt ringsum versank in Bedeutungslosigkeit, es gab nur noch Hamet und mich und dieses erbärmliche Spiel, das soviel Bedeutung für uns beide besaß.

Und dann machte ich einen vorschnellen Zug, der einen katastrophalen Nachteil für mich brachte. Das schwarze Heer trieb den Rest meiner Figuren mehr und mehr in die Enge. Wie ein Löwe kämpfte ich, mit dem Todesmut der Verachtung. Längst waren die Spielsteine keine Spielsteine mehr, sondern lebendige Wesen mit Gesichtern und Waffen, und das Brett wuchs zur Welt an, es war der ganze Erdkreis, und wir rangen um Leben und Tod.

Blitzschnell beugte sich Hamet vor und setzte eine Figur so, daß mir kein Spielraum mehr blieb.

»Sieg!« sagte er und starrte mich mit brennenden Augen an.

Ich erkannte die Ausweglosigkeit, ich mußte die endgültige Niederlage akzeptieren. Stocksteif erhob ich mich, hatte kein Gefühl mehr im Körper, war nicht mehr in der Lage zu sprechen. Mit torkelnden Schritten verließ ich den Lichtkreis des Feuers, ließ mich von der Dunkelheit verschlucken. Ich blickte nicht mehr zu Umbala zurück.

Als ich am nächsten Morgen mit heftigen Kopfschmerzen erwachte, lagen die meisten Männer noch trunken von der durchzechten Nacht herum. Ich hatte in einer Sandkuhle geschlafen, irgendwo, wo mein Körper gerade umgesunken war, und ich konnte mich zunächst nicht orientieren. In meinen Schläfen hämmerte es, mir war speiübel und mir wurde beim Gehen schwindelig. Mein Bewußtsein lag in Nebel gehüllt, ganz allmählich erst dämmerte die Erinnerung an die Ereignisse der vergangenen Nacht herauf, und Ekel vor mir selbst packte mich. Was hatte ich bloß getan? Um den Gegenwert einer Kette hatte ich meine geliebte Umbala eingesetzt und verspielt, ich hatte das Glück herausgefordert und verloren, ich besaß nun gar nichts mehr.

Ziellos strich ich durchs Lager und stieß beinahe zufällig auf unsere Feuerstelle. Der Zwerg war nicht da, aber Umbala. Ihren nackten Körper dicht an Hamet gepreßt, lag sie da und schlief. Auch Hamet schlief. Sein Mund stand offen, er schnarchte, sein Arm hielt besitzergreifend Umbalas schönen braunen Leib umklammert, ich stöhnte auf und mußte mich abwenden. Konnte ich hier noch bleiben? Nein, keinen Augenblick länger, ich mußte fort ...

Von einer Sekunde zur anderen diesen plötzlichen Entschluß ausführend, lief ich los, quer durch das Lager, an den Ruinen von Anibe vorbei, das Ufer des Nil im Auge behaltend, immer weiter nach Norden. Nach etwa einer Stunde überkamen mich eine solche Schwäche und Trauer, daß ich ausruhen mußte. Ich ließ mich am Rand eines Palmenhains nieder. Kaum daß ich meinen erschöpften Körper gestreckt hatte, löste sich in meiner Kehle ein entsetzlicher Druck, der mich dort wie ein Halsband umklammert und mir den Atem abgeschnürt hatte. Ein Schluchzen stieg in mir auf, schüttelte meinen Körper, daß mir die Zähne wie im Fieber klapperten. Ein Strom von Tränen brach aus mir heraus und schließlich ein erbarmungswürdiger, aber erlösender Schrei. Ich lag auf der Erde, krallte die Hände ins Gras und stöhnte wie ein waidwundes Tier. So muß ich eingeschlafen sein, denn als ich erwachte, war es bereits Mittag und die Sonne stand senkrecht über mir. Ich hatte einen Traum gehabt, an den ich mich aber nur dunkel und bruchstückhaft erinnern konnte. Ich war durch ein fremdes Land gelaufen, durch dieses Nubien, das immer noch unheimlich und abweisend auf mich wirkte, und hatte nacheinander, jedoch in völlig falscher Reihenfolge, noch einmal die Stationen meiner Reise erlebt – die Gefangenschaft in Anibe, den Kampf in der Schlucht und jenen nahe dem Dorf, wo wir uns in der Erdhöhle versteckt hatten. Dann die Fahrt an Bord des stolzen Schiffes über den Nil, das Blutbad im Hasengau, wo ich lag. Noch einmal pflegte ich die Verwundeten im Innenhof von Ka-apers Palast, besuchte mit Imhotep und Pharao Djoser die letzte Ruhestätte des Osiris, wo die weisen alten Männer den Eingang zum Schattenreich bewachten, schritt mit den Ibispriesterinnen zu den Schlafstätten des Nil, sprach mit Fürst Hapu in Syene. Einmal noch lag ich in den Armen der schönen Umbala, unsere nackten Körper liebkosten sich unter dem Baldachin eines warmen Sternenhimmels . . .

Aber mir folgte dabei stets ein Schatten, einer, den ich nicht als den meinigen anerkennen konnte, weil er so mißgestaltet, so anders und krank wirkte. Stets war er in meiner Nähe, aber niemals greifbar – wenn ich mich umwandte, tauchte er katzenhaft hinter ein Gebüsch, verbarg sich in trügerischem Halbdunkel, glitt in der Wüste über die Sandhügel in eine Senke. Sobald ich aber ruhte oder zu schwach war, um mich fortzubewegen, kam er zu mir, kroch auf allen Vieren heran und wisperte mir schreckliche Dinge ins Ohr.

Jetzt, gerade jetzt, im ersten schlaftrunkenen Erwachen, war er wieder bei mir und flüsterte meinen Namen . . .

»Hem-On, Hem-On, wach auf!«

Ich fuhr hoch. Die Vision und die Stimme waren zu deutlich gewesen, und außerdem konnte es keine Traumgestalt mehr sein, denn ich war wirklich wach. So dicht neben mir nahm ich nun die Gestalt wahr, daß mir ein Schreck durch die Glieder fuhr. Urchu, der häßliche, so fürchterlich verwachsene Zwerg hockte da und starrte mich an.

»Was willst du?« fuhr ich ihn an.

»Ich habe mitbekommen, wie du losgelaufen bist und bin dir gefolgt, nimm mich mit.«

»Niemals, mir graut vor dir! Wenig Glück hat mir deine Anwesenheit bisher gebracht.«

Urchu senkte traurig den Kopf. »Das liegt weniger an mir als daran, daß du deinen Talisman verloren hast«, sagte er.

»Nicht nur das, ich habe alles verloren.«

Ich hätte vor Verzweiflung weinen können, während ich dies sagte, aber der Vorrat an Tränen war in mir versiegt, meine Augen waren trocken und brannten.

»Ich habe eine Überraschung für dich«, wisperte der Zwerg. Auf allen Vieren kroch er so nahe an mich heran, daß ich seinen stinkenden Atem riechen konnte. Ich drehte mich weg. Ein leises Geräusch und eine scharrende Bewegung seiner Hände vor mir im Sand ließen mich erneut zu ihm hinüberblicken. Zunächst glaubte ich, meinen Augen nicht trauen zu dürfen, als ich sah, was Urchu mir zeigte: es war meine Kette mit dem schwarzen Skarabäus.

»Nimm sie«, flüsterte er, »ich habe sie Hamet entwendet, weil ich denke, daß du sie mehr brauchst als er.«

»Außerdem ...«, setzte er fort, »außerdem besitzt er ja nun auch das Mädchen, und dieser Schatz scheint ihm wichtiger als alles andere zu sein.«

»Was weißt du über Umbala?«

Urchu zog eine dümmliche Miene, die sein häßliches Gesicht noch fratzenhafter wirken ließ. »Nun, es ist so eine Sache mit diesen Nubierinnen«, sagte er, »sie scheinen sich schnell an jeden neuen Herren zu gewöhnen. Gestern noch folgte sie dir wie ein treuer Hund, heute liegt sie glücklich in den Armen eines anderen Mannes ...«

»Schweig still, du Scheusal!« brüllte ich, aber mir tat sogleich der heftige Ausdruck wieder leid. Noch immer hielt er mir das Amulett hin.

»Ich habe nie viel Freude in meinem Leben gehabt«, sagte er, »aber im Augenblick sehe ich, daß du unglücklicher bist, als ich es je war. Du brauchst diese Kette, damit es dir bessergeht. Nimm sie doch endlich!«

Da zog ich aus einem plötzlichen Gefühlsüberschwang heraus den Zwerg an mich und umarmte ihn herzlich. Wie ein kleines Kind lag der verunstaltete Mann in meinen Armen und wurde ganz still von meiner Zärtlichkeit. Wir lösten uns langsam aus der Umarmung, und Urchu legte mir die Kette um den Hals und knotete die Schnur mit zittrigen Fingern in meinem Nacken.

»Ich danke dir, Freund«, sagte ich mit belegter Stimme. »Ich danke dir für alles, was du getan hast, und werde dich nie vergessen. Aber mitnehmen kann ich dich nicht. Den Weg, den ich mir nun vorgenommen habe zu gehen, kann ich nur allein machen. Auf diesem Kriegszug nach Süden habe ich meine Seele, mein Ka, meine Kraft verloren, und ich muß sie allein wiederfinden. Ich bin auf dem Weg zu mir selbst.«

Urchu nickte, und seine Miene spiegelte Traurigkeit wider.

»Vielleicht wird es auch für mich Zeit, die Heimat zu finden«, sagte er, »ich glaube, ich werde nach Süden wandern, über die Berge nach Äthiopien, von wo ich herstamme.«

Wir trennten uns herzlich wie alte Freunde, und jeder ging in eine andere Richtung davon.

Immer weiter nach Norden wanderte ich, vom Sonnenaufgang bis zum Anbruch der Nacht, Tag um Tag folgte ich dem Lauf des Nil. Manchmal, wenn ich nach oben blickte und die Hand schirmend über die Augen legte, sah ich einen einzelnen braunen Falken am Himmel schweben. Es schien, als würde er mich auf meinem Weg begleiten. War es der Horus, das Auge Res, das alles sah und alles wußte und mich auf meiner Wanderung beschützte?

Immer ausgedörrter wurde das Land, je weiter ich nach Norden kam – die Fruchtbarkeit der nubischen Erde hatte mich vergessen lassen, daß in Ägypten immer noch Dürre herrschte. Die Dörfer umging ich, nahm lange Umwege in Kauf, um keinen Menschen zu treffen. Ich wollte allein sein und spürte, wie gut mir die Einsamkeit tat. Viele Gedanken schossen mir durch den Kopf und rangen nach Klarheit und Form. Aber immer noch war Trauer in mir, lag wie ein schwerer Umhang über mir. Ich ging und ging und hatte kein klares Ziel, obgleich mich irgend etwas anzog, das spürte ich deutlich. Als ich mich den Katarakten und schließlich Syene näherte, wurde dieses Gefühl immer stärker. Ich vermied es, die Stadt zu betreten, obwohl mich Fürst Hapu sicher willkommen geheißen hätte. Statt dessen bat ich einen einheimischen Schiffer, mich mit seiner Faluka zur Elefanteninsel überzusetzen. Er tat es, ohne eine Gegenleistung dafür zu fordern, und ich bedankte mich herzlich. War es der Skarabäus auf meiner Brust, der ihn zu diesem uneigennützigen Handeln veranlaßt hatte, lag es daran, daß ganz allmählich die alte Kraft in mich zurückkehrte?

Auf der Insel ging ich am Isistempel vorbei, fand den Pfad zu der Höhle im Felsen und stieg ohne Zögern hinab zu den Schlafstätten des Nil, wie es damals Pharao Djoser getan hatte. Es war dunkel im Inneren des Felsens, aber seltsamerweise nicht so warm und stickig, wie ich vermutet hatte. Ja, ich glaubte sogar, mit jedem Schritt einer erfrischenden und kühlen Feuchtigkeit nahezukommen. Ganz unten, am Ende des Ganges, wohin nur noch ein schwaches Restlicht des Tages fiel, erreichte ich die Mulde, an der Djoser zum großen Gott Chnum gebetet hatte. Auch ich richtete meine Gedanken auf Chnum, ließ mich auf die Knie sinken und ergab mich dem Gefühl, vor seinem Angesicht das unbedeutendste aller Lebewesen zu sein. Aber der mächtige Herr des Nil zeigte sich nicht.

»Großer Gott des lebenspendenden Wassers«, betete ich, »verzeihe dem Diener unseres Pharao, der vor dir auch nur ein Diener ist, den Frevel, eine Bitte an dich zu richten. Sieh, wir sind deinem Befehl in Treue gefolgt und haben das fremde Land besetzt, um deinen Namen zu rühmen. Wir haben gekämpft, gelitten und haben uns versündigt, weil uns keine andere Wahl blieb. Gewonnen habe ich und verloren und stehe nun mit leeren Händen vor dir, nicht einmal ein Geschenk für dich bringe ich mit. So nimm denn mich, dessen Leben so ziel- und sinnlos geworden ist, als Opfer an. Ich habe so sehr das Leben geliebt und bin nun bereit zu sterben, wenn ich dadurch dem gequälten Ägypten helfen kann.«

So oder ähnlich sprach ich und war erfüllt von der Bereitschaft, mich dem großen Gott Chnum zu opfern. Schwach und leer wurde ich, meine ganze Kraft strömte aus. Lauter und lauter wurden die Geräusche, dieses Ausströmen meines Kas, bis ich glaubte, sie würden das gesamte Gewölbe erfüllen. Plötzlich aber wurden meine Knie naß und ich sprang auf, als mir bewußt wurde, daß ich von Wasser umgeben war. Das Geräusch des Strömens aber nahm unvermindert an Stärke zu und tönte bereits wie das Brüllen eines gewaltigen Sturmes. Gebannt stand ich da und starrte auf die Mulde, die sich zunehmend mit Wasser füllte, und es dauerte eine Ewigkeit, bis ich begriff: das Leben kehrte in die Schlafstätten des Nil zurück, der große Strom räkelte sich, stöhnte wohlig und breitete sich aus. Ich drehte mich um, hastete den Weg zurück zum Ausgang. Schreiend lief ich über den Pfad. Am Isistempel kamen mir weißgekleidete Priesterinnen entgegen.

»Der Tag ist gekommen, an dem die Prophezeiung sich erfüllt!« riefen sie. »So hat es die Hohepriesterin geweissagt: wenn ein Jüngling von den Schlafstätten des Nil kommend dem Tempel entgegenläuft, mit den Armen schwenkt und dabei lacht, wenn Freude und Hoffnung in seinen Augen glitzern, dann ist die Zeit der großen Prüfung vorüber, dann wendet der Nil sich uns wieder zu und schenkt uns Wasser und Leben. Gelobt sei dein Anblick, dreimal gepriesen dieser Tag!«

Am Ufer des Stroms, der unaufhörlich anstieg, sammelten sich Menschen. Als ich dankbar zum Himmel blickte – vielleicht, um dort ein Zeichen Chnums zu erhaschen – sah ich wiederum den braunen Horusfalken. Er stand rüttelnd über der Elefanteninsel, genau da, wo sich die Höhle mit den Schlafstätten des Nil befand.

Auch in Syene hatten sich Menschenmassen am Ufer des Nil versammelt, um das Anschwellen des Stroms zu betrachten. Längst schon war die Nachricht vom glorreichen Sieg des ägyptischen Heeres und vom Untergang Anibes eingetroffen, und man brachte sie mit dem steigenden Wasser in Verbindung. Pharao Djoser, so hieß es, hatte an den Schlafstätten des Nil dem großen Gott Chnum geschworen, das Land Nubien mit seinen Ungläubigen zu bestrafen und seinen Schwur eingehalten.

Chnum war besänftigt worden und schickte nun zum Zeichen seiner Besänftigung die so lange zurückgehaltenen Wasser wieder nach Norden, wo mit dem fruchtbaren Schlamm wieder Wohlstand einkehren würde. Überall, wo ich hinkam, sprach man mit Hochachtung von unserem König, sein Mut wurde gerühmt und seine Taten, in der Phantasie der Menschen oft ins Wundersame gesteigert, gepriesen. Es war unübersehbar, daß sich die Leute von Syene für ihre Stadt vom Verlauf der Ereignisse neuen Aufschwung versprachen. Hatten ihre Männer nicht am glorreichen Sieg teilgenommen und eine Übermacht an Feinden niedergerungen, kam Syene als Umschlagplatz des Handels mit der nubischen Provinz nun nicht eine ganz besondere Bedeutung zu? Wenn man die Syener sprechen hörte, so konnte man meinen, sie selbst hätten an der Belagerung und Einnahme Anibes teilgenommen und den Nubierfürsten Ipuki eigenhändig geköpft.

Ich hielt mich bewußt von Hapus Hof fern, erfuhr aber dennoch bald, daß Imhotep in den Steinbrüchen weilte. So machte ich mich auf, den Meister zu finden.

Lange mußte ich wandern und im hügeligen Gelände südlich der Stadt suchen, bis ich auf seine Schilfhütte stieß. Sie war leer, und so war es das beste, hier auf den Meister zu warten. Ich legte mich auf eine Bastmatte und schlief ein. Ich träumte davon, wieder als Kind bei meiner Mutter im Dorf der Sumpfbewohner zu leben. Der alte Waka kam mit seinem Schilfboot ans Ufer und lud mich ein, mit ihm auf Entenjagd zu fahren. Wir legten ab und befanden uns bald in langsam fließendem, fast stehendem Gewässer. Es war so ruhig ringsum, daß das Fliegengesumm das einzige Geräusch war, das an mein Ohr drang.

»Du bist groß geworden, Hem-On, fast schon ein Mann«, sagte Waka zu mir, »deine Mutter Echnefer wäre stolz auf dich, wenn sie noch lebte und dich so sehen könnte.«

»Ich vermisse sie sehr«, antwortete ich, »und ich hoffe, daß es ihr dort, wo sie jetzt weilt, gut ergeht, und daß sie meinen Vater im Reich der Schatten getroffen hat. Es soll schwer sein, sich im dunklen Land des Osiris zurechtzufinden.«

»Manchmal ist es noch schwerer, sich im Licht des hellen Tages zurechtzufinden«, lachte Waka. »Und es gibt noch andere, die dich vermissen. Kannst du dich noch an Saka, Semba, Nasu und Memet erinnern?«

Schlagartig fielen mir wieder die Gesichter meiner Kindheitsgefährten ein. »Wie geht es ihnen?« fragte ich.

»Oh, gut, Saka und Semba pflügen wie ihre Väter das Land. Sie haben schon früh sich an die Arbeit gewöhnen müssen, die hart ist, wenn das Nilwasser ausbleibt und alle Familienmitglieder ernährt werden sollen. Nasu ist Fischer geworden, Memet Krokodiljäger und Vogelfänger, er versteht es sehr gut, Köder an den richtigen Stellen auszulegen und Netze zu knüpfen.«

»Und Uba-Sanit, die Heilfrau, hast du sie und ihre Katzen noch einmal auf der Sumpfinsel getroffen?«

Waka schüttelte den Kopf und kratzte sich auf seine gewohnt umständliche Art den kahlen Schädel. Er sah so lustig dabei aus, daß ich lachen mußte.

In diesem Moment riß mich ein Geräusch aus dem Traum, ich sprang auf. Vor mir stand Imhotep und blickte mich prüfend an. Als ich ihn begrüßen wollte, hob er die Hand und wies mich zu schweigen an.

»Du brauchst mir nichts zu erzählen, Hem-On«, sagte er, »alles, was ich wissen muß, entnehme ich deinem Gesicht. Laß sehen, was dir widerfahren ist ...«

Er betrachtete mich lange, setzte sich vor mich auf die andere Matte und begann dann zu sprechen: »Ich merke, daß dir Unglück widerfahren ist und du das Leid des Herzens kennengelernt hast«, sagte er. »Aber dies geschah nicht aus Zufall, sondern durch dein eigenes Handeln. Leichtsinnig und unüberlegt warst du, Hem-On, du hast meinen Rat nicht befolgt, und ich sollte dich bestrafen, denn du bist ein Schüler, der schlecht zuhört und seine Launen nicht zu beherrschen gelernt hat. Aber ich sehe auch, daß du deinen Leichtsinn bereust. Warst du an den Schlafstätten des Nil und hast mit Gott Chnum gesprochen?«

Ich nickte stumm.

»Dies allein macht dein Vergehen wieder gut und zeigt mir, daß du ein Mensch bist, mit dem die Götter etwas ganz Besonderes vorhaben. Auch trägst du die Kette wieder, die dir abhanden gekommen war.«

Ich war verwirrt. Wie konnte der Meister alles über mich wissen? War er der Falke am Himmel gewesen, hatte er mit seinen Augen meinen Weg bis hierher verfolgt?

Lange schwieg Imhotep, und es schien fast, als wollte er nicht mehr sprechen, bis er seitlich in ein Holzkästchen griff und ihm eine Papyrusrolle entnahm. Vor mir auf der Matte breitete er das vergilbte Blatt aus und wies auf die Zeichnungen, die im ersten Moment völlig unverständlich aussahen.

»Weißt du, was das ist, Hem-On?« Ich schüttelte wahrheitsgemäß den Kopf.

»Es handelt sich um alte Aufzeichnungen, die noch von Mazdanuzi, deinem Großvater, stammen.«

Schlagartig war ich hellwach und beugte mich vor, um besser zu sehen.

»Ich glaube, es ist an der Zeit, ein wenig den Schleier zu lüften, der über deiner Abstammung liegt«, sagte Imhotep. »Du weißt, daß dein Vater, Nasar, bei mir in Diensten stand, bevor ihn Anubis viel zu früh zu Osiris rief. Auch er hat wenig von diesem Geheimnis gewußt, die Zeit war noch nicht reif dafür, die Dinge anzusprechen, um die es nun geht. Aber Mazdanuzi, der ein großer Baumeister auf jener fernen Insel war, die man *Nabel der Welt* nennt, hat davon gewußt und diese Schriftrollen meinem Vater, dem Bauherrn von Schmunu, anvertraut. Er nannte sie einen Teil des *Himmlischen Buches*, von dem nur wenige Sterbliche, und nur zu einem Zeitpunkt, den die Götter festgelegt haben, erfahren sollen. Sieh diese Zeichnungen, Hem-On: Es sind Pläne für riesige Bauten, für eine Stadt, die in der Wüste von Sakkara entstehen soll. Er sagte: das Menschenmaß reicht nicht aus, um für die Ewigkeit zu planen. Darum sollen wir mit Hilfe der Götter etwas errichten, das die Zeit überdauert. So schlimm die große Dürre mit den Jahren der Hungersnot für uns auch war und der Krieg, der viel Elend über die Menschen brachte – all dies war notwendig, um den Plan vorzubereiten. Nun, nach dem Sieg, da sich alles wieder gewandelt hat und die Menschen auf einen großen Neuanfang hoffen, sind sie auch bereit, meinen Worten Glauben und dem Plan Beachtung zu schenken, damit wir ihn gemeinsam ausführen können. Es wird die Geburtsstunde für ein neues und großes Ägypten sein.«

Ich hatte andächtig zugehört und erinnerte mich der Gespräche im Haus des Lebens von Sakkara, wo wir lange bei den Ibissen am heiligen See gesessen hatten, während Imhotep seine Gedanken formulierte, so daß ich sie mitschreiben konnte. Ich dachte an die Diskussionen mit der Königsmutter Nimaathap und die große Rede meines Meisters in Djosers Palast, aber auch an die prophetischen Worte meiner Mutter, die das Geheimnis unserer Familie betrafen.

»Dann hat mein Großvater Mazdanuzi bereits an all das gedacht – war es eine Vision?« wagte ich einzuwerfen.

»So könnte man es ausdrücken«, lächelte Imhotep. »Und ich verstehe, daß dich dieser Punkt der Geschichte besonders berührt.«

»Weißt du noch mehr über jene Insel, von der meine Vorfahren stammen?«

»Leider zu wenig, außer daß dort einst ein großes Volk lebte, das riesige Tempel errichtete und den Ägyptern an Wissen weit überlegen war.«

»Du sprichst voller Bewunderung von jener Insel.«

»Das ist richtig, denn von dort kam alles Wissen, und wir heute greifen nur noch die Reste der Erinnerung, die davon geblieben sind, auf.«

Einer plötzlichen Eingebung folgend fragte ich, ohne nachgedacht zu haben: »So wie du davon sprichst, Meister, berührt es mich seltsam. Kann es vielleicht sein, daß auch deine Vorfahren von jener Insel stammen?«

»Genauso ist es«, antwortete Imhotep zu meiner Verblüffung. »Die gesamte *Gefolgschaft des Horus* – das deutete ich dir bereits in Thinis an, als wir das Grab des Osiris besuchten, erinnerst du dich? –, sie alle waren keine Ägypter, sondern Abkömmlinge der Insel, die man *Nabel der Welt* nennt. Hier wurden sie erst nach langen Seefahrten, Wanderungen und Kämpfen heimisch, und aus ihnen bildete sich eine Führungsschicht. In direkter Folge stammt jeder Pharao auf dem Thron Ägyptens von den Leuten der Insel ab. So ist es bis heute – auch in Djosers Adern fließt das Blut vom *Nabel der Welt*. Darum stehen wir, du und ich, dem Königshaus näher als die meisten in Ägypten.«

Ich schwieg und spürte, wie meine Sehnsucht wieder einmal Flügel bekam. Mein Geist schwebte einem Falken gleich empor und suchte über dem endlosen Meer nach der Insel, der ursprünglichen Heimat.

»Eines Tages wirst du vielleicht ausgesandt werden, um dorthin zu reisen«, sprach Imhotep weiter. »Es ist möglich, daß du dann ein klares Bild von dem erhalten wirst, was dir jetzt wie ein Haufen durcheinandergeworfener Mosaiksteine vorkommt. Für heute aber gilt es, dem großen Plan zu folgen und sich um die sorgfältigen Einzelheiten der Ausführung zu kümmern. Ich habe die Steinbrüche der Umgebung besichtigt und wunderbares Material gefunden, das es in Sakkara, wo nur Kalksandstein vorhanden ist, nicht gibt: schwarzer und roter Granit feinster Qualität, dazu grüner Diorit, Sandstein und Alabaster. In Kürze, wenn die Soldaten vom Kriegszug zurück sind, werden die Arbeiten im Steinbruch beginnen und die Schiffe beladen. Mit der Flut werden wir rasch heimfahren und das Material an die Baustelle bringen. Das Heer wird nicht aufgelöst, denn seine größte Aufgabe steht ihm noch bevor: der Bau der großen Anlagen von Sakkara. Wer einen so großen Plan im Auge behalten will, muß an alles denken und einen kühlen Kopf bewahren. Bist du bereit dazu, Schreiber Hem-On?«

»Ja, Meister.«

»Und denkst du auch nicht mehr an die schöne Umbala?«

Seine Frage kam völlig überraschend. Ich wunderte mich, daß ich tatsächlich nicht mehr an Umbala gedacht hatte. Ich nickte.

»Dann besorge dir ausreichend Papyrus und Schreibzeug, Hem-On. Noch heute werde ich mit dem Diktieren der Berichte und Anweisungen beginnen, die Zeichnungen werden wir gemeinsam fertigen. Du siehst: es gibt viel zu tun für uns beide!«

Nach und nach kehrten die Einheiten des Heeres nach Syene zurück und wurden dort mit Jubel empfangen. Imhotep nahm sie sofort in seine Dienste und wies sie an, das Erdreich und die verwitterten, also unbrauchbaren Gesteinsschichten am Hügel bei den Steinbrüchen abzutragen. Allmählich gelangte man so an die glatteren Felsmassen heran. Von weitem sah der Hügel aus wie ein Ameisenhaufen: Hunderte von Männern trugen in langen Reihen die Schuttkörbe hinunter, während andere, mit leeren Körben, Hacken, Picken und Schaufeln bewaffnet, an ihnen vorbei bergauf stiegen, um dort die Arbeiter abzulösen. Aus dem anfallenden Geröll und Schotter wurden Rampen zum Nilufer errichtet, die von Tag zu Tag größer wurden und schließlich in leichter Neigung den Steinbruch mit dem Fluß verbanden. Auf ihnen sollten die großen Quader zu den Schiffen gezogen werden, weshalb es von außerordentlicher Wichtigkeit war, daß die Rampen stabil und glatt angelegt wurden – schließlich sollte keiner der kostbaren Quader beim Transport beschädigt werden.

Zu Beginn der dritten Woche machten sich die Männer unter Imhoteps Anleitung daran, die Granitblöcke zu brechen. Hierzu wurden die Umrisse exakt vorgezeichnet und in regelmäßigem Abstand tiefe Löcher in den Stein gebohrt. In diese trieb man trockene Keile aus dem Holz der Sykomoren.

Ich beobachtete die Vorgänge genau und fertigte über alle Arbeitsgänge Berichte an. Ich sah, daß es eine äußerst harte Arbeit war und hörte die Männer gelegentlich darüber murren. Einer der Vorarbeiter, der etwas vom Bauen verstand, runzelte mißbilligend die Stirn.

»Mit Holz, das viel weicher als Stein ist, will Imhotep die Quader aus dem Felsen herausbrechen? Das klappt doch nie!«

Unbemerkt war der Meister zu uns getreten. Er hatte die Worte des Vorarbeiters gehört und lächelte nachsichtig.

»Ich werde den Fels mit etwas sprengen, das noch viel weicher als Holz ist. Du wirst schon sehen – das weiche Wasser bricht den harten Stein.«

Und in der Tat, am Abend, als die Kühle kam, konnte ich es mit eigenen Augen beobachten: Eine Kolonne Wasserschöpfer mit gefüllten Krügen stellte sich neben den Holzkeilen bereit und leerte sie auf das Kommando von Imhotep hin aus. Ich verstand mit einem Mal den Ausspruch meines Meisters. War es nicht so, daß die Bäume genau nach diesem Prinzip vorgingen? Mit ihren Wurzeln sogen sie die Feuchtigkeit aus dem Erdreich und sprengten dabei alle Widerstände – sogar den härtesten Stein ... Bevor ich noch weiterdenken konnte oder gar diese Erkenntnis notieren, erbebte der Hügel unter einem krachenden Laut. Ein riesiger Block hatte sich aus der Felswand gelöst und lag transportbereit vor uns. Ich werde das erstaunte Gesicht des Vorarbeiters nicht vergessen.

»Das ist Zauberei«, flüsterte er immer wieder. Aber es war keine Zauberei, das hatte ich verstanden, sondern ein Gesetz der Natur. Alles war Bestandteil einer natürlichen, höheren Ordnung, die in diesem Augenblick für die Zwecke des Menschen nutzbar gemacht wurde.

Trotz dieser ersten Erfolge zogen sich die Steinbrucharbeiten noch wochenlang hin. Imhotep hatte vor, große Mengen von Quadern brechen zu lassen, und weitaus schwieriger als das Formen und Zuschneiden des Granits gestaltete sich der Transport hinab zu den Schiffen. Zunächst wurden die Quader mittels Hebelwirkung auf Holzschlitten gehievt und sorgfältig verkeilt und vertäut. Dann ließ man die Schlitten, die nun ein ungeheures Gewicht trugen, langsam an Stricken zu Tal gleiten. Zuvor war die Oberfläche der Schotterrampen mit einer dicken Schicht Nilschlamm geglättet worden, die immer wieder von den Wasserträgern befeuchtet werden mußte, um die Gleitfähigkeit der Schlitten zu erhöhen.

Beiderseits des Schlittens hielten mehrere Kolonnen mit straff angespannten Seilen die Balance auf der Rampe. Unendlich langsam, Handbreit um Handbreit, glitt der gewaltige Steinriese hinab und traf endlich in richtiger Position auf dem Transportkahn an, wo er erneut gut vertäut wurde, um das Schiff gleichmäßig zu belasten und bei der Fahrt nicht zu verrutschen. Tief drückte die Last des Steins den Kahn ins Wasser hinein, aber das Unternehmen war zur vollen Zufriedenheit gelungen. Jubel brach unter den Männern am Kai aus.

Auch Imhotep war zufrieden. Er konnte davon ausgehen, daß die Vorarbeiter inzwischen verstanden hatten, worauf es ankam, und in der Lage waren, das Unternehmen weiter planmäßig durchzuführen.

Inzwischen waren in Syene weitere Truppeneinheiten aus dem Süden eingetroffen und lösten die schwer arbeitenden Männer ab. Mehrere Schichten wurden nun eingerichtet und die Arbeitsstunden für den einzelnen verkürzt, so daß das Murren langsam verstummte. Erste Lieder kamen auf, tausend und mehr Stimmen fielen ein, und bald klang es rund um den Hügel wie bei fröhlicher Feldarbeit. Ein Ägypter singt stets bei der Arbeit, und seine gute Laune steckt an. Der Meister hatte recht behalten: allmählich begriffen die Leute, worum es bei dem Unternehmen eigentlich ging – ein gewaltig großes, bisher nie dagewesenes Werk bahnte sich an, und da das Gerücht umging, Pharao Djoser würde bald in Syene eintreffen, gaben sich alle jede erdenkliche Mühe, das Werk bis zu diesem Zeitpunkt sichtbar voranzutreiben.

»Ich glaube, alles ist in bester Ordnung, man braucht uns nicht mehr hier«, sagte Imhotep zu mir. »Wir sollten einen schnellen Segler nehmen und nach Memphis zurückkehren. In Sakkara gibt es für uns noch eine Menge zu tun. Das Gelände muß für den Bau vorbereitet werden, die Männer, die mit uns stromab fahren, müssen eingewiesen werden, und schließlich und endlich spüre ich Lust, einmal wieder im Haus des Lebens nach dem Rechten zu sehen. Ich glaube, die stillen, klugen Ibisse am heiligen See warten auf uns.«

Lange hatte ich nicht mehr an Sakkara gedacht, an das Leben im Tempel, an die ruhigen Abende am See und die lehrreichen Gespräche mit meinem Meister. Ein Glücksschauer durchrieselte mich. Mochte ich auch getrieben und heimatlos sein – in Sakkara spürte ich eine Nähe, die mir Wärme und Zuversicht schenkte. Und zwei weitere Erinnerungen banden mich unsichtbar an den Ort: die Erinnerung an Mari, meine erste Liebe, und das Gelübde, das ich nach dem Tod meiner Mutter abgelegt hatte. Ich wollte Echnefer ein Denkmal im neuen Sakkara bauen, etwas, das die Zeiten überdauern würde. Immerhin hatte der Meister mir dabei zugestimmt.

Eines Morgens, noch vor Ankunft des Pharaos, legten wir mit zwei Dutzend weiteren vollbesetzten Schiffen vom Ufer des Abo-Landes ab und trieben rasch mit der anschwellenden Flut nilabwärts dem Ausgangspunkt unserer Reise zu.

Das Buch Skarabäus

Unglaublich schnell schritten die Arbeiten in Sakkara voran, der große Plan nahm Gestalt an. Zunächst wurden auch hier Erdrampen errichtet, die bis hinunter zu einem Seitenkanal des Nil reichten. Dort konnten die Schiffe anlegen und die Granitblöcke aus Syene zur Baustelle geschleppt werden. Material für die Rampen gab es reichlich, denn Imhotep ließ das ganze Gelände rings um den Ibistempel und das Haus des Lebens planieren. Auch ein naher Hügel, der aus Kalksandstein bestand, wurde abgetragen und die herausgehauenen Quader als Bausteine für die Pyramide benutzt, die Stufe um Stufe in der Mitte des tausend Schritt langen und fünfhundert Schritt breiten Platzes entstand. Niemand konnte sich so recht vorstellen, wie groß das Bauwerk mit seiner seltsamen Form werden sollte. Man munkelte auch, daß ein so gewaltiges Gebäude, für das es nirgendwo ein Vorbild gab, in sich zusammenstürzen müßte. Wetten wurden darüber abgeschlossen, an denen ich mich natürlich nicht beteiligte, denn ich war felsenfest von der Richtigkeit der Pläne meines Meisters überzeugt. Er würde es beweisen und aller Welt eindrucksvoll zeigen, daß ein solches Bauwerk möglich war.

Die Pyramide sollte zum weithin sichtbaren Symbol eines neuen Ägypten werden, ein aus Stein errichtetes Monument für das große Gemeinschaftswerk. Später, nach dem Tode des Pharao, würde es ihm als Grabkammer dienen, als Wohnsitz seines Kas, während Anch, seine göttliche Seele, Stufe um Stufe bis zum Himmelszenit aufsteigen konnte.

Aber die Pyramide war ja nicht das einzige, was Imhotep zu errichten beabsichtigte, sie war nur ein Teil des großen Plans. Daneben würde Djosers Totentempel entstehen – eine maßstabgenau verkleinerte Nachbildung seines Palastes in Memphis mit den weißen Mauern und Türmen, den Toren und Zinnen. Die Grundmauern dafür waren bereits im Gelände abgesteckt worden. Markierte Steine, Holzpflöcke und zwischen ihnen gespannte Schnüre gaben an, wo mit den Bauarbeiten begonnen werden sollte. Das Festlegen der Markierungspunkte erforderte sorgfältigste Planung, denn die Stellen waren – ähnlich der Pyramide – allesamt auf Sternbilder des nächtlichen Himmels ausgerichtet.

Eine weitere Besonderheit des Bauplans stellten die länglichen, oval abgerundeten Gruben dar, in denen einmal die königlichen Schiffe beigesetzt werden sollten: die *Geist des Ptah*, die *Siegreicher Amun* und wahrscheinlich auch die *Wildstier*. Nach den Überlegungen meines Meisters würden sie Stück für Stück zerlegt und in die Gruben versenkt werden, die man danach mit Kalksteinplatten so fugendicht abzudecken hatte, daß weder Fäulnis noch Würmer oder anderes Kleingetier dem Holz etwas anhaben konnte.

»Warum ausgerechnet die Schiffe?« hatte ich den Meister gefragt.

»Aus zweierlei Gründen«, war seine Antwort. »Erstens überträgt sich die Kraft eines Pharao auf alle Gegenstände, die er berührt. Sie sind mit der Ausstrahlung seines Geistes aufgeladen und sollen für ihn bereitstehen, wenn er wiedergeboren aus dem Reich des Osiris zurückkehrt. Daher muß man sie gleich seinem Körper bestatten und darf sie nicht einfach einem Nachfolger vererben.«

Das leuchtete mir ein. Jeder Herrscher schuf sich mit seiner Thronbesteigung ein eigenes Reich, eine Welt, die nur so lange bestand, wie er lebte. Mit seinem Tod ging diese Welt unter wie die Sonne, die des Abends westlich des Nil in der Wüste versinkt.

»Der zweite Grund dafür ist«, fuhr Imhotep fort, »daß sie an jene Schiffe erinnern sollen, mit denen die alten Könige über das Meer nach Ägypten kamen.«

»Was waren das für Schiffe?«

»Ihr Holz ist längst vermodert, und schriftliche Berichte oder Abbildungen aus jener Zeit, in der man noch nicht die Kunst der Papyrusherstellung kannte, gibt es nicht. Das Wissen darum beruht auf der mündlichen Überlieferung in der *Gefolgschaft des Horus*. Aber sie sollen ähnlich ausgesehen haben wie die *Geist des Ptah* und die *Siegreicher Amun:* groß und pfeilschnell über die Wasseroberfläche gleitend, mit Segeln und zusätzlichen Rudern. Nur Bug und Steven sollen andere Formen besessen haben als heute, wo man die Lotusblüten und Papyrusdolden bevorzugt. Sie sollen Köpfen von Geschöpfen des Nordens nachgebildet gewesen sein, Schlangen, Drachen und anderem Getier, die es vielleicht nie wirklich gab, sondern die nur als Fabelwesen in den Köpfen der Menschen vorkamen.«

Gern hätte ich noch mehr solcher Geschichten aus dem Munde des Meisters gehört, aber das Eintreffen einer Gruppe von Arbeitern, die Werkzeuge wie Hacken, Pickel, Schaufeln und Schilfkörbe sowie Krüge, Strohmatten und andere persönliche Habe schleppten, lenkte uns ab. Der Truppführer wandte sich ratsuchend an Imhotep.

»Wir sollen in der Nähe der Baustelle mit dem Errichten der Unterkünfte beginnen, denn es heißt, daß bald viele tausend Männer mit General Schus Flotte eintreffen werden.«

»Ja, das ist richtig«, nickte Imhotep. »Baut schattenspendende Schutzdächer aus Akazienpfählen und Schilf für die Räume zum Essen und Schlafen. Dort drüben wartet ein Vorarbeiter, der euch die abgesteckten Bereiche zeigen wird. Ihr könnt sofort mit der Arbeit beginnen.«

Weitere Kolonnen von Handwerkern, Steinmetzen und Trägern trafen ein.

»Stimmt es, daß neben dem Getreidespeicher eine Bäckerei mit großen Backöfen gebaut werden soll?«

»Ja.«

Der Schreiber der Handwerkskammer von Memphis grinste verlegen. »Man sagt aber, die Speicher seien leer, es gebe dort kein Korn mehr. Wozu brauchen wir dann Öfen, um Brot zu backen?«

»Hast du nicht gemerkt, wie mächtig der Nil angeschwollen ist?« fragte der Meister zurück. »Die Ernte wird dieses Jahr überreich werden und uns alle für die lange Zeit des Hungers entlohnen.«

»Das wird aber noch Monate dauern, und was sollen wir in der Zwischenzeit essen? Etwa den roten Staub, der hier überall in Massen aufgewirbelt wird?«

»Nein, aber heute noch trifft eine Eselskarawane mit Gemüse, Trockenfrüchten und gedörrtem Fisch aus der Gegend der Sumpfinseln ein. Außerdem hat General Schu versprochen, seine Schiffe reichlich mit Nahrungsmitteln aus dem besetzten Nubien zu beladen. Du siehst also: niemand wird in Sakkara verhungern.«

»Aber verdursten«, klagte der Schreiber aus Memphis und blickte sorgenvoll zum Himmel. In der Tat lasteten über Sakkara dichte rote Wolken, die sich immer wieder aus dem aufsteigenden Staub der Baustelle zusammenballten. Viele Arbeiter husteten schon, und auch ich spürte ein ständiges Kitzeln in der Brust.

»Auch das wird sich bald ändern«, sagte Imhotep. »Mir wurden Lastkähne mit Gerste angekündigt. Wenn wir neben der Bäckerei eine Brauerei einrichten, so gibt es bald genug Bier für alle, einen Krug voll für jeden Arbeiter pro Tag.«

Imhotep schien auf jede Frage eine Antwort zu wissen, jedem sprach er Mut zu und spornte ihn an. Unsere Aussichten auf die Zukunft waren glänzend.

Als sich die Zeit der Flut ihrem Ende zuneigte und viele der Männer in ihre Dörfer zurückzogen, um auszusäen und später zu ernten, war das Wüstenplateau von Sakkara kaum noch wiederzuerkennen. Eine richtige Stadt war entstanden, das Fundament und der erste Sockel der Pyramide waren vollendet, und noch immer hallte die Umgebung vom Klang der Hämmer und Meißel wider. Eine große Anzahl von Soldaten, aus denen inzwischen Arbeiter und Handwerker geworden waren, blieb in Sakkara zurück. Im nächsten Jahr, wenn die Fellachen wie verabredet wieder zur Überschwemmungszeit aus allen Teilen des Landes herbeiströmen würden, konnten sie als Vorarbeiter für die Neuankömmlinge dienen, so wie ich meinerseits daranging, Kindern aus Memphis das Lesen und Schreiben der Hieroglyphen beizubringen. Ein Teil des Hauses des Lebens wurde auf diese Weise allmählich zur Schule umgewandelt – eine Entwicklung, die Imhotep anfangs mit leicht gerunzelter Stirn, nach und nach aber mit wachsender Zustimmung registrierte.

Wenn ich an die große Bauphase von Sakkara zurückdenke, so kommt es mir vor, als seien die Jahre damals wie im Flug vergangen. Dank der ansteigenden Wassermengen des Nil, die den fruchtbaren Schlamm mit sich führten, fiel die Ernte von Jahr zu Jahr besser aus. Die Menschen Ägyptens vergaßen die Zeit des Hungers, nicht aber

Pharao Djoser, der unbeirrbar und zielstrebig überall im Land neue Bewässerungskanäle anlegen ließ, die Zahl der Feldstücke verdoppelte und den Handel mit dem Ausland verstärkte. Die Durchführung seiner Pläne lag in den Händen erfahrener und zuverlässiger Beamter, die Fürsten der einzelnen Gaue und die Priesterschaft unterstützten ihn nach Kräften, weil sie den Sinn seiner Maßnahmen begriffen hatten. Memphis blühte zum wahren Zentrum des Erdenkreises auf.

In Sakkara nahmen die Zeichen dieses neuen Denkens immer mehr sichtbare Formen an. Mit jedem Anschwellen der Flut strömten Tausende von Fellachen aus ihren Dörfern zur Baustelle. Steinbrecher, Maurer, Handwerker und Künstler fanden sich ein und bildeten bald ein eigenes Viertel der in die Wüste hineingewachsenen Stadt. Das Haus des Lebens hatte so an Bedeutung gewonnen, daß selbst der Ptah-Tempel in Memphis Priesterschüler zu uns schickte, damit sie bei den Ärzten Imhoteps die Geheimnisse der Heilkunst erlernen konnten. Die von mir eingerichtete Schreiberwerkstatt vergrößerte sich zu einer richtigen Schule, in der zeitweilig mehr als zwanzig Lehrer über einhundert junge Schreiber ausbildeten. Fast fertig waren inzwischen Djosers Totenpalast mit dem Hebset-Hof, die Schiffsgräber und ein Prozessionsweg zwischen den Rampen vom Nilkanal zum Pyramidenplateau hinauf.

Am eindrucksvollsten aber wuchs die große Pyramide im Mittelpunkt des heiligen Bezirks in Sakkara. Mit sechs gewaltigen Stufen, jede um zwei Meter hinter die darunterliegende zurücktretend, strebte sie dem Himmel entgegen – ein weithin sichtbares Wahrzeichen der Großmacht Ägypten.

Die einzelnen Kalksteinblöcke, die dabei Verwendung fanden, blieben zwar klein wie Nilschlammziegel, die Mauervorsprünge glichen noch immer den Holzzähnen der alten Bauweise mit Pfosten und Eingängen, die ein- oder zweiflügelige Holztüren nachahmten, und die Säulen, die nicht freistanden, sondern durch Zwischenmauern untereinander verbunden waren, damit sie die schweren Kopflasten aushielten, sahen aus wie zu Bündeln zusammengeschnürte Papyrusstengel. Aber all dies trat zugunsten der neuen, kühnen Gesamtkonstruktion in den Hintergrund. Allseits geböscht war die große Pyramide, der Mittelkern an allen vier Seiten mit fünf parallel laufenden abgestuften Mauermänteln verkleidet, die den Kern und sich selbst gegenseitig stützten. Außerdem befanden sich alle Steine in schräger Lage und standen senkrecht zur Vorderfläche, so daß die ganze Kraft des Drucks zur Pyramidenachse abgeleitet wurde – eine wahrhaft geniale Architektur, die Imhotep, nach den Plänen meines Großvaters und der vielen namenlosen Meister der Insel vor ihm, zur höchsten Vollendung brachte.

Ich war stolz, in der Nähe eines so bedeutenden Meisters leben und von ihm lernen zu dürfen. Oft wanderten wir in der kühlen Abenddämmerung durch den Baukomplex, und voller Stolz machte mich Imhotep dabei auf Einzelheiten aufmerksam, die jedem anderen Betrachter entgangen wären. Zunächst bewunderte ich alles mit großer Fasziniertheit, merkte aber allmählich – und diese Tatsache beunruhigte mich mehr und mehr –, wie wenig die Details mich innerlich berührten. Anscheinend war das Blut meiner Vorfahren, meines Vaters Nasar, meines Großvaters Mazdanuzi, nicht stark genug in mir. Oder es floß in anderer Richtung, einem Ziel zu, das mir noch unbekannt war. Jedenfalls empfand ich zunehmend Freude an dem Ganzen der Anlage, am Zusammenwirken der Teile, aber die Einzelheiten fand ich unwichtig, sie lähmten meinen Geist und langweilten mich.

»Mir scheint, als wärst du mit deinen Gedanken ständig woanders«, sagte Imhotep einmal. »Kann es sein, daß du noch immer dem Nubiermädchen nachtrauerst?«

Ich verneinte heftig.

Imhotep lächelte. »Es gibt viele schöne Mädchen in Memphis, und auch hier in Sakkara, nach denen sich die Männer umdrehen...«

»Ich weiß.«

»Du wirst doch wohl nicht der Liebe gänzlich abhanden gekommen sein? Auf Dauer ist es nicht gut, stets nur an die Arbeit zu denken. Warum suchst du dir nicht eine Gefährtin?«

»Ich habe es ja versucht«, antwortete ich und fühlte mich unbehaglich bei den bohrenden Fragen des Meisters.

»... und nichts Passendes gefunden«, sprach Imhotep, unberührt von meiner Verlegenheit, weiter. »Hem-On, ich mache mir langsam Sorgen um dich.«

Abrupt blieb ich stehen. Ich atmete heftig und war ziemlich aufgewühlt. »Ausgerechnet du, Meister, sprichst auf diese Weise mit mir...«

Auch Imhotep war stehengeblieben. Er betrachtete mich aufmerksam und ich glaubte, ein leicht spöttisches Glitzern in seinem ansonsten so klugen und nachsichtigen Blick wahrzunehmen.

»Ja, ausgerechnet ich. Warum eigentlich nicht? Was glaubst du eigentlich von mir, hältst du mich für einen Asketen, den der Zauber einer Frau völlig unberührt läßt?«

Ich war erstaunt über die plötzliche Intimität seiner Worte.

»Aber...«, stotterte ich, »nie habe ich dich bisher zusammen mit einer Frau gesehen.«

»Das wird sich ändern«, gab Imhotep zur Antwort, »und zwar bald. Paß auf: Ich war einmal vor vielen Jahren verheiratet und sehr glücklich. Das war damals in Schmunu, bevor wir uns trafen. Aber meine Frau starb an einer heimtückischen Krankheit, gegen die jede ärztliche Kunst, auch die meine, wirkungslos war. Ich balsamierte sie und trug sie mit eigenen Händen zu Grabe, und mit ihr all meine Lebensträume. Nie mehr, so glaubte ich damals, würde ich meine Liebe zu ihr vergessen und künftig einsam leben wie ein weiser Marabu. Und so habe ich es auch gehalten, jedenfalls lange Zeit, bis ich neulich wieder einmal meinen Heimatort aufsuchte. Dort traf ich eine Frau, die mir von Tag zu Tag mehr bedeutet. Höre, Hem-On, ich merke, daß dir mein Verhalten seltsam vorkommt, weil es dir ungewohnt an mir ist, aber ich habe vor, diese Frau aus Schmunu zum Weibe zu nehmen und mit ihr Kinder zu zeugen. Schon bald wird die Hochzeit sein, und der Pharao persönlich wird die Feierlichkeiten ausrichten.«

Ich war betroffen von dieser Nachricht, eigenartig berührt, und ich fühlte auch Wehmut darüber, die Nähe des Meisters dadurch zu verlieren. Ich senkte den Kopf und antwortete nicht.

Der Meister legte mir den Arm um die Schulter. »War ich dir nicht immer ein Vorbild, Hem-On?«

Ich nickte stumm, ohne ihn anzusehen.

»Auch in dieser Hinsicht könnte ich dir ein Vorbild sein. Ich spreche nicht leichtfertig zu dir, sondern meine es ernst. Es ist nicht gut für einen Mann, und auch nicht für eine Frau, alleine zu leben. Die Natur will es so, du brauchst nur auf die Ibisse am heiligen See zu achten: leben nicht auch sie in Paaren, stehen und baden sie nicht zusammen, schnäbeln sie nicht und bauen Nester, um ihr Gelege auszubrüten und aufzuziehen? Wie anders sollte ein Mensch sein, ist er nicht auch ein Stück der Natur?«

Wir waren weitergegangen. Die Worte des Meisters hatten mich nachdenklich gestimmt. Ich fühlte, daß er recht hatte, und doch sträubte sich etwas in mir.

»Wenn es schon kein Mädchen aus Memphis oder Sakkara sein soll, so bedeutet das nicht, daß nicht doch irgendwo im Erdenkreis die Liebe auf dich wartet, Hem-On«, setzte Imhotep das Gespräch fort. »Und das macht es mir leicht, den Übergang zu einem Thema zu finden, über das ich schon seit einiger Zeit mit dir reden will. Ich möchte, daß du als Botschafter für Pharao Djoser und mich in ein fernes Land gehst ...«

»Was?« schrak ich entsetzt auf. »Ich soll fort von Sakkara? Gerade jetzt, wo sich die Bauarbeiten der Vollendung zuneigen, wo die Schule im Haus des Lebens so viele Schüler aufgenommen hat, die Lesen und Schreiben lernen sollen, wo ...«

»Du kannst dir noch viele Gründe ausdenken, die dich unentbehrlich machen«, winkte der Meister lachend ab. »Aber sie sind allesamt nur ein Vorwand, dem wirklichen Leben mit seinen Anforderungen auszuweichen.«

»Dem wirklichen Leben?«

»So ist es. Djoser und ich, wir haben deine Qualitäten als geschickter Redner erkannt und wir wollen dich als Gesandten im Dienste des Reiches einsetzen. Du mußt mit deinen Aufgaben wachsen, Hem-On.«

»Und wann wird das sein?« fragte ich bang.

»Schon bald. Nach der Feier meiner Hochzeit, zu der du herzlich eingeladen bist. Zuvor aber muß ich dir einiges über das ferne Land mitteilen, in das du reisen sollst. Laß uns dort drüben ans Feuer gehen und in Ruhe alles besprechen.«

»Du weißt, daß Ägypten jetzt immer mehr Handel mit anderen Ländern betreibt, um seinen Wohlstand zu mehren«, sagte Imhotep. »Kusch, das nubische Gebiet, gehört nun als Südprovinz zum Reich, und viele Waren kommen von dort, die uns bisher unbekannt waren. Wir tauschen Güter mit Äthiopien aus, mit Mitanni und den Nachbarn im Westen des Deltas. Unsere Schiffe fahren nach Punt, um von dort Schätze zu holen, vor allem Metall, das bei uns selten ist, ebenso wie wir Schminke und Zedernholz aus dem Libanon erhalten. Jenseits des Roten Meeres aber gibt es ein großes Land, in dem viele Stämme leben. Wir nennen es Asir, obgleich manche behaupten, es gehöre eigentlich zum Königreich Saba. Aber das stimmt nicht, denn Saba liegt weiter nördlich, und jenseits davon liegen noch andere Länder. Vom Hafen Suakin aus kann man das Rote Meer überqueren. Die Stadt an der Küste von Asir heißt Karkar, und es gibt einen Tempel dort, zu dem unsere Priester Beziehungen unterhalten, sowie einige Personen, die Ägypten wohlgesonnen sind und mir von Zeit zu Zeit Nachrichten zukommen lassen. Karkar soll der Ausgangspunkt deiner Mission sein, die dich durch das Gebiet wilder Bergstämme führen wird, von denen das Volk der Banu Jundub das gefährlichste ist. Aribi heißt ihre Hauptstadt, sie liegt als uneinnehmbare Festung in den Bergen versteckt. Dort muß man vorbei, um den Weg zu den fruchtbaren Gärten von Eden zu finden.

Die Stammesfürsten und Könige dort aber werden dich als Botschafter Ägyptens willkommen heißen, denn ihre Länder werden zur Zeit von einer aufstrebenden, kriegerischen Macht bedroht, die sich Assur nennt. Langsam wachsen die Assyrer zu einer Gefahr auch für uns heran, denn ich habe Kunde von Plänen bekommen, die einen Eroberungsfeldzug gegen Ägypten betreffen. All das sollst du auskundschaften und die Botschaft des Pharao in diese Länder tragen, damit wir Bundesgenossen finden, wenn es einmal ernst werden sollte.«

»Du bist außerordentlich gut informiert über die Zustände dort, Meister«, sagte ich, »du nennst Orte und Namen, von denen ich nie zuvor etwas gehört habe.«

»Das kommt daher, daß ich als Kind nicht in Ägypten, sondern in Uruk aufgewachsen bin, das noch nordöstlich von Asir liegt.«

»Uruk? Schon wieder ein Name, der mir unbekannt ist.«

»Uruk war die Hauptstadt des alten Reiches Sumer im Lande Mesopotamien, wo sich die Ströme Euphrat und Tigris ins südliche Meer ergießen. Einst herrschte der große König Gilgamesch dort, von dem in den alten Schriften des Tempels die Rede ist. Aber das ist lange her, und obgleich er seine Stadt Uruk mit mächtigen Mauern umwallt hat, wurde sie von den kämpferischen Assyrern erobert und ihrem Reich einverleibt. Als Kind war ich als Geisel in Uruk und lernte viel von der Weisheit Sumers, ebenso wie von den klugen Frauen, die aus dem Nachbarstaat Elam kamen. Seefahrt und Handel waren die Säulen beider Reiche, ihre Schiffe segelten bis ins ferne Indien und noch weiter, und wenn sie reich beladen zurückkamen, brachten sie außer Handelswaren auch neue und fremde Weisheit mit. So war meine Kindheit in Uruk eine ungewöhnliche Schule für mich, die mir von großem Nutzen war, als ich als junger Mann nach Ägypten heimkehrte und bei meinem Vater in Schmunu in die Lehre ging. Der Vater von Pharao Djoser und auch die Königin Nimaathap wußten von meinem Schicksal, und das mag mit ein Grund dafür sein, daß ich Berater und Siegelbewahrer des Königs wurde... Höre, Hem-On: alles Wissen der Welt verbreitet sich seit jeher auf dem Seeweg von Land zu Land. Wie die Kunst der Architektur und andere Lehren von der Insel deines Großvaters Mazdanuzi kamen, die man *Nabel der Welt* nennt, so erfuhren auch Sumer und Elam von dort über das Meer die Geheimnisse der Menschheit. Die *Gefolgschaft des Horus*, die mit Schiffen ins Delta kam, um Ägypten die Schrift, die Religion, die Medizin und die Baukunst zu bringen, das waren die Brüder und Schwestern der frühen Einwohner Elams und Sumers, weshalb ihre Sprache mit der unsrigen noch immer verwandt ist. Auch die ersten Königinnen von Saba und die ursprünglichen Fürsten von Asir gehören zu diesem Bund, der inzwischen zerbrochen ist. Unsere Völker haben gemeinsame Wurzeln, die es gilt, erneut mit den Wassern des Lebens zu benetzen, die in Wirklichkeit ein anderes Bild für den großen Geist sind, dem wir allesamt gehören. Die Assyrer aber sind Fremde, die diesem Geist nicht verbunden sind. Sie haben Uruk zerstört, Ur und die anderen bedeutenden Städte Sumers, sie haben Elam vernichtet und das Wissen der weisen Frauen dort, indem sie das Land mit Krieg überzogen und unter ihre Militärverwaltung gestellt haben. Auch Saba, wo die Königinnen noch lange die Erinnerung an Isis und Osiris bewahrten, gerät zunehmend unter den Druck von Assur, ebenso wie die Assyrer die Bergstämme Asirs und das nördliche Mitanni bedrohen. Wenn wir dieser Entwicklung nicht rechtzeitig entgegenwirken, so fällt ein Land nach dem anderen in ihre Hände, werden unsere Verbündeten schwächer und schwächer, bis eines Tages Ägypten allein noch übrigbleibt und ganz auf sich gestellt vom übermächtigen Feind umringt ist. Du siehst, Hem-On, daß die Aufgabe, die dich erwartet, nicht klein ist. Sie stellt eine hohe Herausforderung an deinen Geist, deine Intuition und deine Geschicklichkeit dar, mit fremden Menschen zu verhandeln. Ich würde das selbst gerne übernehmen, wenn nicht Pharao Djoser anderes mit mir vorhätte. Das Werk von Sakkara soll ich vollenden und das Reich von innen her stärken, vor allem die drei Säulen, auf denen die Stärke des neuen Ägypten beruht: das fundamentale Wissen um Architektur, Medizin und Schreibkunst, ein schnellbewegliches Heer, das jederzeit äußere Angriffe gegen das Reich abwehren kann, und schließlich der Handel, der nicht nur Wohlstand für alle, sondern auch verläßliche Vertragspartner ringsum schafft. Das ist viel Arbeit für einen einzelnen Mann, und ich weiß nicht, ob ich das alles zu leisten imstande bin.«

»Wer sonst, wenn nicht du, Meister?«

»Dein Vertrauen und deine Zuversicht ehren mich, Hem-On«, antwortete Imhotep lächelnd. »Doch mit einer großen Aufgabe wie dieser ist man auf gute Freunde angewiesen. Das Werk kann stets nur so gut sein, wie es die Leistung ist, die die Freunde erbringen.

Willst du mir in Zukunft statt eines Schülers ein solcher Freund sein?«

Ich war tief betroffen von den Worten des Meisters. »Das will ich«, rief ich erregt, »nenne mir deine Ziele, stelle mir Aufgaben, und ich will sie mit aller Kraft und ganzem Herzen erfüllen, wohin immer auf dem Erdenkreis du mich hinsenden magst.«

»Ich wußte, daß du so reagieren wirst«, sagte Imhotep. »Ich habe mich in dir nicht getäuscht und sehe, daß ich die rechte Wahl getroffen habe, als ich dich damals vom Ptah-Tempel in Memphis nach Sakkara kommen ließ. Durch dieses Amulett bist du in Gedanken mit mir verbunden und wirst es auch in der Fremde sein. Glaube daran und nutze die Kraft, die in deiner Seele schlummert. Du und ich – wir sind von der gleichen Art und dienen beide dem großen Plan, der noch umfassender und bedeutender ist, als es auch die Pyramide, die doch ein Bauwerk ist, wie es kein Sterblicher bisher errichten konnte, erkennen läßt. Bisher haben dir der Ibis und der Horus den Weg gewiesen, nun ist die Zeit des Skarabäus gekommen!«

Mit diesen Worten berührte er den schwarzen Skarabäus an der Kette über meiner Brust, und für einen kurzen Moment lang schien dieser nicht mehr aus Stein, sondern lebendig zu sein. Er bewegte sich und streckte seine Beine, als wolle er davoneilen. Ein Kribbeln vom Scheitel bis zu den Zehen durchlief mich. Zugleich kam mir eine Vision: Ich sah mich, um ein Vielfaches mutiger und entschlossener als bisher, durch die gefahrvolle Fremdheit unbekannter Länder ziehen. Ich sah Gold und Edelsteine an den Gewändern mächtiger Herrscher blitzen, aber diese Pracht blendete mich nicht, und ich blieb meinen Vorsätzen treu. Ich sah schöne Frauen verführerisch lächeln und spürte, wie groß die Sehnsucht nach Zärtlichkeit in mir war, die Bereitschaft, mich in sanfte Umarmungen fallen zu lassen und die Welt mit ihren Gefahren zu vergessen. Mit einem Mal wußte ich, was ich versäumt hatte, daß mir die echte Herausforderung noch bevorstand, und daß es nicht leicht war, das Echte vom Falschen zu unterscheiden. Aber dieses Gefühl, das eine wissende Vorahnung war, schreckte mich nicht. Im Gegenteil, es stachelte mich an, mich endlich auf die Suche nach der Wirklichkeit zu machen. In Sakkara war alles aus Stein, eine feste Gewißheit, die der starren Ordnung des Plans unterlag, der heiligen Maat, die ich so oft schon geschmäht hatte. Die Reise in die fernen Länder aber versprach das Gegenteil – die Unordnung des ständigen Wandels, und ich, ich würde dabei zum Schöpfer meiner eigenen Ordnung werden.

Ein Trupp Arbeiter mit Fackeln zog an uns vorüber, um die Nachtschicht an der Pyramide zu beginnen. Sie sangen dabei, aber ihre Bewegungen waren gleichförmig und wie genormt. Wie hatte ich bisher annehmen können, in Sakkara, in jener Stadt, die dem Tode geweiht war, gäbe es Leben und Entwicklung für mich? Unwillkürlich blickte ich zum Himmel hinauf, um einen Zug Ibisse oder einen Horusfalken zu entdecken, aber es waren nur Fledermäuse da, die aus den Nischen der Grabkammern kamen und ihre flatternden Kreise rings um die Pyramide zogen. Auch das paßte zu Sakkara.

Suakin war ein Ort der Kaufleute, eine Hafenstadt mit buntem, fremdartigem Treiben, die, obgleich sie noch zum Reich gehörte, den Eindruck erweckte, als läge sie in einem Land jenseits des Erdenkreises. Die Haut der Menschen war braun hier, jedoch heller als die der Nubier, und ihre Augen lagen leicht schräg im Gesicht. Als Schutz vor der Sonne trugen sie Stoffe um ihren Kopf gewickelt, die Kleider der Frauen waren bunter als in Ägypten und die Männer kleidete statt des weißen Tuchschurzes ein seltsames Tuch, das bis an die Knie reichte. An der Kaimauer lagen Schiffe, die gerade entladen wurden. Ich war mit einer Eselskarawane durch die östliche Wüste gereist und sah nun, daß man nur auf die Ware gewartet hatte. Ein Handelsschiff sollte über das Rote Meer hinüber nach Karkar segeln, um dort seine Geschäfte zu betreiben. Asir, dachte ich, wie verlokkend allein schon der Name klingt...

Lange saß ich auf der Hafenmauer und träumte über das Meer hinüber meiner Zukunft entgegen. Es war kein Ufer jenseits zu sehen, nur endlose Wassermassen, deren Oberfläche sich im Wind leicht kräuselte. Man hatte mir gesagt, daß mitunter Stürme aufkommen würden, die einem Schiff durchaus gefährlich werden konnten. Aber die Konstruktion der Segler wirkte solide. Sie waren nicht aus Zedernholz des Libanon gefertigt, sondern aus einer besonderen Art von Wacholder, wie sie in Asir wuchs. An Bord der Schiffe arbeiteten Menschen, die von dort stammten. Obgleich sie sich der gleichen Sprache bedienten, wunderte ich mich über den Klang ihrer Stimmen. Man mußte sehr genau hinhören, um sie zu verstehen, denn viele Worte betonten sie anders, und sie sprachen mehr aus der Kehle heraus als ein Ägypter.

In zwei Tagen würde mein Schiff in See stechen, mir blieb also noch Zeit, einen Rundgang durch die Stadt zu machen und mir eine Herberge zu suchen. Der Ort wirkte bei näherem Hinsehen schmutziger, als ich erwartet hatte. Offenbar blieb den Bewohnern wenig von ihrem schwungvollen Handel, oder sie hatten andere Maßstäbe in ihrem Leben, vielleicht auch, so dachte ich insgeheim, bargen sie ihre Schätze an anderer Stelle und täuschten mit ihren Häusern Armut vor, um bewußt keinen Neid bei Fremden hervorzurufen.

Mir, der ich sonst nur das Leben am Nil gewohnt war, kam das Meer befremdlich vor und die besondere Lebensart, die es mit sich brachte. Ich war daher angenehm überrascht, auf die Vertrautheit eines kleinen Isis-Tempels am Rande der Stadt zu stoßen. Die Fassade war baufällig, die Ausschmückung im offenen Eingangsbereich eher schlicht, was davon zeugte, daß man in Suakin nicht sonderlich viel von der Gottesmutter hielt. Gedankenverloren schritt ich die Wandbilder ab. Alle bekannten Götter waren dort abgebildet, aber die Farbe der Darstellungen blätterte bereits ab.

In einem dunklen Winkel des Tempels entdeckte ich allerdings einen Bilderfries, der in seiner Machart älter als die anderen zu sein schien. Ganz schwach noch war die Farbe in den rillenförmigen Vertiefungen zu erkennen, und das Dargestellte wich vom gewohnten Muster ab. Dreimal thronte die Göttin Isis auf dem Sitz unter den schützend ausgebreiteten Geierflügeln mit dem Sonnenauge. Die linke zeigte eine jugendliche Isis in durchscheinendem Wickelgewand, schmucklos und ohne Krone, fast wie ein Mensch, einzig das Anck-Henkelkreuz in der Hand wies auf ihre Kenntnisse der Heilkunde hin. Die mittlere Isis sah aus, wie man es gewohnt war – mit Kuhhörnern und Sonnenscheibe auf dem Kopf. Sie saß ruhig da und hielt stillend den Horusknaben auf ihrem Schoß. Die rechte aber war von schwarzer Hautfarbe, und statt der Sonnenscheibe entwuchs ihrem Stirnschmuck eine silberne Mondsichel. Das mußte die »versteckte« Isis sein, von der ich gelegentlich schon gehört hatte. Bedeutete ihre Farbe eine Annäherung an die Völker im Süden, an die Nubier und Äthiopier? Aber warum gab es dann auf der Elefanteninsel im Kataraktgebiet, wo doch schwarze Menschen vorkamen, eine solche Darstellung nicht? Welches Volk mochte damit wohl gemeint sein? Oder sollte das Schwarz die Dunkelheit der Nacht symbolisieren, in der nur der Mond sein spärliches Licht spendete?

So sehr ich auch nachdachte, ich fand keine befriedigende Lösung für das Problem. Mittlerweile hatte ich herausgefunden, daß der Tempel unbewacht war. Anscheinend befanden sich in Suakin keine Mädchen mehr, die in den Dienst der Göttin treten wollten, und so war der Tempel verwaist und verfiel. Noch ein paar Jahre, und kein Mensch mehr würde die Ruine beachten und sich ihrer einstigen Bedeutung entsinnen. Das erinnerte stark an das verlassene Chnum-Heiligtum bei den Schlafstätten des Nil, und es tat mir in der Seele weh. Wahrscheinlich würde auch diese Mißachtung hier einmal ihre Folgen haben, und hoffentlich würde es nicht so gewaltig sein wie das Austrocknen des Nil in den Dürrejahren. Ich verließ den Isis-Tempel und strich weiter ziellos durch den Ort. Etwas später fand ich eine gute Herberge und mietete mich für zwei Nächte ein. Obgleich ich früh aß und kurz darauf zu Bett ging, konnte ich auf der Bastmatte keinen Schlaf finden. Liebestolle Katzen strichen ums Haus, und der Lärm unten im Hafen nahm nicht ab. Trunkene Lieder drangen bis zu mir hinauf und störten meine Ruhe. Es war die erste Nacht auf meiner Reise, und das Schicksal hatte sie dazu auserkoren, daß sie die einsamste von allen wurde.

Am Morgen der Abreise von Suakin wehte ein kräftiger Wind, der dem Schiff starke Wellen entgegentrieb. Den Seeleuten machte das, im Gegensatz zu mir, dem sich der Magen krampfhaft zusammenzog, wenig aus. Unbekümmert vom Schwanken und Ächzen des Holzes unter unseren Füßen richteten sie das Segel so aus, daß sich die Kraft des Windes darin fing und wir schnell vorankamen. Ich saß vorn am Bug unter dem Sonnendach beim Kapitän und war froh, durch das Gespräch mit ihm von meinen leiblichen Qualen abgelenkt zu werden.

»Ich bin jedesmal froh, wenn wir abgelegt haben«, sagte der hagere Mann mit der ledrig gegerbten Haut und den klaren, weitblikkenden Augen unter den buschigen Brauen. Er hieß Wemamun und stammte aus einem kleinen Dorf an der Küste.

»So magst du Suakin nicht?«

»Nein«, brummte er, »dann schon lieber die Häfen drüben in Asir – Karkar, Lith, Birk, Jizan und wie sie alle heißen. Die Menschen dort sind einfach, aber ehrlich im Handel, und was ihre Frauen anbelangt, so sind es sie schönsten, die ich kenne.«

Er deutete mit der Hand über das Meer. »Bald werden die Bergrücken des Sarat auftauchen. Sie sind außerordentlich hoch, kaum überwindbar. Wer weiter in das Hochland von Asir vorstoßen will, muß sich durch enge, geröllreiche Schluchten vorwärtsquälen.«

»Warst du einmal dort?« fragte ich, um den Gesprächsfaden weiterzuspinnen.

»Nein, lange Ausflüge an Land sind nichts für mich. Ich bin am Wasser geboren und aufgewachsen, das Meer ist meine Heimat, nur hier fühle ich mich wirklich frei. Aber auf den der Küste vorgelagerten Inseln war ich – öde Eilande ohne Trinkwasser. Und auch der hügelige Küstenstreifen vor dem Saratgebirge, den die Einheimischen Tihama nennen, besteht zum größten Teil nur aus Wüste. Leben kann man nur in den Hafenstädten.«

»Im Hochland von Asir soll es fruchtbare Zonen geben mit großen Oasen, die größte davon heißt *Garten Eden.* Hast du davon schon einmal gehört?«

»Gehört ja«, brummte Wemamun, »aber die Leute erzählen viel und erfinden die unglaublichsten Geschichten, um sich von ihrem armseligen Leben abzulenken. Vielleicht ist der sagenhafte Garten Eden nur ein Traum.«

»Aber das Königreich Saba gibt es doch wirklich.«

»Ja. Es war einst sehr mächtig und betrieb Handel mit Ländern, die weit außerhalb des bekannten Erdenkreises liegen.«

»Außerhalb des Erdenkreises? Wie ist das möglich? Es heißt, jenseits davon ist kein Leben mehr möglich, weil alles im Meer versinkt...«

»Ach«, antwortete der Kapitän, »ich habe mir abgewöhnt, etwas für unmöglich zu halten. Ich bin auf meinen Fahrten weit herumgekommen und habe Dinge gesehen, die außerhalb aller Ordnungen stehen.«

Ich spürte, daß dieser Mann mehr erlebt hatte, als er zugeben wollte, und horchte auf. »Dann glaubst du nicht an die Götter und die heilige Maat?«

»Doch, aber es gibt viele Götter, in jedem Land haben sie andere Namen, und was für uns richtig und heilig ist, gilt dort wenig, und umgekehrt stimmt es auch.«

Ich schüttelte den Kopf und bedrängte ihn mit weiteren Fragen. Doch Wemamun zeigte wenig Lust, sich darauf einzulassen. Außerdem nahm der Wind zu, er mußte Anweisungen an die Seeleute geben. Sie bekamen alle Hände voll zu tun. Ich blieb sitzen und starrte voraus über das Meer, wo sich am Horizont ein dunkler Streifen abzeichnete, der allmählich größer und größer wurde. Meine Seekrankheit vergessend, begann ich die Konturen des Saratgebirges mit den Augen abzutasten. Endlos zog sich die Bergkette von Norden nach Süden, und sie wuchs an, je näher wir kamen. Wie eine abwehrende Wand war sie, eine Mauer vor dem geheimnisvollen Land dahinter. Die Sonne ging in meinem Rücken unter und warf ihr letztes Licht schräg auf die Tihama-Küste. Trotz des Windes war es noch immer schwül, ein Klima, das sich sehr von der gewohnten trockenen Hitze Ägyptens unterschied. Ich sah, daß die Küste sanft hügelig mit Sand- und Schotterflächen bis zum Saratgebirge anstieg, wobei einige steile Höhenrücken über dem Küstenstreifen bis zum Meer hin ausliefen. Dichte dunkle Bergwälder bedeckten die höher gelegenen Flanken und Grate, und ich konnte den von dort ausströmenden Duft vom Schiff aus riechen. Die Luft roch nach Wacholder und würzigen Kräutern. Und dann entdeckte ich die Lichter der Feuerstellen von Karkar. Wir steuerten auf den Hafen zu, die Mannschaft machte sich bereit zum Anlegen.

Kurz bevor ich meine Füße auf die fremde Erde setzte, sprach mich Wemamun noch einmal an.

»Da du ein Bote des Pharao bist, was ich wegen deines jugendlichen Alters immer noch schwer glauben kann, wirst du die Aufmerksamkeit der Leute auf dich lenken. Es wird besser sein, du bleibst in meiner Nähe und schläfst in dem Gasthaus, in dem ich immer einkehre. Dorthin werden auch morgen früh die Händler von Karkar kommen, um ihre Geschäfte abzuwickeln. Es heißt *Herberge zum silbernen Mond*, und die Schlafmatten sind frei von Ungeziefer.«

»Das ist gut«, antwortete ich, »auch mein Meister nannte mir diesen Namen. Sein Besitzer ist ein guter Bekannter von ihm.«

»Rabula«, nickte der Kapitän, »ich kenne ihn schon lange. Seine Augen blicken ohne Argwohn, und er versteht es, vorzüglich zu kochen.«

Ich nahm das als gutes Omen und schloß mich dankbar Wemamun an. Nur ein Teil der Mannschaft begleitete uns in den dunklen Ort, der Rest blieb zur Bewachung des Schiffes zurück.

Von Rabula erhielt ich wichtige Informationen, die den weiteren Verlauf meiner Reise betrafen. Von Imhotep sprach der Wirt mit deutlicher Hochachtung. Vor Jahren hatte er den Meister einmal persönlich getroffen und sandte ihm seither, wann sich auch immer eine Gelegenheit dazu ergab, Botschaften mit den Schiffen über das Rote Meer.

Im Laufe des folgenden Tages besorgte mir Rabula ein Reittier und trieb einen wegkundigen Führer für mich auf, einen zahnlosen alten Hirten mit vertrauenerweckendem Gesicht, der allerdings einen Fehler besaß: er war wortkarg wie ein Stück Granit. Am Anfang störte mich das nicht. Wir ritten im ausgetrockneten Flußbett einer Schlucht hinauf. Ich hatte dabei reichlich Gelegenheit, die Landschaft zu betrachten. Sie war bizarr, von einer erstaunlich strengen und abweisenden Schönheit. Gelegentlich kamen wir, obgleich nirgends ein Dorf zu sehen war, an terrassierten Feldern von enormer Steillage vorbei. Hirse wurde dort angebaut, Wein, Obst, Nüsse und Mandeln. Je weiter wir in die Berge vordrangen, desto spärlicher wurden allerdings die Spuren menschlicher Arbeit. Wald löste die Feldterrassen ab, Wacholder, Zypressen, Terebinthen und Tamarisken, um deren Kronen wilde Bienen schwärmten.

Einmal hob mein stummer Begleiter den Kopf und deutete auf eine Wolke, die brodelnd und sirrend herankam. Ein helles, knarrendes Geräusch erfüllte plötzlich die Luft, schwoll an und tanzte an uns vorbei. Es war ein gewaltiger Schwarm Heuschrecken. Unwillkürlich mußte ich an Ägypten denken und daran, daß solche Wolken des Schreckens mitunter über das Rote Meer flogen, um die Felder des Nilufers heimzusuchen. Hier also war ihre Heimstatt. Ein schreckliches Land mußte Asir sein, das solche Plagen hervorbrachte.

Als sich der Tag dem Abend zuneigte – und die Sonne versank früh in der Schlucht – wurde es empfindlich kühl. Nie hatte ich bisher eine solche Kälte erlebt, nie zuvor war ich aber auch so hoch zum Himmel gestiegen. Die Götter konnten, sofern sie nicht im wärmenden Umfeld der Sonne reisten, nicht aus Fleisch und Blut sein. Langsam begann ich, sie mir als luftige Wesen, konzentrierten

Gedanken gleich, vorzustellen. Anch, ihre Seele, von der jeder Mensch, also auch ich, einen Teil in sich trug, mußte eine Wolke aus klirrendem Frost sein. Warum hatte ich bisher nie etwas von dieser Kälte in mir verspürt?

So oder ähnlich bewegten sich meine Gedanken. Mich fröstelte aber auch vor der großen Stille, die uns umgab. Die Berge schwiegen wie lauernde Tiere, riesengroß und übermächtig. Winziger als Ameisen bewegten wir uns auf ihrer Haut, und eine jähe Bewegung von ihnen hätte uns glatt zerdrücken können.

Ein Geräusch schreckte mich auf. Mein Atem stockte. Dieser Laut schien aus dem Innern der Erde zu kommen, ein dumpfes Stöhnen und Gurgeln, das in Geheul überging. Auch mein Begleiter hatte innegehalten und lauschte. Jetzt kam von fern Antwort auf das Geheul, pflanzte sich von Grat zu Grat fort, steigerte sich zu einem ohrenbetäubenden Konzert.

Der alte Mann drehte sich zu mir um. Ich entdeckte angespannte Aufmerksamkeit in seinem Gesicht. »Wölfe«, sagte er. Nur dieses eine Wort, aber es schien eine ganze Welt von Bedrohung zu enthalten. Ich lauschte mit ihm. Das heisere Bellen der Schakale hatte ich oft in der Wüste gehört, aber noch nie ein so grausiges Heulen. Es war, als würden die Dämonen der Berge ihr Spiel mit uns treiben. Schlagartig setzte Regen ein, er prasselte in dicken Tropfen auf uns herab, dichter und dichter werdend. Mein Führer spornte den Esel an und suchte den Schutz einer überhängenden Felswand. Als wir sie erreichten, waren wir schon völlig durchnäßt. Ich fror. Der Alte begann sofort, im Halbdunkel nach trockenen Ästen zu suchen. Kurz darauf brannte ein Feuer. Allerdings zog der Rauch schlecht von der Stelle ab, an der wir saßen, er hüllte uns in Schwaden ein und biß in den Augen. Wir aßen etwas von dem mitgebrachten Proviant. Ich starrte durch den Vorhang aus Regen und versuchte, draußen etwas zu erkennen. Es wurde Nacht, der Regen ließ allmählich nach und gab einen Blick auf den gestirnten Himmel frei. Schmal und scharf gebogen ruhte die Sichel des Mondes auf dem Rücken, darüber blinkte das Siebengestirn.

Zugleich mit dem Verebben des Regens setzte das Wolfsgeheul wieder ein. Den unterschiedlichen Stimmen zufolge mußten es viele sein. Unruhig schnaubten unsere Esel. Es war unmöglich für mich, an Schlaf zu denken. Ich hatte das Gefühl, daß die Wölfe näherkamen, wahrscheinlich umschlichen sie bereits unser Lager. Irgendwann muß ich dennoch eingeschlummert sein, denn es war bereits heller Morgen, als mich der Alte wachrüttelte. Die Luft war erstaunlich frisch, so als habe das Unwetter der vergangenen Nacht die Berge gereinigt. Es war grün ringsum und der Boden dampfte vom Nebel. Wir ritten noch ein Stück weiter die Schlucht hinauf, mußten dann aber absteigen und die Esel führen, weil der Weg durch das Geröll und die herumliegenden Felsbrocken immer mühsamer wurde. Dennoch genoß ich den Tag, der mir eine so erstaunliche Landschaft zeigte. Vogelgesang begleitete uns, und einmal sah ich hoch über den Felshängen zu unserer Rechten einen riesigen Adler schweben. Dann wieder wurde unsere Aufmerksamkeit auf herabbröckelndes Gestein gelenkt. In der Bergflanke entdeckten wir ein Rudel Steinböcke, das in schwindelerregender Höhe die Wand durchkletterte. Gegen Nachmittag erreichten wir ein Plateau, auf dem in üppiger Fülle Bergblumen wuchsen. Wir ritten über einen bunten, duftenden Teppich, der den Hufschlag unserer Esel schluckte.

Längst war das Gebiet der Tihama hinter uns zurückgeblieben, tiefer und tiefer drangen wir in die Bergwelt des Sarat ein. Fruchtbar, aber gänzlich unbewohnt, waren die Schluchten und Hänge. Gelegentlich sprudelte aus dem Fels eine Quelle, sammelte sich zum Rinnsal und floß als Wildbach einem fernen Ziel zu. Ich hätte gern ein Gespräch mit meinem Begleiter geführt, doch der alte Hirte blieb stumm. Noch bevor die Sonne sich anschickte, hinter den westlichen Höhenzügen zu versinken, schlugen wir unser Nachtlager auf. Und mit dem Einsetzen der Nacht begannen wieder die Wölfe zu heulen. Obgleich sie auch in den folgenden Nächten zu hören waren, bekamen wir nie eines von den Tieren zu Gesicht. Tagsüber kreisten Adler und Geier in majestätischer Höhe, Murmeltiere pfiffen aus ihren Löchern, und wilde Kaninchen stoben dicht vor uns auf.

Am Morgen des vierten Tages kamen uns Reiter entgegen. Die Gesichter der bärtigen Männer strahlten Wildheit aus, sie waren schwer bewaffnet und versperrten uns in eindeutiger Absicht den Weg. Es waren, wie sich herausstellte, Krieger vom Stamm der Banu Jundub, verwegen umherstreifende Burschen, die aus einem Dorf stammten, das zwei Tagesritte von der Hauptstadt Aribi entfernt lag. Ihr Anführer war zunächst äußerst mißtrauisch, er mochte nicht glauben, daß ich ein Bote aus Ägypten war, unterwegs zu seinem Gebieter. Als ich aber das Königreich Saba erwähnte, die Bedrohung durch die Assyrer und überhaupt zu verstehen gab, daß ich Kenntnisse über die politische Lage besaß und in friedlicher Absicht unterwegs war, beruhigte er sich. Er bot uns sogar den Schutz seiner Leute auf dem Weg nach Aribi an, obwohl ich nicht so recht begriff, warum das nötig war, denn wir hatten weder Handelsware noch Schätze dabei.

So erreichten wir schließlich das Dorf der bärtigen Krieger, eine armselige Anhäufung hölzerner, mit Buschwerk und Laub abgedeckter Hütten. Wir waren Gäste des Stammes und ritten nach einer durch ein langes Palaver verkürzten Nacht weiter nach Aribi.

Erst als wir unmittelbar vor den Mauern waren, erkannte ich die Stadt. Wie ein Vogelnest lag sie in den Felsen, ihre Mauern aus Naturstein fügten sich so geschickt in die natürliche Umgebung ein, daß man sie von weitem für einen Teil des Berges halten konnte. Ich erkannte sofort, daß der Ort eine uneinnehmbare Festung war: Unbezwingbar die Tore und Mauern, jeder Angreifer konnte von weitem schon gesehen und rechtzeitig entsprechende Verteidigungsmaßnahmen ergriffen werden.

Am Haupttor gab es zunächst eine längere Diskussion mit der Wache, bis wir passieren durften.

»König Muhalil, Beherrscher des Sarat und Führer des Stammes der Banu Jundub, mag keine Besucher empfangen«, hieß es, »er ist krank.«

Diese Nachricht weckte sofort mein Interesse. Ich erklärte, Schüler des großen Arztes Imhotep im Hause des Lebens von Sakkara zu sein und vielleicht in der Lage, zu helfen.

Endlich gab der Offizier der Wache nach und ließ mich zu einem grobgefugten Steinbau führen, der der Palast des Königs sein sollte. Groß war aber meine Überraschung, als ich ins Innere trat, denn die

Räume waren mit kostbaren Teppichen ausgestattet und wirkten, in scharfem Kontrast zum Äußeren des Baus, prunkvoll. Wandfackeln erhellten die Gänge, und die große Halle war mit kostbaren Möbeln ausgestattet. Der fell- und lederverkleidete Thron aber war leer.

»König Muhalil ist zu schwach, um das Bett zu verlassen, er liegt in seinem Gemach«, erklärte ein Würdenträger.

Nach alldem hatte ich erwartet, einen hinfälligen Greis zu Gesicht zu bekommen. Als ich aber die abgedunkelte Kammer betrat, lag dort im Bett ein Knabe, fast noch ein Kind.

»Der König ist die Wiedergeburt eines mächtigen Geistes«, flüsterte mir der Würdenträger zu. »In seinem kindlichen Körper steckt die Seele des erhabenen Sai Schamulla.«

Ich allerdings sah nur einen zartgliedrigen, etwa fünfzehnjährigen Jungen, den sichtlich das Fieber gepackt hielt.

Mit großen, dunkel glänzenden Augen sah mich der Junge an. Schweiß bildete sich auf seiner Stirn und wurde sofort von einer uralten Frau, die seitlich neben dem Lager hockte, abgetupft. Am Kopfende des Bettes stand ein einäugiger, von entsetzlichen Narben entstellter Mann, dessen Körper in Tierfelle eingehüllt war. Gelblich blakten die Zähne des Wolfsbalges über seine Schulter. Ich schauderte, als ich zum ersten Mal, wenn auch abgehäutet, eines jener Tiere sah, deren Geheul uns nachts in den Bergen so beklommen gemacht hatte. Auf einer großen, flachen Trommel schlug der häßliche Medizinmann einen dumpfen Wirbel, und es schien, als würde der kranke Junge im Rhythmus dieses Trommelschlages atmen. Dabei war die Luft im Raum unerträglich von ranzigen Essenzen erfüllt. Auf einem hölzernen Dreibein stand nämlich ein Kessel über dem Feuer, in dem mit Kräutern angereicherte Butter schmolz. Schwer krochen die Schwaden aus dem Kessel über das Bett, nahmen den Atem und trieben einem Tränen in die Augen.

Ich verbeugte mich tief. »König Muhalil, ich, Hem-On, der Schreiber aus Ägypten, entbiete dir Grüße von meinem Meister Imhotep, der ein großer Arzt ist und Siegelbewahrer unseres Pharao Djoser.«

Der Knabe starrte mich an, machte keine Bewegung und öffnete die Lippen, als wolle er etwas sagen. Es kam jedoch kein Laut aus seinem Mund.

»Du darfst den König nicht belasten, jedes Gespräch strengt ihn an. Es ist besser, wenn du jetzt gehst«, raunte mir der Würdenträger über die Schulter zu.

»Nicht, bevor ich ihn untersucht und ihm Linderung in seinem Leiden verschafft habe«, antwortete ich energisch.

»Er ist gut versorgt«, raunte der Würdenträger. »Der beste Medizinmann unseres Stammes ist bei ihm, um die bösen Geister aus seinem Körper zu jagen.«

Ich dachte nicht daran aufzugeben. »Wir haben im Haus des Lebens zu Sakkara ähnliche Fälle gehabt, Kranke, die weitaus schlimmer dran waren. Imhotep hat sie alle geheilt. Laßt es mich wenigstens versuchen, es soll mein Gastgeschenk für den Beherrscher des Stammes der Banu Jundub sein.«

Ein schwaches Nicken des Knaben war die Antwort, offenbar hatte er jedes Wort unseres halblauten Gespräches mitbekommen. Argwöhnisch von dem einen Auge des schrecklichen Geisterbeschwörers beobachtet, näherte ich mich dem Krankenlager.

»Wo tut es weh?« fragte ich und lächelte den jungen König an. Der erwiderte schwach mein Lächeln und tastete mit der Hand nach seiner Brust. Ich beugte den Kopf über ihn, ließ ihn kräftig ein- und ausatmen und lauschte sorgfältig auf die Geräusche in seinem Innern. Mein Ohr vernahm ein Rasseln und Pfeifen.

»Hast du Schmerzen beim Husten und spuckst viel Schleim?« fragte ich. Der Junge nickte.

»Und schmerzt es hier?« Ich berührte leicht seine Seite und tastete mit dem Finger in den unteren Rückenbereich. Wieder die Andeutung eines Nickens.

»Seine Lunge hat sich entzündet«, sagte ich, mich aufrichtend. »Das Fieber kämpft dort gegen die Krankheit an . . . Es muß schnell etwas geschehen, sonst greift es über und wird den Rest seines Körpers verbrennen.«

»Was rätst du zu tun?« fragte der Würdenträger hastig. Er trat einen Schritt näher zu mir, blieb aber wie angewurzelt stehen, als er den Bannblick des Medizinmannes auf sich spürte.

»Er muß in viele Tücher eingepackt werden und kräftig schwitzen«, sagte ich. »Seine Füße soll man nicht kühlen, sondern zusätzlich mit warmem Wasser erhitzen, damit die Hitze nach oben aufsteigen kann. Ich aber werde unterdessen mit einem ortskundigen Führer auf die Suche nach gewissen Kräutern gehen, von denen ich annehme, daß sie hier wachsen, und einen Sud brauen, den er einnehmen soll.«

»Hoffentlich hat der Medizinmann nichts dagegen einzuwenden«, seufzte der Würdenträger. Der Mann war eindeutig auf meiner Seite, hatte aber Angst vor dem Einäugigen. Ich wußte, daß dies mein Hauptfeind bei der Behandlung sein würde. All meinen Mut zusammennehmend, richtete ich meinen Blick auf den Mann. Eine fürchterliche Kraft schien von ihm auszugehen. Ich starrte in das eine Auge, sammelte alle guten Gedanken und sprach ihn an.

»Fremd bist du mir, großer Meister der Berge, fremd wie die Macht, mit der du böse Geister zu bannen verstehst. Fremd bin auch ich dir, der aus dem fernen Ägypten kommt, wo man gewohnt ist, Krankheiten anders als hier zu behandeln. Laß uns also zusammenwirken, um auf unser beider Arten den König zu heilen – sei du mein Führer zu den helfenden Pflanzen!«

Unbeweglich starrte mich der Medizinmann der Banu Jundub an. Ich dachte schon, er sei taub oder ungerührt von meinen Worten, da senkte er den Kopf und nickte mehrmals. Ich hätte jubilieren können über meinen unerwarteten Sieg, aber ich schwieg demutsvoll und nahm mir fest vor, dem Geisterbeschwörer Respekt zu erweisen. Was hatte einmal der weise Imhotep zu mir gesagt? ›Wichtig ist weder der Arzt noch die Medizin, noch die Art und Weise, sie zu verabreichen, wichtig ist einzig und allein nur der Kranke, und ihm gilt unsere ganze Zuwendung.‹

So verließen wir den Palast, um auf den Berghängen nahe der Stadt Kräuter zu sammeln. Als ich genügend beisammen hatte, braute ich daraus einen Sud und verabreichte ihn dem königlichen Knaben, nicht ohne dem mißtrauischen Medizinmann zuvor die Möglichkeit gegeben zu haben, davon zu kosten. Zwei Tage und Nächte blieb ich am Krankenbett und versorgte Muhalil. Am Morgen des dritten erwachte er ohne Fieber und konnte wieder sprechen.

Der Aufenthalt in der Bergfestung Aribi entwickelte sich für mich zu einer sehr angenehmen Zeit. Äußerst aufschlußreich für meine Wißbegierde waren die Gespräche mit Muhalil. Der König verfügte trotz seines jugendlichen Alters über ein erstaunliches Wissen, und da er mir seine Dankbarkeit wegen der raschen Heilung zeigen wollte, suchte er ständig meine Nähe, um sich mit mir zu unterhalten. Von ihm erfuhr ich, daß der stolze Stamm der Banu Jundub einst uneingeschränkt das gesamte Gebiet des Sarat-Gebirges beherrscht hatte und in Frieden mit dem südlichen Nachbarn, dem Königreich von Saba, lebte, bis die Assyrer im Norden so mächtig erstarkten, daß sie einen Bergstamm nach dem anderen unterwerfen konnten. Tributpflichtig oder auf andere Weise abhängig von Assur waren inzwischen die meisten. Einige der Banu Jundub trotzten ihnen noch und verteidigten zäh die schwer zugänglichen Schluchten rund um die Hauptstadt. Nur durch feigen Verrat könne Aribi in die Hand von Feinden fallen, hatte der erhabene Sai Schamulla einst geweissagt, dann aber sei der letzte Hort der Freiheit gefallen und niemand könne die Kriegslust der Assyrer mehr zügeln, dann seien auch Saba und das Land westlich des Roten Meeres, also Ägypten, bedroht. Aus diesem Grunde mußten alle Kinder der Banu Jundub zum Fest der Reife, das sie schrittweise in die Geheimnisse der Erwachsenen einweihte, schwören, niemals mit einem Angehörigen fremder Bergstämme und schon gar nicht einem Assyrer je ein Wort zu wechseln. Wer diesem Gesetz zuwiderhandelte, verfiel unweigerlich dem Bann, er hatte sein Leben verspielt, und jeder Mann des Stammes hatte die Pflicht, den Verräter zu jagen und zu töten.

Muhalil, von dem das Orakel geweissagt hatte, er sei eine neue Verkörperung der unsterblichen Seele des Sai Schamulla, war bereits kurz nach seiner Geburt zum König der Banu Jundub ausgerufen worden. Seine Eltern lebten mit ihm im Palast, erzogen worden war er aber durch die Weisen des Stammes, die nun auch seine Ratgeber waren.

Der junge Muhalil erinnerte mich ein wenig an mich selbst, an meine strenge Kindheit und Ausbildung im Ptah-Tempel zu Memphis, in dem es wie hier im Palast mehr Pflichten und einzuhaltende Rituale als Freuden gab. Ich verstand sehr gut, daß er meine Gesellschaft suchte, es genoß, mit mir lange Ausritte in die Berge zu unternehmen, mir alles erklärte und zugleich neugierige Fragen über das Leben im fernen Ägypten stellte. Immerhin waren sein Volk und das meine seit den Tagen Sai Schamullas in Freundschaft verbunden. Wir beide frischten nun diese Beziehung wieder auf, und genau das hatte Imhotep ja auch von mir erwartet.

»Ist es nicht herrlich hier in den Bergen?« fragte Muhalil. Wir rasteten auf einer Almwiese, lagen im Gras und beobachteten den Flug des Adlers hoch über uns im grenzenlosen blauen Himmel. Die beiden Krieger, die uns ständig begleiteten, lagerten mit den Eseln in gebührendem Abstand von uns. Es waren wildbärtige, schwerbewaffnete Männer, und sie galten als die besten Bogenschützen des Stammes.

»Ja«, stimmte ich zu, »besonders mir, der die Wüste gewohnt ist und lange Zeit der Dürre und des Hungers erfahren hat, kommt diese Umgebung wie eine Insel des Friedens vor.«

»Und dennoch leben wir in der ständigen Bedrohung, dies alles, unsere schöne, angestammte Heimat, zu verlieren«, seufzte er. »Weiter als zwei, drei Tagesritte kann sich niemand von Aribi entfernen, ohne den Feinden in die Hände zu fallen. Ach, wie gern würde ich so unbeschwert reisen können wie du. Das Hochland von Asir jenseits der Berge, wo der Garten Eden mit seiner üppigen Pracht liegen soll, würde ich gern besuchen, die Königin von Saba und die anderen Völker, die es noch gibt ... Weißt du, daß ich mir manchmal wie ein Gefangener im eigenen Palast vorkomme? Jeder Schritt ist mir vorgeschrieben, jede Handlung von uralten Gesetzen bestimmt, deren Sinn ich oft nicht verstehe. Selbst meine Eltern kommen mir wie Fremde vor, wenn sie sich mir unter Verbeugungen nähern und mich ansprechen, als sei ich älter als sie ...«

Ich konnte mit den Leiden des jungen Herrschers fühlen, seine Einsamkeit nachempfinden. Spontan lud ich ihn ein, Ägypten zu besuchen. Die große Stadt Memphis mit ihren prächtigen weißen Mauern sollte er sehen, das Haus des Lebens in Sakkara, die gewaltigen Tempel und natürlich Imhoteps alles überragende Pyramide.

Artig dankte Muhalil, aber seine traurigen Augen verrieten, daß die Zusage mehr Höflichkeit als fester Entschluß war. Zu sehr fühlte er sich an die Bergfestung, an den Stamm und die Gesetze gebunden; er würde aus dieser Ordnung niemals ausbrechen können. Er sprang plötzlich auf und ich spürte, daß er von diesem Thema, das ihn schmerzlich berührte, ablenken wollte.

»Komm, laß uns jagen!« rief er. »Wahrscheinlich sind Fasane und Wildhühner in der Nähe. Ich zeige dir, wie man sie beschleicht und den Bogen richtig gebraucht. Man muß leise dabei sein und auf das kleinste Geräusch achten, damit sie einen nicht zu früh hören. Wenn sie aus ihrem Versteck aufsteigen, kommen sie schwerfällig hoch und bieten ein gutes Ziel. In diesem Moment muß man sie treffen.«

Er nahm seinen Jagdbogen und ließ mir einen zweiten von den Kriegern geben, die er anwies, bei den Tieren auf uns zu warten. Ich hatte noch nie eine solche Waffe gebraucht, nahm sie aber widerspruchslos entgegen, um Muhalil einen Gefallen zu tun. Bedächtig auf jeden Schritt achtend, stiegen wir über die Almwiese zu einem Felsgrat empor. Ausgezackt ragte das nackte Gestein zum Himmel, begrenzte den Horizont. Das Buschwerk am Rand der Felsen erwies sich als unergiebig für die Jagd, und so kletterten wir einen schmalen Saumpfad entlang, der nach Meinung des Königs um den Felsgrat herum in ein Seitental führen mußte. Als wir die angegebene Stelle erreichten, öffnete sich unserem Blick eine unglaublich reizvolle Landschaft. Gebirgsrücken, von riesigen Schluchten durchfurcht, liefen in der Ferne aus, türmten sich stellenweise zu phantastischen Formen zusammen, die an Ungeheuer, Städte und versteinerte Gärten erinnerten. Der Wind hatte einige weiße, fast durchsichtige Wolken zerharkt, mit seinem Sturmrechen zu zerfließenden Bildern zerfranst. Ein Krähenschwarm regnete schwarz, eine Spirale tanzend, vor uns herab. Ihre schrillen Schreie zerfetzten die Luft. Ein solches Land, so dachte ich, hätte ich mir in meinen kühnsten Träumen nicht ausmalen können.

»Siehst du den Streifen mit Buschwerk dort?« fragte Muhalil. »Laß uns dort absteigen, es ist eine Gegend, wo wir sicher auf Wild stoßen werden.«

»Wir sind aber schon weit gegangen«, warf ich ein. »Sollen wir nicht lieber in der Nähe der Leibwache bleiben?«

»Ich bin bewaffnet und ein guter Schütze«, lachte Muhalil grimmig. »Ich fürchte mich nicht.«

Mir war aber doch unbehaglich zumute, als wir uns weiter auf den Weg machten. Eine merkwürdige Vorahnung überkam mich, die ich mir nicht erklären konnte. Auf jedes Zeichen achtend, und sei es noch so klein und belanglos, folgte ich ihm, den Blick suchend auf den Boden geheftet. Und tatsächlich entdeckte ich bald darauf das abgenagte Gerippe eines Tieres.

»Ein Steinbock«, sagte Muhalil, indem er mit dem Fuß an das Gehörn stieß. »Wahrscheinlich ein krankes Tier, das hier verendet ist. Die Geier haben es aufgefressen.«

Seltsam berührt von dem Anblick, ohne sagen zu können, was ich daran so abstoßend fand, wandte ich mich ab und kletterte weiter. Plötzlich schwirrte etwas durch die Luft und blieb dicht neben mir zitternd im Boden stecken. Es war ein gefiederter Pfeil. Muhalil sah sich blitzschnell um, fand eine Mulde als Deckung und warf sich hinein. Ich folgte instinktiv seinem Beispiel.

»Was soll das bedeuten?« fragte ich.

»Keine Ahnung. Ich kann niemanden erkennen, vielleicht verstecken sie sich dort drüben unter den Büschen.«

»Wer – sie?«

»Sorebs. Oder herumstreifende Hanuferbas. Allesamt Banditen und Mörder.«

»Dann sitzen wir hier in der Falle«, flüsterte ich mit vor Aufregung heiserer Stimme. »Sie sind so nah, daß uns die Pfeile erreichen, es ist also zwecklos, zu fliehen.«

»Ich habe auch nicht die Absicht wegzulaufen«, antwortete Muhalil. »Den ersten, der sich aus seinem Versteck herauswagt, erledige ich mit dem Bogen.«

In diesem Moment ertönte vor uns ein mehrstimmiges Geheul.

Zugleich sprangen mehrere Leute aus ihren Verstecken und stürmten auf uns zu. Es waren sieben Männer, und sie liefen geduckt und so hastig, daß sie uns in Kürze erreichen mußten. Muhalil lag neben mir und spannte den Bogen. Lautlos schnellte der Pfeil ab und traf einen der Angreifer. Der Mann wurde in vollem Lauf erwischt. Er riß die Arme hoch und fiel rücklings zu Boden.

Erneut zielte Muhalil, doch ich riß ihm den Arm weg.

»Zu spät!« rief ich, »sie sind schon viel zu nahe, und ihre Übermacht ist zu groß. Lauf los, versuche, die Felswand mit dem Saumpfad zu erreichen, der ins jenseitige Tal führt. Dort bist du in Sicherheit. Niemals darf ein König der Banu Jundub in die Hände der Feinde fallen!«

Muhalil sah mich verblüfft an, er schien nicht zu verstehen, was ich verlangte. »Und du?« fragte er, »was wird aus dir?«

»Ich versuche, sie aufzuhalten. Lauf endlich los!«

Die Männer waren inzwischen so dicht heran, daß wenig Zeit für weitere Diskussionen blieb. Ich gab Muhalil einen Stoß. Endlich begriff er und rannte los. Im gleichen Moment richtete ich mich auf und brüllte. Der Lauf der Männer stockte. Diesen Überraschungsmoment nutzend, spannte ich den Bogen und schoß einen Pfeil ab. Er verfehlte sein Ziel und schlug weitab vom nächsten Angreifer in den Boden. Ich blickte kurz über die Schulter und sah, daß Muhalil noch eine weite Strecke bis zu der Felswand zurückzulegen hatte. Kurzentschlossen sprang ich aus der Deckung und lief den Angreifern quer über den Hang entgegen. Ich wußte, daß die Männer nun bedenkenlos von der Waffe Gebrauch machen würden, aber dieses

Risiko mußte ich eingehen, um den Vorsprung des Königs zu vergrößern. Ich rannte weiter, schlug Haken, duckte mich. Plötzlich spürte ich einen heftigen Stoß an meiner rechten Schulter und zugleich brennenden Schmerz. Obgleich ich weiterlaufen wollte, versagten mir die Beine den Dienst. Ich knickte in den Knien ein und fiel vornüber aufs Gesicht. Da der Hang an dieser Stelle sehr steil war, fand ich keinen Halt mehr am Boden. Beim Abrollen hörte ich den Pfeilschaft in meiner Schulter brechen und spürte den Schmerz wie einen Feuerstoß durch meinen Körper. Ich schrie, versuchte, erneut hochzukommen, brach kraftlos zusammen und merkte nur noch, wie die Welt von mir wegglitt, als wäre ich eine jener weißen, dünnfransigen Wolken, die der Wind lautlos verweht.

Einem Adler gleich schwebte ich dahin. Aber ich war blind: ich sah nichts von der Landschaft unter mir, spürte nur, wie mich die Luft trug, Windatem in mein Gefieder griff, mich emporhob und spielerisch wieder fallenließ. Es war leicht, so dahinzutreiben ohne Gedanken und ohne die geringste Anstrengung des Körpers. Dann kam Sturm auf und rüttelte mich durch. Immer unsanfter wurden die Stöße, schließlich stürzte ich ab und schlug hart auf dem Boden auf. Im selben Moment war der Schmerz wieder da, beißend und brennend, wie von großer Hitze. Ich versuchte, die Augen zu öffnen, was mir nur zum Teil gelang, und sah in das blendende Licht einer gleißenden Sonne. Wo war ich, was war mit mir geschehen?

Um mich herum hockten dunkle Schatten, die sich miteinander berieten. So sehr ich mich auch anstrengte, ich konnte ihre Gesichter nicht erkennen. Sie unterhielten sich halblaut über mich.

»Lassen wir ihn einfach liegen«, sagte der eine, »es ist keiner vom Stamme der Banu Jundub, er taugt nichts für uns.«

»Ja, er sieht fremd aus, er ist nicht von hier«, antwortete eine andere Stimme. »Aber er hat den Jungen beschützt, also kannte er ihn.«

»Schade, daß uns der Kerl entwischt ist, er wäre eine gute Geisel gewesen.«

Eine rauhe Stimme mischte sich ein: »Ich hätte den Jungen erstmal ausgepeitscht. Dafür, daß er Orek umgebracht hat.«

»Der Pfeil traf mitten ins Herz. Muß ein guter Schütze gewesen sein. Sind wirklich gefährlich, diese Banu Jundub, wenn schon ihre Kinder so gut mit dem Bogen umgehen können...«

Also hatte meine Aktion einen Sinn gehabt: Muhalil war entkommen! Ich seufzte erleichtert auf.

»Was machen wir aber bloß mit dem hier?« hörte ich wieder eine der Stimmen von vorhin. »Er stöhnt, er lebt noch.«

»Fragt sich bloß, wie lange noch. Bestimmt setzt bald das Wundfieber ein, dann ist sowieso alles zu spät. Wenn du mich fragst: wirf ihn doch einfach in die Schlucht, dann sind wir ihn los.«

»Nein, er war tapfer, er hat eine bessere Behandlung verdient, vielleicht kommt er durch.«

»Mir egal«, antwortete die rauhe Stimme, »wenn du ihn tragen willst... Ich jedenfalls rühre keinen Finger für ihn.«

So ging es noch eine Weile hin und her, bis ich meinen Körper unsanft aufgehoben fühlte. Wahrscheinlich hatte einer der Männer mich über die Schulter gelegt und stapfte nun los. Ich spürte seine Schritte, hörte dicht an meinem Ohr seinen keuchenden Atem. Das Brennen in meiner Schulter ließ allmählich nach und machte einer eisigen Taubheit Platz. Ich merkte die Wunde nicht mehr, ich merkte überhaupt kaum noch etwas, von der rechten Schulter an abwärts war ich gelähmt. Seltsamerweise ließ mich das Geschaukel erneut einschlafen. Ich träumte, ich läge auf meiner Bastmatte an Bord der *Glanz von Memphis*, und das Schiff trüge mich sacht schwankend in der Strömung des Nil nach Süden. Ich wußte den Meister in meiner Nähe und fühlte mich sicher. Irgendwo vorn beim Kapitän unter dem schützenden Sonnendach aus Palmwedeln saß Imhotep. Gleich würde er nach mir rufen, und ich würde aufstehen, Papyrus, Tinte und Schreibfeder suchen, zum Bug eilen und mich zu Füßen meines

Meisters niederlassen, um das Diktat aufzunehmen. Aber er rief nicht. Statt dessen bemerkte ich Hamet, der auf Zehenspitzen an mir vorbeischlich. Ich folgte ihm mit Blicken und erkannte den Grund für seine Heimlichtuerei: in einem Winkel, zwischen Vorratskörben versteckt, hockte die schöne Umbala und wartete auf ihn. Nackt bis auf einen schmalen Hüftgürtel war sie, ihre bronzefarbene Haut glänzte, und in ihren Augen flackerte unverhohlenes Verlangen. Ich wollte aufstehen und zu ihr gehen, konnte aber meinen Körper nicht bewegen. Ich stöhnte vor Wut und Scham, als ich sie in Hamets Armen sah. Sie küßte seinen Hals, seine kräftigen Schultern, und Hamet lachte dabei. Es war das häßliche Lachen eines triumphierenden Siegers, und es schnitt mir tief in die Seele hinein.

Erneut stürzte ich hart auf die Erde. Der Schmerz trieb mir Tränen in die Augen. Ich war eine Weile lang so sehr mit mir und meinem Schmerz beschäftigt, daß mir erst nach längerer Zeit die Stille ringsum auffiel. Ich öffnete die Augen und sah nichts. Ich brauchte lange, um zu begreifen, das es Nacht war. Schließlich entdeckte ich schwankende Sterne am Himmel. Als ich den Kopf drehte, sah ich die Silbersichel des Mondes. Auch sie zitterte unruhig hin und her. Nach einer Ewigkeit, in der ich unbeweglich lag, aus Angst, bei der kleinsten Drehung meiner Schulter würde der Schmerz zurückkehren, hörte ich vertraute, zugleich aber auch furchteinflößende Laute: ein Grollen und Heulen in den Bergen ringsum, die Wölfe waren wieder da, sie kamen näher.

Ich begann zu zittern, wohl auch wegen der Kälte, und ich sehnte das Ende der Nacht herbei. Nichts geschah, Stunde um Stunde blieb die Dunkelheit, und das Heulen kreiste mich ein. Endlich streifte mich erstes Morgenlicht. Fahlgrau lagen die Berge, Nebel stieg auf und deckte seine Schleier über das Land. Dann kam die Wärme. Ich sammelte alle meine Kräfte, schweratmend richtete ich mich auf. Ich hatte nicht erwartet, daß meine Beine mich tragen würden, aber es gelang. Einen Schritt vorsichtig vor den anderen setzend, stapfte ich los. Mein rechter Arm hing völlig gefühllos von der Schulter herab. Ich versuchte, nicht mehr an die Wunde zu denken. Gehen mußte ich, einfach gehen, irgendwohin, gleichgültig, wohin meine Füße mich trugen.

Gegen Mittag wurde es so heiß, daß mir der Schweiß in Strömen über den Körper rann. Mein Kopf dröhnte wie das Innere einer großen Trommel. Ich spürte, wie ich schwächer und schwächer wurde. Erschöpft ließ ich mich ins Gras fallen.

Wieder träumte ich, ein Vogel zu sein, diesmal aber ein schwerfälliges Tier, das viel zu plump und zu steif war, um vom Erdboden abzuheben. Andere meiner Gattung umhüpften mich, ich spürte den Luftzug ihrer Flügel und sah, wie sie mich mit ausgebreiteten Schwingen umtanzten. Häßlich sahen sie aus mit ihren schwarzen, zerfledderten Federn und den nackten Schlangenhälsen, die kreischend vor- und zurückstießen, aufgerissene Schnäbel hackten nach mir.

Ich schreckte hoch und sah, daß dies alles durchaus kein Traum war. Ein Schwarm Geier umringte mich, mordgierige Augen blinkten, einige hielten den Kopf schief und betrachteten mich nachdenklich. Wahrscheinlich schätzten sie ab, wieviel Leben noch in mir war.

Ich dachte an das abgenagte Steinbockskelett und schrie, von Ekel und Abscheu gepackt. Meine noch verbliebene Kraft zusammenreißend, bäumte ich mich auf. Ich kam auf die Knie, meine linke Hand tastete den Boden nach einer Waffe ab, fand einen Ast. Damit schlug ich voll blinder Wut auf die Vögel ein. Sie stoben kreischend hoch, ließen sich aber wenige Meter entfernt wieder nieder.

Ich will nicht sterben, flüsterte ich, nicht jetzt, nicht hier und auf diese erbärmliche Weise. Weitergehen, befahl ich mir, du mußt weitergehen, los, versuche es wenigstens . . .

Ich stützte mich auf den Ast, richtete mich unendlich mühsam auf. Mit blinden Schlägen die aufdringlichen Vögel in Schach haltend, schleppte ich mich weiter. Die Sonne begann bereits hinter den hohen Flanken der Felsen zu versinken. Wenn die Nacht kam, würden die Wölfe die Geier ablösen, und ob ich die mit einem Holzknüppel würde vertreiben können, war mehr als zweifelhaft . . . Mir war klar: ich mußte irgendwo einen Unterschlupf finden, ein Feuer entfachen, etwas essen und trinken. Mein Magen brannte, der Gaumen klebte ausgedörrt zusammen, ich konnte einfach nicht mehr weiterlaufen. Ich sah einen riesigen, knorrigen Baum und schleppte mich auf ihn zu. Wenn ich ihn erklimmen konnte, würde ich in Sicherheit sein. Aber als ich ihn erreichte, war ich viel zu schwach, um mich noch zu bewegen. Ich setzte mich, preßte den Rücken an den schuppigen Stamm und hielt den Astknüppel als Waffe bereit. Dann schwand mir erneut das Bewußtsein . . .

»Er kommt zu sich, er öffnet die Augen . . .«

Ich kann wenig im Halbdunkel erkennen, nur soviel: es ist eine niedrige Hütte mit Laubdach. Ich liege auf einem Laublager mitten im Raum, zwei Gestalten beugen sich über mich: eine alte Frau und ein kleines Mädchen. Ich blicke zunächst in das runzlige Gesicht mit den gütigen Augen. Verwittert wie Felsgestein ist die Haut, wie der Schuppenpanzer eines Krokodils, weißliches Moos ihr Haar. Wenn sie den Mund öffnet, sehe ich ein zahnloses Loch, aus dem schlechter Geruch und unverständliches Geplapper strömt. Ganz anders dagegen das Kind, seine Augen sind vor Aufregung weit aufgerissen, schwarz und struppig ist sein Haar, es sieht mich an und redet pausenlos auf mich ein.

»Er bewegt sich, er atmet . . . die Medizin hat geholfen. Sieh nur, sogar den Kopf kann er schon wieder drehen . . .«

Ich sehe zwei Tonkrüge neben mir, eine Schale mit Essen. Das kleine Mädchen hebt sie vom Boden auf und reicht sie mir auffordernd hin.

»Essen, essen, du mußt wieder zu Kräften kommen.«

Ich bin viel zu schwach, um mich zu bewegen. Da greift die Kleine in die Schale und führt mir einen Klumpen klebriger Körner zum Mund. Ich kaue gehorsam, schmecke Süße mit bitterem Nachgeschmack, schlucke, nehme Bröckchen für Bröckchen aus ihrer Hand entgegen. Die Alte beobachtet mich dabei. Lachend wiegt sie ihren

Oberkörper vor und zurück. Ich bemerke einen eigenartigen Geruch in der Hütte, der nicht vom Essen stammt. Wahrscheinlich sind Wildkräuter verbrannt worden.

»Ist es gut so? Ja, ja so ist es gut, immer schön essen«, sagt das kleine Mädchen und füttert mich weiter. Ich schließe dankbar die Augen und schlucke. Alles wird gut . . .

»Warum tut ihr das alles für mich?« fragte ich. Das Mädchen hatte mit großer Sorgfalt, beinahe andächtig, den Verband an der Schulter gewechselt, frische Kräuter auf die Wunde gelegt, die sich schon zu schließen begann. Es tat nicht mehr weh, ich konnte bereits wieder den Arm bewegen, die Faust ballen und mit eigener Kraft das Essen zum Munde führen.

»Weil du in Not warst, halb tot schon. Wenn wir nicht gekommen wären, hätten dich wahrscheinlich die Geier gefressen.«

»Sie waren bereits dicht davor. Wie habt ihr mich gefunden?«

»Oh, das war nicht schwer. Großmutter und ich haben Brennholz gesammelt. Wir hatten noch nicht genug zusammen, und ich sagte zu ihr: laß uns doch noch ein bißchen weiter bis zum großen Baum gehen. Dort lagst du. Wir hielten dich zuerst für ein Tier, und Großmutter wollte weglaufen. Doch ich erkannte sofort, daß du ein Mensch bist. Obgleich es seltsam genug ist, daß sich ein Fremder in diese Gegend verirrt.«

»Wer seid ihr, wie heißt euer Stamm?«

»Anjat. Es ist kein großer Stamm, nur einige Dörfer. Großmutter und ich leben weit weg von den anderen.«

»Warum?«

Das Mädchen blickte mich nachdenklich an und zuckte dann mit den Schultern. »Ich weiß es nicht. Es ist eben so.«

»Wie heißt du?«

»Roga. Und du, woher kommst du?«

Ich lehnte mich aufseufzend zurück. Durch die Tür der kleinen Laubhütte fiel ein breiter Streifen Sonnenlicht. Vögel jubilierten, ich fühlte mich sicher und nach dem langen Schlaf erholt.

»Hem-On. Ich bin ein Schreiber aus dem fernen Ägypten und reise allein, um Freunde zu treffen.«

Meinen Aufenthalt in Aribi und das Abenteuer mit König Muhalil erwähnte ich mit keinem Wort. Es konnte ja sein, daß der Stamm des Mädchens zu den Feinden der Banu Jundub zählte, und ich wollte die Bergfestung und ihre stolzen Bewohner auf keinen Fall verraten. Das Mädchen rückte neugierig näher. Ihr Gesicht drückte Erstaunen aus.

»Ägypten liegt aber jenseits der Berge und jenseits des Meeres«, sagte sie. »Hast du viele Freunde hier?«

»Nein, sehr wenige bloß. Sonst wäre mir das nicht passiert.« Ich deutete auf meine Schulter, und Roga mußte lachen.

»Ja, das war ein schlimmer Pfeilschuß. Wir mußten den Schaft aus dem Fleisch schneiden, die Wunde hatte sich bereits entzündet. Lange hättest du ohne uns wirklich nicht mehr gelebt.«

Ich nahm die Hände des Mädchens und drückte sie. »Ich danke euch, Roga, dir und deiner Großmutter. Ich kann es noch immer nicht fassen, daß ich hier in der Hütte sitze, zu essen bekomme und mit dir rede. Es ist ein Wunder!«

Roga sah mich aus ernsten Augen an. Sie schüttelte energisch den Kopf. »Nein, ein Wunder ist es nicht.«

»Wie meinst du das?«

»Dieses Ding da...«, sie deutete auf meine Brust, wo die Kette mit dem schwarzen Skarabäus hing, »... es muß ein starker Talisman sein. Meine Großmutter hat das gleich bemerkt. Sie sagt, eine große Macht geht von ihm aus. Nur ihm hast du es zu verdanken, daß du gerettet wurdest.«

Was sollte ich darauf antworten? Ich ließ sie in ihrem Glauben. Und wenn ich ehrlich war, so glaubte ich selber daran. Jedesmal, wenn ich an den schwarzen Skarabäus dachte, spürte ich eine Wärme auf meiner Haut, die nach innen strahlte und mir Kraft zu geben schien. Die Erinnerung an den Meister übermannte mich, und die Sehnsucht nach Ägypten.

»Warum weinst du? Hast du Schmerzen?« fragte Roga besorgt. »Soll ich dir von der Medizin holen, die die Schmerzen betäubt?«

»Nein, nicht nötig«, sagte ich, »ich habe nur daran gedacht, wie lange ich nun schon unterwegs bin und wie weit weg von zu Hause. Wo sind wir eigentlich hier?«

»In den Bergen«, antwortete Roga schlicht. »Ringsum sind Berge. Das Dorf, das uns am nächsten ist, liegt drei Doppelstunden entfernt.«

»Wo liegt Asir?«

»So heißt das Hochland jenseits der Berge.«

»Und Saba?«

»Kenne ich nicht. Es soll ein Königreich weit entfernt im Süden sein. Die Stammesältesten reden manchmal davon.«

»Kannst du mich zu ihnen führen, damit ich sie fragen kann und mehr über Saba erfahre?«

»In ein paar Tagen vielleicht, wenn du dich noch mehr erholt hast und kräftiger geworden bist für den Weg. Vorher aber mußt du essen und schlafen.«

»Aber das tue ich doch schon die ganze Zeit«, rief ich, »glaub mir, ich bin schon wieder völlig gesund.«

»Glaube ich nicht«, lachte Roga und tippte leicht mit dem Zeigefinger auf meinen Verband. Es schmerzte so sehr, daß ich unwillkürlich aufstöhnte.

»Siehst du«, lachte das Mädchen, »da hast du die Antwort, wenn du auf meine Worte nicht hören willst. Trink jetzt vom Saft, den Großmutter für dich gepreßt hat.«

Sie reichte mir die gefüllte Tonschale und beobachtete mich dabei, wie ich den Inhalt schluckweise trank. Es schmeckte würzig wie Holz und nach frischen Kräutern. Eigenartig war nur, daß ich jedesmal nach diesem Trank müde wurde und einschlief.

Mit Großmutter und Enkeltochter saß ich auf der Wiese vor der Hütte. Roga übersetzte mir das unverständliche Gebrabbel der Alten, und ich nutzte die Gelegenheit, sie über das Leben in der Dorfgemeinschaft auszufragen. Noch immer wußte ich nicht, wie ich die Absichten dieses Stammes einzuschätzen hatte. Waren sie friedliche Nachbarn der Banu Jundub, Verbündete der Assyrer oder neutral? Doch aus der Alten war wenig herauszuholen, auch Roga wurde schweigsam, wenn ich auf dieses Thema zu sprechen kam. Immer wieder lenkten sie ab. Ich müsse zunächst wieder gesund werden, hieß es. Dabei war meine Wunde doch schon fast ausgeheilt, ich fühlte mich frisch und ausgeruht.

»Könnt ihr mir heute den Weg zum Dorf zeigen?« fragte ich und war erstaunt über die Reaktion. Die alte Frau machte dem Mädchen heftige Zeichen, die ich nicht zu deuten vermochte. Ich wurde allmählich ungeduldig.

»Ich bin nun schon lange hier, viel zu lange, wie mir scheint. Natürlich danke ich euch für meine Errettung und die Pflege. Aber ich habe eine Aufgabe, die ich ausführen muß. Sie duldet nicht länger Aufschub, ich muß gehen. Sagt mir endlich, wo das Dorf ist und der Weg nach Asir.«

Roga steckte den Kopf dicht zur Großmutter und flüsterte mit ihr. Ein von lebhaften Gesten untermalter Schwall von unverständlichen Worten war die Antwort.

»Was sagt sie?«

Roga vermied es, mich anzusehen. »Sie meint, es ist nicht gut, ins Dorf zu gehen. Unsere Leute . . . sie leben sehr zurückgezogen, sie mögen keine Fremden. Und . . . sie werden böse sein, wenn sie erfahren, daß wir uns um dich gekümmert haben.«

Langsam begann ich zu begreifen. »Ihr habt also gegen das Gesetz des Stammes gehandelt?«

Roga nickte ernst.

»Dann will ich eure Hilfe nicht mit Undank belohnen«, sagte ich. »Beschreibt mir genau, wie ich zu gehen habe, um ins Hochland von Asir zu kommen. Ich werde aufpassen, daß ich niemandem unterwegs begegne.«

Wieder flüsterten Roga und die Alte miteinander. Dann sagte das kleine Mädchen, und es war ihr anzusehen, daß es ihr schwerfiel, es auszusprechen, weil sie sich an meine Anwesenheit gewöhnt hatte und die Worte nun unweigerlich zur Trennung führten: »Siehst du den Bergkamm da im Osten, der wie der Rücken und Schwanz eines schlafenden Tieres aussieht? Wenn du immer in dieser Richtung wanderst, wirst du eine Schlucht finden, durch die ein Wildbach fließt. Gehe seinem Lauf nach und halte dich rechts. Der Pfad ist steinig und steil, schließlich führt er in eine Klamm hinein. Hast du sie durchklettert, so beginnt hinter dem Joch das Gebiet von Asir.«

»Muß ich auf etwas Besonderes achten, ich meine: besteht die Gefahr, daß ich auf wilde Stämme stoßen werde?«

»Eigentlich nicht. Trotzdem mußt du vorsichtig sein – durchs Hochland streifen die Reiter von Assur. Aber es gibt auch Händler, die mit ihren Karawanen unterwegs sind. Längs der Berge verläuft von Norden nach Süden die alte Weihrauchstraße. Wenn du dich ihnen anschließen kannst, bist du in Sicherheit.«

Ich ergriff Rogas Hände und drückte sie. »Ich danke dir, Kleine«, sagte ich. »Nie werde ich den Aufenthalt bei euch vergessen.«

Tränen traten in die Augen des Mädchens. Mit dem Handrücken wischte sie sie fort. Sie sprang auf. »Ich werde dir einen Korb mit Proviant packen«, sagte sie, »und einen Krug Wasser dazustellen. Unterwegs gibt es Quellen, an denen du den Krug nachfüllen kannst. Willst du uns wirklich verlassen?«

»Ich muß, ich kann doch nicht mein ganzes Leben lang in diesem Versteck bleiben . . . obgleich es mir sehr bei euch in den Bergen gefällt.«

Roga nickte. Sie lief los und kam nach einer Weile mit einem reichlich gefüllten Korb zurück. Ich hängte ihn mir über die linke Schulter, um die frisch verheilte Wunde nicht unnötig zu belasten.

»Also, dann leb wohl, Roga«, sagte ich und umarmte das Mädchen. Auch die Alte umarmte ich und ließ mir von ihr den Kopf streicheln. Beide weinten, als ich losging. Ich hatte mir aus kräftigem Holz einen Stecken geschnitzt, der mir notfalls als Waffe dienen konnte. Mit weitausholenden Schritten stieg ich den Hang hinab. Als ich mich noch einmal umwandte, sah ich die beiden ganz klein bei der Hütte stehen. Sie winkten mir nach. Wie lange mochte ich wohl bei ihnen zugebracht haben? Es kam mir wie eine Ewigkeit vor, der Abschied fiel auch mir schwer.

Als ich zum Himmel blickte, sah ich zum ersten Mal seit langer Zeit wieder einen Adler kreisen. Es mochte ein großer ferner Verwandter unseres Horusfalken sein.

Viele Tage wanderte ich, ohne auf Menschen zu treffen. Nachts vermied ich es, Feuer zu machen und verbarg mich im Schutz von Felsvorsprüngen und natürlichen Höhlen. Je höher ich ins Gebirge stieg, desto kälter wurde es, nachts fror es heftig. Der Weg verlief so, wie Roga es mir beschrieben hatte. Schließlich erreichte ich die Klamm. Oben vom Joch aus konnte ich weit ins Land blicken. Rotbraun und steinig lag es vor mir, eine Geröllwüste, die erst am fernen Horizont von grünen Waldstreifen begrenzt wurde. Noch einmal rastete ich ausgiebig, bevor ich mich an den beschwerlichen Abstieg wagte. Endlich unten angekommen, suchte ich den Schatten einer Gruppe Wacholderbäume auf. Es war windstill und heiß, unerträglich laut schrillten die Zikaden.

Plötzlich überkam mich eine Vision. Ich hörte die Erde unter dem Hufschlag zahlreicher Reittiere beben, sah einen Zug herankommen, der sich wie eine Raupe durch die Steinödnis wandt. Dreißig Tiere und mehr konnte ich ausmachen. Sie waren schwer beladen und doppelt so groß wie Esel, auch ihre Gestalt unterschied sich erheblich davon. Langgestreckte Hälse mit kleinen Köpfen besaßen sie, ihr Gang war wiegend und hoch oben zwischen dem Gepäck hockten mit angezogenen Beinen die Reiter. Aus nördlicher Richtung kam der Zug. Ich kniff die Augen mehrmals zusammen, bis ich merkte, daß das keine Einbildung, sondern Wirklichkeit war. Sollte ich sie vorüberziehen lassen oder mich aus meinem Versteck herauswagen? Nach längerem Nachdenken entschied ich mich für das letztere. Der Anführer der Karawane hob bei meinem Anblick die Hand und auf sein Kommando hin stockte der Zug.

»Wer bist du, wo kommst du her, was willst du?« fragte er barsch.

»Ein Händler wie du«, log ich, »in den Bergen sind meine Leute überfallen und ausgeplündert worden, so daß ich nichts mehr besitze als diesen leeren Korb über meiner Schulter. Ich will nach Süden, der mein ursprüngliches Ziel war. Dort hoffe ich, auf friedlichere Menschen zu stoßen und vielleicht bei ihnen Arbeit zu finden.«

»Hm.« Der Mann mit den blitzenden Augen unter dem Stirntuch strich sich durch den Bart. Die Farbe seiner Kleidung war bunt. Ich sah, daß er am Gürtel ein Krummschwert und mehrere Messer trug.

»Du bist jung und scheinst bei Kräften zu sein«, sagte er, »vielleicht können wir dich als Knecht auf der Reise gebrauchen. Willst du mit nach Saba?«

»Ihr seid unterwegs ins Königreich Saba?«

»Ja, wir wollen die Oase Ammat erreichen, wo ein großer Markt ist und unsere Waren erwartet werden. Bis dorthin kannst du uns begleiten.«

»Sehr gern«, antwortete ich und verneigte mich. Mein höfliches Auftreten blieb nicht ohne Wirkung auf den Mann. Offenbar mochte er es, wenn man ihm wie einem Herrscher begegnete. Als ich erneut den Blick hob, winkte er huldvoll mit der Hand in Richtung des Endes der Karawane.

»Du kannst bei einem der hinteren Tiere aufsteigen. Laß dir zeigen, wie man es macht, falls du keine Erfahrung mit Kamelen hast.«

Ich bedankte mich und lief den Zug entlang bis zum letzten Reittier. Dabei bekam ich Gelegenheit, die Mitreisenden zu betrachten. Es war eine Ansammlung der unterschiedlichsten Gesichter und Hautfarben, Kaufleute wahrscheinlich, die sich eigens zum Zwecke des gemeinsamen Warentransports zusammengeschlossen hatten. Die meisten von ihnen waren bewaffnet, was darauf schließen ließ, daß das Gebiet, das wir zu durchqueren hatten, nicht gerade das sicherste war. Ich war froh, sie getroffen zu haben und nicht allein reisen zu müssen. Als ich am Schluß der Karawane ankam, geschah etwas sehr Sonderbares: einer der Reiter schrie seinem Tier einen Befehl zu und faßte es hart am Zügel. Das große Wesen mit den Höckern am Rücken und den langen Beinen knickte vornüber, als wollte es zusammenbrechen, dann hinten und noch einmal vorn. Jetzt lag es bäuchlings am Boden und der Reiter konnte aus dem Sattel gleiten. Er wies mich an, genau seinen Anweisungen zu folgen und brachte das für mich bestimmte Kamel durch ein Kommando gleichfalls in die beschriebene Position.

»Du brauchst dich nicht besonders festzuhalten«, sagte er. »Eigentlich hast du überhaupt nichts zu tun, wenn du erst einmal oben sitzt. Du wirst sehen, es ist sehr bequem, man kann sogar schlafen dabei.«

Ich folgte seinen Anweisungen und kletterte auf das Gepäck. Mit einem Ruck ging das Tier hoch, vorne, hinten und noch einmal vorn, bis ich sehr weit vom Boden entfernt war.

»Ich heiße übrigens Baschir«, rief mir der Mann zu. »Wie ist dein Name?«

»Hem-On«, antwortete ich. Dann mußte ich all meine Aufmerksamkeit zusammennehmen, denn das Tier lief in schaukelnder Gangart los. Die Karawane setzte ihren unterbrochenen Marsch fort.

Am dritten Tag unserer Reise ereignete sich ein Zwischenfall, der mir sehr zu denken gab. Aus östlicher Richtung kommend, kreuzten Fremde unseren Weg. Geraume Zeit vorher bereits hatten wir eine aufgewirbelte Staubwolke gesehen, jetzt kam mit ihr ein Pulk Reiter herangesprengt, der sich erstaunlich schnell bewegte. Sie ritten weder Esel noch Kamele, sondern schlanke, sehnige Tiere – Pferde, wie ich vermutete. Von dieser Tierart hatte ich durch meinen Meister gehört, und auch, daß die Assyrer sie mit Vorliebe züchteten, um ihre Truppen schnell und beweglich zu machen. In Ägypten waren sie unbekannt. Das war ein gewaltiger Nachteil für uns, wie mir sofort deutlich wurde, als ich die Kraft und Ausdauer dieser Reittiere sah. Die Männer im Sattel waren mit Bogen und Schwertern bewaffnet, ihre Kleidung bestand aus Stoff, der mit breiten Gürteln über den Hüften zusammengehalten wurde. Das merkwürdigste an ihnen waren ihre Frisuren und Bärte. Das Haupthaar trugen sie in nach hinten gebundenen Wellen, ebenso waren ihre Bärte künstlich in Locken gelegt, was den Anschein erweckte, als seien sie gar nicht echt, sondern nur umgehängt, so wie das bei unserem Pharao üblich ist.

Ihre Waffen schwenkend umringten uns die Reiter. Ihrem Gebaren nach waren ihre Absichten keinesfalls friedlich. Der Anführer unserer Karawane sprach sie respektvoll an, es war spürbar, daß er ihnen alles zutraute und er sie freundlich zu stimmen versuchte.

»Wir sind unterwegs zur Oase Ammat, um Handel zu betreiben. Wir reisen mit der Genehmigung des Fürsten von Asir.«

»Sein Wort gilt nicht viel, Asir ist ein besetztes Land«, antwortete der Assyrerhäuptling barsch.

»Auch die Zustimmung des militärischen Statthalters besitzen wir.«

»Zeig mir das Siegel!«

Umständlich begann unser Anführer im Gepäck herumzusuchen. Endlich förderte er einen zusammengerollten Fetzen Leder zutage.

Er beugte sich vom Kamelsitz herab und übergab das Dokument. Der Assyrer studierte es lange und reichte es stirnrunzelnd zurück. »Dennoch, ihr reist durch ein unruhiges Gebiet. Das Land steht unter Kriegsrecht. Es ist besser, wir übernehmen euren Schutz.«

»Danke für das Angebot, aber ich möchte ablehnen. Wir sind gut bewaffnet und sehr wohl in der Lage, uns notfalls selbst zu verteidigen.«

Diesen Widerspruch hätte er nicht wagen sollen. Zornesrot lief das Gesicht des Assyrers an.

»Das war kein Angebot, du Schwachkopf, sondern ein Befehl!« schrie er, während seine Rechte unwillkürlich zum Schwert fuhr. »Nicht du hast hier zu bestimmen, sondern ich, merk dir das! Wenn ich es mir recht überlege, verspüre ich allerdings wenig Lust, die Begleitung für eure Karawane zu übernehmen. Besser, ihr zahlt den Anteil und zieht ohne uns weiter.«

»Welchen Anteil?«

Ein gehässiges Grinsen spielte um den Mund des Assyrers.

»Drei Kamele mit den dazugehörigen Waren.«

»Das ist Raub«, rief unser Anführer aus, »willst du uns ruinieren?«

»Keineswegs, wir nennen es Wüstenschutzgeld. Du weigerst dich doch nicht etwa, das Gesetz zu befolgen?«

Die Lage wurde immer kritischer, zumal die Reiter mittlerweile ihre Schwerter gezogen hatten und bedrohlich näherrückten. »Seit wann gilt dieses Gesetz?«

»Seit heute«, grinste der Hauptmann, »ich habe es soeben erlassen.«

Die Kaufleute berieten sich hektisch und versuchten, mit Flehen und gutem Zureden die Assyrer von ihrem Vorhaben abzubringen. Aber das nutzte wenig – schon hatten diese drei Kamele ausgesucht und trieben die Tiere beiseite. Dummerweise ausgerechnet auch das, auf dem ich saß.

»Steig ab«, brüllte einer der Krieger, »du kannst gefälligst zu Fuß laufen, das soll sehr gesund sein!«

»Wer ist das überhaupt?« fragte der Hauptmann. »Er sieht aus wie ein Ägypter... Treiben sich neuerdings Spione in Asir herum?«

»Du irrst, hoher Herr«, mischte sich unser Anführer ein, »das ist nur ein dummer Kamelknecht, der mehr schläft als er arbeitet. Er hat kaum die Mahlzeit verdient, die wir ihm täglich gewähren.«

Ich warf dem Mann einen dankbaren Blick zu. Manchmal war es besser, für weniger klug eingeschätzt zu werden, als man in Wirklichkeit war. Und am besten war es, nicht in assyrische Gefangenschaft zu geraten.

Nachdem die Reiter ihre Beute kurz inspiziert hatten und wegen der Vielfalt der Waren auf dem Rücken der Kamele zufriedene Gesichter machten, brachen sie ebenso hastig wie sie gekommen waren auf. Bald war nur noch eine kleiner werdende Staubwolke von ihnen zu sehen.

Ich ging zu unserem Anführer vor. »Ich danke dir dafür, daß du mich nicht verraten hast«, sagte ich. »Du besitzt einen wachen Geist und verstehst, ihn im richtigen Augenblick zu gebrauchen.«

»Das stimmt«, antwortete er, »und darum sollst du auch hören, was mir in den Sinn gekommen ist: ich halte dich in der Tat für einen Kamelknecht und werde dich auf dem Sklavenmarkt von Ammat meistbietend versteigern. Wir haben eben herbe Verluste erlitten und müssen das Verlorengegangene schließlich auf irgendeine Weise wieder hereinholen, das siehst du doch ein?«

»Du treibst Scherze mit mir!« rief ich empört. »Sag, daß das nicht dein Ernst ist!«

»O doch, es ist mir absolut ernst bei der Sache. Rede nicht lange herum und steig endlich auf.«

Er hielt mir die ausgestreckte Hand entgegen. Da ich nicht allein in der Ödnis zurückbleiben wollte, blieb mir keine andere Wahl, als zuzufassen und mich zu ihm in den Sattel hochziehen zu lassen.

In dumpfe Gedanken versunken verbrachte ich den Rest unserer Reise bis zur Oase Ammat.

Unterwegs dachte ich pausenlos über eine Fluchtmöglichkeit nach. Der Anführer der Karawane hatte in der Tat mit der Ankündigung, mich auf dem Sklavenmarkt von Ammat zum Kauf anzubieten, nicht gescherzt. Mehr und mehr bekam ich zu spüren, wie ernst es ihm damit war. Er behandelte mich schlecht, kommandierte mich herum und ließ mich einmal sogar, als ich mich seiner Meinung nach zu langsam bewegte, die Peitsche spüren. Heimlich schwor ich ihm Rache. Ich malte mir aus, wie ich ihm seine Gemeinheiten heimzahlen würde. Doch was sollte ich tun, mittellos und ohne Freunde, wie ich nun einmal war?

Endlich erreichten wir die langersehnte Oase. Es war ein ausgedehnter, fruchtbarer Flecken Erde rings um einen See. Hunderte einfacher Hütten standen hier, es herrschte emsiges Leben auf dem Markt, und die Geschäftigkeit erinnerte mich ein wenig an Memphis. Unbemerkt hatten wir die Grenze zum Königreich Saba überschritten, Ammat gehörte bereits dazu, auch wenn von der militärischen und zivilen Gewalt des Staates nicht viel zu spüren war. Lediglich eine kleine bewaffnete Polizeitruppe sorgte für Ordnung auf dem Markt, schlichtete Streitigkeiten und kassierte bei jedem Verkauf Steuergelder ab.

Gleich bei der Ankunft hatte mir mein Besitzer Fesseln angelegt. Ich sträubte mich, protestierte lauthals, aber das half alles wenig – bei den Kamelen, an einen im Boden verankerten Holzpflock gebunden, verbrachte ich wie ein Tier die Nacht.

Am nächsten Morgen brachten mich Baschir und ein anderer Mann zum Markt, wo der Herr der Karawane bereits seine Ware ausgebreitet hatte. Mit auf den Rücken gefesselten Armen mußte ich dastehen und mich anpreisen lassen. Die Kundschaft, zumeist Wüstennomaden mit ihren Familien, zeigten zunächst wenig Interesse an mir. Das änderte sich schlagartig, als gegen Mittag hoher Besuch aus Sana, der Hauptstadt des Königreichs Saba, eintraf. Ein Trupp bewaffneter schwarzer Sklaven trieb mit Stöcken die Menge auseinander, um eine Gasse freizumachen, durch die eine Sänfte getragen wurde. Hin und wieder wurde die Sänfte abgesetzt, Händler traten heran und hielten ihre Waren feil, breiteten kostbare Tücher im Staub aus oder öffneten Holzkästchen, denen sie Schmuck, Gefäße mit Duftölen, Schminke und andere wertvolle Güter entnahmen und vorführten. Schließlich kam die Sänfte zu mir. Neugierig spähte ich ins Innere, als sich der Vorhang beiseiteschob. Zuallererst sah ich einen weißen, schmalgliedrigen Arm, eine Hand, an deren Fingern viele Ringe in den Farben des Regenbogens glitzerten. Dann ein Gesicht, das Gesicht einer jungen Frau, und mein Atem stockte beim Anblick ihrer Schönheit. Tiefbraune, glutvolle Augen besaß sie; ihr Blick ruhte auf mir, schien meine Gestalt abzuschätzen. Sie lächelte mich an.

Rasch war der Herr der Karawane vorgetreten und ließ einen Schwall von Anpreisungen los: »Ein stattlicher junger Ägypter ist das, kräftig, fleißig und vielseitig begabt. Seht nur, wie stark seine Muskeln schwellen, wie stolz er den Kopf hält, als sei er kein Diener, sondern selber von edlem Geblüt. Eine große Seltenheit ist dieses Angebot, wer kann sich schon rühmen, einen echten Ägypter als Sklaven zu besitzen ...«

Die schöne Frau in der Sänfte zog die Augenbrauen hoch und winkte ab. »Schweig still«, sagte sie, »und schick ihn näher her, damit ich ihn in Ruhe betrachten kann.«

Wie anmutig ihre Stimme war! Weich und doch mit einem Unterton, der keinen Widerspruch zuließ, ein wenig rauchig und schleppend im Tonfall, wie ein Vogel, der es nicht nötig hat, stundenlang zu singen, sondern nur so oft und so lange, wie ihm danach ist.

Ich trat an die Sänfte und stand der Frau dicht gegenüber. Aus der Nähe sah sie noch liebreizender aus, und die Konturen ihres Körpers unter dem enganliegenden Stoff ließen mich meine Lage vergessen. Ich starrte sie an, und sie betrachtete mich ausgiebig. Mir entging dabei nicht, daß Verlangen in ihre Augen trat, als sich unsere Blicke trafen. Wieder mischte sich mein Verkäufer wortreich ein, doch eine heftige Handbewegung der Frau ließ ihn verstummen. Immer noch ruhten ihre Augen auf mir, und während sie mich so geheimnisvoll ansah, die Lippen leicht spöttisch verzogen, fiel mir der Vergleich mit einer Uräusschlange ein. So starrte sie wohl ihr Opfer an und machte es durch die Kraft ihres Blickes gefügig. »Wie heißt du?« fragte sie.

»Hem-On«, antwortete ich, »ich bin ein Schreiber aus Sakkara.«

»Oh, dann stimmt es also, daß du ein echter Ägypter bist«, sagte sie und klatschte vor Begeisterung in die Hände. »Und ein Schreiber willst du sein, dann bist du also gebildet?«

»Ich habe im Ptah-Tempel zu Memphis studiert«, antwortete ich stolz, »ich bin des Lesens und Schreibens mächtig, verstehe etwas von Medizin, von den Lehren der Götter und kann Saat und Ernte berechnen.«

»So«, lachte sie, und ihr Lachen drang tief in mein Herz, »wie ein Priester siehst du eigentlich nicht aus. Eher bin ich gespannt, was du sonst noch alles kannst ...« Wieder lachte sie, etwas anzüglich diesmal. »Wie kommt es, daß du hier mit gebundenen Händen auf dem Marktplatz stehst? Wo hat dich diese häßliche Kröte von Händler gefunden?«

»Nicht er, sondern ich habe ihn gefunden, als ich aus dem Sarat-Gebirge herabstieg und mich gutgläubig seiner Gesellschaft anschloß. Unterwegs hat er mich mit Gewalt überrumpelt und als Gefangener hierher verschleppt.«

»Pfui, wie gemein!« rief sie mit einem Augenzwinkern zum Händler. »Das wirft kein gutes Licht auf ihn und ist dazu angetan, deinen Kaufpreis erheblich zu mindern. Wieviel kostet er unter diesen Umständen noch?«

Der Händler begann zu wehklagen und sich den Bart zu raufen. Haarsträubende Lügengeschichten erfand er, die allesamt darauf ausgerichtet waren, meinen Wert zu erhöhen. Doch die schöne Frau in der Sänfte hörte ihm gar nicht mehr zu.

»Woher hast du die Narbe an deiner Schulter? Sie sieht frisch verheilt aus, die Verletzung kann noch nicht lange her sein?« fragte sie mich. Dabei streckte sie ihre Hand aus und fuhr mit dem Zeigefinger über den Schorf. Die Berührung war so sanft, daß mich ein Schauer überlief.

»Das ist bloß ein Pfeilschuß.«

»Von wem, hat das die häßliche Kröte getan?«

»Nein, das waren Krieger in den Bergen. Sie hielten mich für tot und ließen mich den Geiern zum Fraß liegen. So bin ich ihnen entkommen.«

Die schöne Frau lächelte mich an. Sie hatte herrlich weiße Zähne und Lippen wie das Fleisch reifer Melonen.

»Du bist noch sehr jung und hast anscheinend dennoch mehr als andere Männer erlebt«, sagte sie.

Ich wußte keine Antwort darauf, ich starrte nur unentwegt ihren Mund an.

»Du kannst mitkommen«, sagte sie zu mir, »meine Dienerschaft wird dich mit allem versorgen, was du brauchst. Wir reisen morgen nach Sana. Dort werde ich mir in Ruhe überlegen, was ich mit dir anfange.«

Nach diesen Worten zog sie von innen den Vorhang zu. Ihr Gesicht, das mich so unglaublich fasziniert hatte, verschwand hinter dem Schleier. Aber noch im Fortgehen, als die Sänfte angehoben und weitergetragen wurde, glaubte ich, das Glitzern ihrer Augen zu sehen. Einer der baumlangen schwarzen Sklaven zahlte dem Händler den vereinbarten Preis aus und stülpte mir die Schlinge eines Stricks über den Kopf.

»Los, komm jetzt«, sagte er und zog leicht an dem Strick. Mir blieb keine andere Wahl, als ihm hinterherzulaufen.

Als ich diese Frau das erste Mal sah, wußte ich sofort, daß ich verloren war. Ich war in den Bann ihrer Augen gefallen, der Sog ihres Blickes zog mich machtvoll an, ihre Augen verfolgten mich bis in den Schlaf hinein. Ähnlich war es mit der Berührung gewesen: noch viele Tage danach, auf der langen Reise nach Sana, die ich teils zu Fuß, teils auf dem Rücken eines Esels verbrachte, glaubte ich, ihren Finger auf meiner vernarbten Schulterwunde zu spüren, wie er dort zärtlich entlangglitt, spielerisch den Schorf umkreiste und hinunter zum Oberarm fuhr. Nicht umsonst war mir der Vergleich mit einer Uräusschlange gekommen – so umtanzt die Kobra ihr Opfer, umgarnt und hypnotisiert es – sie läßt sich viel Zeit, bevor sie endlich mit den Giftzähnen zubeißt.

Diese Erkenntnis beunruhigte und erregte mich gleichermaßen.

Nie zuvor war ich einer solchen Frau begegnet, nie hatte ich mich so ausgeliefert gefühlt. Maris Augen, ihr träumerischer, geistesabwesender Blick hatten mich auch betört. Aber Mari war ein kleines Mädchen gewesen, das man an der Hand packen und hinter sich herziehen konnte, und ich hatte sie gewonnen, genommen und fallengelassen. Wie Umbala. Auch sie hatte ich geliebt, war eine Zeitlang dem Reiz ihres Körpers verfallen gewesen und hatte mir eingeredet, in ihr mehr als eine schöne, braunhäutige Sklavin mit üppigen Brüsten zu sehen. Aber wie schnell hatte ich sie vergessen, wie wenig war sie mir eigentlich wert gewesen, daß ich sie so leichtsinnig als Pfand für ein Glücksspiel einsetzen konnte?

Bei der unbekannten Frau in der Sänfte aber war alles anders. Ein Geheimnis umgab sie, ein Zauber, der weitaus größer und umfassender war als alle meine bisherige Erfahrung. Sie hatte mich angesehen und mich gewollt, und ich, der ich mit auf den Rücken gebundenen Händen vor ihr stand, eigentlich also schon wehrlos war, hatte mich ein zweites Mal ergeben. Ihr Sklave wollte ich sein, freiwillig ihr dienen, ihrer Schönheit, ihrer Lust, ihrem Körper.

Ich hatte auf dem Weg nach Sana viel Zeit, um nachzudenken. Worte meines Meisters fielen mir wieder ein, Bruchstücke seiner weisen Lehren. Alles, was du tust, tust du auf Zeit, hatte Imhotep gesagt. Und: Betrug wird immer durch Betrug gesühnt, so bleibt unser Handeln stets nur die Folge von etwas anderem, das vorausgegangen ist. Merkwürdig, wie viele Einzelheiten aus seinen Reden mir wieder einfielen. Einige von ihnen kamen mir jetzt wie Warnungen vor. Doch ich schlug sie allesamt in den Wind, wischte das Dunkel in meinem Innern beiseite, um Platz zu schaffen für das unglaublich Neue, das auf mich zukam. Aber so sehr ich auch vergessen wollte – die Bilder kehrten zurück. Ich sah die schwarze Isis in jenem verfallenen Tempel von Suakin, die statt der Sonnenscheibe die silberne Mondsichel trug. Dann Uba-Sanit, die Heilfrau der Sumpfinsel, von Katzen, Fröschen und Schlangen umringt. Ich hörte noch einmal ihre Worte: »Ein getrübter Blick vermag nicht die Schleier zu durchdringen, die Hathor zwischen uns und der Wirklichkeit gewoben hat...« Meine Mutter Echnefer tauchte in der Erinnerung auf. Mit gebeugtem Gang schlich sie durch das Tor des

Ptah-Tempels in Memphis, um mich ein letztes Mal zu besuchen und Abschied von mir zu nehmen ... Ein Bilderbogen war mein Leben, einem jener bunten Friese gleich, die die Wände der Tempel bedeckten.

Die Tage waren lang auf dem Weg nach Sana, und noch endloser währten die Nächte, in denen ich an die Frau mit den Schlangenaugen dachte ...

Sana, das Zentrum des Königreichs Saba, war eine außergewöhnlich reiche und prunkvolle Stadt. Rings um den auf einem Hügel gelegenen Palast ragten weiße Häuser sechs Stockwerke und höher empor und übertrafen damit selbst die höchsten Wohnbauten Ägyptens. Inmitten der Stadtviertel gab es Gärten und Brunnen, kleine Teiche und in üppigem Grün stehende Haine. Es roch gut in Sana, im Gegensatz zu dem staubigen Hochland von Asir war die Luft hier frisch und von allerlei verlockenden Düften durchsetzt. Die Kleidung der Bewohner war sauber, ich sah fast ausschließlich edle Stoffe, was auf einen beachtlichen Reichtum hinwies.

Wir kamen am Basar vorbei, als unser Trupp zum Palasthügel hochstieg. Weitaus reichhaltiger als in Memphis war das Angebot an den Ständen. Es gab so viele und so seltsame Waren zu sehen, daß ich immer wieder überrascht stehenblieb, doch der schwarze Aufseher zog mich ungeduldig am Strick weiter.

»Du wirst noch reichlich Gelegenheit haben, dir alles zu betrachten, wenn du erst Diener im Palast bist. Vielleicht stellt man dich für den Einkauf ab oder zur Küchenarbeit, was auf das gleiche hinausläuft. Jetzt aber vorwärts, wir werden erwartet!«

»Ist der König ein strenger oder ein milder Herr?« wagte ich ihn zu fragen, froh darüber, daß er meine Sprache verstand. Es war das erste Mal auf unserer Reise, daß überhaupt einer von den Sklaven mit mir sprach.

»Noch nie hat ein König über Saba geherrscht, du Dummkopf«, fuhr der Aufseher mich an. »Wir haben eine Königin, und ob sie streng ist, wirst du bald selbst herausfinden.«

»Und die Dame in der Sänfte?«

»Ist eine Verwandte der Königin, Prinzessin Neisade.«

Neisade... wie schön dieser Name klang, und wie gut er zu der verschleierten Schönheit paßte! Ich hätte gern noch mehr über sie erfahren, aber der Aufseher gab mir keine Antwort mehr.

Wir erreichten den Palast, durchschritten das große Tor und gingen zu einem Seitentrakt, wo mir nach einem endlosen Weg durch lange Gänge eine Kammer zugewiesen wurde. Nachdem der Aufseher hinter mir die Tür geschlossen hatte, hörte ich ihn einen Riegel vorlegen. Ich trug noch immer die Hände auf dem Rücken gefesselt und fühlte mich unglücklich. Womit hatte ich nur verdient, als Gefangener in einem fremden Land mein Leben zu fristen?

Ich ging unruhig in der Kammer auf und ab. Das einzige Fenster im Raum lag so hoch an der Decke, daß ich es nicht erreichen konnte. Von dort fiel ein Lichtstreifen herein und teilte die Kammer in drei etwa gleich große Abschnitte. Schließlich legte ich mich in den sonnenbeschienenen Fleck auf dem Boden und versuchte zu schlafen.

Irgendwann, es mochten inzwischen Stunden vergangen sein, und der Lichtstreifen vom Fenster war durch den Raum gewandert und schließlich verloschen, hörte ich, daß draußen der Riegel gelöst wurde. Der Aufseher kam herein. Er hielt eine Pechfackel in seiner Hand.

»Du sollst mitkommen«, sagte er und deutete mir mit einem Kopfnicken an, ihm zu folgen. Er führte mich den Gang entlang, bis wir einen Baderaum erreichten, in dem wir bereits von drei Sklavinnen erwartet wurden. Man ließ mich das Lendentuch ablegen und in das warme Wasser der Waschmulde steigen. Kichernd folgten mir die Mädchen, wuschen meinen Körper, gossen mir Krüge mit Wasser über den Kopf, und nach der Prozedur trockneten sie mich ab, salbten mich mit wohlriechenden Duftölen und reichten mir ein langes seidenes Tuch, das ich mir nach ihrer Anweisung um die Hüften schlang.

»Fertig?« fragte der Aufseher. Die Mädchen bestätigten es lachend. Er deutete mir an, ihm zu folgen.

Wieder führte er mich endlose Gänge entlang. Wir überquerten einen dunklen Innenhof und stiegen eine Treppe hinauf. Als er die Tür am Ende der Treppe aufstieß, empfing mich Helligkeit, die von Dutzenden von flackernden Wandlampen stammte. Der Raum war mit Teppichen und Stoffen ausgekleidet, Sitzpolster lagen herum, und in der Ecke stand ein Weihrauchbecken, dem aromatische Düfte entströmten. In der Mitte des Raumes aber ruhte auf einem mit Kissen gepolsterten Podest meine schöne Dame aus der Sänfte, Prinzessin Neisade. Sie war in durchsichtige Gewänder gehüllt und noch um vieles liebreizender, als ich sie in Erinnerung hatte.

»Es ist gut, du kannst gehen«, sagte sie zu dem Aufseher, »aber bevor du gehst, lösche bitte das Licht, nur drei von den Lampen sollen brennen bleiben.« Gehorsam führte der schwarze Sklave ihre Anweisungen aus und entfernte sich unter mehrfachen Verbeugungen.

»Komm näher«, sagte die Prinzessin. Sie hatte die Stimme gesenkt, was sie noch dunkler und verführerischer machte. »Setz dich zu mir auf die Polster.«

Ich tat, wie sie sagte, und setzte mich so, daß ich ihr ins Gesicht blickte. Wieder erkannte ich das spöttische Lächeln um ihren Mund, erneut entzückten mich ihre Lippen. Plötzlich streckte sie die Hände aus und umschlang meine Schultern. Streichelnd glitten ihre Finger über meine Haut.

»Wie schön du bist«, sagte sie, »ein starker, gutgewachsener junger Mann mit kräftigen Muskeln . . . du bist lange unterwegs gewesen in den Bergen und im Hochland . . .«

»Sehr lange«, flüsterte ich mit trockenem Mund, »es kommt mir wie eine Ewigkeit vor.«

»Dann sollst du endlich für dein Warten belohnt werden«, sagte sie. Sie blickte mich unverwandt an. Das Licht der flackernden Lampen spiegelte sich in ihren Augen.

»Gefalle ich dir?«

»Du bist die schönste Frau, die ich je gesehen habe«, antwortete ich der Wahrheit gemäß.

Prinzessin Neisade rückte ein Stück von mir ab. Ihr Körper bebte unter dem dünnen Stoff.

»Dann öffne mein Kleid«, flüsterte sie.

Mit zitternden Händen griff ich zu und schob den Stoff von ihren Schultern und Brüsten. Sie lachte, schüttelte sich und ließ das Kleid noch tiefer rutschen.

»Mehr«, sagte sie, »öffne mir alles. Ich will deine Hände und deinen Körper spüren.« Sie flüsterte alle möglichen Schamlosigkeiten, bis meine Lippen ihren Mund verschlossen. Von leidenschaftlicher Gier gepackt, streichelte ich sie. Ihre Haut war samtweich und bebte unter meiner Berührung. Wir umschlangen uns und sanken auf die Polster. Mein Herz raste, heiß wurde mein Blut, und sie stachelte meine Lust immer mehr an. Ich drang so ungestüm in sie ein, daß sie aufschrie. Mit den Fingernägeln meinen Rücken aufkratzend, zog sie mich an sich. Die ganze Nacht über wurden wir des Liebesspieles nicht müde. Wie in einem Rausch war ich, liebte sie wieder und wieder. Als die Lampen heruntergebrannt waren und der Morgen durch das Fenster hereindämmerte, lagen wir erschöpft und schweißnaß auf den Kissen.

Plötzlich sprang sie auf. »Geh jetzt«, sagte sie, »fürs erste habe ich genug von dir.«

Benommen stand ich auf. Ich glaubte, mich verhört zu haben, aber sie wiederholte ihren Befehl.

»Wenn es Zeit ist, lasse ich dich rufen«, sagte sie.

Da begriff ich und ging zur Tür. Dahinter wartete der schwarze Sklave. Er führte mich wortlos in meine Kammer zurück.

Nacht für Nacht wiederholte sich das Spiel. Sehr erfindungsreich in den Varianten der Liebeskunst zeigte sich die Prinzessin, und ich muß zugeben, daß ich es nach Herzen genoß. Ich lebte nur noch für die Nacht. Tagsüber schlief ich in meiner Kammer und wurde nur vom Klopfen des Aufsehers geweckt, der mir Essen und einen Krug Bier brachte. Nach dem Essen dämmerte ich meist vor mich hin. Da es ein starkes Bier war, tat seine Rauschkraft ein übriges, um mich vom Nachdenken abzuhalten. All meine Sinne hielt Neisade gefangen. Mein Blut pochte, meine Lenden bebten, wenn ich an sie dachte. Willig folgte ich dem schwarzen Sklaven, der mich allabendlich abholte und in die Gemächer der Prinzessin brachte. Ich sah ihn mittlerweile mehr oder weniger als meinesgleichen an, so sehr hatte ich mich mit meiner Rolle abgefunden, ich war zum Sklaven von Neisades Begierden geworden. Ihr schlanker, geschmeidiger Körper bereitete mir Lust, und ich ließ sie es spüren.

Wir sprachen außer albernen Zärtlichkeiten kein ernsthaftes Wort miteinander. Das war es allerdings, was mich zunehmend bekümmerte und Essig in den Wein meiner Freuden träufelte, Tropfen um Tropfen, bis ich es eines Tages nicht mehr leugnen konnte.

Ich hatte wenig Appetit gehabt und die feinen Speisen unberührt gelassen, auch den Krug mit dem Bier ließ ich stehen. Trübe Stimmung lastete auf mir, ließ meine Gedanken schwer werden. Hatte ich das Schicksal eines gekauften Lustknaben verdient? War es nicht weit unter meiner Würde, allabendlich von einem Sklaven zum Lager der Herrin geführt zu werden, die unersättlich war in ihrem Verlangen? War ich nicht ein Mann und sie eine Frau, waren wir uns nicht im Liebesspiel durchaus ebenbürtig?

Der Abend kam, und mit ihm das gewohnte Klopfen an meiner Tür. Als der Aufseher hereinkam, stand ich nicht wie sonst gleich auf, sondern blieb sitzen.

»Was ist?« fragte der Schwarze verwundert, »fühlst du dich nicht wohl, bist du krank?«

»Nein«, antwortete ich, »es ist alles in Ordnung.« Bedächtig stand ich auf.

»Es scheint mir aber nicht so: du hast dein Essen nicht angerührt.«

»Ich hatte keinen Hunger.«

Der Aufseher schüttelte verwundert den Kopf. »Wenn ich an deiner Stelle wäre und es ginge mir so gut wie dir, würde ich nicht so ein Gesicht machen.«

Ein plötzlicher Gedanke schoß mir durch den Kopf. »Hast du früher auch einen solchen ... Dienst getan wie ich?«

Er grinste anzüglich und bleckte die Zähne. »Leider nein, die Prinzessin hat einen sehr eigenwilligen Geschmack.«

»Eigenwillig? Du kennst die anderen, die vor mir waren?«

»Ja.«

»Waren es viele?«

»Viele? O ja, das kann man wohl sagen. Ich habe sie nicht gezählt. Es waren immer junge Knaben wie du.«

»Und was ist mit ihnen passiert?«

Der Schwarze lachte breit über das Gesicht. »Nun, wenn die Prinzessin genug von ihnen hat, schicke ich sie in einen anderen Teil des Palastes. Manche von ihnen helfen in der Küche oder werden Gärtner. Es gab auch welche, die wurden auf den Basar geschickt und erneut zum Verkauf angeboten. Es hängt ganz von der Laune der Prinzessin ab.« Er legte mir vertraulich die Hand auf die Schulter. »Sag mal, Freund, ist es wirklich so, wie die meisten sagen – sie sei unersättlich und schaffe einen Mann mehr, als wenn er Schwerstarbeit im Steinbruch verrichten würde? Hast du sie satt?«

Ich schüttelte seine Hand ab. »Wer behauptet sowas? Wer wagt es, schlecht über sie zu reden? Nein, sie ist eine wunderbare Frau, die schönste, die ich je gesehen habe, die zärtlichste meines Lebens.«

»Ei, ei«, lachte der Schwarze, »das klingt fast so, als seist du in sie verliebt, mein Kleiner! Wer wird denn so unvernünftig sein? Hüte dich davor, mehr zu erwarten, als dir zusteht!«

»Behalte deine klugen Ratschläge für dich«, sagte ich grob, »ich brauche keine Belehrung. Du glaubst wohl, nur weil du mich wie ein Tier am Strick geführt hast und den Riegel an meiner Tür auf- und zumachen darfst, daß ich ein Sklave wie du bin? Nein, mein Lieber, da irrst du dich gewaltig! Nicht mehr lange, und ich werde als freier Mann im Palast umhergehen und selber Befehle erteilen. Oder Sana verlassen, wann immer es mir paßt!«

Wieder lachte der Aufseher. Er lachte so sehr, daß ihm Tränen über die Wangen liefen. »Du bist drollig, Kleiner«, prustete er, »ein richtiges Großmaul . . . Sind alle Ägypter so wie du?«

»Halt deinen vorlauten Mund«, antwortete ich, »wir haben lange genug hier herumgeschwatzt. Los, führe mich in die Gemächer der Prinzessin.«

»So ist es recht«, kicherte der Kerl unterwegs im Gang, »richtig aufgeregt und wütend ist der Kleine. Das wird der Herrin gefallen. Gib ihr deine Wut zu spüren, und sie wird vor Begeisterung schreien.«

»Noch ein Wort und ich lasse dich auspeitschen«, sagte ich. Ich hätte den unverschämten Kerl auf der Stelle ohrfeigen können. Leider war er fast doppelt so groß wie ich und trug einen scharfen Dolch im Gürtel, den er, wie ich einmal mitbekommen hatte, unglaublich schnell handhaben konnte. Also sagte ich nichts mehr zu seinen Unverschämtheiten und ließ ihn lachen, bis wir an der Tür des Schlafgemachs der Prinzessin waren. Voller Groll und entschlossen, eine Entscheidung herbeizuführen, trat ich ein. Als ich aber Neisade erblickte, kam sie mir noch schöner und verführerischer als sonst vor, und mein Vorsatz schwand dahin. Voller Zärtlichkeit fielen wir uns in die Arme, sie stöhnte vor Glück. Nachdem wir uns lange geküßt hatten, richtete ich mich auf und betrachtete ihren Körper, während ich sie streichelte. Ich versuchte Zeit zu gewinnen, denn seltsamerweise erregte sie mich diesmal nicht, wie ich es ansonsten gewohnt war. Ich mußte an die vielen Hände vor mir denken, die sie gestreichelt hatten. Sie alle hatten wohl auf die gleiche Art reagiert, ihren Leib liebkost wie ich jetzt, ich war nur das vorläufig letzte Glied einer langen Kette.

»Was ist los mit dir?« riß mich die Stimme Neisades aus meinen Gedanken. »Stimmt etwas nicht?« Auch sie hatte sich aufgerichtet und saß mir abwartend gegenüber. In ihren Augen glitzerte das spöttische Kobralächeln.

Ich nahm mir vor, mir nichts anmerken zu lassen. Aber dieser Vorsatz war leichter gedacht als getan. Irgend etwas stimmte wirklich nicht bei der Sache. Beim dritten vergeblichen Anlauf lehnte sie sich gelangweilt zurück und begann zu gähnen.

»Verzeih mir«, stammelte ich und streichelte sie fahrig. Ich versuchte, sie in die Arme zu nehmen und zu küssen. Da stieß sie mich heftig zurück.

»Wenn du krank bist, solltest du lieber in deiner Kammer bleiben und dich auskurieren, anstatt an mir herumzutasten wie ein hilfloses Kind.« Ihre Stimme war kalt, so kalt wie die Luft in den Höhen des Sarat-Gebirges. Diese Stimme erschreckte mich. Ich muß ein furchtbar enttäuschtes Gesicht gemacht haben, denn sie strich mir begütigend über den Kopf.

»Geh jetzt und ruhe dich aus«, sagte sie, »ich lasse dich wieder rufen, wenn es dir besser geht und ich Lust dazu habe.«

Erschrocken stand ich auf, blieb aber wie angewurzelt vor ihrem Lager stehen.

»Geh jetzt endlich!« schrie sie wütend und klatschte mehrmals in die Hände. Sofort öffnete sich die Tür und mein schwarzer Bewacher streckte den Kopf hinein.

»Nimm den da mit und laß ihn von einem Arzt untersuchen. Ich sage dir Bescheid, wenn er wieder auftauchen soll. Hast du verstanden?«

Der Aufseher nickte mit dem Kopf und verbeugte sich demütig. Ich aber empfand Scham über mein Versagen. Ohne mich umzudrehen schlich ich aus dem Gemach.

Der Arzt kam, untersuchte mich gründlich, konnte aber nichts feststellen. Er ließ mir ein Pulver zurück, das ich in das Bier mischen sollte.

»Kein Grund zur Besorgnis«, meinte er, »eine Unpäßlichkeit, die von selbst wieder vorübergeht.«

Wie er sich ausdrückte! Eine Unpäßlichkeit... Waren alle Ärzte in Saba so schlecht ausgebildet und oberflächlich in der Behandlung wie dieser?

»Bring mir mehr Bier«, verlangte ich von meinem Aufseher. Der Schwarze bleckte grinsend die Zähne und schleppte einen zweiten randvoll gefüllten Krug herbei. Ich trank in langen, gierigen Zügen, wartete auf das Aufkommen des Rausches und ließ mich von ihm überschwemmen und forttragen.

»Ich hasse dich, Neisade, ich hasse dich! Du bist eine kalte, gefühllose Schlange. Mit deinen Augen hast du mich verhext und mir den Verstand benebelt. Zu einem Sklaven hast du mich gemacht, mich, der ich ein freier Ägypter bin, zudem gebildet, des Lesens und Schreibens kundig. Mit welchem Recht maßt du dir an, mich so erniedrigend zu behandeln? Ich hasse dich, du schillernde Ausgeburt des Schattenreiches. Du bist ein Gespenst, das an meiner Seele nagt, und dafür werde ich dich hassen, so lange ich lebe . . .«

Ich tobte in meiner Kammer herum, schlug mit den Fäusten gegen die Tür. Ich schrie und lärmte, bis der Aufseher kam, um nach dem Rechten zu sehen.

»Wenn du unser Bier nicht verträgst, solltest du lieber Wasser trinken«, sagte er.

»Das Gegenteil ist der Fall!« tobte ich. »Euer Bier ist schlecht, so dünn wie Nilwasser, es schmeckt wie der Urin unserer Esel in Ägypten. Bring mir sofort einen neuen Krug.«

Der Aufseher lachte. Er schien Gefallen an meiner Redeweise zu finden. Er verschwand und kam kurz darauf mit einem dritten Krug zurück.

»Das mit dem Urin der Esel war nicht schlecht«, bemerkte er, »zumindest schreist du schon wie einer, und im Gesicht weist du auch eine gewisse Ähnlichkeit auf, wenn ichs recht betrachte.«

»Anubis soll dich holen!« fluchte ich und spuckte einen Schwall Bier nach ihm. Er lachte schallend, schlüpfte durch die Tür und legte den Riegel vor.

Ich trank zielstrebig, um Vergessen zu finden. Je berauschter ich wurde, desto klarer schien allerdings mein Verstand zu werden. So kam es mir jedenfalls vor. Ich horchte in mich hinein.

»Ich habe dir Unrecht getan, Neisade«, jammerte ich. »Wieviel

Zärtlichkeit hast du mir all die Nächte über geschenkt, und wie schlecht danke ich es dir? Nein, ich hasse dich nicht, ich hasse mich selbst, weil ich ein solcher Versager bin. Warum, warum nur konnte ich dich nicht in die Arme nehmen und beglücken wie sonst, welche trüben Gedanken standen bannend dazwischen?«

Plötzlich wußte ich es, und die Erkenntnis traf mich tief. Ich liebte sie!

»Ich liebe dich, Neisade, ich liebe dich mehr als mein Leben. Aber ich will nicht länger dein willenloser Diener sein, sondern mich aus freien Stücken und mit ganzem Herzen zu dieser Liebe bekennen. Ich muß dich sehen, Neisade, mit dir über alles reden. Du wirst mich anhören und mich verstehen...«

Der Lichtstreifen, der meine Kammer teilte, war verschwunden. Es dunkelte draußen, und es dunkelte auch in meiner Seele. Noch einmal schlug ich mit den Fäusten an die Tür, rief nach dem Aufseher. Doch niemand kam. Da packte mich Wehmut. Ich ließ mich auf den Boden fallen, umklammerte meine Knie, legte den Kopf darauf und begann, hemmungslos zu weinen. Ein altes Lied fiel mir ein, das einst ein blinder Harfner während des nubischen Kriegszuges an den Feuern von Syene gesungen hatte. Es hieß *Heimweh nach Memphis.* Jedes Wort, jede Strophe war wieder da, und ich sang sie nach:

»Sieh, mein Herz ist heimlich davongegangen.
Es läuft zu einem Ort, den es kennt.
Es zieht nordwärts, Memphis zu sehen.
Ach, wäre ich an seiner Stelle!
Ich sitze und warte auf mein Herz.
Daß es mir sagt, wie es in Memphis steht.
Ich habe keine Nachricht
Und mein Herz ist unruhig.
Komm zu mir, Ptah, mich nach Memphis zu holen.
Laß mich dich in Ruhe schauen.
Den ganzen Tag träumt mein Herz
Mein Herz ist nicht in meinem Leibe.
Meinen ganzen Leib hat Krankheit ergriffen.

Meine Stimme sagt:
Ach hätte ich Worte, die alles wenden!
Sei mir gnädig,
laß mich nach Memphis gelangen!«

Es mischte sich vieles in meine Trauer: Heimweh, das Alleinsein, Sehnsucht nach Liebe. Am stärksten aber brannte das Verlangen nach Neisade in mir. Es brannte so heftig, daß auch der Rest aus dem dritten Krug Bier nicht in der Lage war, es zu löschen.

Mein Entschluß stand fest: ich mußte eine Entscheidung herbeiführen. Als der Aufseher mit dem Essen kam, stellte ich mich schlafend. Er beugte sich über mich, um mich wachzurütteln. Auf diesen Moment hatte ich nur gewartet. Blitzschnell zog ich das Messer aus seinem Gürtel und richtete die Klinge gegen ihn. Der Mann war völlig verdutzt. »Was soll das?« stammelte er. »Habe ich dich nicht immer gut behandelt? Dankst du mir so die Freundschaft?«

»Zu einer echten Freundschaft gehört immer ein freier Wille«, antwortete ich. »Kann man jemanden einen Freund nennen, den man wie einen Sträfling einschließt, dem alle Rechte genommen sind, sich zu bewegen, wie es ihm beliebt?«

»Was willst du von mir? Wenn ich dir bei der Flucht helfen soll, so bin ich der Falsche. Der Palast ist gut bewacht, überall stehen Soldaten herum, wir würden nicht sehr weit kommen.«

»Ich will den Palast auch gar nicht verlassen«, sagte ich. »Das einzige, was ich von dir verlange, ist, daß du mich zu Neisade führst.«

»Die Prinzessin befindet sich um diese Zeit meist im Garten. Sie wird sehr ungehalten sein«, warf er ein.

»Führe mich dennoch zu ihr.« Ich hatte die Klinge weiterhin auf ihn gerichtet. Widerstrebend folgte er meiner Anweisung. Wir verließen den Seitentrakt auf einem anderen Weg als sonst und kamen schließlich zu einer kleinen Pforte, die in den Garten führte. Herrlich war dieser Park anzuschauen, exotische Bäume wuchsen hier, duftende Blumen blühten in den unterschiedlichsten Farben und seltene Vögel jubilierten in den Zweigen. Das Buschwerk war so angelegt und beschnitten, daß die Gartenwege ein verwirrendes Labyrinth ergaben. Wir bogen um eine Ecke und trafen an einem Teich auf eine Gruppe von Mädchen, in deren Mitte sich Prinzessin Neisade befand. Erstaunt blickte sie auf, als wir zu ihr traten.

»Verzeih mir, Herrin«, jammerte der Aufseher sofort los, »er hat mir das Messer entwunden und mich gezwungen, ihn hierherzuführen.«

Neisade zog mißbilligend die Augenbrauen hoch, in ihrem Blick tanzte das Lächeln der Uräusschlange.

»So, er hat dich gezwungen? Du scheinst den Ägypter unterschätzt zu haben.« Sie sah mich an, und ihr Lächeln wurde weicher.

»Wie ich sehe, hast du dich gut erholt. Was willst du von mir?«

»Mit dir sprechen. Allein, ohne die Dienerschaft.«

Neisade musterte mich nachdenklich. Dann klatschte sie in die Hände und wies die Anwesenden an, sich zurückzuziehen. Unter unzähligen Verbeugungen verschwand auch der Aufseher. Wir waren allein.

»Leg das Messer beiseite, wenn du mit mir reden willst«, sagte sie.

Ich steckte es in den Gürtel meines Gewandes.

»Nein. Du mußt endlich begreifen, daß du mit einem Gesandten des großen Imhotep und unseres Pharao Djoser zu tun hast, und nicht mit einem gewöhnlichen Sklaven.«

Sie lachte spöttisch. »So, ein Gesandter bist du ... und stolz obendrein. Es fällt mir schwer, mich an deine neue Rolle zu gewöhnen.«

»Sie entspricht der Realität«, antwortete ich. »Das Königreich Saba und Ägypten sind seit alten Zeiten Bundesgenossen. Das gilt auch heute, wo Assur nicht nur dein Land, sondern auch das meine bedroht. Ich bin hier, um den Bund zu erneuern.«

»Du redest wie ein Politiker. Was hat das alles mit mir zu tun?

Ich habe keinen besonderen Einfluß am Hof. Bist du gekommen, um mit mir über Kriege und Bündnisse zu reden?«

»Nein«, antwortete ich und ließ sie nicht aus den Augen. Wie atemberaubend schön sie doch war! »Ich bin auch hier, weil ich dich liebe.«

Für einen Moment lang schloß Neisade die Augen. Am liebsten hätte ich sie jetzt in die Arme genommen und an mich gezogen.

»Deine Überraschungen halten mich in Atem. Ist dir klar, was du da sagst?«

»Ja, mehr als das. Vom ersten Moment an, als ich dich sah, habe ich dich geliebt, Neisade.«

»Dann scheint es wohl eine Fügung des Schicksals zu sein«, antwortete sie. Sie lächelte ihr undurchschaubares Lächeln. Ich wußte plötzlich nichts mehr von alledem, was ich ihr eigentlich hatte sagen wollen. Ich legte die Arme um ihre Schultern und küßte sie. Sie antwortete mir, zaghaft zuerst, dann immer wilder und leidenschaftlicher.

»Komm, ich weiß einen wunderbaren Platz für uns zwei hier im Garten«, flüsterte sie, als sie wieder Luft holen konnte. Bereitwillig ließ ich mich von ihr in den Schatten der uralten Bäume ziehen.

Neisade war wie verwandelt. »Ich glaube, ich habe dich unterschätzt«, sagte sie. »Nein, eigentlich doch nicht, wenn ich es mir recht überlege. Auf dem Markt der Oase Ammat überkam mich gleich so ein seltsames Gefühl, als ich dich zwischen all den Waren erblickte. So sieht kein Sklave aus, war mein erster Gedanke. Aber du warst gefesselt und wurdest zum Kauf angeboten – das hat mich verwirrt.«

Ihre Finger glitten liebkosend durch mein Haar. Ich hatte mir lange nicht mehr den Schädel rasiert, sondern die Haare nach Art der Bewohner Asirs wachsen lassen. Nur das Kinn und die Wangen hatte ich mir sorgfältig vom Aufseher glätten lassen.

»Wie schön du bist«, sagte Neisade, »ich hatte mir die Ägypter immer häßlich vorgestellt. Aber du siehst aus wie die jungen Männer von Saba. Nein, schöner, der Schnitt deines Gesichtes ist anders. Es regt mich auf, wenn ich dich ansehe.«

Auch ich begehrte sie. Ich streichelte sie. Ihre Haut war zart und duftete nach kostbaren Essenzen. Wir lagen auf den weichen Kissen ihres Gemaches. Das einzige, was Neisade trug, waren goldene, mit Edelsteinen durchsetzte Ketten auf der Brust und an den Hand- und Fußgelenken. Sie spielte mit meinem Talisman.

»Was ist das?« fragte sie. »Es sieht aus wie ein schwarzer Käfer.«

»Ein Skarabäus. Er bringt Glück, wenn man fest daran glaubt.«

Die Prinzessin entschlüpfte seitlich meiner Umarmung. Ihre Augen hypnotisierten mich, die Uräusschlange war wieder da, und ich versank in ihrem Blick.

»Du liebst mich, sagst du?«

»Mehr, als ich es mit Worten ausdrücken kann.«

»Dann sag nichts und gib mir einen anderen Beweis. Schenke mir etwas, was dir besonders am Herzen liegt, etwas, von dem du dich nur ganz schwer trennen kannst.«

»Ich besitze nichts, was ich dir geben könnte.«

Sie lachte. »Doch, es gibt etwas: deine Kette mit dem Skarabäus.«

Eine unsichtbare Faust griff nach meinem Herzen, ließ seinen Schlag einen Moment lang stocken.

»Das kannst du nicht von mir verlangen.«

Sie lachte noch immer. »Doch, ich kann. Es wäre der Beweis dafür, daß deine Gefühle zu mir aufrichtig sind.«

Angstvoll zögerte ich, aber ich spürte, wie meine Hand langsam nach dem Amulett tastete. Ich streifte die Kette ab und legte sie um Neisades Hals. Ganz leer war ich innerlich, wie betäubt. Lachend küßte sie mich.

»Ich danke dir, kleiner Ägypter«, sagte sie und zog mich an sich. Ich sank in ihre Arme mit dem Gefühl, in einem endlosen Meer zu ertrinken.

Von nun an konnte ich mich relativ unbehindert im Palast bewegen. Da ich häufig zusammen mit der Prinzessin gesehen wurde, begegnete man mir sogar mit einem gewissen Respekt. Lediglich die Wohngebäude der königlichen Familie, der Audienzsaal und der Tempelbezirk blieben mir versperrt. Natürlich war ich daran interessiert, bald zur Königin von Saba vorgelassen zu werden, um meine diplomatischen Aufgaben erfüllen zu können. Doch so sehr ich auch meine Geliebte bat, eine Zusammenkunft zu vermitteln – es scheiterte stets. Einmal war die Königin auf Reisen, ein andermal in wichtigen Staatsgeschäften unabkömmlich, dann wieder standen religiöse Festtage, die sich aus der komplizierten Kalenderberechnung der Weisen von Saba ergaben, dem Zusammentreffen im Wege.

Ich nutzte meinen Aufenthalt im Palast vor allem dazu, die Sitten und Gebräuche der Einwohner zu studieren. Mein Aufseher, der jetzt auf Befehl der Prinzessin mir zu gehorchen hatte und für mein leibliches Wohlergehen verantwortlich war, half mir nach Kräften dabei. Wenn ich die Zeit nicht mit Neisade verbrachte, streifte ich mit ihm durch die Gassen und Winkel der Hauptstadt, besuchte den Basar und die öffentlichen Bäder.

Sibutu, so hieß der schwarze Hüne, entpuppte sich immer mehr als aufmerksamer Freund und mitteilsamer Gesprächspartner. Durch ihn lernte ich einen Großteil der Palastsklaven kennen, erfuhr viel über ihre Tätigkeit und die Gepflogenheiten am Hof. Die Königin von Saba, ihren Gemahl und die Kinder aber sah ich nie. Sie schienen außerordentlich zurückgezogen zu leben, zeigten sich dem Volk nie, und dennoch war ihr Wort Gesetz für die Menschen.

Sehr schwierig war es, etwas über die Religion von Saba in Erfahrung zu bringen. Zu unterschiedlich und widersprüchlich waren die Aussagen der Befragten. Man konnte vermuten, daß jeder etwas anderes glaubte oder sich seinen Glauben nach Belieben zurechtlegte. Die Sklaven jedenfalls vollzogen ihre eigenen Kulte, wozu sie sich bei Einbruch der Dunkelheit auf abgelegenen Plätzen trafen. Einmal nahm mich Sibutu auf mein Drängen hin zu einer Versammlung von Angehörigen seines Stammes mit.

Die Leute trafen sich in einer Höhle außerhalb der Palastmauern. Es ging äußerst geheimnisvoll dabei zu. Auf Sibutus Anraten hin trug ich einen dunklen Umhang und hatte mir das Gesicht mit Schminke geschwärzt. Als wir in die durch wenige Fackeln erleuchtete Höhle traten, schlug uns der Klang von dumpfen Trommeln entgegen. Weihrauch wurde verbrannt und ein Krug mit Rauschtrank ging um, der schnell seine Wirkung zeigte. Bald tanzten die ersten Frauen, und die Männer folgten mit verzückten Gesten ihrem Beispiel. Immer wilder wurde der Rhythmus der Trommeln, und der Tanz steigerte sich zur Ekstase. Auf dem Höhepunkt brach einer der Tänzer zuckend zusammen. Sofort verstummten die Trommeln. Einer der Priester, der in Tierfelle gehüllt war und eine schreckliche Maske vor dem Gesicht trug, zog ein flatterndes Huhn aus dem Umhang und hielt es dicht über die Gestalt des am Boden liegenden Tänzers. Ein Messer blitzte auf und fuhr durch die Kehle des Tieres. Weit spritzte das Blut, es ergoß sich über den Tänzer, und der Priester zog mit dem Huhn einen blutigen Kreis um ihn. Als habe er auf dieses Zeichen gewartet, kam der Mann hoch, reckte und schüttelte sich wie nach langem Schlaf und begann, in einer für mich unverständlichen Sprache zu singen. Er war noch immer recht schwach auf den Beinen – der Priester und zwei Helfer mußten ihn stützen. Schwankend wurde er durch die Höhle geführt und verschwand schließlich durch einen Seitenausgang.

»Was ist mit ihm, was geschieht jetzt?« fragte ich flüsternd meinen Begleiter. Sibutu gab nur ein Knurren zur Antwort. Er schüttelte den Kopf und wies mich an zu schweigen. Dennoch hatten einige der Umstehenden nun etwas von meiner Tarnung bemerkt. Zornige Stimmen wurden laut, ein Palaver begann. Ehe ich noch begriff, um was es eigentlich ging, hatte Sibutu mich am Ärmel gepackt und zog mich dem Ausgang zu.

»Schnell«, sagte er, »wir müssen verschwinden, bevor noch größere Unruhe entsteht!«

»Aber ich habe doch gar nichts getan«, protestierte ich.

»Ich hätte es wissen müssen: meine Leute mögen nicht, daß Fremde dabei sind, wenn man den Geistertanz macht«, gab Sibutu zur Antwort. Wir liefen los. Hinter uns hörten wir aufgeregtes Stimmengewirr.

Nach dem Vorfall in jener Nacht bekam ich ihn längere Zeit nicht mehr zu Gesicht, statt seiner tat nun ein anderer Schwarzer für mich Dienst, der sich bedeutend weniger gesprächig zeigte. Ich machte mir Gedanken um Sibutu, fragte auch Neisade, erhielt jedoch keine befriedigende Antwort. Schließlich traf ich ihn wieder – er tat in einem anderen Teil des Palastes seinen Dienst. Inwieweit seine Versetzung eine Anordnung von oben oder eine Bestrafung durch den Stamm darstellte, war nicht herauszufinden. Sibutu selbst wich meinem Nachfragen geschickt aus und gab nur vage Erklärungen ab, denen anzumerken war, daß sie nicht stimmten.

Erneut drängte ich die Prinzessin, mich endlich am Thron vorzulassen. Sie lächelte.

»Du scheinst es sehr eilig damit zu haben, die Königin kennenzulernen. Ich denke, du warst Schüler in den Tempeln von Memphis und Sakkara – hat man dich dort nicht das Warten gelehrt? Gilt die Wahl des richtigen Zeitpunkts so wenig in Ägypten?«

»Doch«, gab ich beschämt zu, »aber lange schon ist es her, seit ich das Reich am Nil verlassen habe, und noch immer bin ich nicht am Ziel meiner Reise angekommen. Mein Meister trug mir auf, eine Botschaft zu übermitteln, und das möchte ich endlich tun.«

Neisades Gesichtsausdruck war unerklärlich wie der eines Sphinx. »Reicht es nicht, daß du bei mir am Ziel deiner Träume und Wünsche angekommen bist?« fragte sie.

Wieder einmal versank ich in der rätselhaften Tiefe ihrer Augen. Ich war zu schwach, zu willenlos, ihr zu widersprechen.

»Komm«, sagte sie, »laß uns in den Garten gehen und der Lust frönen. Harfenspieler und Tänzerinnen treten heute dort auf, und vielleicht triffst du sogar ein paar von den Prinzen und Prinzessinnen.«

»Kann ich mit ihnen sprechen, haben sie Einfluß auf den Willen der Königin?«

»Du bist sehr hartnäckig und gibst so leicht nicht auf, was du dir einmal in den Kopf gesetzt hast«, lachte Neisade. »Mach nicht so ein angestrengtes Gesicht, Hem-On, komm jetzt, du störrischer Esel!«

An jenem Tag im Garten trafen wir einen uralten Märchenerzähler, der umringt von den Höflingen im Schatten einer mächtigen Sykomore saß. Schlohweiß war sein Haar, und sein Bart reichte bis weit über die Brust hinab. Mit verschränkten Beinen saß er da, und während er sprach, blickten seine Augen unter den geschlossenen Lidern nach innen. Befangen von dem Anblick dieser würdigen Gestalt und seiner leisen, sonoren Stimme trat ich näher und hockte mich zu den anderen in den Kreis.

»Hört die Geschichte, meine Kinder«, sprach der Greis, »hört sie, wie die hochbetagten Priester von Sais im fernen Ägypten sie berichten, denn auch dort war ich einmal und hörte sie aus ihrem Munde, wie ich sie bei den weisen Frauen in Elam und im Lande Sumer zwischen den Strömen des Euphrat und Tigris bei Uruk vernahm: ihr werdet immer Kinder bleiben, ihr Menschen von Saba. Ein Sabäer wird niemals alt. Ihr seid alle so jung, weil euch nur die Seele beschäftigt. Und in ihr werdet ihr keine alte Erfahrung finden, die aus echter Überlieferung herrührt, und keine Wissenschaft, die die Zeit überdauert hat.

Und hier ist der Grund dafür: Die Menschen sind zerstört worden, und das wird erneut und auf verschiedene Arten geschehen. Die schwersten Zerstörungen ereignen sich durch Feuer und Wasser. Aber es gab auch geringere, auf verschiedene Arten. Auch erzählt man sich bei euch, daß Schamach, der Gott der Sonne, den man in Ägypten Amon-Re oder auch Horus nennt, einmal den Wagen des großen Vaters ins Joch spannte, aber unfähig war, ihn auf dem Weg des Vaters zu führen, und so die ganze Erde in Brand setzte und selbst, vom Blitz verwundet, starb. Dieses erzählt man als Legende.

Hier aber ist die Wahrheit, die hinter den einfachen, bildhaften Vorstellungen der Menschen liegt: Von Zeit zu Zeit kommt es zu einer Abweichung der Körper, die im Himmel um die Erde kreisen. Und manchmal, in langen Zeitabständen, stirbt alles auf der Erde wegen der großen Hitze. Dann sterben alle, die auf den Bergen leben oder in nähergelegenen und trockenen Gegenden, weil die Hitze Löcher in ihre Haut brennt und sie dahinsiechen läßt. Dann verbrennt auch der Vogel Phönix in seinem eigenen Horst und steigt wiedergeboren aus der Asche zu neuem Leben empor. Diejenigen aber, die an Flüssen oder Meeren oder auf Inseln wohnen, überleben wegen der Kühle des Wassers.

Die ehrwürdigen Priester von Sais sagen, daß unter solchen Umständen die Menschen in Ägypten bewahrt werden wie die Völker von Elam, Sumer und Saba. Der Nil, der Euphrat und der Tigris sowie das Rote Meer treten über die Ufer und helfen uns, die sengende Hitze zu ertragen.

Jedoch bei anderen Gelegenheiten, wenn die Götter die Erde nicht durch Feuer, sondern durch Wasser reinigen wollen und sie überschwemmen, können sich nur die Hirten in den Bergen retten, die Bewohner unserer Städte werden von den Flüssen ins Meer gespült. Im Lande Ägypten sind die Wasser niemals von den Höhen zu den Niederungen geflossen, sondern sie stiegen unterirdisch empor. So ist es am fernen Indus wie im Zweistromland. Und daher sagt man, daß hier die ältesten Überlieferungen der Menschheit erhalten sind. Aber in Wirklichkeit gibt es an allen Orten, wo weder übertriebene Kälte noch brennende Hitze herrscht, die sie vertreibt, eine mehr oder weniger zahlreiche Menschenrasse. Und so ist in jedem Land, wo etwas Schönes, Großes und Erzählenswertes geschaffen wurde, alles seit den frühesten Zeiten aufgeschrieben worden, und zwar in den Tempeln, und die Erinnerungen sind bewahrt worden. Aber immer, wenn bei euch oder anderen Völkern die Verfeinerung in der

Schrift und allen anderen notwendigen Staatsdingen voranschreitet, fallen in regelmäßigen Abständen, wie eine Krankheit, die Wellen des Himmels über euch hernieder, und so überleben nur die Schriftunkundigen und Unwissenden. So werdet ihr aufs Neue jung, ohne zu wissen, was in vergangenen Zeiten hier und bei euch geschah. Diese Abstammungsgeschichten, meine Kinder, die in Sana im Umlauf sind, unterscheiden sich nur wenig von Ammenmärchen.

Hört, was wirklich zu Zeiten der großen Fluten geschah, als die Wasser des Meeres die Küsten überschwemmten, von der Mündung zur Quelle flossen, den Euphrat und den Tigris hinauf dem Gebirge zu, und die große Stadt Schuruppak zerstörten . . .

Vor jener Zeit war die Kälte jenseits des Erdkreises im Norden gebunden, und leicht konnte man noch die Meere überqueren. Der Aufprall eines Sternenkörpers aber zerstörte den gewaltigen Kontinent Atlantis, der im Nordwesten von uns im Meer lag. Als das Land brach und versank, folgten Erdstöße und Flutwellen.

An einem furchtbaren Tag und in einer furchtbaren Nacht wurden alle Heere der Menschen mit einem Schlag von der Erde verschluckt, damals tat sich der Urgrund auf, Atlantis ging unter im Meer . . .

Die einzigen Überlebenden waren die Bewohner der Berge, die die Kunst des Schreibens nicht beherrschten, sowie einige wenige Eingeweihte, die das ganze Wissen besaßen und sich mit Schiffen in Sicherheit brachten. Sie und viele Generationen ihrer Abkömmlinge verfügten nicht mehr über die frühere Bequemlichkeit des Lebens und mußten ihre ganze Kraft und Intelligenz der Befriedigung ihrer allerniedrigsten Bedürfnisse widmen. Es ist aber nicht verwunderlich, daß sie die Ereignisse im Laufe der Zeit vergaßen. So erklärt sich, warum uns nur die Namen unserer frühesten Vorfahren bekannt sind, während ihre Taten vergessen wurden . . .«

Der Erzähler legte eine längere Pause ein, indem er sich zurücklehnte, seine Beine entspannte und Atemübungen machte. Durch den Garten fuhr ein leichter, kühlender Wind, der raschelnd die Blätter bewegte, ein Vogel schrie aus den Zweigen und ein anderer gab ihm Antwort, während die Menschen im Kreis, die Edlen des Volkes von Saba, die Prinzessinnen und Prinzen, die Gespielen der königlichen Familie, all die vornehmen jungen Männer und Mädchen ganz still und reglos blieben. Der Zauber des Alten hielt sie wie ein Spinnennetz umfangen. Gedanken und Träume, meine Erinnerung und die Sehnsucht nach Wissen in mir schwebten als Tautropfen glitzernd auf seinen seidigen Fäden. So einsam jeder von uns war, waren wir doch ein Samenkorn in jener Sekunde, die ein goldener Splitter der Ewigkeit zu sein schien.

Dem soeben Gehörten nachsinnend, glaubte ich plötzlich die Stimme Echnefers, meiner Mutter zu vernehmen: »Mit Mazdanuzi beginnt unser Geheimnis . . . Dein Großvater kam übers Meer nach Ägypten, von jener Insel, die sie *Nabel der Welt* nennen, und er hat dort große Tempel gebaut . . .« War damit Atlantis gemeint?

»Viel mehr kann ich euch nicht berichten, meine Kinder«, fuhr die Stimme des Märchenerzählers fort, und sogleich zog sie mich wieder in ihren Bann. »Außer, daß die Abkömmlinge der Eingeweihten und ihre unwissenden Helfer lange über die Meere irrten, an den Küsten Siedlungen und Städte erbauten, die große Länder beherrschten. Wir in Saba sind vielleicht die Nachfahren jener Leute, wie in Ägypten die *Gefolgschaft des Horus* und an anderen Plätzen einige wenige Menschen, die wirkliche Weisheiten bewahren . . .«

»Was weißt du über die *Gefolgschaft des Horus?*« brach es fragend aus mir heraus. Der alte Mann hob beim Klang meiner Stimme den Kopf, öffnete die Augen und blickte in meine Richtung. Da sah ich in seine Augen, die von der Farbe des Himmelszeltes waren, klar, unerreichbar weit und doch blendend wie die Sonne. Ein Lächeln spielte um seinen Mund, als er sagte: »Oh, da weilt doch leibhaftig ein Ägypter unter uns, ein Sohn des großen Nil, denn das verrät zumindest der Tonfall seiner Sprache. Dem Aussehen nach könnte er aber einer von uns sein und ist dennoch fremd hier. Braungebrannt von der langen Reise ist seine Haut, und sein Haar von einer Art, daß man meinen könnte, er stamme von viel weiter noch als bloß von Ägypten . . .«

»Aber höre«, kam die Stimme des alten Mannes nach einer Pause zu mir zurück. »Du als Ägypter solltest eigentlich über die alten Kulte, die in diesem Lande noch üblich sind und mit denen du aufwuchst, besser Bescheid wissen als ich. Heißt es bei euch nicht, die erste Insel, die nach der großen Flut wieder aus dem Urmeer auftauchte, sei der Ausgangspunkt allen Lebens gewesen? Ragten nicht Lotosblüten empor und Schilf, die euch als Vorbild für die Säulen aus Holz und später aus Stein in euren Tempeln dienten? Wetzte nicht Thot, der schreibkundige Ibis seinen Schnabel, erste Zeichen formend, dort in dem feinen Ufersand? Sind die Ibisse in Sakkara nicht die mit Federn verkleideten Wächter des geheimen Wissens der Schrift? Hast du nie davon gehört, daß es Isis war, die vom Wasser des Lebens schöpfte, um den Feldern und allem, was lebt, die Fruchtbarkeit zu schenken? Wie du aussiehst, hast du in Ägypten eine gute Ausbildung genossen und einiges von diesen Dingen erfahren. Du senkst nachdenklich den Kopf, mein Sohn, also stimmt das, was ich vermute, mit der Wahrheit überein. Sage nichts dazu, mein Sohn . . .«

Er hob, als ich darauf vorschnell antworten wollte, stillegebietend die Hand und sagte: »Du bist jung, mein Sohn, bedenke, daß jede Antwort, die du jetzt zu geben vermagst, falsch sein könnte. Das Rätsel, das dich umgibt, wirst nur du selbst lösen können, und dies bedarf der richtigen Zeit und des richtigen Ortes. Sprich also nicht aus, was du fühlst, und behalte die Verwirrung für dich. Von mir wirst du, wie du es vielleicht erhoffst, nicht die Antwort, auf die du wartest, erhalten können. Mein Schicksal ist das eines Märchenerzählers, der wohl weiß, wovon er redet, aber daraus nicht immer die angemessenen Schlußfolgerungen ziehen kann. So geht es mir hier in diesem herrlichen Garten bei den leichtsinnigen Kindern, die für einen Moment lang nur aus ihren Träumen herausgerissen wurden, um meiner Erzählung zu lauschen wie einem Märchen, obgleich es die Wahrheit ist. Ich habe geredet und ihren und deinen Geist auf die alte Geschichte gelenkt, und ihr wart verzaubert. Kehren erst einmal Hunger und Durst zurück, senkt sich die Kühle des Abends über den Garten in Sana, so weht der Wind die Gedanken fort, und meine Erzählung sinkt in das Vergessen zurück. So ist es und so war es schon immer. Ich kann es nicht ändern. Geht also, meine Kinder, lebt wohl und vergnügt euch und behaltet ein wenig Erinnerung an den alten Mann zurück, der in eurem Kreise saß und ein Märchen erzählte.«

Ich jedenfalls tat es, obgleich ich damals noch seine Geschichte nicht recht verstand und schon gar nicht, welche Bedeutung sie für mein späteres Leben noch haben sollte.

Im Kreis hatte auch ein junger Mann gesessen, dessen Feingliedrigkeit und edle Gesichtszüge mir aufgefallen waren, vor allem aber seine dunklen, träumerischen Augen, um die ein Zug von Wehmut lag. Jetzt, als die Runde sich auflöste und die Prinzessin lachend mit ihren Freundinnen aufstob, erhob auch er sich, blieb aber abwartend stehen und blickte mich an. Ich merkte, daß ihm daran gelegen war, mit mir Kontakt aufzunehmen, und so sprach ich ihn an. Als Antwort streckte er mir beide Hände entgegen. Ich faßte und drückte sie.

»Sei gegrüßt, Ägypter«, sagte er, »willkommen am Hof von Saba.«

Als ich ihn näher betrachtete, glaubte ich eine gewisse Ähnlichkeit zwischen ihm und Neisade festzustellen. Er schien meine Gedanken erraten zu haben, denn er antwortete lächelnd: »Du hast es bemerkt – ich bin Neisades jüngerer Bruder. Wir stammen sogar vom gleichen Vater ab, obgleich das eine Seltenheit bei uns ist. Außerordentlich groß ist die Familie der Königin, und zahlreich sind ihre Kinder. Mein Name ist Mago. Wie hat dir die Geschichte des Märchenerzählers gefallen?«

»Sie hat mich außerordentlich berührt. Schon deshalb, weil von meiner Heimat Ägypten die Rede war und ich lange Zeit schon in der Fremde unterwegs bin. Und was der alte Mann über mich sagte, hat mich verwirrt.«

»Was führt dich zu uns, Hem-On?« fragte Mago voll aufrichtigem Interesse.

»Das ist eine lange Geschichte ... Ursprünglich war ich als Botschafter des Pharao unterwegs. Mein Weg führte mich durch das wilde Bergland von Asir, wo ich freundlichgesinnte Stämme antraf und solche, die mir nach dem Leben trachteten. Schließlich traf ich auf eine Karawane und zog als Gast mit ihr nach Süden. Aber assyrische Reiter überfielen uns und plünderten uns aus.«

»Diese feigen Verbrecher!« warf Mago heftig ein. »Die Handelswege sind nicht vor ihnen sicher, sie bedrohen die Grenzen und mißachten frech die Gesetze unseres Landes, als wären sie keine Nachbarn, sondern bereits die Herren von Saba!«

»Du magst die Leute von Assur nicht?«

»Ich hasse sie«, sagte Mago. »Wenn es nach mir ginge, würde ich ein Heer aufstellen und sie für ihre Unverschämtheiten bestrafen.«

»Aber auch die Händler der Karawane nahmen es mit Recht und Ordnung nicht so genau. Um den Verlust des Überfalls auszugleichen, legten sie mich in Stricke und verkauften mich als Sklaven auf dem Markt.«

»Laß mich raten, wer dich davon befreit hat. Meine reizende Schwester Neisade?«

Ich betrachtete Mago genau und glaubte, eine Geringschätzung ausdrückende Gebärde bei ihm wahrgenommen zu haben. Konnte es sein, daß er nicht gut über sie dachte? Inwieweit konnte ich ihm vertrauen? Ich entschloß mich dazu, die Wahrheit zu sagen.

»Auch sie hat mich zunächst wie einen Sklaven behandelt, einen Sklaven allerdings, dem höchst intime und durchaus verlockende Aufgaben obliegen.«

Magos Gesicht spannte sich an, seine Wangenknochen begannen zu mahlen. »So ist das, sie treibt immer das gleiche Spiel, kalt und berechnend, ich schäme mich für sie.«

»Das brauchst du nicht«, sagte ich beschwichtigend, »denn es war nur am Anfang so. Inzwischen hat sich vieles geändert. Sie hat mir tatsächlich die Freiheit zurückgegeben und nimmt mich nun als einen Freund an. Schau, ich trage keine Ketten und kann mich frei im Palast bewegen.«

»Du warst immer ein freier Mann. Es war nicht richtig von ihr, das zu vergessen!«

Ich berührte Mago leicht an der Schulter. »Was immer du auch gegen Neisade einzuwenden hast – ich kenne den Grund deiner Abneigung nicht. Aber unsere erste Begegnung beruhte auf einem Irrtum, der sich inzwischen aufgeklärt hat. Ich kann wahrhaftig nichts Schlechtes über deine Schwester sagen.«

»Aber ich!« rief Mago plötzlich erregt aus. »Von klein auf beobachte ich sie und kenne ihre Verderbtheit! Sie ist wunderschön und weiß ihre Reize geschickt einzusetzen, aber in ihrem Innersten besitzt sie die Seele einer giftigen Viper!«

»Du beurteilst sie hart«, versuchte ich seine Erregung zu dämpfen, »sie ist das Leben einer Prinzessin gewöhnt, ich hingegen bin nur ein einfacher Schreiber, und dennoch geht sie mit mir um, als sei ich von Adel und ihr ebenbürtig.«

»Du liebst sie?« fragte mich Mago direkt.

»Ja, mehr als mein Leben.«

»Das ist schlecht, denn dann betrachtest du sie mit verschleierten Augen und bekommst nicht mit, wie sie in Wirklichkeit ist«, sagte Mago. Kummerfalten umwölkten seine Stirn, er schien sich ernsthaft Sorgen um mich zu machen.

»Noch schlimmer aber ist, daß du sie so hoch einschätzt, daß du deine Persönlichkeit dabei aufs Spiel setzt . . . Hast du nicht davon gesprochen, ein Botschafter des Pharao zu sein? Wie lautet dein Auftrag, oder hast du ihn schon vergessen?«

Seine Worte berührten mich, Zweifel an der Richtigkeit meines Handelns wurden in mir wach. Wie kam es nur, daß ich in der Gegenwart Neisades alles vergaß, was mir vorher von Bedeutung war – mein Meister Imhotep, der Pharao und meine geheime Mission, die ich bisher so wenig zufriedenstellend erfüllt hatte?

»Nein, ich weiß sehr wohl noch, warum ich hier bin und so viele Strapazen auf mich genommen habe, um Saba zu erreichen.«

»Und das wäre?«

»Ich muß dringend mit der Königin sprechen. Seit Wochen versuche ich, vorgelassen zu werden, doch ständig wird mir ein anderer Grund genannt, warum dies unmöglich ist. Auch bekommt man sie niemals zu sehen. Mir kommt es vor, als bestände eine unsichtbare Wand zwischen ihr und dem übrigen Saba.«

»Das hast du treffend ausgedrückt«, sagte Mago nachdenklich, »ja, es ist eine unsichtbare Wand, die zwischen ihr und uns und dem übrigen Volk steht. Auch ich bekomme sie selten zu Gesicht, obwohl sie doch meine Mutter ist. Jetzt, da du es aussprichst, kommt es mir wieder deutlich zu Bewußtsein . . .« Er strich sich über die Stirn, wie um trübe Gedanken fortzuwischen. Seine dunklen Augen sahen blicklos in weite Ferne. Plötzlich ergriff er erneut meine Hände und drückte sie herzlich. »Ich biete dir meine Freundschaft an«, sagte er, »und dies, obwohl du meiner Schwester so nahestehst, was mich mit Mißbehagen erfüllt. Aber dein Auftrag könnte, so ahne ich, für uns alle von großer Bedeutung sein. Es ist sehr lange her, daß zuletzt ein Bote des ägyptischen Pharao bei uns war. Ich will dir helfen und alles daransetzen, dich vor den Thron zu bringen. Meine Mutter, die Königin, muß dich einfach empfangen und anhören. Zu gegebener Zeit lasse ich dir eine Nachricht zukommen . . . Jetzt aber sollten wir zu den anderen gehen und mit ihnen speisen. Du hast bestimmt noch nicht von den herrlichen Kuchen probiert, die unser Bäcker zu formen versteht. Sie bestehen aus Mandeln und Honig und sind süß wie der Nektar der Götter im Garten Eden. Außerdem wartet bestimmt schon Neisade ungeduldig auf dich.«

War mir die Zeit mit Neisade bisher wie ein lustvoller Traum, ein nie endenwollendes, rauschendes Fest vorgekommen, so begannen an diesem sonnigen Himmel nach und nach düstere Wolken aufzuziehen, die wenig Gutes verhießen. Immer launischer wurde die Prinzessin. Es gab Tage, an denen sie unerreichbar für mich blieb, obgleich wir uns verabredet hatten, und Nächte, in denen sie sich meiner Liebe auf für mich beschämende Weise entzog. Nach Belieben lockte sie mich und stieß mich ab, wenn sie merkte, daß ich bereit war, auf ihre Wünsche einzugehen. Dieses Spiel beherrschte sie in Vollendung, es schien ihr große Lust zu bereiten, mich willig zu wissen, mich schmachten zu sehen und meine Sehnsucht nach ihr auszukosten. Nicht einen Augenblick gab es mehr, der uns beide mit gleicher Absicht zusammenkommen ließ, in dem alles schön und einfach war wie zu Beginn. Neisade setzte all ihre Phantasie daran, sich ständig neue Hindernisse auszudenken, die die Begegnung mit ihr erschwerten. Oft klang es wie eine der Ausreden, die mir genannt wurden, um nicht bei der Königin vorgelassen zu werden. War das ein typisches Gesellschaftsspiel in Saba, mit dem sich die Adligen am Hofe die Zeit vertrieben? So viele seltsame Feiertage und Sternkonstellationen, Orakelsprüche, die es zu erfüllen galt, und andere Zufälligkeiten konnte es doch nicht geben! Ich merkte, daß alle, besonders aber Neisade, mir nicht die Wahrheit sagten. Neisade log, sie war äußerst geschickt darin und überraschte mich stets aufs Neue mit der Überzeugung, mit der sie ihre Lügen vorbrachte. Es war unmöglich, ihre Worte ernst zu nehmen, sie an eigene Aussagen zu erinnern, mit ihr über Widersprüche zu diskutieren. Stets winkte sie mit einer schnippischen Bemerkung ab, lachte mich aus, servierte mir geschmeidig neue Ausflüchte, die sie soeben erfunden hatte, oder wurde wütend, wenn ich nicht sogleich auf ihre Stimmungsänderung einging. Ich wurde zu Wachs in ihren Händen. Meine Gefühle zu ihr wandelten sich allmählich in eine formlose Masse widerstreitender Empfindungen. Hatte ich anfangs geglaubt, sie zu lieben, so gab es nun oft Momente, in denen ich tiefen Haß und Verachtung für sie spürte. Hin und her wurde ich gerissen, denn nie hielt eines dieser Gefühle lange an. Dafür sorgte Neisade, indem sie plötzlich umschwenkte und mich mitriß, und jedesmal war ich hinterher verblüfft, wie schnell und wie leicht die Veränderung stattgefunden hatte. Neisade besaß Macht über mich, und diese Macht ging unbestreitbar von dem Liebreiz ihres Körpers aus. Mit ihren Bewegungen, ihrem unfaßbaren Lächeln, dem rätselhaften Blick ihrer Augen, die mich immer mehr an eine Königskobra erinnerten, hielt sie mich in Bann. An einer unsichtbaren Kette hielt sie mich, die sie je nach Belieben lockern oder straffer anziehen konnte. Ich war ihr völlig ausgeliefert.

Eines Tages traf eine neue Lieferung von Sklaven ein und ich bemerkte, wie einer davon ihre Aufmerksamkeit erregte. Mißtrauisch beobachtete ich ihr Verhalten, sah voll wachsender Eifersucht, wie sie mit ihm sprach, seine Muskeln befühlte. Ihre Fingerspitzen strichen so sanft über seine braune Haut, daß der junge Mann zu zittern begann. Ich sah Neisades wollüstigen Blick über seine Gestalt gleiten, sie begutachtete ihn auf seine Verwendbarkeit hin. In der darauffolgenden Nacht wurde ich vom Wächter vor ihrer Tür abgewiesen.

»Die Prinzessin schläft«, sagte er, »niemand darf sie stören.«

»Du lügst«, antwortete ich. »Ich weiß genau, daß sie nicht allein in ihrem Gemach ist.«

»Und wenn es so ist, was geht es dich an?«

Ich bebte vor eifersüchtigem Zorn. »Es ist der braune Sklave, der heute morgen eintraf, ist es nicht so?«

»Ich habe nicht genau hingesehen«, erwiderte der Mann unwillig, »aber braun war er schon.«

Mein Herz tat rasende Sprünge, mein Blut pochte in den Adern, während der Schmerz in meinem Innern an Stärke zunahm. Ich malte mir das Bild aus, das ich durch die geschlossene Tür nicht sehen konnte: er lag in ihren Armen und streichelte ihre Brüste und Schenkel. Wie sonst mich würde sie ihn an sich ziehen, seine Lust anstacheln und sich ihm preisgeben. Ich sah, ich fühlte fast die Kette mit dem schwarzen Skarabäus, den sie auf ihrer Brust trug, zwischen ihren verschmelzenden Körpern. Kalt war der aus dem Stein geschnittene Skarabäus und wurde dann warm, schließlich naß vom Schweiß. Ich sah ihren zum Schrei geöffneten Mund und glaubte, ihre Stimme zu vernehmen. Ein leises Stöhnen drang aus dem Gemach heraus an mein Ohr. Ich warf mich an die Tür und wollte sie mit den Fäusten bearbeiten, doch der Wächter, der ein sehr kräftiger und zudem mit einem scharfen Kurzschwert bewaffneter Mann war, riß mich weg, schlug mich und trieb mich unter Prügeln in den Gang zurück.

Da brach der aufgestaute Schmerz aus mir heraus. Ich rannte die Treppe hinab, die Gänge entlang zu meiner Kammer und taumelte in das schützende Dunkel meines einstigen Gefängnisses. Die ganze

Nacht über lag ich wach am Boden und gab meinem Schmerz durch die Erinnerung an schöne Stunden reichlich Nahrung.

»Neisade, warum tust du mir das an?« klagte ich, »siehst du nicht, wie groß meine Liebe zu dir ist, wie das Feuer in mir unlöschbar für dich entbrannt ist? Warum quälst du mich so, du kannst mich doch nicht einfach vergessen haben? Nein, du weißt genau, daß ich vor deiner Tür war und das Stöhnen deiner Lust vernommen habe, du hast vielleicht sogar gehört, wie ich mich verzweifelt gegen deine Tür warf und der Wächter mich zurückstieß. Du hast einen Moment innegehalten und auf das gelauscht, was sich draußen abspielte, hast so rätselhaft gelächelt wie immer und dann dich wieder dem neuen Sklaven gewidmet, deine Schenkel geöffnet, um seine geilen Stöße in dich aufzunehmen. Dies alles hast du bewußt und ohne jede Reue getan. Im Gegenteil: es hat dich erregt, mich verzweifelt zu wissen. Wegen mir hast du es getan, um mich zu strafen und zu quälen, du Schlange, du verfluchte Viper . . . Wie kommt es nur, daß dir solche Qual Lust verschafft, daß du Liebe in Haß und Haß in Liebe verwandeln kannst? Ja, ich hasse dich, Neisade, hasse dich mit allen Fasern meines Körpers, von dem du so sehr Besitz ergriffen hast, daß ich nicht mehr ich selber bin, sondern im Staub vor dir liege und winsele wie ein geprügelter Hund . . . Und doch liebe ich dich, Neisade, begehre dich wie nie ein Weib zuvor. Wenn du mich jetzt rufen ließest, Grausame, würde ich sofort zu dir eilen und unter Tränen das Liebesspiel beginnen . . . Grausam bist du Neisade, böser und gemeiner als jemals ein Mensch zuvor, den ich kannte. Ich möchte mich von dir abwenden können und dich vergessen, denn du bist es nicht wert, daß ich deinetwegen leide. Und doch liebe ich dich und sehne die Stunde herbei, da ich die zarte Haut deines Körpers wieder spüre . . .«

So jammerte ich und verbrachte die Nacht in einem Zustand äußerster Verzweiflung, bis endlich der Morgen heraufdämmerte.

Neisade stampfte wütend mit dem Fuß auf. »Ich habe nicht mit ihm geschlafen. Das ist alles bloß deine Einbildung.«

»Du brauchst mir nichts vorzumachen«, sagte ich, »der Wächter vor deiner Tür hat es mir verraten.«

»Er ist ein elender Lügner! Er lügt immer, du darfst ihm kein Wort glauben.«

»Ich habe dich auch stöhnen gehört.«

»Das muß im Schlaf gewesen sein, ich hatte schwere Träume.«

»Oh ja, dieser Traummann muß schwer auf dir gelastet haben. Auch ihn hörte ich keuchen.«

»Du mit deiner verdammten Eifersucht!« schrie die Prinzessin. »Sind alle Ägypter so eifersüchtig wie du? Seid ihr so schlechte Liebhaber und eurer Sache so wenig sicher, daß ihr ständig Angst vor einem Nebenbuhler haben müßt? Schlappschwänze seid ihr Ägypter!«

Ich hätte sie schlagen können. Heftig atmend bemühte ich mich, meine aufkommende Wut im Zügel zu halten.

»Alles was ich will, ist deine Liebe. Ich kann es nicht ertragen, dich mit einem anderen zu teilen.«

»Hör zu«, sagte Neisade, während ihre Schlangenaugen mich zu hypnotisieren begannen. »Du vergißt, wo du hier bist. Ich habe gehört, daß ein Mann sich bei euch getrost mehrere Frauen nehmen kann, und daß es üblich ist, eine oder mehrere Sklavinnen als Nebenfrauen zu besitzen. So ist es in Ägypten, bei uns aber herrschen andere Sitten. Noch nie hat ein Mann hier eine Frau besessen, wohl aber eine Frau mehrere Männer. Weißt du, wieviele Schwestern und Brüder ich habe? Es sind zwölf. Aber – sie stammen von zehn verschiedenen Vätern!«

Mir blieb vor Staunen der Mund offenstehen.

»Und dann bedenke, daß du zu mir kamst, und nicht ich zu dir. Wenn du in diesem Land leben willst, mußt du seine Sitten und Gepflogenheiten achten.«

»Was bedeutet das in unserem Falle?« fragte ich schwach. »Daß ich widerspruchslos zusehen muß, wie du deine Gunst mehreren Liebhabern schenkst, dein Nachtlager mit Sklaven teilst?«

Neisades Arme umschlangen mich, sie begann meinen Hals, meine Schultern zu küssen. Ich wurde unter ihren Zärtlichkeiten wie immer schwach und willenlos.

»Du schrecklich eifersüchtiger Mensch«, flüsterte sie zwischen den Küssen, »ist es denn wirklich so wichtig, zu wissen, was morgen oder übermorgen sein wird? Zählt nicht nur der Augenblick des Glücks, merkst du nicht, wie ich für dich empfinde, willst du das Schöne mit häßlichen Gedanken vergiften? Nimm mich in deine Arme, Hem-On. Ich spüre, wie erregt du bist. Kräftig bist du und schön, aber wenn du wütend bist, gleichst du einem blindwütigen Bullen. Komm, laß uns in den Garten gehen, wo der Duft der Blüten die Sinne betört. Bette mich ins weiche Gras und decke mich mit deiner Stärke zu.«

Willenlos ließ ich mich von ihr führen. Ich wußte, daß jede weitere Diskussion sinnlos war und nichts außer zermürbendem Streit bringen würde. Ich mochte zerbrechen oder innerlich verbrennen, ändern konnte ich wenig daran. Ich war Neisade und ihren Verführungskünsten nicht gewachsen.

Und so wurde ich allmählich, obgleich ich mein Selbstbewußtsein und meinen Stolz wiedergefunden zu haben glaubte, erneut zum Sklaven. Mehr und mehr lieferte ich mich Neisades Launen aus, wurde abhängig von ihrem Wohlwollen, litt unter ihrer Mißachtung, wurde in einsamen Stunden von Eifersucht gequält. Der Wächter vor Neisades Tür machte sich einen grausamen Spaß daraus, mir Einzelheiten über die nächtlichen Besuche ihrer unterschiedlichen Liebhaber mitzuteilen, bis ich es nicht mehr hören konnte. Schlimm genug war ohnehin das, was ich sah, denn Neisade schreckte nicht davor zurück, sogar in meiner Gegenwart andere Männer anzulocken und zu liebkosen. Jedesmal zog sich mir das Herz zusammen, wenn ich sie in den Armen eines anderen sah. Aber ich wollte, ich konnte sie nicht verlieren. Noch immer beklagte ich meine Rolle, aber es ist erstaunlich, wie sehr sich ein Mensch selbst an die unwürdigsten Umstände anpassen kann. Ich hatte bald soviel von mir aufgegeben, daß ich nur noch ein Schatten meiner selbst war. Mein Ka aber war weit von mir entfernt, ein Falke, der viel zu hoch für das bloße Auge flog. Der schwarze Skarabäus hatte mir einstmals Kraft geschenkt, nun aber hing er wie ein Beutestück auf Neisades Brust.

Ich war wieder einmal reichlich niedergeschlagen, als mich Mago aufsuchte. Er sah mich teilnahmsvoll an.

»Du siehst nicht gut aus, beinahe wie krank. Bereitet dir meine Schwester Kummer?«

»Kummer ist nicht der passende Ausdruck, ich bin verzweifelt. Immer toller treibt sie ihr Spiel. Ich glaube, sie hat Freude daran, mich leiden zu sehen. Gestern abend bestellte sie mich in ihr Gemach. An der Tür aber wurde ich vom Wächter abgewiesen, weil zwei junge Sklaven bei ihr zu Besuch waren – sie blieben die ganze Nacht. Ich habe versteckt in einem Winkel des Ganges gesessen und sie im Morgengrauen gesehen.«

»Ich habe dich gewarnt«, erwiderte Mago, »aber du hast meine Bedenken in den Wind geschlagen. Warum machst du das schäbige Spiel eigentlich mit? Warum erniedrigst du dich so vor ihr? Liebst du sie so sehr?«

Ich schüttelte traurig den Kopf. »Nein, ich mag nicht mehr von Liebe sprechen. Eine schreckliche Leidenschaft ist es, die mich an sie kettet. Ich hasse sie, ich verfluche sie oft, aber das Verrückte ist: was ich auch tue, sie geht mir nicht aus dem Sinn.«

»Sie ist eine Hexe, sie hat deine Seele gestohlen«, stellte Mago fest.

»Es mag sein, daß du recht hast. Aber was soll ich tun? Oft genug habe ich schon mit dem Gedanken gespielt, heimlich zu fliehen. Aber wenn ich endlich soweit war, den Plan auszuführen, hielt mich etwas Unbestimmtes zurück. Ich bringe es einfach nicht fertig zu gehen.«

»Du wolltest von Saba weg, ohne deinen Auftrag ausgeführt zu haben?« Mago riß verwundert die Augen auf. »Ich denke, du hast der Königin eine wichtige Botschaft von deinem Pharao zu übermitteln?«

»Ach, die Königin«, seufzte ich. »Ich warte bereits so lange auf eine Audienz, daß ich inzwischen vergessen habe, was ich ihr sagen soll.«

»Es wird dir schon wieder einfallen«, sagte Mago. »Ich hoffe es jedenfalls sehr, denn meine Mutter erwartet dich morgen nach Sonnenaufgang.«

»Dann hast du dich also für mich bei ihr eingesetzt?«

Mago nickte. »Ja, und sie ist begierig, von dir zu erfahren, was in Ägypten vor sich geht. Man erzählt sich nämlich am Hof Wunderdinge über deine Heimat. Von einem erfolgreichen Kriegszug, der die Macht des Pharao gefestigt haben soll, ist die Rede, und von gewaltigen Bauten, wie es sie bisher nirgendwo im Erdenkreis gab. Das zumindest wirst du doch nicht vergessen haben?«

Ich lächelte matt und dachte voller Wehmut an die Zeit zurück, die ich mit meinem Meister in Sakkara, in den Steinbrüchen von Syene und schließlich auf der Baustelle der großen Pyramide verbracht hatte. Wie weit lag dies alles bereits zurück, wieviel von meiner Erinnerung war schon von den Erlebnissen meiner Reise überdeckt!

»Nein, natürlich nicht, Mago«, antwortete ich. »Ich selbst war auf jenem Kriegszug dabei, und später habe ich mit Imhotep an den Plänen für die Bauwerke von Sakkara gearbeitet. Es stimmt, daß sich Wunder in Ägypten vollzogen haben und noch immer geschehen, und daß Pharao Djoser der mächtigste König ist, der jemals am Nil herrschte. Was uns aber beunruhigt, ist das Aufkommen der Assyrer. Von Assur breitet sich derzeit ein Reich aus, das alle Nachbarn und in der Folge auch uns in Ägypten bedroht. Und inzwischen weiß ich auch, worauf ihre Stärke beruht: es sind nicht nur ihre Waffen, sondern vor allem jene schnellbeinigen Tiere, die Pferde genannt werden und ihr Heer so beweglich machen.«

»Von all dem mußt du meiner Mutter erzählen«, rief Mago. »Ich freue mich, daß du die Lage ebenso einschätzt wie ich und meine Abneigung gegen die Assyrer teilst. Oft genug habe ich die Königin vor der tödlichen Gefahr aus der nördlichen Wüste gewarnt, aber sie hat sie nie ernst genommen. Wer hört schon auf die Worte eines Prinzen? Deine Worte aber, der du ein Fremder und zudem noch Botschafter des Pharao bist, dürften weitaus mehr Gewicht haben.«

»Wir wollen es hoffen. Sonst wären meine ganze Reise und all die Strapazen, die ich unterwegs auf mich genommen habe, sinnlos gewesen.«

»Ich werde es so einzurichten verstehen, daß ich morgen bei dem Gespräch dabei bin«, sagte Mago. »Tu mir aber bitte einen Gefallen und halte dich heute am Tag und auch in der Nacht von meiner Schwester fern, damit du morgen frisch und ausgeruht am Hofe erscheinst. Ein altes sabäisches Sprichwort sagt: wer jemanden überzeugen will, sollte stets etwas wacher sein als der andere ... Versprichst du es mir?«

Ich versprach, so schwer mir das auch fiel, Neisade zu meiden und meinen Kopf freizuhalten für die bevorstehende wichtige Unterredung. Ich ging sogleich in meine Kammer und versank tief in Gedanken. Wie die bunten Bilder einer Hieroglyphenschrift auf Papyrus stiegen Erinnerungsfetzen in mir auf. Ich reihte sie nacheinander auf und flocht ein Muster aus ihnen. Wenn ich mich der Königin verständlich machen wollte, durfte ich morgen auf keinen Fall endlos reden und mich in nebensächlichen Details verlieren. Nur das Wichtigste, und dies mit überzeugenden Beispielen, wollte ich vortragen. Ich hielt mir meinen Meister vor Augen, seine Art zu reden, entsann mich, wie er damals im Palast von Memphis seine Pläne vorgetragen und alle Einwände zufriedenstellend entkräftet hatte. Ja, wie Imhotep mußte ich auftreten, um etwas bewirken zu können.

Bevor ich einschlief, ging ich noch einmal meine Rede durch und überprüfte die Argumente auf ihre Stichhaltigkeit hin. Überzeugt von der Richtigkeit meines Konzeptes legte ich mich zur Ruhe. Die Prinzessin Neisade hatte ich dabei tatsächlich eine Zeitlang völlig vergessen ...

Zum ersten Mal durfte ich die Gebäude des inneren Palastes betreten. Ich war überrascht und geblendet von der prunkvollen Ausstattung der Räume. Diesen verschwenderischen Reichtum hatte ich auch in der ansonsten gewiß nicht armen Stadt Sana nicht erwartet. Hier lag also das Herzstück des großen Königreichs Saba, und das zeigte sich dem Betrachter überdeutlich. Über kostbare Teppiche, die jeden Schritt dämpften, schritt ich, von zwei Wächtern begleitet, durch Korridore und marmorverkleidete Vorhallen, bis wir den Audienzsaal erreichten. Am Eingang blieben die Wächter stehen und wiesen mich an, niederzuknien. Der kurze Moment beim Eintreten hatte gereicht, mir einen ersten Eindruck zu verschaffen. Rings um den erhöht auf einem Podest stehenden hölzernen Thron waren etwa zwanzig Personen versammelt, die zu Füßen der Königin saßen. Als eine Frauenstimme ertönte, die mich aufstehen und näherkommen hieß, entdeckte ich auch meinen Freund, den Prinzen Mago. Völlig in Bann aber zog mich die Gestalt der Königin selbst. Sie war eine ältere Frau von würdevoller Haltung. War meine Geliebte, die Prinzessin Neisade, mit einer aufblühenden Knospe zu vergleichen, so war ihre königliche Mutter die Vollendung all dessen, was eine Blume an strahlender Schönheit zu entfalten vermag. Ich wagte kaum, den Blick zu ihr zu erheben und blieb befangen stehen.

»Sei nicht so übermäßig bescheiden, Hem-On, Bote des Pharao von Ägypten«, hörte ich erneut ihre dunkle, wohltuende Stimme. »Tritt näher und setz dich zu mir, damit wir uns angemessen unterhalten können. Wie ich hörte, weilst du schon länger im Palast und hast hier Freunde gefunden?«

Ich nickte beklommen und ärgerte mich über mein gehemmtes Auftreten. All die schönen Worte, die ich mir in der Nacht für meine Rede zurechtgelegt hatte, waren entschwunden. Nur zögernd kam das Gespräch in Gang. Nach dem Austausch allerlei förmlicher Höflichkeiten näherten wir uns dann allerdings doch dem Thema.

»Vor allem aber bin ich hier, um das alte Bündnis zwischen Ägypten und dem Königreich Saba zu erneuern«, sprach ich. »Mein weiser Lehrer Imhotep, der ein großer Kenner der Geschichte der alten Völker ist und dem Pharao als Berater zur Seite steht, wies mich an, überall auf meiner Reise nach Freunden Ausschau zu halten, die sich der alten Abmachungen erinnern und in der Stunde der Gefahr so zusammenstehen, wie es früher üblich war. Bei König Muhalil vom Stamme der Banu Jundub, Beherrscher des Sarat und der Festung Aribi, war ich bereits und habe das Bündnis zwischen unseren Völkern neu besiegelt.«

»Es gibt sie noch, die tapferen Krieger der Banu Jundub?« unterbrach mich die Königin und beugte sich interessiert vor. »Wir dachten, sie wären in den Kämpfen mit den wilden Bergstämmen aufgerieben worden und ihr Reich sei vom Erdboden verschwunden. Jedenfalls behaupten das die Kundigen unseres Landes.«

»Zweifelst du an seinen Worten?« warf Mago aufgebracht ein. »Wahrscheinlich sind unsere Kundigen ebenso schlecht über die politische Lage ringsum informiert, wie sie sich geirrt haben, als sie sagten, das alte Land Elam gäbe es nicht mehr!«

»Niemand hat dich nach deiner Meinung gefragt«, schnitt ihm die Königin scharf das Wort ab. »Schweig still und laß unseren Gast selber berichten.«

Mago errötete, nahm die Maßregelung aber ruhig hin. Und so erzählte ich meine Abenteuer in den Bergen, Muhalils Errettung bei jenem unglückseligen Jagdausflug und meine Wanderung durch das Hochland von Asir bis dahin, als ich auf die Karawane nach Süden stieß. Die Königin beobachtete mich genauestens bei meinem Bericht, da meine Worte aber nüchtern und bescheiden blieben, schenkte sie mir Glauben.

»Du bist noch ein sehr junger Mann«, bemerkte sie, »aber dennoch hast du dich außerordentlich mutig verhalten. So mutig, wie es bei uns sonst nur die Frauen sind.«

»Ich verstehe nicht ...«

»Wußtest du nicht, daß in Saba die Frauen Kriegerinnen werden, während die Männer niedrige Arbeiten verrichten?« fragte die Königin zurück. »Der Wert einer Frau ist mit dem von drei Männern zu messen. Vor der Kraft unseres Amazonenheeres zitterte einst die Welt, und niemand wagte es, unsere Grenzen anzutasten.«

»Das ist lange her«, wagte Mago erneut einen Einspruch, »heute gibt es kein Heer unter Waffen mehr, und die feigen Assyrer wagen es immer wieder, die Grenzen unseres Landes zu überschreiten, um plündernd in Saba einzufallen.« Er erntete für seine Widerworte mißbilligende Blicke der Anwesenden.

Bevor ihn die Königin abermals maßregeln konnte, ergriff ich rasch seine Partei. »Es stimmt, was der Prinz da sagt! Ich habe selbst erlebt, wie assyrische Reiter unsere Karawane überfielen, Beute machten und ungestraft entkamen. Sie kamen erstaunlich schnell auf ihren Reittieren heran und verschwanden wie ein Wind, der sich dreht. Ihre Pferde sind unseren Eseln an Kraft, Ausdauer und Schnelligkeit weit überlegen. Genau darin sehe ich die große Gefahr für uns alle.«

»Auch unsere Amazonen verstehen zu reiten, und seit alters her züchten wir Pferde in Saba«, erwiderte die Königin. »Mit dieser Nachricht kannst du mir nicht imponieren. Worin ich dir aber zustimmen muß, ist die Tatsache, daß die Räuber immer dreister werden und bestraft werden sollten.«

»Es liegen Berichte von glaubwürdigen Augenzeugen vor, daß in Assur zehntausend solcher Reiter unter Waffen stehen«, erhob Mago erneut seine Stimme. »Dazu ein Mehrfaches an Fußvolk mit scharfen Waffen, und neuerdings besitzen sie sogar Streitwagen, die von zwei Pferden gezogen werden und mit Bogenschützen besetzt sind.«

»Da du nun bereits zum dritten Mal unterbrichst«, sagte die Königin mit einem raschen Seitenblick auf ihren Sohn, »müßte ich dich eigentlich des Palastes verweisen. In Anbetracht unseres hohen Besuches aber will ich Milde walten und dich weiterreden lassen, obgleich ich der festen Überzeugung bin, daß dir niemand der Anwesenden zuhören wird.«

So war das also – einen »hohen Besuch« nannte die Königin mich!

Von dieser Zustimmung beflügelt, wagte ich, Magos Ansicht zu unterstützen.

»Auch mein Meister, der ehrwürdige Imhotep, sprach von diesen Dingen, und er warnte eindringlich davor, die Gefahr, die von Assur und seinen Expansionsgelüsten ausgeht, zu unterschätzen. Viele Stämme und Völker haben die Assyrer bereits besiegt, und ihre Länder, die einst groß und mächtig waren, unterjocht. Das Reich Sumer, das zwischen den Ufern des Euphrat und Tigris lag, wurde ihrem Gebiet einverleibt, im Norden eroberten sie das Fürstentum Mitanni und kontrollieren die Purpurstraße zum Libanon, ihre Reiter durchstreifen das Hochland von Asir und haben die Bergstämme auf ihre Seite gebracht. Sie plündern die Karawanen, die sich auf der Weihrauchstraße bewegen, und wenn es gestattet ist, eine Meinung zu äußern, so glaube ich, es ist nur noch eine Frage der Zeit, wann sie vor den Toren von Saba stehen, um sich seines Wohlstands zu bemächtigen.«

Murren erhob sich in der Runde, eine Frau, die offenbar Hohepriesterin war, erhob sich und reckte mir abwehrend die Hände entgegen, doch die Königin blieb gelassen, ja, ich glaubte mit einem Mal sogar ein Zeichen von Zustimmung in ihrem Gesicht zu entdecken. Sie lächelte mich an.

»Wenn es so ist, wie du sagst, wenn deine düsteren Prophezeiungen einmal tatsächlich Wirklichkeit werden sollten, so wird Assur zur rechten Zeit von uns die gebührende Antwort bekommen. Dann lasse ich die Amazonen zu den Waffen rufen und ein schnelles, schlagkräftiges Heer aus den besten Reiterinnen zusammenstellen, die gegen Assur rücken und den Feind vernichten, gleichgültig wie mächtig er ist... Dies scheint mir weniger das Problem zu sein. Vielmehr entnehme ich deinen Worten, daß Ägypten Angst vor den Assyrern hat und fürchtet, mit Fußvolk und Eseln wenig gegen zu Pferd reitende Bogenschützen ausrichten zu können. Ist es nicht so, daß dein Pharao mich um Hilfe bittet, weil er allein nicht mit dem Gegner zurechtkommt?«

»Ich denke, daß nun der Augenblick gekommen ist, dir die geheime Botschaft des Pharao Djoser zu offenbaren«, sagte ich. »Das große siegreiche Heer von Ägypten, das in Nubien so ruhmreiche

Schlachten geschlagen hat, steht bereit, gegen Assur auf dem nördlichen Landweg vorzurücken. Zugleich wird eine Flotte die Küsten Asirs ansteuern, um die Bergvölker anzugreifen, sofern sie nicht, wie die Banu Jundub, auf unserer Seite stehen. Dies wäre der passende Moment für Saba, um loszuschlagen und sich der Gefahr ein für allemal zu entledigen. Vereint würden unsere Völker den Feind in die Knie zwingen können und den Frieden für lange Zeit sichern. Es gibt allerdings noch eines zu bedenken . . .«

»Und das wäre?« fragte die Königin rasch. Es war ihr anzusehen, daß sie blitzschnell denken und alle Überlegungen bis zu einem gewissen Punkt nachvollziehen konnte. Vielleicht hatte auch sie insgeheim bereits in diese Richtung gedacht. Ich hatte einen äußerst günstigen Augenblick für das Vorbringen meines Anliegens erwischt.

»Der Plan wird genau an dem Tag in die Tat umgesetzt werden, an dem eine Nachricht von mir Ägypten erreicht, die die Zustimmung Sabas besagt.«

»Eine solche Nachricht, von einer schnellen Kurierreiterin transportiert, wäre in wenigen Tagen an der Küste, von wo sie ein Schiff nach Ägypten bringen kann«, rief Mago aufgeregt.

Die Königin hatte ihre rechte Hand bereits zum Zeichen des Stillschweigens erhoben, ließ sie aber wieder sinken. Sie blickte mich ernst und nachdenklich an.

»Das, was du vorgetragen hast, wurde verstanden. Denke nicht, daß dein Vorschlag bei mir auf unfruchtbaren Boden gefallen wäre. Im Gegenteil: schon lange plagt mich die Sorge um die Zukunft unseres Landes und läßt mich nicht mehr ruhig schlafen. Ich werde mit dem Hofrat die Konsequenzen aus der Botschaft deines Pharao für uns prüfen und dir die Antwort morgen mitteilen. Fällt sie positiv aus, so magst du so lange unser Gast in Sana sein, wie es dir beliebt. Im anderen Falle muß ich dich bitten, unser Land binnen einer Woche zu verlassen, weil deine Anwesenheit zuviel Unruhe auslöst, wie man an den Reaktionen meines Sohnes Mago bereits ablesen kann. Bist du bereit, die Antwort abzuwarten?«

»Es ist mir eine Ehre, großmächtige Königin«, erwiderte ich. Als ich ging, beugte ich meinen Nacken nicht nur aus reiner Höflichkeit, sondern voll echtem Respekt vor ihr.

»Du hast auf ganzer Linie gewonnen!« rief Mago aufgeregt. »Der Kronrat hat sich für dich und den Vorschlag deines Pharao entschieden. Und weißt du, warum? Weil eine Dreiheit passierte.«

»Eine was?«

»Das gleichzeitige Eintreten dreier Ereignisse, die ursächlich miteinander verbunden und daher von großer Bedeutung sind.«

»Das mußt du mir näher erklären.«

»Also gut«, sagte Mago, setzte sich neben mich auf den gemauerten Rand des Brunnens im Garten und begann eine weitausholende Erzählung. Ich erfuhr, daß assyrische Reiter wieder einmal ein Grenzdorf überfallen und ausgeplündert hatten. Die Leute, die Widerstand leisteten, waren getötet worden oder in Gefangenschaft geraten. Der Vorfall hatte sich bereits vor drei Tagen ereignet, aber die Boten mit der Nachricht davon waren erst heute früh im Palast eingetroffen. Zugleich mit einer Delegation des Tempels: die Sterndeuter dort beobachteten seit Wochen gewisse Veränderungen am Himmel; ein heller Körper war auf die Erde zugerast und hatte einen Feuerschweif hinter sich hergezogen. Die Befragung des Orakels durch die Priesterinnen sagte Veränderungen von weitreichender Bedeutung voraus, die im Zusammenhang mit Assur stünden.

»Den entscheidenden Ausschlag aber hat deine gestrige Rede gebracht«, sagte Mago. »Du mußt wissen, daß unser Volk sehr abergläubisch ist. Voll dunkler Andeutungen sind oft die Orakel, man kann sie so oder so verstehen. Die Menschen hier leben in ständiger Furcht, eine Weissagung falsch aufzufassen, und sie tun lieber nichts, als vorschnell zu handeln und damit den Zorn der Götter herauszufordern. Deine Worte aber waren deutlich und klar zu begreifen. Sie stehen nicht im Widerspruch zum Orakel, sondern unterstützen es sogar noch, und sie geben praktische Hinweise, was für uns zu tun ist. Meiner Mutter fiel es also leicht, die Botschaft deines Pharao gutzuheißen.«

»Das bedeutet, sie sendet einen Kurier nach Ägypten?«

»Ja, du sollst die Nachricht heute noch schreiben, drei unserer schnellsten Reiterinnen stehen bereit, sie zur Küste zu bringen, wo sie ein Handelssegler über das Rote Meer befördern kann.«

Das stellte mich vor ein neues Problem: in Ermangelung von Papyrus mußte ich ein anderes geeignetes Schreibmaterial auftreiben. Prinz Mago half mir dabei, indem er eine gegerbte Tierhaut, Feder und Tinte brachte. Ich machte mich sofort an die Arbeit und stellte fest, daß die Tinte ausgezeichnet auf dem Leder haftete und die angespitzte Hühnerfeder fast besser noch als die gewohnten Schilfstengel zum Schreiben geeignet war. Mago saß neben mir und beobachtete voll Bewunderung meine Tätigkeit.

»Ich bin froh, daß du bei uns bleibst und die Botschaft nicht selber nach Ägypten bringst. Ich hatte schon befürchtet, du würdest sofort aufbrechen und uns für immer verlassen.«

»Mein Auftrag lautet, im Lande zu bleiben und die weiteren Anweisungen meines Meisters und des Pharao abzuwarten.«

»Welch ein Glück!« rief Mago aus. »So können wir noch eine Zeitlang zusammenbleiben und ich kann von dir etwas lernen.«

Ich mischte die Tinte und malte mit Sorgfalt die Zeichen. Es wurde ein langer Bericht, obgleich ich mich nur auf das Wesentliche beschränkte, und als ich ihn beendete, war die Innenseite des Leders bis auf ein winzig kleines Fleckchen mit Schriftzeichen bedeckt. Dorthin malte ich meinen Namen: Hem-On. Und fügte hinzu: voll Demut und in der Hoffnung, meine Heimat Ägypten bald wiederzusehen.

Nachdem ich die Tinte in der Sonne getrocknet hatte, rollte ich das Leder zusammen und verknotete es mit einem Strick, dessen Enden ich zum Anck-Zeichen zusammenflocht.

»Was meinst du, wann wir Antwort darauf bekommen?« fragte Mago.

»Wenn alles gutgeht, ein kräftiger Wind das Schiff treibt, der Pharao sofort reagiert und der Rückweg ebenso unbehindert vonstatten geht, könnte zum nächsten Mondwechsel die Antwort da sein.«

»Die Reiterinnen haben Anweisung, die Rolle persönlich zu übergeben und schnellstmöglich auf dem gleichen Wege nach Saba zurückzukehren.«

»Du hast mir erzählt, wie zögernd und unentschlossen euer Volk sonst ist«, sagte ich, »nun aber staune ich über die Schnelligkeit, mit der alles vonstatten geht.«

»Es geschehen eben manchmal Zeichen und Wunder«, lachte Mago. »Du wirst überrascht sein, wenn du hörst, daß meine Mutter, die Königin, bereits Kuriere in alle Landesteile entsandt hat, um die Amazonen zu den Waffen zu holen.«

Ich war beeindruckt. Nach den langen Wochen des Wartens am Hof überstürzten sich nun die Ereignisse. Wie ein tiefer Traum kam mir die Zeit in Sana vor. Glücksrausch und Verzweiflung hatten in schneller Folge gewechselt, meine Tage und Nächte in Ketten gelegt, das Zusammensein mit Neisade hatte wie ein dichter Schleier gewirkt, der sich um mich gelegt und meine Sinne betäubt gehalten hatte. Zum ersten Mal seit langem spürte ich wieder so etwas wie Klarheit, kam der Wunsch in mir auf, die Prinzessin zur Rede zu stellen und meinen Talisman, den ich ihr unter falschen Voraussetzungen zum Geschenk gemacht hatte, zurückzuverlangen.

Ich sprach mit Mago darüber, weil ich das sichere Gefühl hatte, ihm vertrauen zu können.

»Das ist eine schwierige Angelegenheit, in der ich dir wenig raten kann«, antwortete der Prinz nachdenklich. »Ich selbst habe keinerlei Einfluß auf meine Schwester. Sie hört nicht auf mich, weil sie weiß, wie sehr ich ihr Treiben verachte. Außerdem läßt es ihr Stolz nicht zu, sich von einem Mann sagen zu lassen, was richtig und falsch ist. Erlaube mir den Einwand, Freund, dich daran zu erinnern, daß du ja eigentlich selber dafür verantwortlich bist, was geschehen ist. Du hast dich von den Reizen der Hexe verzaubern lassen und Gefühle für Liebe gehalten, wo lediglich der Reiz des Unbekannten wirkte. Tiefer und tiefer hast du dich in diesen Zustand verstrickt, und es wird schwer sein, dich daraus zu befreien. Sag, willst du es überhaupt?«

»Wenn ich das so genau wüßte ...«

»Eben das ist es. Versuche herauszufinden, was du eigentlich von ihr willst. Ändern wirst du sie nicht. Du mußt sie entweder annehmen, wie sie ist, oder dich entschieden von ihr trennen.«

»Das sagt sich so leicht. Ich schwanke wie ein Schilfrohr im Wind hin und her und kann mich für keine Richtung entscheiden.«

»Dann bist du noch nicht hindurch, dann mußt du erst noch tiefer sinken, um erneut aufsteigen zu können.«

Mago war ein junger Mann, kaum älter als ich, aber diesmal klangen mir seine Worte wie die eines weisen Alten. Ich empfand echte Freundschaft für ihn. Und dennoch wäre ich jetzt am liebsten im Ibistempel von Sakkara gewesen, wo ich meinen Meister wußte und ihn hätte um Rat fragen können. Wer sonst, wenn nicht er, kannte so gut die Geheimnisse der menschlichen Seele? Er hätte mir helfen können. Stärker als sonst sehnte ich mich nach Ägypten zurück.

»Vielleicht wäre es gut, einmal in eurem Tempel das Orakel zu befragen«, sagte ich. »Ist mir der Zugang erlaubt?«

»Jederzeit. Das ist eine gute Idee. Gehe heute abend, wenn die Sonne sich anschickt, hinter den westlichen Bergen zu versinken, zum Tor, über dessen Bogen der Halbmond graviert ist. Die Priesterinnen werden dich einlassen und für dich den Ratschluß der Götter erbitten. Aber bringe ihnen ein Geschenk mit, um sie wohlmeinend zu stimmen.«

»Aber ich besitze nichts von Wert, das ich ihnen geben könnte.«

»Dann nimm dies«, sagte Mago und streifte einen goldenen Reif von seinem Arm.

Voller Ungeduld verfolgte ich die Bahn der Sonne am Himmel. Als sie den Zenit überschritten hatte und sich endlich den Bergen zuneigte, machte ich mich auf den Weg.

Im Halbdunkel des Tempeleingangs wurde ich von einer Priesterin empfangen und übergab ihr Magos Geschenk. Sie nahm es wortlos entgegen und verstaute das Schmuckstück in einer hölzernen Truhe. Im Gegensatz zu dem im Palast üblichen Prunk zeichnete sich das Innere des Tempels durch äußerste Schlichtheit aus. Die Wände waren kahl und nicht verziert wie in Ägypten. Aber Weihrauch erfüllte die Luft, aus zahlreichen Metallbecken und Schalen stieg der Wohlgeruch auf, betörte die Sinne. In einer von Öllämpchen beleuchteten Halle, die wohl der Hauptraum des Tempels war, saßen in weiße Gewänder gehüllte Priesterinnen. Andächtig sangen sie leise Lieder, keine von ihnen blickte auf, als ich vorbeigeführt wurde und einen Seitentrakt erreichte, in dem eine junge Frau neben einem Riß im Fußboden hockte, aus dem weißer Nebel aufstieg. Hier hieß man mich niederkauern und warten.

Ich betrachtete die Gestalt und das Gesicht der jungen Priesterin und sah, daß ihre Augen geschlossen waren, während sich ihre Lippen kaum merklich bewegten. Wenn man genau hinhörte, war ihrem Mund ein flüsternder Sprechgesang zu entnehmen. Sie wiegte im Rhythmus ihren Oberkörper dazu. Ich hatte lange gewartet, als sie endlich aufblickte und mich wahrnahm. Die Farbe ihrer Augen war grau, was in einem seltsamen Kontrast zum seidigen Schwarz ihrer langen Haare stand.

Eine Vision überkam mich: ich sah diese Frau, die mir völlig unbekannt war und doch so vertraut, plötzlich an einem ganz anderen Platz sitzen als an jener Felsspalte. Sie saß auf sandbraunen Klippen über einem Meer, das im Sturm schäumte. Sie sang, und ihre Sprache war mir aus Urzeiten nah. Diesem Gesang träumte ich nach, entrückt und doch gleichzeitig gegenwärtig und wach. Ich riß mich zusammen, schüttelte die Vision ab und saß wieder der jungen Priesterin gegenüber. Sie lächelte mich an, und ich spürte sofort, daß sie eigens wegen mir hier saß, daß sie auf mich gewartet hatte. Verwirrt erwiderte ich ihr Lächeln.

»Sei gegrüßt, Fremder«, sprach sie mit dunkler, wohltuender Stimme. »Laß betrachten, was in deinem Gesicht geschrieben steht. Rücke näher, damit ich es deuten kann.«

Ich setzte mich so, daß etwas vom Schein des Öllämpchens auf mein ihr zugewandtes Gesicht fiel. Mit beiden Händen faßte sie meinen Kopf und blickte mich an. Mit den Fingerspitzen fuhr sie die Linien meiner Wangen und Stirn nach – es war ein Streicheln. Ich schloß unter der unverhofften Liebkosung die Augen. Sofort entschwanden ihre Hände, und als ich erneut zu ihr hinsah, streifte mich ein letzter Blick aus ihren grauen Augen. Danach beugte sie sich über die Erdspalte und atmete tief den aufsteigenden Nebel ein. Ich sah sie den Nebel greifen und daraus etwas formen. Es war, als spinne sie unsichtbare Fäden zu einem Muster zusammen. Leise begann sie zu reden. Es war die Anrufung der großen Erdmutter von Saba, und obgleich ich den Namen dieser Göttin nicht kannte, erinnerte mich der Wortlaut des Gebetes an die Anrufung der Isis, wie sie bei uns in Ägypten üblich war:

»Du heilige, du ewige Erhalterin des Menschengeschlechts, immer freigiebig, um die Sterblichen zu erquicken . . . Kein Tag, keine einzige Ruhestunde, kein winziger Augenblick geht vorbei, ohne daß du zu Wasser und zu Lande die Menschen beschützt, die Stürme des Lebens vertreibst, deine rettende Hand darreichst, mit der du die unentwirrbaren Fäden des Schicksals löst, des Geschickes Toben mäßigst und der Sterne verderblichen Lauf hemmst! Dich ehren die Himmlischen, dir dienen die Götter der Unterwelt, du drehst die Erde im Kreis, entzündest das Licht der Sonne, beherrschst die Welt. Dir antworten die Gestirne, gehorchen die Jahreszeiten, dir jauchzen die Götter zu, dir dienen die Elemente. Auf deinen Wink atmen die Lüfte, nähren die Wolken, keimen die Samen, sprießen die Keime. Vor deiner Hoheit schauern die Vögel, die den Himmel durchfliegen, die wilden Tiere, die im Gebirge umherirren, die Schlangen, die versteckt am Boden liegen, die Ungetüme, die auf dem Meere sich wiegen. Doch ich bin zu schwach an Geist, dein Lob zu singen, zu arm an Besitz, dir würdige Opfer zu bringen. Die Fülle der Worte gebricht mir zu sagen, was ich vor deiner Hoheit empfinde, und dazu würden auch nicht tausend Münder, tausend Zungen, nicht ein ewiger Fluß unermüdlicher Reden genügen. So will ich denn nur das, was eine zwar Fromme, doch sonst Arme vermag, zu deinem Ruhme tun: ewig werde ich dein göttliches Antlitz und deine allerheiligste Macht im Innern meines Herzens bewahren und mir ewig vor Augen halten.«

Die Priesterin schwieg, als lausche sie dem eben Gesagten nach. Dann beugte sie sich erneut über die Erdspalte, atmete den Nebel ein und fuhr fort: »Der Vogel ist aus dem Nest gefallen und früh flügge geworden. Er folgte den fremden Stimmen und zog weit mit ihnen, bis seine Flügel erlahmten. Er wandte sich suchend um, flog zurück, verfehlte aber die Richtung. So flog er der Sonne entgegen nach Osten und wurde geblendet...

Was er für Liebe hält, ist nur ein Rausch, ein Trugbild aus Sinnlichkeit, das ihm die Hitze der Nacht einflüstert. Gefangen im Körper ist die Seele, in tausenderlei Verstrickung gebunden. Achte auf das, was die Seele dir sagt, wenn sie tief drinnen in dir spricht. Meide den Blick, denn das Glitzern im Auge kann bannen, und unklar ist oft das, was man sieht. Wende deine Aufmerksamkeit nach innen, um die Bilder dort deutlicher werden zu lassen – so wirst du die Wahrheit erfahren...«

Ich sah plötzlich wie durch einen zarten Schleier die Prinzessin Neisade in ihrem Gemach, den schönen, nackten Körper meiner Geliebten, sah ihre Hügel der Freuden, ihren geöffneten Tempel der Lust, ich glaubte, den Geruch ihrer Haut wahrzunehmen, sah, wie sie die Hand hob und mir zuwinkte. Leise klirrte ihr Schmuck, die vielen goldenen Ketten und Reifen an Hals, Armen und Fußgelenken. Zwischen all der glänzenden Pracht aber ruhte an seinem ledernen Band ein einfach geschnittener Stein. Er war fremd an ihr und so schön, daß es mich schmerzte. Ich fühlte eine brennende Sehnsucht in mir aufsteigen, aber nicht nach ihrem Fleisch, sondern nach dem, was mir am meisten fehlte – dem schwarzen Stein in der Form des Skarabäus. Ich schloß die Augen und sah den Skarabäus noch immer, und plötzlich erschrak ich, denn der Käfer war tot. Das Glück war erstarrt, zu einer harten, herzlosen Masse geworden, die nichts mehr ausstrahlen konnte. Aus der lebendigen Kraft war ein Symbol geworden, Erinnerung nur noch, und es war, als wenn mit ihr ein Teil in mir starb. Neisade schrie gellend auf. Doch es war kein Schrei der Lust mehr, sondern einer der Angst. Ihre Hände preßten sich auf den Leib, umklammerten die Kette, als ginge von ihr eine Kälte aus, die sie nicht mehr ertragen konnte. Sie riß sich das Amulett vom Hals und schleuderte es von sich. Keuchend lag sie in den Kissen und rang nach Luft. Mitgefühl übermannte mich, so daß ich aufspringen und zu ihr eilen wollte, doch etwas zwang mich, sitzenzubleiben. Es war die Hand der jungen Priesterin, die auf meiner Schulter ruhte. Ihre steingrauen Augen blickten mich ruhig an.

»Es ist noch nicht vollendet«, sagte sie, »warte den Mondwechsel ab, danach wird alles verändert sein. Hüte dich vor der Dunkelheit, vor den Phasen des schwachen Lichts, das die Dämonen anlockt. Diese Dämonen sitzen überall: in den unbeleuchteten Winkeln der Gänge, hinter Vorsprüngen und Säulen, in Brunnen und Höhlen. Sie lauern aber auch in den dunklen Tiefen des Menschen, um plötzlich hervorzubrechen ... Halte deine Leidenschaft im Zaum, Fremder, achte auf deine Worte und Taten und gib den Dämonen keine Nahrung. So kannst du sie überwinden und zum Mondwechsel neugeboren aufsteigen in Unschuld und Reinheit ...

Nun aber geh, denn mehr habe ich dir nicht zu sagen. Ich hoffe, du hast etwas von dem verstanden, was ich dir mitteilen wollte ...«

Benommen stand ich auf. Ich fühlte mich schwach auf den Beinen. Die Ausdünstungen des Nebels aus der Erdspalte und der Geruch des Weihrauchs im Tempel wirkten noch lange nach, als ich den Weg zu meiner Kammer zurückging. Die Tür stand offen, und es war dunkel im Raum. Ich nahm aber sofort wahr, daß sich jemand darin befand. Es war ein ganz leichter, vertrauter Geruch, mehr eine Ahnung.

»Ich habe dich überall suchen lassen«, hörte ich die Stimme Neisades, »aber du warst nirgends zu finden. Nun bin ich selber gekommen, um dich zu holen.«

»Es ist schrecklich eng und unbequem bei dir«, sagte sie. »Laß uns lieber zu mir gehen, wo mehr Platz ist.«

Ich antwortete nicht. Ich war viel zu willenlos, um ihr zu widerstehen. So ging ich also mit, ließ mich von ihr durch die dunklen Gänge führen, den Weg, den mir so oft der braune Wächter und danach sein Nachfolger gewiesen hatten. In Neisades Gemach duftete es nach Sandelholz, Myrrhe und Zeder. Sie löschte alle Lichter bis auf eines und schmiegte sich an mich, als wir uns auf die Kissen sinken ließen. Sanft waren ihre Hände, und ihr Körper strahlte Wärme aus, als sei sie den ganzen Tag über nackt in der Sonne gelegen. Behutsam berührte ich sie, streichelte ihre Brüste, und wie ich geahnt und in meiner Vision gesehen hatte, fehlte die Kette mit dem Skarabäus an ihrem Hals.

»Wie still du bist«, sagte sie, »ist etwas mit dir? Paßt dir etwas an mir nicht? Sonst gefiel ich dir immer.«

»Du gefällst mir auch jetzt«, antwortete ich.

»Was ist es dann?«

»Ich weiß nicht. Und wenn ich es wüßte, ich könnte es dir nicht sagen.«

Die Prinzessin betrachtete mich lange. Plötzlich sprang sie auf. »Was willst du eigentlich von mir, wenn ich dich nicht mehr reize?« rief sie mit schriller Stimme. »Ein Mann hat seine Pflicht zu tun, sonst ist er kein Mann. Wenn ich Eunuchen will, so brauche ich nur zu rufen, im Palast gibt es davon genug.«

»Auch junge, kräftige Sklaven, die bereit sind, dir zu dienen«, sagte ich. »Du verwechselst mich noch immer mit ihnen.«

»Schweig«, schrie Neisade. »Wie kannst du es wagen, in dieser Art mit mir zu reden?«

»Und wie kannst du es wagen, mich so zu behandeln?« fragte ich zurück. Ich hatte mich aufgerichtet und saß nun auf dem Bett.

»Du Hund«, schrie sie, »ich habe es nicht nötig, mir von einem räudigen Schakal wie dir etwas vorschreiben zu lassen. Weißt du, daß viele von den Sklaven der letzten Zeit um ein Vielfaches besser waren als du?«

Da schlug ich unbeherrscht zu. Rot war es vor meinen Augen, ein roter, dampfender Nebel, der aus den Bahnen meines Blutes aufzusteigen schien. Ganz schwach hörte ich aus diesem Nebel die Stimme der jungen Priesterin heraus: »Halte deine Leidenschaft im Zaum... gib den Dämonen in dir keine Nahrung...«

Meine Hand stockte, ich ließ von Neisade ab und stand auf.

»Gib mir die Kette zurück, die du dir vom Hals gerissen hast, da du sie offenbar nicht mehr brauchst.«

»Nimm sie, hole sie dir, krieche auf dem Boden herum wie ein Hund«, schrie sie, »sie liegt da irgendwo, wo ich sie hinwarf.«

Ich begann, auf den Knien den Boden ringsherum abzusuchen. Neisade beschimpfte mich dabei, doch ich hörte nicht auf ihre Worte. Plötzlich sprang sie mich mit einer Behendigkeit an, die ich ihr nicht zugetraut hatte. Sie hockte wie ein Reiter auf meinem Rücken und trat mit die Hacken in die Seiten.

»Los, trag mich, du lahmer ägyptischer Esel, vorwärts, nicht so müde und störrisch!«

Ich versuchte sie abzuschütteln, doch jetzt schlug sie mir ihre Fäuste in den Rücken. Ich kroch mit der Last auf mir weiter quer durch den Raum, während die Prinzessin vor Vergnügen kreischte. Es war ein idiotisches Spiel, und ich schäme mich noch heute, wenn ich daran denke. Aber ich tat mit, tat so, als gefiele es mir, mich so benutzen zu lassen. Nach allem, was mir widerfahren war, erschien mir dies sogar noch harmloser als vieles andere. Plötzlich stieß ich mit dem Knie auf etwas Hartes und wußte sofort, daß es der Skarabäus war. Meine Hand tastete danach, ich nahm die Kette auf und spürte nach langer Zeit wieder etwas wie Wärme und Glück.

»Nun ist es genug«, sagte ich. Ich richtete mich so heftig auf, daß die Prinzessin von meinem Rücken stürzte. Schwer atmend lag sie da und betrachtete mich mit dem Blick der Uräusschlange. Ihre Schenkel öffneten sich.

»Nimm mich«, sagte sie, »nimm mich genau jetzt und hier, so wie ich bin.«

»Nein«, antwortete ich, »weder heute noch sonstwann. Ich will dich nicht mehr, es ist vorbei.«

»Du irrst dich, nichts ist vorbei, das wirst du schon sehen!« rief sie.

Ich verließ ihr Gemach und streifte lange durch den schlafenden Palast... Im Garten unter einem Baum kam ich endlich zur Ruhe.

Sie sollte recht behalten: es war noch lange nicht vorbei. Alle meine guten Vorsätze schwanden dahin, als wir uns das nächste Mal trafen. Die Prinzessin hatte ihre Taktik geändert. Statt mich aggressiv fordernd zu bedrängen, verführte sie mich nun mit beinahe schüchterner Zurückhaltung. In wenigen Minuten vergaß ich, was ich mir vorgenommen hatte – nämlich die endgültige Trennung zu vollziehen. Meine Vorsätze, meine Wut und meine Eifersucht wurden sinnlos in ihren Armen.

»Verzeih mir, Neisade«, flüsterte ich in einem Zustand, der nahe der Trunkenheit war, »ich habe dir Unrecht getan. Ein Narr war ich, die Hand gegen dich zu erheben, die du alle Zärtlichkeiten der Welt verdient hast. Meine Liebe ist wie ein Schilfrohr in den Armen des Windes ...«

Ich stockte, als ich so sprach, denn es fiel mir ein, daß ich genau diese gleichen Worte gebraucht hatte, als ich zum ersten Mal die schöne Umbala umarmte. Die Erinnerung an sie fuhr mir wie ein Stich in die Seele. Mari, Umbala und nun die Prinzessin Neisade von Saba, dachte ich. Jedesmal kam die Trennung durch meine eigene Schuld, also lag es an mir, daß es stets so endete. Konnten Glück und Vernunft nicht einmal auf meiner Seite sein? War es nicht besser, den Lauf der Dinge so zu nehmen, wie er war, der Ungeduld und dem Leichtsinn Zügel anzulegen?

Der ekstatische Zustand, in dem ich mich befand, hielt nicht lange an und machte erneuter Ernüchterung Platz. Nach wenigen Tagen schon ging mir Neisade erneut aus dem Weg, ließ sich von ihren Dienern verleugnen. Der Wächter vor ihrer Tür wehrte mich ab, als ich nächtens Einlaß verlangte.

»Bist du sicher, daß es dies ist, was dir die Herrin aufgetragen hat?« fuhr ich ihn an.

»Ja«, bestätigte der Mann, »und wenn du den genauen Grund erfahren willst, so höre: die Prinzessin ist nicht allein. Ein junger Sklave ist bei ihr, um in ihrem Tempel der Lust zu opfern. Verschwinde also von hier, du siehst doch, daß du störst.«

Ein unbeschreiblicher Zorn übermannte mich. Ich schrie den Wächter an und bedrohte ihn mit den Fäusten, bis der Mann seinen Knüppel nahm und damit auf mich losschlug. Am ganzen Körper zerschunden, über und über mit blauen Flecken bedeckt, schlich ich in meine Kammer zurück, um Rachepläne zu schmieden.

In dieser Weise ging es in den folgenden Nächten weiter, mein Zustand wilder Erregung steigerte sich. Manchmal verspürte ich den Wunsch, die Prinzessin zu töten, oder beide – den Lustsklaven und sie. Doch würde das etwas ändern? Erneut fielen mir die mahnenden Worte der Orakelpriesterin ein, ihre eindringliche Warnung vor unbedachtem Handeln. Ich versuchte, mich zu beherrschen und Neisades Bild, das sich so tief und schmerzvoll in mich eingebrannt hatte, zu vergessen. Es gelang mir nicht und brachte mir nur dunkle, unruhige Träume ein. Voll banger Hoffnung fieberte ich dem Mondwechsel entgegen.

Die Tage und Nächte vergingen unendlich langsam. Am liebsten wäre ich der Entscheidung ausgewichen und hätte Sana verlassen. Doch ich mußte ausharren und die Antwort des Pharao abwarten. Jede Stunde, jede Minute im Palast wurde mir zur Qual.

Erneut traf ich Neisade, und diesmal fiel es mir leichter, im Innersten kühl zu bleiben, denn sie begegnete mir herablassend und schnippisch. Ich sah ihr ins Gesicht und erschauerte vor ihrem unmenschlichen Stolz. Eine gnadenlose Schlange war sie, herzlos auf Beute aus, und ihre Liebe bestand darin, sich am Schmerz des Opfers zu weiden. Ein Blick von ihr reichte, um mich erkennen zu lassen, daß ich noch immer nicht frei von ihr war, daß mich ihre Grausamkeit traf, und ich litt wie ein geprügelter Hund. Es war, wie das Orakel gesagt hatte, noch immer nicht vorüber und ausgestanden ... Lag es vielleicht daran, daß ich die Kette mit dem Skarabäus nicht trug? Ich hielt sie in einer Bodennische meiner Kammer verwahrt. Zwar hatte ich sie am Tag, als ich sie wiederbekam, repariert und um den Hals gebunden, aber der Stein war wie tot. Mehr noch, ein kaltes Feuer schien von ihm auszugehen, das auf meiner Haut brannte. Irgendeine fremde Macht hatte den Talisman von Grund auf verändert, es war nicht mehr der, den ich kannte, der mir Mut und Zuversicht verliehen hatte. So hatte ich die Kette wieder abgelegt und sorgfältig versteckt.

Warten, ich muß den Mondwechsel abwarten, dachte ich, dann wird alles anders. Aber hoffentlich besitze ich die Kraft, bis dahin zu überleben . . .

Mit dem Mondwechsel kam die Erlösung für mich. Mago war es, der mir die gute Nachricht überbrachte.

»Freue dich, Hem-On! Soeben sind die drei Reiterinnen zurückgekehrt. Die Botschaft, die sie aus Ägypten bringen, ist für dich bestimmt. Du sollst sie sofort lesen. Die Königin wartet schon ungeduldig, zu erfahren, was dein Pharao geantwortet hat. Soll ich dich alleinlassen, damit du ungestört lesen kannst?«

Ich verneinte und bat Mago, sich neben mich auf die Mauer zu setzen. Es war warm, ein betörender Duft von Blumen und blühenden Bäumen stieg aus dem Garten auf. Zum ersten Mal seit langer Zeit fühlte ich mich wieder leicht, mein Herz jubilierte.

Mit zittrigen Fingern löste ich das Band um die Papyrusrolle, roch an dem Material. Es war Papyrus, echter Papyrus! Und an der Schrift erkannte ich sofort die Hand meines Meisters. Niemand sonst als er verstand es, den festgelegten Zeichen eine so eigenwillige Form zu geben, einen Schwung, der fast schon ansetzte, das Bildhafte zu verlassen. Ich, der ich mich durchaus für einen gewandten Schreiber hielt, reichte bei weitem nicht an diese Eleganz heran. Viel mußte ich noch lernen, wenn ich die Meisterschaft dieser Handschrift erreichen wollte.

Der Papyrus war von oben bis unten beschrieben. Ich las: »Hem-

On, der du an Sohnes Statt Freund meines Herzens bist. Lange haben wir hier nichts mehr von dir gehört, und ich war in großer Sorge um dich. Nun beruhigt es mich zu wissen, daß es dir wohl ergeht und du unversehrt bist. Der Wehrhaftigkeit und Gewandtheit der Amazonen vertrauend, teile ich dir unverschlüsselt mit, was Wille unseres Pharao ist:

Er setzt auf das alte Bündnis mit Saba und den freien Bergstämmen in Asir und wird niemals vergessen, wer ein Freund und wer ein Feind Ägyptens ist. In diesem Jahr haben wir reichlich zu essen, und voller Tatendrang sind die Männer des vereinigten Reiches. Ein Heer wird zusammengestellt, wie es keines zuvor in Ägypten gab. Zehntausend braune Söldner aus Nubien sind dabei, die schnelle Läufer und treffsichere Bogenschützen sind. Vom östlichen Delta aus wird das Heer aufbrechen, während General Schu am Ufer des Roten Meeres mit einer Flotte wartet, um die Küsten Asirs anzusteuern. Dies sind die beiden Arme, die Assur umschlingen werden. Der dritte und überraschendste aber wird die Streitmacht der Amazonen sein, die es versteht, zu Pferde zu kämpfen. Entbiete der Königin von Saba brüderliche Grüße und richte ihr aus, Pharao Djoser, der an der Spitze seiner Krieger aufgebrochen ist, führt im Troß kostbare Geschenke für sie mit. Die Hälfte aller Beute in Assur soll ihr gehören, während die andere Hälfte den verbündeten Stämmen im Norden, Westen und Süden zukommen wird. Ägypten beansprucht nichts für sich selbst, nur den Frieden. Denn dies ist unser größter Wunsch: daß nach dem Krieg ein dauerhafter Frieden herrschen möge im Osten. Schließe dich den Amazonen an, auf daß wir uns im besiegten Assur treffen. Und vergiß nicht, den Skarabäus an der Kette so zu drehen, daß sein Kopf statt nach oben von nun an nach unten weist. Es gibt eine Zeit, da er aufsteigt, und ihr folgt nach der Wende der Fall – so wird der Kreis geschlossen und das Schicksal erfüllt. Wenn die Tränen des Skarabäus versiegt sind und wieder das Feuer des Lebens zu flackern beginnt, setzt die Wandlung ein, verbrennt sich der Phönix in seinem Horst und steigt wiedergeboren zum Himmel ...

So lebe denn wohl, Hem-On, und vergiß nicht deinen alten

Freund und Lehrer, der dir stets zugeneigt ist. Imhotep. Siegelbewahrer des Königs.«

Diesen Papyrus las ich unter Tränen meinem Vertrauten Mago vor, der die Botschaft begierig aufnahm.

»Ein Weiser ist er, dein Meister Imhotep!« rief er. Bei uns haben die Kundigen nur Stillhalten gepredigt, und der Tempel das Abwarten als Tugend. Und was hat uns dies alles gebracht? Not, Bedrängnis und ewige Sorge. Glaube nicht, daß ich ein Mensch bin, der leichtfertig für Gewalt eintritt. Noch nie führte meine Hand eine Waffe, wie der Kampf überhaupt seit alters her bei uns Sache der Frauen ist. Aber in diesem Falle wird es erlaubt sein, mitzuziehen und dich zu beschützen. Deinen Meister möchte ich sehen und Pharao Djoser, über den in Sana alle Leute reden. Ein Vorbild der Kinder ist er, fast schon eine Sagengestalt, und heißt es nicht in eurem Lande, er sei ein Halbgott und Sohn der Sonne? Nimmst du mich mit, Hem-On, auch wenn meine Mutter dagegen sein wird? Ich fiebere darauf, mit dir nach Norden zu reiten.«

»Du träumst, Mago«, antwortete ich, »du hast den Krieg noch nicht erlebt, wie ich einst im Lande Kusch. Du weißt nicht, wie grausam er ist, was er für Entbehrungen, Schmerzen und Kummer bringt! Im Großen sieht ein Plan immer gut aus, aber die Dämonen stecken im Detail. Willst du sie wirklich kennenlernen?«

»Ja, tausendmal ja«, schwärmte Mago mit glänzenden Augen. »An deiner Seite und für die gerechte Sache zu streiten, ist mir alle Opfer wert, und sei es mein eigenes Leben!«

Ich betrachtete den jungen Prinzen und erkannte in ihm vieles von meiner eigenen Begeisterung wieder, als ich damals von Sakkara aufbrach, um mit Pharao Djoser nach Nubien zu ziehen. Ich sah seine braunen Augen glänzen und mir war klar, daß ihn nichts davon abbringen konnte, keine klugen Worte, kein besseres Wissen. Er sollte, er mußte seinen Weg gehen; ich besaß kein Recht dazu, ihn daran zu hindern. Auch Imhotep hatte mich so einst behandelt und mir dadurch ermöglicht, die Welt mit eigenen Augen sehen zu lernen und in der Erfahrung zu wachsen.

»Es ist gut, Mago«, sagte ich. »Ich werde deinen Wunsch erfüllen und mich bei der Königin für dich verwenden. Doch glaube ich, daß du eher meines Schutzes bedarfst als umgekehrt. Laß uns daher fortan darauf achten, wohin wir die Schritte lenken und was hinter dem Rücken des anderen geschieht. Ein Mensch hat nur vorne Augen, und sein Blickfeld ist eingeschränkt. Diesen Nachteil kann ein Freund ausgleichen. Bist du dazu bereit?«

»Ja«, sagte Mago und hob nach Art der Sabäer die Hand zum Schwur. Obgleich mich im gleichen Moment eine Vision überkam, die meine Sinne schaudern ließ, ließ ich mir nichts anmerken und zwang mich zu einem Lächeln.

»Bei deiner Mutter zweifle ich wenig, daß sie uns ziehen läßt«, sagte ich scherzhaft. »Etwas anders sieht es allerdings mit der Prinzessin aus. Ich glaube, dort steht mir eine schwerere Schlacht bevor, als sie uns in Assur erwartet. Wünsche mir Glück für heute abend. Unter dem Vollmond wird unsere Aussprache sein.«

»Die Geister sind eindeutig für dich«, antwortete Mago, »du hast bereits gewonnen und weißt es nur noch nicht, denn dein Herz hat bereits Abschied von Saba genommen, dein Geist ist unterwegs nach Norden, seinem Auftrag gemäß. Laß nun noch die Seele folgen, und du bist wieder frei.« Mit diesen Worten im Ohr verließ ich den Garten, um die Königin aufzusuchen. Ich wußte, daß mich diesmal niemand mehr hindern würde, vorgelassen zu werden. Es ist mein Tag, dachte ich, ich atme wieder im Gleichklang mit dem Leben.

Zuvor aber ging ich in meine Kammer, nahm die Kette aus dem Versteck, löste den Skarabäus und drehte ihn um, so daß sein Kopf von nun an auf den Boden zu meinen Füßen blickte. So angetan betrat ich den Audienzsaal und wurde freundlich empfangen.

»Das letzte Zusammentreffen mit Prinzessin Neisade verlief für mich völlig unerwartet.«

Xelida ist damit beschäftigt, die Kultgeräte zu säubern, Dreifuß und Räucherpfanne, die große, tönerne Opferschale für die Milch, die Krüge und Schüsseln, die wir nachher auf die Klippen bringen wollen, um den zürnenden Meeresgottheiten zu opfern. Wird sie unser Tun besänftigen? Wild und ungestüm war das Meer in der letzten Zeit, viele Felsen sind unterspült, die brausende Sturmgewalt hat einen Teil der Kalksteinküste zum Einsturz gebracht. Und dennoch leben wir mit dieser Natur. Ich habe die Ziegen, die ich tagsüber zur Hochweide führte, gemolken; der Ertrag war gut. Morgen wird Xelida frischen Käse ansetzen und Butter. Mögen die Geister des Meeres auch zürnen, die des Festlandes sind uns freundlich gesinnt, sie versorgen uns reichlich mit Obst und den Früchten des Feldes. Wir haben Nüsse, Beeren und Korn, Pilze, Feigen und Mandeln, üppig reift der Wein heran, und die Bienen sammeln den Honig.

Gern schaue ich Xelida zu, bewundere den Ernst, mit dem sie ihre Verrichtungen erledigt. Ihre Bewegungen sind anmutig und jugendlich, es fällt schwer, ihr Alter zu schätzen. Ich liebe die kleinsten Gesten an ihr, ihre flinken Hände, die Art, wie sie beim Zuhören den Kopf hält und mich mit Blicken ermuntert, in meinem Bericht fortzufahren.

»Ich war äußerst erfolgreich im Audienzsaal der Königin gewesen, alles verlief zu meiner vollsten Zufriedenheit. Der Hinweis auf die Geschenke des Pharao entzückte sie sehr, und auch das Versprechen, daß Saba die Hälfte der zu erwartenden Beute erhalten sollte. Sie teilte mir stolz mit, wie zügig die Aufstellung des Amazonenheeres voranschritt. Aus allen Landesteilen trafen Reiterinnen ein, die besten Bogenschützinnen und die edelsten Pferde. Auch waren zur Küste, in die Berge und zum nördlichen Hochland von Asir Boten ausgesandt worden, um die Unternehmungen des Gegners auszuspähen und uns die Ankunft der Ägypter zu melden. Beim ersten Kontakt mit ihnen würde sich das Amazonenheer in Bewegung setzen. Die Überraschung war ein wichtiger Bestandteil unseres Planes. Assur sollte ein böses Wunder erleben . . .«

Xelida reicht mir ein Bündel jenes getrockneten Krautes, das sie Kümmel nennt. Wir haben es neulich auf der kleinen vorgelagerten Insel Kemmuna gepflückt. Es ist würzig und spielt eine wichtige Rolle bei der Orakelbefragung. Früher, als die anderen Priesterin-

nen noch da waren, dufteten die Tempel danach, trieb der Wohlgeruch weit über die Insel. Ich zerreibe die Pflanzen, trenne Blätter, Stengel und die kleinen harten Samen und verteile sie in eigenen Schalen.

»Und Neisade?«

»O ja, die Prinzessin ... von ihr wollte ich eigentlich reden.«

»Laß mich sagen, was zuletzt in Sana geschah: ihr habt miteinander geschlafen.«

»Ja.«

»Und es war schöner als sonst, unbeschwerter und ohne Verlangen, das trennt. Ihr habt euch erkannt.«

»Ohne Verlangen, das trennt ... seltsam, wie du es ausdrückst. Aber es stimmt. Ja, ich glaube, es war das erste Mal, daß wir uns richtig sahen und erkannten, so wie wir waren. Wir sprachen nicht dabei und wußten doch alles voneinander. Wir blickten uns an und fühlten, daß es ein Abschied für immer war. Es gab den Wunsch nicht mehr, zu besitzen. Es war so, wie die Tränen des Skarabäus beschrieben werden: ein Augenblick von Harmonie und reiner Erkenntnis, der aufleuchtet wie ein kostbares Juwel. In diesem Moment liebte ich sie tatsächlich ...«

»Und die Kette mit dem schwarzen Stein – was war damit?«

»Seit ich sie wieder trug und der Kopf des Skarabäus zur Erde gerichtet war, fühlte ich den Beginn der Verwandlung. Ich spürte, daß eine Kraft in mir aufstieg und meinem Denken Flügel verlieh. Zugleich erkannte ich, daß auch dies nur ein Teil meines Weges war. Es galt, die Kette so lange zu tragen, bis die Zeit des Skarabäus vorüber war und etwas Neuem, Größerem Platz machen würde. Die Macht des Ibis und des Horus hatte sich bereits in mir erfüllt und mein Schicksal vorangetrieben, nun galt es, nach dem Gesetz des Skarabäus zu leben bis zum Ende, Raum zu schaffen für den Phönix in mir, seinen Aufstieg und Flug ...«

»Der Tag neigt sich dem Abend entgegen, Geliebter. Laß uns, da wir alles vorbereitet haben, zu den Klippen aufsteigen und die Feuer entzünden. Bist du bereit, mir zu helfen?«

»Dazu bin ich da, Xelida, denn ich habe von dir gelernt. Aber ist es recht, wenn ein Ungläubiger dich begleitet?«

Xelida sieht mich an, und ich tauche in das Meer ihrer schwarzen Augen. Ihr Lächeln verbindet Himmel und Erde und bringt die Welt ringsum zum Schwingen.

»Du bist kein Ungläubiger mehr, Hem-On«, sagt sie. »Deine Seele, die so lange verwirrt war in ihrem Gefängnis, ist rein geworden. Du bist der Phönix, und sein Flug ist strahlend und schön. Mehr noch als mich werden die Götter deine Gestalt betrachten und die Opfer aus deiner Hand entgegennehmen. Laß die Zweifel fallen und stelle dich der Wirklichkeit.«

Jetzt kommt auch Thai, unser Sohn, herbeigelaufen. Auch er ist Wirklichkeit, eine äußerst lebhafte und lautstarke dazu. Jeden Tag scheint er ein Stück zu wachsen, er ist ein lebhafter Junge, für den die Insel ein einziges Abenteuer ist. Vor kurzem hat er eine junge Möwe gefunden, deren Flügel verletzt war. Er hat sie gesundgepflegt, und sie ist dabei zahm geworden. Nun trägt er sie ständig auf seiner Schulter spazieren, und obgleich sie wieder fliegen kann, verläßt sie ihn nie. Aufflatternd umkreist sie ihn und landet stets wieder in seiner Nähe. Auch jetzt sitzt sie auf seiner Schulter; die zwei sind unzertrennlich.

»Wartet, ich komme mit und helfe euch tragen«, ruft Thai.

Er greift sich einen Stapel Holz und mutet sich dabei etwas zuviel zu. Ein paar Scheite rutschen ihm vom Arm. Er bückt sich, um sie aufzuheben, dabei kommt die Möwe aus dem Gleichgewicht und fällt von Thais Schulter. Erschrocken kreischt sie auf und landet mit ausgebreiteten Flügeln vor ihm auf dem Boden. Ihre Bewegungen sehen so komisch aus, daß ich lachen muß.

»Lach sie nicht aus«, sagt Thai. »Sie ist noch nicht ganz gesund und muß das Fliegen erst wieder erlernen. Außerdem ist sie sehr faul. Getragenwerden gefällt ihr viel besser als Fliegen.«

So schreiten wir auf die Klippen zu, breiten die Opfergaben aus und senden dem Meer gute Gedanken entgegen, und ich meine, ich würde die Stimme Mazdanuzis, meines Urahns, vernehmen. Er singt mit dem Wind die alten Lieder der Insel . . .

DAS BUCH PHÖNIX

Es war keinem Mann erlaubt, mit den Amazonen zu reiten. So war es seit Menschengedenken Brauch in Saba gewesen, und die Königin war nicht bereit, eine Ausnahme von dieser Regel zu dulden. Mago und ich bekamen daher die Vorbereitungen des Heeres nur aus der Ferne mit. Täglich trafen neue Reiterscharen aus den verschiedenen Landesteilen ein, junge Frauen und Mädchen in ihrer Stammestracht mit bunten, ins Haar geflochtenen Bändern, kurzen Bogen und Pfeilköchern über der Schulter. Es hieß, die Königin selbst würde an der Spitze des Heeres reiten und den Oberbefehl innehaben, während die Führung der einzelnen Einheiten von erfahrenen Kriegerinnen übernommen wurde. Die Straßen und Plätze Sanas füllten sich zunehmend, und noch immer war das Signal zum Aufbruch noch nicht gegeben. Alle warteten auf die Rückkehr der Späher, die das Eintreffen der Ägypter an der Küste von Asir melden sollten. Ich nutzte inzwischen die Zeit, um täglich unter Anleitung des Prinzen das Reiten zu erlernen. Mago beherrschte diese Kunst von klein auf und verschmolz fast mit dem Tier im Sattel. Ich beobachtete ihn genau. Diese Art der Fortbewegung war allen anderen, die ich kannte, überlegen. Dem Pferd gehörte die Zukunft. Wer ein Pferd besaß, war seinem Gegner eindeutig überlegen, ebenso jede Armee, deren Stärke auf der Beweglichkeit und Schnelligkeit ihrer Reiterei beruhte. Pferde waren gute, wendige Zugtiere, ausdauernd, zuverlässig und zäh; ihnen war es gleich, ob sie einen Pflug oder einen Streitwagen zogen. Ägypten mußte sich anstrengen, den Vorsprung, den die Assyrer und andere Völker in dieser Hinsicht besaßen, wettzumachen. Vorerst galt es daher für mich, so viel wie möglich darüber zu erfahren.

Mago lachte, als er sah, mit welcher Vorsicht ich mich der braunen Stute, die er mir geschenkt hatte, näherte.

»Du brauchst keine Scheu vor ihr zu haben, nur weil sie ein bißchen größer als ein Esel oder ein Maultier ist. In Wirklichkeit hat sie Angst vor dir, denn in den Augen eines Pferdes sieht der Mensch stets größer aus, als er ist. Bewege dich also ruhig auf sie zu und sprich leise dabei. Sie muß deine Stimme kennenlernen und schon an ihrem Klang merken, was du willst. Flüstere ihr ins Ohr, wenn du im Sattel sitzt und dich über ihren Nacken beugst. Auch ist es gut, wenn du ihr ab und zu mit eigener Hand etwas zu Fressen und zu Saufen gibst. Streichele sie auf der Stirn zwischen den Augen, das mag sie gern.«

Solchermaßen angeleitet, wurde ich Tag für Tag sicherer im Sattel. Ich lernte die Zügel zu benutzen, um blitzschnell die Richtung zu ändern, mit dem Druck meiner Schenkel und Hacken die Geschwindigkeit zu bestimmen. Schließlich wagte ich sogar, die Zügel schleifen zu lassen und hatte nun die Hände frei für andere Dinge. Die Amazonen ritten stets ohne Zaumzeug und konnten sich von daher voll auf das Bogenschießen konzentrieren.

»Wir brauchen unbedingt Pferde in Ägypten«, sagte ich, mir die Konsequenzen dieser Entwicklung ausmalend, »mein Meister Imhotep wird es sofort begreifen, und ebenso Pharao Djoser.«

»Ich denke, daß meine Mutter euch helfen wird, eine Zucht in deinem Lande aufzubauen. Ich selbst verstehe in dieser Hinsicht recht viel, vielleicht kann ich mit dir nach Ägypten reisen und als Berater tätig sein . . .«

»Das ist eine sehr gute Idee«, antwortete ich. »Aber was herrscht da plötzlich für eine Aufregung am Tor?«

Mago reckte den Hals. »Boten sind eingetroffen. Rasch, laß uns hinreiten, um zu erfahren, was die Neuigkeiten sind.«

Er sprengte los. Ich aber, der ich zu rauh und zu heftig meinem Pferd in die Seite trat, hatte schwer damit zu kämpfen, im Sattel zu bleiben. Wiehernd stieg die Stute mit den Vorderhufen hoch, und ich mußte mich an ihre Mähne klammern, um nicht abgeworfen zu werden.

»Ruhig, Samsara, ruhig«, rief ich und merkte, daß ich viel aufgeregter als die Stute war. Endlich bekam ich die Zügel zu fassen und Kontrolle über die Situation. Da war Mago bereits zurück.

»Es sind die Boten von der Küste«, rief er. »Eine gewaltige Flotte von vielen hundert Schiffen ist vom Westen über das Rote Meer gekommen und hat ein Heer an Land gesetzt. In Eilmärschen kommen die Ägypter nun heran, und die Krieger der Banu Jundub, die ihnen entgegengeritten sind, weisen ihnen den Weg. Es heißt, das ganze Küstenland ist in Aufruhr, denn jeder spürt, daß nun der Tag der Entscheidung naht. Stämme, die bislang unentschieden und abwartend waren, haben sich den Ägyptern angeschlossen, andere sind auf der Flucht ins Hochland von Asir und werden von den Kriegern der Banu Jundub gejagt . . .«

»Und das große Landheer im Norden, das von Pharao Djoser angeführt wird, um die Zange um Assur zu schließen, wo befindet es sich?«

»Davon wußten die Boten nicht viel. Aber sie hörten, daß dieses Heer unterwegs ist und das größte, das man jemals gesehen hat, abgesehen von dem der Assyrer.«

»Und die? Meinst du, daß unser Plan lange geheim bleiben kann?«

»Das glaube ich nicht«, antwortete Mago. »Auch die Späher von Assur sind unterwegs, und lange dürfte ihnen die sich ausbreitende Unruhe nicht verborgen bleiben. Vielleicht ahnen sie schon, daß sie von drei Seiten zugleich angegriffen werden sollen.«

»Dann laß uns aufbrechen, Mago, ich halte das Warten hier nicht mehr aus.«

Mago lachte auf und Freude erhellte sein Gesicht.

»Endlich«, rief er, »wie lange warte ich schon auf dieses erlösende Wort von dir! Also höre, ich habe alles vorbereitet: fünf bewaffnete Diener, die reiten können und ebenso gut mit dem Schwert umzugehen verstehen, werden uns begleiten. Am besten benutzen wir die Karawanenstraße nach Norden entlang des Gebirges, auf der du damals zu uns gekommen bist.«

»Ich erinnere mich nur ungern daran.«

Ich muß wohl ein sehr unwirsches Gesicht gezogen haben, jedenfalls reizte es Mago erneut zum Lachen.

»Damals kamst du wie ein Sklave in Stricke gebunden, heute reitest du auf einem königlichen Pferd wie ein Edler des Reiches voraus. Welch ein Wandel!«

Mein Herz tat einen Sprung beim Gedanken daran, bald, vielleicht in wenigen Tagen schon, alte Bekannte wiederzusehen: General Schu, König Muhalil und vielleicht sogar meinen Meister. Meine Gedanken rasten über die Steppe voraus, weit über das Hochland von Asir. In Sana und bei der Prinzessin Neisade war ich schon lange nicht mehr.

Am Tag vor unserem Aufbruch hatte ich einen seltsamen Traum. Mago kam zu mir, und alles an ihm, seine Gestalt, seine Gesten, sein Gesichtsausdruck und seine Stimme zeigten eine seltsam einprägsame Feierlichkeit. Er machte mir Zeichen, ihm zu folgen.

»Komm mit«, sagte er, »es ist an der Zeit, Abschied zu nehmen.«

Wir schritten in den Garten, wo eine Schar von jungen Leuten versammelt war, darunter einige Prinzen und Prinzessinnen, die sich bei Musik und Tanz an einer festlich gedeckten Tafel vergnügten.

»Dort sitzt meine Schwester Neisade, sag ihr Lebewohl.«

Ich fand die Betonung, mit der Mago zu mir sprach, recht sonderbar, folgte aber seiner Weisung. Ich ging auf Neisade zu, faßte ihre Hände und zog sie zu mir hoch. Auge in Auge standen wir uns gegenüber und blickten uns schweigend an. Sie war schön, nichts von der Gefährlichkeit der Uräusschlange war mehr in ihrem Blick, nur noch Sanftheit und Sehnsucht nach Zärtlichkeit.

»Neisade, geliebte Schwester«, sagte ich und wunderte mich, wie leicht mir die ungewohnte Anrede über die Lippen kam. »Aus zwei verschiedenen Welten kamen wir aufeinander zu, waren als Gespielen in der Liebe verbunden und doch oft so fremd, daß wir uns einsam fühlten. Vergiß mich nicht, wenn ich nun weiterziehe und niemals nach Saba zurückkehren werde.«

»Laß mich noch einmal den schwarzen Käfer an deiner Brust berühren, von dem es heißt, er soll Glück bringen«, antwortete sie. »Es war unrecht von mir, ihn dir nehmen zu wollen, denn ich sehe nun, daß er untrennbar zu dir gehört.«

Sie beugte den Kopf und küßte den Skarabäus. Dann lösten sich ihre Hände aus den meinen. Als sie, mich noch immer betrachtend, beiseite trat, fiel mein Blick auf einen alten Mann in der Mitte der Tafel. Es war der Märchenerzähler, der uns von dem in der großen Flut versunkenen Land berichtet hatte und von den vergessenen Zeiten davor.

»Nun«, lachte er mich ein wenig spöttisch aus seinen klugen, wissenden Augen an, »bist du wieder einmal dabei aufzubrechen, um ein Stück Erinnerung und Heimat zu suchen? Glaub mir, sie liegt weder im Norden, noch im Süden, noch im Osten. Der Weg nach Assur führt dich nur erneut in die Irre...«

»Was weißt du? Du tust so, als wüßtest du viel mehr als ich über das Schicksal, das mir die Götter vorbestimmt haben. Verrate mir etwas darüber«, bat ich.

»So einfach ist das nicht«, lachte er. »Diese Frage mußt du schon selber lösen. Obgleich das eigentlich gar nicht so schwer sein sollte, denn die Antwort darauf liegt bereits in dir. Bist du nicht ein Mensch, besitzt du nicht einen Nabel? Einst wurdest du von deiner Mutter getrennt, aber die unsichtbare Nabelschnur besteht weiter, sie reicht über deine Mutter hinaus in die Vorzeit hinein bis zu jener Insel, die man *Nabel der Welt* nennt, und von der alle Leute deines Stammes kamen, Nasar, dein Vater, dein Großvater Mazdanuzi, die alte Xemcha und all die anderen, deren Namen längst in Vergessenheit geraten sind.«

»Aber wo liegt sie, diese Insel?«

»Im Nord-Westen von hier, Hem-On«, antwortete der alte Märchenerzähler, »inmitten des Meeres, dessen Ufer so vielen großen Völkern eine Heimat bietet. Du wirst sie schon finden, wenn du ernsthaft nach ihr suchst. Bedenke aber, wenn du dort ankommst, daß du immer noch nicht am Ziel bist. Die Nabelschnur, von der ich sprach, reicht weiter zurück als nur bis zu jener Insel. Die alte, die wirkliche Heimat lag noch viel weiter im Westen, jenseits dieses Meeres, im großen, endlosen Ozean. Von dort stammen die Vorfahren deiner Vorfahren, die Ureltern deines Großvaters Mazdanuzi.«

»Du meinst, aus Atlantis?«

»Ich weiß nicht, wie deine Leute es nannten, es existieren in der Erinnerung der Völker verschiedene Namen dafür. Die alten Sagen, die mündlich weitergegeben wurden, geraten allmählich in Vergessenheit, und es kann sein, daß ich mich irre oder ein Erzähler vor mir nicht richtig aufgepaßt hat und den Namen falsch wiedergab. Wie dem auch sei, den Schlüssel zum Verständnis deines Schicksals kannst du unmöglich von mir erhalten – er ist beim *Nabel der Welt* verborgen.«

Die Worte des alten Mannes machten mich sehr nachdenklich. Auch seine Hände ergriff ich und drückte sie fest.

»Paß auf, daß du dich auf dem Weg dorthin nicht wieder verirrst«, lachte er. »Umwege scheinen auf seltsame Weise einen Reiz auf dich auszuüben.«

»Ich werde mich bemühen«, sagte ich, »lebe wohl.«

»Leb auch du wohl, Hem-On«, antwortete der Märchenerzähler. »Und wenn du jemals die Insel, von der ich sprach, erreichen solltest, so berichte dort, du habest hier im Lande Saba einen Märchenerzähler getroffen, der noch von den uralten Zeiten vor der großen Flut wußte und das Wissen darüber weitergab. Versprichst du mir das?«

»Ich verspreche es«, sagte ich.

Jetzt trat Mago vor und reichte mir, was völlig unlogisch war, da wir ja zusammen aufbrechen wollten, die Hände zum Abschied.

»Warum tust du das, Freund?« fragte ich verwirrt. »Ist es nicht so, daß wir morgen in aller Frühe dem Heer vorauseilend losreiten wollen?«

Mago nickte unter Tränen. »So ist es.«

»Und dennoch verabschiedest du dich von mir?«

»Ja, wundere dich nicht darüber, Hem-On. Das ist ein Traum, und eine Traumgestalt bin ich nur, wie alles, was du gerade erlebst. Wenn du mich morgen noch fragst, werde ich von alldem nichts wissen, aber es gibt eine Kraft, die durch die Träume hindurch Wirklichkeit wird, und diese treibt mich dazu, deine Hände zu fassen. Ich verstehe sowenig wie du, warum das so ist. Aber denke darüber nicht allzuviel nach. Nimm es einfach hin und sage auch mir Lebewohl.«

Ich ergriff die Hände des Freundes und spürte plötzlich, daß auch mir Tränen in die Augen stiegen.

»Leb wohl, Mago, ich werde dich nie vergessen.«

»Leb wohl, mein Freund. Ich habe mir so sehr gewünscht, mit dir nach Ägypten zu ziehen, um dort Pferde zu züchten. Aber so wird es nicht sein, denn der Wille der Götter ist mächtiger als der der Menschen. Grüße mir das ferne, herrliche Land am Nil, von dem du mir soviel erzählt hast. Schade, daß ich es niemals mit eigenen Augen sehen werde.«

Der Schmerz in mir wurde so groß, daß ich davon erwachte. Es war mitten in der Nacht, der Mond schien bleich in meine Kammer hinein, und ich lag schweißnaß auf meinem Lager. Was mochte der Traum bedeuten? Ich dachte lange darüber nach und fand nur schwer in den Schlaf zurück, aus dem ich am Morgen mit schmerzenden Gliedern und wie betäubt erwachte.

Wir ritten durch das Hochland von Asir. Unser kleiner Trupp zog dem Heer voraus, wie es die Königin bestimmt hatte. Ich war recht schweigsam und mußte über den Traum der vergangenen Nacht nachdenken. Mago schien mir unverändert, und doch fühlte ich, daß ein Kern von Wahrheit in dem Traum verborgen sein mußte, vielleicht die Warnung vor einer Gefahr, die uns drohte. Die Worte des Märchenerzählers indes kamen mir inzwischen verworren und unverständlich vor. Was hatte er von jener Insel gesagt, die er *Nabel der Welt* nannte? Ich wußte es nicht mehr und brachte alles durcheinander.

Die wiedergewonnene Freiheit tief einatmend, ritt ich auf meinem Pferd, spürte, daß mich der Weg neuen Abenteuern entgegenführte und fühlte doch gleichzeitig einen bangen Druck auf meiner Brust, die dumpfe, undeutliche Vorahnung einer Katastrophe.

Wir erreichten Ammat, dessen Sklavenmarkt mir noch in so übler Erinnerung war, legten am Rande der Oase eine Nachtruhe ein und zogen am nächsten Morgen auf der Weihrauchstraße weiter nach Norden. Je weiter wir vorstießen, desto aufmerksamer beobachteten wir den Horizont. Wir durften auf keinen Fall den Reitern Assurs in die Hände fallen, einem solchen Zusammentreffen würden wir nicht gewachsen sein. Andererseits waren Boten und Kundschafter der Königin unterwegs, und wir waren brennend an Neuigkeiten interessiert. Am liebsten wäre ich jetzt ein Vogel gewesen, ein leichtflügeliger Horusfalke, wäre gleich ihm über den Himmel gesegelt und hätte weit ins Land hineingespäht, um jede Bewegung sofort zu bemerken und zu wissen, was im Lande Asir vor sich ging. Aber ich fühlte mich schwer in den Sattel gepreßt, der Skarabäus schien mich, seit ich ihn an der Kette gewendet hatte, nach unten zu ziehen. Trotz allem war das richtig so, sagte ich mir, der Zyklus mußte durchlebt und durchlitten werden . . .

Die Jahreszeit war schon vorgerückt. Noch brauner, trockener und von der Sonne ausgedörrter kam mir das steinige Hochland vor. Einzig der Saum des Gebirges zu unserer Linken zeigte das satte Grün seiner Wälder. Wie lange lag das nun schon zurück, daß ich von Roga und ihrer Großmutter gerettet und verpflegt worden und schließlich zu Fuß durch die Schluchten gezogen war . . .

Am vierten Tag nach dem Aufbruch von Sana kamen uns zwei Meldereiter entgegen. Sie waren in großer Eile und nahmen sich nicht einmal Zeit, für eine kurze Rast aus dem Sattel zu steigen. Lediglich weil sie in Mago, der einen kostbaren roten Umhang trug, ein Mitglied der königlichen Familie erkannten, gaben sie respektvoll Auskunft: »Wir sind Boten, die hoch aus dem Norden des Landes kommen. Die neue Meldung lautet: Das Heer der Ägypter unter Führung des Pharao ist eingetroffen und bewegt sich in östlicher Richtung auf Assur zu. Allerdings ist das dem Feind nicht verborgen geblieben. Ein gewaltiges Herr aus Reitern, durch schnelle Streitwagen verstärkt, soll bereits unterwegs sein, um den Vormarsch der Ägypter aufzuhalten.«

»Und die Truppen, die vom Westen übers Gebirge kommen sollen – habt ihr sie nicht getroffen?«

»Nicht die geringste Spur. Wir reiten nun schon Tag um Tag am Fuß der Berge entlang, der ganze Sarat ist still wie ein Grab.«

»Das verstehe ich nicht«, sagte Mago, »die Ägypter müssen doch schon längst Aribi verlassen und die Schluchten passiert haben. Was mag da passiert sein?«

»Bedenke, daß das Heer sich zu Fuß bewegt«, versuchte ich ihn zu beruhigen, »außerdem sind wir Ägypter ein solches Gelände nicht gewöhnt. Ich hatte selbst große Mühe, dort in den Bergen vorwärts zu kommen.«

»Dennoch«, sagte Mago voller Besorgnis, »es erscheint mir nicht gut, wenn die Heere so weit voneinander entfernt sind. Bekommen die Assyrer Wind von der Sache, so greifen sie uns einzeln an und reiben uns auf, bevor wir unsere Kräfte zum großen Schlag vereinen können.«

»Du sprichst wie ein General, Mago. An dir ist ein großer Heerführer verlorengegangen.« Ich versuchte, ihn durch mein Lachen heiter zu stimmen, was aber mißlang.

»Verspotte mich nicht«, antwortete er, »du weißt, daß in Saba nur Frauen Krieger werden dürfen. Wer würde jemals auf das Wort eines Mannes hören?«

»Ist das so schlimm?«

»Manchmal schon«, seufzte Mago, »ich beneide die Amazonen. Wie gern würde ich jetzt mit ihnen reiten und ein Kommando zum Angriff führen. Ich würde beweisen, daß auch ein Prinz etwas zu leisten imstande ist, wo man doch ohnehin glaubt, wir am Hof seien weltfremde, verzärtelte Kinder und zu keinerlei vernünftiger Arbeit fähig, geschweige denn, die komplizierten Winkelzüge der Politik zu durchschauen. Und dabei verstehe ich von all diesen Dingen wesentlich mehr als meine Mutter.«

»Ich wußte gar nicht, daß du so ehrgeizige Pläne verfolgst.«

»Dann weißt du es jetzt«, sagte Mago. »Es ist mir zwar ausdrücklich verboten worden, mich in die Kämpfe einzumischen, aber ich werde es dennoch tun. Sobald wir auf Assyrer stoßen, greife ich ohne zu zögern an.«

Ich schüttelte mißbilligend den Kopf und mußte erneut an meinen Traum denken. Die Sorge um den Freund begann auf mir zu lasten.

Die beiden Meldereiter waren inzwischen längst wieder aufgebrochen und nach Süden unseren Blicken entschwunden. Wie ausgestorben lag das Land, lauernd wurde die Stille. Wir ritten jetzt langsamer und blickten immer häufiger zum Sarat hinüber, der wie der Rücken eines gewaltigen Tieres dalag, schläfrig und drohend, voll gespenstischer Schatten in seinem Faltenwurf. Phantasien stiegen in mir auf, ergriffen von mir Besitz. Ich döste im Sattel, träumte mit offenen Augen. So verging der Tag, und als die Sonne hinter den Bergen versank und es spürbar kühler wurde, suchten wir uns ein sicheres Quartier für die Nacht.

Wir lagerten in einem Hain aus niedrigem Wacholdergestrüpp. Zwei der Männer hielten bei den Pferden Wache, während wir anderen versuchten, ein wenig Schlaf zu finden, was aber schwierig wurde, denn aus irgendeinem Grund war die Nacht sehr unruhig. Eine Eule schrie ständig in unserer Nähe, eine andere antwortete ihr aus der Ferne. Auch das Hochland war von nächtlichen Stimmen belebt, Schakale heulten dort und veranstalteten ein solches Geisterkonzert, daß unsere Pferde ängstlich schnaubten.

Dennoch mußte ich eingenickt sein, denn ich schrak hoch, als mich jemand an der Schulter berührte. Es war Mago.

»Wir sind nicht mehr allein«, flüsterte er, »dort drüben am Fuß der Berge bewegt sich etwas. Ob es Wölfe sind?«

Ich hob den Kopf, hielt lauschend den Atem an. Es war still ringsum, fast schon bedrohlich still. Aber am Berghang, dort, wo durch einen Erdrutsch etliche größere Felsbrocken und eine Menge Geröll eine wüste Halde bildeten, spürte ich, ohne daß ich konkret etwas hörte oder sah, die Anwesenheit von etwas Lebendigem.

»Ich weiß nicht, was es ist«, flüsterte ich zurück. »Auf keinen Fall Wölfe, die verhalten sich anders. Ich bin lange mit ihnen in den Bergen unterwegs gewesen und kenne ihre Verhaltensweise. Wenn es Menschen sind, die unser Lager beobachten, sollten wir uns auf einen Angriff gefaßt machen.«

Mago griff instinktiv zu seinem Schwert am Gürtel. »Laß uns vorsichtig zu den Pferden hinübergehen«, sagte er.

Wir weckten die anderen und gaben ihnen leise Anweisungen, was nun zu tun sei. Jedenfalls würden wir nicht gänzlich überrascht werden.

»Es hat keinen Zweck, im Dunkeln zu reiten, wo man seinen Weg nicht sieht«, raunte Mago. »Ich denke, es ist besser, wir warten die Morgendämmerung ab.«

Es dauerte unendlich lange, bis sich fern im Osten der erste fahle Streifen Licht über den Horizont hob und sich undeutliche Konturen der Landschaft abzuzeichnen begannen. Gerade als ich mein Pferd besteigen wollte, nahm ich am Bergrand eine Bewegung wahr. Zugleich schwirrte etwas durch die Luft heran und blieb dicht vor mir zittern in der Erde stecken. Ich brauchte mich nicht zu bücken, um zu wissen, was es war – ein langschaftiger, mit Federn geschmückter Pfeil. Ich erkannte ihn sofort wieder. Es war ein Jagdpfeil der Banu Jundub.

Die drei Späher gehörten zur Vorhut des Stammes.

»König Muhalil, der Beherrscher des Sarat, zieht durchs Gebirge, um die Abtrünnigen zu strafen«, sagte der erste der bärtigen Männer.

»Die Seele des erhabenen Sai Schamulla brennt in ihm vor Zorn«, ergänzte der zweite. »Zittern wird Assur vor seiner Gewalt.«

Und der dritte sagte: »Er führt das Heer der Ägypter an, die an der Tihama-Küste gelandet sind. Es haben sich ihm viele Bergstämme angeschlossen, nachdem König Muhalil mit ihnen gesprochen hat. Groß ist die Seele des erhabenen Sai Schamulla.«

Es freute mich, meinen Freund Muhalil am Leben und so voller Tatendrang zu wissen.

»Wann werden sie hier sein?« fragte ich gespannt.

»Im Laufe dieses Tages noch. Eigentlich wollten wir bereits vor einer Woche das Hochland erreichen und weiter nach Norden ziehen, aber die Ägypter, die mit den Schiffen kamen, sind zu langsam.

Ihnen sind die Berge fremd, und ihre Füße sind unsicher im steinigen Gelände. Außerdem sind viele von ihnen erschöpft durch den langen Marsch.«

»Das ist schlecht«, sagte ich. »Pharao Djoser wartet oben im Norden, jeden Augenblick können die Assyrer angreifen. Wir müssen so schnell wie möglich zur Hilfe eilen.«

Der angesprochene Krieger runzelte mißbilligend die Stirn. »Es liegt nicht an uns, wir haben unser Bestes getan.«

»Das glaube ich gern«, sagte Mago, »ich will euch nicht tadeln. Ich mache mir nur Sorgen um das Gelingen unseres Plans. Das Land Asir ist groß und der Weg nach Norden noch weit. Hoffentlich kommen wir noch zur rechten Zeit.«

Während einer der drei Späher auf seinem Esel in die Berge zurückritt, um Nachricht zu geben, beschlossen wir, zwei unserer Diener mit der Botschaft vom Eintreffen des Landheeres nach Süden den Amazonen entgegenzuschicken. Wir Übrigen machten es uns im Wacholderwäldchen bequem.

Gegen Nachmittag endlich füllten sich die ansonsten so stillen Berge mit Geräuschen. Die Krieger der Banu Jundub schwärmten herab und ihnen folgten zu meiner großen Freude die ägyptischen Soldaten. Inmitten der Männer erkannte ich zwei Reiter, die sich aufgrund ihrer Kleidung deutlich von den anderen unterschieden. Der eine war König Muhalil, der einen dunklen, reich mit Silberfäden durchwebten Umhang trug, der andere war General Schu. Muhalil sprang aus dem Sattel, eilte auf mich zu und umarmte mich.

»Man erkennt dich fast nicht wieder«, rief er, »du, dessen Kopf einst kahlgeschoren war, trägst nun wallendes Haar, und auch deine Kleidung ist anders. Du ähnelst mehr einem Sabäer als einem Ägypter.« Er packte mich bei den Schultern.

»Wieviel Zeit mußte vergehen, bis wir uns wiedersehen und ich dir danken kann, Hem-On. Du hast mir damals das Leben gerettet. Ich glaubte dich tot oder zumindest in der Gewalt der Sorebs, was nicht weniger schlimm gewesen wäre, bis ich von deiner wundersamen Errettung erfuhr. Ich bin glücklich, dich bei Gesundheit zu sehen.«

»Ich werde, da wir von nun an gemeinsam weiterziehen, reichlich

Gelegenheit finden, dir alles zu erzählen, was seit unserem Jagdausflug in den Bergen geschah«, sagte ich, »doch laß mich zunächst jenen Mann da begrüßen, der auf dem Esel neben dir so unglücklich im Sattel hängt, weil ihm dieses Transportmittel fremd und unheimlich ist. Wieviel lieber befände er sich jetzt auf den sicheren Planken eines stolzen Schiffes, wie es die *Siegreicher Amun* ist.«

General Schu lachte über das ganze Gesicht. »Sieh an, der kleine Schreiber des Imhotep, der uns in Nubien so große Dienste geleistet hat... Ein Mann ist aus ihm geworden, ein richtiger Held.«

»Übertreibe nicht«, antwortete ich geschmeichelt. »Erzähle mir lieber, was es Neues in Ägypten gibt. Wie sieht es in Sakkara aus und in Memphis?«

»Darüber weiß ich wenig, ich war zumeist damit beschäftigt, die Flotte des Pharao auszubauen und mit den Schiffen die Küsten des Reiches zu erkunden. Imhotep, der beim Heer des Königs im Norden weilt, wird dir wesentlich besser Auskunft geben können. Wie weit ist es eigentlich noch bis dorthin?«

»Man hat mir gesagt, etwa vier bis fünf Tagesritte zu Pferd. Mit dem Esel allerdings wird es länger dauern.«

General Schu verzog schmerzlich das Gesicht. »Mir reichte eigentlich schon der Ritt durch die Berge. Kannst du dir vorstellen, wie mein Hinterteil aussieht? Beim Ptah, ich gäbe viel darum, endlich von diesen Schmerzen befreit zu sein. Ist dieses große Tier, das du da an der Leine führst, auch so unbequem wie meines?«

»Du würdest Samsara beleidigen, wenn du sie mit einem Esel vergleichst«, lachte ich. »Nein, es ist herrlich, ein Pferd zu reiten. Alle Leute in Saba tun es. Schneller und bequemer kann man große Strecken kaum zurücklegen. Wollen wir tauschen?«

»Nein danke», sagte General Schu, »dein Tier ist mir viel zu groß, da bleibe ich lieber auf dem Esel sitzen.«

Plötzlich ernst werdend fügte er hinzu: »Du glaubst nicht, wie anstrengend der Zug durch die Berge war. Meine Leute lahmen, und viele haben sich die Knöchel verstaucht. Ich denke voller Sorge daran, daß uns jetzt noch ein Marsch von vielen Tagen bevorsteht. Es ist nicht gut, so erschöpft auf dem Schlachtfeld einzutreffen.«

»Denke an den Kampf um Ka-apers Palast, wie wir dort den feigen Meru mit seinen Rebellen in die Flucht schlugen!« sagte ich aufmunternd.

»Ja, daran denke ich oft zurück, und auch, wie wir Anibe einnahmen.«

Die Erwähnung von Anibe versetzte mir einen Stich, unsere Gefangenschaft, Ombos Tod und die schreckliche Köpfung des Fürsten Ipuki, Hamet und die schöne Umbala ... All dies hatte ich in den tiefsten Kammern meines Gedächtnisses versteckt und beinahe vergessen. Nun trat die Erinnerung wieder hervor und schmerzte mich. Wieviel hatte ich schon an Schrecknissen erlebt, wie oft hatte ich mich geirrt und versündigt ... Ich versuchte, das machtvoll aufquellende Gefühl zu überdecken, und es gelang mir auch, als ich mich mit Muhalil unterhielt. Der junge König wirkte gereift, würdevoll saß er im Sattel und gab Anweisungen an seine Leute, die sich immer zahlreicher um ihn sammelten. Er schien zu wissen, was es bedeutete, die Wiedergeburt eines so bedeutenden Mannes zu sein, wie es der erhabene Sai Schamulla wohl gewesen war, und er verstand es geschickt, diesen Anspruch durch seine Haltung zu beweisen.

Auch die Ägypter trafen nach und nach ein und formierten sich in der Ebene zu einem stattlichen Heer. Es waren weitaus mehr Soldaten, als ich erwartet hatte, Keulen- und Schwertträger, Schleuderer und mit Lanzen bewaffnete Krieger, dazu auch eine Eliteeinheit nubischer Bogenschützen.

Natürlich war für den heutigen Tag nicht mehr an einen Weitermarsch zu denken, zumal die Männer erschöpft waren und die Sonne bereits sank. So bereiteten sie ein Nachtlager vor, verzichteten aber auf Feuer, die unsere Anwesenheit hätten verraten können.

»Wenn wir König Muhalil dazu bringen könnten, uns ein paar seiner Krieger mitzugeben, könnten wir morgen in aller Frühe aufbrechen«, schlug ich Mago vor.

»Du kannst es wohl kaum abwarten, deinen Meister zu treffen«, antwortete er. »Aber ich kann das verstehen nach allem, was du mir über ihn erzählt hast. Dennoch sollten wir uns nicht so weit vom Heer entfernen, denn die Gegend wird immer unsicherer, je weiter wir nach Norden vorstoßen. Zwei oder drei einzelne Reiter fallen allerdings weniger auf. Was hältst du davon, wenn wir die Diener mit einer Botschaft an deinen Pharao voraussenden?«

»Eine gute Idee, so soll es geschehen. Gleichwohl ist Eile geboten. Wir müssen uns etwas ausdenken, was die Soldaten beflügelt.«

»Bei mir braucht es das nicht«, sagte Mago, »du weißt, wie sehr ich darauf brenne, endlich die verdammten Assyrer in ihre Schranken zu verweisen.«

Die folgende Woche verlief ohne nennenswerte Vorkommnisse. Zunächst brachte sie durch die Gespräche mit Muhalil und General Schu sogar einige Abwechslung. Dann aber wurden die Tage eintönig. Öde wie die Landschaft zeigte sich auch der Himmel, über den dichte Wolken zogen, ohne den ersehnten Regen zu spenden. Zumindest war das Klima angenehm für den Marsch, aber uns, die wir Sonne gewohnt waren, schlug das ewige Grau aufs Gemüt. Der Himmel schien sich mit schweren Gewichten auf unsere Seele zu legen. Es wuchsen kaum Pflanzen hier, und das machte es schwierig, bei den Rastpausen genügend Futter für die Reittiere zu besorgen. Obendrein breitete sich eine gefährliche Lethargie unter den Soldaten aus. Niemand sang, wie es sonst üblich ist, wenn Ägypter unterwegs sind. Wir kamen uns in der endlosen Geröllwüste immer mehr als verlorener Haufen vor. Ich ritt an der Spitze des Zuges, zumeist tief in Gedanken versunken und berechnete mit bangem Gefühl die Distanz, die es noch zu überwinden galt, bis wir frühestens auf das Heer des Pharao stoßen konnten. Würde es uns gelingen, rechtzeitig dort einzutreffen, um wirkungsvoll in die Kampfhandlungen eingreifen zu können?

Eines Tages kam uns ein abgehetzter sabäischer Meldereiter entgegen, und was er berichtete, erschreckte mich tief.

»Die Assyrer haben das Heer der Ägypter angegriffen!« rief er. »Mit schneller Reiterei, Streitwagen und Fußtruppen sind sie von Osten gekommen und haben furchtbar gewütet. Es hat viele Tote und Verwundete gegeben, der Pharao befindet sich auf der Flucht.«

»Du lügst!« schrie ich zornig. »Hast du dies alles mit eigenen Augen gesehen?«

»Nein«, antwortete der Mann, »die Nachricht wurde mir von einem Späher übergeben. Er sagte, ihr müßtet euch sehr beeilen, um die drohende Katastrophe zu verhindern.«

»Ihr habt es gehört«, rief ich den ägyptischen Soldaten zu. »Der Pharao ruft euch. Das Schicksal des ganzen Unternehmens liegt nun bei uns. Wir haben es in der Hand, das Blatt zu unseren Gunsten zu wenden.«

»Wir haben keine Lust, hier in dieser Wüste zu verrecken, so fern von der Heimat«, murrte einer der Männer laut. »Besser, wir kehren um und retten das eigene Leben.«

General Schu wandte sich im Sattel um. Seine scharfen Augen suchten den vorlauten Rufer, den er allerdings in der Menge nicht erkannte.

»Wer noch einmal so etwas äußert, wird auf der Stelle ausgepeitscht«, sagte er mit eisiger Stimme. »Beim zweiten Mal lasse ich ihm die Hände abhacken und werfe ihn den Schakalen zum Fraß vor. Seid ihr ägyptische Soldaten oder ein Haufen jämmerlicher Klageweiber? Vorwärts, Männer, denkt daran, daß jedem von euch doppelter Sold zusteht, wenn wir Assur erstürmt haben! Denkt daran, daß die Assyrer feige Hyänen sind, die mit Wehgeschrei ihre Waffen wegwerfen und davonlaufen, wenn sie der Zorn Amuns trifft! Also los jetzt, von nun an werden wir unsere Marschgeschwindigkeit verdoppeln, um nicht zu spät zur Siegesfeier zu kommen!«

Ich hatte nicht den Eindruck, daß seine Worte besonderen Eindruck auf die Männer machten. Ihre Mienen waren unwillig und verschlossen. Es würde schwer werden, die rechte Begeisterung in ihnen zu wecken. Ich dachte daran, wie Imhotep damals in Nubien die Nahrungsrationen drastisch gekürzt und jenen rauschhaften Zaubertrank ausgeschenkt hatte, der die Kampfeswut des Heeres so gewaltig gestärkt hatte. Was mochten es nur für Kräuter gewesen sein, warum wuchsen sie nicht hier, wo wir ihrer so dringend bedurften? Ich dachte angestrengt nach, aber mir fiel keine Lösung für das Problem ein, auch keine Argumente, die die Männer hätten überzeugen können, freiwillig ihr Bestes zu geben. Der Pharao, mein Meister, General Nebka und all die anderen sind in Bedrängnis, dachte ich nur immer wieder. Wir müssen ihnen so schnell wie möglich zu Hilfe eilen . . .

Der Tag ging zur Neige, die Nacht brachte mir bange Gefühle und keinen erfrischenden Schlaf. Am nächsten Morgen faßte ich einen Entschluß.

»Es wird nicht möglich sein, König Muhalil mit seinen Leuten von den Ägyptern zu trennen, zu sehr fühlen sich die Bergmänner inzwischen als Anführer des Heeres. Aber du, Mago, und ich, wir besitzen schnelle Pferde. Auch ist uns ein Diener verblieben. Zu dritt könnten wir vorausreiten und uns selbst vom Stand der Dinge überzeugen. Kann sein, daß allein unser Auftauchen dort neue Hoffnung verbreitet.«

Mago dachte kurz nach, dann nickte er ernst. »Wohin du auch gehst, ich folge dir. Laß uns reiten.«

Wir teilten unsere Absicht General Schu und König Muhalil mit und brachen mit ihrer Zusage auf, uns auf dem schnellsten Wege zu folgen. Es wurde ein scharfer Ritt, und ich redete mir unterwegs trotz aller Bedenken ein, daß meine Entscheidung richtig gewesen sei.

»Wir müssen in Kürze hügeliges Gelände erreichen und danach eine weite Ebene«, sagte Mago. »Genau dort, stelle ich mir vor, findet die Schlacht statt.«

»Kannst du hellsehen, reicht dein Geist so weit, Dinge zu erkennen, die in weiter Ferne liegen?«

»Nein», antwortete Mago, »aber das Gelände bietet sich an.«

Er sollte recht behalten. Noch gegen Mittag erreichten wir die Hügel, und als wir den ersten überwunden hatten, fiel unser Blick in ein weites, geröllbedecktes Tal. Was ich erkannte, ließ mir den Atem stocken: Vor uns tobte eine fürchterliche Schlacht, Tausende von Menschen kämpften erbittert gegeneinander. Mit wildem Kriegsgeschrei sprengte assyrische Reiterei voran, der Streitwagen und Fußeinheiten folgten. Auf der anderen Seite hatten sich die Ägypter im Schutz der Hügelausläufer verschanzt. Ich sah ihre Feldzeichen herüberblinken, hörte die Trommeln und Bruchstücke von Kommandos. Pharao Djoser – oder wer immer das ägyptische Heer befehligte – schien sich eine völlig neuartige Taktik ausgedacht zu haben: In kleinen Gruppen, die rundherum mit Holzschilden abgesichert waren, stürmten unsere Soldaten vor und hielten nach kurzer Zeit wieder an, um sich im Kreis einzuigeln. Die Schildträger gingen in die Knie, einen hölzernen Wall mit ihren Schilden errichtend, während die Bogenschützen hinter ihnen standen und einen Pfeilhagel den Feinden entgegenschickten.

Diese Vorgehensweise war nicht schlecht, sie stiftete Verwirrung unter den Angreifern, viele der assyrischen Reiter stürzten getroffen vom Pferd, obgleich – das war deutlich zu erkennen – ihre Übermacht beträchtlich war. Lange würden sich die Ägypter nicht halten können, es sei denn, ein Wunder würde geschehen. Vermochten wir dieses Wunder zu vollbringen? Ohne eingreifen zu können, zur Untätigkeit verdammt, schauten wir vom Hügel aus dem Schauspiel zu und erflehten das Eintreffen von Muhalil und General Schu. Bis zum späten Abend wogte der Kampf, ohne daß eines der beiden Heere einen Vorteil für sich gewinnen konnte. Die Ägypter fochten nicht schlecht, mit dem Mut der Verzweiflung stürmten sie immer wieder gegen die Übermacht an, zogen sich wieder in den Schutz der Geröllhaufen und der Hügel zurück. Aber wir sahen auch, daß im Osten bei den Assyrern immer mehr Fußvolk als Verstärkung eintraf und daß ihre Reiter nur noch Scheinangriffe ausführten, um ihrer Hauptstreitmacht Zeit zu verschaffen, sich richtig zu formieren. Das Wunder mußte eintreten, und zwar jetzt und sofort.

In der Nacht klangen die Kämpfe ab, lähmende Stille legte sich über die Ebene. Die Luft, der Himmel, alles ringsum fieberte einer Entscheidung entgegen. Wir lösten uns bei der Wache ab, niemand konnte recht schlafen. In der ersten Morgendämmerung waren wir drei sofort wieder auf den Beinen.

Signale auf beiden Seiten der Ebene ließen erkennen, daß das Ringen, dem die Nacht lediglich eine Atempause verschafft hatte, erneut losbrechen würde. Schon formierte sich das assyrische Heer, durch die frischen Truppen enorm angewachsen, zum Angriff. Da ertönte in unserem Rücken ein einzelner Schrei, der vielstimmig Antwort fand. Ich drehte mich um und sah die wilden Krieger der Banu Jundub herankommen, General Schu und die nubischen Bogenschützen.

Das Getümmel in der Ebene hatte inzwischen solche Ausmaße angenommen, daß dort unten wohl niemand mitbekam, was auf unserem Hügel geschah. Wieder liefen ägyptische Soldaten im Schutz der Holzschilde vor und schossen ihren Pfeilhagel ab, erneut rasten die assyrischen Reiter heran, aber diesmal folgte ihnen ein wogendes Meer von Fußsoldaten. Ich sah mehrere goldbeschlagene Streitwagen vorpreschen, auf denen Bogenschützen und Schwertkämpfer standen. Schon prallten die Heere aufeinander, kam Bewegung in die vorderen Reihen. Ich sah unsere Leute flüchten und hörte die Schmerzensschreie der Verwundeten bis zu mir herauf.

Jetzt gab General Schu das Zeichen zum Angriff. Zugleich stürmten die Banu Jundub den Hügel hinab. Es wurde erkennbar, daß die Assyrer mit dieser plötzlichen Wende nicht gerechnet hatten. Wie ein Wirbelsturm fielen die Bergleute in die Flanke ihrer Reiterei, Verderben sandten die nubischen Bogenschützen mit ihren Pfeilen vom Hügel herab. Nun rannten auch die Soldaten General Schus los und schlugen eine Bresche in die Truppen des Feindes. Zugleich erfaßte Pharao Djoser die veränderte Situation und warf seine gesamte Streitmacht in die Schlacht. Nur etwa eine Stunde wogte der Kampf, dann brach der Widerstand der Assyrer in sich zusammen. Ich sah Pferde scheuen und Streitwagen stürzen, Soldaten ihre Waffen wegwerfen und ganze Einheiten in wilder Flucht davonlaufen.

Nun hielt es auch Mago nicht länger auf seinem Beobachtungsposten. Mit gezücktem Schwert sprengte er los, alle zwischen uns getroffenen Vereinbarungen vergessend, dem vermeintlichen Sieg entgegen. Ich hatte Mühe, ihm nachzufolgen.

»Lauf, Samsara!« rief ich und spornte die braune Stute an.

»Warte, Mago!« rief ich. »Es ist nicht so, wie du denkst! Warte und höre auf mich!« Ich erreichte den Freund und griff in seine Zügel. Zornig fuhr Mago zu mir herum.

»Warum hinderst du mich daran, meine Pflicht zu tun? Bist du mein Aufpasser, meine Mutter? Ich weiß sehr wohl, was zu tun ist, und ich kann das Schwert führen wie ein Krieger.«

»Du bist blind, Mago«, schrie ich, »siehst du nicht, daß es nur die Überraschung über unser plötzliches Auftauchen ist, die die Assyrer verwirrt hat? Wohl fliehen einige von ihnen, aber nicht lange. Zu groß ist die Zahl der Feinde. Schau nur, sie sammeln sich bereits wieder zum Gegenangriff!«

In der Tat geriet unser Vorstoß zunehmend ins Stocken. Viele der ägyptischen Soldaten hatten sich unvorsichtig in die Ebene hineingewagt, die keinerlei Deckung mehr bot. Vergeblich sahen sie sich nach Bodenerhebungen um, die sich zum Verschanzen eigneten. Auch war die assyrische Reiterei bereits wieder umgeschwenkt und galoppierte auf breiter Front heran.

»Schnell, Mago, laß uns in den Schutz der Hügel zurückkehren, bevor wir von ihnen überrannt und eingekesselt werden!« rief ich.

Die Lage auf dem Schlachtfeld wurde von Minute zu Minute unübersichtlicher. Zerrissen war die Ordnung, die einzelnen Einheiten versprengt, an vielen Stellen wurde nun erbittert Mann gegen Mann gekämpft.

Mago reagierte verstört. »Was ist los?« stotterte er. »Sie waren doch bereits auf der Flucht!«

»Du unterschätzt ihre Stärke. Wahrscheinlich haben wir es nur mit ihrer Vorhut zu tun, während die Hauptmasse der Truppen weiter östlich durch die Ebene herankommt.«

Direkt neben uns focht ein Krieger der Banu Jundub vom Sattel aus gegen zwei schwerbewaffnete assyrische Reiter. Der eine von ihnen machte eine rasche Wendung zur Seite und stieß mit seiner Lanze zu. Tief drang das Holz mit der kupfernen Spitze in die Brust des Bergbewohners und durchbohrte ihn. Der Assyrer riß die Lanze heraus, während er gleichzeitig gegen den Körper des Mannes trat. Entsetzen stand in Magos Gesicht geschrieben, als er den Leblosen aus dem Sattel sinken sah, Entsetzen auch, als ich seinen Zügel nahm und mit ihm über die Leichenhaufen davonritt. Ich konnte ihm den Anblick nicht ersparen. Atemlos kamen wir am Rand der Hügel an.

Von weitem sah ich den Pharao, umringt von Getreuen, hörte ihn

Befehle brüllen und sah, wie sich die zurückweichenden ägyptischen Einheiten allmählich zu einem Verteidigungsring schlossen. In diesem Durcheinander vernahm ich den Schrei: »Die Assyrer kommen! Es sind hundert mal hundert mehr Reiter als jemals zuvor!« Wir wurden abgedrängt, fanden uns schließlich auf einer kleinen Anhöhe wieder, die einen gewissen Überblick über die Ebene bot.

»Ich verstehe das nicht«, keuchte Mago noch ganz benommen, »es sah doch bereits so aus, als wäre die Schlacht zu unseren Gunsten entschieden ...«

»Nein, Mago, das war sie nicht. Die Gerüchte, die vom größten Heer aller Zeiten sprachen, das Assur aufgestellt hat, waren keineswegs übertrieben. Wer immer dieses mörderische Gemetzel überleben wird und als Sieger hervorgeht, der wird es niemals vergessen.«

»So glaubst du nicht mehr an unseren Erfolg?«

»Ich weiß es nicht mehr, was ich glauben soll, Mago«, antwortete ich dem Freund. »Entsetzliches habe ich während des Feldzuges in Nubien erlebt, aber dies hier übertrifft alle Schrecken bei weitem.«

Mir war, als überkäme mich in diesem Moment eine hellsichtige Erkenntnis, die das ganze Geschehen ringsum erfaßte und alle Einzelheiten mit einbezog. Ich spürte die Verzweiflung des Pharao und seiner Soldaten, die fern der Heimat gegen eine so erdrückende Übermacht fochten. Ich konnte in die Seelen der Bergbewohner sehen, denen es um ihre Freiheit und das nackte Überleben ging. Ich fühlte aber auch mit dem assyrischen Heer, das hier die größte Kraftprobe seiner Geschichte erlebte und entschlossen war, den Sieg zu erringen. Wer konnte danach noch ein Gegner für sie sein, ihnen Widerstand entgegensetzen, wenn es um die Beherrschung des gesamten Erdenkreises ging? Diese großen Zusammenhänge erkannte ich ebenso klar wie das Schicksal der einzelnen Menschen. Aus tausend Wunden blutend, spürte ich den Schmerz tödlicher Klingen, Pfeilspitzen wie Feuer in mich eindringen, meinen Schädel unter dem Schlag hölzerner Keulen zerplatzen, ich wurde von Hufen getroffen, von Sicheln zerstückelt, von Lanzen durchbohrt. Ich lag in der Ebene, und um mich herum verströmte sich mein Blut in fremder Erde, ohne Arme und Beine kroch ich wie ein Wurm in den Schutz von Steinhaufen, um mich vor dem Tod zu verbergen. Mit vielen Zungen flehte ich die Götter um Beistand an, winselte wie ein Hund, weinte blutige Tränen. Von Verzweiflung überschwemmt, sank ich zu Boden, wurde von den gnadenlosen Armen eines unbenennbaren Grauens umklammert.

Aber dennoch bin ich ein Ägypter, dachte ich, gehöre der einen Seite an. Großer Ptah, gnädiger Amun, allmächtiger Chnum, mildtätige Isis, stehe uns bei in der Stunde der Not! Wie ein Mensch fühle ich, wie einer, dem überall die Erde Heimat bedeuten kann, und bin doch parteiisch. Jetzt, wo das Unheil über uns hereinbricht und Anubis so reiche Beute macht, wo Ägyptens Stolz in der Steppe verblutet und im Buch des Schicksals für alle Völker eine so bedeutsame, alles entscheidende Seite aufgeblättert wird, erbitte ich von euch Göttern den Sieg . . .

Wie aus einem schweren Traum erwachend, hörte ich Magos Stimme mich streifen, hörte ich Geräusche herankommen, das Donnern von tausend und abertausend Hufen.

»Die Amazonen!«

Der Ruf pflanzte sich von Hügel zu Hügel fort, riß die Entkräfteten hoch, ließ die Männer noch einmal zu den Waffen greifen. Da kamen sie heran, und die Ebene färbte sich schwarz von ihrer Masse. Das große Heer kam, die Reiterinnen von Saba! Es war keine Vision, sondern Wirklichkeit: Ich hörte ihren Gesang, ein Lied, das aus tausend Kehlen anschwoll und wie ein Sturmwind auf uns zukam, Angst und Schrecken unter den Feinden verbreitend. Ich sah die Walze aus Pferdeleibern über die Assyrer kommen, sie zermalmen und in den Staub treten, ich sah die nubischen Bogenschützen wieder zum Sturm antreten, die Eliteeinheiten aus Ober- und Unterägypten, sah die Banu Jundub wild ihre Schwerter schwingen. Ich sah aber auch Mago, sah ihn losreiten, als ihn nichts mehr hielt, sah ihn pfeilschnell über die Ebene fliegen, einem assyrischen Streitwagen zu, sah ihn dort kämpfen und tödlich getroffen zusammenbrechen. Ich sah seinen Leib in der Steinödnis liegen, jung, schön und so plötzlich dahingerafft, daß das Staunen in seinen gebrochenen Augen haften blieb. Mago, mein Freund, der ein Held sein wollte und es für Sekunden auch war, bevor ihn der Schatten Anubis verschlang . . .

»Das einzige, an das ich mich noch genau erinnern kann, ist Magos Begräbnis.«

Wir sitzen im Schatten eines Feigenbaums, haben den mit Pigmentbrocken beladenen Schlitten von den Klippen, wo es besonders schöne rote Felsen gibt, bis hierher kurz vor das verlassene Dorf geschleppt, gönnen uns nun nach der anstrengenden Arbeit eine Pause. Aus zwei kräftigen Holzstämmen, zwischen die Leder gespannt ist, besteht der Zugschlitten. In die gespaltenen Stammenden sind Steine verkeilt, damit sich das Holz nicht so schnell abschleift. Wir haben die alten Spurschienen benutzt, die nun so lange schon brachliegen. Die rote Farbe ist für den Tempel von Mnaidra bestimmt. Nach Art der Vorfahren wollen wir seine Fassade schmücken, auch wenn keine Pilger mehr kommen, keine Ratsuchenden zur Befragung des Orakels, auch wenn es nur für uns – die letzten Bewohner der Insel – ist. Ruhig, wie ein Spiegel des Himmels liegt das Meer unter der Sonne.

»Du hast ihn sehr geliebt?« fragt Xelida mitfühlend.

»Ja, wie einen Bruder, er war mein bester Freund und Vertrauter in der langen Zeit, die ich in Saba verbrachte. Mit seinem Tod, an dem ich mich auf gewisse Weise mitschuldig fühle, verlosch für viele Jahre die Sonne für mich.«

»Wie kannst du von Schuld sprechen? War es nicht sein Schicksal, das ihm vorbestimmt war, hast du ihn nicht, so gut du konntest, beschützt?«

»Nicht genug, Xelida, nicht genug. Ja, ich habe seinen Leichtsinn gekannt, seinen draufgängerischen Charakter, und ich habe die Warnung im Traum vernommen, als er von mir Abschied nahm. Aber an jenem verhängnisvollen Tag hätte ich wissen müssen, daß er mit den Amazonen in den Untergang reitet, ich hätte ihn zurückhalten müssen.«

Xelida streicht mir sanft über die Stirn, so als könne sie mit ihrer Hand die Sorgen, die dort lasten, fortwischen.

»Quäle dich nicht, Hem-On«, sagt sie, »es ist geschehen, weil es geschehen mußte. Schenke ihm gute Erinnerungen.«

Ja, das will ich gerne tun. Plötzlich sitze ich wieder in der Steinödnis von Asir am offenen Grab des Freundes, sehe ihn ausgestreckt ruhen, das Schwert, von beiden Händen umklammert, über der Brust. Während meine Tränen strömen, spreche ich zu ihm.

»Wir haben gesiegt, Mago«, sage ich. »Es ist ein endgültiger Sieg über den Feind. Wie gern hätte ich dir gegönnt, diesen Augenblick mitzuerleben – den Gesang der Amazonen, den Jubel des Heeres, den Stolz im Gesicht unseres erhabenen Pharao beim Anblick der langen Kolonnen gefangener Assyrer, die waffenlos und gesenkten Hauptes vorbeiziehen, ihre Anführer mit auf den Rücken gebundenen Händen, den Aufmarsch der eroberten Streitwagen. All dies, Mago, und auch die Feier danach, die wegen der vielen Toten und Verwundeten still und voller Würde war. Das hat dem Sieg den Glanz genommen, ihn matt gemacht, die Freude gedämpft und alle ruhig werden lassen.«

Still ruht auch der Prinz aus Saba, starr ausgestreckt, während über seinem Antlitz noch immer das Staunen liegt. Gleich werde ich ihn mit Steinen zudecken und einen Hügel über seiner letzten Stätte errichten. Zuvor aber habe ich noch eine wichtige Handlung zu vollziehen, und ich nehme mir Zeit dafür. Ich streife meine Kette mit dem schwarzen Skarabäus ab, der mich so schwer zu Boden zieht, nehme sie und lege sie Mago um. Mag sie ihm eine Hilfe sein auf seiner langen Reise ins Schattenreich. Anubis, der schakalköpfige Bote, mag sie erkennen und Thot, der Ibisgott und Schreiber, wenn er vor Osiris an der Waage steht, um Magos Taten zu messen. Ich brauche sie nicht mehr, denn ich bin bei mir selbst angekommen, tief unten, wo die Erde fest ist und jeder Schritt den ganzen Körper berührt. Lange werde ich in diesem Zustand der Gebundenheit ausharren, bis die Zeit erfüllt ist und ich das Nest des Phönix in mir verbrennen kann, um erneut aufzusteigen ...

»Es wird Zeit zu gehen«, sagt Xelida. Sie steht auf und klopft ihr Kleid ab, das vom Sitzen Staubflecken bekommen hat. Sie hat recht, ein weiter Weg bis zum Tempel von Mnaidra liegt noch vor uns, und die Last auf unserem Zugschlitten wiegt schwer. Viel habe ich von meiner schönen Geliebten gelernt: den Schlitten zu bauen, die alten Spurschienen zu gebrauchen, das Pigment vom Gestein zu trennen und zwischen der Handmühle zu feinem Farbpulver zu zermahlen, es mit Ziegenmilch zu einem Brei anzurühren und damit die gebohrten und geritzten Muster an den glatten Felsquadern der Tempel auszuschmücken.

»Warum tun wir dies alles, Xelida?« frage ich. »Glaubst du, daß irgendwann jemand kommt, um unsere Arbeit zu sehen?«

Xelida schüttelt den Kopf so heftig, daß ihr das schwarze Haar über die Stirn fällt.

»Für uns«, antwortet sie, »allein für uns tun wir es, Hem-On.« Und ergänzt, fast nicht mehr zu mir, sondern zu den Schwalben sprechend, die mit pfeifendem Laut dicht über unsere Köpfe hinwegsegeln: »Es gibt Dinge, die müssen einfach getan werden, auch wenn sie niemand anderes sieht, auch wenn es sinnlos erscheinen mag, sie zu tun ... Fragt eine Biene danach, ob der Honig gegessen wird, den sie sammelt, ein Vogel, ob sein Lied auch gehört wird? Nein, Hem-On, alles, was wir auf dieser Insel tun, geschieht nur für uns ...« Sie zögert einen Moment lang, weiterzusprechen. »... Für uns und für den großen Plan, dessen Sinn nur die Götter kennen.«

Ich widerspreche ihr nicht, denn ich spüre, wie ernst es ihr ist. Ich stehe auf und nehme wieder die Holzstange auf meinen Rücken. Ich fühle: Es gab Arbeiten in meinem Leben, die weitaus sinnloser waren. Und wer weiß, vielleicht werde ich alt genug werden, um auch dies hier restlos zu verstehen ...

Thai dagegen ist anders. Er schlägt seiner Mutter nach, hat ihre Augen, ihren Geist und die gleiche tiefe Verbundenheit zu den Geheimnissen der Insel wie sie. Vieles, über das ich lange nachdenken muß, fliegt ihm einfach so zu. Und er ist gern in der Nähe der Tempel, kennt jeden Winkel, jedes Detail im Relief der Mauern, die versteckten Eingänge und Seitenkammern. Er weiß bereits so viel darüber, daß er mich führen kann.

Die Sonne neigt sich allmählich dem Westen zu. Von ihrem rötlichen Restlicht bestrahlt, liegen die gigantischen Mauern von Mnaidra vor uns, Tore und Steinsäulen, wie von Riesen erbaut . . .

Die weiteren Ereignisse in Asir sind rasch erzählt. Wie durch einen dunklen Schleier blickend erlebte ich die Zeit der großen Siege. Nach der vernichtenden Niederlage des assyrischen Heeres, bei der auch eine Reihe von Adligen in Gefangenschaft gerieten, zogen wir weiter bis zur befestigten Stadt Arbela, belagerten sie und eroberten sie schließlich im Sturm. Drei Tage und drei Nächte währten die Plünderungen, unermeßliche Schätzen fielen dabei den vereinigten Heeren zu. Nachdem das Hochland von Asir wie eine offene Schale vor uns lag, zogen wir weiter nach Assur. Auch dort wurde unserem Angriff nur noch geringer Widerstand entgegengesetzt. Zwar hatte sich der König mit seinem Hofstaat und schwerbewaffneten Eliteeinheiten verschanzt, aber die Mauern hielten dem Ansturm nicht lange stand. Noch vor Ablauf einer Woche überrannten unsere Leute den Verteidigungsring und zogen brandschatzend in die Hauptstadt ein, der Palast wurde geplündert und eingeäschert, der fremde König fiel durch eigene Hand.

Ich mag an die Greuel, die im Verlauf des Feldzuges von beiden Seiten begangen wurden, nicht mehr denken, an das Leid, das die Menschen traf. Ich habe den Krieg mit all seinen Schrecken erlebt und wünsche mir seitdem nur noch Frieden, aber einen, der nicht auf der Stärke der Waffen, sondern der auf den Gedanken, auf der Verständigung, dem Miteinander beruht.

Gerne denke ich dagegen an das Wiedersehen mit meinem Meister zurück. Ich traf ihn nach der Schlacht in der Ebene, und wir freuten uns beide sehr, obgleich das Glück meinerseits durch Magos

Tod erheblich getrübt war. Älter war Imhotep geworden, seine Gestalt wirkte ein wenig gebeugt, nur die Augen strahlten wie eh und je jugendlich in seinem Gesicht. Die Liebe zu jener Frau, die er in Sakkara geheiratet hatte und die nun in seiner Abwesenheit das Haus des Lebens neben dem Ibistempel leitete, tat ihm sichtlich gut. Mehr als einmal sprach er voll Sehnsucht von ihr und seiner kleinen Tochter, die zu Hause ungeduldig auf seine Rückkehr wartete. Ich konnte ihm nichts so Erfreuliches berichten. Er hörte mich ruhig und aufmerksam an, als ich von Prinzessin Neisade sprach und der leidenschaftlichen Zeit, die ich mit ihr in Sana verlebt hatte. Weder rügte er mein Verhalten, noch brachte er übermäßig Verständnis dafür auf. Er sah mich nur an, wiegte nachdenklich seinen kahlen Schädel und sagte schließlich, wobei mir seine Worte nach dem langen Schweigen wie eine Erlösung vorkamen: »Ich sehe, daß dein Schicksal außergewöhnliche Wege für dich vorgesehen hat, und daß viele von ihnen in die Irre führen. Es ist nicht immer leicht, diese Umwege zu gehen, doch denke ich, du besitzt Kraft genug, irgendwann einmal den richtigen Pfad zu finden und ihn dann auch zu Ende zu gehen. Dazu gehören Klarsicht und Mut, beides wirst du erlangen, wenn die Zeit dafür reif ist.«

Er drängte mich auch nicht, wieder als Schreiber und Sekretär in seine Dienste zu treten, sondern ließ mich ungestört meinen Kummer um Mago durchleiden. Meine Arbeit als Bote des Königs und mein Geschick als Diplomat lobte er sehr. Er sagte, daß Pharao Djoser oft nach mir gefragt habe und sich über meine Tätigkeit außerordentlich zufrieden gezeigt hätte. Wenn alles vorbei sei und wir wieder nach Ägypten zurückgekehrt wären, solle ich einen ausführlichen Bericht über die Vorbereitungen und die Durchführung des assyrischen Feldzuges verfassen. Ich solle dafür reichlich Zeit bekommen, denn der Pharao lege Wert darauf, alle Details zu erfahren und sie der Nachwelt zu übermitteln.

Besonders das letzte schmeichelte mir sehr und verlieh mir das Gefühl, daß mein Leben auch für andere von Wichtigkeit sei. Da Papyrus, Feder und Tinte bereitlagen, begann ich sogleich mit der Niederschrift meiner Gedanken – sofern sie das Allgemeine betrafen. Sobald es aber um mich ging, sträubte sich etwas in mir, derart Intimes dem Papyrus anzuvertrauen. Schließlich beschloß ich, die Abfassung des Berichts erst in Sakkara zu beginnen.

Zuvor aber hatte ich noch ein Erlebnis, daß mir großen Eindruck machte und meine Bewunderung für Imhotep noch steigerte. Als unsere Truppen Arbela einnahmen und plündernd durch die Straßen der Stadt zogen, stießen sie auf einen Tempel, der zweiundvierzig Standbilder fremdartiger Gottheiten enthielt. Die Soldaten wollten die Statuen als Beutegut nach Ägypten bringen und wurden auch von ihrem Anführer in diesem Vorhaben unterstützt, der seinerseits von General Nebka die Genehmigung einholte. Es war den Beteiligten immerhin zugute zu halten, daß die Götterbilder nicht sogleich in der ersten Wut zerstört wurden, wie es ja vielfach in den Kriegswirren geschehen war. Als aber Imhotep von dem Vorhaben erfuhr, wurde er über die Maßen zornig.

»Wenn man ein Land, das militärisch so stark und angriffslustig wird, daß es für die Nachbarn bedrohlich wird, wegen seines Übermutes züchtigt und sein Heer vernichtet, so mag das noch angehen. Daß man die besiegten Städte plündert – auch das kann ich, wenn zwar nicht billigen, zumindest doch verstehen, sofern es auf die Zeit der Kämpfe begrenzt bleibt und danach eine Zeit des Friedens und der Versöhnung beginnt. Wenn man aber einem Volk seinen Glauben stiehlt, seine Tempel schändet und die Götterbilder entweiht, so ist dies ein großer Frevel, der nicht mehr gutzumachen ist. Ein Narr ist dieser General Nebka, daß er solches mit seinem Namen billigt und diese Schandtat deckt! Sind wir Barbaren, daß wir so gewissenlos handeln, sollen sich spätere Generationen für uns schämen? Ich werde gleich zu Pharao Djoser eilen, von dem ich glaube, daß er meine Ansichten teilt und einen königlichen Befehl erwirken wird, der das Verbrechen vereitelt!«

Imhotep hatte sich richtig in Rage geredet, sein Gesicht war gerötet und Zornesadern klopften an seiner Stirn. Selten hatte ich ihn so erlebt, und ich versuchte, seine Erregung zu dämpfen.

»General Nebka ist einer der Oberbefehlshaber des Heeres, Meister«, sprach ich, »vergiß nicht, daß er als der große Held des nubischen und auch des assyrischen Feldzuges gilt. Sein Wort wiegt schwer. Willst du ihn dir zum Gegner machen?«

»Nein«, antwortete Imhotep, »das beabsichtige ich nicht, und ich denke auch nicht daran, seinen Ruhm zu schmälern. Aber wenn er nicht weiter denkt als bis zum Beuterausch seiner Soldaten, so ist er ein Dummkopf und muß daran gehindert werden, Falsches zu tun. Ein Rausch geht vorbei, die Erinnerung an eine Schandtat solchen Ausmaßes aber bleibt im Gedächtnis der Völker haften. Nie werde ich zulassen, daß dies geschieht.«

Er beruhigte sich etwas und fand zur gewohnten Würde zurück. »Gewiß ist er einer der Oberbefehlshaber des Heeres. Vergiß aber nicht, Hem-On, wer ich bin – der Siegelbewahrer des Königs! Glaube mir, Djoser wird keinen Moment lang zögern, meinem Rat zu folgen.«

Mit gemischten Gefühlen begleitete ich meinen Meister auf dem Weg zum Zelt des Pharao. Es war das erste Mal, daß ich seit der siegreichen Schlacht dort auftrat, und ich erwartete eigentlich insgeheim ein paar persönliche Worte der Anerkennung. In Anbetracht der Situation allerdings übte ich mich lieber in bescheidener Zurückhaltung. So wurde ich Zeuge einer Unterredung, die erstaunlich kurz, aber von weitreichender Konsequenz war. Ohne Zögern erteilte Pharao Djoser den Befehl, sämtliche geraubten Standbilder wieder zurück in den Tempel schaffen zu lassen. Dies habe auch künftig für alle Truppen im besetzten Land zu gelten: Man habe den fremden Glauben, und sei er auch noch so unverständlich, zu respektieren, Tempelschändung war strengstens verboten, bei Zuwiderhandlungen drohten für die Beteiligten härteste Strafen. Imhotep war mit dem Ausgang des Gesprächs zufrieden.

»Was habe ich dir gesagt?« fragte er triumphierend, als wir das Zelt des Königs wieder verließen. »Auch ein General Nebka bekommt wie jeder andere seine Grenzen gesetzt.«

Ich muß zugeben, daß ich ziemlich beeindruckt von meinem Meister war. Nie habe ich erfahren, wie der General oder seine Offiziere darauf reagierten. Mit den Übergriffen war allerdings ein für allemal Schluß, und auch die Plünderung von Assur fiel weitaus schonungsvoller aus, als es in Arbela der Fall gewesen war oder ich es von der nubischen Hauptstadt her in böser Erinnerung hatte.

»Wenn wir etwas bei unserer Siegesfeier in Memphis vorzeigen, so werden es Dinge sein, die man in Ägypten bisher noch nicht kannte«, sagte Imhotep. »Vor allem denke ich an die Pferde und Streitwagen der Assyrer. Darüber soll man nachdenken in Memphis! Du hast ganz recht mit deinen Vorschlägen, was die Pferdezucht bei uns anbelangt. Die Königin von Saba versprach, uns einige der edelsten dieser Tiere als Geschenk mitzugeben. Und Ägypten sollte in Zukunft über solche Wagen verfügen, den größten, schnellsten und kostbarsten aber soll Pharao Djoser erhalten, wie es ihm zukommt.«

Ich nickte und dachte voller Trauer an meinen Freund Mago, an seine Abschiedsworte in meinem Traum und daran, wie sehr er es sich gewünscht hatte, mit uns nach Ägypten zu ziehen, um dort Pferde zu züchten. Wie schnell verfliegt so ein Traum, wie anders, als Menschen es denken und planen, verläuft oft der Wille der Götter. Was mochten sie mit mir noch vorhaben? Wenn es mir doch nur einen Moment lang erlaubt sein dürfte, im Buch des Schicksals zu lesen ... Immer noch unklar war mir mein weiterer Weg, dunkel die Wolken über mir, und immer noch nicht gereinigt und geläutert meine Seele.

Vom mühsamen und beschwerlichen Rückmarsch will ich nicht berichten, aber vom Einzug des siegreichen Heeres in Memphis. Die Häuser der Hauptstadt waren festlich geschmückt, Menschenmassen säumten die Straßen, als zunächst eine Eliteeinheit des Königs einmarschierte. Jeder der Soldaten reckte stolz ein vom Feind erbeutetes Feldzeichen hoch. Dann folgten die nubischen Bogenschützen und eine große Schar Reiter, denen sich Streitwagen anschlossen. Hinter ihnen, mit deutlichem Abstand und von lautem Jubel begrüßt, ritten General Schu und General Nebka sowie die höchsten

Offiziere. Ein staunendes Gemurmel brach aus, als dann in schier endlosen Zwanzigerreihen die gefangenen Assyrer kamen. Am Ende dieses Zuges und bevor das ägyptische Heer eintraf, folgte ein einzelner, kostbar ausgestatteter und von vier weißen Pferden gezogener Prunkwagen, den ein aufrecht stehender Soldat lenkte. Neben ihm stand voll Würde und Stolz der Pharao. Er trug einen Umhang aus Löwenfell, dazu die blaue Kriegskrone und hielt in seiner Rechten Peitsche und Palmwedel als Zeichen der Herrschaft. Wie er so langsam in seinem Wagen herankam, mehr einem majestätischen Denkmal als einem lebendem Menschen gleich, hatte es den Anschein, als treibe er die gefangenen Feinde wie eine Vieherde vor sich her. Jeder, der diesen Anblick erlebte, würde ihn nie mehr vergessen.

Eine volle Woche lang dauerten die Siegesfeiern in der Stadt, Musik und Tanz, Gauklerauftritte und Festgelage wechselten sich ab, die Priester und Priesterinnen der Tempel veranstalteten besondere Zeremonien, und im weißen Palast des Pharao wurden immer neue Gastmahle zu Ehren eintreffender Gesandtschaften aus den befreundeten Reichen abgehalten.

War das Volk auch von diesen gewiß nicht alltäglichen Ereignissen in Memphis beeindruckt, so langweilten mich diese Feiern eher. Ich zog mich nach Sakkara zurück, um Imhoteps Frau bei der Arbeit im Haus des Lebens zu helfen. Ranut war eine schöne, von innen heraus strahlende Frau. Jeder, der mit ihr zusammenkam, wurde von der Kraft ihrer Persönlichkeit gefesselt, von ihrer einfachen und fröhlichen Art angesteckt und rühmte alsbald ihre Klugheit in praktischen Dingen. Es hieß, sie hätte das zweite Gesicht und könne die Gedanken der Menschen lesen, doch davon habe ich während meines Aufenthaltes in Sakkara wenig bemerkt. Was mir aber auffiel, war, daß sie es verstand, sehr wohltuend und wirkungsvoll zu massieren und die Gabe besaß, mit einfachem Handauflegen die Schmerzen der Patienten zu lindern und mancherlei Krankheiten sogar gänzlich zu heilen. War Imhotep mehr der Arzt, der auf die Wirkung von Medikamenten vertraute, so ergänzte Ranut die Behandlungen auf ihre Weise, so daß zuletzt niemand mehr mit Gewißheit sagen konnte, was eigentlich den Ausschlag zur Heilung gegeben hatte. Aber ist diese Frage letztendlich nicht auch völlig unerheblich? Imhotep und Ranut brauchten einander, so wie die Kranken in Sakkara beider Rat und Behandlung brauchten. Selten habe ich ein Paar gesehen, daß in Beruf und Leben so harmonisch aufeinander eingestimmt war und miteinander wirkte. Die kleine Saaptet dagegen, die so lange auf die Anwesenheit ihres Vaters hatte verzichten müssen, war ein Ausbund an Wildheit. Sie spielte mit gleichaltrigen Kindern im Umkreis des Haus des Lebens, wobei sie stets die Anführerin war und die anderen zu den tollsten Spielen anstiftete, sie unternahm gern weite Streifzüge über das Gräberfeld und begleitete mich, wenn ich die Baustellen aufsuchte. Alles, aber auch jedes Detail wollte sie von mir erklärt bekommen. Ich zeigte ihr den Totentempel Pharao Djosers, der kurz vor der Vollendung stand und ein genaues Abbild des großen Palastes in Memphis war, wies darauf hin, daß die aus Kalkstein geschnittenen Scheintüren, Säulen, Simse und Zinnen exakte Nachbildungen der Originale von Memphis waren, wie sie bei einem Besuch dort leicht erkennen konnte. Besonders fasziniert war Saaptet von einer Figur, die Imhotep selbst aus Granit geschliffen hatte und die den Ka Pharao Djosers darstellte. Diese lebensgroße Plastik stand in einem Steinhaus am Fuß der Pyramide, das nur eine einzige Öffnung in Augenhöhe besaß, durch die man hineinschauen und die Figur erkennen konnte. Ich hob Saaptet bis zur Öffnung hoch und sie wurde ganz still vor Staunen und Angst, denn der Ka Djosers besaß weiß gemalte und mit blauen Edelsteinen ausgelegte Augen, die sehr natürlich aussahen, wenngleich der Blick auch etwas starr und unheimlich wirkte.

»Lebendig sieht der Pharao aber viel besser aus«, sagte sie.

»Es soll ja auch kein Abbild von ihm sein«, antwortete ich, »die Ka-Plastik ist nur ein Symbol, seine aus Stein geformte Kraft.«

»Gibt es so eine Figur auch von meinem Vater und von meiner Mutter?« wollte Saaptet wissen.

»Das ist schon möglich, obgleich ich nicht weiß, ob sie schon fertig sind. Ich habe Imhotep in seiner Werkstatt am Holz schnitzen gesehen, und die Figuren sahen in etwa aus wie deine Eltern.«

»Nur aus Holz, warum nicht aus Granit wie diese hier?«

»Weil Granit ein sehr hartes Material und äußerst schwer zu bearbeiten ist«, antwortete ich, »dein Vater hat damit ein Meisterstück zu Ehren des Königs geschaffen, im ganzen Erdenkreis gibt es kein zweites dieser Art. Komm jetzt, wir wollen die große Pyramide umrunden.«

Das Bauwerk war fertig, vollendet in seiner Proportion, himmelansteigend seine geböschten Außenwände, weiß und glatt die großen Quader, und die Spitze glitzerte und blinkte wie ein Leuchtfeuer in der Sonne.

Auch hier blickte Saaptet staunend, beinahe andächtig auf und konnte sich nicht genug sattsehen.

»Laß uns die Stufen hinaufklettern«, sagte sie keck, »sie sind zwar viel zu hoch für mich, aber wenn du mir hilfst, schaffen wir es.«

»Nein«, winkte ich lachend ab, »das dürfen wir nicht, niemals darf ein gewöhnlicher Sterblicher die Pyramide besteigen. Dies allein ist dem Pharao vorbehalten, und auch noch nicht zu Lebzeiten, sondern erst nach seinem Tod, wenn er sich aufmacht, um zu den Göttern zu wandern.«

»Wann wird das sein?« fragte Saaptet. »Werde ich es sehen, werden wir beide dabeisein, wenn der Pharao zu den Göttern aufsteigt?«

»Das wird hoffentlich noch nicht so bald sein, denn ich wünsche Pharao Djoser ein langes Leben«, antwortete ich.

Saaptet war mit dieser Auskunft, von der ich glaubte, daß sie erschöpfend genug sei, aber immer noch nicht zufrieden.

»Aber ich würde es so gerne mit eigenen Augen sehen«, quengelte sie, »wie Pharao Djoser zu den Göttern aufsteigt. Sag mal, Hem-On, du bist doch so weit in der Welt herumgekommen und hast mehr als andere Menschen erlebt – warst du auch schon einmal bei den Göttern dort oben? Hast du gesehen, wie sie leben? Sehen Sie aus wie Menschen oder ähneln sie eher Tieren?«

Die einfache Logik in Saaptets Worten verwirrte mich, eine Antwort darauf fiel mir schwer.

»Nein«, sagte ich und wollte gerade anfangen, sehr klug zu reden über das Leben und den Tod und das Leben danach, als ich merkte, daß es gar nicht meine eigenen Gedanken waren, die ich weitergeben wollte. Die angelernten Geschichten des Tempels waren es, die mein Denken ausfüllten und ihm seine Bilder schenkten. Wenn ich ehrlich war, wußte ich nichts, ich war ein leeres Gefäß, das andere gefüllt hatten.

»Ich war weder dort noch weiß ich etwas darüber«, antwortete ich.

»Wie, du weißt nichts?« fragte Saaptet überrascht. »Bist du nicht ein Schreiber und der Bote des Königs, der viel gereist ist, bist du nicht bei meinem Vater, der als ein Weiser gilt, in die Lehre gegangen? Wie kann es da sein, daß du nichts weißt, hast du alles vergessen?«

»Manchmal kommt es mir so vor«, seufzte ich und fühlte wieder die Dichte des Schleiers um mich. »Manchmal glaube ich, ich hätte schon einmal alles gewußt und wieder verloren.«

»Du bist traurig«, sagte Saaptet und schob tröstend ihre kleine Hand in die meine. »Du beginnst ja zu weinen!«

»Ja, ich bin traurig«, sagte ich. Ich wischte mir nicht mit dem Handrücken die Tränen ab, sondern versuchte weiterhin zu sehen und zu erkennen, was mich umgab. Jetzt bestand der Schleier aus Perlen, aus den silbernen Tränen des Skarabäus, der uns schützt und alles Leben erschafft. Mein schwarzer Skarabäus aber war tot, lag auf Magos Brust unter einem Steinhaufen begraben in der Steppe von Asir.

Warum nur, warum berührte mich diese Tatsache so? Lag es allein an dem Verlust des Freundes, der endgültig und unwiderruflich war? Oder war noch etwas anderes in mir abgetötet worden und mit ihm gestorben? Etwas, das lange mein Wesen ausgemacht und sich jetzt unmerklich überlebt hatte?

»Der Kreislauf des Skarabäus hat sich geschlossen und damit seine Wirklichkeit aufgelöst«, sagte ich, »ich fühle mich so leer, weil nun etwas Neues beginnt, das noch so klein ist, daß ich es nicht erkenne. Es wächst in mir heran und verbrennt restlos das Alte.«

»Du redest komisch«, sagte Saaptet. Sie schaute mich prüfend an, in ihrem Blick lag Skepsis, ein wenig Befremdnis und Belustigung.

»Erzähl mir lieber eine andere Geschichte, zum Beispiel die, wie du bei der Königin von Saba reiten gelernt hast. Wie hieß noch dein Pferd?«

»Samsara«, antwortete ich und wiederholte zum unzähligsten Mal für das Kind die alte Geschichte.

Etwas hatte sich in mir verändert, und dieser fortschreitende Wandel hielt unvermindert an. Er bestimmte mein Denken und Handeln, wirkte bis in die Träume hinein und oftmals aus ihnen heraus, machte mich unruhig und rastlos. Ranut bemerkte es und sprach wohl auch mit Imhotep darüber. Eines Tages jedenfalls, als wir zu dritt bei der Behandlung eines Kranken waren und zufrieden sein Lager verließen, weil an ihm deutliche Spuren der Heilung zu erkennen waren, zogen sie mich beiseite. Wir gingen zum heiligen See, setzten uns ans Ufer und sahen wie in alten Zeiten den schlummernden Ibissen zu, von denen wir einst so viel gelernt hatten.

»Es ist lange her, aber noch so gut in Erinnerung geblieben, als sei es erst gestern gewesen, daß du zu diesem Platz kamst«, eröffnete Imhotep das Gespräch. »Du bist ein guter Schüler gewesen und hast viel damit erreicht. Widersprich mir jetzt nicht, Hem-On. Es entgeht mir nicht, daß du Sorge trägst, eine schwere Last, die dir niemand abnehmen kann. Und ich weiß auch, daß meine Ratschläge nicht oft nützlich waren, am wenigsten würden sie dir im Augenblick helfen . . . So betrachte diese meine Worte bitte nicht als Belehrung. Die Zeit des Unterrichts bei mir ist vorbei: Alles, was ich dir geben konnte, habe ich dir, glaube ich, gesagt. Nimm mich daher als Freund, nicht mehr als Lehrer: Du weißt, daß ich Berater des Pharao bin und es in meiner Macht steht, die Geschicke des Landes mitzubestimmen. Lehre, Forschung, Kunst und Diplomatie sind die Zukunft Ägyptens. Praktische Lehre, wie sie im Haus des Lebens geschieht, als Medizin für die Menschen. Neugierige Forschung, wie sie nun der Pferdeaufzucht gewidmet wird. Kunst in der Architektur – bedenke, daß wir in Sakkara erstmals bisher unbekannte Baumaterialien benutzen und erproben. Jede neue Form ist eine Art, mit den Möglichkeiten zu spielen, die im Wesen eines Baustoffs liegen. Ein Haus ist ein Haus und eine Pyramide ist eine Pyramide...

Es ist bedauerlich, daß du nicht ein Baumeister wie dein Vater Nasar wurdest, oder wie dein Großvater Mazdanuzi, der von der Insel zu uns kam. Ein Schreiber und Diplomat bist du statt dessen geworden, einer, der in diesen beiden Bereichen viel bewegt und bewirkt hat. Ich könnte dir den Posten eines hohen Beamten im Dienste des Königs anbieten, der reichlich Ehre und Einkommen bringt, vielleicht ein weißes Landhaus am Rande von Memphis, wo du residierst wie ein Fürst und den Rest deines Lebens der Niederschrift wichtiger Ereignisse widmest. Pharao Djoser hegt zum Beispiel den Gedanken, eine große Bibliothek anzulegen, die das gesamte Wissen unserer Zeit birgt. Viel Papyrus ist dafür bereitgestellt worden, und Hunderte von Schreibern wurden hinzugezogen. Du könntest den Nubischen Feldzug und den gegen Assur beschreiben, die Steinbrucharbeiten in Syene und den Pyramidenbau von Sakkara. Auch eine genaue Darstellung der Weihrauchstraße in Asir wäre von Bedeutung, die Aufstellung aller Pflanzen und Tiere dort, denn der Pharao ist ein wißbegieriger Mann, der viel noch in seinem Leben erlernen will, um es an sein Volk weitergeben zu können...

Wie steht es aber mit dir selbst, Hem-On, was willst du noch erfahren und lernen? Ich persönlich, und Ranut sicher auch, würden es begrüßen, wenn du bei uns im Haus des Lebens bleibst wie ein Sohn, ein Freund unserer Tochter Saaptet. Aber du, der du mit offenen Augen träumst, wirst nicht glücklich werden hier in Sakkara, denn du bist voller Unruhe und Sorge. Wie ein leeres Gefäß fühlst du dich, und dieser Zustand macht dich unzufrieden, die Unrast treibt dich davon, und du weißt nur noch nicht wohin. Ein Feuer hat in dir zu brennen begonnen und breitet sich aus. Die Umgebung wird dir zu eng, schon brennt das Nest des Phönix. Der Phönix, der Traumvogel, sitzt in den Flammen und sieht sein Haus brennen, schon brennt er selbst – wer sollte da löschen? Wenn Feuer und Hitze am größten werden, fallen die lähmenden Fesseln ab, dann beginnt der Phönix zu fliegen.

Wehre dich nicht dagegen, Hem-On, wenn die Stunde kommt, in der der Flug des Phönix beginnt. Er wird dich zu deiner eigentlichen Heimat und zum Ort deiner Bestimmung bringen. Hast du nicht dein ganzes Leben lang darüber nachgedacht, was Echnefer, deine Mutter, einst sagte: mit Mazdanuzi beginnt unser Geheimnis? Wolltest du nicht alles über deinen Großvater erfahren und über jene Insel, die man Melite nennt, was *Nabel der Welt* bedeutet? Aber dies ist nur die eine Hälfte der Bedeutung. Die andere lautet: *Zuflucht finden*. Kannst du dieses Wort in dieser Stunde begreifen?

Also höre, da du ein leeres Gefäß zu sein glaubst, auf den Ruf deiner inneren Stimme. Was beschäftigt dich wirklich? Sind es nicht vor allem drei Fragen, nach deren Lösung es dich drängt: Was war in der Vergangenheit, was ist heute und was wird in der Zukunft sein? Nur wer die Vergangenheit kennt, erlebt die Gegenwart wirklich und ist für die Zukunft bereit. Was war, was ist und was wird sein auf Melite, am *Nabel der Welt*? Du merkst, daß diese Fragen nicht nur von allgemeiner Bedeutung für die Menschen sind, sondern speziell auch für dich. Am *Nabel der Welt* laufen alle Fäden zusammen, nur dort kann das Geheimnis gelüftet werden, können die Götter für einen Augenblick den Schleier von der Welt heben ...

Warum zögerst du also eigentlich noch, Hem-On, nach Melite zu fahren, auf jene Insel im nördlichen Meer, von der einst alles Wissen kam? Du mußt dein Nest verbrennen, Hem-On, denn du stammst nicht von hier, du bist kein Ägypter. Du hast es immer gewußt und gefühlt, besonders wenn du mit Menschen zusammentrafst, die deine Sehnsucht verstanden: mit mir, mit Ranut, mit Pharao Djoser – und vielleicht gehörte auch Mago zu uns. Wir, die *Gefolgschaft des Horus*, wir bleiben hier, weil es unsere Pflicht ist, die heilige Maat, die große, alles umfassende Ordnung zu erhalten. Du aber bist frei, du kannst ziehen, die Arme ausbreiten und fliegen. Wußtest du eigentlich, daß du fliegen kannst, Hem-On? Mit deinem Herzen bist du mit den Ibissen geflogen und ihnen bis Sakkara gefolgt, ein Horus warst du im Süden, gehörtest seiner Gefolgschaft an bis zum Ende. Ein Skarabäus lehrte dich, nach Osten und Westen zu fliegen, aufzusteigen und zu fallen, bis der Kreislauf von Geist und Körper sich schließt. Nun wartet die Seele des Phönix.

Wir beneiden dich, Hem-On! Als einziger von uns wirst du nach Norden fliegen und die Insel unserer Vorfahren betreten. Wie wenig wissen wir alle von ihr! Berichte uns davon, wenn du kannst. Betrachte dich als Botschafter mit einem ganz besonderen Auftrag, denn es geht um nichts weniger und nichts mehr, als die letzten Fragen der Menschheit zu klären. Diese Aufgabe ist groß, mein Sohn, aber du bist ihr gewachsen. Selbst wenn von dir kein Bericht zu uns kommt, weil du keine Gelegenheit hast, ihn abzusenden, so erhoffe ich Erkenntnis für dich an unser aller Statt.

Es wird eine beschwerliche Reise werden, wenn du sie antrittst. Wie ich General Schu kenne, wird er alles tun, um dich gut auszustatten: mit einem seetüchtigen Schiff und einer zuverlässigen Mannschaft sowie einem Kapitän, der sich auf den Meeren auskennt. Wir haben schon lange keine Nachricht mehr von Melite erhalten, weil keine Schiffe mehr von dort unsere Küste anlaufen, und nur sie kannten den Weg übers Meer. Es heißt für dich also, den vergessenen Weg wiederzufinden, die Insel neu zu entdecken und die Verbindung nach dort neu zu knüpfen. Sage, Hem-On, willst du Mazdanuzis Geheimnis lösen?«

Imhotep hatte lange gesprochen, nun schwieg er und schien wie die Ibisse am heiligen See eingeschlummert zu sein. Ranut saß neben ihm, ihre rechte Hand ruhte auf seinem Knie. Imhotep sah mich nicht an, sondern blickte weit über die Wüste hin, die uns wie ein schlafendes Meer umgab, wie gelbe, in der Bewegung erstarrte Wogen. Ihr Gesicht war warm und schön, es atmete die Weite. Von fern her drangen die Schreie von Eseln, die Zikaden im grünen Gürtel um Memphis schrillten bis zu uns herüber, und der Wind, der stetig über den Sand strich, variierte ihren Gesang, ließ ihn laut anschwellen und verstummen wie Ebbe und Flut. Ich sah die weißen Mauern der Hauptstadt, den Flug der Schwalben wie Segel im himmlischen Meer. Nur kein Phönix war darunter, der große Vogel brannte in seinem Nest vor Sehnsucht, mit ihnen zu fliegen.

»Ich bin bereit«, sagte ich.

Der große Vogel erhob sich, der Flug des Phönix begann.

»Bevor ich Ägypten verließ, besuchte ich noch einmal im Geist den Tempel der Isis in jener Hauptstadt, deren Namen ich inzwischen vergessen habe, du weißt schon, Xelida: wo meine Reise nach Asir begann und ich auf die drei ungewohnten Gesichter der Göttin traf, deren eines schwarzhäutig war. Ich tastete mich durch das staubige, halb zerfallene Gemäuer und fand schließlich die Darstellung der drei Gesichter – ein junges wie der zunehmende Mond, ein wie der Vollmond reifes, und das schwarze, die verhüllte Isis. Und plötzlich erkannte ich, daß sie tatsächlich die drei unterschiedlichen Mondphasen zeigen sollten, jedes für sich war nur ein Teil der großen Gesamtschau, und ich wußte im gleichen Moment, warum mich die Bilder so berührten: Mari hatte mit der jungen eine Ähnlichkeit besessen, die schöne Umbala war wie der reife Mond, die dritte aber erinnerte mich an Prinzessin Neisade. Es waren nicht die äußeren Übereinstimmungen, die mich dies erkennen ließen, denn die Gesichter der Isis im Tempel sahen anders aus. Es war eher eine innere Übereinstimmung, und diese Erkenntnis berührte mich tief.

Als ich weiter darüber nachsann, kam mir der Gedanke, daß es dann auch eines geben mußte, was der Gesamtschau nahekommt, eines, das alle drei Bilder verbindet, das wahre Gesicht der Isis ...«

Ich stocke, als ich sehe, wie wissend Xelida lächelt. Was erzähle ich ihr da, da ich doch weiß, daß sie selbst eine Isispriesterin ist und auf der Insel lange in ihrem Heiligtum gedient hat? Von hier aus, von Melite, stammt schließlich der Glaube, er wurde mit Osiris nach Ägypten gebracht. Bringe ich bereits die Zeiten und Welten durcheinander? Ich mische die Farbe mit der fettigen Ziegenmilch und streiche die rote Paste vorsichtig über das Relief des Tempeleingangs. Andächtig widme ich mich dieser Tätigkeit und achte darauf, *alles genau und richtig zu machen. Es ist eine angenehme Arbeit, eigentlich eine Meditation. Dabei denke ich nach ...*

Jetzt, da ich alt bin, habe ich reichlich Zeit zum Denken und Schreiben. Das habe ich zwar schon immer getan, aber noch nie so wie jetzt. Wenn ich es früher tat, nahm ich es sehr wichtig und glaubte stets, es für die Ewigkeit zu tun.

Jetzt, da ich die Ewigkeit kenne und fast schon in ihr bin, tue ich es nur noch für den Augenblick. Etwas in mir hat sich befreit, befreit von der Maat, von Ordnung, Ehrgeiz und Pflicht, von allem Aufgesetzten und Falschen. Es geht mir um die Wahrheit, die niemals starr, sondern fließend ist, nie für immer, sondern einfach nur für jetzt.

Was hatte ich gerade erzählt? Ach ja, ich sprach über die drei Bilder der Isis, und ich dachte dabei, daß mir Xelida nun das wahre Gesicht der Isis zeigt. In ihr vereinigen sich die Gegensätze, ohne mir zu schaden, ohne mich zu verbrennen oder mich erfrieren zu lassen. Xelida ist über die Halbheit hinaus, sie ist die Liebe, die alles vereinigt, sie ist das Leben. Kann man das Leben besitzen? Nein, man kann nur mit ihm sein. Xelida ist wie der Atem des Meeres, das auch immer da ist, kommt und sich zurückzieht, als wolle es für immer verschwinden. Und doch bleibt es stets das gleiche Meer.

»Du träumst«, sagt Xelida zärtlich zu mir.

»Nein, Xelida, ich träume nicht, auch wenn meine Gedanken mitunter abschweifen. Hier und mit dir habe ich endlich die Wirklichkeit gefunden, die alle Fragen ausreichend klärt. Ich bin glücklich auf dieser Insel, die die Heimat meiner Vorfahren und nun auch meine ist. Ich liebe dich.«

»Ich liebe dich auch«, sagt Xelida und hält einen Moment lang mit ihrer Arbeit inne, um mir in die Augen zu schauen. Ihr Blick streichelt mich. Zeitlos jung ist sie, die schönste Verkörperung Isis auf Erden, die ich mir vorstellen kann.

»Wie alt ist dieser Tempel?« frage ich Xelida.

»Dein Großvater Mazdanuzi hat ihn erneuert und ausgebaut zu seiner heutigen Form, aber die Anfänge liegen mehr als tausend Jahre zurück, als die Menschen noch imstande waren, die großen Steinblöcke zu bewegen. Roh und urzeitlich sahen sie aus, wie das

Spielzeug von Riesen, bis der Geist feiner wurde und die Rauhheit des Steins zu glätten begann mit Wasser und Sand.«

»Und was genau hat mein Großvater getan?«

»Mazdanuzi nahm von der glatten Fläche die Schärfe«, sagt Xelida und unterstreicht ihre Antwort, indem sie auf das gleichmäßige Punktmuster deutet, das wir soeben mit roter Farbe auffrischen. Höhlung um Höhlung ist hier in den weichen Kalkstein gebohrt, der einst aus lebenden Muscheln wuchs.

»Das Vorbild dafür entlieh er den Korallenstöcken vor der Küste – du hast sie beim Tauchen gesehen – und den Waben der wilden Bienen. Unsere Tempelwände sehen wie ihre durchlöcherte Oberfläche aus. Mazdanuzi hat die Kraft der Natur in die Bauten geholt und sie dadurch geschmückt. Er war ein großer Künstler und Architekt.«

»Ich glaube, Imhotep hat viel von ihm gelernt«, sage ich nachdenklich. Ich will den Ruhm meines Meisters nicht schmälern, muß aber doch zugeben, daß seine Bauten und selbst die große Pyramide in nichts mit unseren Tempeln wetteifern können. Ägyptens Wunder sind Experimente, spielerische Abwandlungen der ursprünglichen Form, wie jeder Baumeister zunächst versucht, die strengen Vorgaben seines Lehrers zu überwinden und durch Neues zu ersetzen.

»Und du hast viel von Imhotep gelernt, ohne selbst ein Baumeister zu werden.«

»Ach, was tue ich schon ...«

»Du erfüllst die alten Werke mit jungem Geist und versuchst, die Erkenntnis für die Zukunft zu retten«, sagt Xelida.

Ich blicke auf meine Hände, die vom Pigment rot gefärbt sind, sehe, daß ich mit ihnen der Haut des Gesteins neue Lebenskraft bringe. Der rote Sand ist das Blut unserer Mutter Erde. Indem ich den Tempel der großen Mutter damit schmücke, gebe ich ihr die Stärke zurück. Wenn ein Bild wirken soll, muß es regelmäßig aufgefrischt werden, aber nicht nur Arbeit ist dabei wichtig, sondern die Art der Gedanken dessen, der sie ausführt.

»Ist es nur ein Versuch, Xelida?« frage ich zaghaft. »Gibt es noch eine Rettung?«

»Du bist ein Narr und Weiser zugleich«, antwortet sie mit ihrem unwiderstehlichen Lachen. »Dies ist kein Widerspruch, denn nur

ein wirklicher Narr kann ein Weiser sein und ein wirklicher Weiser ein Narr. Du fragst nach Antworten, die du bereits kennst. Alle Antworten liegen schon in dir. Es ist so einfach, aus sich selbst heraus die Wahrheit zu schöpfen. Und eine Rettung gibt es nur, wenn die Notwendigkeit dafür am dringlichsten ist.«

General Schu stellte mir die *Soptet* zur Verfügung, einen schlanken Segler mit dreißig Mann Besatzung. Ich nahm den Namen als gutes Omen, denn bekanntlich stand das jährliche Auftauchen des Soptet-Sterns am nächtlichen Himmel mit meiner Geburtsstunde in Verbindung. Im Hafen von Memphis begutachtete ich das Schiff.

»Es handelt sich um eine erfahrene Mannschaft«, sagte General Schu. »Der Kapitän ist bereits dreimal nach Kreta gesegelt und mehrmals zu der Zypresseninsel, mit der wir einen lebhaften und einträglichen Handel betreiben. Er heißt Sechsemet. Dort drüben an der Kaimauer steht er und verhandelt gerade mit den Gemüsehändlern. Komm, ich stelle ihn dir vor.«

Auf General Schu war Verlaß. Im Gegensatz zu Nebka, der nach dem verhinderten Raub der Statuen von Arbela schlecht auf Imhotep zu sprechen war und diese unverhohlene Abneigung auch auf mich übertragen hatte, hatte General Schu die gemeinsamen Feldzüge nicht vergessen und war mir ein wirklicher Freund.

Ich kam mit Sechsemet ins Gespräch und fragte ihn nach der Insel.

»Melite ...«, sagte er, »... der genaue Weg ist in Vergessenheit geraten. Ich weiß nur, daß der Kurs vom Delta aus links entlang der libyschen Küste führt. Dann folgt ein Kap, das man nicht übersehen kann. Die Phönizier sollen dort einen Stützpunkt haben. Wir können sie aufsuchen und bei ihnen frisches Trinkwasser und Nahrungsmittel eintauschen. Vielleicht finden wir dort auch einen Lotsen, der uns durch die schwierige See nach Norden leiten kann, wo die Insel irgendwo liegen soll.«

»Wie kam es zu diesem Vergessen?« fragte ich. »Blühte nicht früher ein lebhafter Handel zwischen dem Reich und Melite?«

»Das ist schon richtig«, bestätigte der Kapitän, »aber es ist lange her. Außerdem war es immer eine einseitige Beziehung. Stets kamen die Schiffe von dort, nie aber besuchten wir sie, weil unsere Seekenntnisse dafür nicht ausreichten. Irgendwann, aus einem Grund, den ich nicht kenne, kam der Handel zum Erliegen.«

»Und ist die Nautik heute besser?«

Sechsemet kratzte sich am Kopf. »Nicht unbedingt«, sagte er, »es gibt wenig Männer, die sich das Wagnis zutrauen.«

»Du bist einer von ihnen?«

»Hm, sagen wir so: Ich lebe seit Kindesbeinen an auf den Planken von Schiffen, ich bin mit der Wildheit des Wassers aufgewachsen und fürchte die Dämonen des Meeres nicht.«

»Dann bist du der richtige Mann für unser Unternehmen.«

General Schu lächelte stumm. Er hatte vorausgesehen, daß wir uns gut verstehen würden.

Genau am 23. Juli, an meinem Geburtstag, der zugleich Namenstag des Schiffes war, stachen wir von Memphis aus in See. Es war ein strahlender Morgen, als die *Soptet* den Anker lichtete, die Leinen losmachte und bei geringem Gegenwind mit der Strömung ins Delta trieb. Überaus fruchtbar lag das flache Land der Nilufer vor uns, größer und zahlreicher wurden die Dörfer. Manche Gebiete mit ihren verästelten Flußläufen und Kanälen und der üppigen Vegetation erinnerten mich an meine frühe Kindheit auf der Sumpfinsel im Fayum. Allmählich rückten die Ufer jedoch auseinander, majestätisch breit wurde der Nil und mündete schließlich im Meer.

Wir hielten uns dicht an der Küste. Einen Tag lang und die Hälfte des zweiten fuhren wir in Sichtweite des Reiches, dann hörten die Ansiedlungen auf und die libysche Wüste begann.

Eine volle Woche lang begegneten wir, von kleineren Fischerbooten abgesehen, keinem anderen Schiff. Die See war ruhig, auch nachts. Dennoch zog es Sechsemet vor, gegen Abend stets einen sicheren Ankerplatz aufzusuchen. Manchmal kamen uns am Morgen die Fischer entgegen, umkreisten uns mit ihren Nachen und boten den frischen Fang zum Tausch gegen Stoffe und Werkzeug an. Wir litten also keinen Hunger, zumal ausreichend Obst und Gemüse an Bord war, Bier, Wein und Trinkwassser, außerdem Öl und Getreidemehl, um an Land Brot zu backen.

Wie der Kapitän vorausgesagt hatte, tauchte irgendwann das Kap auf. Auf dem Hügel über der Bucht thronte wie eine Festung die Stadt der Phönizier, von deren Flotte unterwegs bei der Mannschaft schon des öfteren respektvoll die Rede gewesen war. Mutige Seeleute sollten sie sein, ihre Schiffe bereisten von hier aus die Küsten des Meeres bis weit nach Osten hin, bis zur Purpurküste des Libanon, von der sie einst aufgebrochen waren. Auch den unbekannten Westen besegelten sie, die ganze endlose afrikanische Küste entlang bis zu den Inseln jenseits des Meeres.

Bei der Einfahrt in die Bucht konnten wir mehrere ihrer Schiffe bewundern, die dort windsicher vor Anker lagen. Sie ähnelten mehr noch als die *Soptet* den alten Langschiffen der Vorfahren, die in Sakkara beigesetzt waren. Von den Phöniziern erhofften wir Auskunft über den weiteren Reiseweg zu erhalten. Wer sonst, wenn nicht sie, würde sie geben können? Allerdings stellten sich beim ersten Kontakt erhebliche Schwierigkeiten mit der Sprache heraus.

Kapitän Sechsemet beschloß daher, mit einer Abordnung, der ich mich gerne anschloß, an Land zu gehen und der Stadt einen Besuch abzustatten. Es hieß, es gäbe Menschen dort, die unsere Sprache verstünden, ebenso Lotsen für unsere Zwecke. Außerdem war es nach der langen Seereise eine willkommene Abwechslung für uns. Wir trafen tatsächlich Menschen, die des Ägyptischen mächtig waren und erfuhren von ihnen, daß die Stadt Karthago hieß, was Neustadt bedeutete und auf die alte Hauptstadt im Libanon hinwies, aus der sie einst ausgewandert waren, um hier im Westen eine neue Heimat zu finden. Zwei Seemänner fanden sich, die bereit waren, als Lotsen auf unser Schiff zu gehen, obgleich sie eine erhebliche Bezahlung forderten, denn von Karthago aus wurde Melite wegen der Gefahren des Meeres seit langem nicht mehr angesteuert. Der ganze Erdkreis schien den Weg zum *Nabel der Welt* vergessen zu haben.

Unser Kapitän tauschte noch einmal mit den Einheimischen Waren gegen Verpflegung für uns und vergaß nicht, der Hafenmeisterei ein ansprechendes Geschenk zu machen. Zwei Tage später holte die *Soptet* den Anker ein. Erneut stachen wir in See, diesmal in nördlicher Richtung mit Kurs aufs offene Meer.

Hatten wir zunächst günstigen Wind, der uns zügig vorantrieb, so schlug das Wetter im Laufe des Tages um. Der Himmel verdüsterte sich vor der Zeit, schwarze Wolken verschluckten die Sonne, Sturm kam uns entgegen und wühlte das Meer auf. Die Mannschaft fluchte, denn immer schwerer wurde es nun, gegen die Strömung anzusteuern. Eine plötzliche Bö sprang das Schiff an und zerfetzte einen Teil des Segels sowie das Kajütdach. Nun begann auch der Kapitän zu fluchen. Er, der bisher die Ruhe selbst gewesen war, schrie nun die Matrosen an, weil sie seiner Meinung nach nicht schnell genug reagiert hatten. Er benutzte sehr grobe Schimpfwörter, darunter solche, die unsere beiden Lotsen in Aufregung versetzten.

»Er lästert den Göttern, er bringt die Geister des Meeres gegen uns auf!« riefen sie und waren durch nichts von dieser Meinung mehr abzubringen.

»Wenn ihr beiden Halunken nicht sofort eure Schandmäuler haltet, lasse ich euch über Bord werfen, dann könnt ihr nach Karthago zurückschwimmen!« drohte Sechsemet zornig an, worauf die Lotsen sich in einen Winkel des Schiffes zurückzogen und beleidigt schwiegen.

Sehr schwer war die See, Woge um Woge stürmte über die Reling, während der schwarze Himmel zu wüten begann. Ein Gewitter brach los, teilte sich in zwei Fronten, die blitzend und donnernd direkt über uns um die Vorherrschaft rangen. Die ganze Urgewalt der Elemente war losgelassen, brüllte und schrie, so daß uns immer banger wurde. Nie hatten wir in Ägypten ein solches Wetter erlebt, auch das, was ich aus den Bergen von Asir kannte, war harmlos im Vergleich zu dem schrecklichen Unwetter hier. Alle Geister und Dämonen schienen miteinander im Kampfe zu liegen, und wir, die wir ohne eigene Schuld in den gigantischen Wettstreit geraten waren, tanzten wie eine Nußschale auf der kochenden, brodelnden See. Über uns aber zerplatzte und barst ein zürnender Himmel, prallten schwere Wolkenmassen aufeinander, versandten die Götter mit ihren Schleudern grell zuckende Blitze.

Wieder ging ein Brecher über Bord, ein gellender Schrei verriet, daß einer der Matrosen mitgerissen worden war. Wir konnten ihm nicht helfen. Angstvoll klammerte ich mich am Mastbaum fest. Jetzt zerriß auch noch das Hauptsegel, ein Tau klatschte herunter, traf einen weiteren Mann und fegte ihn von den Planken. Dicht neben mir hörte ich klagendes Gestammel. Als ein Blitz die Schwärze zerriß, sah ich, daß es die beiden Lotsen waren. Sie hockten am Boden, reckten die Arme und schickten Gebete gen Himmel.

»Das Schiff ist verflucht«, jammerte einer von ihnen, »die Götter zürnen uns und senden ihre Strafe, keiner von uns wird die Nacht überleben . . .« Das Heulen des Sturms verschluckte seine weiteren Worte. Unsere Lage war verzweifelt, zumal ich plötzlich auch Kapitän Sechsemet nicht mehr sah. Hatte ihn das Meer an sich gerissen? Steuerlos trieben wir in pechschwarzer Nacht dahin, die nur für Sekunden von Blitzen aufgehellt wurde. Wir waren verloren.

»Gütige Isis, hilf mir!« rief ich. Mir wurde bewußt, daß sich jetzt mein Schicksal entschied. Wieder überspülte mich eine Welle. Ich hörte den Mast krachend brechen, sprang beiseite und bekam eine Planke der Bordwand zu fassen. Neben mir ging der Mastbaum pfeifend nieder und klatschte ins Wasser. Die Reling zerbrach unter dem Aufprall, ich wurde mit ihr ins Meer geschleudert. Ein Gurgeln hörte ich hinter mir, verzweifelte Schreie von Menschen, dann wurde alles vom Donner überdeckt. Ich schwamm, bekam ein Stück Holz zu packen, hielt mich daran fest. Es war eine der Planken, und sie war groß genug, daß sie mich tragen konnte. Immer wieder überspülten mich wütende Wellen und rissen an mir. Schließlich war es geschafft. Ich lag auf dem Holz, trieb mit ihm über tanzende Wellenberge. Es war Nacht, endlose Nacht . . .

Ringsum Dunkelheit, ein Himmel ohne Sterne. Was gab mir die Kraft, mich an der Planke festzuhalten und mich dem treibenden Holz auszuliefern? War es Hoffnung oder der verzweifelte Wille zu überleben? Kälte durchzog meine Glieder, kroch bis in den innersten Winkel meines Körpers. Ich wurde steif, krallte mich fest, fühlte mich bald selbst wie ein Stück lebloses Holz, das ziellos im Meer als Spielzeug der Wellen dahintrieb. Wo war Soptet, mein Stern, warum leuchtete er nicht? Lief mein Leben dem Ende zu? Ich war völlig erschöpft, ein Schlaf in der Nähe des Todes überfiel mich.

Ich wurde wach, ohne zu vollem Bewußtsein zu gelangen. Narrten mich meine überreizten Sinne, daß ich ein Licht über dem Wasser sah? Milchig glänzte das Meer, begann an der Oberfläche zu glitzern. Langsam mich aufrichtend wurde mir klar, daß sich der Sturm gelegt hatte. Die See war jetzt glatt, nur in leichter Bewegung. Das Holz schwankte sacht, das Wasser schien mich in den Schlaf wiegen zu wollen. Sehr stark wurde in mir das Gefühl, einfach loszulassen. Schon lösten sich gegen meinen Willen die krallenden Finger vom Holz. Ich kämpfte dagegen an, reckte erneut den Kopf übers Wasser.

Das Licht war jetzt überall, eine dünnhäutige, kaum wahrnehmbare Schicht über dem feuchten Element. Und es veränderte allmählich seine Farbe: vom Milchgrau zu Silber, von innen her wärmer werdend, nun bekam es einen Stich Gelb, wurde golden, dann rötlich. Die Sonne ging auf. Noch gab es Wolken am Himmel, die ihrer aufkommenden Kraft entgegenstanden, ein Dunstschleier lag über der See, der alle Konturen verwischte. Und all dies vollzog sich unglaublich langsam, es wurde der längste Sonnenaufgang meines Lebens.

Jetzt sah ich den Himmel klarer, ein Gemälde von fast schmerzlicher Schönheit. Gigantische Wolkenmassen ballten sich zu Formen zusammen, die sich ständig veränderten, von hoch auftürmenden Bergrücken zu langgestreckten Tierkörpern, Gesichtern, gläsernen Städten, sich aufwölbenden Inseln, zu Göttern, Menschen und Dämonenfratzen. Der Wind, der in höhere Schichten aufgestiegen zu sein schien, spielte mit ihnen alle nur vorstellbaren Wandlungen durch, franste sie aus, riß sie auseinander, löste sie auf und trieb sie erneut zu ganz anderen Formen zusammen.

Ich schrak vom Schrei eines Seevogels hoch. Dicht über mir glitt ein Schatten dahin, mächtige, weit ausgespannte Flügel wie ein treibendes Segel am Himmel. Der Vogel wandte sich suchend um, zog eine Schleife, kam tiefer fliegend zurück. Ich sah sein weiß und schwarz geflecktes Gefieder, den gelben, gekrümmten Schnabel, sein kreisrundes Auge.

Dann nahm ich eine Veränderung im Wasser wahr, die mich erschreckte: Aus der konfusen Dunkelheit der Wellen ragten plötzlich schwarze Dreiecke auf, die Rückenflossen mächtiger Tiere. Ich hatte von Haien, Delphinen, Tümmlern und Walen gehört, ohne diese großen Fische jemals zu Gesicht bekommen zu haben. Unwillkürlich zog ich die Beine an, rutschte weiter auf die Planke hinauf. Die Rückenflossen umkreisten mich.

Betrachteten sie mich als Freund oder Feind, als Beute, Spielzeug oder Fremdkörper in ihrem gewohnten Lebensraum?

Jetzt tauchte dicht neben mir ein unförmiger Körper auf, größer, als ich je ein Wesen für möglich gehalten hatte. Allein sein Auge war so groß wie die Öffnung eines Kruges. Eine Linie an seinem Kopf ließ erkennen, daß sein Maul leicht nach oben gewölbt war. Es sah aus, als wenn das Tier über mich lachte.

Irgendwie beruhigte mich sein Anblick. Ruhe überkam mich. Auge in Auge mit dem gewaltigen Fisch trieb ich dahin. Er und einige seiner Artgenossen begleiteten mich eine Weile, dann verloren sie sichtlich das Interesse an mir und drehten ab. Aber danach war das Meer keineswegs ohne Leben. Ein Schwarm fliegender Fische, die ich zunächst für Vögel hielt, tauchte auf, umspielte mich. Hoch sprangen sie aus der Flut, flogen über mich hinweg und landeten klatschend im Wasser.

Tiefblau war inzwischen der Himmel, weißgolden das Meer. Ich spürte eine Strömung, ohne indes sagen zu können, wohin sie mich zog und ob sie nicht doch nur eine Sinnestäuschung war. Ich fühlte Hunger und Durst, die Sonne verbrannte meine Haut, dick, salzig und aufgeplatzt waren meine Lippen.

Und dann plötzlich erschien vor mir am Horizont eine weiße Linie, die ihre Form behielt, je näher ich auf sie zutrieb. Über ihr lag ein strahlender Glanz, als wölbe sich das Licht dort zu einem Bogen. War das nur Einbildung, oder teilte sich das Band allmählich in weiße, rötliche und dunklere Streifen? Jetzt waren bereits Einzelheiten auszumachen – aufragende Klippen, Buchten, ein Streifen gischtquirligen Wassers – oder war das schon der weiße Sand eines Strandes?

Ich, der ich mehr das Gefühl verspürte, jenen seltsamen Fischen gleich dicht über der Wasseroberfläche dahinzufliegen als zu treiben, nahm nun meine Arme zu Hilfe, um die Planke rascher voranzubewegen, was eigentlich unnötig war, denn die stärker werdende Strömung führte mich direkt auf die Küste zu. Je näher ich dem Land kam, desto unruhiger wurde die Oberfläche des Wassers und das Rauschen der Brandung. Jetzt hob mich ein Wellenkamm hoch und warf mich in rasender Fahrt dem Ufer zu. Weißflockig quirlte die Schaumkrone auf, als die Woge in sich zusammenbrach. Das Wasser stürzte über mir zusammen, es schleuderte mich in die Tiefe, riß mich wieder hoch. Ich schnappte prustend nach Luft und umklammerte noch fester das Holz. Ein zweiter Wellenkamm baute sich unter mir auf, hob mich noch höher als der erste. Wie ein Vogel im Sturzflug schoß ich auf den weißen, alles vernichtenden Blitz zu, dachte ich noch. Dann schlug das Holz auf und wurde weit über Steine und Sand geschleudert. Ich verlor den Halt und flog kopfüber von der Planke. Ein stechender Schmerz raste über meine Haut, ich spürte harte Steine und die rauhe Oberfläche des Sandes. Ich krallte mich irgendwo fest, wurde wieder vom Wasser überspült und noch einmal ein beträchtliches Stück weitergeworfen. Dort blieb ich liegen, kroch auf allen Vieren weiter, brach kraftlos zusammen und verlor das Bewußtsein.

»Wie kam ich dir vor, als du mich in diesem Zustand fandest, Xelida?«

»Ich hatte auf dich gewartet. Ich bin einfach zum Strand zu dir hinuntergegangen.«

»Woher wußtest du Tag und Stunde?«

»Wie ich das meiste herausfinde: ich hatte es vorher geträumt. Du lagst da wie der erste Mensch am Tage der Schöpfung. Nackt und blutig und vereint mit dem Nabel der Welt. Ich hob dich auf, wusch und pflegte dich und nahm dich zum Mann.«

»Und dies alles hat dir der Traum deutlich gezeigt?«

»Ja, du warst der Grund meines Wartens. Nur um deinetwillen blieb ich als letzte auf der Insel, wie es das Orakel verlangte. Ich hoffe, du wirst es niemals bereuen, den Weg hierher zu mir gefunden zu haben.«

»Nein, Xelida, niemals. Ich weiß jetzt, daß dies der Sinn meines Lebens ist. All die Jahre zuvor, die Abenteuer und Prüfungen waren nur dazu da, diesen Sinn hier zur Vollendung zu führen.«

Wir haben nicht nur die Wände des Tempels, sondern auch das Innere des Labyrinths mit der allerheiligsten Farbe des Blutes rot bemalt, die Leben bedeutet und den körnigen Fels wie ein Wesen aus Fleisch und Blut aussehen läßt. Im warmen, ungewissen Licht der kleinen Öl- und Fettlampen erscheint das Labyrinth nun wie die innere Haut des ungeheuren Leibes der großen Erdmutter. Auch an den Decken der Säle haben wir die Zeichen und Ornamente aufgefrischt mit Spiralen, wuchernden Ranken, Wellenkreisen, Waben und Augenspiralen als Sinnbilder der über ihr Reich wachenden Herrin der Unterwelt.

Sorgfältig habe ich die Schlafmulden im Orakelraum gesäubert. Der ausgerundete Stein ist weich und glatt unter den Händen. Oft schon habe ich hier am besonderen Ort gelegen und geschlafen, um mir nachher meine Träume von Xelida deuten zu lassen, wie vor mir so viele Generationen von ratsuchenden Pilgern.

Meine Pilgerfahrt ist nun zu Ende, ich bin dort angekommen, wo Anfang und Ende identisch sind. Melite, das bedeutet für mich: Zuflucht finden am Nabel der Welt. Und ich habe die Frau gefunden, die das Schicksal für mich bestimmt hat – Xelida. Sie sitzt mir ge-

genüber und ist so schön, daß ich am liebsten aufstehen möchte, um ihr Gesicht in meine Hände zu nehmen und zu küssen. Aber ich wage nicht, das jetzt in diesem Augenblick zu tun, wo sie damit beschäftigt ist, die große Doppelspirale auszuschmücken und sie ein so feierlicher Ernst umgibt. Still und glücklich lächle ich vor mich hin. Ich denke an den Tag unserer ersten Begegnung ...

Als ich die Augen aufschlug, blendete mich das gleißende Licht der Sonne. Alles ringsum schien zu vibrieren und zu tanzen. Ich richtete mich vorsichtig auf und erblickte sie: eine schlanke junge Frau mit fließendem, schwarzen Haar beugte sich über mich. Sie trug nach Art der Isis-Priesterinnen ein weißes Gewand. Wunderschön war sie; ich versank in ihrem Anblick, besonders im Blick ihrer Augen, die unergründlich tief wie das Meer waren.

»Wer bist du?« fragte ich benommen. Einen Moment lang glaubte ich mich tot und hielt ihre Erscheinung für eine Lichtgestalt aus dem Jenseits.

»Xelida«, sagte sie mit einer Stimme, die mir seltsam vertraut vorkam. Es war, als spräche etwas in mir, das mir lange verborgen, aber sehr nah gewesen war.

»Willkommen auf Melite, Hem-On.«

Woher kannte sie meinen Namen? Ich war also am Ziel meiner Reise angekommen, hatte den Sturm, den Untergang des Schiffes, das lange Dahintreiben im Meer überstanden. Alles kam mir so unwirklich vor wie ein Traum.

»Wo sind die anderen?« fragte ich.

»Es gibt keine anderen außer uns«, antwortete sie. »Du bist der erste Mensch, der seit langer Zeit die Insel erreicht hat. Und ich lebe als Letzte hier, wie es das Orakel befahl.«

»Welches Orakel? Ich verstehe nicht...«

»Du wirst alles begreifen, wenn du erst länger hier bist und ich dir deine Träume gedeutet habe, du schöner Phönix.«

Wieder rührte sie mit ihren Worten eine Saite in mir an, die vertraut mitschwang. Aber mein Erstaunen sollte noch wachsen.

»Du siehst deinem Großvater Mazdanuzi ähnlich«, sagte sie.

»Du hast ihn gekannt?«

»Alle kannten ihn, man hat mir sein Aussehen oft beschrieben, damit ich dich sofort erkenne, wenn du eintriffst. Komm mit mir, ich werde dir die Geheimnisse zeigen, um derentwillen du aufgebrochen bist.«

Sie half mir auf, ich blickte mich verwirrt um. Die Holzplanke, die mir das Leben gerettet und mich angespült hatte, war verschwunden. Träumte ich alles nur? Aber da war der Strand aus feinem, weißen Sand, da ragten weiße und rötliche Klippen steil auf, da gab es einen Pfad hinauf, wo niedriges Buschwerk wuchs und man einen weiten Blick über die Insel hatte. Ich sah sanfte grüne Hügel und weiße Bauwerke, die aus gewaltigen Massen großer Steinblöcke bestanden. Aus dem Meer hoben sich die Rücken zweier kleinerer Inseln – später sollte ich erfahren, daß sie Ghaudex und Kemmuna hießen und daß man sie von Melite aus leicht mit einem Boot erreichen konnte.

Xelida führte mich wie ein Kind an der Hand über die Klippen, und ich ließ es geschehen, ich vertraute mich völlig dieser Frau an, als wären wir schon immer zusammengewesen. Wir gingen einen Weg durch einen Hain, der voller saftiger Früchte hing. Wir stiegen einen Hügel hinauf, durch ein Tal, in dem tausend bunte Schmetterlinge flatterten, als ob wir durch einen farbigen Regen schritten, und gingen schließlich auf einen mächtigen Tempel zu, der von vielen aus Trockenstein gefügten Häusern umgeben war. Wie staunte ich beim Anblick dieser eindrucksvollen Anlage, die die Bauwerke Ägyptens um ein Vielfaches an Größe und ausgewogener Proportion übertraf! Die Mauern des Tempels bestanden aus Kalksteinquadern, die so riesig waren, daß ich mich dagegen als winzig und unbedeutend empfand. Ohne Mörtel waren diese Steine verfugt, aber so präzise, als wären sie an Ort und Stelle füreinander zurechtgeschnitten worden. Wer war wohl imstande gewesen, dieses gewaltige Bauwerk zu errichten? Ich wünschte in diesem Moment meinen Meister Imhotep herbei, damit er alles mit eigenen Augen hätte ansehen können. Wahrscheinlich hätte es auch ihn, den vielbelesenen Weisen, erstaunt und andächtig gemacht.

Trotz der gigantischen Größe des Tempels waren alle Details mit vollendeter Eleganz ausgeführt. Die sanft geschwungene Fassade aus honigfarbenem Kalk wölbte sich hoch zum azurblauen Himmel. Je ein Paar mächtiger Steinquadrate rahmte das tiefe Tor. An beiden Seiten wurde die Front von riesigen Platten begrenzt. All das war fein bearbeitet und gut erhalten, nur die Riesensteine der Umfassungsmauer waren an der windgepeitschten Seeseite zu bizarren Figuren verwittert.

Obgleich ich noch immer erschöpft von den überstandenen Strapazen war, konnte ich mich an dieser kühnen Konstruktion nicht genug sattsehen. Mehrmals umrundete ich den Tempel, wagte aber noch nicht einzutreten. Xelida registrierte meine Neugier mit Lächeln.

»Laß dir Zeit, Hem-On«, sagte sie, »denn davon besitzt du nun reichlich. Oder bist du in Eile und planst bereits deine Rückfahrt?«

»Du scherzt. Womit sollte ich denn fahren?«

»Du könntest Bäume fällen und dir ein Schiff daraus bauen.«

Ich dachte kurz nach und schüttelte dann energisch den Kopf.

»Nein, ich bin endlich dort angekommen, wohin ich schon immer wollte. Niemals werde ich die Insel wieder verlassen.«

»Überleg es dir gut«, sagte Xelida.

Unwillkürlich hatte ich ihre Hände ergriffen und hielt sie.

»Da gibt es nichts mehr zu überlegen, mein Entschluß steht endgültig fest.«

»Du bist ein Mann von rascher Entscheidung«, antwortete sie und blickte mich prüfend an. Wieder versank ich im Meer ihrer Augen.

»Bedenke, daß die Zeit hier auf Melite nur äußerst langsam vergeht. Beschließe also nichts vorschnell, was du später einmal bereuen könntest.«

»Ich weiß nicht ...«

»Du weißt vieles noch nicht, Hem-On. Du kennst wahrscheinlich dich selbst noch nicht einmal richtig. Aber dieser Ort wird dir Gelegenheit geben, herauszufinden, wer du bist, woher du kommst und wohin du willst. Er wird dich vor allem auch lehren, daß Zeit viel mehr als nur eine Frage der Menge ist.«

Ich blickte sie an und nahm ihre erstaunliche Ausstrahlung wahr. In ihr war wirklich Weisheit und Ruhe, sie war der Schlüssel zu allen Rätseln meines bisherigen Lebens. In diesem Moment merkte ich, daß ich sie liebte, und diese plötzliche Erkenntnis machte mich befangen und schüchtern wie einen kleinen Jungen.

Behutsam löste Xelida ihre Hände aus den meinen. Noch immer standen wir uns gegenüber und sahen uns an.

»Du solltest ausruhen«, sagte sie, »komm, ich zeige dir einen guten Platz in einem der Häuser. Sie stehen alle leer, seit die Bevölkerung die Insel verlassen hat. Wenn du willst, kannst du jeden Tag ein anderes benutzen. Bis auf eines . . .« Sie zögerte weiterzusprechen.

»Und welches ist das?« fragte ich.

»Meines«, sagte sie schlicht und drehte sich um. Ein Stich ging mir durch die Brust, ohne daß ich hätte erklären können, warum. Ich folgte ihr mit gesenktem Kopf. Wirre Gedanken kreisten in meinem Kopf, doch seltsamerweise war ich ruhig dabei. Tief atmete ich die würzige Luft ein und genoß ihren erfrischenden Geschmack. Schon jetzt spürte ich, wie wohl mir die Insel tat. Alles würde sich klären, alles würde gut werden, dessen war ich gewiß. Ich war endlich in der Heimat angekommen.

»Wenn du wirklich von ganzem Herzen willst, daß ich deine Frau werden soll, so mußt du Geduld haben und den passenden Zeitpunkt abwarten«, sagte Xelida.

»Was bedeutet das, wann wird das sein?«

»Wenn dreimal drei Dinge geschehen sind und so ausfallen, wie es dem Orakel entspricht: drei Wünsche mußt du erfüllen, bevor du meine Zweifel besiegen kannst und mich zur Frau gewinnst.«

»Welche sind das?«

»Das kann ich dir nicht sagen, weil ich sie selbst noch nicht kenne. Aber wenn du wahrhaftig bist, wirst du sie aufspüren und meine Sehnsucht erfüllen, die zugleich meine Erlösung bedeutet. Diese drei Wünsche von mir herauszufinden, stellt die erste Aufgabe für dich dar. Die zweite ist, die Wünsche auch in der richtigen Weise zu erfüllen. Es kommt also auf deine Handlungen an.«

»Und worin besteht die dritte Aufgabe?«

»Dreimal im Labyrinth zu schlafen und zu träumen; und wenn ich dir die Träume deute, wird sich herausstellen, ob du der Mann für mich bist, den mir das Orakel beschrieb.«

»Du verlangst reichlich viel von mir«, sagte ich.

»Nein, ich verlange gar nichts«, gab Xelida zur Antwort. »Ich füge mich nur der Prophezeiung und warte ab, was geschieht. Zürne mir deshalb nicht, Hem-On. Bedenke: auch ich bin noch nicht frei und warte auf die Erlösung. Wenn du sie mir bringst, werde ich daran erkennen, daß unsere beiden Leben für immer zusammengehören.«

Ich dachte lange nach, blickte in Xelidas Augen und sah die Hoffnung darin.

»Ich will es versuchen«, sagte ich, »obgleich es schwer ist herauszufinden, was sich jemand wünscht, der diese Wünsche selbst noch nicht kennt. Kannst du mir nicht wenigstens als kleine Hilfe einen Hinweis geben, der mir die Suche erleichtert?«

»So ist es in der Natur von Anfang an: alles ist miteinander zutiefst verbunden. Also auch die dreimal drei Dinge, von denen ich spreche. Du brauchst nur auf deine Träume zu achten, besonders auf jene im Labyrinth, die von sehr großer Bedeutung sind. Wer nur den Tag als Realität nimmt und nach seinen Gegebenheiten lebt, träumt mit offenen Augen und lebt am Leben vorbei. So sind viele Menschen: geschäftig, ziellos und, obgleich sie stets angemessen zu handeln glauben, blind und mit schwachen Sinnen begabt. Wer aber auf die nächtlichen Träume achtet und ihre kraftvollen Bilder mit in den Tag hinübernimmt, der wird wach und sehend, der kommt zur Ganzheit des Seins.«

»Das klingt so leicht, als ob es ein Kinderspiel wäre, und doch hängt so viel davon ab. Ist es nicht gefährlich für mich, mich so dem Schicksal zu überlassen?«

»Was gibt es größeres als das Schicksal, Hem-On?« antwortete Xelida. »Aber man sollte es nie als Bedrohung empfinden, sondern – wie du schon sagtest – als Spiel. Und was ist das Wesen des Spiels – das Ende oder der Ablauf? Laß dich darauf ein mit dem Gemüt eines Kindes, so kannst du nie fehlen. Dann wird dir plötzlich der Weg als Ziel und das Gehen darauf als eine einzige Freude erscheinen. Das Volk von Melite nennt das ›Schreiten auf dem magischen Pfad‹, wie es auch jetzt aufgebrochen ist, um den alten Zauber wiederzufinden. Bist du nicht einer von uns, reizt es dich nicht, den einzig möglichen magischen Pfad für dich zu entdecken?«

Obgleich sie sich in Rätseln ausdrückte, verspürte ich doch die verborgene Klarheit in ihren Gedanken und daß etwas davon auch in mir war. Das Blut Mazdanuzis fing an, in mir mit leiser, noch nicht verständlicher Stimme zu sprechen. Ich mußte nur noch genauer in mich hineinzuhorchen lernen, um ihren Rat zu verstehen.

»Ich sehe, daß in dir langsam die Wandlung beginnt«, sagte Xelida. »Wenn du willst, werde ich bei all deinem Tun in deiner Nähe bleiben, um dir Kraft zu geben. Wenn du allerdings den Wunsch verspürst, lieber allein zu sein, so sage es mir, damit ich dein Erwachen nicht störe.«

»Ich liebe dich, Xelida«, sagte ich statt einer Antwort.

»Ich liebe dich auch. Und ich weiß, daß uns diese Liebe helfen wird.«

Gleißend vergoß sich die Sonne über dem Meer und begann orangerot in den Fluten zu versinken. Wir standen auf der Klippe und sahen dem Schauspiel zu. Auch ohne uns zu berühren waren wir einander näher als jemals zuvor.

Der erste Traum führte mich weit in die Vergangenheit zurück. Meine Erinnerung tauchte in Welten ein, die viele tausend Jahre vor meiner Zeit einmal gewesen waren.

Xelida hatte mich zum geheimen Ort geführt, wo sich hinter einem mächtigen, wie eine Tür bewegbaren Stein der Eingang zur Unterwelt befand. Sie ging mir voraus, mit einem Öllämpchen den Weg beleuchtend. Ich sah, daß eine Wendeltreppe in den weichen Kalk gehauen war, die zum Labyrinth führte. Auf ihr bewegten wir uns wie im Inneren eines Schneckenhauses hinab. Zunächst erreichten wir einen kreisrunden Saal, von dem aus verschiedene Gänge und Treppen weiterführten. Xelida wählte den rechts von uns liegenden Eingang. Nur kurz war der Weg, dann kamen wir in einen weiteren Rundsaal, der größer noch als der erste war. Hier entzündete Xelida mehrere Lampen in den Nischen, bis der Raum in angenehmes Halbdunkel getaucht war. Nun ließen sich auch die Einzelheiten besser erkennen. Der Fußboden und die Decke waren glatt, in der Mitte stand ein Dreifuß mit Räucherpfanne, davor eine steinerne Sitzbank. Die uns umrundende Wand wies zahlreiche Mulden auf, die so groß waren, daß ein Mensch bequem darin ruhen konnte.

Wir hatten seit unserem Eintritt ins Labyrinth nicht mehr gesprochen. Auch jetzt schwieg Xelida. Sie wies mich mit einer Handbewegung an, mich neben ihr auf der Sitzbank niederzulassen. Einem Lederbeutel, den sie umgehängt mitgeführt hatte, entnahm sie allerlei Utensilien, unter anderem eine kleine Tonfigur, die sie vorsichtig neben den Dreifuß setzte. Ich betrachtete die Figur genau. Sie stellte eine beinahe unförmig dickleibige Frau dar, die seitlich auf einer flachen Liege aus Holz und darübergespannten Bastmatten ruhte. Sie trug einen Rock und ein über der Brust geknotetes Tuch. Den rechten Arm hatte sie angewinkelt als Stütze unter den Kopf gelegt, ihre Augen waren geschlossen, ihr Gesichtsausdruck zeigte an, daß sie friedlich schlief.

Nun entnahm Xelida ihrem Beutel einige getrocknete Kräuter und legte sie in die Räucherpfanne. Nachdem sie darin Feuer entfacht hatte, warf sie weitere Pflanzenstengel und Samenkörner nach. Ein herber, angenehm duftender Geruch entfaltete sich im Raum. Wenn ich tief einatmete, spürte ich ihn meinen ganzen Körper durchströmen und wohltuend zum Kopf aufsteigen.

»So«, brach sie endlich das Schweigen, »wirf den Tag von dir ab, Hem-On, entspanne dich und lasse deinen Gedanken freien Lauf. Wenn du dich müde fühlst, suche dir eine der Mulden aus und lege dich dort nieder. Du wirst wahrscheinlich lange dort ruhen und den Schlaf genießen. Kümmere dich nicht um mich und was ich inzwischen tue, ich bleibe in deiner Nähe und werde dasein, wenn du morgen erwachst.«

Ich blieb noch eine Weile bei ihr am Räucherbecken sitzen, dann spürte ich große Müdigkeit aufsteigen. Ich stand auf, ging zu einer der Wandmulden hinüber und legte mich hinein. Der Stein war glatt geschliffen, fast weich und so ausgerundet, daß sich der Körper anschmiegen konnte. Kaum hatte ich die Augen geschlossen, fühlte ich mich nach Memphis zurückversetzt. Ich war wieder der junge Schüler im Tempel des Ptah und in der Obhut von Peti, meinem Lehrer. Gleich würde er kommen und mich das Holzkästchen öffnen heißen und die dunkle Kugel verzehren, die wie zusammengepreßter Dung aussah. Dann würden wir die dunklen Gänge entlanggehen bis zu jener Kammer, in der der Steinsarkophag stand, und ich würde mich hineinlegen, in einen todesähnlichen Schlaf verfallen und erst daraus aufgeweckt werden, wenn das Licht kam, das von Ptahs Geist ausgestrahlt wurde, und mit ihm die Erleuchtung.

Und dennoch stimmte der Vergleich mit Memphis nicht ganz. Kühl und hart war der Sarg dort gewesen, wo hingegen die Schlafmulde hier weich und warm war, fast wie der Leib eines lebendigen Wesens, wie der Schoß einer Mutter ...

Ich dachte an Echnefer zurück, ihre Güte und Zärtlichkeit, und ich hörte ihre Stimme ganz deutlich: »Mazdanuzi kam übers Meer nach Ägypten, und mit ihm beginnt unser Geheimnis ...«

Dann überdeckten der Klang von Wind und Wellen ihre Stimme, das Rauschen und Donnern und Zischen des Meeres. Endlos lief es heran, gischtweiß und sprudelnd, zog sich zurück, runde, rollende Kiesel mit sich reißend – das ewige Aus- und Einatmen des großen Wassers. Eine Insel gab es in diesem Meer, weitaus größer als Melite, Ägypten und Asir zusammen, ein gewaltiger Kontinent jenseits der bekannten Zonen der Welt. Älter als alles andere war Atlantis, die uralte Heimat, und bis dorthin reichte meine Erinnerung zurück.

Ich sah mich am Ufer des Meeres spielen und grünweiß gemaserte Steine sammeln, ein paar Krabben auch und seltsam geformte Muscheln, die den Atem der See in sich bargen. Wenn man sie sich ans Ohr hielt, brüllte das große Wasser, rauschte der Wind kraftvoll. Auf einigen von ihnen konnte man, wenn man ein zusätzliches Loch bohrte, wie auf einer Fanfare blasen. Die erwachsenen Männer benutzten sie oft als Signalhorn, und ich eiferte ihnen nach, um die Freunde auf einen besonders guten Fund aufmerksam zu machen, der am Strand angespült worden war.

»Es wird Zeit, Mazdanuzi«, rief meine Mutter von den Klippen herab, »gleich kommt Vater mit den anderen Männern vom Fischfang zurück. Du solltest ihnen helfen, das Boot an Land zu ziehen.«

Ja, ich war Mazdanuzi, der uralte Mazdanuzi, und ich war ein kleiner Junge, der herumtollte und sich die Seele aus dem Leib schrie und abends vor Müdigkeit umfiel und schlief wie ein Stein. So verlief mein Leben, ein glückliches Leben ohne Sorgen und übergroße Gefahr.

Und dann kam die Nacht, von der die Seher gesprochen hatten, von den alten Leuten ängstlich erwartet, von den Erwachsenen und auch von mir niemals für möglich gehalten: ein gewaltiger Stern fiel vom Himmel und traf unsere Insel, versetzte ihr einen Stoß, daß die Erde bebte und die Berge zu schwanken begannen. Zugleich brach Feuer aus den höchsten Gipfeln, siedende Lava floß zu den Städten und Dörfern herab und begrub alles Leben unter sich.

Schwarz von Asche und Rauch war der Himmel, die Luft wurde schwer zu atmen und giftig. Zugleich brach das Land auseinander, das Meer kochte und trat über die Ufer. Als das Wasser immer mehr anstieg, blieb den wenigen Überlebenden der Katastrophe nur noch die Flucht mit den verbliebenen Schiffen.

Ich, Mazdanuzi, saß im Boot meines Vaters, an meine Mutter, meine Geschwister und die Großeltern gekauert. Mit Freunden und Verwandten waren wir etwa zwanzig Personen, viel zuviele für das kleine Boot. Aber uns alle trieb die Hoffnung auf Rettung. Nahe bei uns segelten andere Boote, eine kleine Flotte aus Nußschalen trieb in der wütenden See. Nur an die Nacht unseres Aufbruchs und an den darauffolgenden Tag erinnere ich mich noch genau. Meine Mutter weinte und sandte Gebete zum Himmel, mein Vater und die übrigen Männer kämpften mit Ruder und Segel.

»Wo sollen wir hin?« fragte ich angstvoll, denn ich sah, als ich mich umblickte, kein Land mehr hinter mir. Das Haus, die Heimat, die Freunde verschwunden, als hätte es sie niemals gegeben.

»Irgendwohin«, antwortete meine Mutter, »irgendwo gibt es noch eine Küste, die uns aufnimmt, Wasser und Essen, Menschen, die uns wohlgesonnen sind und uns Raum geben zum Leben.«

»Aber wir kennen sie nicht, vielleicht sprechen und denken sie anders als wir, vielleicht wird es niemals mehr so, wie es war.«

»Es ist niemals gleich, sondern immer anders«, sagte meine Mutter mit sanfter Stimme. »Hast du schon einmal eine Muschel gefunden, die genauso aussah wie alle anderen? Siehst du, jede ist anders und für sich schön, und doch sind es alles Muscheln.«

Ich blickte auf meinen Vater und sah ihn das Boot durch die Wellen treiben. Ein großer, kräftiger Mann, der, obwohl er beinahe alles, was ihm lieb war, verloren hatte, nicht aufgab und eine neue Heimat suchte, denn es gab uns, seine Familie, und dafür lohnte es sich zu leben und zu kämpfen. Ich sah, daß er aufrecht am Ruder stand und sein Blick ungebrochen war. Das gab mir Mut. Und so sah ich ihn viele Tage und Wochen, in denen wir einige kleinere Inseln anliefen, die aber keine ausreichenden Möglichkeiten zum Überleben für uns boten.

»Wir müssen weiter«, sagte er, wiederholte diesen Satz auch, als wir an bewohnte Küsten kamen, wo uns die Eingeborenen mit Steinwürfen und Pfeilschüssen vertrieben.

»Diese Leute wollen uns nicht«, sagte ich zu meiner Mutter, »sie sind zu anders als wir. Ich habe Angst, daß wir überall nur Menschen antreffen, die uns töten wollen.«

»Ich gebe die Hoffnung nicht auf«, antwortete sie. Ihr Gesicht war mutig und stolz. Ich glaubte ihr, weil ich sie liebte.

Eines Tages, nach endlosem Suchen, tauchte mitten im Mer eine Insel vor uns auf, die zwei kleinere, vorgelagerte Schwestern besaß. Rot, weiß und schwarz waren die Klippen, und die Buchten waren von feinem, weißen Sand gesäumt.

»Das sieht aus wie der *Nabel der Welt*«, sagte mein Vater. »Hier werden wir Zuflucht finden und leben.«

Zunächst glaubte ich, noch immer im Boot zu kauern, als ich erwachte. Dann wurde ich allmählich meiner Umgebung gewahr, sah den Fels, der meine Schlafmulde umschloß, die runde Halle und die Sitzbank. Neben dem Dreifuß mit der Räucherpfanne hockte eine schlanke, weißgekleidete Gestalt, die ihre Arme um die Knie geschlungen und darauf ihr Gesicht gelegt hatte. Xelida schien zu schlafen, aber das täuschte, denn als ich aufstand, hob sie den Kopf und blickte mich an. Ich trat auf sie zu. Sie warf den Rest der getrockneten Kräuter aus ihrem Beutel in die Pfanne. Noch einmal stieg Wohlgeruch auf. Ich setzte mich neben sie. Unsere Blicke trafen sich, sie las lange in meinen Augen. Dann erzählte ich ihr meinen Traum.

»Du weißt, daß dies ein anderer Mazdanuzi als dein Großvater war«, sagte sie, »denn viele tausend Jahre ist es her, seit Atlantis unterging und Überlebende auf Melite eintrafen. Du hast ihn auch selbst so genannt: den uralten Mazdanuzi. Er wird ein gemeinsamer Vorfahre von uns sein, denn dies ist die Geschichte unseres Volkes...«

Sie schwieg und fragte dann: »Was würdest du als das wesentliche Gefühl deines Traumes bezeichnen?«

Ich dachte nach. »Die Angst, besser: die Überwindung der Angst«, sagte ich.

Xelida nickte bestätigend. »Dein Traum war gut, er ist so, wie ihn das Orakel vorausgesagt hat. Aber . . .« – sie zögerte weiterzusprechen – ». . . was, meinst du, hat er wohl mit meinem Leben zu tun?« Sie hatte, während sie sprach, den Kopf weggedreht, um zu vermeiden, daß wir uns erneut in die Augen sahen.

Xelida, dachte ich, geliebte Xelida, am liebsten würde ich dich jetzt in meine Arme nehmen. Ich liebe dich mehr, als ich mit Worten ausdrücken kann. Und als ich dies dachte und nichts anderes sonst, kam mir mit einem Mal völlig überraschend die Lösung des Rätsels zugeflogen.

»Auch du hast Angst, Xelida«, sagte ich. »Du fürchtest, daß nicht alles genauso geschehen und eintreffen möge, wie es das Orakel vorhergesagt hat. Du hast Angst davor, daß es anders kommen könnte, denn du liebst mich bereits so, wie ich bin, ohne mich richtig zu kennen.«

Xelida nickte.

»Du fühlst, daß diese Angst schädlich ist«, sprach ich weiter, »dein Wunsch ist es, sie zu überwinden und zur Sicherheit zu gelangen.«

»Das stimmt. Und wie könnte das deiner Meinung nach geschehen?«

Wieder dachte ich nach und ließ mir diesmal mehr Zeit für die Antwort. Zeit, dachte ich, es ist alles nur eine Frage der Zeit. Doch was ist Zeit wirklich? Der Ablauf von Ereignissen, die wir wie Perlen an einer Kette auffädeln und dann abzählen? Oder ist Zeit ein dehnbarer Zustand, läßt sich mein Bewußtsein, meine Erinnerung nicht ausdehnen über viele tausend Jahre hin? Wenn ich mich der vielen Geschehnisse und Zustände vor mir erinnernd bewußt werde im Jetzt, ist die Zeit dann für mich nicht viel erfüllter als jemals zuvor, sind die Sekunden dann nicht wie Stunden, Tage oder Jahre? Vielleicht – und dieser Gedanke erschreckte mich kurz – existiert die Zeit eigentlich gar nicht, vielleicht ist sie nur eine Wahnvorstellung des Menschen, weil unsere Sinne so schwach sind und so begrenzt die Möglichkeiten unserer Erinnerung?

Nein, eher ist die Zeit wie das Muster eines unendlich großen Teppichs, von dem wir zwar nur einzelne Bilder erkennen, dessen Gesamtheit wir aber dennoch gelegentlich aus den Einzelheiten erahnen. Nehmen wir an, ich gehe einmal umgekehrt wie gewöhnlich vor: ich ahne und fühle die Gesamtheit – ich könnte sie auch Ewigkeit nennen – und wende mich mit diesem Wissen wieder den Einzelheiten zu. Welche neue Sichtweise habe ich nun, welche Klarheit und Erkenntnis, jetzt, da das Einzelne nicht mehr wahllos für sich steht, sondern bedeutungsvoll mit Allem verflochten ist?

»Ich werde versuchen, so zu handeln, daß die Gesamtheit meiner Erinnerung Ausgangspunkt meines Denkens, die sorgfältige Betrachtung des Musters aber Grund meines Handelns sein wird.«

»Das ist ein großer Anspruch, ein sehr großer für uns kleine Menschen«, lachte Xelida. Zum ersten Mal hörte ich ihre Stimme lachen. Sie klang glucksend wie Wasser, rauschend wie das Meer, perlend wie die Brandung, verheißungsvoll flüsternd wie der Wind im salzigen Haar.

»Das Lachen ist es, Xelida, das Lachen.«

Und Xelida, die sonst so ernste, in sich ruhende Frau, die letzte Isis-Priesterin von Melite, dieser in das große Geheimnis eingeweihte Mensch mit der Bürde seines Wissens, lachte noch mehr, prustete vor Lachen, schüttelte sich die Erstarrung aus dem Leib, befreite sich gluckernd, blubbernd, ja wiehernd aus dem Zwang, würdevoll ernst sein zu müssen, und zwar dermaßen ansteckend, daß auch ich nicht mehr anders konnte als lachen.

»Vertrauen«, lachte ich, »heißt aufeinander zugehen, den Nabel der Welt, die Zuflucht finden im Anderen. Angst dagegen macht nur das Mißtrauen, das trennt. Wir haben Angst vor dem Fremden, solange, bis es uns nah ist und uns nicht mehr bedroht. Wenn wir die Angst überwinden wollen, müssen wir eine Brücke schlagen zum Vertrauen.«

»Ja«, lachte Xelida, »und damit hast du deine ersten drei Aufgaben glänzend gelöst. Das Orakel und ich sind vollauf zufrieden.«

»Kann es sein, daß du die Tür offengelassen hast und der Wind durch die Wendeltreppe weht wie durch ein Muschelhorn, in dem das Rauschen des Meeres eingefangen ist? Ich höre Musik.«

»Die gibt es immer im Labyrinth«, antwortete sie und sprang auf. »Komm mit, ich führe dich in die anderen Kammern, wo du noch ganz andere Klänge hören wirst. Das Ganze hier ist ein riesiges Instrument, auf dem die Natur spielt. Wenn du schweigst, hörst du das Meer, hörst du? Und jetzt die Vogelstimmen draußen – es ist Tag, sie begrüßen die Sonne . . .«

Plötzlich lag sie mir in den Armen. Wir küßten uns zärtlich, dann spürte ich nur noch ihre warme Hand in der meinen. Gemeinsam staunend wie Kinder durchstöberten wir das Labyrinth, das ein geheimnisvolles, klingendes Schneckenhaus war.

»Ein Traum kann stets nur ein kleiner Ausschnitt der Wirklichkeit sein, ein winziges Fenster, durch das wir einen Lichtstrahl der Wahrheit erblicken«, sagte Xelida, als wir später über die hügelige Ebene zurück zu unserem Dorf am Mnaidra-Tempel wanderten.

»Auch dein Traum war so eine Facette des großen Bildes. Ich will dir, soweit ich sie kenne, den Rest der Geschichte erzählen. Mazdanuzi ist ein großer Name unseres Volkes, nach jenem Ahnherren, von dem du träumtest, wurden viele Männer, so auch dein Großvater, benannt. Als die ersten Siedler mit ihren Schiffen kamen, war Melite menschenleer, nur auf der kleinen Nachbarinsel Ghaudex wohnten ein paar Fischer mit ihren Familien, die vor langen Zeiten einmal von der nördlichen Küste des Meeres gekommen waren, auf der Flucht vor übermächtigen Feinden. Mit ihnen lebte unser Volk friedlich zusammen. Es vergingen viele tausend Jahre, in denen immer wieder Fremde Zuflucht am *Nabel der Welt* fanden. Gemeinsam hatten sie alle die Hoffnung und daß sie es vorzogen, sich lieber der unberechenbaren Strömung des Meeres und seiner launischen Mächte auszuliefern, als bis zum letzten Atemzug gegen habgierige Nachbarn um ihre alte Heimat zu kämpfen. So haben wir hier niemals Waffen gekannt und brauchten keine Kriege zu führen, es galt uns das lebenspendende und beschützende Prinzip der Erdmutter Isis als oberstes Gebot. Die Mütter hielten die Familien zusammen, bewahrten als Priesterinnen den Glauben und bestimmten mit milder Weisheit das Gesetz und die Ordnung. Aus diesem Denken heraus entstand unsere Kultur mit den gewaltigen Bauten, den Riesentempeln von Mnaidra, Hagar Quim, Hal Tarxien, die Gjigantija auf Ghaudex und wie sie alle heißen, aus diesem Denken heraus konnten wir so ungewöhnliche Anlagen bauen wie das Labyrinth, das unser zentrales Heiligtum ist.

Aber es gab immer wieder Menschen bei uns, Männer wie Frauen, die eine Stimme zu hören glaubten, die ihnen befahl, vom Nabel hinaus in die Welt zu ziehen, um dort ihr Wissen anzuwenden und zu verbreiten. Sie alle sahen eines Tages einen Falken am Himmel, der ihnen den Weg wies, hörten ihn lockend rufen und folgten ihm nach. *Die Gefolgschaft des Horus* nannte man sie, weil bei uns ein besonders großer Falke *Horus* heißt. Solche Leute waren es auch, die eines Tages mit schlanken, seetüchtigen Schiffen nach Ägypten aufbrachen und dort die einheimischen Stämme zu einem Reich vereinigten. Das erste Reich im Delta des Nil wurde von König Osiris gegründet, den sie Pharao, das heißt *großes Haus*, nannten. Osiris kam bei den Kämpfen mit Aufständischen, wilden Stämmen unter Führung eines Häuptlings namens Seth, um. Seine Anhänger aber, die *Gefolgschaft des Horus*, zogen weiter nach Süden, unterwarfen Oberägypten, und von ihnen stammen alle späteren Pharaonen ab. Eine Erinnerung an diese Ereignisse muß in Ägypten erhalten geblieben sein, wenn auch anzunehmen ist, daß sie im Laufe der Zeit immer mehr zur bloßen Legende verblaßte.

Später zog es immer wieder Leute unseres Volkes nach Ägypten, wie deine Großmutter Xemcha und deinen Großvater Mazdanuzi, der sich als Architekt auf Melite bereits einen Namen gemacht hatte. Ihren kleinen Sohn Halnasar nahmen sie mit auf die Reise – er war dein Vater.

Im Frühling des vorigen Jahres geschah dann etwas sehr Sonderbares: ein riesiger Schwarm Falken sammelte sich in einer dichten Wolke am Himmel, und in der gleichen Nacht hatten viele unserer Priesterinnen im Traum die gleiche Vision. Wir befragten das Orakel, und es sagte uns, daß nun die Zeit des Aufbruchs gekommen sei. Das Volk vom *Nabel der Welt* sollte die Schiffe besteigen und ferne Küsten ansteuern, wo man uns nicht feindselig empfangen, sondern wegen unserer Kenntnisse mit großer Bereitschaft aufnehmen würde. Dieses Wissen auf der Erde zu verbreiten, sei nun unsere Aufgabe, nicht überall, aber in ganz bestimmten Ländern. Jedem Schiff wurde ein anderer Kurs, ein anderes Ziel zugewiesen. Alle Bewohner von Melite und den beiden kleineren Nachbarinseln brachen zur gleichen Stunde auf. Nur eine einzige Priesterin sollte bleiben und auf den Enkel von Mazdanuzi warten, der von Ägypten heimkehren würde. Das Los fiel auf mich, und so harrte ich aus, bis du kamst.

Nun kennst du den Rest der Geschichte, die dein Traum dir verschwieg. Alles andere weißt du, und ich hoffe darauf, daß das Orakel in allen Punkten recht behalten wird, denn dann ist mir eine glückliche Zukunft gewiß.«

»Ich werde dich nicht enttäuschen«, sagte ich, als Xelida geendet hatte und schwieg.

»Warten wir deinen zweiten und dritten Traum ab, Hem-On«, antwortete sie.

Der zweite Traum in der folgenden Nacht hielt mich in der Gegenwart fest.

Ich wandere über weiten Ebenen und erreiche die Küste, als mich plötzlich ein Sturm von der See her anspringt. Er rüttelt an meiner

Kleidung, zerzaust mein Haar; ich muß mich gegen ihn stemmen, um nicht von den Klippen gefegt zu werden. Aufgewühlt ist das Meer, wild tanzen die Wellen und klatschen donnernd an den zerklüfteten Sockel der Insel. Hier oben, wo die Erdkrume nicht mehr haftet und der Felsen bloßliegt, sind die Spuren der Zugschlitten tief in den Boden geschnitten und bilden ein verwirrendes Netz von Linien und Rinnen, in denen sich bei Regen das Wasser sammelt. Ich beuge mich über einen solchen Schienenstrang und taste hinein. Wie glatt der Einschnitt ist, wie regelmäßig die Bahnen nebeneinanderliegen – wie nach einem exakten Plan gemeißelt, und doch entstanden sie nur durch das große Gewicht der Blöcke, die von den Steinbrüchen hergeholt wurden. Je größer die Last, desto tiefer die Spur. Ich weiß mittlerweile, wie merkwürdig das Inselgestein beschaffen ist und wie es unter dem Einfluß des Wetters reagiert: der weiße, gepreßte Muschelkalk unter der Krume läßt sich leicht aus dem Untergrund lösen. Seine Oberfläche ist weich und gut zu bearbeiten – die verzierten Wandquader und Säulen der Tempel zeugen davon. In der Sonne trocknet der Kalkstein aus und wird hart, der Wind schleift dann seine Formen. Regnet es, so zieht er die Feuchtigkeit an und wird glitschig; man rutscht aus, wenn man dann die Platten auf dem Platz vor dem Tempel betritt.

Ich weiß genau, wie die großen Felsbrocken einst transportiert worden sind. Sie wurden mit Steinkugeln unterlegt, auf denen sie leicht beweglich und ohne große Mühe vorwärts zu rollen waren. Acht bis zehn solcher Kugeln reichten für einen Quader, die freiwerdenden hinten wurden einfach wieder nach vorne gelegt. Diese Steinkugeln bahnten die ersten Schienen in das Erdreich, das Wind und Wasser inzwischen abgetragen haben.

Wo auf solche Weise Wege entstanden, wurden sie auch später immer wieder benutzt. Tiefer und tiefer wurde die Spur, und als die großen Tempel fertiggestellt waren und es nur noch kleinere Dinge zu transportieren galt, dienten sie als Bahn für die hölzernen Zugschlitten mit den steinernen Kufen. Ich muß lachen, wenn ich daran denke, wie spätere Generationen, die vielleicht nicht mehr solche großen Gebäude zu errichten vermögen, darüber rätseln werden, wie wohl die Spuren entstanden sind. Vielleicht stoßen sie aber auch wie ich auf ein Lager aus Steinkugeln am Rande der Tempel und denken sich ihren Teil ...

Dieser Stein, so hart er uns vorkommt, war einmal lebendig, entstand aus den Schalen abgestorbener Tiere. So verstanden, leben wir auf der Spitze eines riesigen Friedhofs, wir bauen ihn ab und schmücken die ganze Insel damit aus – mit Resten von etwas, das einmal dem Leben gehörte. Der Mensch hat die Natur umgeformt und phantasievoll verziert. Seine Kunst ist das planmäßige und sinnvolle Spiel mit den Erscheinungsformen, in der die Natur sich uns anbietet.

Ich wandere weiter zu den Tempeln und bewundere die Verzierungen an den Wänden, die vielen gravierten Spiralen und konzentrischen Kreise, die Punktmuster und Rautenformen, die die Flächen beleben. Ich betrachte voller Ehrfurcht den Schwellenstein vor dem Eingang zum Allerheiligsten. Eine große, elegante Doppelspirale ist hier in den Kalkstein geschnitten, die von weitem wie ein Augenpaar wirkt. Das ist der Bannblick der großen Göttin, machtvoll genug, den Schritt stocken zu lassen und dem unbefugten Eindringling den Zugang zu verwehren. Dabei ist er nur ein Symbol dessen, was uns ständig umgibt. Überall stoße ich auf die Augen der Göttin – manchmal blicken sie mich sogar aus den Wolken herab an und jagen mir einen Schauder über den Rücken. Wie erbärmlich klein fühle ich mich als Mensch angesichts der Allmacht der alles beobachtenden Herrscherin!

Aber ich sehe nicht nur die Gravuren im Fels, ich kann sie auch tasten, und jedesmal ist mir, wenn meine Fingerkuppen durch die Bahnen und Linien gleiten, als hörte ich dabei eine himmlische Musik, das Lied, das Isis einst komponierte und das nun für immer ihre Schöpfung begleitet. Ich verstehe, warum Xelida beim Tempeldienst singt, wie es auch die Priesterinnen im Aboland auf der Elefanteninsel taten, und es erinnert mich an die Lieder der Steinmetzen und Maurer von Sakkara, deren Stimmen so anders wurden, wenn sie ihre Arbeit am Kalkstein verrichteten. Kann es sein, daß sie alle einfach nur dem Klang folgten, der im Stein verborgen liegt und darauf wartet, von Menschen aufgespürt zu werden? Ich erinnere mich, daß ich im Traum ein Kind aus Atlantis war, das sich eine Muschel ans Ohr hielt und der eingefangenen Stimme des Meeres lauschte. Diese Musik liegt auch jetzt noch im Stein verborgen, und es ist an uns, uns so leer und ruhig zu machen, daß wir sie wieder hören können . . .

Ich steige noch einmal die herrliche, formvollendete Wendeltreppe hinab, suche Kammer um Kammer auf, den Versammlungsraum, den Saal mit den Schlafmulden, schreite weiter, andere Treppen hinab in den Leib der Erde hinein. Vor dem Schalloch, das mir Xelida zeigte, bleibe ich stehen und erprobe meine eigene Stimme an ihm. Es verstärkt den Klang der von mir hervorgebrachten Töne, verstärkt nur die Tiefen der männlichen Stimme, betont ihren Klang, während es auf die hellere Stimme von Xelida nicht reagiert. Hier saß einst der Vorsänger, der einzige männliche Priester, der im Labyrinth zugelassen war, um der Göttin zu bestimmten Tagen Hymnen zu singen.

Instinktiv ahme ich ihn nach, ohne zu wissen, wie die alten Lieder einst klangen und wie ihre Texte waren. Ich drücke mit meiner Stimme das aus, was ich fühle: Geborgenheit im Schoß der Erde, Dankbarkeit und Zuversicht, die Bitte um Beständigkeit und die Hoffnung auf ein angstfreies Morgen. Ich lasse meinen Gesang frei fließen und freue mich über das Echo in den Gängen und Kammern. Auch ich bin wie das Labyrinth – ein Resonanzkörper mit vielen geheimen Wegen und Räumen in meinem Innern, ich bin ein Abbild des Labyrinths, und so wie die Stimme des Meeres in einer Schnecke eingeschlossen ist, so gibt es auch in mir ein Lied, das dort immer schon war und nun vernehmbar hervortritt. Viele Türen besitzt meine Seele im Körper, und es ist eine Freude, sie alle zu öffnen.

Weiter steige ich ins Herz des Labyrinths hinab und erreiche die magische Wand mit dem Durchschlupf zum Brunnen. Sechs Stufen führen dort im Dunkeln hinab, die siebte aber entscheidet über Leben und Tod, denn sie liegt seitlich versetzt. Wer dieses Geheimnis nicht kennt, stürzt unweigerlich in den Brunnenschacht mit der Schlangengrube. Auf diese Weise wird die seitliche Kammer geschützt, in der sich der Schatz des Tempels befindet. Xelida hat mir den Weg gewiesen, und mir auch gezeigt, was sich dort an Reichtümern verbirgt. Unter allen Gegenständen, die im Raum aufbewahrt werden, ist mir ein faustgroßer schwarzer Stein von rundlicher Form am liebsten, denn es geht eine Strahlung von ihm aus, die jedem Kraft verleiht, der ihn berührt. Vom Himmel soll er in einer besonderen Nacht gefallen sein, hat Xelida gesagt und von den Wundern berichtet, die seitdem in seinem Umkreis geschehen sind. Ich hebe ihn auf und spüre die wohltuende Wärme, die von ihm ausgeht. Ans Ohr gelegt, ist auch in ihm eine Musik zu vernehmen, die allerdings anders ist als alle Geräusche, die ich jemals im Leben vernommen habe. Sie klingt anders als alles, was unsere Erde hervorbringen kann, sie erzählt von einer Welt, die unvorstellbar fern von uns liegt, weiter noch als die Sonne, irgendwo in den Tiefen des Himmels. Sie stimmt froh und traurig zugleich, wie von jemandem geschaffen, der über mehr Sinne verfügt, als ich mir vorstellen kann. Vielleicht ist der schwarze Stein eine Perle aus Isis himmlischer Kette . . .

Nach langer, langer Zeit – so kommt es mir jedenfalls vor – verlasse ich das Labyrinth, steige die Muscheltreppe hinauf zum Licht des Tages. Wie frei und unbeschwert ich mich plötzlich fühle! Es ist, als sei alle Last irdischen Seins von mir abgefallen und ich würde einem Vogel gleich schweben. Oft schon habe ich in Gedanken zu fliegen versucht, jetzt aber scheine ich wirklich und mit diesem meinem Körper zu fliegen, höher, immer höher, schwerelos dem Licht der Sonne entgegen.

Mit dem Blick eines Horusfalken streife ich über die Insel, erspähe Einzelheiten, die mir vorher verborgen waren, wundersame kleine Dinge von großer Bedeutung. Ich sehe die Felsen der Insel, das alte, verwitterte Gestein, das seltsame Formen angenommen hat, eine märchenhafte Welt, in der alle Dinge zum Stillstand gekommen sind. Moos ist ihre Haut, Flechten sind ihr Kleid, und wenn der Wind darüber hinwegstreicht, sprechen auch sie, singen ein uraltes Lied, das vom Anfang der Menschheit herkommt und noch früher – vom Anbeginn aller Dinge . . .

Ich sitze zwischen den Steinen, weich gebettet ins Moos, und taste ihre schrundigen Körper ab. Die Linien und Risse ergeben ein Muster, das nicht den von Menschenhand geschaffenen Zeichen entspricht. Die Natur besitzt eine eigene Sprache, die viel umfassender und vielgestaltiger ist als die der Menschen. Man muß still sein und sehr aufmerksam, um ihre Botschaft zu verstehen. Manchmal kommt es mir vor, als ahmten unsere Bilder und Worte, selbst die schönsten und tiefgründigsten Hieroglyphen, sie nur nach, ohne ihre Schönheit erreichen zu können. Ich Mensch, zwischen den Steinen geboren, bin ein ganz kleines Kind, das staunend mit dem Vorgefundenen spielt, etwas nachplappert, ohne die Vollendung der Natur auch nur annähernd erreichen zu können.

»Du hast es erfaßt«, sagte Xelida. »In der Stille sprechen die Steine. Du hast die Stille besiegt; aus dem Schweigen heraus sprach die Weisheit der Steine zu dir. Deine Sinne sind fein, die Türen deiner Seele zu mir sind offen.«

»Ja«, antwortete ich, »und ich weiß nun, daß dies das Geheimnis unseres Volkes ist: wir Menschen sind blind, die Stumpfheit der Sinne liegt wie ein dichter Schleier zwischen uns und der Wirklichkeit. Nur wer diesen Schleier hinwegzuziehen vermag, erhascht für Momente einen Blick auf die wahre Gestalt der Natur, spürt ihren Atem, berührt ihren Leib, hört ihren Gesang. Hier am *Nabel der Welt* hat das Volk von Atlantis sein Wissen bewahrt und trägt es nun in alle Länder hinaus, weil die Zeit reif dafür ist . . .«

»Aber nicht als Botschaft, um die anderen Länder zu bekehren«, ergänzte Xelida meine Gedanken. »Über die Wirklichkeit kann man nicht reden, und mit Worten allein ist ihr wahrer Charakter nicht zu erklären – man muß sie erfahren. So sind sie über das Meer hinausgefahren, um in der Fremde zu siedeln. Einige von ihnen werden sich ihrem Wesen gemäß äußeren, praktischen Dingen zuwenden: der Architektur und der Kunst, der Sprache und der Schrift, der Wissenschaft und der Heilkunst. Andere werden an verborgenen

Orten leben und als Lehrer ihre Schüler nicht suchen, sondern umgekehrt von den Schülern aufgespürt werden. In der Wildnis werden sie allein für sich bleiben und im Rhythmus der Mutter Natur singen. Wer von den Menschen aber in seinem Inneren diese Stimme hört, wird aufbrechen und nicht rasten, bis er seinen Meister gefunden hat.«

Ich dachte daran, daß Xelida und ich allein auf der Insel lebten und oft miteinander sangen. Waren also auch wir Meister des geheimen Wissens, taten wir es, um von fern Schüler zum *Nabel der Welt* zu locken? Bis heute hatte ich unser abgeschiedenes Leben nicht als störend empfunden, nun aber spürte ich eine starke Sehnsucht nach anderen Menschen in mir aufsteigen.

»Ich glaube auch«, sagte ich, »daß ich deinen zweiten Wunsch kenne, Xelida. Das Orakel hat dich dazu bestimmt, allein auf Melite zu bleiben, als das ganze Volk ging, alle Verwandten und Freunde. Einsam hast du gelebt und auf meine Ankunft gewartet, und ich beginne, etwas von deinem Gefühl zu verstehen. Ein einzelner Mensch kann für den anderen niemals die ganze restliche Welt ersetzen. Du sehnst dich nach anderen Menschen, vielleicht sogar ... nach einem Kind.«

Xelidas Wangen flammten auf, als ich das aussprach, was sie sich selbst bisher nicht eingestanden hatte. Sie war unfähig, etwas zu antworten und blickte zu Boden.

»Dein Schweigen bestätigt mir, daß ich recht mit meiner Annahme habe«, sagte ich. »Liebe, liebe Xelida, höre, was ich dir anvertrauen will: auch in mir keimt dieser Wunsch. Ich möchte dich zur Frau nehmen und ein Kind mit dir zeugen.«

Xelida schwieg lange. Dann stand sie auf, ging quer durch den Raum und blieb abwartend am Ausgang der Treppe stehen. Sie schien nachzudenken. Schließlich drehte sie sich zu mir um und lud mich mit einer Kopfbewegung ein, ihr zu folgen. Wir stiegen durch das Innere des Schneckenhauses zur Erdoberfläche empor. Draußen empfing uns das Licht der Sonne. Der Himmel war klar und zeigte nur einzelne durchscheinende Wolken, die vom Wind zu faserigen Strichen aufgelöst waren.

»Ich bin einverstanden«, sagte Xelida leise, ohne mich anzusehen.

»Vorausgesetzt, dein dritter Traum zeigt ebenso deutlich meinen Wunsch auf und eine Erfüllung dafür, wie es die beiden anderen taten. Nach der Vergangenheit hast du tief in die Gegenwart geblickt. Wie aber wird unsere Zukunft aussehen?«

Ich stand ganz nah bei ihr, meine Hand berührte die ihre, und sie zog sie nicht mehr weg, als ich danach griff. Hand in Hand gingen wir den Weg zu unserem Dorf zurück und trennten uns erst, als wir bei ihrem Haus angelangt waren.

Ich mache mir Sorgen um die Zukunft von Thai, denn es erscheint mir nicht gut, wenn ein Kind ohne Gefährten aufwächst. Auch Xelida sehnt sich, ohne daß sie sich über unsere Abgeschiedenheit beklagt, nach Menschen. Ich habe in letzter Zeit darüber viel nachgedacht und schließlich mit ihr gesprochen. Wieder einmal überrascht sie mich mit ihrer Hellsichtigkeit.

»Da keiner von uns die Insel verlassen will, die uns Heimat bedeutet, und wir nicht auf den Zufall vertrauen können, daß Menschen in Seenot an diese Küste verschlagen werden, müssen wir eine Nachricht aussenden.«

»Eine Nachricht? Wohin und womit?«

»Blicke in dich und sage mir, ob du ein Bild siehst, das Antwort auf diese Fragen sein könnte«, sagt Xelida und sieht mich durchdringend an. »Du besitzt, wie alle unseres Volkes, die Gabe, deutlich und greifbar zu träumen. Manchmal träumst du sogar am hellichten Tag...« Sie lacht, als sie meinen verdutzten Gesichtsausdruck registriert. »Schließe die Augen, Hem-On, und horche in dich hinein.«

Ich sitze, mit dem Rücken an den knorrigen Stamm gelehnt, unter einem Olivenbaum und schließe die Augen. Ich höre das Flü-

stern des Windes, das Mittagskonzert der Zikaden und von fern das Rauschen der Brandung. Alle diese Laute verschmelzen zu einer Musik, zu einem bunten Klangteppich. Zwischen den Figuren des Musters treten nach und nach andere Bilder hervor, Klänge blitzen auf, die nicht von unserer Insel stammen. Ich höre eine Flöte, die vom Schlag mehrerer Trommeln begleitet wird. In den Takt mischt sich ein Klopfen und Hämmern, das Geräusch vieler fleißiger Hände. Ich sehe den Wind Sandkörner aufwirbeln und zu den Zelten und Hütten hinüberwehen, die am Fuß der großen Pyramide liegen. Der Eingang zu Djosers Totentempel ist mit weißlichem Staub bedeckt. Im Haus des Lebens herrscht reger Betrieb. Soeben kommt Ranut heraus. Sie trägt einen Bastkorb mit Wäsche auf dem Kopf und wird von Saaptet begleitet. Die Kleine ist tüchtig gewachsen, größer und schöner, als ich das Kind in Erinnerung habe. Sie muß ein paar Jahre älter als Thai sein. Sie deutet mit dem Finger in meine Richtung und zupft ihre Mutter am Kleid.

»Schau nur, wie sich der Sand über den Hügeln zusammenballt und seltsame Wolkengespinste bildet. Man könnte glauben, es seien Gesichter.«

»Das kann einen Sandsturm geben«, antwortet Ranut und beeilt sich, hinüber zum Waschhaus zu gelangen, um den Korb loszuwerden, bevor das schlechte Wetter Sakkara erreicht.

Ich zucke zusammen, als mir Saaptet genau in die Augen sieht. Wie weit sind wir voneinander getrennt und uns doch so nah! Mit dem Handrücken wische ich über die Stirn.

»Ich sehe Ranut, Imhoteps Frau und ihre Tochter Saaptet in Sakkara«, sage ich. »Ich habe sie deutlich reden gehört und von fern die Arbeitsgeräusche von der Baustelle vernommen. Obgleich ich jetzt nicht dort sein möchte und wohl nie wieder nach Ägypten kommen werde, fühle ich Sehnsucht in mir.«

»Nach Saaptet?« fragt Xelida.

»Ja, nach ihr und anderen, deren Gesichter ich im Augenblick nicht deutlich erkennen kann.«

»Dann wäre der erste Teil der Frage beantwortet. Du weißt wie ich, daß es Abkömmlinge unseres Volkes in Ägypten gibt. Sagtest du nicht, daß auch dein Meister Imhotep einer von ihnen ist? Was *indes das Problem des Boten betrifft, so glaube ich, eine Antwort zu wissen.«*

»Und welche?«

»Hast du nicht den Falken über den Klippen gesehen? Er kreist seit Tagen herum und ist größer, als normale Vögel seiner Art sonst sind. Ich denke, es ist ein Horus.«

Ich kneife die Augen zusammen, lege die Hand gegen die Sonne schirmend über die Brauen. Jetzt erkenne ich ihn auch. Es ist ein Punkt am Himmel, ein brauner Fleck, der langsam größer werdend landeinwärts auf uns zutreibt. Mächtig liegen seine Schwingen in der Luft. Er ist groß, und sein Gefieder weist eine besondere Zeichnung auf, wie ich sie nie zuvor gesehen habe. Es ist der Horus.

»Er wird unser Bote sein und mit der Nachricht nach Ägypten fliegen«, sagt Xelida. »Aber weit ist der Weg, und ein Falke vermag nicht zu sprechen wie ein Mensch. Du solltest ihn nach Sakkara begleiten.«

»Wie meinst du das?«

»Hast du vergessen, daß du ein Phönix bist und des Fliegens durchaus mächtig?« fragt Xelida zurück. »Ich meine dabei nicht deinen Körper, denn der Körper des Menschen ist schwer und würde bereits nach kurzer Zeit ermüden. Dein Geist aber ist schwerelos und kann sich leicht mit der Seele des Horus verbinden. Fliege mit ihm, Hem-On, und sprich in Ägypten mit deiner Stimme zu den Nachkommen unseres Volkes, damit sie die Nachricht vernehmen und bald schon zum Nabel der Welt aufbrechen.«

Xelidas Worte berühren und ängstigen mich. Aber im Grunde hat sie ja recht. Ich kann und ich werde mit dem Horus nach Südosten fliegen ...

Ich bin zu den Klippen gewandert und sitze den ganzen Tag schon auf einem Felsen und beobachte den Vogel. Der Falke hat sich dicht neben mir niedergelassen und betrachtet mich auch. Klug blicken seine Augen, er ist kraftvoll und stark, genau der richtige Bote für den weiten Weg über das Meer. Mein Geist hat sich vorsichtig vorgetastet und seine Seele berührt. Der Falke versteht mich und wartet ab. Noch haben wir die Abenddämmerung und die Nacht vor uns, die wir zum Ausruhen brauchen – viel Zeit also, uns miteinander vertraut zu machen. Morgen bei Sonnenaufgang werden wir uns vom Boden lösen und fliegen ...

Es ist soweit. Langsam dämmert der junge Tag im Osten heran. Eine frische Brise geht und läßt mich frösteln. Ich bewege die Arme, recke meine steifen Glieder. Der Falke streckt seine Flügel, Wind fängt sich in seinem Gefieder, plustert es auf. Er duckt sich flach auf den Boden, um sich abzustoßen. Jetzt, denke ich. Jetzt, denkt der Falke und schwingt sich in die Luft. Während mein Körper unbeweglich auf den Klippen sitzenbleibt, schnellt mein Geist mit dem Horus zum Himmel empor. Kalt ist die Luft, ein kräftiger Wind bewegt sie, greift nach uns, hebt uns auf und trägt uns voran. Mein Denken ist zunächst noch von der Erinnerung an den Körper behaftet. Ich breite die Arme aus und versuche, in der Luft schwimmend, mit ihnen zu rudern. Es gelingt schwer, ich spüre Schmerzen in den Muskeln, versuche, dagegen anzukämpfen. Je mehr ich das tue, desto stärker preßt sich meine Brust zusammen. Ich gebe auf und lasse alles Gewicht unter mir fallen. Sofort steige ich auf. Mit einer Bö, die mich trägt, schieße ich pfeilschnell dahin.

Wir fliegen in großer Höhe. Hier ist der Himmel so klar, daß die Endlichkeit vor den Augen zerrinnt. Grenzenlos auch scheint das Meer sich unter uns auszubreiten, nirgends ein Eiland oder ein Ufer. Wir gewinnen weiter an Höhe, sind nun über der Sonne, die schräg von Osten her aus dem Meer steigt, steuern direkt auf sie zu. Wir denken nichts mehr, wir sind leer und von erstaunlicher Wachheit zugleich. Die Welt der Dinge hat an Bedeutung verloren, reduziert sich mehr und mehr auf die reine Klarheit des Seins. Fliegen im Wind, das Bewußtsein von Kraft, das Spüren der Leichtigkeit – das allein zählt nur noch für uns.

Dann tauchen die dunklen Rücken von Inseln auf und fern auch ein Streifen, eine Küste. Er verschwindet wieder, als wir im Strom des Windes nach Süden abschwenken. Die Inseln bleiben zurück, und es dauert lange, bis neue in den Weiten des Meeres auftauchen. So fliegen wir Stunde um Stunde, während unaufhaltsam die Sonne steigt, bis sie direkt über uns steht. Doch unser Flug und ihr gewaltiger Bogenlauf am Himmel sind gegenläufig. Noch wärmt sie das Gefieder am Rücken, dann sinkt sie unaufhaltsam nach Westen hin ab.

Nun heißt es, nach einem Platz Ausschau zu halten, der sich zur Nachtruhe eignet. Eine kleine Insel ist es schließlich, die sich dafür anbietet. Mit den letzten Strahlen der Sonne erreichen wir dankbar einen kahlen Felsen und sinken ermattet in Schlaf...

Ich schlafe und ich bin zu müde, um Träume zu finden. Es ist kühl auf den Klippen. Xelida, denke ich, Thai... ihr seid so fern von mir, obgleich ich weiß, daß ihr in der Nähe über das Wohlergehen meines Körpers wacht. Mein Geist hat sich von euch getrennt, ist jetzt von großer Sehnsucht erfüllt, die mich morgen weitertreiben wird, Ägypten entgegen...

Wieder ist es Morgen, und wir steigen zu neuem Flug auf. Eine seltsame Leichtigkeit bestimmt das Empfinden. Schwerelos gleiten wir dahin, wie die Luftströmung uns treibt. Dann schlägt der Wind um und es gilt, sich im Pfeilflug stürzen zu lassen, in Spiralen hinabzutauchen, bis die Luft wieder trägt und wir die Flügel wieder gebrauchen können. Gleichmäßig rudern die Schwingen, treiben uns voran. Aber das kostet Kraft. Langsam beginnen unsere Kräfte zu erlahmen. Der Blick geht nach unten: Gibt es dort irgendwo einen festen Platz, auf dem man ausruhen könnte? Nein, nur Meer, endloses Meer. Schließlich packt erneut Wind das Gefieder; wir haben eine Strömung erreicht, die uns nach Süden trägt. Stunde um Stunde vergeht, der Tag neigt sich dem Abend zu, als vor uns Land auftaucht: die afrikanische Küste, ein grüner Küstenstreifen und dahinter der Nil – wir haben das Delta erreicht. Jetzt am Saum der Wüste entlang dem Lauf des großen Flusses nach Süden folgen...

Mit dem letzten Lichtstrahl erreichen wir Sakkara. Die Pyramide, die sich weißglänzend vom Abendhimmel abhebt, dient uns als

Orientierung. Einmal umkreisen wir sie und halten Ausschau nach einem Rastplatz. Warum nicht die Spitze? Ein guter und zugleich symbolträchtiger Punkt. Wollte ich nicht schon immer einmal in meinen geheimen Träumen den Fuß auf die große Pyramide setzen? Wir landen, strecken erschöpft die Flügel, bewegen den Kopf im Halsgefieder. Schlaf, tiefer, abgrundtiefer Schlaf, aus dem wir durch einen Schrei erwachen . . .

Man hat uns entdeckt, irgend jemand hat mit bloßen Augen den kleinen Vogel auf der fernen Spitze der großen Pyramide entdeckt. Uns gelingt es leichter, von hier aus Einzelheiten am Boden zu unterscheiden. Wir sehen eine Gruppe von Menschen, die ein kleines Mädchen umringt. Es deutet mit dem Finger zu uns hinauf, und wir verstehen jetzt auch, was da unten gerufen wird:

»Der Horus! Seht nur, ein Horus sitzt auf der Pyramide!«

Es ist Saaptet, und neben ihr stehen Ranut und Imhotep.

Nun ist der Zeitpunkt gekommen! Mein Geist in der Seele des Falken schwingt sich herab, läßt sich fallen und kreist so über den Köpfen der Menschen.

»Vorsicht!« schreit jemand auf, doch Saaptet ist nicht ängstlich. Sie tritt einen Schritt aus der Gruppe vor und streckt mutig die Hand aus. Ich umkreise sie und lande vorsichtig auf ihrem Arm.

»Seht nur, seht nur: der Horus ist zahm!« rufen die Leute und wundern sich. Sie sind ja schon vieles von der Tochter des Meisters gewohnt, diesem ungewöhnlichen Mädchen, von dem es heißt, sie besäße das zweite Gesicht. Aber dies hier ist zuviel für ihre Vorstellungskraft. Saaptet beginnt, hingebungsvoll mein Gefieder zu kraulen, und ich nehme ihre Liebkosung mit Wonne entgegen. Wenn ich nur sprechen könnte, mit menschlicher Stimme, und nicht auf das helle, schrille Kreischen beschränkt wäre . . .

So versuche ich es mit der Kraft der Gedanken.

»Saaptet, ich bin es, Hem-On, dein Freund, der vor langer Zeit aufgebrochen ist, den Nabel der Welt zu suchen. Höre, Saaptet, versuche mich zu verstehen: ich habe diese Insel erreicht, die die Heimat unserer Vorfahren ist. Du und ich, wir gehören beide zum Volk von Atlantis, wie dein Vater Imhotep auch, Pharao Djoser und einige Edle in seiner Umgebung. Du kennst sie alle, vielleicht darum, weil dir an ihnen eine Besonderheit aufgefallen ist, ein Merkmal, ein Kennzeichen, das sie von den Ägyptern unterscheidet... Saaptet, wir auf Melite, Xelida, meine Frau, und Thai, mein Sohn, sehnen uns danach, von Menschen gleicher Gesinnung und Herkunft umgeben zu sein. Thai ist nur wenig jünger als du, aber bald ein Mann, der dir ein treuer Gatte sein könnte. Willst du nicht zu uns kommen und ihn kennenlernen? Liegt es in deiner Macht, obgleich du noch ein Kind bist, andere gleichfalls zum Aufbruch zu bewegen? Wecke die Sehnsucht nach Melite in einigen ausgewählten Menschen, die deine Freunde sind. Erreiche, daß sie ein Schiff besteigen und in See stechen. Ihr werdet ganz sicher den Nabel der Welt finden und dazu keinen Lotsen benötigen, denn du wirst ihnen den richtigen Kurs weisen. Du besitzt das zweite Gesicht, Saaptet, du brauchst nichts anderes zu tun, als deinem Gefühl zu vertrauen, dann werdet ihr ohne Gefahr bei uns ankommen. Aber zögere nicht zu lange – wir warten und setzen alle Hoffnung auf dich.«

Saaptet hat den Kopf schief gelegt, sie scheint mir zuzuhören und meine Gedankenworte zu verstehen. Jetzt streift sie mit einem besorgten Seitenblick ihre Eltern. Benötige ich noch einen besseren Beweis dafür, daß meine Botschaft angekommen ist?

»Sorge dich nicht um deine Eltern, Saaptet«, spreche ich lautlos weiter, »wenn du darüber nachdenkst, wirst du merken, daß der Zeitpunkt auch für dich der richtige ist. Sprich mit deinem Vater Imhotep darüber und mit Ranut, deiner Mutter. Ich glaube, sie werden in Sakkara bleiben wollen und zunächst traurig sein, dich an die Fremde zu verlieren, aber wenn du ihnen alles so erzählst, wie ich es dir mitgeteilt habe, werden sie das Besondere dieses Tages begreifen und sich dem Schicksal fügen. Daß der Horus von der Pyramide herabkam und auf deiner ausgestreckten Hand landete, wird ihnen ein deutliches Zeichen sein. Sprich noch heute mit ihnen darüber und bestelle ihnen Grüße von Hem-On, deinem Freund.«

Saaptet nickt. Obgleich Tränen in ihren Augen glitzern, überzieht ein Lächeln der Vorfreude ihr Gesicht. Ich steige von ihrem Arm auf in die Lüfte, umkreise sie ein letztes Mal, in einer ausgedehnten Spirale über der Pyramide verabschiede ich mich und fliege davon. Drei Tage danach erwache ich wieder auf den Klippen von Melite.

Der dritte Traum im Labyrinth weist weit in eine ferne Zukunft hinein. Alles ist fremd und merkwürdigerweise doch so vertraut, denn ich bin der kommende Mazdanuzi, der fünfhundert Jahre nach mir erscheinen wird und sich dennoch an seine früheren Leben erinnert. Dies gibt ihm die Kraft, so zu handeln, wie er es tut. Im Traum wache ich auf und bin allein. Ich schreie. Xemcha, meine alte Amme, kommt, nimmt mich hoch und wiegt mich im Arm.

»Still«, sagt sie, »still!« Ihre dicken Lippen summen ein Lied dicht an meinem Gesicht. Plötzlich verstummt sie und hält mir erschrokken die Hand auf den Mund. Draußen im Gang marschieren Männer vorbei. Einer bleibt stehen – ich sehe ihn deutlich durch den schmalen Spalt unserer Höhle – und dreht uns den Kopf zu. Mein Herz krampft sich zusammen: Es ist der Teufel! Er trägt einen Helm mit zwei mächtigen Hörnern. Das Gesicht darunter ist dunkel und brutal. Diese schrecklichen, engstehenden Augen! Er wittert, er sucht nach uns. Ich spüre, wie auch Xemcha den Atem anhält. Endlich geht er weiter, den anderen nach. Noch eine Weile höre ich ihren stampfenden Schritt und das Klirren von Waffen. Xemcha schaukelt mich. Wieder summt sie leise das alte Lied. Langsam schlafe ich ein.

Ich wache auf und bin wieder allein. Aber diesmal ist alles anders. Ich weiß, mein Großvater, der alte Mudri, sitzt nebenan im Versammlungsraum bei den Männern. Sie hocken schweigend im Kreis. Ihre Gesichter sind grau und ohne Hoffnung. Wenn ich nur wüßte, wie ich ihnen helfen kann . . . Ich bin noch ein Junge, aber fast schon erwachsen. Aber was soll ich tun? Leise gleite ich durch den Spalt, der zur großen Treppe führt, hangele mich lautlos an Mauervorsprüngen entlang, zum Kultraum hinab. Oft schon bin ich diesen blanken Felsen hinuntergeglitten. Ich kenne jeden Tritt, jeden Riß in der Wand.

Der große runde Stein zieht mich magisch an. Er liegt vor dem Loch, dem Eingang zur Unterwelt. Er versperrt den bösen Geistern den Weg zu uns. Am Stein messe ich meine Kraft und zerre daran. Er gibt nach, ruckt ein Stück beiseite, gerade genug, daß ich mich hindurchzwängen kann. Mit klopfendem Herzen steige ich den verbotenen Weg hinab. Ekelhafte Dämpfe strömen mir entgegen, rauben mir den Atem. Ich tappe weiter über glitschiges Gestein, stolpere, gleite aus, falle, falle in eine stinkende Unendlichkeit...

Ich wache auf, und Xemcha ist bei mir. Sie beugt ihr dickes, gutes Gesicht über mich. Ich bin gerettet. Aber sie ist sehr ernst. »Tu das nie wieder«, sagt sie. »Versprich es mir!«

Ich stöhne. »Xemcha, liebe Xemcha!«

»Ja?«

»Sag mir die Wahrheit, Xemcha – wo ist mein Vater?«

»Tot, Mazdanuzi. Er ist tot.«

»Und meine Mutter?«

»Die Gehörnten haben sie geholt.«

Schmerz steigt in mir auf. »Und die Kinder, Xemcha? Warum gibt es keine Kinder außer mir?«

»Fort, fort wie all die anderen... Unser Volk ist tot, Mazdanuzi. Und auch wir werden bald sterben.«

»Aber ich lebe, Xemcha. Warum lebe ich?«

Die Alte wiegt mich im Arm wie ein kleines Kind. »Wir haben dich versteckt, Mazdanuzi, damit du am Leben bleibst. Solange du da bist, gibt es den Stamm.«

»Wie meinst du das, Xemcha?«

»Dein Vater war unser Hohepreister, Mazdanuzi. Und du bist sein Sohn. Verstehst du das? Du bist unsere letzte Hoffnung. Darum schlaf jetzt – du mußt gesund werden und stark.«

Xemchas Worte folgen mir bis in die Träume hinein.

Ich wache auf und muß lange geschlafen haben. Oder war ich in Trance? Ich bin vierzehn. Dunkel erinnere ich mich daran, zum Stein zurückgekehrt zu sein, immer wieder. Oft habe ich ihn beiseite geschoben und bin in die Unterwelt hinabgestiegen. Auch kenne ich jetzt das Geheimnis: man darf nur wenig atmen und muß lange die Luft anhalten können, um den gefährlichen Dämpfen auszuweichen. Dennoch lähmen sie langsam die Sinne, je weiter man vordringt. Dämonen und teuflische Fratzen springen ins Hirn und versuchen einen zu schrecken. Aber ich übe mich im Anhalten des Atems. Und täglich komme ich ein Stück weiter damit.

Gestern bin ich ins Zentrum des Labyrinths vorgedrungen. Ich habe die Kammern des Schreckens passiert und habe gegen die Geister der Unterwelt angekämpft. Schließlich mußte ich den Zauberstab meines Vaters, den ich in einer Ecke des Kultraums vergraben gefunden habe, benutzen. Ich habe ihn gegen die teuflische Brut gerichtet. Und er hat in den Dämpfen Feuer gefangen. Mit dem glühenden Stab bin ich zum Stamm zurückgekehrt. Und Licht zog ein in unsere Dunkelheit. Man muß das andere Sehen erst lernen, wenn man gewohnt ist, mit den Augen der Finsternis zu wandern. Es schreckt zuerst und täuscht, denn es ruft zwei Bilder hervor: das des Gegenstandes und das seines lebendigen Schattens. Und wer direkt ins Licht schaut, wird völlig blind.

So ging es den Alten. Ich sah, wie ihre Greisengesichter und morschen Gestalten, Haut und Gerippe, erschrocken zurückwichen vor mir, dem Jungen mit dem glühenden Stab in der Hand. Geblendet vom Licht bedeckten sie ihre Augen mit den Händen.

»Das Höchste ist aus dem Jenseits zu uns gekommen!« riefen sie und sanken auf die Knie.

»Nein, nicht das Höchste«, sagte ich, »aber ein Bote von ihm. Ich, Mazdanuzi, werde euch den richtigen Gebrauch des Atems lehren. Denn ich werde euch durch das Unten nach Oben führen, und niemand – nicht einer! – soll auf dem Weg verlorengehen.«

So lehre ich seit heute den Alten das richtige Atmen. Kraft kostet es mich und macht mich müde. Schlaf brauche ich, sehr viel Schlaf.

Ich wache auf und weiß: Heute ist der Tag. Ich werde unser Volk durchs Labyrinth zur jenseitigen Wirklichkeit führen. Eine lebende Kette werden wir bilden, eine Hand wird die andere ergreifen, der Stärkere wird den Schwächeren ziehen, damit niemand zurückbleibt und für immer verlorengeht. Große Erregung hat sich aller bemächtigt, doch ich mahne zur Ruhe: Wir brauchen die Kraft für den Weg.

Ehe wir gehen, stellt sich mir der alte Mudri, mein Großvater, in den Weg und macht mit der Hand das heilige Zeichen.

»Bevor wir nun aufbrechen und unsere letzte Zufluchtsstätte verlassen, um uns dir auf dem Weg anzuvertrauen, beantworte uns vier Fragen, Mazdanuzi, und zeige, ob uns deine Antworten die Zweifel nehmen und Sicherheit geben können. Weißt du, wie die Quelle des Wassers heißt?«

»Leben.«

»Weißt du, wieviel Stimmen der Wind hat?«

»Alle.«

»Weißt du, warum wir uns hier im Fels befinden?«

»Weil wir Samenkörner sind, die vom Wasser des Lebens getrunken, alle Stimmen des Windes als Ruf vernommen und das Licht als Lockung, nach oben zu wachsen, gesehen haben.«

»So beantworte uns die letzte aller Fragen«, sagt der alte Mudri, »weißt du, wo sich Gott befindet?«

»Oben im Licht, von dessen strahlender Wärme ich einen brennenden Funken im Herzen trage«, antworte ich.

»So sollst du denn unser Führer sein«, sagt der alte Mudri, löst mit der Hand das Bannzeichen und reiht sich ein in die Schar der anderen.

Ein letztes Mal rolle ich den heiligen Stein beiseite. Dann steigen wir in die Unterwelt hinab. Der glühende Stab leuchtet uns auf dem Weg, sicher und ohne Schaden kommen wir zum Zentrum des Labyrinths und darüber hinaus. Lautlos, beinahe ohne einen einzigen Atemzug, klimmen wir, eine Raupe aus Menschenkörpern, jenseits bergauf. Mit jedem Schritt lassen die Dämpfe nach, die Luft wird frischer, und ein zartes Glimmen, wie der Widerschein eines großen Feuers, fließt uns durch die Gänge entgegen. Allmählich gewöhnen wir uns an die Helligkeit. Nach Jahrzehnten der Finsternis streben wir taumelnd aus unseren Grüften dem wärmenden Licht entgegen.

Endlich, nach einer letzten Biegung, haben wir den Ausgang erreicht – blendende Strahlen einer riesigen roten Feuerkugel schlagen uns entgegen. Wir fallen auf die Knie, küssen die Erde zu unseren Füßen, das unglaublich grüne Gras, wir begrüßen die Gottheit, das Höchste unserer Vorstellungskraft. Wir tanzen nackt im Schein der großen, guten Sonne. Dann sehen wir die Wesen auf den Wiesenhängen am Meer: zerlumpte Gestalten, Hirtensklaven bei ihren Rinderherden. Wir laufen auf unsere verlorenen Brüder und Schwestern zu.

»Ihr seid frei, ihr seid frei!«

Morgen, so weiß ich, werden wir mit dem Bau der Schiffe beginnen. Ich sinke ermattet am Rande des Meeres nieder.

Ich wache auf und liege in einer steinernen Mulde. Zuerst hatte ich die Vertiefung für einen Sarkophag gehalten. Bin ich tot? Nein, ich spüre meinen Körper und ringsum den glatten Stein. Wo bin ich – in Memphis? Wird gleich mein alter Lehrer Peti hereinkommen und mich begrüßen und fragen, welche Bilder mir der große Geist des Ptah in meinem Traum schenkte?

Ich möchte schreien, doch dann bemerke ich den schwachen Lichtschein im Raum, kann Konturen unterscheiden, und schließlich sehe ich Xelida am Dreifuß mit der Orakelschale sitzen. Langsam stehe ich auf, ich gehe zu ihr und setze mich neben sie. Ich erzähle meinen Traum, und sie hört ruhig zu. Sehr ernst ist ihr Gesicht, und als ich geendet habe, sagt sie: »So hast du also das erlebt, was unsere Prophezeiung voraussah. Eines Tages, in ferner Zukunft, fünfhundert Jahre mögen bis dahin vergehen, wird der *Nabel der Welt* von fremden Eroberern besetzt werden. Als Herren werden sie sich betrachten und das Volk der Insel wird ihnen als Sklaven dienen, während die Tempel zerfallen und der Glaube an die große Erdmutter Isis allmählich in Vergessenheit gerät. In diesen Tagen werden zwar noch immer Falken über den Inseln kreisen, aber kein Horus wird mehr aufsteigen, um den Menschen ein Zeichen zu geben. Doch wir sollen nicht mit Trauer und Verzweiflung an diese Zeit denken, denn zugleich, da alles nach dem Ende aussieht, wird es einen neuen Anfang geben. Der neue Mazdanuzi wird kommen und das Volk von Melite retten. Diese Flucht von den Inseln, die mit dem Bau der Schiffe beginnt, bedeutet das Wiederfinden des magischen Pfades. So war es schon immer, wir brachen auf, um die Heimat zu verlassen und eine neue zu suchen. Doch immer wieder schließt sich der Kreis, es kehren die Eingeweihten zum *Nabel der Welt* zurück, um hier neu zu beginnen. So wird es auch in Zukunft sein, Tausende und Abertausende von Jahren später, in Zeiten, die uns so seltsam und unbegreifbar anmuten, daß wir sie uns heute nur schwer ausmalen können...

Während du deinen Traum erzähltest, habe auch ich dich und mich gesehen, wir besaßen andere Namen und wohnten fern von hier an einem Ort, den ich nicht kenne. Und dennoch erinnerten wir uns unserer Herkunft und fanden uns wieder am *Nabel der Welt*. Hand in Hand schritten wir durch Straßen, an denen eigenartige Häuser standen, wir betraten eines von ihnen und stiegen die Treppe zum Labyrinth hinab, um hier an dieser Stelle, wo wir uns jetzt befinden, anzukommen, zu sitzen und miteinander zu sprechen...

Ich weiß nicht, was deine Vision bedeuten soll, welche Botschaft sie uns mitteilen will. Ich weiß nur, daß viele tausend Jahre vergehen, als seien es nur Sekunden, während wir beide immer die gleichen bleiben. Halb schlafend, halb die Wirklichkeit trotz unseres Dämmerzustandes ahnend, wachen wir stets wieder auf, um uns in Klarheit zu finden...«

»Liebe Xelida«, antworte ich, »meine ewig Geliebte. Ich glaube zu wissen, was uns der Traum sagen will und ebenso deine Vision. Dein verborgener Wunsch ist es, in unserer Liebe eine Tiefe zu erfahren, die Zeit und Raum überdauert, und ich teile mit dir die gleiche Sehnsucht. Wie aber können wir diese Tiefe finden, wenn wir uns in den Ereignissen der äußeren Welt ständig verlieren? Das Gegenteil von Zerstreuung ist das Bündel, die Sammlung. Wenn wir so leben, mit dem Bewußtsein der Tiefe in all unserem Handeln und Streben, spüren wir tief in unseren Herzen die Ewigkeit auf und finden den Nabel der Welt in uns selbst. Dies ist das wahre Geheimnis; unsere Visionen und Träume und auch das große Orakel sind nur ein

Schlüssel dazu, uns selbst immer wieder zu finden und den Weg, der uns aus der Verwirrung der Seele zur Klarheit führt. Die Sammlung auf das Wesentliche erst läßt das wirkliche Wesen in uns entstehen . . . Sind meine Worte verständlich für dich?«

»Ja, sie sind es«, sagt Xelida, »und sie zeigen mir, daß das Warten auf dich nicht umsonst war. Ich sehe in dir den Mann, den mir das Orakel verhieß, und ich will nicht länger zögern, deine Frau zu sein, die ich in meinen Gedanken längst bin. Ich liebe dich, Hem-On, ich werde dich immer lieben.«

»Und ich liebe dich, Xelida, was auch geschehen mag, wieviel Zeit auch vergeht und welche neuen Räume sich für uns auftun – ich werde dich ewig lieben.«

»Dann denk an den Horusfalken und achte auf die Zeichen, die er dir gibt«, sagt Xelida. »Er wird uns immer wieder zum Zentrum der Liebe führen.«

Saaptet kommt – ich spüre es. Ich habe im Traum ein Schiff gesehen. Einem Wasservogel gleich gleitet es durchs Meer und reckt seinen Hals, um nach der Insel Ausschau zu halten. Kraftvoll bläst der Wind in die Schwingen seiner Segel, treibt es voran auf sicherem Kurs, denn Saaptet steht als Lotse am Steven. Sie, die mehr als andere sieht, hat das Kommando über das Schiff; der Kapitän und die Besatzung führen ihre Befehle aus. Das tun sie gern, sie vertrauen Saaptet, ihren feineren Sinnen – sie ist die Tochter Imhoteps, des weisen Beraters Pharao Djosers, und sie hat den Horus über der Pyramide gesehen. Er ist auf ihrem ausgestreckten Arm gelandet und hat zu ihr gesprochen. Wenn jemand also vom Schicksal dazu auserkoren wurde, den geheimnisvollen Nabel der Welt aufzuspüren, dann sie.

Ich sehe die Gesichter der Menschen an Bord. Es sind Männer, Frauen und Kinder, und sie blicken voller Hoffnung. Allesamt sind sie Nachfahren der Gefolgschaft des Horus, denen im Traum ein Falke erschienen ist. Der Horus führt sie, ein gemeinsamer Traum, und Saaptet ist ihre Stimme geworden. Immer näher kommt das Schiff, es ist nur noch wenige Tagesreisen von uns entfernt.

Unruhe hat Thai erfaßt. Er wandert am Strand entlang, um Muscheln zu sammeln. Dabei hält er immer wieder inne, bleibt gedankenverloren stehen, um auf das Meer zu blicken. Er wartet. Xelida gibt sich scheinbar gelassen. Sie hat Kräuter gesammelt, um einen besonderen Trank zuzubereiten.

Auf manche Klippen hat sie mit dem Zugschlitten Reisig geschafft und zu Haufen geschichtet. Ich soll es entzünden, sagt sie, um den Göttern Zeichen zu geben. Aber ich begreife sehr wohl, daß die Feuer auch Signale für das nahe Schiff sein sollen. Warum sonst hat sie die Bucht, die den besten Hafen der Insel bietet, so besonders markiert? Es ist der Strand, an dem ich einst angespült wurde, und ich flehe zum Himmel, daß Strömung und Wind den Ankömmlingen wohlgesonnen sein mögen. Ich hoffe, daß Saaptets Kraft ausreicht, sie heil durch alle Gefahren zu bringen. Meine Gedanken sind bei ihr, meine Seele ist ihr entgegengeflogen und versucht ihr zu helfen. Saaptet, denke ich, kleine Freundin, mein Sohn Thai wartet auf dich ...

Ich selbst bin zur höchsten Erhebung an der Küste gelaufen, sitze dort auf dem Felsen und lausche dem Wind. Manchmal ist mir, als trage er Laute vom Schiff heran, Stimmen, das Knarren der Planken, das Rauschen der Wellen vor dem Bug. Aber das mögen Täuschungen sein, zu sehr wünscht sich meine Sehnsucht, daß sie Wirklichkeit werden. Ich sitze auf dem Felsen und warte. Ich werde mich nicht eher von diesem Platz erheben, als bis vor mir im endlosen Blau des Meeres ein weißer Fleck auftaucht, der, allmählich größer werdend, die Form eines Schiffes annimmt. Ich bin nicht mehr ich, Hem-On, der Schreiber, sondern das Glied einer sehr langen Kette ...

Inhalt